Ephraim Kishon

Alle Romane

Reader's Digest

Autorisierte Sonderausgabe 2016 für Reader's Digest
– Deutschland, Schweiz, Österreich –
Verlag Das Beste GmbH – Stuttgart, Zürich, Wien
© F. A. Herbig Verlagsbuchhandlung GmbH, München

Umschlagillustration von Jan Bazing

ARO 061661

Printed in Germany

ISBN 978-3-95619-210-4

Besuchen Sie uns im Internet
www.readersdigest.de | www.readersdigest.ch | www.readersdigest.at

Inhalt

Der Fuchs im Hühnerstall

Die Bewohner des Dorfes Kimmelquell sind rückständig, zufrieden und nicht an Politik interessiert. Die Post wird mit Brieftauben verschickt, und mit der Außenwelt verbunden ist der Ort nur durch den Lastwagen, der die Kümmelernte abholt. Als eines Tages der bekannte Staatsmann Dulnikker das Dorf besucht, hat das beschauliche Leben ein Ende. Um die Einwohner zu mündigen Staatsbürgern zu erziehen, organisiert der Politiker eine Bürgermeisterwahl. Daraufhin geraten die Dorfbewohner wie aufgescheuchte Hühner in einen Strudel aufgeblasener Bürokratie und beginnen, das Unterste zuoberst zu kehren …

Mein Kamm

Als Rudolph Flinta entlassen wird, sinnt er auf Rache. Da sein Chef ein Glatzkopf ist, setzen er und sein nichtsnutziger Freund Pepi die Theorie in die Welt, dass Glatzköpfige minderwertig seien. Schnell gewinnt die Idee Freunde. Eine Partei wird gegründet, den Haarlosen werden ihre Rechte genommen, und Perückenhersteller wittern Morgenluft. Die brillante Satire auf den Nationalsozialismus spiegelt Ephraim Kishons persönliche Erfahrung mit der unverständlichsten Unmenschlichkeit des letzten Jahrhunderts.

Der Glückspilz

Was passiert, wenn ein unbegabter Schauspieler in einer drittklassigen Fernsehserie den eifersüchtigen Ehemann gibt? Er wird zum Shootingstar. Wenn nämlich ein übergeschnappter Kritiker ihn zum umjubelten Helden kürt. Doch wie all die anderen bemitleidenswerten Glückspilze der heutigen Gesellschaft erlebt er bald seine unaufhaltsame Selbstzerstörung. In einem seiner letzten Werke zieht Ephraim Kishon eine überraschend intime Bilanz der Lebenserfahrungen, über die er zuvor noch nie geschrieben hatte.

Der Fuchs
im Hühnerstall

Inhalt

Aus Gesundheitsgründen

Ich komme nun zum Ende meiner Ausführungen, da meine Zeit abgelaufen ist, aber bevor ich zusammenfasse, möchte ich noch einige allgemeine Bemerkungen zum Thema selbst machen." Hier hob Amitz Dulnikker die Stimme und hieb mit der Faust auf den Tisch, dass die Gläser hüpften. „Unser Kampf um die politische Unabhängigkeit geht weiter! Unser Kampf um die nationale Disziplin geht weiter! Unser Kampf zur Stärkung unserer Sicherheit, zur Stärkung unserer Kraft, zur Stärkung unserer Macht, zur Stärkung unserer Stärke ..."

An diesem Punkt, der eigentlich erst der Beginn seiner Rede war, erlitt Amitz Dulnikker den ersten Herzanfall. Der kleine dynamische Staatsmann, schlampig wie gewöhnlich, hatte seine Zuhörer mit seinen gewohnten rhetorischen Fähigkeiten über zwei volle Stunden lang fasziniert. Plötzlich durchlief ihn ein Schauer, er beugte sich vor und griff sich an die Brust. Sein Gesicht lief rot an, und die Stirnadern quollen vor wie Würmer nach dem Regen. Das Publikum hielt das plötzliche Schweigen des Redners für eine Kunstpause zur Erhöhung der Spannung und merkte daher nicht, was passiert war. Als jedoch Dulnikker vornüber auf den Tisch zusammensackte, durchlief das Auditorium eine zitternde Bewegung. Aus den ersten Reihen ertönte der Ruf: „Ein Arzt! Ein Arzt!", und einige Leute starteten zur Rednertribüne. Als Erster war ein schlaksiger junger Mann zur Stelle, der aus den Kulissen zu Dulnikker hinstürzte und ihn in einen Nebenraum schleifte. Er setzte den Staatsmann hin, lockerte den Kragen und riss die Fenster auf. „Ein unerwarteter Anfall", keuchte der Staatsmann und holte mit zitternden Fingern zwei Pillen aus einer Kapsel. „Genau wie letzte Woche bei der Planungssitzung ..."

Sein Privatsekretär schaute ihn durch seine randlose Brille mit schlecht verhehlter Ungeduld an.

„Bitte Sie, Dulnikker, rühren Sie sich nicht, und hören Sie zu reden auf", sagte er. „Ich hol sofort den Chauffeur."

„Nein, Zev, nur ja nicht", stöhnte Dulnikker und versuchte aufzustehen. „Ich muss in den Vortragssaal zurück."

„Ich fleh Sie an, Dulnikker, seien Sie jetzt nicht dickköpfig!", zischte der Sekretär und drückte den Staatsmann sanft auf den Stuhl zurück. Als er das Zimmer verließ, sperrte er vorsichtshalber die Türe von außen zu und bahnte sich mithilfe seiner besonders spitzen Ellbogen einen Weg durch die Menschenmenge im Gang.

„Bring den Wagen zum Tor!", befahl er dem Chauffeur. „Der Alte hat schon wieder einen Herzanfall gehabt."

„Verrückt!", versicherte der Chauffeur. „Ich möchte schwören, der fällt demnächst in einer Rede um und ist tot."

DULNIKKER lehnte sich in den gepolsterten Wagensitz zurück und massierte sich genüsslich mit dem Handrücken die Nasenspitze, wie immer, wenn er in Spannung war.

„Bitte, mein Freund", sagte er mit schwacher Stimme zum Chauffeur, „bring mich schnell heim. Um 8.20 Uhr kommt meine Rede im Rundfunk."

Der Chauffeur trat auf das Gaspedal.

„Schön, Dulnikker", sagte der Sekretär zornig. „Machen Sie, was Sie wollen, Dulnikker."

Der Staatsmann schien etwas zusammenzuschrumpfen.

„Also gut, vielleicht widme ich den morgigen Tag meiner Erholung", sagte er. „Aber bevor ich mich endgültig entscheide, möchte ich, dass du mir mein Programm vorliest."

Der Sekretär zog einen dicken Vormerkkalender aus der gelbledernen Aktentasche neben sich und reichte ihn Dulnikker. „Also Dienstag", las der Staatsmann. „Diese Besprechung um 9.30 Uhr im Büro des Premierministers kann abgesagt werden, da ich den Geheimbericht ohnehin noch nicht lesen konnte, weil ich ihn irgendwo verloren habe. Übrigens, mein Freund, hast du dich schon mit dem Stenogramm meiner Rede in der Sitzung des Hilfskomitees beschäftigen können?"

„Ja. Ich hab den Schluss ein kleines bisschen gekürzt. Sie haben die Rede geistesabwesend mittendrin wieder von vorn begonnen."

„Die Eröffnung der Keramikausstellung der Antituberkulose-

Liga um 11.45 Uhr unter meiner Schirmherrschaft", las Dulnikker. Mit gefurchter Stirn fügte er hinzu: „Was mach ich dort eigentlich?"

„Das Übliche: Sie begrüßen die Gäste, sagen ein paar Worte über das Keramikhandwerk und verleihen dem Stück, das Ihnen am besten gefällt, den ersten Preis."

„Schön", sagte Dulnikker. „Was ist denn eigentlich Keramik?"

„Diese kleinen Tondinger."

„Ah, ja. Ich habe sogar einige hübsche Stücke daheim, gleich neben den Kristallsachen. Schön, also verständige sie, dass ich verhindert bin, der Eröffnung beizuwohnen, aber ich schicke ihnen eine Grußbotschaft. Ich bitte dich, mein Freund, zuck nicht so! Vor ungefähr zwei Jahren haben wir eine ähnliche Glückwunschnote zur Einweihung des Blumenmuseums geschickt, also brauchst du den Text nur ein bisschen abzuändern. Natürlich wirst du sehr achtgeben müssen, dass alle ,Blumen' …"

„Ich weiß, Dulnikker", unterbrach ihn der Sekretär, „redigier ich so was vielleicht zum ersten Mal?"

„Zev, mein Freund, ich sage dir, der Grund, warum man mir zu viele Funktionen aufbürdet, ist einzig der, mich ins Grab zu hetzen. Demnächst wirst du es erleben, dass ich tot umgefallen bin."

„Herr Dulnikker", sagte der Chauffeur über die Schulter nach hinten, „dann vergessen Sie bitte nicht, mir dieses Empfehlungsschreiben für eine Wohnung gleich jetzt zu geben."

„Zev wird es schreiben, und ich unterzeichne es."

„Entschuldigen Sie schon, Herr Dulnikker, aber es macht einen ganz anderen Eindruck, wenn der ganze Brief in Ihrer Handschrift ist."

„Das ist ja die Tragödie, meine Herren", sagte der Staatsmann verbittert. „Immer muss ich alles selber machen!"

Der elegante Wagen hielt am Stadtrand vor einem schäbigen Haus mit abblätterndem Verputz. Dulnikker kletterte langsam, jedoch ohne Hilfe in den zweiten Stock hinauf. Kaum war er in der Wohnung, stellte er zuerst den Rundfunkapparat an, ließ sich dann in einen samtbezogenen Lehnstuhl fallen und bat mit schwacher Stimme um „Post und Presse".

„Was gibt es Neues im Spitalwesen?", ertönte die schmelzende Stimme des Ansagers. „Ein Interview mit Amitz Dulnikker über den Stand unseres Gesundheitswesens."

Der Staatsmann bedeutete Zev, den Apparat lauter einzustellen, und rieb sich höchst behaglich die Nase. Ja, er erinnerte sich, das war's, worum er damals den Ansager gebeten hatte. Nicht „Amitz Dulnikker, Exmitglied der Knesset" oder „Amitz Dulnikker, ehemaliger Parteisekretär", sondern schlicht: „Meine Herren, am Mikrofon Amitz Dulnikker."

Das Telefon läutete:

„Ja", sagte Dulnikker. „Dulnikker!"

Dabei sah er wieder seine Post durch, ohne Brille, zu seinem großen Stolz: „An Herrn Dulnikker", murmelte er immer wieder, „A. Dulnikker" … „Genosse Dulnikker" … „Amitz Dulnikker" …

„Herr Dulnikker", stellte der Ansager seine Frage, „wie steht es heute, nach zwanzigjährigem Bestand unseres Staates, um die staatlichen Spitäler?"

„Die Lage ist äußerst ernst", erwiderte Dulnikkers Stimme. „Trotz der Schritte, die unsere Regierung unternommen hat, entspricht die Lage den Bedürfnissen einer wachsenden Bevölkerung in keiner Weise …"

Dulnikker verstand nicht genau, um was sich das Interview eigentlich drehte. Schon als es seinerzeit auf Band aufgenommen wurde, hatte er sich nicht besonders in das Thema vertieft. Nach der letzten Koalitionskrise war er irrtümlich zum Stellvertretenden Generaldirektor des Gesundheitsministeriums ernannt worden. Dulnikker hatte das Amt genau eine Woche bekleidet, das jedoch war für die *Stimme Israels* Zeit genug gewesen, ihn zu interviewen.

„Trotzdem hole ich lieber einen Arzt", bemerkte der Sekretär. „Bin gleich wieder da, Dulnikker."

„Dulnikker …", murmelte der schläfrige Staatsmann. „Spitalwesen …"

„Frau Dulnikker", erklärte Professor Tannenbaum, „nach dem Blutdruck Ihres Mannes zu schließen, kann es jeden Augenblick zu einer Katastrophe kommen."

„Mir egal", erwiderte Frau Dulnikker. „Der Idiot hört doch eh nie auf mich."

Professor Tannenbaum entfernte das Gummiband des Blutdruckmessgeräts von Dulnikkers Arm und legte es neben die klebrigen Kaffeetassen, die noch vom Morgen her auf dem krümelübersäten Tischtuch standen. Professor Tannenbaum war seit Jahrzehnten der Leibarzt der Parteihierarchie und an die Situation gewöhnt: Die Schöpfer des Staates lebten in erschreckend bescheidenen Verhältnissen. Dulnikkers Wohnung bestand bloß aus zwei kleinen Zimmern, und da Gula Dulnikker aktives Parteimitglied war, hatte sie nie Zeit, gründlich zu fegen. Die abgenutzten Möbel standen, mit Staub und Zigarettenasche bedeckt, in einer Ecke, und an den Wänden hingen zwei Landschaften in Goldrahmen, von der Art, wie sie auf den Straßen verhökert werden. Zwischen ihnen hing ein prachtvolles Original van Goghs, ein Geschenk der jüdischen Gemeinde von Kopenhagen.

Gula Dulnikker, eine dicke, hässliche Person, stand wütend am Bett. Sie war nach einem schweren Arbeitstag, an dem sie apathische Frauenzimmer organisiert hatte, spät heimgekommen und hatte ihren Gatten am Fuß seines Lehnstuhls unter einem Haufen Papier auf dem Boden ausgestreckt vorgefunden. Trotz der Volksmusik aus dem plärrenden Radio stöhnte und schnarchte er vor sich hin, den Telefonhörer noch immer in der verkrampften Hand. Das Einzige, das der benommene Dulnikker hörte, als Gula ihn ins Bett verfrachtete, waren ihre äußerst bissigen Bemerkungen.

Das Auftauchen Zevs mit Professor Tannenbaum einige Minuten später hatte ihn gerettet. „Herr Dulnikker", erwiderte Professor Tannenbaum energisch, „ich will offen zu Ihnen sein. Die geringste Aufregung kann eine Katastrophe herbeiführen!"

Dulnikkers Gesicht lief wieder rot an, und die Stirnadern schwollen erschreckend.

„Was", stöhnte er, „was könnte denn geschehen?"

„Herzinfarkt."

„Hörst du es, Dulnikker?", sagte Gula. „Hörst du? Wenn du nicht aufpasst, krepierst du wie ein Hund."

„Nur eine radikale Änderung der Gewohnheiten des Herrn Dulnikker kann ihn retten. Wenn er weiterhin die Rolle eines wichtigen Politikers spielt ..."

„Ich bin kein Politiker. Ich bin Staatsmann!"

„Vom medizinischen Standpunkt aus ist das ein und dasselbe. Mein Herr, Sie müssen sich für lange Zeit aus dem öffentlichen Leben zurückziehen. Sie werden auf alles verzichten müssen, was Sie aufregen könnte. Und dazu gehören auch sämtliche Formen des Vergnügens."

„Hörst du, Dulnikker?", keifte Frau Dulnikker. „Also keine Reden mehr!"

„Die sind im ersten Monat Ihrer Erholung auf jeden Fall absolut verboten", versicherte der Parteiarzt. „Nachher, wenn wir Anzeichen einer Besserung sehen, werden wir ihm erlauben, einmal in der Woche einen Vortrag zu halten, aber nicht länger als zwanzig bis fünfundzwanzig Minuten, und vor einem so freundlich wie möglich gesinnten Publikum."

„Doktor", kam Dulnikkers heisere Frage, „wie lange muss ich ausfallen?" – „Mindestens drei Monate."

Da geschah etwas Erschütterndes: Amitz Dulnikker, das Symbol einer Generation der Eroberung und des Aufbaus, brach in Tränen aus.

„Schauen Sie, Dulnikker", beruhigte ihn Zev, und seine Stimme war voll menschlichen Verständnisses, „wir zwei machen auf zwei Monate eine Reise in die Schweiz und bleiben mit dem Parteihauptquartier in ständiger telefonischer Verbindung."

„Tut mir leid, aber auch das ist keine Lösung", lautete die Reaktion des Arztes. „Herr Dulnikker muss alle Brücken hinter sich abbrechen. Er muss sich in irgendeinen einsamen Winkel zurückziehen."

„Aber meine Herren", sagte Dulnikker mit ausgebreiteten Händen vorwurfsvoll, „denken Sie doch einen Augenblick an unser Land!"

„Der größte Nutzen für unseren Staat ist Amitz Dulnikkers schnelle Genesung."

Dieses Argument berührte eine empfängliche Saite in der Seele des erschöpften Staatsmannes. Dulnikker beherrschte sich, setzte sich steil im Bett auf und sagte:

„Genossen, ich bin bereit!"

„Bravo!", rief Professor Tannenbaum und klatschte Beifall. Aber Gula brachte ihn sofort zum Schweigen.

„Hören Sie auf damit, Professor, hören Sie auf! Nichts als Gerede. Dulnikker kann ohne Konferenzen und Presseleute und Radio nicht leben."

„Nun, Sie sollen wissen, Madame", brüllte Dulnikker, „dass ich inkognito in ein so winziges Dorf reisen werde, dass dort überhaupt keiner weiß, wer ich bin! Falls es einen so rückständigen Ort in unserem Land überhaupt gibt", fügte er hinzu. „Gibt's keinen", meinte der Sekretär. „Daher ist es besser, wir fahren auf zwei Monate in die Schweiz."

„Geht nicht. Aus Prinzip nicht", versicherte ihm Dulnikker. „Ich habe den Schwur getan, dass ich das Heilige Land niemals verlassen werde. Außer in einer Mission."

„Das ließe sich richten", murmelte der Sekretär sehr enttäuscht.

Es läutete an der Tür, und Frau Dulnikker meldete: „Der Schultheiß von der Tnuva-Kooperative! Um die Zeit! Elf Uhr nachts! …"

Dulnikkers Arbeitszimmer passte gut zu der übrigen Wohnung: Ein breiter, schwerer Schreibtisch in Barock nahm die Mitte des Zimmers ein, beladen mit Wochenzeitschriften, Broschüren, Jahrbüchern, Flugblättern und Parteiliteratur. Eine Büste Dulnikkers, das Werk eines italienischen zionistischen Bildhauers der frühen dreißiger Jahre, beherrschte die eine Ecke des Zimmers. Über dem Schreibtisch hing ein achtflammiger Stillüster, dessen einzige Glühbirne den Raum nur trüb erhellte.

„Guten Abend, Schultheiß, setz dich", begrüßte der Staatsmann im verdrückten Pyjama seinen Besucher. „Kommt zur Sache, Genossen. Worum geht's?"

Das war wieder der alte, zähe Dulnikker, „das alte Pulverfass", wie ihn seine engsten Freunde jahrelang genannt hatten. Selbst der Leiter der Tnuva, der riesigen Marktgenossenschaft mit Zweigstellen im ganzen Land, neigte respektvoll den Kopf, bevor er 300 000 Pfund aus dem Entwicklungsanleihefonds verlangte.

„Schön", erwiderte Dulnikker. „Du hast Glück, Schultheiß, dass du nicht einen Tag später gekommen bist. Zev! Setz dich mit der Kreditkommission in Verbindung. Ich bin dafür."

„Danke, Dulnikker", sagte der Manager mit einem breiten Grinsen. „Ich weiß wirklich nicht, wie ich dir für deine Hilfe danken soll."

Nachdenklich saß Dulnikker hinter seinem Barockschreibtisch. „Ich nehme an, Schultheiß, dass du mit den entferntesten Landgemeinden in Fühlung bist."

Zev begann sich zu räuspern, drang jedoch damit nicht bis zu Dulnikker durch, der sich plötzlich erstaunlich verjüngte. „Schultheiß, nenne mir das fernste und einsamste Dorf." Schultheiß warf dem Staatsmann einen erstaunten Blick zu und brauchte eine Weile, bis er antwortete:

„Im obersten Ostgaliläa, praktisch an der libanesischen Grenze, liegt ein winziges Dorf, von dem noch kaum ein Mensch gehört hat. Der einzige Grund, warum ich mich an den Flecken erinnere, ist der, weil er das ganze Land mit Karawija-Samen versorgt."

„Karawija?", erkundigte sich der junge Sekretär grollend. „Was ist denn das?"

„In der alten Heimat war es als Kimmel oder Kümmel bekannt", sagte Dulnikker in Entfaltung seiner berühmten weitreichenden Sprachkenntnisse. Der Manager nickte achtungsvoll zustimmend und erklärte dem Sekretär, dass die Karawijastaude wenig Bewässerung brauche und daher dem dürren, felsigen Bergboden entspreche.

„Zev", wandte sich Dulnikker mit einem verschmitzten Lächeln an seinen Sekretär, „was sagst du dazu?"

„Ich sage, Dulnikker, dass die Regenperiode bevorsteht."

„Nu wennschon? Ich nehme den Regenschirm mit."

„Verzeihung", stammelte Schultheiß, und sein verblüffter Blick schoss vom Staatsmann zum Sekretär und wieder zurück. „Was hast du vor, Dulnikker? Dort ist nichts Besonderes los. Im Gegenteil, es ist ein völlig abgelegenes Dorf, ein wahres Drecknest. Ich verstehe wirklich nicht …"

„Wie heißt der Ort?" Schultheiß starrte Dulnikker an. „Kimmelquell", flüsterte er.

Irgendwo auf dem Land

Unermüdlich fraß sich der große Tnuva-Lastwagen über die gewundenen Landstraßen von Obergaliläa vor, Dulnikker und Zev hatten jedoch die Fahrt schon satt. Chef und Sekretär saßen eng aneinander gequetscht in der Fahrerkabine und streckten ihre starren Glieder von Zeit zu Zeit so gut wie möglich, aber sie erstarrten ja doch wieder.

Als die Berge erreicht waren, wurde die Landschaft etwas eintönig, und die Mittagssonne machte die Fahrerkabine unerträglich heiß.

„Wie lange dauert es noch bis Kimmelquell, mein Freund?", fragte Dulnikker.

„Mindestens noch zwei Stunden", erwiderte der Fahrer mit verschlossener Miene. „Nach der Kreuzung biegen wir auf eine ungepflasterte Straße ab."

„Warum pflastert man keine Straße zu dem Dorf?", erkundigte sich der Sekretär. Der Fahrer erklärte, das Pflastern stünde kaum dafür, weil er der einzige Mensch sei, der je in das Dorf fuhr.

„Hören Sie, Dulnikker?", sagte Zev. „Ich habe Ihnen ja gesagt, wir hätten Ihren Wagen nehmen sollen."

„Gott behüte", meinte Dulnikker, „wie hätte ich mein Inkognito wahren können, wenn ich in einem Parteiwagen daherkomme? Ich hoffe", wandte er sich an den Fahrer, „dass auch Sie, mein Freund, absolut verschwiegen sind!"

Der Ausdruck des Fahrers wurde etwas feierlich, und er nickte zustimmend. Der Staatsmann entnahm der gelben Aktenmappe einige Zeitungsausschnitte und sah sie flüchtig durch:

AMITZ DULNIKKER AUF URLAUB

Amitz Dulnikker reiste zu einem längeren Genesungsurlaub irgendwo auf dem Land ab. Unser Berichterstatter sprach im Heim Herrn Dulnikkers vor, aber Frau Gula Dulnikker lehnte es ab, den Aufenthaltsort Herrn Dulnikkers bekanntzugeben, und behauptete, sie habe selbst keine Ahnung, wo er eigentlich stecke. Gewisse Quellen verbinden das plötzliche Verschwinden Amitz Dulnikkers mit weitverbreiteten Gerüchten über gewisse internationale Verhandlungen.

Der Staatsmann freute sich über den Unsinn, den er in den Zeitungen las. Also wusste wirklich niemand, wo er war. Das war genau jene Sorte Rätselhaftigkeit, die das öffentliche Interesse zu wecken pflegt.

„Mein Freund", fragte Dulnikker den Fahrer, „wann erreichen die Morgenblätter das Dorf?"

„Tun sie nicht."

„Nein? Ja, wie halten sich denn dann die Dorfbewohner über die Weltereignisse auf dem Laufenden?"

„Halten sich nicht."

Schweigen senkte sich über die Reisenden. Der Sekretär starrte den Staatsmann in stummer Anklage an.

„Wunderbar", bemerkte Dulnikker schwach. „Das wird eine völlig gesunde Ruhepause; keine Presse, kein Lärm …"

„Und kein Strom", fügte der Sekretär hinzu, worauf beide in Schweigen versanken.

„Das Dorf wird Ihnen gefallen", tröstete sie der Fahrer. „Sie werden dort anständige, friedliche Juden treffen, die ihr eigenes Leben leben und sich um diese verrückte Welt überhaupt nicht scheren. Weiß Gott, die haben recht! Wer braucht schon den ganzen Wirbel. Ich versorge sie mit allem, was sie brauchen, von Kerosin bis zu Modewaren – wofür sie mit Karawija bezahlen. Sie verlassen ihr Dorf nie. Ihre Ahnen waren arme Holzfäller in den Urwäldern von Rosinesco in Nordungarn, und als die Katastrophe zuschlug, bezahlten sie mit allem, was sie besaßen, einen Agenten, der sie nach Amerika bringen sollte; aber der Agent war aktiver Zionist und brachte sie nach Palästina. Man behauptet, sie hätten jahrelang geglaubt, sie seien in Amerika. Wenn man es sich überlegt, ist es in einem so abgelegenen Dorf wirklich egal, was einer glaubt."

Der Fahrer brach in überschäumendes, ohrenbetäubendes Gelächter aus, das Dulnikker sehr bald auf die Nerven ging. Er zog eine Straßenkarte aus der geräumigen Aktenmappe, breitete sie auf den Knien aus und begann auf ihr begierig ihren Bestimmungsort zu suchen.

„Meine Herren", erklärte er nach einer Weile leicht verblüfft, „ich kann hier kein Kimmelquell finden."

„Vielleicht hat man es für die Landkarte noch nicht entdeckt", bemerkte der Fahrer, „weil das Dorf völlig in den Bergen versteckt liegt."

„Wie die weißen Flecken auf der Landkarte von Zentralafrika", sagte der Sekretär und nickte. In diesem Augenblick machte der Lastwagen eine plötzliche Kurve und bog mitten auf die Mauer von Felsblöcken längs der Straßenseite ein.

„Was ist los?", kreischte Zev verwirrt. „Ich kann nichts sehen!"

„Ruhe", sagte der Fahrer und schaltete die Scheinwerfer ein.

Der große Lastwagen kroch im Schneckentempo durch einen finsteren Tunnel über einen mit urzeitlichen Felserhebungen versetzten Boden. Von Zeit zu Zeit schaukelte das Fahrerhaus wie ein Ruderboot auf hoher See, sodass die Passagiere mehr als einmal mit den Köpfen heftig zusammenstießen. Dennoch wagten sie kein Wort zu äußern, solange sie nicht das am Tunnelende winkende Tageslicht erreicht hatten.

„Na?", fragte der Fahrer mit triumphierender Miene. „Verstehen Sie jetzt, meine Herren?"

„Erholung!", knurrte Zev und klopfte sich den Staub von der Hose. „Erholung!"

„Jedenfalls ist die Landschaft herrlich", sagte Dulnikker entschuldigend. „Zu schade, dass ich meine Kamera nicht mitgenommen habe."

Die Landschaft war wirklich faszinierend. Die schmale Landstraße wand sich spiralförmig sanft aufwärts über Schichten von glattem Fels, der da und dort mit vereinzelten Gruppen von Pinien gesprenkelt war. Die Luft war plötzlich frisch und scharf geworden, und von Norden her wehte stetig ein starker Wind.

„Das ist der berühmte Flussberg." Der Fahrer wies auf einen kahlen, schwarzen Berg, der streng und stolz die Landschaft überragte. „In der Regenperiode stürzt das Wasser herunter wie die Sintflut. Wenn es nicht die großen Erddämme gäbe, hätte der Wildbach das ganze Dorf bestimmt schon weggeschwemmt."

„Herrlich, nicht, Zev?" Dulnikker war hingerissen. „Von Zeit zu Zeit muss der Mensch an den Busen der Natur zurückkehren."

„Verzeihung", flüsterte der Sekretär, „ich muss aussteigen … schnell …"

Das Fahrzeug hielt, der seekranke junge Mann taumelte hinaus und an den Straßenrand. Auch Dulnikker stieg aus und streckte sich genüsslich.

„Mein Freund", wandte er sich an den Fahrer und wies auf den leidenden Zev, „das erinnert mich an die Geschichte von dem Schächter, der zu Rosh Hashanah nicht Schofar blasen durfte. Der arme Kerl ging zum Rebbe und weinte. ‚Rebbe, Rebbe', jammerte er, ‚warum lässt man mich am Rosh Hashanah nicht blasen?' Und was erwiderte der Rebbe, meine Herren? Der Rebbe sagte: ‚Ich habe gehört – ähm –, dass du nicht in die reinigenden Gewässer der Mikve untergetaucht bist.' Der Schächter begann sich zu entschuldigen. ‚Rebbe, das Wasser war kalt, oj, war das kalt, Rebbe!' Und der Rebbe erwiderte: ‚Oif Kalts blust men nischt!' Auf Kaltes bläst man nicht! Ha, ha, ha!"

Dulnikker brach in ein so dröhnendes Gelächter aus, dass seine Augen ganz schmal wurden und in den umgebenden Falten verschwanden. Der Fahrer lächelte gezwungen, er verstand kein Wort. Inzwischen hatte der Sekretär verrichtet, was zu verrichten war, und kam schwankend zu ihnen zurück.

„Mein Freund", begrüßte ihn Dulnikker, „wenn du so schwach bist, wird es dir sicher nicht schaden, eine Weile auszuruhen." Der Sekretär schwieg, und der Lastwagen fuhr weiter. Die Landschaft wurde zivilisierter.

„Das sind die Karawijafelder", erklärte der Fahrer und wies auf die niedrigen, saftigen Büsche, von denen sämtliche winzigen Parzellen überquollen.

„Jetzt aber Vorsicht, meine Herren, die Straße wird sehr steil."

Der Lastwagen überquerte den Bergrücken und fuhr unter ohrenzerreißendem Kreischen der Bremsen hinunter. Tief im Tal konnten die Männer zwei Reihen kleiner Häuser aus roh behauenem Gestein sehen.

„Hier also", behauptete Dulnikker, „beginnt das Dorf."

„Nein", antwortete der Fahrer. „Das ist das ganze Dorf."

PLÖTZLICH hörte das schrille Pfeifen des starken Windes auf, denn die Berge hielten alle Winde ab. Kurz darauf hörten die Passagiere Hundegebell, und dann tauchten einige einzelne Bauern auf, die gemessenen Schrittes heimwärts gingen. Sie waren fest gebaut, bedächtig in ihren Bewegungen, und von der Sonne tief gebräunt. Ihr Anzug – schwarze Hose, weißes, am Hals zugeknöpftes Hemd und Schaftstiefel – erinnerte an die ukrainische Bauerntracht. Die Frauen trugen weite Röcke, die fast bis zum Boden reichten und im Rhythmus ihrer Schritte schwangen. Die Dörfler begrüßten den Tnuva-Lastwagen mit einem Nicken, ohne in ihrem friedlichen Tempo innezuhalten. Dulnikker zupfte am Schirm seiner Mütze, zog sie tief in die Stirn und setzte auch eine schwarze Sonnenbrille auf. Sein Sekretär spähte mit einer Ängstlichkeit, die an Panik grenzte, aus dem Fenster.

„Hören Sie, Mister", wandte er sich an den Fahrer, „wann kommen Sie das nächste Mal her?"

„Je nachdem. Gewöhnlich komme ich einmal in zwei Monaten, aber manchmal – wenn sie die Taube früher schicken …"

„Was für eine Taube?"

Der Fahrer langte unter seinen Sitz und zog einen kleinen Käfig hervor, der zwei weiße, schläfrige Tauben enthielt.

„Sie fliegen geradewegs zur Tnuva-Zentrale", erklärte er, „und das ist für mich das Zeichen, zu kommen. Eine andere Möglichkeit, in Kontakt zu treten, gibt es nicht."

„Wie lange dauert es zu Fuß?"

„Mindestens eine Woche bis zur nächsten Siedlung."

Der Lastwagen blieb vor einem niedrigen, schachtelförmigen Gebäude stehen, das mehrere Hundert Schritte vor den Dorfhäusern stand. Aus den Tiefen dieses Lagerhauses tauchte ein Mann auf, der den Fahrer mit einem Nicken begrüßte, die beiden Vögel entgegennahm und sie in einen Taubenschlag steckte. Beide Männer – der Fahrer und der stimmlose Dörfler – begannen dann den Lastwagen abzuladen, während Dulnikker und seine rechte Hand den beiden Männern bei ihren Rundreisen mit Kisten und Paketen zusahen. Nach einer Weile verlor jedoch der Staatsmann die Geduld und rief dem Fahrer zu: „Mein Freund, wo ist hier der Gasthof?"

„Gasthof? Hier war noch nie ein Gast."

„Wo also können wir denn wohnen?"

„Keine Ahnung. Manager Schultheiß sagte mir, ich solle Sie herbringen, und das ist alles. Aber es wäre besser, meine Herren, Sie gehen los, weil es nach der Uhr schon zwei ist."

Der Fahrer wies auf eine schief an die Straßenseite gestellte Steintafel, in deren Mitte ein Stab gesteckt war.

„Was soll das sein?", erkundigte sich Dulnikker beunruhigt.

„Die Sonnenuhr des Dorfes."

Plötzlich fragte Zev: „Wann fahren wir zurück?" Eben in diesem Augenblick kam ein primitiver Bauernkarren vorbei, mit einer ältlichen Kuh bespannt und mit einer Menge grüner Stängel beladen. Der Fahrer hielt den Karren an.

„Diese Herren möchten ein paar angenehme Tage im Dorf verbringen", sagte er zu dem Mann, der auf den Stängeln thronte und eine lange Pfeife rauchte. „Könntest du sie irgendwohin fahren?"

Einen Augenblick war der Kärrner unangenehm überrascht, dann nickte er zustimmend.

„Sind die hier alle so gesprächig?", fragte Dulnikker, während der Fahrer ihre Koffer auf den Karren lud.

„Nein", erwiderte der, „es gibt einige, die noch weniger reden. Aber Sie haben Glück, meine Herren, weil das der einzige Karren im Dorf ist. Setzen Sie sich auf diese Karawijastängel. Sie sind Kuhfutter." Der Karren bewegte sich über die Haupt- und einzige Dorfstraße und blieb auf halbem Weg vor einem kleinen weißen, zweistöckigen Haus stehen. Der Mann deutete mit der Pfeife auf das Haus, und die beiden Fremden glitten von den Stängeln hinunter.

„Wie viel schulden wir Ihnen, mein Herr?", fragte der Sekretär.

Der Kärrner zog eine Augenbraue hoch: „Mir schulden? Ich kenne Sie nicht."

Weg war er. Dulnikker trat verwirrt auf dem tiefen Sand herum. Ein Gefühl, das er fast nie gekannt hatte – Vereinsamung –, überfiel ihn. Er schlug den Mantelkragen hoch und zog die Mütze noch tiefer in die Stirn.

„Zev", sagte er zu seinem Sekretär, „geh hinein, mein Freund, und verlange zwei Einzelzimmer."

Zev ging achselzuckend auf die Tür zu.

„Ich bitte dich noch einmal, mein Inkognito zu wahren", rief ihm Dulnikker nach. „Du darfst auf keinen Fall meinen Namen verraten! Verstanden?"

„Verstanden, Dulnikker", sagte Zev und betrat das Wirtshaus. Er befand sich in einer sehr langen Halle, deren Decke von dicken Holzbalken getragen wurde. Der Raum enthielt einige leichte Stühle, rohe Holzbänke und Katzen, die zwischen den Tischbeinen aus Ästen herumstrichen. Aus der Küche nebenan wehte dichter, mit Ruß gemischter Dampf, der sich in dieser Halle zu einem wohlduftenden Nebel verdichtete. Ein beleibter Mann stand in der Küchentür und sah Zev aus zusammengekniffenen Augen an.

„Hallo", sagte Zev. „Ich bin der Sekretär von Amitz Dulnikker. Wir sind soeben angekommen, und Amitz Dulnikker wartet draußen. Wir hätten gern zwei Zimmer, eines für mich und eines für Amitz Dulnikker."

Der Wirt blinzelte verdutzt und sagte nichts. Der Sekretär war es seit Langem gewöhnt, dass die Leute verwirrt wurden, wenn man sie davon unterrichtete, dass der große Mann persönlich erschienen war.

„Wir, Amitz Dulnikker und ich, bleiben ziemlich lange in eurem Dorf", fügte er herrisch hinzu. „Bitte stellen Sie keine Fragen und nehmen Sie die Dinge hin, wie sie sind."

„Malka", schrie der Mann, „komm her, Liebe! Ich verstehe kein Wort."

Aus der Küche trat eine mollige Frau, die sich die Hände an der Schürze abtrocknete. Zwei Fratzen mit dicken Köpfen, eineiige Zwillinge, die sich an den Rock der Mutter klammerten, folgten ihr auf dem Fuß. Auch sie betrachteten offenen Mundes den Sekretär von allen Seiten.

„Was gibt's da schon zu verstehen?", fragte Zev ärgerlich. „Amitz Dulnikker will sich in Ihrem Dorf ausruhen."

„Ausruhen?", fragte der Wirt verblüfft. „Wenn man sich ausruhen will, geht man ins Bett, aber nicht nach Kimmelquell."

„Das geht Sie nichts an. Ich brauche ein Zimmer sowie ein zweites für Amitz Dulnikker."

„Der Teufel soll ihn holen!", explodierte der Schankwirt. „Wer ist das?"

„Meine Herren!" Der Sekretär wand sich. „Herr Dulnikker ist Stellvertretender Generaldirektor des Ministeriums für Entwicklung …"

„Was für ein Direktor?"

„Stellvertretender General … direktor …"

„So einen Direktor kennen wir nicht", informierte ihn der Wirt. „Wir kennen nur den Herrn Schultheiß, den Direktor der Tnuva. Und der ist ein so großer Herr, dass es im ganzen Land keinen größeren gibt, außer vielleicht den Mann von der Wassergesellschaft, der uns das Wasser gebracht hat. Aber der", fügte er ehrfurchtsvoll hinzu, „war auch ein Ingenieur!" Der Sekretär stolperte zu dem Staatsmann hinaus, der auf den Koffern saß. „Na", fragte Dulnikker eifrig, „haben sie noch nicht erraten, wer ich bin?"

„Nein. Nichts haben sie erraten."

BEIDE saßen in der „Dorfrunde", wie die Dorfbewohner ihre Zusammenkünfte am Samstagabend im Wirtshaus nannten. Die Tische waren aneinandergestellt und mit blütenweißen Tischtüchern bedeckt. Gläser, Weinflaschen und Sträuße roter Nelken – die in den winzigen Gärten blühten – waren schön ordentlich langhin aufgestellt. Nachher – so informierte der Wirt seine geheimnisvollen Gäste – blieben die Dörfler bis zum Morgengrauen beisammen und sangen zur Begleitung der Leier des Vaters vom Schuhflicker melancholische Lieder, wie das die Bauern in Rosinesco, ihrer alten Heimat, getan hatten. Dulnikker und Sekretär waren von ihrem verzweifelten Kampf mit dem Wirt und seiner Ehefrau vollkommen erschöpft. Elifas Hermanowitsch konnte nämlich einfach nicht verstehen, warum ausgerechnet er sie mit zwei Zimmern versorgen sollte. Erst nach einer halben Stunde Verhandlungen, Flehen und verhüllten Drohungen willigte er ein, ihnen ein einziges Zimmer neben seinem eigenen Schlafzimmer im zweiten Stock zur Verfügung zu stellen. Dulnikker bedeutete jedoch seinem Sekretär sofort mit einem kräftigen Wink der Hand, dass er aus offenkundigen Gründen nicht gewillt war, ein Zimmer mit ihm zu teilen, woraufhin der Sekretär Maßnahmen zur Unterbringung in dem großen Haus des Dorfschusters gegenüber dem Wirtshaus traf.

Dulnikkers Zimmer enthielt zwei wacklige Schränke, zwei eiserne Bettgestelle mit rostigen Federn und einen Küchenschemel. Malka hatte Dulnikkers Habe bei dem zweifelhaften Licht einer zerbrochenen Kerosinlampe aus den Koffern in einen der Schränke geräumt. Der Staatsmann selbst war schweigend auf dem engen Balkon gestanden und hatte sich hinter dem Standessymbol der Sonnenbrille die Augen angestrengt, um den großen gepflegten Garten zu seinen Füßen zu betrachten. Die Zwillinge waren heimlich auf den Balkon zu ihm hinausgeschlichen und hatten ihn weiter von Kopf bis Fuß gemessen. Einer von ihnen – wer konnte schon sagen, welcher – hatte an den Jackenschößen des Staatsmannes gezupft und gefragt:

„Onkel, bist du blind?"

„Nein", erwiderte Dulnikker. Damit war das Gespräch beendet.

Jetzt, in der Dorfrunde, saßen auch die Dörfler unnatürlich stumm da. Sie aßen und tranken mit der Hingabe arbeitender Menschen, welche die Wichtigkeit der Nahrung im göttlichen Schöpfungsplan zu schätzen wissen. Außer dem Kratzen der Messer war im Speisesaal kein Laut zu hören – mit einer weiteren Ausnahme: dem eintönigen, ärgerlichen Schmatzen, das Amitz Dulnikkers gierige und genüssliche Vernichtung von Kalbfleisch mit Essigfrüchten begleitete. Der Sekretär sah sich hie und da in wachsender Besorgnis um, trotz seines Gefühls, dass es eine hoffnungslose Lage sei. Das war etwas, dessen sich die gesamte Parteihierarchie durchaus bewusst war: Wenn Amitz Dulnikker aß, klang es wie eine zerbrochene Wassermühle. Bei diplomatischen Empfängen und anderen großen Anlässen vermochte der Sekretär gewöhnlich für Deckung zu sorgen: Während Dulnikker entweder aß oder in den

Zähnen stocherte, pflegte die Kapelle – auf Anordnung des Sekretärs – lebhafte Musik zu spielen. Hier allerdings konnte Zev nur hoffen, dass sich die Tischgenossen als geduldig erweisen würden. Und tatsächlich machten sie keine Bemerkung über das lärmende Malmen des Staatsmannes. Genauso wie sie auch sonst keine Notiz von seiner Existenz nahmen.

Auch Dulnikker war das nicht entgangen.

„Ich wusste von vornherein, dass ich mein Inkognito nicht würde wahren können", flüsterte er mitten im Essen seinem Sekretär zu. „Sie haben entdeckt, wer ich bin!"

„Wieso wissen Sie das, Dulnikker?"

„Ich habe Augen im Kopf, mein Freund, Sie respektieren mich so sehr, dass sie mich nicht einmal anzuschauen wagen", erklärte der Staatsmann. „Das ist die höchste – und ich kann wohl sagen, übelste – Ebene des Respekts. Glaube mir, mein Freund, ich finde diesen Personenkult ekelerregend. Ich habe es gern, wenn sich die Leute in meiner Gegenwart frei und gleichberechtigt fühlen. Ich glaube daher, dass ich viel dazu beitragen könnte, die Atmosphäre aufzulockern, wenn ich ein paar Worte an die Leute richtete."

Zev fiel die Gabel aus der Hand. „Nein!", sagte er in panischer Angst. „Sagen Sie nur ja kein Wort, Dulnikker!"

„Warum denn nicht?", erwiderte der Staatsmann und erhob sich. Es war schon vier Tage her, seit er seine letzte Rede gehalten hatte, und jetzt strömten ihm plötzlich alle seine berühmten Energien wieder zu. Ein milder Schimmer leuchtete in Dulnikkers Augen, als er Glas und Stimme erhob: „Bürger von Kimmelquell! Meine Damen und Herren! Altansässige und Neueinwanderer! Zu Beginn möchte ich Ihnen meine tiefe Genugtuung über diesen rührenden Empfang zum Ausdruck bringen. Ich genieße die Hochachtung, die Sie mir bezeigt haben, aber ich suche sie nicht. Ich bin hergekommen, um mich auszuruhen, zu erholen – nicht um an Festlichkeiten teilzunehmen. So fahrt denn fort, Genossen, in euren friedlichen täglichen Pflichten" („Lass mich los", flüsterte er seinem Sekretär zu, der ihn immer heftiger an der Jacke zupfte), „behandelt mich informell …"

Und da geschah es.

Der Schuhflicker, ein ältlicher, verschlampter Witwer mit derben Kinnbacken, zerschmetterte das allgemeine überraschte Schweigen, indem er dem Redner mit tiefer Stimme zubrüllte: „Ruhe! Wir essen!"

In Dulnikkers Brust erwachte der schlummernde Löwe der Knesset, und die Erwiderung des großen Redegewaltigen ließ nicht auf sich warten.

„Ja, meine Freunde", rief er mit erhobener Stimme, „Friede euren Herzen und Brot auf den Tisch! Das sind die Säulen der Welt des Werktätigen! ..."

Hier aber fielen sämtliche Zuhörer zornig ein:

„Hol dich der Teufel, halt endlich den Mund!", brüllte es aus allen vier Ecken des Saals. „Wer ist denn der? Wer hat denn den eingeladen?"

Der Sekretär zerrte einen erschreckend blassen und nach Luft ringenden Dulnikker an die frische Luft.

„Leider, Dulnikker", keuchte er, „ob es Ihnen passt oder nicht, aber in diesem Dorf bleiben Sie inkognito."

Anti-Farmpolitik

Nach dem Vorfall in der Dorfrunde ließen sich zwischen den Dorfbewohnern und den beiden Männern fast keine Bande anknüpfen. Sie waren gezwungen, ihre Freizeit trotz ihrer Unerfahrenheit in Tatenlosigkeit in Zweisamkeit zu verbringen. „Mein Freund", platzte Dulnikker heraus, als er mit seinem Sekretär die Dorfstraße auf und ab schlenderte, „das ist ja nicht einmal ein Dorf; es ist ein übel riechendes Loch! Nicht nur, dass diese Leute Hunderte von Jahren hinter der Zivilisation zurückgeblieben sind, sondern schlimmer: Sie sind auch geistig schrecklich unterentwickelt."

Der Sekretär bohrte mit den Schuhen im Kies der Straße. „Ich spreche zu dir, Freund Zev! Warum bist du geistesabwesend?"

„Ich hab letzte Nacht kein Auge zugemacht, Dulnikker. Die ganze Nacht haben die Hunde gebellt und die Grillen gezirpt, und selbst die Hähne fangen in diesem Dorf schon um Mitternacht zu krähen an."

„Das ist noch nichts im Vergleich zu dem, was ich gelitten habe, mein Freund. Mein Zimmer wimmelt von Mäusen, während die Katzen auf dem Dach im Chor jaulen. Als ich endlich einschlief, nachdem ich zwei Schlaftabletten genommen hatte, wachte ich plötzlich auf und entdeckte, dass mich jemand rüttelte, weil ich – sagte er – laut schnarche. Da entdeckte ich, dass in meinem Zimmer noch jemand wohnt und in dem anderen Bett schläft. Dieser Zimmergenosse ist niemand anderer als der Dorfhirte und schwachsinnige Verwandte meines Hauswirtes. Genossen, habt ihr schon je von einer solchen Frechheit gehört?"

„Hören Sie, Dulnikker, ich habe Sie rechtzeitig gewarnt, Sie sollten lieber auf zwei Monate in die Schweiz fahren. Aber Sie wollten ja unbedingt hierher kommen."

„Wer wollte unbedingt?", fuhr der Politiker auf. „Ich?"

„Ja, Sie, Dulnikker!"

„Nu und – wennschon?", brüllte Dulnikker, und sein Gesicht lief wieder rot an. „Habe ich mir nicht etwas Ruhe verdient?"

„Etwas Ruhe?", höhnte Zev. „Stellen Sie sich nur vor, Dulnikker, was geschehen würde, wenn Sie, Gott behüte, in diesem grandiosen Kurort Zahnweh bekommen."

Sie waren kaum zwanzig Schritt weitergegangen, als Dulnikker einen immer stärkeren Schmerz in einem unteren Backenzahn verspürte, und sein Zorn auf seinen Sekretär war nun doppelt gerechtfertigt. Er hätte den Burschen schon längst im Stich gelassen, wenn er nur von irgendeinem anderen Menschen in der Gegend gewusst hätte, imstande und bereit, sich mit ihm zu unterhalten. Der Staatsmann hatte keine große Lust, in seinem Zimmer zu bleiben, schon deshalb nicht, weil ihm die Kinder mit den Wasserköpfen auf die Nerven gingen. Dulnikkers Verhältnis zu Kindern war immer schon sehr kühl gewesen. Seine Frau war nicht mit Nachkommen gesegnet worden, und der Politiker hatte sich seinerzeit fast mit einem Gefühl der Erleichterung dringenderen Angelegenheiten zugewandt. Die Zwillinge schienen ihn jedoch für einen Gegenstand immerwährenden Interesses zu halten, und vom ersten Augenblick an ließen sie ihn nicht aus den Augen. Dulnikker merkte deutlich, dass er früher oder später mit ihnen ins Gespräch würde kommen müssen.

„Wie heißt ihr denn, meine Jungen?", fragte er sie am zweiten Tag seiner Wanderung durch das Dorf.

„Majdud!", erwiderte der eine.

„Hajdud!", erwiderte der andere. Dulnikker hatte keine Ahnung, wie das Gespräch fortsetzen. Er war imstande, Jugendlichen aller Arten und politischer Bewegungen stundenlang Vorträge zu halten, aber die Kunst, mit Kindern zu reden, hatte er noch nicht gemeistert.

„Ihr seid einander ähnlich", stellte er schließlich mit äußerst begrenzter Einfallskraft fest. Die kleinen Lümmel brachen in Gelächter aus.

„Blödsinn. Hajdud ist ähnlicher", erklärte Majdud. Sie kicherten wieder und rannten davon. Dulnikker schloss, dass sich die Unverschämtheit der Kinder auf die Meinung der älteren Generation gründete, obwohl die Dörfler keinerlei Interesse an ihm zeigten. Wenn die Leute auf der Straße an dem Staatsmann vorbeigingen, taten sie es, ohne mit der Wimper zu zucken. Der Staatsmann hatte in jenen misslichen Tagen das Gefühl, als sei ihm die Kehle zugestöpselt worden.

In der zweiten Nacht konnte er sich nicht länger zurückhalten. Nachdem sich der riesige Kuhhirte geräuschvoll auf sein Bett hatte fallen lassen, raffte Dulnikker seinen Mut zusammen und sprach seinen Zimmergenossen an:

„Entschuldige, Mischa, dass ich dich zu so später Stunde störe, da du bestimmt erschöpft bist, aber vielleicht könntest du mir sagen, ob ihr die Kühe kollektiv melkt oder jeder Farmer seine Kühe persönlich melkt?"

„Wer?", fragte Mischa. Diese prompte, wenn auch etwas unklare Antwort ermutigte den Staatsmann, weiterzureden, um an den Kern der Sache heranzukommen. Das laute Schnarchen des Kuhhirten setzte jedoch seinen Hoffnungen ein Ende. „Primitiver Esel", zischte Dulnikker in die bedrückende Dunkelheit und versuchte, ein bisschen zu sich selbst zu sprechen. Aber bald war er gezwungen aufzuhören, weil er entdeckte, dass er es nicht aushielt, sich zuzuhören.

DULNIKKER und sein Sekretär saßen bei einem nahrhaften Frühstück im Esszimmer des Wirtshauses. Die Qualität der Nahrung befriedigte beide; sie beanstandeten einzig, dass Malka mit zu viel Kümmel kochte. Auch waren sie durch das an sie gerichtete Ersuchen leicht verstört, mit dem Wasser zu sparen, da dieser Gebrauchsartikel wegen der großen Höhenlage nur in beschränkter Menge in das Dorf gepumpt wurde.

Ein junger, ausgemergelter Bursche in Schwarz mit einem schütteren Bart tauchte oft in der Küche auf und spähte in die Töpfe und Pfannen. Dulnikker fragte den dicken Elifas, was da vor sich gehe, und erhielt hierauf die Auskunft, dass der Ausgemergelte der Dorfschächter sei, der die Küche persönlich überwache.

„Heißt das, dass Sie koscher kochen?", fragte Dulnikker.

„Nein", erwiderte der Wirt, „warum sollte es koscher sein?"

„Aber warum", fragte Dulnikker hartnäckig, „warum muss dann die Küche vom Schächter überwacht werden?"

„Weil kein Rabbi in ein so kleines Dorf käme."

„Ich werde noch verrückt in diesem Loch", sagte Dulnikker zu seinem Sekretär. „Kannst du das verstehen?"

„Natürlich", sagte Zev. „Sie halten das als ein Symbol dessen aufrecht, was ihre frommen Vorfahren in Rosinesco zu tun pflegten. Übrigens überwacht der Schächter nicht nur die Küche, er ist auch der Dorfschulmeister."

„Wieso weißt du das?"

„Ich habe es mit der Tochter des Schuhflickers erörtert."

Ich habe es erörtert? Er unterhält sich mit jemandem!, grübelte Dulnikker und hörte zu kauen auf, weil sein Mund voll des bitteren Speichels der Eifersucht war.

„Zev!", sagte er heiser. „Diese lächerliche Situation kann so nicht weitergehen! Bitte setz dich sofort mit dem Ortsrat in Verbindung und finde heraus, wie die Situation eigentlich steht. Ich verlange ja keinen offiziellen Empfang für mich, aber es gibt Grenzen!"

Zev rief den Wirt auf den Plan.

„Herr Elifas, ich möchte mit den Leitern des Ortsrates sprechen."

„Was?", sagte Elifas erstaunt und blinzelte heftig. „So was gibt's hier nicht."

„Warum nicht?"

„Weil einfach keiner da ist."

„Meine Herren", sagte Dulnikker tadelnd zu ihm, „wir fragen Sie, wer die Angelegenheiten dieses Dorfes leitet!"

„Malka!", rief Elifas. „Komm her, meine Liebe; sie reden schon wieder unverständlich."

Dulnikker führte das Gespräch mit bemerkenswerter Selbstbeherrschung, wiederholte seine Frage in Gegenwart der Frau und betonte deutlich jede Silbe.

„Also, Madame, wer kümmert sich um die Dorfaffären?"

„Wir haben keine solchen Affären."

„Heiliger Himmel!", brüllte Dulnikker. „Gibt es denn niemanden hier, der alles richtet, der zum Beispiel die Dorfbewohner informiert, wann, sagen wir, der Tnuva-Lastwagen fällig ist?"

„Das richtet niemand im Besonderen", erwiderte Malka. „Der Barbier sagt es den Bauern beim Rasieren."

Noch am selben Abend ging Dulnikker zum Barbier. Um die Wahrheit zu sagen, angesichts der Tatsache, dass sein elektrischer Rasierapparat zuunterst im Schrank lag, rechtfertigte sein zwei Tage alter Bart seinen Entschluss. Der Barbierladen befand sich neben dem Wirtshaus, im Vorderteil des Hauses von Barbier Salman Hassidoff. Dulnikker war deprimiert, als er den Barbierladen betrat, obwohl sein Zahnweh wunderbarerweise in der Nacht vorher verschwunden war, als er entdeckt hatte, dass seine unteren Backenzähne links ja alle falsch waren.

In dem kleinen Barbierladen drängten sich ungefähr ein Dutzend Bauern auf einigen Bänken zusammen und warteten in einem Schweigen, das üblicherweise nicht zu Barbierläden gehört. Der magere Schächter stand in einer Ecke des Ladens und betete in einem flüsternden Singsang, während sein hagerer Körper vor und zurück schwankte: Die wartenden Kunden bildeten sein Quorum.

Der Staatsmann setzte sich ans Ende der letzten Bank, ohne auch nur irgendeine menschliche Reaktion hervorzurufen. Kurz darauf kam der breitschultrige Schuhflicker herein – Dulnikker bemerkte zum ersten Mal, dass er hinkte – und sagte zum Barbier:

„Zwei Schachteln Holznägel Nummer 3."

Der Barbier, klein, untersetzt und völlig kahl, gab mit einem Nicken zu verstehen, dass er gehört hatte, und schrieb etwas in ein dickes Notizbuch. Der Schuhflicker nickte und setzte sich wortlos neben Dulnikker. Und wenn du dich auf den Kopf stellst, ich sag kein Wort zu dir!, sprach der Staatsmann stumm seine Verurteilung aus, weil er dem Kerl sein aufrührerisches Benehmen nicht vergessen konnte.

„Mein Freund", wandte er sich an den Schuhflicker, „sind Sie der Dorfschuster?"

„Ja."

„Warum haben Sie dann, wenn ich fragen darf, ausgerechnet den Barbier um Holznägel gebeten?"

„Für Reparaturen."

Wieder senkte sich das drückende Schweigen über die gewandten Sprecher, und Dulnikker konnte in jedem Glied spüren, wie sein Blutdruck hemmungslos stieg und stieg. Plötzlich stand der Staatsmann auf und überraschte die Bauern mit der Bitte, ihn vorzulassen, weil ihm schwindlig sei. Sie waren alle, etwas verblüfft, einverstanden, und der Staatsmann setzte sich vor den erblindeten und verzerrenden Spiegel über dem schaumgefüllten Becken.

„Rasieren? Haarschneiden?", fragte der Barbier.

„Natürlich nur rasieren, mein Freund", erwiderte Dulnikker und fuhr sich mit der Hand über die vereinzelten grauen Haarsträhnen auf dem Kopf. „Aber bitte, schleifen Sie Ihr Rasiermesser, weil ich einen harten Bart habe. Ehrlich gesagt bin ich es gewöhnt, mich mit einem elektrischen Rasierapparat zu rasieren, daher könnte meine Gesichtshaut empfindlich auf ein Rasiermesser reagieren. Aber das ist unwichtig. Mit der Zeit werden wir das schon überwinden. Warum verlangt ihr keinen Strom, mein Freund?"

„Wir verlangen", erwiderte der Barbier und seifte den Staatsmann mit schnellen Pinselstrichen ein.

„Wann habt ihr verlangt, wenn ich fragen darf?"

„Jedes Jahr, seit den letzten fünfundzwanzig Jahren."

„Und?"

„Es wird erwogen."

„Jetzt geht nicht herum und verurteilt die Regierung, Genossen!"

Hier erhob Dulnikker die Stimme und ignorierte den Schaum, der ihm in den Mund geriet.

„Die Regierung unternimmt die höchsten Anstrengungen in allem, was die Entwicklung der unterentwickelten Gebiete betrifft. Natürlich ist hier weder die Zeit noch der Ort, die Frage zu prüfen, aber ich werde versuchen, euch die wahre Situation sehr kurzgefasst zu erklären. Nun, die Frage ist die: Was hat Vorrang, die Entwicklung des Industriepotenzials oder die Bedürfnisse der Bevölkerung? Mich dünkt – beides!"

„Fertig", sagte der Barbier und wischte dem Staatsmann das Gesicht ab.

„Schön", sagte Dulnikker, „dann Haarschneiden auch. Also, wie ich gesagt habe …"

„Tut mir leid, mein Herr, dazu habe ich keine Zeit."

Als der Staatsmann den Barbierladen verlassen hatte – ohne Haarschnitt –, verfiel der Laden wieder in seine vorherige Stille. Die Bauern saßen auf den Bänken und rauchten friedlich ihre Pfeife.

„Wer ist das?", fragte ein neugieriger Bursche nach einer Weile, und man sagte ihm: „Er wohnt im Wirtshaus, kein Mensch weiß, warum."

„Ist mit Koffern gekommen", unterbrach der Schächter eine Sekunde lang sein Beten.

„Es heißt, er ist irgendein Schauspieler", bemerkte jemand. „Er deklamiert Gedichte."

„Er ist krank", meinte der Schächter, „und der Junge pflegt ihn."

In dem Punkt waren sie alle einer Meinung.

„Sein Krankenwärter schläft in meinem Haus", informierte sie der Schuhflicker. „Er erzählte meiner Tochter, dass der Alte ein großer Politiker oder so ist."

„Politiker-oder-so?", staunten sie. „Warum?"

Etwas Grundlegendes war da nicht klar.

„Was ist eigentlich", fragte endlich jemand, „ein Politiker-oder-so?"

„Ein Mensch", meinte der Barbier, „der Befehle gibt. Fast wie ein Ingenieur."

„Bestimmt besitzt er Grund und Boden."

„Ich kenne die Art", sagte der Schuhflicker. „Sie verpachten ihren Boden, dann gehen sie hin und lassen sich's gut gehen."

„Jedenfalls", bemerkte der Schächter, „hoffe ich, er fährt bald heim. Er ist lästig."

„Stimmt", versicherten die Versammelten, „er ist lästig."

DULNIKKER überquerte die Straße mit jener eisernen Entschlossenheit, die alle seine schicksalhaften Entschlüsse begleitete, und platzte ohne anzuklopfen in das Haus des Schuhflickers. Bei seinem Eintritt traf er den Sekretär in einer Ecke des Wohnzimmers mitten in einem höchstpersönlichen Zwiegespräch mit einer jungen Blonden an. Das Auftauchen des Staatsmannes ließ zwischen den beiden jungen Leuten eine kleine Lücke entstehen. Der Sekretär setzte hastig wieder seine Brille auf, aber die Blonde mit dem Babygesicht starrte Zev weiter an, als sei er ein junger Gott in Person. Das befriedigte Lächeln auf ihren Lippen erregte aus irgendeinem Grund die Wut des Staatsmannes. Mit einer energischen Geste winkte er seinen Sekretär heran.

„Zev", flüsterte er ihm zu, „ich bin nicht bereit, auch nur einen Tag länger in diesem Sauloch zu verbringen, wo selbst die Friseure taubstumm sind! Von mir aus kannst du ja dableiben, wenn du willst. Falls du aber Lust hast, mitzukommen, pack sofort deine Sachen, mein Freund. Morgen früh fahren wir!"

„Meine Sachen sind bereits gepackt!" Zev lachte herzlich, und ohne die düster dreinblickende junge Dame zu beachten, eilte er mit Dulnikker zum Wirtshaus.

„Das Dorf hat ein entsetzlich niedriges politisches Niveau", erklärte der Staatsmann die Faktoren seines Entschlusses. „Mit vierzig Jahren Intellektualität, Programmerstellung und Funktionärsleben hinter mir kann man mich nicht zwingen, meine unschätzbare Zeit mitten in einem Haufen ungebildeter Nullen zu verbringen! In diesem Loch gibt's ja nicht einmal Strom, geschweige denn eine einzige Zeitung!"

„Endlich!" Zev seufzte erleichtert auf. „Morgen Nachmittag werde ich für uns Zimmer in irgendeinem schicken Schweizer Hotel reservieren."

„Einverstanden", erklärte Dulnikker, „aber sei nicht überrascht, mein Freund, wenn ich in Zukunft in Sachen Ferien und Genesungsurlaub deinen Rat nicht mehr beachte."

Der Sekretär schwieg, wohl wissend, dass zu solchen Zeiten auch nur ein einziges übereiltes Wort alles verderben konnte. In bester Laune – am Horizont winkte die Freiheit – packten sie miteinander Dulnikkers Habe zusammen. Dann hüpfte Zev eilig die Treppe hinunter, um mit Elifas abzurechnen. Ehrlich gesagt verriet der Wirt unverkennbare Zeichen der Erleichterung, als er den Sekretär ihre Abreise verkünden hörte.

„Großartig", sagte er. „Alles Gute Ihnen, Herr Krankenwärter."

Der Sekretär hielt sich nicht lange mit Verabschiedungen auf, sondern erkundigte sich ungeduldig, wo man im Dorf telefonieren könne.

„Telefonieren?" Elifas begann wieder zu blinzeln. „Was meinen Sie damit?"

Zev erbleichte auf der Stelle. In ihrer großen Freude, trunken vor Abschiedswonne, hatten sie offensichtlich ein paar Kleinigkeiten übersehen.

„Wie kann ich einen Brief von hier absenden?", fragte Zev zögernd. Elifas klärte die Sache auf, dass sie seit nunmehr fast zwanzig Jahren keine postalische Verbindung mehr mit der Außenwelt hatten. Vorher war immer zweimal im Jahr jemand nach Safad gefahren, um die Post von draußen abzuholen, aber schließlich hatten sie diese überflüssige Dienstleistung aufgelassen.

„Danke", flüsterte der Sekretär und schleppte sich schwer die Treppe hinauf.

In der folgenden Nacht schlüpfte Dulnikker um halb zwei aus dem Bett, in das er sich angezogen gelegt hatte, und ging auf Fußspitzen auf die Straße hinunter. Sein Sekretär erwartete ihn bereits hinter einer Linde versteckt. Beide waren – unter emotionalem Druck – so gespannt und aufgeregt, dass sie einander feierlich die Hand drückten, etwas, das sie noch nie getan hatten.

„Gehen Sie zurück, Dulnikker", flüsterte Zev, „ich kümmere mich selbst darum."

„Nicht daran zu denken", erwiderte der Staatsmann. „Ich will sichergehen, dass alles laut Plan klappt."

Bei Vollmondschein – wie das bei solchen Vorgängen üblich ist – huschten sie von Baum zu Baum bis zum Rand des Dorfes. Bevor sie jedoch die letzten Häuser hinter sich gelassen hatten, brach zorniges Gebell los, und zwei Dorfhunde schlossen sich ihnen an. Dulnikker konnte Hunde nie ausstehen, besonders seit dem Vorjahr, als ihn der Terrier des persischen Delegierten bei der Asiatischen Landwirtschaftskonferenz gebissen hatte. Jetzt, mitten in der Nacht, war er einfach wütend. Er begann die bellenden Kreaturen mit Rasenstücken zu bewerfen und verfluchte sie in den abscheulichsten Ausdrücken, bis die lärmenden Tiere am Ende des Dorfes umkehrten und mit eingezogenem Schwanz zu ihren Häusern zurückzogen.

„Immer muss ich alles selber machen!", sagte Dulnikker vorwurfsvoll zu seinem Sekretär. Als sie zum Lagerhaus kamen, atmeten sie freier. Die Tauben schliefen friedlich in ihrem Taubenschlag und plusterten sich im Schlaf gelegentlich mit einem freundlichen Gurren auf. Dulnikker zog den Zettel aus der Tasche und las ihn noch einmal durch:

Hilfe! Sendet sofort Wagen. Es geht auf Tod und Leben!
Amitz Dulnikker

„Soll ich hinzufügen, dass auch Reporter mitkommen sollen?", fragte er Zev, der bereits langsam die Leiter emporkletterte.

Zev brachte ihn nervös zum Schweigen, indem er sagte, Reporter würden ohnehin kommen. Dulnikker starrte liebevoll die hübschen Tauben an, in denen er die Boten der Erlösung aus der Falle namens „Kimmelquell" erblickte. Inzwischen öffnete sein Sekretär das Türchen des Taubenschlags, fing mit zitternder Hand eine der Tauben und zog sie heraus. Der überraschte Vogel begann mit den Flügeln zu schlagen, und der Sekretär purzelte fast von der Leiter. Er brachte die Taube dem Staatsmann hinunter, sie banden ihr den Zettel ans Bein und ließen sie los.

„Kleines Vögelchen, Vögelchen!", flüsterte der Sekretär und warf den Vogel in die Luft. Aber die treue Taube kehrte auf seine Schulter zurück. Dulnikker, der vor Aufregung fast platzte, brach einen dünnen Zweig von einer Hecke und versuchte mit ihm, den goldigen Vogel wegzuscheuchen.

„Flieg, Vögelchen, flieg! Wenn nicht, bring ich dich um!", drohte er der Taube und fuchtelte ihr mit seinem Zweig vor dem Schnabel herum, bis schließlich der Lagerhauswächter durch die seltsamen Geräusche geweckt wurde und aus seiner Wohnung im Hinterhaus herauskam.

„Was geht hier vor?", schrie er, während er seine Hose festband.

Sein plötzliches Auftauchen änderte das Gleichgewicht der Kräfte völlig. Die erschrockene Taube stieg auf und verschwand in der Finsternis, während sich die beiden Verbrecher so tief wie möglich duckten und ins Dorf zurück entwichen. Das Geschrei des Wächters beschleunigte ihren Lauf, sodass sie sich ihren eigenen Pfad durch die stachligen Heckenzäune bahnten. Nach einer Viertelstunde stummen Kampfes gegen die zerstörenden Kräfte der Natur blieben die beiden Flüchtenden stehen und blickten zurück, nur um zu entdecken, dass sie, statt gegen Dornen anzukämpfen, die Straße hätten hinunterlaufen können, die parallel und nur wenige Schritte entfernt von ihrem Weg verlief.

„Ich kann einfach nicht verstehen, warum du das nicht selber hättest tun können!", beklagte sich Dulnikker bei seinem Sekretär. „Muss ein alter Mann von fast siebzig Jahren wirklich solche Aufregungen mitmachen?"

Der Sekretär reinigte keuchend seine Brille vom Schlamm und sagte nichts. Sie trennten sich in einer Atmosphäre stummer Feindseligkeit. Dulnikker kroch fast die Holztreppe hinauf. Er öffnete die Tür, hinkte zum Bett, und ohne die Schuhe auszuziehen, ließ er sich total erschöpft mit dem Gesicht nach unten darauf fallen. Unverzüglich umfingen ihn zwei warme Arme, und eine erschrockene Stimme flüsterte ihm ins Ohr:

„Mein Mann ist da!"

Wenige Sekunden später wurde neben dem Bett ein Streichholz angezündet, eine Männerhand packte Dulnikker und zog ihn unwiderstehlich geradewegs zur Tür. Dann versetzte Elifas Hermanowitsch dem Staatsmann einen Fußtritt in den Hintern und warf ihn wirbelnd die Treppe hinunter.

Dulnikker fiel vor der Küchentür flach auf den Boden und schlief auf der Stelle ein.

Es findet sich ein Weg

Es war die erste Nacht, in der Dulnikker geschlafen hatte. Der Staatsmann lag als ein Haufen am Fuß der Treppe und schlief ohne eine einzige Pille tief und gesund, bis er ungefähr bei Sonnenaufgang durch das sanfte Streicheln seines zerzausten Haares geweckt wurde. Malka, die früh aufgestanden war, um die Kühe zu melken, war in der Finsternis über Dulnikker gestolpert.

„Herr Dulnikker, Herr Dulnikker", hauchte sie ihm warm ins Ohr, „ich hoffe, Sie haben sich nicht schlimm wehgetan." Der Staatsmann öffnete die Augen, konnte sich aber nicht zusammenreimen, was los war. Er warf der Frau einen äußerst törichten Blick zu und versuchte aufzustehen; aber wenn er auch nur eines seiner angeschlagenen Glieder rührte, gab es ihm einen schmerzhaften Stich.

„Heiliger Himmel!", staunte Malka, als sie den zerrissenen und zerlumpten Anzug des Staatsmannes bemerkte. „Sie schauen ja grässlich aus, Herr Dulnikker! Ich habe nicht gewusst, dass ihr so wild gerauft habt! Oj, ihr Männer, ihr Männer!" Sie seufzte befriedigt. „Ihr seid doch alle gleich."

„Madame", stammelte Dulnikker, „erlauben Sie mir, diesen verhängnisvollen Irrtum aufzuklären …"

„Da gibt's nichts aufzuklären, Herr Dulnikker", sagte Malka

lächelnd. „Das nächste Mal werden Sie vorsichtiger sein und es mir vorher sagen. Wie kann ein Mann in Ihrem Alter so verrückt sein?"

Ein seltsames Zittern durchlief den Staatsmann, ein undeutliches, perlendes Gefühl, anders als alles, was er seit mehr als dreißig Jahren erlebt hatte; das heißt, seit jenem Augenblick, als er zum regionalen Parteisekretär ernannt worden war. Vorher war sein jugendlicher Geist intakt und er imstande gewesen, den jungen Damen Zeit zuzuteilen. Seit jener Ernennung hatte jedoch der Gegenstand für ihn zu existieren aufgehört. Dulnikker pflegte bei jedem gewagten Witz, der in der Parteihierarchie erzählt wurde, herzlich zu lachen, aber dieser ganze Sektor des Lebens hatte in seinem Gemüt eine absolut abstrakte Eigenschaft angenommen. „Und jetzt glaubt dieses große, dicke Frauenzimmer – schlimmer, ist überzeugt –, dass ich …" Dulnikker betrachtete Malka von einem funkelnagelneuen Gesichtspunkt aus: Nein, man hätte nicht geglaubt, dass sie Zwillinge geboren hatte. Plötzlich wurde der Staatsmann von dem Wunsch gepackt, der Frau etwas Süßes und dennoch sehr Geistreiches zu sagen.

„Es hat nichts zu bedeuten", murmelte er schließlich. „Was war, das war."

Malka begrüßte diese einfallslose Bemerkung mit einem verständnisvollen Lächeln, legte ihre vollen, runden Arme um Dulnikker und zog ihn hoch. Unter stechenden Schmerzen kletterte der Staatsmann, an die schwingenden Hüften der Frau gelehnt, die Treppe hoch. Mischa, der Kuhhirte, schlief noch immer. Malka ging zum Bett des Staatsmannes und schlug es auf. Plötzlich dämmerte es Dulnikker, dass noch nie eine Frau in seiner Gegenwart ein Bett gemacht hatte. Dann fiel ihm freilich ein, dass Gula genau das Abend für Abend seit Dutzenden von Jahren machte. Schließlich fuhr ihm die idiotische Vorstellung durch den Kopf, dass seine Frau ein Mann sei. Aus irgendeinem Grund versuchte er ein Bild heraufzubeschwören, wie Gula vor ihrer Ehe ausgesehen hatte, und entdeckte, dass er sich eine völlig Fremde vorstellte.

„Ich danke Ihnen aus Herzensgrund, Madame."

„Nennen Sie mich Malka."

Wieder erschien das gleiche alberne Lächeln in Dulnikkers Gesicht. Er bedeckte das Knie mit der rechten Hand, weil dort ein ziemlich großes Stück Stoff fehlte.

„Elifas ist ein reißendes Tier", versicherte ihm die Frau. „Ich schlage vor, Sie lügen ihn an und sagen, Sie seien irrtümlich in mein Zimmer gekommen."

Nachdem die Frau gegangen war, ging der Staatsmann wieder schlafen, und als ihn die Sonne weckte, war er allein im Zimmer. Trotz seiner immer schlimmer werdenden Schmerzen stand Dulnikker auf und wusch sich hastig in der Tonschüssel, die der Wirt für ihn besorgt hatte. Dann ging er wieder ins Bett, um stumm zu leiden. Das Auftauchen von Elifas unterbrach seine seltsamen Gedanken.

„Ich wollte Ihnen wirklich nicht wehtun, mein Herr", entschuldigte sich der dicke Mann, als er ängstlich das zerschundene, bös zugerichtete Gesicht seines Opfers betrachtete. „Ich bin vielleicht ein bisschen hitzig, wo es um meine Frau geht."

„Meine Herren", erwiderte Dulnikker, „seien Sie versichert, dass ich Ihr Zimmer irrtümlich betrat, weil ich es irrtümlich für das meine hielt."

Nein, das war nicht überzeugend! Der Staatsmann spürte, dass das alles schrecklich falsch klang. Was kann ich tun?, sagte er sich. Ich kann eben nicht lügen! Ich bin zu ehrlich. Also beeilte er sich, den Wirt zu fragen, wie es seinem Sekretär gehe.

„He, Kinder", rief Elifas aus dem Fenster, „ist der Krankenwärter des Herrn schon da?"

„Er ist nicht mein Krankenwärter", verbesserte ihn Dulnikker. „Er ist mein Privatsekretär."

„Ihr Sekretär?", fragte Elifas verständnislos. „Was meinen Sie mit ‚Sekretär'?"

„Wollen Sie jetzt bitte einen Arzt rufen." Dulnikker schloss müde die Augen. Elifas richtete ihm emsig die Kopfkissen und ging auf Fußspitzen hinaus. Sofort schlichen die Zwillinge herein und begannen ihr Ritual des Anstarrens. Dulnikker beschloss, die Provokation zu ignorieren und so zu tun, als schliefe er. Bald hörte er zwei Kinderstimmen:

„Er heißt Dulnikker."

„Warum?"

„Ich weiß nicht. Der Papa sagt, er ist fast ein Ingenieur."

„Wann ingenieurt er?"

„Wenn er redet."

Das Gehirn des Staatsmannes arbeitete auf vollen Touren, aber er war nicht imstande, sich aus dem Gespräch etwas zusammenzureimen. Zu seiner großen Erleichterung verscheuchte Zev die Kleinen, als er eintrat. Er trug ein mit Leckerbissen beladenes Tablett, das er vor Dulnikker hinsetzte.

„Empfehlungen von Frau Malka", berichtete er. „Aber Sie sehen ja wie ein Wrack aus, Dulnikker! Sind Sie wirklich die Treppe heruntergefallen?"

Der Staatsmann empfand einen seltsamen flüchtigen Wunsch, seinen Sekretär zu empören und zu verblüffen. Er zog Zev dicht an sich heran:

„Ich kehrte etwas deprimiert heim, als ich heute Nacht zurückkam", flüsterte er schalkhaft. „Kurz gesagt, ich ging in Malkas Zimmer."

„Ich verstehe", reagierte der Sekretär sofort. „Sie haben sich im Zimmer geirrt, Dulnikker."

„Der Schmerz ist unerträglich", stöhnte der leidende Staatsmann. „Ich wusste ja gleich, dass das so enden würde. Ich hoffe nur, dass uns der Wächter nicht erkannt hat."

„Ich glaube, schon."

„Guter Gott!", sagte Dulnikker aufs Äußerste beunruhigt. „Wir müssen sofort ein Dementi veröffentlichen. Wieso glaubst du das?"

„Nun ja, er brachte heute Morgen drei Tauben in die Küche, Dulnikker, damit Sie nicht gehen und sie bei Nacht stehlen müssen …"

Im Zimmer herrschte Stille, nur durch das Schmatzen von Dulnikkers Lippen und das Malmen seiner Backenzähne unterbrochen.

„Seien wir objektiv", meinte der Staatsmann nach einer nachdenklichen Weile. „So wie die Dinge stehen, war es sehr nett vom Wächter, mir ein so hübsches Geschenk zu bringen. Außerdem musst du zugeben, dass die Dorfbewohner größtenteils wohlmeinende Juden sind, die – herrschte nicht die Finsternis des Mittelalters in ihnen –, glaube ich, eine solide, ordentliche Gesellschaft in diesem Waldwinkel schaffen könnten …"

„Hauptsache", bemerkte Zev, Gefahr witternd, „Hauptsache, unsere Taube kommt bald in der Tnuva-Zentrale an."

„Ich glaube, dass eine bloße Diagnose des Leidens nicht genügt", fuhr Dulnikker unbeirrt fort. „Ich sage euch, Genossen, ein Minimum an elementaren politischen Begriffen in diese Unglückseligen einzuimpfen – das ist eine Aufgabe, ein wirklicher Schöpfungsakt. Unterbrich mich bitte nicht, mein guter Freund, ich weiß genau, was du sagen willst. Natürlich habe ich nicht vor, diesen primitiven Juden ein Parteiprogramm zu schenken. Aber ich wünsche wirklich, diesen Genossen eine Anzahl soziologischer und staatspolitischer Begriffe beizubringen. Ich denke dabei an ein Seminar in kleinem Maßstab, Zev, mein Freund, nichts sonst. Und jetzt möchte ich gerne deine Meinung hören."

Amitz Dulnikker richtete sich mit dem gewissen „tatkräftigen Funkeln" in den Augen – wie das seine Kollegen nannten – im Bett auf.

„Hören Sie, Dulnikker", sagte Zev. „Die Idee hat was für sich, aber traurigerweise fahren wir demnächst fort."

„Und inzwischen soll ich nichts tun?", fragte der Staatsmann anmaßend. „Nein, mein Freund. Eine vollständige politische Erziehung kann ich ihnen nicht angedeihen lassen, aber wenn es mir gelänge, das Dorf seiner ideologischen Genesung auch nur einen Schritt näherzubringen, wird meine Mühe nicht umsonst gewesen sein!"

„Bravo!", rief der Sekretär und packte die schwitzige Hand des Staatsmannes mit einem männlich harten Griff. Dulnikker errötete leicht, wie immer, wenn er das Gefühl hatte, dass er seinem Ruf gerecht geworden war.

ALS DER ARZT KAM, hatte Dulnikker schon das Bett verlassen und bemühte sich, im Zimmer auf und ab zu gehen. Der Arzt, ein glatt rasierter Mann mittleren Alters, begrüßte ihn freundlich.

„Hermann Spiegel", stellte er sich vor. „Ich bin wirklich froh, den Ingenieur persönlich kennenzulernen."

„Ich bin kein Ingenieur", erwiderte der Staatsmann. „Ich heiße Amitz Dulnikker!"

Der Name sagte dem Arzt nichts. Er bat Dulnikker, sich flach auf dem Rücken auszustrecken, betrachtete dann lange seine Fingernägel, spähte in seine Ohren und öffnete schließlich Dulnikkers Mund zu einer schnellen Besichtigung seiner faulenden Zähne.

„Sie sind sechzig, äh?"

Dulnikker war sprachlos. Als man vor Kurzem seinen 58. Geburtstag zum zweiten Mal gefeiert hatte, war er 61 gewesen. Er hielt sich jedoch nur für 55, obwohl er in Wirklichkeit über 67 war. Insgeheim hatte er beschlossen, Anfang des nächsten Jahres seinen 65. Geburtstag zu feiern.

„Ich habe unmenschliche Schmerzen, Doktor Spiegel", klagte er. Der Arzt legte ihm die Hand auf den Nacken.

„Sie sind Internist?", fragte Dulnikker.

„Nein, Tierarzt."

„Was haben Sie gesagt?", donnerte der Staatsmann. „Hat denn dieser Ort keinen Menschendoktor?"

„Natürlich nicht!", donnerte Hermann Spiegel zurück. „Wer wäre schon so verrückt, in dieses erbärmliche Dorf zu kommen?"

Der Tierarzt nahm sofort die Gelegenheit wahr und erzählte Dulnikker die betrübliche Geschichte seines Pechs. Man hatte ihn nach Ausbruch einer Maul- und Klauenseuche nach Kimmelquell gehetzt. Hier verliebte er sich auf den ersten Blick in eine der Dorfwitwen, und der Schächter hatte sie unverzüglich getraut. Inzwischen war jedoch der Tnuva-Lastwagen abgefahren.

„Und so bin ich in diesem verdammten Nest hängengeblieben", goss Hermann Spiegel sein Herz aus. „Dabei bin ich ein echter westeuropäischer Intellektueller, und die Leute hier sind die reinsten Tiere. Ich mache keine Besuche, ich habe keine Freunde; ich kann mich nicht an die Verhältnisse in diesem Dorf gewöhnen."

„Wie lange sind Sie schon hier?"

„Dreißig Jahre. Und woher sind Sie, Herr Ingenieur?"

„Ich bin kein Ingenieur", sagte Dulnikker. „Ich heiße Amitz Dulnikker!" Die deutliche Aussprache seines Namens trug gesegnete Früchte.

„Guter Himmel!", rief der Tierarzt aufgeregt aus. „Sind Sie wirklich Dulnikker?"

Ja – das war dasselbe süßschwindlige Gefühl, das ihm so lange versagt geblieben war: Jemanden atemlos zu sehen und sich seiner schmeichelhaften Verwirrung zu erfreuen.

„Also, das ist unglaublich!" Hermann Spiegel war begeistert. „Da sind Sie also ein Verwandter des Optikers Dulnikker aus Frankfurt am Main?"

„Nein!" Der Staatsmann machte sich aus der Umarmung Spiegels frei. „Ich bin mit keinem Optiker verwandt! Ich habe nur Verwandte!"

Der Tierarzt wies den Staatsmann an, eine Woche im Bett zu bleiben und seine heilenden Glieder mit kalten Umschlägen zu behandeln. Er verbot ihm, zu viel Wasser zu trinken, weil das seinen Magen aufschwellen lassen könnte. In den folgenden Tagen genoss Dulnikker Malkas hingebungsvolle Pflege. Sie strahlte vor schmeichelnder Bewunderung für den Mann, der um ihretwillen ein solches Risiko auf sich genommen hatte. Jedes Mal, wenn sie mit dem Staatsmann sprach, enthielt ihr Lächeln etwas wie eine geheimnisvolle Ermutigung, und ihre flinken Finger ließen Dulnikkers Blut jedes Mal prickeln, wenn sie seine Verbände wechselte.

Abgesehen davon fühlte sich der Staatsmann nicht wohl, an seine harte Matratze gefesselt zu sein. Jedermann kannte seine legendäre, angestrengte, überströmende Energie – die angeborene Fähigkeit „Dulnikkers, der Maschine", für die er sich selbst gern hielt. Und mit Ausnahme seiner häufigen Herzanfälle lag Dulnikker nie krank im Bett. Nur einmal, vor langer, langer Zeit, als er noch der junge Leiter einer neuen Zementfabrik war, war er gezwungen gewesen, seine Tätigkeit einige Tage wegen eines Magengeschwürs zu unterbrechen. An sein Bett gefesselt, hatte sich Dulnikker fast verzehrt vor Sorge, dass das Produktionsniveau unter seiner Abwesenheit leiden könnte. Er flehte seine Mitdirektoren an, es ihn unverzüglich und sofort wissen zu lassen, sollte die Produktionskurve – Gott behüte – einen Trend nach unten zeigen, in welchem Fall er selbst noch aus dem Grab in die Fabrik zurückkehren würde, um die Dinge wieder in Ordnung zu bringen. Dulnikker blieb einen Monat im

Krankenhaus, während die Produktion um acht Prozent anstieg. Seither war er nie wieder krank geworden.

Es war daher nicht überraschend, dass der Staatsmann nicht durchhalten konnte. Sein erhabenes Ziel – die Erziehung des Dorfes – brachte ihn schnell auf die Beine. Am dritten Tag war Dulnikker aus dem Bett und begab sich auf die Straße, wo ihn Zev mit einem wartenden Pferd und einem zweirädrigen Wagen überraschte. Es war derselbe Karren, der dem stummen Pfeifenraucher gehörte. Der Sekretär hatte das Gefährt für zwei Wochen von ihm gemietet. Es wurde bald klar, dass das Holpern des bäuerlichen Fahrzeugs dem Staatsmann große Schmerzen verursachte, und daher zog es Dulnikker vor, zu Fuß dahinzuhinken, während ihm der Karren langsam folgte.

Der Staatsmann zog bald einige Aufmerksamkeit auf sich, weil er – wie das Gerücht verlautete – mit seinem Krankenwärter zusammen versucht hatte, für die Frau von Elifas Hermanowitsch eine Taube zu stehlen. Die Bauern drückten ihre Hochachtung dadurch aus, dass sie Dulnikker zunickten, wenn sie auf der Straße an ihm vorbeikamen. Darüber hinaus aber blieben sie dieselben friedlichen Leute, deren gemessener Schritt ihn so sehr erbitterte.

„Selbstgefälligkeit", versicherte Dulnikker seinem Sekretär auf einem ihrer Spaziergänge. „Es ist klar, dass sie in dem Sumpf der kollektiven Apathie versinken. Einer einzigen starken Persönlichkeit, in der der gewisse Funke der Führernatur lebt, könnte es gelingen, ein bisschen Gärung in dem Dorf zu erzeugen. Aber wer sollte das sein? Vielleicht der Schuhflicker?"

„Wie soll ich das wissen?", erwiderte der Sekretär gleichgültig. „Jedenfalls ist seine Tochter recht lebhaft."

„Dir, mein fauler Freund, geht es nur um dein Vergnügen", sagte Dulnikker wütend. „Immer muss ich alles selber machen!"

An diesem Punkt kehrte der Staatsmann seinem Sekretär den Rücken und betrat gleich darauf den Schusterladen. Zev setzte sich unter eine große Linde, riss einen Grashalm ab, legte ihn quer über seine gespitzten Lippen und begann auf ihm zu blasen. Er hatte sich noch nie so gelangweilt wie in den letzten paar Tagen.

Der Laden Zemach Gurewitschs war nichts als ein kleiner Raum an der Seite seines Hauses und enthielt einen Tisch, zwei Schemel, einen Hammer, ein Stemmeisen, etwas Pech und eine Menge über den ganzen Fußboden verstreute Schuhleisten. Auf dem einen Schemel saß ein alter Mann mit einem fahlen Gesicht, der Holznägel in eine Schuhsohle trieb. Zemach Gurewitsch war soeben von seinem Feld zurückgekehrt und hatte seinen Lederschurz angelegt. Er begrüßte den Staatsmann mit einem leichten Nicken, aber der alte Mann hob kein Auge, um ihn auch nur anzusehen.

„Meine Herren", sagte der Staatsmann zum Schuhflicker, „ich habe ein Paar guter Schuhe, aber ich möchte, dass Sie Gummiabsätze darauf geben, damit mein Schritt elastischer wird. Wenn Sie nichts dagegen haben, schicke ich Ihnen morgen meinen Sekretär mit den Schuhen herüber."

„Habe nichts dagegen", erwiderte der Schuhflicker, „aber nicht Morgen, Herr Ingenieur."

„Ich bin kein Ingenieur."

„Trotzdem nicht morgen, weil ich die Absätze erst durch den Barbier bei der Tnuva bestellen muss."

Der im taktischen Manöver so erfahrene Staatsmann ergriff sofort die sich ihm bietende Gelegenheit.

„Ich möchte wissen", sagte er, während er Gurewitsch und seinem Gehilfen Zigaretten anbot, „warum es der Barbier sein muss, der die Warenliste aufstellt?"

Der Schuhflicker und der Alte tauschten verblüffte Blicke. „Er stellt nichts auf", versicherte der Schuhflicker. „Er schreibt nieder, was ihm die Leute sagen."

„Selbst das ist eine achtbare Funktion im Dorfleben", meinte Dulnikker. „Es liegt mir fern, mich in Ihre Angelegenheiten zu mischen, meine Herren, aber es scheint, dass Sie, Herr Gurewitsch, die Aufgabe genauso getreu erfüllen könnten. Die Dorfbewohner besuchen nicht nur den Friseurladen; Ihre Institution, als Grundlage aller Schusterarbeit, kommt in häufigen, direkten Kontakt mit ihnen. Ist Ihnen nie eingefallen zu fragen, warum der Barbier ernannt wurde, um die Liste zu führen, und nicht Sie?"

„Ich hab mir darüber Gedanken gemacht, Herr Ingenieur", gab Gurewitsch zu, „und recht ist es nicht!"

„Also dann", begann Dulnikker seine Schnellfeuerrede, „treten Sie an das Tor des Dorfes hinaus und sagen Sie den Mitbürgern: ‚Auch ich bin ein Handwerker, nicht weniger als der Barbier, und auch ich will Anteil haben an der Aufstellung der Liste!' Würden Sie das tun, Genosse?"

„Nur wenn ich verrückt wäre, Herr Ingenieur", erwiderte Gurewitsch gelassen. „Es war wirklich nicht recht von uns, dem Barbier das ganze Zeug aufzuladen. Aber von mir verlangen, mir freiwillig noch eine Arbeit auszusuchen, der jeder sonst versucht, aus dem Weg zu gehen – Sie werden schon entschuldigen, Herr Ingenieur, aber ich bin doch nicht auf den Kopf gefallen."

Woraufhin sich der Schuhflicker an seinen Tisch setzte, seinen Hammer hob und zum Staatsmann sagte:

„Sie schicken also Ihren Krankenwärter nächste Woche her, Herr Ingenieur."

„Er ist mein Sekretär", murmelte Dulnikker, als er den Laden verließ. Er fand seinen Krankenwärter unter der Linde ausgestreckt, auf seinem Grashalm hohe Töne blasend. Die Wut des Staatsmannes erreichte einen bisher ungeahnten Gipfel. Mit einer schnellen, wütenden Gebärde entriss er Zev den Grashalm, und während er den Sekretär die Straße mit entlang zog, erzählte er ihm die ganze schändliche Angelegenheit. Er beschloss sein Klagelied:

„Dieses Dorf verkommt hoffnungslos."

Der Sekretär warf einen besorgten Blick auf die vorquellenden Adern des Staatsmannes.

„Nur einem zurückgebliebenen Geistesschwachen könnte es entgehen, was sich hier abspielt!", brüllte Dulnikker. „Wo ist das Dorfratsgebäude, frage ich! Wo ist die öffentliche Parkanlage, frage ich! Wo ist das Industrieviertel, frage ich! Ist es nicht abnormal, dass ein Dorf dieser Größe nicht einmal einen Bürgermeister hat?"

„Wozu brauchen diese guten Leute einen Bürgermeister?", plädierte Zev. „Ich sehe nicht ein, warum Sie es nötig finden, sich so über sie aufzuregen."

„Der Mensch hat ein Gewissen", erwiderte der Staatsmann. „Was mich wirklich wurmt, ist, dass ich keine Möglichkeit finde, sie aus ihrer chronischen Dumpfheit zu ziehen – und niemand will mir dabei helfen! Ich glaube", Dulnikker warf einen zornigen Blick auf den Karren zurück, der sie mit ohrenzerreißendem Kreischen begleitete, „ich glaube, es ist an der Zeit, dass wir dieses Transportmittel loswerden."

„Wie Sie wünschen", sagte der Sekretär nachdenklich, „obwohl gerade das *die Lösung* sein könnte."

Anzeichen einer Gärung

Dulnikker hatte seinen Sekretär vor sechs Jahren entdeckt, bei der Versammlung einer kleinen Jugendgruppe. Der Staatsmann pflegte Vorlesungen auch vor so unbedeutenden Einzelgrüppchen zu halten, um seine Unparteilichkeit zu zeigen, indem er keinen Unterschied zwischen den einzelnen Größenordnungen machte. Zev, der Gruppenkoordinator, hatte Dulnikker mit einigen Worten etwa folgendermaßen begrüßt:

„Ich freue mich, in unserer Mitte Amitz Dulnikker zu begrüßen, einen der Gründerväter und Former unseres Staates, einen der Gründer und Baumeister der Bewegung, einen Mann der Arbeit, des Schöpferischen, des Kampfes, der Eroberung und Leistung; den Pionier und Verwirklicher!"

Dulnikker war der gewitzte Jüngling aufgefallen; er erblickte ein noch unbehauenes Talent in ihm. Nach seinem Vortrag hatte er sich mit Zev in eine Ecke abgesondert, wo sie die Ansichten des Staatsmannes über zuchtvolle Organisation, Entwicklung, Wirtschaft, Sicherheit und das Atom erörtert hatten. An jenem Tag nahm Dulnikker den begierig lauschenden Jüngling unter seine Fittiche. Aufgrund Dulnikkers persönlicher Anordnung wurde der unbekannte Jugendkoordinator innerhalb von vierundzwanzig Stunden zur Zentralexekutive versetzt und innerhalb eines halben Jahres von dem Staatsmann in die Stellung seines Ersten Sekretärs befördert. Es ist anzunehmen, dass der bekannte Scharfblick des Staatsmannes ihn auch diesmal nicht im Stich gelassen hatte. Zev erwies sich als ein gewandter Sekretär, den Dulnikker im Lauf der Zeit in einen Großteil seiner Tätigkeit einweihte und ihm sogar Gelegenheit gab, sich ideologisch zu entwickeln, indem er selbstständige Berichte, Reden und Aufsätze entwerfen durfte, wann immer Dulnikker nicht selbst die Zeit dafür fand. Er überraschte Dulnikker mehr als einmal mit einer schwer zu fassenden glänzenden Idee, der der Staatsmann erst zu folgen vermochte, als man sie ihm erklärte. Auch jetzt wieder hatte der Knabe mit irritierender Einfachheit seine Meinung zur Lage hingeworfen: „Das Fuhrwerk ist die Lösung."

„Ich sehe, dass du zum Kern der Sache vorgedrungen bist", sagte Dulnikker vorsichtig, „aber ich möchte doch gern hören, wie du dir vorstellst, die Idee in die Tat umzusetzen."

„Sehr einfach, Dulnikker", erwiderte Zev. „Wir haben beide bemerkt, dass die Bauern größtenteils zufriedene Menschen sind. Aber sie müssen zu Fuß zu ihren Feldern und wieder zurückgehen, sodass sie todmüde heimkommen. Also habe ich mir gedacht, wenn man dem Bürgermeister die Benutzung irgendeines Beförderungsmittels bewilligen würde, so ungefähr, wie es den Staatsbeamten dritter Klasse erlaubt ist, wären sie eifriger dahinter, den Job zu übernehmen."

„Probe bestanden, mein Freund", versicherte der Staatsmann, als ihm Zevs Plan aufging. „Genau das, was ich meinte, als ich dir, wenn ich mich recht erinnere, sagte, der erste Schritt sei, ihren Wunsch nach einem Beförderungsmittel zu wecken. Nur bin ich bei der Entwicklung meiner Idee etwas weiter gegangen und habe beschlossen, sie zu verwirklichen."

Dulnikker wartete, bis der Karren sie einholte. „Genossen", wandte er sich an den Kutscher, „würde es euch etwas ausmachen, jemanden anderen statt uns zu befördern?"

„Nein", erwiderte der Pfeifenraucher. „Im Gegenteil."

An diesem Abend strich Dulnikker um die Häuser herum, bis die Kunden den Barbierladen verlassen hatten. Salman Hassidoff wollte eben die Rollläden herunterlassen, und seine Frau kehrte bereits die Haare vom Fußboden zusammen, als der Staatsmann hereinstürzte und sich auf den Sessel vor den Zerrspiegel setzte.

„Wie sieht's mit der Ernte aus, meine Herren?", erkundigte er sich. „Wie steht's mit den Feldern?"

Hassidoff beschleunigte das Einseifen beträchtlich, blieb jedoch stumm.

„Kein Naserümpfen, meine Herren! In der Landwirtschaft rackern, im Barbierladen rackern, und noch dazu offizielle Dorfangelegenheiten besorgen", sagte der Staatsmann, blind für seine feindselige Umgebung. „Ich möchte sagen, Genossen, dass sich der Mensch manchmal eine größere Last aufbürdet, als er tragen kann."

„Ja", erwiderte der Barbier vorsichtig, „und deshalb bekommen Sie auch heute keinen Haarschnitt."

„Nur recht und billig", sagte Dulnikker verzeihend. „Wenn es einen gibt, der den kleinen Mann versteht, dann bin ich es. Wie kann ich Ihnen helfen, Herr Hassidoff?"

Hassidoff machte sich das Angebot des Staatsmannes zunutze: „Bitte bewegen Sie die Haut neben Ihrem Mund nicht so viel, so werden wir früher fertig."

„Wie Sie wünschen", antwortete Dulnikker und fügte sofort hinzu: „Ich nehme an, Ihre Felder liegen vom Dorf ziemlich weit weg."

„Und wie weit!", schaltete sich die Frau des Barbiers ins Gespräch ein.

Dulnikker war voll Mitleid. „Wirklich? In dem Fall kann ich Ihnen vielleicht helfen, meine Herren. Woran ich denke? Ich habe mir und meinem Krankenwärter für zwei Wochen einen Wagen gemietet, aber ich brauche ihn nicht mehr. Also dachte ich daran, ihn Herrn Hassidoff zu leihen."

Herr Hassidoff hielt mitten im Rasieren inne.

„Was?", fragte er. „Warum?"

„Weil ich helfen will, Genossen. So einfach ist das!"

„Warum ausgerechnet mir?"

„Weil Sie, Herr Hassidoff, der Bürgermeister sind."

„Was für ein Bürgermeister?"

„Amtierender Bürgermeister, Leiter der Dorfangelegenheiten. Bürgermeister de facto!"

„Ich bin kein de facto! Ich leite nichts."

„Lassen Sie die Bescheidenheit, Genossen. Herr Hassidoff, sind Sie denn nicht der Mann, der die Bestellungen für die Tnuva aufstellt? Sind Sie denn nicht derjenige, der den Leuten sagt, wann der Lastwagen eintrifft?"

„Das stimmt", gab Hassidoff verschämt zu. „Sie lassen immer mich das tun. Nur ein Narr wie ich lässt sich eine solche Arbeit aufhalsen."

„Das ist genau der Grund, der mich bewog, Ihnen meinen Wagen zu leihen, Genossen. Ich habe ihn ohnehin schon bezahlt, also wird es Sie keinen Heller kosten."

„Was soll das, Herr?", protestierte der Barbier. „Glauben Sie, ich setze mich auf einen Karren? Ein Karren ist dazu da, um Futter zu befördern, nicht Leute."

Plötzlich tauchte eine mächtige Verstärkung auf.

„Wird es dir schon wehtun, Salman, ein paar Tage auf einem Karren zu fahren, wenn ihn der Herr Ingenieur ohnehin schon für dich gemietet hat?", übertönte ihn die Stimme seiner Frau. „Bist du Bürgermeister de facto, oder wie das der Herr Ingenieur genannt hat – oder bist du's nicht?"

„Sei nicht blöd!", sagte der Barbier zornig und begann Dulnikker erneut einzuseifen. „Was werden die Leute hier sagen? Nein, Herr", wandte er sich an Dulnikker, „hören Sie nicht auf das Geschwätz der Frau. Das kommt nicht infrage."

Als der Barbier zum ersten Mal in dem Karren auf sein Feld hinausfuhr, trauten die Dorfbewohner ihren Augen nicht, besonders da Frau Hassidoff strahlend hinter dem Rücken des teilnahmslosen Frächters saß und den Leuten, die offenen Mundes vorbeigingen, liebenswürdig zuwinkte. Wann immer Leute in Rufweite herankamen, hielt der Barbier das Fahrzeug an, um sich zu entschuldigen: Es sei nicht seine Schuld, er habe den Karren als Leihgabe für ein paar Tage von dem Ingenieur bekommen, der halte ihn für den Bürgermeister de facto – und ähnliche, mindestens ebenso unklare Ausflüchte. Hassidoff entdeckte jedoch, dass seine Angst übertrieben gewesen war, denn das Spannende verlor sich von Tag zu Tag, und der Barbier auf dem Karren wurde zu einem untrennbaren Teil der Szenerie – genau wie der Staatsmann und sein bebrillter Krankenwärter, wenn sie tief ins Gespräch versunken die Dorfstraße hinunterwanderten.

Was Dulnikker betraf, fühlte er sich seit Beginn seines nun schon ziemlich langen Aufenthaltes in Kimmelquell befriedigt. Sein Erfolg, den Barbier auf den Karren zu setzen, war zwar keine der großen Leistungen auf seinem Konto, aber er betrachtete es als einen guten Start. Zu seiner großen Erleichterung sollte die Fortsetzung nicht lange auf sich warten lassen, wenn auch nicht durch eine Bemühung seinerseits.

Es geschah am Samstagabend in der Dorfrunde und so still, dass nur wenige der Speisenden bemerkten, dass es überhaupt geschah. Zemach Gurewitsch, der Schuhflicker, der neben Dulnikker saß, eröffnete mitten im Mahl eine lebhafte Diskussion mit ihm. Das war bemerkenswert, weil es das erste Mal war, dass es, mit Ausnahme der Zwillinge, je ein Dorfbewohner getan hatte.

„Herr Ingenieur", sagte der Schuhflicker zu Dulnikker, „meine Felder liegen sehr weit vom Dorf entfernt."

„Wirklich?"

„Daher", fuhr der Schuhflicker fort, „geben Sie auch mir einen Karren."

Die Schuhflickerstochter, die kleine Blonde, die neben dem „Herrn Krankenwärter" saß, begann ihren Vater sachte anzustoßen, aber der materialistisch gesonnene Mann brachte sie mit einem Knurren zum Schweigen.

„Lass mich in Ruhe, Dwora", donnerte Zemach Gurewitsch, „ich bin älter als der Barbier und habe außerdem ein schlechtes Bein. Ich schwöre, es wäre wunderbar, wenn ich ein paar Tage nicht zu Fuß gehen müsste …"

„Ich würde mit Freude Ihr Ansuchen bewilligen, meine Herren", rechtfertigte sich Dulnikker, „aber was kann ich tun, wenn Sie, Herr Gurewitsch, keine öffentliche Funktion im Dorf versehen? Das Recht auf einen Karren gebührt dem Bürgermeister, und da gegenwärtig der Barbier die Liste zusammenstellt, steht der Karren zu seiner Verfügung."

„Das versteh ich nicht", platzte der Schuhflicker heraus. „Wieso verdient der größte Dummkopf im Dorf den Karren?"

„Weil er der Bürgermeister ist, meine Herren."

„Und wenn ich der Bürger- oder Teufel-was-weiß-ich wäre, könnte ich dann auf dem Karren fahren?"

„Natürlich."

„Schön, das kann im Handumdrehen geregelt werden. Der Barbier ist mein Freund", sagte Zemach Gurewitsch kichernd. Er stand auf und hinkte zu Hassidoff hinüber. „Salman", sagte er und klopfte ihm freundlich auf den Rücken, „weißt du was? Wie wär's, wenn du an deiner Stelle mich die Tnuva-Liste machen lässt? Es ist wirklich nicht gerecht, es die ganze Zeit dir anzuhängen. Also wechseln wir auf ein paar Tage ab, ja?"

„Gott sei Dank!", rief der Barbier erleichtert, als würde ihm eine Last vom Herzen genommen. Aber gleich darauf jaulte er auf: „Au!" und rieb sich mit saurer Miene den Knöchel unter dem Tisch.

„Salman wollte sagen", informierte die Barbiersfrau den Schuhflicker, „dass du dafür zu viel zu tun hast, Zemach, und außerdem kannst du nicht lesen und schreiben, und außerdem bist du auch nicht so de facto, verstehst du."

„Weib", knurrte Gurewitsch, „dich hab ich nicht gefragt. Ich habe mit Salman gesprochen."

„Ich glaube", stöhnte Salman, „wir lassen die Dinge vorläufig so, wie sie sind."

Der Schuhflicker klopfte ihm wieder auf den Rücken. Diesmal aber angewidert. Er kehrte auf seinen Platz zurück, wo er verbittert berichtete:

„Der kleine Barbier ist plötzlich ein großes Tier geworden!"

„Natürlich", bemerkte Dulnikker befriedigt, „er ist ja auch Bürgermeister!"

JENER ABEND grub sich in Dulnikkers Herz als ein wunderbares Vergnügen ein. Er stopfte sich mit jedem verbotenen Leckerbissen voll, von Bratenfett bis Sauerkraut, er sog sich mit Schnaps voll, bis er selig besoffen war und der Schmerz in seinen verletzten Gliedern spurlos verschwand. Er sprach mit vielen Bauern fast wie mit seinesgleichen und war diesen Wohltätern herzlich dankbar. Außerdem verabredete Dulnikker an jenem Abend sein erstes Stelldichein mit Malka. Ehrlich gesagt, war es eine durchaus einseitige Handlung. Nach dem schweren Abendessen kam die Frau zu ihm und flüsterte ihm sehr deutlich zu, dass sie nach

Mitternacht in der strohgedeckten Hütte hinten im Garten auf ihn warten würde.

Einen Augenblick war Dulnikker bis in die Tiefen seiner Seele erschüttert.

„Wozu?", stammelte er. „Warum sollten Sie auf mich warten, Madame?"

Malka lachte, genoss die bei Männern so übliche Schäkerei von Herzen und ließ dabei zwei Reihen tadelloser, schimmernder Zähne sehen.

„Bringen Sie eine Decke mit", flüsterte sie, „benützen Sie aber nicht die Treppe, sonst wecken Sie vielleicht wieder den Narren auf."

Zum ersten Mal dämmerte Dulnikker der ganze Ernst seiner schwierigen Lage. In seinem Kopf jagten einander wundersame Gedanken und Verzweiflungsschreie.

„Aber wenn ich nicht die Treppe hinuntergehen kann, kann ich einfach nicht hinuntergelangen."

„Muss ich es Ihnen erst beibringen, Herr Dulnikker?", sagte das Weib lächelnd. „Sie sind ein Mann von Welt!"

„Ha, ha, ha", kicherte Dulnikker. „Das bin ich ja wirklich." Die seltsame, berauschende Spannung begleitete den Staatsmann, selbst nachdem er zu Bett gegangen war. Er lag mit weit offenen Augen da und versuchte nicht einmal einzuschlafen. Hie und da schaute er ungeduldig auf die Uhr und zählte die Minuten. Was er jedoch die ganze Zeit wirklich wollte, war, einige Worte mit einem Mitmenschen zu tauschen. Genau wie ein Gewohnheitsraucher, der sich mit einigen Zügen an einer Zigarette entspannt, konnte Dulnikker bloß mit ein paar Worten, und wenn es die kürzeste Rede war, Spannung loswerden. Zum Glück für ihn ging Mischa nach ihm – sehr spät – zu Bett, und Dulnikker beutete diese Gelegenheit aus.

„Sag mir, Mischa", wandte sich der Staatsmann in der Dunkelheit an den Kuhhirten, „warst du je verliebt?" Die Frage kam ihm unerwartet, fast unwissentlich auf die Zunge, aber der Kuhhirte war überhaupt nicht überrascht. Er antwortete sogar mit ungewohntem Eifer:

„Herr Ingenieur, ich bin gerade jetzt verliebt, in die Dwora Gurewitsch, aber ihr Vater lässt sie mich nicht heiraten."

„Augenblick", unterbrach ihn Dulnikker. „Mit welchem Recht mischt sich der Schuster ein?"

„Sie ist seine Tochter."

„Ich sage dir, mein Freund Mischa, diese Situation wird so lange andauern, solange den Frauen von Rechts wegen nicht gleiche Rechte gewährt werden. Nur eine gesamtstaatliche Regelung wird das Problem lösen helfen."

„Stimmt."

„Nun, in deinem speziellen Fall, Mischa, gehen wir der Sache auf den Grund. Bei aller Hochachtung vor dir, mein Freund, schließlich bist du nur der Dorfhirte, während Zemach Gurewitsch der Besitzer einer mit assortierten Produktionsmitteln ausgestatteten Werkstätte ist."

„Stimmt. Ausgestattet."

„Hör auf, mich jeden Augenblick zu unterbrechen, Mischa. Lass mich zu Ende reden, genauso wie ich schweige, wenn du redest. Es steht nicht in eurer Macht, Genossen, in diesem Stadium unserer Entwicklung die grausamen Gesetze der Gesellschaft zu ändern. Die Begüterten – und es ist im Augenblick unerheblich, auf welche Weise sie ihre Profite angehäuft haben – errichten Schranken zwischen sich und den unteren Klassen, selbst im Rahmen eines so winzigen Dorfes wie diesem hier. Aller Wahrscheinlichkeit nach ist sich auch Fräulein Dwora der finanziellen und sozialen Kluft bewusst, und sie ist von sich aus nicht bereit, die gesellschaftlichen Schranken niederzureißen, die ich im Vorgehenden erörtert habe. Kannst du mir folgen?"

„Ich verstehe Sie. Was also kann ich tun, Herr Ingenieur?"

„Sich zusammenschließen, Genossen. Das ist das ganze Geheimnis. Ein einziger öffentlicher Kuhhirte ist noch keine öffentliche Macht; aber alle Hirten zusammen, in einem vereinigten Block, stellen eine Macht dar, die niemand übergehen kann. Wie viele Hirten gibt es außer dir im Dorf, einschließlich aller Hirtengattungen?"

„Nur mich."

Einen Augenblick schwieg Dulnikker, nahm jedoch bald das Gespräch wieder auf und fasste dessen Schlussfolgerungen zusammen:

„Du musst durchhalten, Mischa, und dir eine öffentliche Stellung im Dorf erringen, denn eine solche Stellung würde deinen Mangel an materiellen Hilfsmitteln aufwiegen."

„Öffentliche Stellung?"

„Ja. Irgendeine Respekt gebietende Funktion, die dich ins Scheinwerferlicht rückt. Wen hält man für die respektierteste Person im Dorf?"

„Man sagt", berichtete Mischa, „den Kuhhirten."

„Dich?"

„Ja."

„Warum?"

„Weil ungefähr die Hälfte des Viehs mir gehört."

„Dir?"

„Sicher. Ich bin der Reichste im ganzen Dorf, Herr Ingenieur."

„Jedenfalls, es wird spät, mein Freund, und du musst schon im Morgengrauen aufstehen", meinte Dulnikker. „Gute Nacht, Mischa, überlege dir, was ich dir gesagt habe."

„Jawohl", antwortete der Kuhhirte und schlief unter schweren Gedanken ein, während sich die Stirn des jungen Riesen vielleicht zum ersten Mal im Leben runzelte. Dulnikker wartete, bis es Mitternacht schlug, wusch sich dann schnell das Gesicht und begab sich an das von ihm geplante Unternehmen: Er knüpfte den Ärmel seines Bademantels an das Balkongitter, klemmte eine gefaltete Decke unter den Arm und begann unter lautem Herzklopfen den Abstieg via Bademantel. Sowie der Staatsmann in dem schwachen Mondlicht von oben sah, dass seine Füße fast den Boden berührten, ließ er den Bademantelstrick los und fiel ungefähr zwei Meter tief auf den weichen Gartenboden. Er schlug mit dem Kopf auf und rollte dann in einen Blumenteppich. Während all dieser Manöver kreischte Dulnikker immer wieder entsetzt auf, raffte sich jedoch schnell zusammen, klopfte flüchtig den Staub von seinem Pyjama und kroch auf allen vieren zu der strohgedeckten Hütte.

Es gärt

Bei Tagesanbruch kehrte Dulnikker in sein Bett zurück, geschwächt und schwindlig, dennoch voll angenehmer Erinnerungen an ein unvergessliches Erlebnis. Diese Nacht in der strohgedeckten Hütte übertraf mit ihrer lebendigen Erquicklichkeit alle Vorstellungen. Der Staatsmann sagte sich, dass es allein um dieser leidenschaftlichen Nacht willen wert gewesen war, zur Erholung nach Kimmelquell zu kommen.

Als Dulnikker zum Ort des Stelldicheins gekrochen kam, hatte er Malka schon wartend vorgefunden. Sie saß in der efeuüberwucherten Hütte in einem rosa Nachthemd und begrüßte den Staatsmann mit ihrem üblichen ermutigenden Lächeln. Dulnikker atmete schwer, und trotz der kalten Nacht spürte er eine seltsame Wärme in sich. Er breitete die Decke auf dem Boden aus und setzte sich neben Malka auf die aus dicken Ästen gezimmerte Bank.

„Ihr Hals ist sehr schmutzig", sagte die Frau. „Sind Sie auf den Rücken gefallen?"

„Kann schon sein", erwiderte Dulnikker etwas beleidigt. „Ich habe keinen Fallschirm mit."

Malka begann den Lehm mit einem kitzelnden Kratzen abzuschälen.

„Sie haben einen schönen dicken Nacken", flüsterte sie, während sie drauflosarbeitete.

„Ja, in meiner Familie haben meine engsten Verwandten alle den gleichen dicken Nacken", erwiderte Dulnikker männlich stolz. Dank der Entdeckung der Dicke seines Nackens durchflutete seinen Körper plötzlich eine neue warme Welle. Der Staatsmann rückte der Frau ein bisschen näher, und von diesem Punkt an entwickelte sich alles vollkommen natürlich. Malka erschauerte durch seine Nähe, schloss die Augen und lehnte den Kopf an die Schulter ihres Galans. Eine Weile saßen sie in heiligem Schweigen wie zwei Götzendiener da – trunken von der kalten Pracht der zwinkernden Sterne. Dulnikker erkannte mit einem erschreckten Zusammenzucken, dass sie außer der leichten Hülle nichts anderes trug, und diese neue Entdeckung ließ sein Herz stocken.

„Malka", flüsterte er in die feuchte Nachtluft, „ich bin kein Jüngling mehr, mein Frühling ist vorbei und mein Haar wird langsam grau. Aber glaube mir, Malka, von der ersten Stunde an fühlte ich, wie uns eine spontane, fast mystische Anziehung zueinander zog ..."

Dulnikkers Herz öffnete sich von der Gewalt seiner Worte. Malka beugte den Kopf zurück, ihr schwarzes Haar fiel in Wellen auf ihre Schultern, und ihre Lippen öffneten sich leicht. „Ein solches Gefühl hat ein Mann nur in entscheidenden Augenblicken seines Lebens", fuhr Dulnikker flüsternd fort. „Seine Seele steht still, und der Flügelschlag des Schicksals wird hörbar. Ich erinnere mich nur an ein einziges Mal, dass ich ihn so deutlich hörte wie jetzt in deiner Gegenwart, Malka. Wenn ich mich recht erinnere, fand das zu Beginn eines besonders heißen Sommers statt, als ich noch ein schmucker Jüngling war: Zvi Grinstein ließ mich ins Parteihauptquartier kommen und fragte mich, ob ich bereit sei, die Leitung einer Propagandakampagne zur Verdoppelung der Mitgliederzahl zu übernehmen. Damals – damals hatte ich ein Gefühl, als sei ich kein von einer irdischen Frau geborener Mensch. Ich hatte das Gefühl, dass ich irgendein Vogel sei, ein Vogel, der steil himmelwärts fliegen wollte. Stelle dir das vor, Malka: ich, der junge Verkaufsleiter des Parteiblattes – und Zvi Grinstein!" Hier unterbrach sich Amitz zu einer kurzen, aber dramatischen Pause.

„Gott der Allmächtige!", flüsterte er in die geheimnisvolle Dunkelheit. „Wer hätte je gedacht oder vorausgesagt, dass der Sohn des armen Hausierers eine solche Bedeutung im Heiligen Land erlangen würde? Es stimmt, mein lieber Vater – Friede seiner Seele – setzte große Hoffnungen in mich. Denn während die anderen Schulkinder auf der Straße spielten, pflegte ich im Heder zu sitzen, Humesh zu studieren und nicht herumzurennen, weil ich viel zu dick war. Aber gleichzeitig war ich hübsch wie ein kleiner Engel – mit meinen krausen Seitenlocken –, würdig des Pinsels eines van Gogh. Die Leute wollten mich immer hochheben und meine Pausbacken mit Küssen überschütten. Zu meinem großen Kummer war ich gezwungen, mit meinem Studium an der Jeshiva aufzuhören, bevor ich meinen Rabbinergrad erreichen konnte, weil wir plötzlich nach Palästina auswanderten, wo wir eine schwere Zeit knochenbrechender Arbeit durchmachten. Heute mag es Ihnen lächerlich klingen, Madame, aber einst arbeitete Amitz Dulnikker als gewöhnlicher Markthelfer. Ich bin auf jene kurze Zeit der körperlichen Arbeit stolzer als, sagen wir, auf den Literaturpreis für die Veröffentlichung des ersten Bandes meiner gesammelten Leitartikel. Kehren wir jedoch zum Thema zurück, um die Dinge nicht durcheinanderzubringen. Es war mein Glück, bald eine Anstellung als erster Diener bei dem verstorbenen Rabbi Zuckermann von Jerusalem zu finden. Mein Gehalt war minimal, dennoch war es eine intellektuelle Beschäftigung, eines gebildeten Mannes würdig. Er war ein lieber Mensch, voll frommen Eifers, zugleich aber ein aufgeklärter, fortschrittlicher geistiger Führer und tief im Herzen ein vorbildlicher Zionist. Einmal – ich muss Ihnen das erzählen, Madame – kam ein Schächter, dem man nicht erlaubt hatte, an Rosh Hashanah Schofar zu blasen, zu ihm. Der arme Kerl jammerte: ‚Rebbe, Rebbe, warum lässt man mich nicht an Rosh Hashanah blasen?‘ Und was erwiderte der Rebbe, meine Herren? ‚Ich habe gehört – ähm –, dass du nicht in der Mikve untergetaucht bist!‘ Der Schächter begann sich zu entschuldigen: ‚Rebbe, das Wasser war kalt. Oj, war das kalt, Rebbe!‘ Und der Rebbe erwiderte: ‚Oif Kalts blust men nischt!‘ Ha, ha, ha … Der verstorbene Rabbi Zuckermann war ein sehr kluger und geistreicher Mann, obwohl ich nur kurz in seinen Diensten blieb, um mich einer der zionistischen Arbeiterbewegungen anzuschließen. Erlauben Sie mir, Freunde, mit einem Gefühl der Genugtuung zu bemerken, dass dieser Schritt einen Wendepunkt in meinem Leben darstellte. Ich begann zweimal wöchentlich für das Parteiorgan zu schreiben. Siedlungen! In jedem Artikel wiederholte ich mein Schlagwort: Siedlungen! Entweder wir werden eine unabhängige jüdische Landwirtschaft haben, oder es wird auf der Welt überhaupt keine Landwirtschaft geben! Gott, war ich damals kühn! Als der verstorbene Rabbi Zuckermann hörte, dass ich Zionist geworden war, verfluchte er mich schrecklich und entließ mich; und von da an verdiente ich mir mein Leben mit

Hebräisch-Unterricht. Selbst damals war ich schon gezwungen, immer alles selber zu machen, und daher gründete ich aus eigener Initiative mit einigen anderen Genossen zusammen den Kibbuz Givat Tushija. Aber jener Teil meiner Memoiren gehört, glaube ich, zu den Annalen unserer historischen Wiedergeburt. Wir kultivierten, meine Damen und Herren, jene Wüstengebiete wie die Irren, weil wir alle der Romantischen Schule angehörten, und wenn der anonyme Korrektor im Stab des Parteiorgans nicht plötzlich tot umgefallen wäre, dann wäre ich vielleicht mehr als zwei Jahre im Kibbuz geblieben. Nachher forderte mich Zvi Grinstein auf, wie du dich vielleicht erinnerst, ihn zu besuchen, und in jener Stunde von so großer Tragweite, Genossen, war ich ein Mann von neunundzwanzig Jahren der Selbsthingabe und Standhaftigkeit.“

Der junge Dulnikker hatte das 35. Lebensjahr erreicht, viele Kämpfe durchgestanden, viele Erfolge zu seiner Ehre verbucht, als Malkas regelmäßiger Atem seine Laufbahn für einige Sekunden unterbrach. Der Kopf der Frau war hinuntergerutscht und ruhte nun auf der Brust des Staatsmannes. Dulnikker ignorierte ihren tiefen Schlaf und setzte seinen Vortrag weitere zehn Minuten fort, nach denen auch ihn die Müdigkeit überkam. Seine Augenlider wurden schwer, seine fleißige Zunge wurde schläfrig und machte dem tiefen Schnarchen Platz, das seiner Kehle entströmte.

Dulnikker erwachte durch Malkas erschrockenen Aufschrei. „Oh, Himmel!“, rief die Frau aus und sprang auf. „Es ist schon fast Sonnenaufgang!“

Dulnikker packte ihr rosa Nachthemd.

„Wann kommst du wieder?“, fragte er stürmisch. Die Frau warf ihm einen völlig verblüfften Blick zu und lief davon. Der schläfrige Staatsmann wollte ebenfalls zu seinem warmen Bett zurückeilen. Als er jedoch unter seinem Balkon angelangt war, entdeckte er, dass er seinen Bademantel nicht erreichen konnte, um an ihm emporzuklettern. Daher kehrte er wieder in die strohgedeckte Hütte zurück, um abzuwarten, bis er in Ruhe die knarrende Treppe emporsteigen konnte, ohne das Misstrauen Elifas’ zu wecken.

Kaum hatte sich Dulnikker auf der Bank niedergelassen, als er ein schwaches Rascheln hörte, das aus dem Garten vor dem Haus des Schuhflickers dem Wirtshaus gegenüber kam. Langsam kroch der neugierige Staatsmann zur Hecke, spähte durch ihr Laub und war niedergeschmettert. Im Licht der frühen Morgendämmerung nahm er zwei schattenhafte Gestalten wahr, die vorsichtig zu Zemach Gurewitschs Haus zurückkehrten und es betraten.

Es war Zev, mit einer gefalteten Decke unter dem Arm, begleitet von der kleinen Dwora.

Dulnikkers wütender Blick folgte ihnen. Er hatte sich sofort zusammengereimt, was im Garten des Schuhflickers vor sich gegangen war: Zev hat Fräulein Dwora den Kopf verdreht, ist dann nachts in den Garten hinausgegangen, und dann … Konnte der Sekretär ihr bis zum Tagesanbruch seinen Lebenslauf erzählt haben? Nein, dazu hatte Zev noch nicht lange genug gelebt. Dulnikker verstand allmählich, warum sein Sekretär jetzt immer so schläfrig dreinsah. Er verführte Mädchen bei Nacht!

Dulnikker kletterte so entsetzt und so sehr in düstere Gedanken versunken die Treppe hoch, dass er sich erst in letzter Minute daran hinderte, wieder das Schlafzimmer des Wirts zu betreten. Er fiel wie ein Holzklotz auf sein Bett, streckte sich genießerisch in Erwartung angenehmer Träume aus und schlief sofort ein.

Der Zeiger der Sonnenuhr hatte seinen Schatten gerade auf die Ziffer 10 geworfen, als Dulnikker von einem fröhlichen Lärm erwachte, der aus dem Garten kam. Er stolperte mit noch halb geschlossenen Augen auf den Balkon hinaus und entdeckte die Zwillinge, die unten standen und über den Anblick des Bademantels lachten, der noch immer am Geländer festgebunden war und im Morgenwind heftig flatterte.

„He, Ingenieur!", schrie Hajdud, „Majdud sagt, es ist ein Fetzen. Ist es nicht eine Fahne für den Bürgermeister?" Dulnikker versuchte auch diesmal nicht, das Geschwätz der Fratzen zu ergründen. Er tat, als habe er sie nicht gehört, und versuchte unter ständigen Selbstvorwürfen den verknüpften Ärmel aufzubinden.

„Sieht so aus, dass der Mantel schon trocken ist!", sagte er absichtlich laut. Aber zu seinem großen Ärger gelang es ihm erst nach einem längeren Kampf der Fingernägel, den Knoten aufzumachen, da der Mantel mit Tau vollgesogen war. Anschließend ging er schläfrig, jedoch angenehm ermattet, in den Speisesaal hinunter, entschlossen, von seinem Sekretär für dessen unverantwortliches Tun eine ausführliche Erklärung zu verlangen.

„Genossen", beabsichtigte er ihm entgegenzuschleudern, „ein Mann, der unfähig ist, seine Triebe zu beherrschen und ein Sklave seines Fleisches wird, sollte besser auf seine Berufung zum Dienst an Volk und Partei verzichten!"

Auch Malka sah etwas müde aus, aber als sie Dulnikker sein ausgiebiges Frühstück servierte, sah sie ihn träumerisch an und drückte ihm leidenschaftlich den Arm.

„Joj!", staunte die Frau. „Wo haben Sie es gelernt, so hübsch und so viel zu reden, Herr Dulnikker? Und so viele Fremdwörter, und in einem Zug. Ich hab noch nie so reden gehört." Wieder wogte die gleiche warme Welle in Dulnikker hoch. Noch immer spürte er Malkas Kopf an seiner Brust. Er stand auf und trat zu ihr.

„Komm heute Nacht wieder hin, Malka", flüsterte er heiser. „Ich werde auf dich warten."

„Pst, mein Mann!"

Sehr verwirrt begann Dulnikker in der Küche herumzuwandern, als suche er etwas. Er stieß gegen den Schächter und verwickelte ihn sofort in ein Gespräch. Er erzählte ihm einen Witz über einen Schächter, dem verboten worden war, Schofar zu blasen, und fragte ihn, wie viele gottesfürchtige Mitglieder übrigens seine Gemeinde zähle.

„Nur eines", erwiderte der Schächter und deutete mit einem traurigen Lächeln auf sich.

„Das ist nicht viel", spottete der Staatsmann, „aber auf eine solche Gemeinde können Sie sich wenigstens verlassen."

„Weiß ich? Es ist schwer, in einem Ort fromm zu bleiben, der keine Synagoge hat, nicht einmal eine schundige."

„Das ist ja großartig", sagte der Staatsmann in einem professionell scherzenden Ton klagend. „Für eine Synagoge ist kein Geld da, aber der Bürgermeister fährt in einem Wagen herum! Einfach wundervoll!"

Der Schächter blickte ihn überrascht an.

„Verzeihung, Herr Ingenieur", erwiderte er, „aber sind denn nicht Sie es gewesen, der den Karren für ihn gemietet hat?"

„Na und? Hat man ihn gezwungen, den Wagen von mir anzunehmen?"

Die klare Logik des erfahrenen Staatsmannes traf ins Schwarze. Der Schächter klopfte auf den Busch. „Herr Ingenieur, würden Sie mir helfen, eine Synagoge zu bauen?"

„Ich würde Ihnen gern Ihr Ansuchen bewilligen, meine Herren, aber ich habe kein Budget für andere dringende Bedürfnisse als die des Bürgermeisters."

„Ich kann kein Bürgermeister werden, Herr Ingenieur, ich bin Schächter."

„Na und? Ist der Schächter weniger als der Barbier? Im Gegenteil! Salman Hassidoff tut, was für ihn am besten ist, und Sie, Herr Rabbi, tun, was für Gott am besten ist."

„Da ist viel Wahres dran", meinte der Schächter, „aber ich bin kein Rabbi."

„Praktisch sind Sie einer! Sie sind ein Rabbi de facto!"

Hier ließ Dulnikker den aufgeregten Schächter stehen, weil sein Sekretär mit den Spuren der nächtlichen Ausschweifung im Gesicht im Speisesaal erschien. Kühn näherte sich Dulnikker, pflanzte sich vor ihm auf und sagte leicht hüstelnd:

„Ich möcht mit dir reden, mein Freund Zev."

Der Sekretär setzte sich mit aufreizender Fassung nieder.

„Ja, Dulnikker. Was gibt's?"

Der Politiker beugte sich über den Tisch, das Gesicht nahe an Zev, und betonte jedes Wort:

„Ich meine die Ereignisse heute Nacht, Genosse!"

„Keine Sorge, Dulnikker", antwortete der Sekretär, während er sich Butter aufs Brot strich, „nur ich und Dwora haben euch beide im Garten gesehen. Beruhigen Sie sich, es wird nicht weiterdringen."

„Danke", murmelte Dulnikker und begann sein weiches Ei aufzuklopfen.

AM NACHMITTAG, als das Vieh von der Weide zurückkehrte, spielten sich Ereignisse ab, die in der Geschichte Kimmelquells noch nie dagewesen waren. Niemand wusste, wie es begonnen hatte. Die Leute sahen, wie die Tür der Schusterwerkstätte aufflog und Zemach Gurewitsch zusammen mit Mischa, dem Kuhhirten, herausstürmte.

„Glaubst du, ich bin ein Narr, Gurewitsch?", schrie der Kuhhirte. „Ich weiß, dass du Dwora verboten hast, mich zu sehen!"

„Ich es ihr verboten?", schrie ihn der Schuhflicker gellend an. „Dwora läuft vor dir davon, Mischa, das ist alles! Warum sollte ich es verbieten?"

„Warum? Du fragst noch, warum?", brüllte der Kuhhirte wütend. „Glaubst du, ich weiß es nicht? Glaubst du, es wird dir durchgehen, dass du alle möglichen Schranken zwischen uns aufrichtest, nur weil ich ein Mann der materiellen Hilfsmittel bin?"

„Was?"

„Ja, ja, du hast richtig gehört, Zemach Gurewitsch! Gott sei Dank habe ich Augen im Kopf! Glaubst du, dass du das Recht hast, dich einzumischen, nur weil du Mittel produzieren kannst?"

„Ich schwöre, er ist betrunken!", kreischte der Schuhflicker. „Schau, dass du weiterkommst, bevor ich mich vergesse!"

Der Kuhhirte war fuchsteufelswild. „Sag du mir ja nicht, was ich tun soll, Gurewitsch! Noch bist du nicht Bürgermeister!"

Der Schuhflicker sprang hoch, als hätte ihn eine Schlange gebissen. Seit zwei Tagen war er überzeugt, dass der Bürgermeister-Barbier unnötig vor seiner Werkstatt herumfuhr, um ihn zu provozieren. Gurewitsch ballte die Fäuste und ging wütend auf den Kuhhirten los.

„Ich werde früher Bürgermeister sein, als du denkst!", schrie er. „Selbst wenn es einigen Leuten nicht passt!"

Dulnikker beobachtete die Auseinandersetzung mit kaum unterdrückter Genugtuung. „Endlich ein etwas menschlicher Ton", sagte er zu seinem Sekretär. „Es sieht zwar aus, als sei es nicht mehr als ein persönlicher Kampf zwischen zwei Einzelmenschen, aber meiner bescheidenen Meinung nach ist dieser Konflikt der erste Vorbote einer gesunden politischen Gärung im Dorf Kimmelquell!"

„Unser Vorbote", bemerkte der Sekretär nervös, „müsste jetzt schon bei Manager Schultheiß eingetroffen sein."

„Dessen kann man nicht so sicher sein", erwiderte Dulnikker. „Ich habe irgendwo gelesen, dass sich in diesem Sommer die Raubvögel ungeheuer vermehrt haben."

Hermann Spiegel kam herbeigelaufen und fragte atemlos: „Worüber streiten sie?"

„Über das Bürgermeisteramt", erwiderte Dulnikker. „Natürlich."

„Lächerlich", bemerkte der Tierarzt. „Erst gestern Abend habe ich zufällig das Thema mit meiner Frau besprochen. Sie meinte, ich würde einen perfekten Bürgermeister abgeben, wegen meiner wunderbar klaren Handschrift. Ich habe ihr gesagt: ‚Was redest du da, mein Schatz? Das könnte ich gerade brauchen!'"

„Warum nicht?", fragte Dulnikker. „Selbst ein Intellektueller könnte einen guten Bürgermeister abgeben. Oder haben nur Handwerker das Recht, in Kutschen herumzufahren?"

„Meinen Sie wirklich, Herr Ingenieur?", überlegte Hermann Spiegel und eilte zu den Streitenden hinüber, obwohl sich die Menge inzwischen mangels Handlung zerstreut hatte.

„Immer muss ich alles selber machen!", erklärte der Staatsmann befriedigt. „Ich werde jetzt den Schuhflicker besuchen und ihm einige elementare Dinge erklären." Er drehte sich nach seinem Sekretär um. „Sag mir, mein Freund Zev, als ich dir die Idee mit dem Karren das erste Mal auseinandersetzte, hast du da geglaubt, dass sie ermutigende Entwicklungen erzeugen würde?"

„Nein, Dulnikker. Wirklich nicht."

ZEV UND DIE KLEINE BLONDE kletterten langsam einen schmalen Pfad hinauf, der sich durch den Tannenwald schlängelte. Der langarmige Sekretär schien das Mädchen unter seiner Achselhöhle zu tragen, während Dworas große Augen an seinem Gesicht hingen.

„Hörst du die Vögel zwitschern?", fragte sie begeistert. Der Sekretär versicherte ihr, dass er den Lärm höre, er sei ja nicht taub.

„Sie zwitschern nicht nur", versicherte er ihr, „sie beflecken einem auch die Kleider."

„Ihr Stadtfräcke sucht in allem immer nur das Schlechte."

„Im Gegenteil, mein Huhn, wir suchen uns das Gute heraus."

Um zu beweisen, dass es ihm ernst damit sei, nahm Zev seine

Der Fuchs im Hühnerstall

Brille ab, lehnte das Mädchen gegen einen Baumstamm und küsste es auf die Lippen. Da dies seine einzige Zerstreuung im rückständigen Kimmelquell war, war es nur natürlich, dass die beiden ihren Weg erst nach einer langen Pause fortsetzten.

„Warum seid ihr hergekommen?", fragte Dwora.

„Der Ingenieur kam zur Erholung."

„Das stimmt nicht. Der Ingenieur ist nicht zur Erholung gekommen, er ist gekommen, um das Dorf aufzuhetzen."

„Möglich. Das ist sein Geschäft."

„Geschäft? Warum lassen ihn das die Leute tun?"

„Vielleicht, weil sich die Leute gern aufhetzen lassen."

Sie hatten eine kleine, bewachsene Waldlichtung erreicht. Dwora setzte sich auf einen umgestürzten Baumstamm, und Zev legte sich zu ihren Füßen hin.

„Weißt du, Zev, der Papi benimmt sich seit Neuestem so seltsam", klagte das Mädchen, während es genussvoll Zevs Haare zauste. „Plötzlich hat er sich entschlossen, anstelle des Barbiers Bürgermeister zu werden. In den letzten Tagen ist er nicht zur Arbeit hinausgegangen, er bespricht sich nur immer mit dem Herrn Ingenieur, und nachher sitzt er stundenlang in seiner Werkstatt und ‚klärt'. Es ist einfach nicht mit ihm zu reden. Du weißt ja, wie dickköpfig er ist!"

„Wie soll ich das wissen?"

„Er ist störrisch wie ein Maulesel. Ich weiß, es ist nicht nett, dass ich meinen Vater einen Maulesel nenne, aber was er vorhat, ist schrecklich. Gestern Abend kam er vom Herrn Ingenieur heim und sagte mir: ‚Ich muss beweisen, dass ich wirklich für das öffentliche Wohl arbeite, nicht wie Hassidoff, der keine Ahnung vom Rasieren hat!' Wir saßen da und haben den ganzen Tag geklärt. Ich habe verschiedenes vorgeschlagen, was wir wirklich brauchen, wie zum Beispiel mehr Kinder im Dorf oder kühleres Wetter, aber erst am Abend hatten wir eine gute Idee: Es gibt nicht genug Wasser im Dorf. Der Papa war schrecklich glücklich, und ich hab sofort ein großes Schild in Großbuchstaben machen müssen: WIR WERDEN SO LANGE NICHT GENUG WASSER HABEN, SOLANGE DER BARBIER BÜRGERMEISTER IST. WENN ICH BÜRGERMEISTER BIN, WERDE ICH

FÜR EINEN GROSSEN BRUNNEN MITTEN IN DER STADT DE FACTO SORGEN. Und jetzt will der Papa diese Ungeheuerlichkeit in der Werkstatt aufhängen, damit es jedermann sehen kann. Wieso lachst du so? Es ist gar nicht komisch!"

Zev wälzte sich vor Vergnügen.

„Fabelhaft!", keuchte er zwischendurch. „Gärung!"

„WAS SOLL denn das, Genossen?", schrie Dulnikker Zemach Gurewitsch gellend an, als er das Schild an der Wand las. „Was für einen Zweck soll denn das eigentlich haben, wenn ich fragen darf?"

„Eine Art schriftlicher Verständigung", stammelte der Schuhflicker. „Haben Sie mir denn nicht selbst gesagt, Herr Ingenieur, und ich zitiere: ‚Wasser ist eine feine Idee, aber Sie werden sie dem Dorfpublikum zur Kenntnis bringen müssen'? So habe ich mir vorgestellt, dass sie alles darüber lesen."

„Die Idee eines Plakats ist durchführbar", meinte der Staatsmann, „aber es müsste gedrängter und pointierter ausgedrückt werden. Sie müssen es zu einem Schlagwort machen!"

„Einem Schlagwort?"

„Ja. So ist es wirksamer, Genossen. Schweigen Sie – ich möchte etwas Ruhe haben."

Dulnikker versank in Gedanken, während der Schuhflicker und sein Assistent auf ihren Schemeln zu Statuen unendlicher Ehrfurcht erstarrten. Der Staatsmann hob die Augenbrauen zum Zeichen der geistigen Anstrengung, genoss eine Weile das erwartungsvolle Schweigen und verkündete dann seinen Slogan: „Der Barbier baut keinen Brunnen! Der Schuster einen festen Brunnen!"

AM NÄCHSTEN TAG schlenderte Dulnikker allein über die Dorfstraße. Im tiefsten Herzen war er froh, dass sich sein fauler Sekretär in diesen letzten paar Tagen nicht blicken ließ; denn Zevs zynische, verächtliche Einstellung seiner Erziehungskampagne gegenüber hatte den Zorn des Staatsmannes erregt. Dulnikker vermerkte mit tiefer Befriedigung, dass der Karren, komplett samt alternder Eselin und rauchendem Kutscher, noch immer vor Hassidoffs Haus wartete, trotz der Tatsache, dass die Frist, für die ihn

Dulnikker gemietet hatte, schon vor einigen Tagen abgelaufen war. Dulnikker vermutete, dass der Barbier nicht gewillt war, auf sein königliches Gefährt zu verzichten, damit ein solcher Schritt nicht den Eindruck machte, als gebe er seinem Gegner Zemach Gurewitsch nach. Und genauso war es: Salman Hassidoff hielt aus Anmaßung an dem Karren fest und bezahlte ihn aus eigener Tasche. Außerdem fuhr er an einem äußerst heißen Tag zu dem direkt gegenüberliegenden Schuhflickerhaus und sagte von oben her zu Zemach Gurewitsch, der neiderfüllt nur mit den Zähnen knirschen konnte: „Morgen schicke ich meinen Kutscher um den Schuh herüber."

Als Dulnikker den Barbierladen betrat, kehrte die Frau ihren Fußboden genauso, wie sie es getan hatte, als er zum ersten Mal aufgekreuzt war. Diesmal jedoch war ihre Haltung dem Staatsmann gegenüber völlig verändert. Dulnikker setzte sich auf den Sessel, stopfte sich das Handtuch in den Kragen und – dann bemerkte er den kleinen Zettel, der am Spiegel klebte:

Schuster baut keinen Brunnen! Der Barbier einen feinen Brunnen!

In des Staatsmannes Seele begannen laut die Siegesglocken zu erschallen.

„Verzeihung, mein Freund", fragte der Staatsmann unschuldig, „was ist denn das?"

„Ich weiß nicht", flüsterte der verlegene Barbier. „Alle erzählen mir, dass Gurewitsch ein Schild hat, auf dem das Gegenteil steht." Hassidoff wandte sich bekümmert seiner Frau zu, die ihm unverzüglich zu Hilfe kam:

„Dass es ein Gedicht ist, verstehen wir, Herr Ingenieur", sagte sie. „Aber wozu der Brunnen?"

„Zufällig weiß ich, was hier vorgeht, Madame", erwiderte der Staatsmann. „Der Schuster verspricht dem Dorf einen Brunnen, wenn er zum Bürgermeister ernannt wird."

„Aber in diesen Bergen gibt es unterirdisch doch keinen Tropfen Wasser!"

„Meine Herren, er verspricht nicht Wasser, er verspricht einen Brunnen."

„Höre, Salman", brüllte sein Heldenweib, „dann wirst du eben auch einen Brunnen versprechen! Sogar zwei Brunnen! Drei!"

„Nützt nichts, Madame." Der Staatsmann schüttelte traurig sein Haupt. „Der Schuster hat die Glaubwürdigkeit a priori für sich. Daher wird man ihm eher glauben."

„A priori?"

„A priori."

„Warum?"

„Weil er die Opposition ist. Er tritt mit der Regierung in Konkurrenz."

„Das ist eine Schweinerei!", schrie der Barbier himmelwärts. Sein Weib begann dem warmen, menschlich so mitfühlenden Ingenieur ihr Herz auszuschütten. „Schauen Sie, Herr Ingenieur", sagte Frau Hassidoff weinerlich, „jetzt auf einmal wollen sie alle Bürgermeister de facto werden, nur weil es Mode ist. Und trotzdem haben wir bis jetzt nicht einmal gewusst, dass wir einen Bürgermeister haben."

„Sie haben recht, Madame", entschied Dulnikker. „Das Seniorat Ihres Gatten ist unbestreitbar."

„Hörst du, Salman? Der Herr Ingenieur sagt auch, dass du irgendein Seniorat hast."

„So?", brüllte Hassidoff, und sein Blick war mörderisch. „Was will also dieser dreckige Kerl, der die Schuhe so flickt, dass man nicht in ihnen gehen kann? Was will er eigentlich?"

„Eine Regierungsumbildung", erklärte Dulnikker und fügte höchst erheitert hinzu: „Benützen Sie nicht Ihre Zunge, Herr Hassidoff; benützen Sie auch Ihre Klinge!"

Das Rasiermesser in Salman Hassidoffs Hand tanzte tatsächlich wie das Schwert in der Hand eines nervösen Fechters. Der Barbier errötete bis zum Scheitel seines kahlen Schädels.

„Salman", jammerte die Frau, „denk daran, was dir Hermann Spiegel gesagt hat! Du darfst dich nicht aufregen! Diese ganze Bürgermeisterei de facto ist deine Gesundheit nicht wert."

„Recht hast du, Weib", keuchte Hassidoff. „Ich trete zurück, und damit hat sich's!"

„Zurücktreten?" Frau Hassidoff richtete sich hoch auf. „Niemals!"

„Aber meine Herren, meine Herren", beruhigte sie Dulnikker sanft. „Um Himmels willen, wohin sind wir geraten? Was ist mit diesem soliden Dorf geschehen?"

„Herr Ingenieur, Sie sind ein zu gütiger Mensch, umso etwas zu verstehen", bemerkte die Frau. „Seit Neuestem hat sich hier eine Menge verändert!"

„Jedenfalls möchte ich gern helfen. Bitte informieren Sie mich, meine Herren, wie hier der Bürgermeister gewählt wird."

„Er wird nicht gewählt", klärte ihn der Barbier auf. „Bisher hat sich das immer ungefähr so abgespielt: Wenn sie mich zu viel belästigt haben, hab ich zu schreien angefangen, dass ich genug habe, und von jetzt an soll jemand anderer die Liste zusammenschreiben. Dann sind sie alle über mich hergefallen und haben behauptet, dass ich fehlerlos hebräisch schreibe und dass ich viel mehr Zeit habe, weil ich nicht immer warten muss, bis ich beim Barbier drankomme. So war's, wie sie mich immer gewählt haben."

„In jedem Fall muss das Wahlsystem unverzüglich geändert werden", verkündete Dulnikker. „Nicht länger soll ein blindes Schicksal eine so gewichtige Frage entscheiden; sie wird einem fairen Wettkampf auf Gemeindebasis unterzogen."

„Fein!", rief der Barbier. „Ich bin bereit dazu!"

„In nächster Zukunft werden wir einen Provisorischen Dorfrat einberufen, als oberste Instanz, welche die Interessen des Dorfes repräsentiert", fuhr Dulnikker fort, seinen Geheimplan zu erläutern. „Von nun an, meine Herren, wird nur eine Gemeindekörperschaft festsetzen und entscheiden, wer Bürgermeister von Kimmelquell wird!"

„Gemeindekörperschaft?", wunderte sich Frau Hassidoff. Der Gatte brachte jedoch das feige Frauenzimmer sofort zum Schweigen.

„Keine Sorge, Weib", sagte er und richtete sich zu seiner vollen Höhe auf. „Ich bin zwar nicht groß gewachsen, aber ich fürchte mich nicht vor dem hinkenden Schuhflicker!"

„In welchem Fall wir anscheinend einer Meinung sind", versicherte Dulnikker befriedigt und verließ den Laden in bester

Laune. Salman Hassidoff trat vor den Spiegel und ließ seine Muskeln spielen.

„Fein", rief er seiner Frau kraftvoll zu, „lassen wir also die stärkste Körperschaft der Gemeinde entscheiden!"

Und es gärt weiter

Die nächsten drei Tage waren von fieberhaften Beratungen gekennzeichnet. Der Staatsmann widmete seine besten Talente der Bildung eines Dorfrats und benützte zu diesem Zweck seinen durchaus nicht begeisterten Sekretär. Wieder wurde er zur „Dampfwalze Dulnikker", der dynamischen Kraft, die ein ganzes Dorf hinter sich herzuziehen vermochte. Diese wundersame Genesung war zum Teil seiner Entdeckung eines bequemeren Weges als den Balkon zu seinem zweiten Stelldichein mit Malka zu verdanken. Auch dieses Stelldichein prägte sich der Seele des Staatsmannes ein, obwohl es sich vom ersten insofern unterschied, als Malka in warmen Kleidern kam und auch ein Wollknäuel mitbrachte, aus dem sie einen grünen Pullover zu stricken anhub. Dulnikker hatte das Alter von 43 erreicht, sein Stern war aufgegangen, und er war zum Stellvertretenden Parteisekretär ernannt worden, trotz der Opposition Shimshon Groidiss', als ein schlafloser Hahn Malka aufweckte und beide die Hütte verließen, um in den Morgennebeln zu verschwinden. Das hielt ihn in keiner Hinsicht von seinen Bemühungen ab, die „oberste, den Dorfwillen repräsentierende Instanz" zu errichten.

„Es ist wirklich nicht recht, dass wir beide die Räte auswählen, statt es das Dorf selbst tun zu lassen", versicherte Dulnikker in der Gegenwart seines gähnenden Sekretärs, „aber ich glaube, wir können uns noch nicht auf diese Bauern verlassen, denen selbst die minimalste politische Erfahrung abgeht."

Zev deutete an, dass ja auch der Staatsmann zum ersten Mal im Leben einen Dorfrat wählte, aber Dulnikker beruhigte ihn und sagte, Zev wäre überrascht, wenn er sähe, wie leicht das sei. Man brauche dazu nur die verschiedenen Klassen im Dorf, die sozialen Ebenen mit ihren unterschiedlichen und entgegengesetzten politischen Bestrebungen zu unterscheiden. Nach dieser kurzen, jedoch pointierten ideologischen Aufklärung begannen sie, die Bauern nach der oben erwähnten Skizzierung einzuteilen. Drei Stunden später hörten sie verschwitzt und enttäuscht mit ihrer Öffentlichkeitsarbeit auf.

„Gott steh uns bei!" Dulnikker war höchst erstaunt. „Es gibt überhaupt keine Unterschiede zwischen ihnen! Sie sind alle gleich!"

„Stimmt!", bemerkte Zev. „Sie sind alle Bauern, stammen alle aus Rosinesco, bauen Kümmel, besitzen Kühe und tragen Schwarz."

„Von einem Gummistempel gezeugt", stöhnte der Staatsmann. „Der Inbegriff politischer Rückständigkeit!"

„Schauen Sie, Dulnikker: Das Endziel jeder sozialistischen Partei ist, die Unterschiede zwischen den Menschen niederzureißen."

„Natürlich ist es das Endziel, aber in diesem elenden Dorf stehen wir doch erst am Anfang!"

Sie gingen an eine neue Klassifizierung und sonderten die Bauern aus, die einer zweiten Beschäftigung nachgingen. Dulnikker meinte, dass der Barbier – als Bürgermeister de facto – den natürlichen Kern der herrschenden Partei darstelle, während der Schuhflicker naturgemäß die mächtige Opposition der arbeitenden Menschen repräsentiere.

„Das stimmt nicht", kicherte der Sekretär. „Der Schuhflicker hat einen alten Mann in seiner Werkstatt angestellt."

„Schön", sagte Dulnikker, „dann soll er die Kleingewerbetreibenden darstellen. Darauf kommt es wirklich nicht an. Wir brauchen diese Unterscheidungen nur für uns, um das Ganze in eine Perspektive zu bringen. Die Dorfbewohner können solche Feinheiten nie begreifen. Wen haben wir sonst noch?" Zev schlug den Tierarzt als Sprecher der Dorfintelligenz vor, aber Dulnikker, der sich an den Optiker aus Frankfurt am Main erinnerte, erhob Einspruch gegen Hermann Spiegel.

„Er repräsentiert das Vieh", behauptete er. „Ich ziehe ihn bei Weitem Elifas Hermanowitsch vor."

„Der ist auch blöd", bemerkte Zev. „Erst vor einigen Tagen gab er zu, dass er nie versteht, was der Herr Ingenieur sagt."

„Wenigstens du, mein Freund, könntest dich zurückhalten, mich Herr Ingenieur zu nennen. Es regt mich auf."

„Ich habe nur den Wirt zitiert."

Elifas wurde dank der Majorität von Dulnikkers Stimme trotzdem in den Rat gewählt, als Repräsentant der parteiunabhängigen Rückständigen. Der Staatsmann nominierte auch den Schächter mit der Bemerkung, dass der religiöse Glaube überall eine mächtige Kraft sei. Der Sekretär grinste breit und wagte zu bemerken, dass der Schächter keinen einzigen religiösen Anhänger im Dorf habe. Das erweckte den Zorn des Staatsmannes.

„Bitte, hör mit diesem dummen Lachen auf", sagte Dulnikker wütend. „Du weißt sehr gut, dass ich ein Sozialist bin, der keinen Deut für die Einhaltung längst überlebter religiöser Bräuche gibt, dass ich Schweinefleisch esse, kein Käppchen trage und nicht eine Spur von dem Unsinn einhalte, den man mich in meiner Jugend gelehrt hat. Aber als Jude sprechend dulde ich keine so abfälligen Bemerkungen über einen jüdischen Schächter, der durch das Hauptrabbinat geweiht wurde!"

„Verzeihen Sie mir, Dulnikker."

„Ich kann es dir nicht verzeihen, mein Freund. Dieser primitive Hass um seiner selbst willen gegen alle traditionellen jüdischen Werte und diese Verhöhnung unserer heiligen Thora sind typisch für einen antisemitischen Schweinefleischfresser. Nicht jedoch für einen Zionisten, gleichgültig, wie sehr er auch Atheist ist!"

Der Sekretär hielt den Mund, weil er wusste, dass das gefährliche Stadium des Adernschwellens auf der Stirn seines Herrn und Meisters erreicht war. Erst als sich der Anfall legte, bemerkte Zev höflich, dass sie, da die Räte endlich zu jedermanns Befriedigung gewählt waren, in Erwartung ihrer nahenden Abreise aus Kimmelquell ihre Koffer packen konnten.

„Unsere Taube", sagte der Sekretär hoffnungsvoll, „ist jetzt bestimmt schon bei der Tnuva angekommen."

„Wer weiß", bemerkte Dulnikker, noch immer zornig, „diese gebrauchten Tauben sind nie sehr stark. Außerdem fallen sie nach einem Flug von 50 oder 60 Kilometern wie ein Stein zu Boden."

„Nein, Dulnikker. Unsere Taube war eine starke."

Dulnikker runzelte die Stirn.

„Solange wir hier sind, werden wir für das Wohl des Dorfes weiterarbeiten", sagte er mit warnender Stimme. „Daher bitte ich dich, unverzüglich allen Betroffenen einen Brief zu senden:

Mein Herr, wir beglückwünschen Sie zu Ihrer Wahl durch die Einwohner von Kimmelquell (Ober-Ostgaliläa) in ihren Provisorischen Dorfrat. Sie werden hiermit eingeladen, kommenden Mittwoch um Punkt 3.30 Uhr in der Ratskammer des örtlichen Gasthofes zu erscheinen, um an der ersten Sitzung des Provisorischen Rates unter Ausschluss der Öffentlichkeit teilzunehmen.

Tagesordnung:
1. Ratifizierung des Dorfrats.
2. Die Oberste Kommunalkörperschaft wird die Frage der Besetzung des Bürgermeisters entscheiden.

Streng geheim. Um pünktliches Erscheinen wird gebeten. Schwarzer Anzug erwünscht."

„Praktisch tragen sie nie was anderes als Schwarz", unterbrach der Sekretär den Staatsmann, aber dieser hieß ihn schweigen und beschloss sein Diktat mit: „Datum! Unterschrift!"

„Wessen Unterschrift, Dulnikker?"

„Juristisch gesprochen habe ich kein Recht, das Dorf zu vertreten. Also unterzeichne den Brief mit einer allgemeinen Unterschrift wie etwa ,Direktion'."

„Schön", sagte der Sekretär zuvorkommend und schrieb: *Direktion, Abteilung Ingenieurwesen.*

„Noch etwas", fuhr Dulnikker fort. „Ich bin durchaus nicht glücklich, dass wir nur vier Mitglieder für den Rat finden konnten. Die gerade Zahl ist unbefriedigend, weil sich dadurch Stimmengleichheit ergeben kann. Daher brauche ich ein Zünglein an der Waage."

„Vielleicht den Kärrner?"

„Statt eines unabhängigen Unternehmers wäre mir irgendein Kommunist oder extremer Linker lieber, um den Rat auszubalan-

cieren. Hat dieses Dorf keine ausgebeuteten Arbeitskräfte oder Angestellte?"

„Soweit ich weiß, bin ich der Einzige."

„Hör zu witzeln auf, Zev! Ich kann meinen Krankenwärter nicht
in den Rat einsetzen."

„Ich bin Ihr Sekretär, Dulnikker."

„Natürlich. Wer hat das je geleugnet?", wollte Dulnikker wissen.
„Ich glaube, ich kann vielleicht meinen Kommunisten in dem Gehilfen des Schuhflickers bekommen! Jetzt hör mit dem dummen
Gelächter auf, mein Freund, und notiere dir, dass ich morgen in
der Schusterwerkstatt vorsprechen muss."

„Ganz wie Sie meinen, Dulnikker", erwiderte der Sekretär. „Ich
jedenfalls gehe jetzt packen."

DULNIKKER warf einen Blick in die Schusterwerkstatt, und als er
sah, dass der Gehilfe allein war, betrat er die dunkle Kammer. Der
Staatsmann studierte aufmerksam das verwitterte Gesicht des
bleichen alten Mannes, der, den zahnlosen Mund voller Nägel,
an seiner Werkbank arbeitete. Er ist alt genug, um der Vater des
Schusters zu sein, überlegte Dulnikker. Aber statt so geehrt zu
werden, wie es ihm gebührt, muss er sich von früh bis spät aus-
beuten lassen.

„Guten Morgen, Genossen", begrüßte der Staatsmann den Arbeiter und fügte mit wohlüberlegter Diplomatie hinzu: „Ist mein
Schuh schon fertig?"

„Nein", erwiderte der Alte schrill mit seinem unverkennbaren
rosineskanischen Akzent. „Sie haben uns keine Reparatur gebracht,
Herr Ingenieur."

„Natürlich nicht." Dulnikker steuerte das Gespräch in die richtigen Bahnen: „Wie kann ich mir eure Preise leisten?"

„Bitte richten Sie sich das mit Salman."

„Nein, Genossen. Dafür seid ihr zuständig!"

„Warum?"

Diese naive Frage entfesselte einen Redeschwall Dulnikkers, der
rapid auf den unglücklichen, nichtorganisierten Arbeiter herunter-
prasselte.

„Wie viel bekommen Sie für ein gewöhnliches Besohlen?"

„Ungefähr dreißig Agorot*."

„Und wie viele Reparaturen machen Sie im Durchschnitt täglich?"

„Vielleicht drei."

„Das kommt auf ungefähr ein Pfund pro Tag! Sie arbeiten fünfundzwanzig Tage im Monat. Nun, das kommt auf fünfundzwanzig Pfund im Monat. Stimmt's?"

„Ich weiß nicht."

„Wie hoch ist Ihr Monatsgehalt?"

„Weiß nicht."

„Bekommen Sie vierzig Pfund?"

„Die bekomme ich."

„Aha!", brüllte Dulnikker. „Und wer steckt den Unterschied ein, ha?"

„Weiß nicht."

„Das ist es ja gerade, Genossen! Ihr habt überhaupt kein Klassenbewusstsein. Und dann wacht ihr eines schönen Tages auf und entdeckt, dass die Jahre an euch vorbeigegangen sind, dass selbst eure wenigen übrig gebliebenen Zähne wie Herbstblätter verweht sind. Und dann werdet ihr alle kommen und ‚Dulnikker, Dulnikker, Dulnikker' schreien. Aber dann wird es zu spät sein!"

„Aber", stammelte der Alte verzweifelt und rückte von seinem Besucher ab, „aber Sie haben uns wirklich keinen Schuh zur Reparatur gegeben, Herr Ingenieur."

Dulnikker ging auf den Arbeiter zu und stand wie ein dräuender Schicksalsbote vor ihm. „Ihr müsst für euch denselben Lebensstandard verlangen, den Zemach Gurewitsch aufrechterhält!"

„Nein! Nein!", rief der erschrockene Alte flehend. „Bitte, Herr Ingenieur, bitte, verlangen Sie das nicht von mir! Ich kann nicht so schwer arbeiten wie Zemach. Er ist noch jung und kann auf das Feld gehen, aber ich komme gerade nur mit meiner Arbeit in der Werkstatt zurecht."

Der Staatsmann wischte sich den Schweiß von der Stirn. In dem engen Raum war es ausgesprochen heiß.

---

* Anm. d. Red.: Israelische Währung von 1960 bis 1980; 100 Agorot = 1 Pfund

„Ihr seid schwach, Genossen!", rief er. „Deshalb verdient ihr einen kürzeren Arbeitstag! Wie viele Stunden am Tag arbeitet ihr jetzt?"

„So viel ich mag."

„Das ist zu viel! Der Schuster beutet euer Pflichtgefühl als Arbeiter aus! Er weiß sehr gut, dass euer Gewissen euch zwingen wird, so lange zu arbeiten, solange ihr noch einen Finger rühren könnt. Und was ist das Resultat? Ihr beginnt zu husten, und ihr ertrinkt im Abgrund von Armut und Hunger. Nein, Genossen! Ihr müsst Zemach Gurewitsch informieren, schwarz auf weiß, dass ihr unter keinen Umständen so viel arbeiten werdet, wie ihr mögt. Von nun an, Genossen, werdet ihr eine Stunde weniger arbeiten! Und wenn das der Schuster ablehnt, werdet ihr unverzüglich einen Streik ausrufen!"

„Ja, unverzüglich … einen Streik … Herr Ingenieur."

Allmählich wurde Dulnikker böse, weil er im Unterbewusstsein witterte, dass der Arbeiter die Grundtatsachen des Problems noch immer nicht begriffen hatte.

„Streiken bedeutet, mit der Arbeit aufhören", erklärte er schreiend. „Und wollen Sie bitte diese Nägel aus dem Mund nehmen! Sie könnten sie ja schlucken!"

„Nur wenn ich bei der Arbeit gestört werde, Herr Ingenieur."

„Keine Angst, Genossen! Wenn Gurewitsch vom Feld heimkehrt, steht ihr auf, mutig und gerade, und sagt ihm auf meine Verantwortung: ‚Zemach Gurewitsch, von nun an werde ich um eine Stunde weniger arbeiten!' Der Schuster wird das ablehnen, und ihr werdet ihn von einer Arbeitsniederlegung informieren."

„Oh Gott!"

„Keine Angst, Genossen! Zemach Gurewitsch braucht euch, Zemach Gurewitsch wird euch nie mit leeren Händen wegschicken! Er wird euch eine halbe Stunde anbieten; ihr werdet dreiviertel verlangen, und ihr werdet höchstens zehn Minuten nachgeben! Im Fall einer völligen Ablehnung – streikt ihr! Ihr müsst euch organisieren, Genossen. Ihr müsst einen bescheidenen Streikfonds beiseitelegen. Nur so werdet ihr imstande sein, euch in eurem Kampf gegen die Industrieunternehmer sicher zu fühlen. Verstanden?"

„Ich verstehe, ich verstehe", sagte der Alte, mit dem Rücken an die Wand gepresst, und nickte. „Jetzt gehen Sie ganz ruhig nach

Hause, Herr Ingenieur, und ich kümmere mich um alles hier. Es wird schon alles gut werden."

„Nein, Genossen", erklärte Dulnikker und setzte sich auf den zweiten Schemel. „Ich beabsichtige zu warten, bis der Schuster heimkommt. Jetzt kann ich Ihnen ja ruhig sagen, dass ich beabsichtige, Sie, mein Freund, in den Dorfrat aufzunehmen! Das ist der Prüfstein, Genossen!"

Der Alte zuckte die Achseln und arbeitete mit einem bekümmerten Ausdruck weiter. Gelegentlich warf er dem starr dasitzenden Dulnikker einen ängstlichen Blick zu, aber es fiel kein Wort. Nach einer Weile hörten sie den schweren Schritt des Schuhflickers. Er trat ein, begrüßte Dulnikker und band seinen Schurz um.

„Jetzt!", flüsterte Dulnikker dem zögernden Arbeiter zu. „Ich stehe hinter euch!"

„Höre, Zemach", sprach der Alte den Schuhflicker demütig an und gestikulierte entschuldigend, „der Herr Ingenieur will, dass ich heute eine Stunde weniger arbeite."

„Fein", sagte der Schuster, „es ist heute ohnehin nicht viel zu tun."

Die Adern an Dulnikkers Schläfen begannen wieder zu schwellen. „Nein!", schrie er heiser. „Nein! Nicht nur heute! Von heute an!"

Der Schuhflicker sah ihn erstaunt an.

„Schön", sagte er und setzte sich mit einer fragenden Grimasse auf den leeren Schemel.

„Schneiden Sie keine Grimassen, mein Freund! Dieser alte Mann ist voll berechtigt, eine Stunde weniger zu arbeiten!"

„In Ordnung!"

„Täglich!"

„Herr Ingenieur" – Zemach Gurewitsch war außer sich –, „natürlich kann mein Vater arbeiten, wann es ihm passt! Sie brauchen mich nicht die ganze Zeit daran zu erinnern, dass die Werkstatt ihm gehört!"

DAS STELLDICHEIN in der Hütte hatte einige Tage nicht stattgefunden, weil sich Dulnikker verkühlt hatte. Der Staatsmann nieste sehr oft, und dank seiner tropfenden Nase klang seine Stimme wie die eines Wildenterichs. Aber betrachtete man es genau, so rettete ihn seine Verkühlung vor einem schlimmeren Schicksal. Wäre sie nicht gewesen, hätte ihn Elifas Hermanowitsch am frühen Mittwochmorgen nicht in seinem Bett angetroffen.

„Wer ist da?" Der Staatsmann wachte bei der Berührung der Hand des Wirts auf. „Wer stört mich?"

„Ich", kam Elifas' Stimme aus der pechschwarzen Finsternis. „Stehen Sie bitte auf, Herr Ingenieur, es ist alles so vorbereitet, wie Sie es haben wollen. Der Dorfrat wartet auf Sie."

Der Staatsmann fuhr zusammen. „Was? Aber ich habe sie für dreidreißig eingeladen."

„Stimmt", erwiderte der Wirt. „Es ist jetzt dreidreißig."

Dem Staatsmann wirbelte es im Kopf. „Guter Gott", murmelte er, „habt ihr geglaubt, der Dorfrat würde sich nachts um halb vier versammeln?"

„Es ist nicht nachts. Es ist halb vier morgens", korrigierte ihn Elifas. „Es tut mir sehr leid, Herr Ingenieur, aber in dem Geheimbrief stand nicht, dass Sie es für Nachmittag gemeint haben."

„Jedenfalls", knurrte Dulnikker, als er sich die Decke wieder über den Kopf zog, „unterrichten Sie bitte die Räte von ihrem peinlichen Irrtum."

„Unmöglich, Herr Ingenieur, das ganze Dorf ist unten …"

Diese originelle Wendung der Ereignisse konnte nur Dulnikker selbst überraschen. Die Einladungen, die der Krankenwärter persönlich an die Gewählten verteilt hatte, wurden trotz der düsteren Geheimhaltungspflicht innerhalb von Stunden Allgemeingut der Öffentlichkeit.

Alles in allem billigten die Dorfbewohner die Initiative, die von der „Direktion, Abteilung Ingenieurwesen" an den Tag gelegt wurde, und sie billigten einhellig die glänzende Idee, die strittigen Fragen zwischen dem Barbier und dem Schuhflicker durch einen Kampf von Mann zu Mann zu bereinigen, besonders da in den Dörfern ihrer Ahnen in Rosinesco der Dorfvorsteher ebenfalls von Zeit zu Zeit gezwungen gewesen war, seinen Gegnern seine körperliche Tüchtigkeit vor Augen zu führen. Die Dorfbewohner waren vom Ingenieur selbst angenehm überrascht, weil sie nie geahnt hätten, dass sich ein so verweichlichter Stadtfrack so leicht an das bäuerliche Naturgesetz anpassen konnte. Sie billigten auch seine Wahl einer frühen Morgenstunde, wodurch die Teilnehmer instand gesetzt waren, ungestört an ihr Tagewerk zu gehen.

Das Geheime an der Sache hielt die Dörfler natürlich nicht davon ab, schon um Mitternacht dem Wirtshaus zuzustreben. Einige Leute bezogen schon früher am Abend Stellung in der Nähe der Fenster, um garantiert eine gute Sicht zu haben. Andere hatten Stühle und Schemel mitgebracht, während die Kinder auf den Schultern ihrer Väter saßen und Majdud und Hajdud beneideten, die das Glück hatten, alles durch das Schlüsselloch der Küchentür mitansehen zu können. Der Ausgang des bevorstehenden Zweikampfes war umstritten. Einige behaupteten, der Schuster sei größer und schwerer, während andere meinten, seine Lahmheit sei ein Nachteil, und die Aufmerksamkeit ihrer Nachbarn auf die Festigkeit der Gemeindekörperschaft des Barbiers lenkten.

Der Speisesaal des Wirtshauses, von einem Dutzend Kerosinlampen erleuchtet, war selbst durch die Fenster ein prachtvoller Anblick. Elifas Hermanowitsch und seine Frau hatten sich lobenswert bemüht, den Raum auf Glanz zu bringen. Auf die Bitte des Ingenieurs hin hatten sie an einem Ende des Saals einige umgestülpte Holzkisten und auf dieses provisorische Podium den Präsidialtisch gestellt. Außerdem verteilten sie auf dem Tisch Gläser, Obstsaft, Kuchen, Zettel, Bleistifte und sogar einen mittelgroßen Hammer – mit Empfehlungen vom Schuhflicker. Ein breiter, von Nelken umrahmter Streifen Packpapier hing über dem Podium. Darauf stand in riesigen roten Buchstaben eine Schlagzeile, die der Herr Ingenieur verfasst hatte: EINE GESUNDE STADTVERWALTUNG – GRUNDLAGE EINER GESUNDEN REGIERUNG. ZVI GRINSTEIN. Das Spruchband setzte lebhafte Argumente der Menschenmenge in Gang, weil es nicht ganz klar war, warum dieser Zvi Grinstein die Grundlage der Regierung sein sollte, wenn man bedachte, dass keiner dieses Namens im Dorf lebte.

Die streitenden Parteien kamen nacheinander zum Wirtshaus und wurden von der Menge begeistert empfangen. Zuerst kam der hinkende Schuhflicker, der einen schwarzen Festtagsanzug trug. Er zerrte eine in einen Mantel gewickelte Gestalt mit geschlossenen Augen hinter sich her, die sofort an dem nächstgelegenen Tisch niedersank und einschlief. Nach der von einem Ohr baumelnden Brille und der gelben Aktentasche in der einen verkrampften Hand zu schließen, so rechnete sich die Menge aus, musste das der Krankenwärter des Ingenieurs sein. Nach ihm traf der Schächter ein, den Kopf mit einem ungewöhnlich großen und dekorativen Käppchen bedeckt. Er wurde mit besonderen Hochrufen von den Schulkindern begrüßt, die sich freuten, ihren Lehrer zu sehen. Der dritte Mann war zur Überraschung der Menge ein kleines Individuum plumpen Schrittes, namens Ofer Kisch, der Dorfvagabund, den Dulnikker nach dem vergeblichen Versuch, den Vater des Schuhflickers zu organisieren, „in tiefstem Elend" entdeckt hatte. Ofer Kisch war Schneider von Beruf, da jedoch seit Jahren niemand Schneiderarbeit bestellt hatte, war der arme landlose Kerl gezwungen gewesen, sich sein Leben als Amateurspaßmacher bei Hochzeiten und als Totengräber zu verdienen. Angesichts letzterer Funktion verursachte sein Erscheinen im Wirtshaus, was den Ausgang des Kampfes betraf, eine ziemliche Bewegung im Publikum. Als Letzter kam der Barbier in Begleitung seiner Frau, die – da die Einladungen an Einzelpersonen gerichtet waren – offiziell zur Privatkrankenschwester ernannt worden war. Beide betraten das Wirtshaus hastig und gespannt.

Alle Räte saßen um den Saal herum, hatten keine blasse Ahnung, was vor sich ging, und kraulten die Katzen, die zwischen ihren Beinen herumwanderten. Es war ihnen allen schwergefallen, ihre Schläfrigkeit zu bekämpfen, daher waren sie erleichtert, als Elifas auftauchte und den Ingenieur mitschleppte. Dulnikker taumelte die Treppe hinunter, ebenso sehr von seiner Verkühlung wie von seinem Schlafmangel bedrückt. Der Staatsmann war schrecklich müde, bezog aber Trost vom Anblick seines Krankenwärters: Verglichen mit dem Aussehen des halbtoten jungen Mannes sah Dulnikker geradezu energiegeladen aus. Der Staatsmann befriedigte seinen Wunsch nach Rache, weil sich sein Verhältnis zu Zev dank eines kurzen Gesprächs besonders abgekühlt hatte. Dulnikker hatte seine rechte Hand gefragt, ob er von Anfang an gewusst habe, dass der Alte, der im Hintergrund der Schuhflickerwerkstatt dahinmoderte, sowohl der Vater des Schuhflickers als auch der Besitzer der „Firma" persönlich war?

„Natürlich hab ich's gewusst", erwiderte Zev. „Ich wohne beim Schuhflicker."

„Warum hast du mir das denn nicht erzählt, wenn ich fragen darf?"

„Sie haben mich nie gefragt, Dulnikker."

Jetzt näherte sich Dulnikker seinem schlummernden Sekretär und rüttelte ihn kräftig. Es bedurfte noch einiger ordentlicher Rüttler, um wenigstens eins seiner Augen aufzubekommen.

„Lasst mich schlafen", stöhnte Zev. „Bitte sagen Sie ihnen, sie sollen nachmittags wiederkommen."

„Unmöglich, mein Freund Zev." Dulnikker rieb sich sehr vergnügt die Nase. „Ich habe sie für jetzt eingeladen!"

„Für jetzt?" Der Sekretär wurde noch ein bisschen munterer. „Haben Sie wirklich 3.30 Uhr nachts gemeint?"

„Nicht nachts, morgens, mein fauler, schläfriger Freund!", höhnte Dulnikker. „Ich schlage vor, ihr wacht auf, Genossen, damit ihr ordnungsgemäß das Protokoll führen könnt."

„Hol's der Teufel!", fluchte Zev. „Wozu brauchen wir diesen ganzen Mist?"

„Muss ich dir Rechenschaft über mein Tun ablegen?", entgegnete der Staatsmann kühl. „Wenn du gegen konstruktives Handeln bist, werde ich dich von der aktiven Teilnahme an der Debatte befreien. Alles, was du zu tun hast, ist das Protokoll zu führen, nichts weiter! Hallo, Genossen, was geht hier vor?"

Dieser fast hysterische Schrei bezog sich auf Salman Hassidoff und Zemach Gurewitsch, die auf dem Fußboden herumrollten und abgerissene Schlachtrufe blökten.

Es war eine ganz natürliche Entwicklung. Als der Schuhflicker merkte, dass der Ingenieur mit seinem Krankenwärter kostbare Zeit mit internen Diskussionen vertat, stand er auf und nahm die Sache selbst in die Hand. Er zog sein schwarzes Jackett aus, hinkte zum Tisch des Barbiers hinüber und fragte:

„Bereit, Salman?"

Hassidoff zog sich wortlos aus, und im nächsten Augenblick waren sie in der Arena und in einen mächtigen Kommunalkampf verwickelt. Der Barbier war wendiger und packte Gurewitsch an der

Gurgel, diesem jedoch gelang es, Hassidoff mit einem Tritt seines lahmen Beins in dessen Magen abzuschütteln. Die Dörfler draußen standen auf den Fußspitzen und drückten sich die Nasen an den Fensterscheiben platt; die leichter Erregbaren unter ihnen begleiteten jede Wendung der Entscheidungsschlacht mit begeisterten Zurufen. Einen Augenblick schien es, dass der Schuhflicker die Oberhand hatte, weil er den Kopf des Barbiers in einem Würgegriff hielt, aber in letzter Sekunde gelang es Hassidoff, ein Tischbein zu packen, und der Tisch schleifte überallhin mit, wohin Gurewitsch den Barbier zerrte.

Amitz Dulnikker sah all dem vom Podium aus zu. Sein Gesicht war krebsrot, die Augen fielen ihm fast aus dem Kopf, und seiner Kehle entrang sich ständig wildes Grunzen und sinnloses Knurren. Als der Staatsmann merkte, dass mit seinen Stimmbändern etwas nicht stimmte, hob er den Hammer und begann wild auf den Tisch einzuschlagen, aber seine Bemühungen fruchteten nichts gegen den Lärm der Menge draußen. Die einzige Anwesende, die ihren Gefühlen freien Lauf ließ, war das Heldenweib, das ständig kreischte:

„Gib's ihm, Salman! Gib's ihm!"

Salman hatte die Unterstützung seines Weibes grausam nötig, denn er lag auf dem Bauch, der Schuhflicker kniete auf seinem Rücken und trommelte ihm mit den Fäusten auf den Kopf. In diesem Stadium der Schlacht mischte sich eine neue Stimme in den allgemeinen Lärm: Der Sekretär brach in ein heulendes Hyänenlachen aus und wand sich auf seinem Stuhl. Mittlerweile war es dem Barbier gelungen, der Kommunalkörperschaft des Schuhflickers zu entrinnen und wie ein wütender Stier mit Kopfstößen zum Angriff überzugehen. Eifrig sprang der Schneider auf und begann die Tische beiseite zu rücken. Jetzt endlich fand Dulnikker die Sprache wieder.

„Idiot, was machst du da?", fragte er Ofer Kisch.

„Platz", erwiderte Ofer Kisch. In diesem Augenblick gaben die dünnen Beine des Präsidialtisches unter Dulnikkers Hammerschlägen nach und brachen zusammen. Der plötzliche Krach ließ die Kämpfer einen Augenblick ihren Griff lockern. Dulnikker machte sich die kurze Flaute zunutze, sprang über die Ruinen seines Tisches und stürmte in die Arena.

„Hooligans!", brüllte er und warf sich mit ausgebreiteten Armen zwischen die Kämpfer. Beide waren jedoch schon längst jenseits aller Beherrschung ihrer Reaktionen und setzten den Kampf fort, ohne auf den Staatsmann zwischen ihnen zu achten. Dulnikker zappelte wie ein Fisch im Netz. Zum Glück gelang es ihm, mitten in einem dreifachen Salto einer der streunenden Katzen auf den Schwanz zu treten, und das ohrenzerreißende Gekreisch des Tieres brachte die Kämpfer augenblicklich zur Vernunft.

Dulnikker saß mit einer dicken Staubschicht bedeckt und zerrauft auf dem Boden. „Schluss!", kreischte eine fremde Stimme aus seiner Lunge. „Schluss, ihr Mörder! Ihr verrückten, bösartigen Viecher, jeder Einzelne von euch! Schluss, ihr Metzger! Schluss, sage ich! Zev!", schrie Dulnikker plötzlich seinen Ersten Sekretär an, der noch immer gelassen auf dem Podium saß. „Warum rührst du keinen Finger, du Taugenichts, wenn du siehst, dass man mich vor deinen Augen ermordet?"

„Herr Ingenieur, Sie haben mich angewiesen, mich nicht in die Debatte zu mischen", erwiderte der Sekretär. „Meine Aufgabe ist es, mechanisch Protokoll zu führen, nichts weiter." Amitz Dulnikker stampfte auf und brach buchstäblich in Tränen der Enttäuschung aus. Malka umarmte seinen zitternden Körper und führte ihn auf die Rednertribüne. Das Schluchzen des kranken Staatsmannes wirkte auf die Menge genauso wie die Tränen eines Lehrers auf ungebärdige Schüler.

„Was haben wir denn falsch gemacht?", flüsterte Zemach Gurewitsch den übrigen Repräsentanten zu, während er sich seine blauen Flecken rieb. „War denn nicht er es, der uns geschrieben hat, dass die Oberste Kommunalkörperschaft die Bürgermeisterei entscheiden würde? Weshalb weint er also?"

Die Räte glätteten ihre Kleider und kehrten höchst verblüfft auf ihre Sitze zurück. Diese plötzliche Stille löste ein böses Geschrei der Menge draußen aus. Die Bürgerschaft reagierte auf die unerwartete Unterbrechung höchst unmutig mit missbilligendem Pochen an die Fensterscheiben.

Dulnikker stand auf und stürzte, eine Hand auf seine verletzte Seite gedrückt, wütend zur Tür. Er schob den Riegel zurück und stellte sich dem tobenden Mob.

Er ergoss seine ganze Wut auf sie:

„Ruhe! Sonst schmeiß ich euch alle miteinander aus diesem Dorf hinaus!"

Sein vulkanartiger Wutausbruch brachte sie zum Schweigen. Eine einsame Stimme wagte es, ihn respektvoll über das Meer von Köpfen hinweg auf die Tatsache hinzuweisen:

„Entschuldigen Sie, Herr Ingenieur, aber bis jetzt ist noch keiner besiegt worden!"

„Ihr Erbauer von Babel!", zischte der Staatsmann zwischen zusammengebissenen Zähnen und kehrte dem blutdürstigen Gesindel den Rücken. Er versperrte die Tür hinter sich, schnäuzte sich mit einem empörten Trompetenstoß und kehrte auf seinen Platz am Präsidialtisch zurück.

„Meine Herren", rief er dem Rat kummervoll zu, „was um Himmels willen hat sich hier getan?"

Fast die ganze nächste Stunde lang erhielten Dulnikker und Sekretär eine aufschlussreiche Belehrung über „Begriffe und Bedingungen in Kimmelquell und ihre Bedeutung für die Funktionen des Dorfrates als einer kommunalen Körperschaft". Mit wachsender Bestürzung hörte sich Dulnikker die lokalen Ansichten an und versetzte das Dorf im Geist vom Mittelalter in die Steinzeit zurück.

„Genossen!", sprach er den Rat mit schwacher Stimme an, „zivilisierte Menschen entscheiden Führungsfragen nicht durch Faustkämpfe, sondern durch demokratische Wahlen."

„Demokratische Wahlen?", wiederholten die Räte unter viel schnellem Blinzeln. „Wozu?"

„Weil die Dorfbewohner – sie und nur sie – entscheiden dürfen, wer sie regieren darf, Genossen."

„Herr Ingenieur", platzte der Schuhflicker flehentlich heraus, „ist unser System nicht einfacher?"

Dulnikker war am Ende seiner Geduld angelangt und warnte Gurewitsch unter energischen Hammerschlägen, dass er keinerlei provokante Zurufe dulden würde.

„Meine Herren!", wandte er sich scharf an seinen Sekretär. „Warum nehmen Sie kein Protokoll auf?"

„Entschuldigen Sie, Dulnikker, aber das habe ich doch!", protestierte der andere höflich und las dem Dorfrat unverzüglich vor, was er auf ein Stück Papier gekritzelt hatte: „Nach Ankunft des Vorsitzenden fand ein Kommunalkampf de facto zwischen zwei provisorischen Ratsmitgliedern statt, den Herren Zemach Gurewitsch und Salman Hassidoff. Verletzt wurde ein Anwesender: der Herr Ingenieur."

Nach Verlesung des Protokolls verbeugte sich der Sekretär und setzte sich feierlich nieder. Dulnikker beherrschte sich bewundernswert und dankte dem jungen Taugenichts für seinen Fleiß. Dann erhob sich der Staatsmann, legte seine Uhr vor sich auf den Tisch, zog eine Rolle Papier aus der Tasche und ergriff das Wort. „Ehrenwerter neuer Dorfrat", eröffnete Dulnikker die Inaugurationsrede, die er vor zwei Tagen vorbereitet hatte. Er sprach ruhig, aber mit weitausholenden Gesten und keinerlei Zeichen von Müdigkeit oder Niedergeschlagenheit. „Ich muss mich streng beschränken, weil es schon spät wird, aber bevor ich meine Rede auf ein bloßes Mindestmaß zusammendränge, fühle ich mich verpflichtet, ein Wort der Begrüßung an die höchste Vertretung der Dorfinteressen zu richten – an den ersten Dorfrat der Geschichte von Kimmelquell seit der Zerstörung des Zweiten Tempels!"

Hier hielt der Staatsmann inne, um dem Publikum zu erlauben, in lauten Beifall auszubrechen, aber nur Malka applaudierte – einmal.

„Erlauchter Dorfrat! Meine Damen und Herren! Alteingesessene und Neueinwanderer!", fuhr Dulnikker fort. „Wir haben uns heute Abend hier versammelt, nicht um neue Siedlungen zu gründen; wir haben uns nicht versammelt, um große Industrieunternehmen zu errichten; wir haben uns nicht versammelt, um Ölquellen in den Einöden der Wüste anzubohren; wir haben uns nicht versammelt, um edle, schnelle Pferde zu züchten; wir haben uns nicht …"

UM UNGEFÄHR 11.30 UHR, als der Schatten des Zeigers der Sonnenuhr fast verschwunden war, wurde Amitz Dulnikker durch einen unerwarteten Herzanfall gefällt und war gezwungen, mitten in seiner Inaugurationsansprache eine Pause einzulegen. Zu der Zeit schliefen schon sämtliche Zuhörer, vielleicht mit Ausnahme Malkas, die etwas Erfahrung im Zuhören erworben hatte. Der eine schlief, den Kopf auf den Arm gelegt, ein anderer offenen Mundes zurückgelehnt. Der Barbier schlief mit offenen, glasigen Augen, die den Sprecher leblos anstarrten. Zev hatte sich die Ohren mit den Fingern verstopft und schlief, das Kinn auf den Rand des Präsidialtisches gestützt, mit einem seligen Lächeln auf den Lippen. Vor den Fenstern stand schon seit Stunden niemand mehr; die Dörfler hatten jedoch eine Kinderwache organisiert, die der Reihe nach häufig durch die Fenster in die Kammer blickten. Dann rannten die Kleinen immer wieder heim und sagten ihren Eltern beeindruckt:

„Redet noch immer!"

Ehrlich gesagt hatte Dulnikker während der Inaugurationsansprache selbst das Gefühl, dass er zu weit gegangen war und das Publikum schon lange aufgehört hatte zuzuhören. Aber er wusste einfach nicht, wie er den Redefluss aufhalten sollte, der aus seinem Munde strömte; es war ein von ihm unabhängiger Sturzbach, den er nicht unter Kontrolle zu bringen vermochte. Um ungefähr 10 Uhr spürte er einige einzelne Nadelstiche um sein Herz, und die Warnung Professor Tannenbaums schoss ihm durch den Kopf. Aber seine Zunge weigerte sich, seinem Willen zu gehorchen, und der alternde Staatsmann wurde wie Strandgut von der Strömung seiner eigenen Worte mitgerissen.

Als Dulnikker quer über dem Tisch zusammenbrach, verzog sich sein Gesicht, und seine Stimme versickerte. Die plötzliche Stille weckte alle. Malka stürzte sofort an die Seite ihres Galans und flößte ihm etwas lauwarmen Tee ein. Der verwirrte Sekretär sah auf die Uhr, und als er sah, wie spät es war, trat plötzlich ein erschrockener Blick in seine Augen. Er erholte sich jedoch schnell und tätschelte unter protestierenden Seufzern dem hartnäckigen Staatsmann den Rücken. Dulnikker riss sich jedoch schnell zusammen, obwohl seine rote Gesichtsfarbe krankhaft blass wurde und seine Hand weiter in die Brust verkrampft blieb.

„Also gehen wir heim", schlug der Schächter vor. Die Dorfräte erhoben sich, der Staatsmann hielt sie jedoch mit einer schwachen Geste zurück:

„Zev", flüsterte er seinem Sekretär zu, „lies die Resolution vor, mein Freund."

Zev verdrehte die Augen in stummem Tadel himmelwärts und begann in schwindelerregendem Tempo die grundlegenden Punkte vorzulesen, die er schon früher nach dem Entwurf des Staatsmannes vorbereitet hatte:

„Der Provisorische Dorfrat beschloss in seiner heutigen ersten Sitzung einstimmig:

a) Der Bürgermeister ist die höchste Verwaltungsspitze des Dorfrates.

b) Der Bürgermeister wird von den Dorfbewohnern für eine Zeitspanne von sechs Monaten gewählt.

c) Die ersten verfassungsmäßigen Wahlen werden in zwei Monaten, vom heutigen Tage an gerechnet, abgehalten. Bis dahin bleibt der Status quo de facto und de jure in Kraft.

d) Die Wahl wird geheim und demokratisch erfolgen."

Die Dorfräte scharrten ungeduldig mit den Füßen herum, die Augen halb geschlossen. Noch nie hatte sie die Arbeit eines ganzen Tages auf den Feldern derart schrecklich ermüdet. „Irgendwelche Fragen?", sagte Dulnikker schwach, aber der Schächter wollte nur wissen, ob sie schon heimgehen könnten. Der Staatsmann bat sie, das Dokument zu unterzeichnen, und sie kritzelten ihre Namen unter die Resolution, einschließlich des Schuhflickers, der einen Davidstern statt einer Unterschrift zeichnete. Dann liefen sie alle heim und fielen wie die Mehlsäcke auf ihre Betten. Mehlsäcke, die das Pech gehabt hatten, zu kommunaler Größe erhoben zu werden.

Silberstreifen am Horizont

Das Ergebnis der Sitzung des Provisorischen Dorfrates wurde den Einwohnern von Kimmelquell nur verschwommen bekannt. Die Repräsentanten der kommunalen Elemente erinnerten sich an nichts von der Sitzung über den Zeitpunkt hinaus, als sich der Ingenieur erhob, seine Uhr vor sich auf den Tisch legte und zu sprechen begann. Was nachher geschah, war in den Köpfen der Teilnehmer ein völlig unbeschriebenes Blatt. An jenem Nachmittag kam der Lastwagen der Tnuva – diesmal unaufgefordert –, und der Chauffeur brachte so überraschende Nachrichten, dass sie den bürgermeisterlichen Wettkampf überschatteten. Der Chauffeur sagte nicht mehr und nicht weniger, als dass Gula, die Gattin des Staatsmannes, am folgenden Tag an der Spitze einer Delegation von Würdenträgern ins Dorf kommen würde, um Amitz Dulnikker und seinen Sekretär heimzuholen. Er, der Chauffeur, war persönlich vom Manager Schultheiß entsandt worden, um sie sowohl von dem Ereignis in Kenntnis zu setzen, als auch den Wagen der Würdenträger an der Kreuzung vor dem Höhlentunnel zu treffen, damit sie sich nicht verirrten.

„Mein Herr", sagte der Chauffeur zu Dulnikker, dessen Gesicht von einem riesigen Tuch fast versteckt wurde, „Sie werden mit einem Schwups heimfahren. Ich wäre nicht überrascht, wenn man eine Siegesparade für Sie abhielte …"

„Eh?" Dulnikker wurde neugierig. „Was ist los?"

Der Chauffeur war verblüfft. „Herr Dulnikker! Wollen Sie sagen, dass Sie wirklich nicht wissen, was sich tut?"

Nach dem, wie es der Tnuva-Chauffeur erzählte, beschwor der Staatsmann ein äußerst interessantes Bild von sich herauf. Es schien, dass sich knapp nach Dulnikkers Verschwinden an jenem Morgen seltsame Geschichten – über seine Abdankung zu verbreiten begannen, und in mehreren von ihnen wurde auch angedeutet, dass eine Unterschlagung mit im Spiel sei. Nachdem jedoch Manager Schultheiß enthüllt hatte, was geschehen war, wuchs die Bewunderung der Öffentlichkeit ins Grenzenlose. Das Image des Staatsmannes, der auf dem Höhepunkt seiner Laufbahn auf seine Stellung verzichtet hatte, damit die rückständigen Bewohner eines winzigen, unwichtigen Dorfes aus seiner Anwesenheit Nutzen ziehen konnten, hatte die Öffentlichkeit im Sturm gewonnen. Selbst die scharfzüngigen Zeitungen der Opposition mussten zugeben, dass der Erfahrungsschatz des Staatsmannes ihn dazu geführt hatte, sich über den Alltagskram zu erheben und wie ein Stern am Firmament auf die Zwerge hinunterzublicken.

Dulnikkers Parteiorgan quetschte die letzte Möglichkeit aus dem Ereignis und krönte die glorreiche Begebenheit in ihren Glossen und Leitartikeln mit einer eigenen Wortschöpfung: „Dulnikkerismus". Dieses lehrreiche persönliche Beispiel hatte auch auf die Hierarchie selbst eine wohltätige Wirkung. Einige Regierungsfunktionäre reichten ihre Rücktrittsgesuche ein, übersiedelten in irgendeinen Außenposten und entsagten im echten Geist des Dulnikkerismus der Bequemlichkeiten und der Ehre, an die sie gewöhnt waren.

„Einen Augenblick, Genossen!", unterbrach Dulnikker den Chauffeur und fragte gierig: „Haben Sie vielleicht einige Zeitungen, die meine Leistungen beschreiben?"

Der Chauffeur entschuldigte sich, dass er keine einzige Zeitung mitgebracht hatte, aber er hatte gedacht, dass Herrn Dulnikker nichts mehr daran lag, wie die Zeitungen über ihn schwätzten, weil er hoch über solchen Sachen stand, wie ein Stern. Den Anforderungen des Augenblicks entsprechend versuchte Dulnikker, die Miene eines allwissenden chinesischen Weisen aufzusetzen; es gelang ihm jedoch nicht, weil er tief in seiner Seele den „taktlosen Idioten" verfluchte. Außerdem vermochte ihn selbst die Neuigkeit seiner bevorstehenden Rettung durchaus nicht aufzuheitern. Tatsächlich hatte er sich gerade in den letzten, von Handlung erfüllten Tagen bei den Dorfleuten behaglich zu fühlen begonnen. Außerdem quälte ihn ein Problem sehr: Wie konnte eine so dumme Kreatur wie eine Taube von so weit her die richtige Adresse finden?

Zev andererseits war eitel Glück und Sonnenschein. „Juchhe!", heulte der Sekretär vor Freude. „Schön, ich gehe sofort heim, packen!"

„Höre, mein Freund!", sagte Dulnikker verärgert. „Wie oft musst du noch packen? Wo brennt's?"

„Entschuldigen Sie, Dulnikker", sagte der Sekretär verwundert, „Sie selbst haben mich dazu angespornt, die Taube abzuschicken, damit wir so schnell wie möglich aus diesem stinkenden Loch entfliehen können!"

„Ich habe dich angespornt?" Der Staatsmann kochte vor Wut. „Ich habe diesen Ort ein ‚stinkendes Loch' genannt? Zev, mein Freund, ich bin Gott sei Dank mit einem bemerkenswerten Gedächtnis gesegnet! Du warst es, der mich dazu überredete, meinen angenehmen Aufenthalt in diesem stillen, friedlichen Dorf abzubrechen. Ich habe nur einen einzigen Fehler gemacht: Auf dich zu hören …"

„Lieber Herr Ingenieur", jammerte die kleine Blonde, „bitte nehmen Sie mir Zev nicht weg! Er ist jetzt oben im Haus und packt …"

Der Ingenieur wand sich und vermied den tränenfeuchten Blick Dworas. „Was kann ich tun, mein Kind?", fragte er schließlich. „Er ist mein Krankenwärter."

„Aber ich liebe ihn so!"

Wieder verdross den Staatsmann das allzu naive Mädchen. Warum war sie wegen dieses zynischen Rüpels so verzweifelt? „Liebe junge Dame" – er stellte sich vor Dwora auf, „glauben Sie mir, Zevs Charakter passt ganz und gar nicht zu Ihrer Persönlichkeit. Es wäre am besten, mein Mädchen, wenn Sie ihn so schnell wie möglich vergessen."

„Ich kann ihn nicht vergessen, Herr Ingenieur. Er ist so klug und schön."

„Schön!"

„Ja. Sehr. Er trägt Brillen."

„Jetzt hören Sie, meine Freundin!", tobte der Staatsmann. „Wie können Sie sich vorstellen – ein Mädchen, deren Wurzeln im landwirtschaftlichen Sektor liegen –, dass Sie fähig wären, die Bedürfnisse eines absolut städtischen intellektuellen Typs zu befriedigen?"

„Aber ich liebe ihn so!"

„Das ist nicht der richtige Weg, Genossin! Dieses Problem kann nicht auf einer individuellen Basis gelöst werden, mithilfe flüchtiger emotionaler Kanäle, sondern nur mittels einer staatlichen Regelung, die den Frauen gesetzesmäßig gleiche Rechte garantieren wird."

„Das verstehe ich nicht." Dwora brach in bittere Tränen aus, die eine Stelle in Dulnikkers Herz berührten, denn er war aus irgendeinem Grund unfähig, weinenden Frauen zu widerstehen. Der verwirrte Staatsmann trat auf das Mädchen zu und tätschelte ihr das strohgelbe Haar. „Schon gut, junge Dame, schon gut." Der Staatsmann räusperte sich. „Gehen Sie heim, mein Mädchen, und versuchen Sie Zev zu überzeugen. Was mich betrifft, so bin ich bereit, noch ein paar Tage länger zu bleiben, oder sogar noch länger ..."

Die Hoffnungen, die Dulnikker auf Dworas Einfluss über seinen Ersten Sekretär gesetzt hatte, verschwanden wie ein Wachtraum. Am frühen Nachmittag erschien Zev im Wirtshaus und begann, die Sachen des Staatsmannes zu packen. Dulnikker saß ihm die ganze Zeit in bedeutungsvollem Schweigen versunken gegenüber.

„Fertig, Dulnikker!", verkündete der Sekretär, nachdem er den Koffer geschlossen hatte. Und fügte in samtweichem Ton hinzu: „Ihren Bademantel habe ich draußen gelassen ..." Dulnikkers Wut war grenzenlos. Genügte es nicht, dass dieser verächtliche Rüpel die Reinheit der dörflichen Familien befleckte? Sollte er es auch wagen, gegen das warme, menschliche Verhältnis zwischen Malka und ihm zu intrigieren? Der Staatsmann empfand eine wachsende Zuneigung zu der gutherzigen Frau, besonders seit es bei einem ihrer Treffen klar geworden war, dass Malka den grünen Pullover für ihn strickte. Sie hatte Dulnikkers Maße bei Mondlicht genommen, und die sanfte Berührung ihrer Finger ließ seinen Brustkasten von einem derartigen Herzklopfen durchwogen, dass er sie an sich gezogen und kräftiger denn je die Fäden seiner Lebensgeschichte entwirrt hatte ...

Als Dulnikker nun die Andeutung seines jungen Packers gehört hatte, fühlte er einen mächtigen Drang in sich, seinem Privatsekretär einen Hieb auf die Nase zu versetzen.

„Höre, Freund", sagte er leise, „rufe doch netterweise den Provisorischen Rat für heute Abend zu einer außerordentlichen Sitzung zusammen."

„Dulnikker, um Himmels willen!" Der Sekretär erblasste. „Wir verschwinden doch morgen von hier!"

„Ich weiß", erwiderte der Staatsmann und rieb seine Nasenflügel kurz mit dem Handrücken, „deshalb sagte ich ja, heute Abend."

Diesmal trat der Dorfrat unter sehr bescheidenen Umständen

zusammen, die Atmosphäre war jedoch unermesslich gelöster als bei der letzten Sitzung. Von den Höhen des Podiums herab informierte Dulnikker die Teilnehmer über zwei wichtige Angelegenheiten: dass er gezwungen war, sie infolge der angespannten internationalen Lage am folgenden Tag zu verlassen, und dass sie, die Delegierten, ihm verzeihen müssten, wenn er infolge Zeitmangels und seiner labilen Gesundheit keine Eröffnungsansprache halten könne. Die beiden Punkte „werden von den Ratsmitgliedern aufmerksam aufgenommen" – um das Protokoll zu zitieren. Mit anderen Worten, vor Beginn der Sitzung hatte Dulnikker Zev aufmerksam gemacht, dass er das Protokoll so führen solle, als schriebe er das Protokoll der Knesset, und falls er das nicht täte, würde er – Dulnikker – sich nichts dabei denken, „die drastischen Disziplinarmaßnahmen durch Parteikanäle zu treffen", sobald sie heimkämen. Möge also das Protokoll den Trend der Diskussion spiegeln, wie es von dem Krankenwärter persönlich niedergeschrieben wurde:

Vorsitzender: Da wir nunmehr die Machtbefugnis des Bürgermeisters definiert und die Art und Weise umrissen haben, in der er gewählt werden soll, können wir zur Klärung der Einzelheiten fortschreiten. Irgendwelche Fragen?

Ofer Kisch, Mitglied des Provisorischen Rats: Ich wollte schon lange fragen – wozu brauchen wir einen Bürgermeister?

Vorsitzender: Was meint ihr damit, Genossen?

Ofer Kisch, Mitglied des Provisorischen Rats: Nur das. Warum einen Bürgermeister? Was gibt's für ihn zu tun? (Schweigen)

Sekretär: Entschuldigung, meine Herren. Sie werden doch sicherlich jemanden brauchen, der sich darum kümmert, das Gehalt des Bürgermeisters einzusammeln, stimmt's?

Vorsitzender: Du glaubst, dass du witzig bist, mein Freund, aber du hast eine interessante Frage aufgeworfen. Eine der Pflichten des Bürgermeisters wird es sein, die Einhebung von Steuern zu planen und zu überwachen. Denn die gegenwärtige Laxheit auf diesem Gebiet kann nämlich nicht so weitergehen! Jeder Bürger des Dorfes muss nach Maßgabe seiner Mittel zum Budget beitragen. (Schweigen) Irgendwelche Fragen?

Ofer Kisch, Mitglied des Provisorischen Rats: Wozu brauchen wir ein Budget?

Vorsitzender: Stellen Sie nicht so viele Fragen, ja? (Hammerschlag) Ich bitte um Ruhe. (Ruhe) Oj, oj, liebe Genossen! Habt ihr noch nie gehört, wie ein bestimmtes Dorf etwas aus seinem Budget erbaut hat?

Elifas Hermanowitsch, Mitglied des Provisorischen Rats: Welches Dorf?

Vorsitzender: Wir sprechen natürlich von Kimmelquell!

Elifas Hermanowitsch, Mitglied des Provisorischen Rats: Wie kann Kimmelquell etwas bauen: Menschen bauen Häuser, aber Kimmelquell? Das ist doch nur ein Name!

Sekretär: Ein Kommunalname!

Vorsitzender: (Hammerschlag) Ich bitte nicht zu unterbrechen, meine Herren!

Sekretär: Ja, Euer Ehren.

Ja'akov Sfaradi, Mitglied des Provisorischen Rats: Ich verstehe schon, was der Herr Ingenieur meint. Ich glaube auch, es ist an der Zeit, dass wir in Kimmelquell aus den Beiträgen der Bürger eine Synagoge bauen.

Salman Hassidoff, Bürgermeister de facto, Mitglied des Provisorischen Rats: Völlig überflüssig. Du kannst weiter in meinem Barbierladen beten.

Elifas Hermanowitsch, Mitglied des Provisorischen Rats: Einen zweiten Fanatiker findest du hier ohnehin nicht.

Ja'akov, Mitglied des Provisorischen Rats: Atheist!

Vorsitzender: (Hammerschlag) Ratsmitglied Hermanowitsch! Ich bitte Sie, sich eines höflicheren Tones zu befleißigen.

Frau Hassidoff, Krankenschwester des Salman Hassidoff, Bürgermeister de facto, Mitglied des Provisorischen Rats: Ich schlage vor, dass wir ein Büro für den Bürgermeister bauen. Salman findet es sehr schwierig, sich in unserem winzigen Barbierladen um Dorfangelegenheiten zu kümmern.

Zemach Gurewitsch, Mitglied des Provisorischen Rats: (brüllend) Ich sage euch, wir werden mit dem Budget einen Brunnen bauen!

Vorsitzender: Nu, endlich rührt sich was, ä bissel Leben! *Diese*

Bemerkung wurde später auf Befehl des Vorsitzenden aus dem Protokoll gestrichen.

Salman Hassidoff, Bürgermeister de facto, Mitglied des Provisorischen Rats: Dieser Brunnen ist widerlich.

Vorsitzender: (Hammerschlag) Ratsmitglied Hassidoff! Erlauben Sie mir, darauf hinzuweisen, dass meiner Meinung nach das Bohren eines Brunnens im Rahmen eines Arbeitsbeschaffungsprogramms die Beseitigung der Arbeitslosigkeit im Dorf möglich machen könnte.

Zemach Gurewitsch, Mitglied des Provisorischen Rats: Stimmt!

Vorsitzender: Wie hoch ist die Zahl der Arbeitslosen im Dorf?

Elifas Hermanowitsch, Mitglied des Provisorischen Rats: Es gibt keinen. (Langes Schweigen)

Sekretär: Vielleicht könnte man den Gegenstand aufgreifen. Wie können wir Arbeitslosigkeit im Dorf schaffen?

Vorsitzender: (Hammerschlag) Ruhe bitte! (Ruhe) Ich habe die angenehme Pflicht, Ihnen die Angelegenheit des Projektes zur Abstimmung vorzulegen. Wer für die Errichtung eines Büros für den Bürgermeister ist, möge bitte die Hand heben. (Herr Hassidoff stimmt dafür.) Und nun: Wer für das Bohren eines Brunnens ist, wird die Hand erheben. Erheben Sie bitte nur eine Hand! (Herr Gurewitsch stimmt dafür.) Was heißt das, meine Herren? Jeder Delegierte muss irgendeinen Standpunkt einnehmen! Ich verlange eine zweite Abstimmung! (Die Ergebnisse bleiben dieselben.) Meine Herren, soll das eine Provokation sein?

Sekretär: Euer Ehren, Herr Ingenieur, gestatten Sie, dass ich ausnahmsweise um die Erlaubnis ersuche, mit einer Gegenabstimmung vorzugehen! (Er erhält die Erlaubnis.) Meine Herren, wer gegen den Brunnen ist, hebt die Hand. (Herr Hassidoff, Herr Sfaradi und Herr Kisch heben die Hand.) Jetzt hebt die Hand, wer gegen ein Büro für den Bürgermeister ist. (Herr Gurewitsch, Herr Hermanowitsch und Herr Kisch heben die Hand.) Euer Ehren, Herr Ingenieur, zugunsten der beiden Projekte steht die Abstimmung drei zu drei.

Vorsitzender: Mir scheint, das Ratsmitglied Kisch hat zweimal abgestimmt!

Ofer Kisch, Mitglied des Provisorischen Rats: Natürlich, ich möchte mit allen gutstehen!

Vorsitzender: Meine Herren, wir sprechen von den Interessen des Dorfes!

Ofer Kisch, Mitglied des Provisorischen Rats: Es ist im Interesse des Dorfes, wenn wir alle Freunde sind.

Vorsitzender: (Hammerschlag) Machen wir eine kurze Pause.

Auf Ersuchen des Vorsitzenden servierte Malka den Delegierten Tee und Kuchen. Die Atmosphäre im Saal war dank der faszinierenden Debatte herzlich.

„Das Bürgermeisterbüro wird sehr billig sein", erklärte Frau Hassidoff den Ratsmitgliedern während des Essens. „Vier Pfosten, und zwischen ihnen Wände aus unbehauenem Stein, genau wie ein gewöhnliches kleines Haus. Ein Raum für Salman und einer als Wartezimmer. Und vielleicht noch ein Raum für die Leute, die Salman nicht warten lassen will …"

Dulnikker staunte über die verwaltungstechnische Reife der Frau Hassidoff, aber sie bewies, dass ihre Talente sogar noch weiter gingen. Sie zog das „Zünglein an der Waage" in eine der dunkleren Ecken des Saales und sagte charmant zu ihm: „Salman hat schwarze Hosen, die gewendet und gebügelt werden müssen, weil die Sitzfläche derzeit für einen Bürgermeister de facto zu viel glänzt. Wir zahlen, was immer es kostet …"

„Sicher, Frau Hassidoff." Der Schneider verbeugte sich. „Ich werde für den Herrn Bürgermeister glänzende Arbeit leisten."

Am Ende der kurzen Pause brachte Dulnikker die Frage des öffentlichen Projekts wieder zur Gegenabstimmung. Diesmal hoben sich nur zwei Hände gegen die Erbauung eines Bürgermeisteramtes.

Zemach Gurewitsch, Mitglied des Provisorischen Rats: Ofer, du Gauner, vor der Pause hast du dagegen gestimmt!

Ofer Kisch, Mitglied des Provisorischen Rats: Ich stimme ab, wie ich will. Du kannst ja auch Arbeit an deinen Hosen bestellen!

Diese Bemerkung wurde wegen mangelnder Klarheit auf Anweisung des Vorsitzenden aus dem Protokoll gestrichen.

Vorsitzender: Der Dorfrat hat zugunsten eines Büros für den Bürgermeister entschieden. (Laute Bravorufe aus den Bänken der Frau Hassidoff.) Somit müssen wir nur noch die Steuerangelegenheit entscheiden. (Stille) Muss ich wirklich immer alles selber machen, meine Herren? Bitte, Genossen, versucht selbst, die Kriterien zu entscheiden, die ihr bei der Einhebung von Steuern bei der Bewohnerschaft anwenden wollt. (Stille) Vielleicht die Größe ihrer Parzellen?

Salman Hassidoff, Mitglied des Provisorischen Rats: Nix gut, Herr Ingenieur, mir gehört ein prachtvolles Stück Boden. Ich schlage vor, wir berechnen die Steuer nach der Zahl der Räume in einem Haus.

Zemach Gurewitsch, Mitglied des Provisorischen Rats: Pfui, Salman!

Vorsitzender: Bitte werden wir nicht persönlich!

Ja'akov, Mitglied des Provisorischen Rats: Vielleicht erheben wir die Steuern nach der Anzahl der Kinder?

(*Elifas Hermanowitsch, Mitglied des Provisorischen Rats:* Und diese Kreatur überwacht meine Küche!)

Vorsitzender: (Hammerschlag) Meine Herren! Meine Herren! Ich muss ausdrücklich gegen diesen egozentrischen Ton protestieren. Ich möchte als Basis für eine Luxussteuer den Umfang der Einkäufe von der Tnuva vorschlagen. (Die Majorität der Räte stimmt gegen seinen Vorschlag.) Vielleicht die Anzahl der Kühe? (Die Majorität der Räte stimmt gegen seinen Vorschlag.) Couch? Kaffeetischchen? Lüster?

Salman Hassidoff, Mitglied des Provisorischen Rats: Haben wir.

Sekretär: Euer Ehren, Herr Ingenieur! Erlauben Sie mir, darauf hinzuweisen, dass Mangel an Zeit und der gesunde Menschenverstand eine völlig andere Einstellung verlangen.

Vorsitzender: Na schön.

Sekretär: Meine Herren, was hat keiner von Ihnen?

Elifas Hermanowitsch, Mitglied des Provisorischen Rats: Ich erinnere mich, dass wir einmal diskutierten, dass alle von uns Schränke haben, die zu klein sind. (Der Dorfrat nimmt einstimmig seinen Vorschlag an.)

Beschlüsse des Provisorischen Dorfrats bei seiner heutigen zwei-

ten Sitzung: Zum Zweck der Erbauung eines Büros für den Bürgermeister wird eine einmalige Luxussteuer von drei Tnuva-Pfund von jedem Einwohner erhoben, dem ein dreitüriger Kleiderschrank gehört. Ofer Kisch, Mitglied des Provisorischen Rats, wurde beauftragt, ein Verzeichnis der Steuerpflichtigen anzulegen.

Im Namen des Provisorischen Dorfrats von Kimmelquell:
Elifas Hermanowitsch
Salman Hassidoff
Ofer Kisch
Ja'akov Sfaradi

Gula eilt zu Hilfe

Am Morgen jenes großen Tages wollte niemand auf die Felder hinausgehen, jedermann saß im Dorf herum und wartete ungeduldig auf die Ankunft der Abordnung aus der Stadt. Der Staatsmann selbst machte wenig Vorbereitungen für die Ankunft seiner Wohltäter. Die einzige Mühe, die er sich nahm, betraf seine Kleidung, das heißt, er vergewisserte sich, dass sein Anzug so schmutzig und zerknittert wie möglich war, weil mit den Abgeordneten ein Bildreporter kommen sollte, soweit man dem Tnuva-Chauffeur glauben konnte. Im letzten Augenblick wurde Dulnikker die Bedeutung klar, die er persönlich in verhältnismäßig kurzer Zeit bei den Dorfbewohnern erlangt hatte, als der Barbier in das Wirtshaus gestürmt kam und, fast auf den Knien, vor dem Staatsmann herausplatzte:

„Lassen Sie uns nicht im Stich, Herr Ingenieur. Wenn Sie nicht mehr bei uns sind, wird alles auf dem Kopf stehen, und Gurewitsch wird mich erledigen. Glauben Sie denn, Herr Ingenieur, dass ich eine Ahnung habe, was ein Bürgermeister de facto zu tun hat?"

Dulnikkers schwarzes Auto fuhr vormittags vor dem Wirtshaus neben der Sonnenuhr vor, und heraus kletterten sieben sehr müde Menschen. Das Septett verwandelte sich sofort in einen Magnet

für die starrenden Blicke der örtlichen Menge, die sich in einer
Zangenbewegung um die Ankömmlinge schloss.

Aus dem Zwang der Gewohnheit heraus wartete Dulnikker hinter der Wirtshaustür, um die erwartungsvolle Spannung zu erhöhen,
und schlüpfte dann in Begleitung seines Sekretärs hinaus. Die beiden wichtigen Parteifunktionäre und Professor Tannenbaum, die zur
Abordnung gehörten, brachen sofort in Applaus aus, der sich in der
Menge der Zuschauer verbreitete. Ein Bildreporter stolzierte unter
ihnen äußerst lange herum und verewigte die historische Szene für
die Nachwelt und die Nachrichtenblätter. Zwei nach erstklassigem
Material ausgehungerte Reporter zogen ihre Notizblöcke heraus
und hefteten ihre ungeduldigen Blicke auf Amitz Dulnikkers Lippen.

Gula Dulnikker ging ruhig auf ihren Gatten zu, pflanzte den
Schatten eines Kusses auf seine Wangen und bemerkte apathisch:

„Dulnikker, du bist schon wieder nicht rasiert.“

„Weiß ich“, erwiderte der Staatsmann und beschloss hiermit
die familiäre Seite der Zeremonie. Dann hob Gula ihre Hand Zevs
Nase zu einem Kuss entgegen und entzog sie gleichzeitig seinem
Griff so, wie es einer Parteiaktivistin zukommt. Hierauf betrat sie
das Wirtshaus erschreckend munter und bestellte bei der Wirtin
ein frühes Mittagessen. Malka war über die plumpe Erscheinung
ihres korpulenten Gastes höchst erfreut.

Draußen trat einer der Würdenträger aus der Besuchergruppe
hervor, blieb in respektvoller Entfernung vor Dulnikker stehen
und schrie ihn an: „Wir sind heute hierhergekommen, in das Dorf
Kimmelquell, um Ihnen, Amitz Dulnikker, die Grüße der Nation
zu überbringen, die Grüße der Regierung, die Grüße der Institution, die Grüße der Fonds und die Grüße der Partei! Wir sind
heute hergekommen, Amitz Dulnikker; wir sind hergekommen in
der Hoffnung, dass Sie sich im Dorf Kimmelquell erholt haben,
dass Sie sich erholt haben und Ihre Kräfte wieder der Nation zur
Verfügung stellen können, zur Verfügung der Regierung, der Institution, der Fonds und der Partei. Wir sind heute hergekommen,
Amitz Dulnikker …“ Der Sprecher der Abordnung hatte seine
Rede kaum in das Windelstadium bekommen, als Dulnikker Kindesmord beging. In seinem ganzen Leben hatte der Staatsmann

noch nie bereitwillig die Idioten geduldet, „die ihre endlosen Phrasen tausend- und einmal wiederholen wie zurückgebliebene Papageien". Obendrein waren die beiden „Würdenträger" Anhänger Shimshon Groidiss' und gleich von ihrem politischen Debüt an war das Verhältnis des Staatsmannes zu ihnen von gegenseitiger Verabscheuung gekennzeichnet gewesen. Dulnikker war mehr als nur leicht verärgert, dass ausgerechnet diese beiden zu seiner Begrüßung entsandt worden waren.

„Danke, liebe Genossen", unterbrach er den Sprecher herzlich. „Ich schätze die Beredsamkeit eurer Begrüßung, glaube jedoch, dass ihr von eurer äußerst ermüdenden Reise erschöpft sein müsst und eines nahrhaften Mahls und eines gesunden Mittagsschläfchens mehr bedürft als langer, langweiliger Reden. Dennoch – bevor ich meine Worte in wenigen Augenblicken damit beende, dass ich eure Hände in die meinen nehme und euch mit ‚Willkommen, Genossen' begrüße, möchte ich euch nur mit einem Minimum an Worten – im Telegrammstil – über die Entwicklung dieses Dorfes während meines Aufenthaltes erzählen …"

Der Staatsmann hatte aufrichtig vorgehabt, der Abordnung vorzuführen, wie es tatsächlich möglich ist, eine Feierlichkeit mit einigen wenigen treffenden Bemerkungen zu konzentrieren und zu beenden. Inzwischen verfing er sich jedoch in einer Erörterung der Entwicklung der Handelsmarine, aus der es ihm nicht gelang, sich herauszuwinden, bis er eine Telegrammrechnung im Wert von 7500 Dollar für eine halbe Million Wörter zustande gebracht hatte. Inzwischen fiel ein Reporter, der im Gegensatz zu Dulnikker nicht an die Hitze gewöhnt war, in Ohnmacht und maß den Boden Kimmelquells vom Scheitel bis zur Sohle aus.

Die Dorfbewohner hatten sich schon lange von der Abordnung getrennt. Einige der Höflichen jedoch, wie die Mitglieder des Provisorischen Dorfrats, gingen heim, aßen zu Mittag und kehrten dann zu Dulnikker zurück, der noch immer in voller Lautstärke seine Telegrammrede hielt. Schließlich wurde diese Handvoll Getreuer reich belohnt, als Dulnikker, nachdem der Professor den schwächlich gebauten Reporter dem Leben wiedergegeben hatte, die Creme des Dorfes seinen Gästen systematisch vorstellte:

„Erlauben Sie, meine Herren: Professor Tannenbaum – Herr Salman Hassidoff, Tonsurkünstler, Bürgermeister de facto. Erlauben Sie, meine Herren: Professor Tannenbaum – Herr Elifas Hermanowitsch, Berufsgastgeber, einer der ursprünglichen Siedler. Erlauben Sie, meine Herren: Professor Tannenbaum – Herr Zemach Gurewitsch, Fachmann der Schuhmacherkunst, eine dynamische Persönlichkeit …" Und so weiter, bis der Fotograf das alles mit der Bitte an Dulnikker unterbrach, sich, bevor es dunkel würde, für eine Einzelaufnahme zu stellen.

Das Ersuchen des Fotografen wurde ohne Schwierigkeit bewilligt. Dulnikker stand zwischen zwei Kühen mit traurigen Augen, die aus den Reihen der heimkehrenden Herde ausgewählt worden waren. Zusätzlich packte Dulnikker „ein süßes, lächelndes kleines Mädchen", des Pinsels eines van Gogh würdig, und schwang es trotz der Tränen der Kleinen hoch in die Luft. Danach ersuchte der Staatsmann den Bildreporter, „eine Aufnahme jenseits der Dorfgrenzen, im Herzen der Felder" zu machen, bei der er, Dulnikker, wie in seiner Jugend die Griffe eines Pfluges halten würde. Es stellte sich jedoch heraus, dass Kümmelfelder nicht gepflügt werden.

Das Ritual des Fotografierens bewirkte große Aufregung unter den Bürgern, die ehrfurchtsvoll vor der Linse standen. Andererseits kam es fast zu Blutvergießen, als der Fotograf ersuchte, Dulnikker solle mit dem Dorfchef posieren. Herr und Frau Hassidoff stürzten sofort heran und stellten sich rechts neben den Ingenieur. Genau im selben Augenblick teilte jedoch Zemach Gurewitschs stattliche Figur die mit knisternder Spannung geladene Luft und landete genau vor dem Staatsmann, während dem Mund des Schuhflickers immer wieder die Erklärung entströmte, dass das Dorf zwar im Augenblick einen Bürgermeister habe, dieser jedoch nur de facto sei, was – sagte er – „aus Mitleid" bedeute. Dulnikker verlor seine Haltung nicht und rettete die brenzlige Situation, indem er sich bei beiden Gegnern einhängte. Während der Staatsmann sie kraft seiner Persönlichkeit auseinanderhielt und in die Kamera lächelte, stöhnte er innerlich und dachte: Ich schwöre, die zwei hätten sich an der Gurgel, wenn ich nicht zufällig in dieses Dorf gekommen wäre!

NACH DEM „Unternehmen Foto" kehrte Dulnikker ins Wirtshaus zurück. Sein Magen war dank des erzwungenen Fastens während eines halben Tages von den saugenden Flammen des Hungers etwas zusammengeschrumpft. Dulnikker war sehr böse, dass die Delegation ihm nicht wenigstens ein einziges „gelbes" Nachmittagsblatt mitgebracht hatte. Nicht nur, dass er aus Mangel an einer Zeitung dazu verdammt war, in Unwissenheit über die Entwicklungen zu verharren, die während seiner Abwesenheit im In- und Ausland stattgefunden hatten, sondern seine Gattin vergrößerte seinen Ärger noch, indem sie sich zu ihrem zweiten Mittagessen an seinen Tisch setzte. Während Gula aß, leitete sie einen Frontalangriff ein und verständigte Dulnikker, dass sie unmöglich vor dem folgenden Tag abfahren konnten, weil sie nicht bereit war, an einem einzigen Tag eine zweite Fahrt durch den Schreckenstunnel zu unternehmen. Die unseligen Delegationsmitglieder waren somit gezwungen, sich aufzuteilen und eine Unterkunft in den Häusern der verschiedenen Bauern zu suchen. Und wozu das alles? Weil Dulnikker zufällig auf den Kopf gefallen war und beschlossen hatte, dass er sich nirgendwo anders erholen könne als in dem vernachlässigtsten Winkel des Staates. Denn der dickköpfige Dulnikker hört ja nie auf seine Frau, geht einfach rücksichtslos auf und davon und muss dann beschämt SOS-Rufe aussenden, damit sie ihn aus der Patsche hole …

Immerhin kam der Staatsmann mit dem Leben davon und legte sich in seiner Bude nieder, während Gula, vereinsamt, den Zwillingen als Gegenstand einer eingehenden Betrachtung diente.

„Dicke Tante, bist du dem verrückten Ingenieur sein Mädchen?", fragte schließlich einer von ihnen.

„Nein", erwiderte Gula, „betrüblicherweise bin ich Herrn Dulnikkers Ehefrau."

„Bist du seine Ehefrau de facto oder nur einfach so?" Gula, plötzlich neugierig geworden, hob die Augenbrauen. Vor ihrer Ehe mit Dulnikker war sie Kindergärtnerin gewesen, daher wusste sie, dass ein Kind immer die Wahrheit wiederholt, wie es sie von den Erwachsenen hört.

„Wer seid ihr, Kinder?"

„Wir sind die kommunalen Zwillinge", sagten die kleinen Lümmel kichernd. Majdud wurde jedoch ernst. „Stimmt gar nicht", verbesserte er, „ich habe das Seniorat, weil ich ein paar Minuten früher geboren bin."

„Wo habt ihr diese Ausdrücke gelernt?"

„Vom Ingenieur und seinem mageren Krankenwärter."

Gula zog die pausbäckigen Kinder an ihren mächtigen Busen. „Hört zu, Kinder", sagte sie mit einem herzlichen Lächeln, „möchtet ihr mir gern erzählen, was der Onkel Ingenieur die ganze Zeit hier getan hat?"

„Nein", erwiderte Majdud. „Nur für Schokolade mit Nüssen drin."

Gula war eine verständnisvolle, praktische Frau, die den Wert kleiner Geschenke in sozialen Beziehungen kannte. Daher steckte sie unverzüglich die Hand in die Handtasche, die ihr ständig an einem Riemen von der Schulter hing, und fischte ein Päckchen Süßigkeiten heraus. Sie reichte ihnen einige als Vorschuss, die im Nu in den Mündern der Zwillinge verschwanden.

„Und jetzt, Kinder, erzählt mir hübsch, was der Onkel Ingenieur hier alles gemacht hat."

„Wirst du's niemandem sagen?"

„Nein."

„Der verrückte Ingenieur hat einen Mordsspaß", flüsterte Majdud – mit Seniorat – als Erster. „In der Nacht klettert er auf Leitern herum und fängt Tauben. Der Papa hat ihn geprügelt, und darum macht er es jetzt so, dass die Schuhflicker mit den Barbieren raufen, weil jeder sich selber einen Wagen kaufen will."

Mit flatterndem Herzen nahm Gula Dulnikker die Schreckensnachrichten auf. Es war wahr, sie liebte Dulnikker gar nicht; aber immerhin hatte sie ihn mehr als dreißig Jahre lang verabscheut.

„Aber Kinder", flüsterte Gula, „wieso ‚Ingenieur'?"

„Weil er allen erzählt, dass er ein Ingenieur ist. Er hat auch eine große rote Fahne, die er jede Nacht auf seinem Balkon heraushängt."

Die Frau drückte ihnen den Rest des Päckchens in die Hand und murmelte leise:

„Gott im Himmel, ich habe doch immer gefürchtet, dass es einmal so weit kommen würde …"

DAS KLOPFEN an seiner Tür weckte Dulnikker aus seinem Nickerchen, und er stand auf, um Professor Tannenbaum zu begrüßen,
der ihn untersuchen kam. Der Professor horchte eine Weile seine
Herzschläge ab und zog den Schluss, dass das leichte Leben und
Dulnikkers völlige Enthaltsamkeit von Aufregungen ihr Werk getan hatten und Dulnikkers Gesundheit sich soweit gebessert hatte,
dass er ihm erlauben konnte, mit den Reportern, die unten auf ihn
warteten, zehn Minuten zu sprechen. Dulnikker hüpfte behände
die Treppe hinunter und eröffnete sofort die Pressekonferenz, die
in Anwesenheit der Würdenträger und einer großen neugierigen
Menge örtlich Ansässiger in den Räumen des Provisorischen Dorfrats stattfand. Die Reporter erhielten zwar nur 300 Wörter, aber
sie waren eine richtige Bombe, ein Reißer, der hohes Lob und eine
Gehaltserhöhung einzubringen versprach:

WIR SPRACHEN MIT AMITZ DULNIKKER – LAGE ERNST, ABER NICHT
HOFFNUNGSLOS – SICHERHEIT ÜBER ALLES – „MAN BLÄST NICHT,
WENN ES KALT IST"– ES KOMMT ZU KEINER INFLATION
VON UNSEREM KORRESPONDENTEN IN KIMMELQUELL

Während wir in diesem winzigen Dorf in Ober-Galiläa Amitz Dulnikker gegenübersitzen, wissen wir nicht, was uns mehr überrascht:
Dulnikkers anregendes Gemüt, seine Herzenswärme den Dorfbewohnern gegenüber (siehe Bericht und Fotos im Inneren des Blattes); oder das Wunder, dass es trotz seiner völligen Isolierung und
einer höchst primitiven Lebensweise dem „Wegbereiter" Dulnikker
gelang, mit den jüngsten Entwicklungen im In- und Ausland dank
einem erstaunlichen politischen Fingerspitzengefühl auf dem Laufenden zu bleiben.

Frage: Herr Dulnikker, was ist Ihre Meinung über die neue Koalitionskrise?

Antwort: Die Lage ist ernst, aber in keiner Weise als hoffnungslos zu betrachten. Alle an einer Beendigung der Krise interessier-

ten Parteien müssen sich bewusst sein, dass nur gegenseitiges Verständnis eine dauernde Regelung sichern kann.

Frage: Und wenn die Krise trotzdem länger andauern sollte?

Antwort: Diese Brücke überqueren wir, wenn wir zu ihr kommen.

Frage: Selbst angesichts aller wahrscheinlichen Auswirkungen der Änderung in der Außenpolitik?

Antwort: Bis zu einem gewissen Grad. (Allgemeines überraschtes Aufhorchen)

Frage: Herr Dulnikker! Stehen wir vor einer neuen Inflationswelle?

Antwort: Mit Ihrer Erlaubnis, meine Herren, werde ich diese Frage mit einer Anekdote beantworten. Eines Tages kam der Schächter tränenüberströmt zum Rebbe. „Rebbe, Rebbe, warum lässt man mich nicht am Rosh Hashanah den Schofar blasen?" Und was antwortete der Rebbe, meine Herren? „Ich habe gehört – hm –, dass du nicht in der Mikve untergetaucht bist." Der Schächter begann sich zu entschuldigen: „Rebbe, das Wasser war kalt, oj, war das kalt, Rebbe!" Und der Rebbe erwiderte: „Oif Kalts blust men nischt!" (Lang anhaltendes herzliches Gelächter)

Frage: Verstehen wir Sie richtig, Herr Dulnikker, dass Sie die Inflation nicht für eine Bedrohung halten?

Antwort: Ich glaube, ich habe mich verständlich gemacht.

Frage: Dürfen wir Ihre Schlussfolgerungen veröffentlichen?

Antwort: Gewiss.

Die Pressekonferenz war noch in vollem Gang, als Frau Dulnikker, fast zu Tode gelangweilt, den Wirt aus dem Ratszimmer schleppte und ihn fragte, wie sie mit dem Ortsrat der werktätigen Frauen in Kontakt kommen könne. Elifas machte „hmhm" und „ä-ä" und erwiderte schließlich, dass die Ratsangelegenheiten im Dorf derzeit nicht allzu klar seien. Da Gula nicht nachließ, rief Elifas seine Frau für sie heraus und stürzte verwirrt zu der Pressekonferenz zurück. Nach einer Weile öffnete sich wieder die Tür, und diesmal wurde Frau Hassidoff gebeten, herauszukommen.

„Genossinnen", wandte sich Gula Dulnikker an die beiden von

der Ehre geschmeichelten Frauen, „möchtet ihr nicht gern im Dorf ein kleines Sozialprojekt unternehmen?"

Frau Hassidoff und Malka tauschten einen Blick voller Minderwertigkeitsgefühle.

„Jetzt gleich?"

„Natürlich jetzt gleich", donnerte die geschäftige Aktivistin. „Ich hoffe, ich fahre morgen früh weg …"

Es sei der Ordnung halber angemerkt, dass Gula vom Augenblick ihrer Ankunft im Dorf an einen unwiderstehlichen Drang empfunden hatte, etwas zu organisieren. Sie konnte nicht zulassen, einen ganzen Tag müßig zu verbringen, und hier winkte jungfräulicher Boden.

„In Tel Aviv steht ein ganz modernes Waisenhaus unter unserer Obhut", unterrichtete sie die zwei Frauen. „In seinem Rahmen haben wir es mit zweihundertvier schmerzlich beraubten, einsamen Waisenkindern aus sämtlichen jüdischen Gemeinden zu tun, ohne irgendeine Hilfe oder Unterstützung von der Regierung."

„Gott! Zweihundertvier Waisenkinder!" Malka war erschüttert. „Und nur der Herr Ingenieur und Frau Dulnikker?"

„Ich heiße Gula", erklärte die Aktivistin, „und nicht ich mit Dulnikker leiten das Projekt, sondern unsere Sozialabteilung."

„Selbst so ist das sehr nett, Frau Dulnikker."

„Ich heiße Gula", bemerkte die geschäftige Frau und begann ihnen alles über die kleinen Unschuldigen zu erzählen, die so sehr von den großmütigen Einwohnern von Kimmelquell abhingen. Sie zog ein dickes Quittungsbuch aus ihrer Tasche, auf dem in Blau ein Foto glücklicher Kinder gedruckt war, die Münder vollgestopft mit Butterbrot, und auf dem in klaren Blockbuchstaben stand: Danke sehr, Liga der werktätigen Frauen, für die Rettung der jüdischen Waisenkinder G. m. b. H.

Gula übergab das Quittungsbuch in die Obhut der Frau Hassidoff und erklärte den freiwilligen Helferinnen, wie sie von Haus zu Haus zu gehen hatten und wie sie einen Betrag gegen Quittung in der Höhe von einem Israeli-Pfund erbitten sollten.

„Wenn es uns gelingt, die Leiden dieser unglücklichen Waisenkinder auch nur ein wenig zu lindern, wird unser Projekt der Mühe wert gewesen sein", beendete Gula ihre Rede und fügte hinzu: „Und jetzt viel Glück, Genossinnen …"

Die beiden Frauen starrten verblüfft die gutherzige Frau und ihr buntes Quittungsbuch an, wagten jedoch nicht, ihr offen zu widersprechen.

„Höre, Malka", brummte Frau Hassidoff auf der Straße, „das ist nichts als ordinäre Bettelei!"

Malka zuckte schweigend die Achseln und klopfte leise an der Tür des Tierarzthauses, das am Rand des Dorfes lag.

„Reden wirst du", platzte Frau Hassidoff heraus.

„Nein, du wirst reden", sagte Malka beharrlich.

Die Tür öffnete sich einen schmalen Spalt, durch den Hermann Spiegels verschlafene und zornige Stimme drang.

„Wenn ihr der Kuh nicht so viel Wasser gegeben hättet, würde sie nicht so viel muhn!", keifte er durch den Spalt. Er versuchte sich wieder einzuschließen, aber Frau Hassidoff steckte gerade rechtzeitig die Schuhspitze zwischen Tür und Schwelle.

„Herr Spiegel, jetzt sind wir wegen etwas ganz anderem da. Wir sammeln Geld für arme Waisenkinder."

„Was?" Er machte die Tür weit auf. „Wer ist gestorben?"

„Das wissen wir nicht, Herr Spiegel. Das weiß nur die Frau vom Ingenieur. Aber wenn Sie jetzt für die zweihundertvier Waisenkinder ein einziges Pfund spenden, gebe ich Ihnen ein kleines Bild, so wie das hier, und Ihr Name wird auch in die Kontobücher eingeschrieben. Das alles steht wirklich dafür, Herr Spiegel, weil es die Leiden der Waisenkinder lindert, deren Eltern nicht genug Geld haben, um sie in die Schule zu schicken. Natürlich, wenn Sie nicht wollen, brauchen Sie nicht, wir sind auch nicht sehr gern hergekommen, aber wir wollten Frau Dulnikker nicht beleidigen, nachdem sie nun schon einmal diese kleinen Bilder hat drucken lassen. Ich weiß sehr gut, dass der Herr Spiegel nie genug Geld hat, weil ihn die Bauern nicht bezahlen, wenn sie sollten. Ich glaube, auch mein Mann schuldet dem verehrten Doktor etwas, aber Sie müssen auch Salman verstehen: Die Ernte war letztes Jahr so gut, dass die Tnuva einen sehr niedrigen Preis für den Kümmel bezahlte. Es sieht danach aus, dass wir auch heuer wieder leider genauso eine große Ernte haben werden. Deshalb sagte Salman erst gestern zu mir: ‚Wir werden den Gürtel enger schnallen müssen, Weib, wir müssen mit allen unnötigen Ausgaben aufhören.‘ Daher sage ich Ihnen, Herr Spiegel, dass ich selbst keinen roten Heller für Waisenkinder hergeben würde, die nicht meine eigenen sind. Wenn die Frau vom Ingenieur ihnen gar so sehr helfen will, dann soll sie selber für sie arbeiten gehen, dick genug ist sie dazu! Was glaubt sie eigentlich? Ein ganzes Pfund verlangen? Und was kommt als Nächstes? Es macht mich wirklich bös! Entschuldigen Sie, Herr Spiegel, dass wir gestört haben. Empfehlungen an Ihre Gnädige.“

Die Abordnung besuchte neun weitere Häuser. Aber das Paar hatte kein Glück, und es kehrte in das Wirtshaus zurück.

„Sie geben nichts“, klagte Genossin Hassidoff. „Keiner will ein Bild kaufen. Die Leute sind sehr hartherzig, Frau Dulnikker …“

„Ich heiße Gula“, erwiderte die Genossin enttäuscht. Aber der absolute Fehlschlag diente nur dazu, sie anzuspornen, ihr Projekt in einer anderen Dimension zu erneuern, und ohne zu zögern wandte sie sich an die Zwillinge, damit sie das Versagen ihrer Mutter sühnen konnten.

Gula eröffnete das Spiel mit einem volkstümlichen Schachzug: „Sagt mir, Majdudl und Hajdudl, seid ihr mit Papa und Mama zufrieden?“

„Je nachdem.“

„Jetzt stellt euch einen Augenblick vor, dass es viele Kinder gibt, die keinen Papa und keine Mama haben. Wollt ihr, dass auch sie glücklich sind?“

„Nein“, erwiderte Majdud mit Seniorat. „Warum sollen sie glücklich sein?“

Schließlich war Gula Dulnikker eine Frau mit klarem Kopf. Wortlos ging sie zum Wagen hinaus, weckte den Chauffeur, der am Lenkrad ein Nickerchen machte, und zog mit seiner Hilfe acht Sammelbüchsen aus dem Kofferraum. Sie wählte zwei unzerbeulte aus der Masse, die ihr durch den ganzen Staat wie soundso viele treue Lieblingstiere folgte, und kehrte mit den zwei zu den Zwillingen zurück.

„Kommt, Kinder", sagte sie zu ihnen, „sekkieren wir die Großen ordentlich. Spielen wir ‚Geldsammeln'; es ist ein Riesenspaß …"

Also sprach Gula und grub ein zweites Quittungsbuch aus den Tiefen ihrer Handtasche. Es war kleiner, auf Straßensammlungen abgestimmt. Sie übergab der Jugend alles Werkzeug des Gewerbes.

Diesmal brauchte Gula Dulnikker nicht erst lange Anweisungen zu geben, denn die Zwillinge – trotz ihrer absoluten Isolierung von allen übrigen Jugendlichen des Landes – waren mit einer natürlichen Neigung aller Kinder der Nation gesegnet: Geld bei ausweichenden Passanten zu sammeln. Majdud und Hajdud verließen das Wirtshaus gegen Abend, und es gelang ihnen in kurzer Zeit, die unschuldigen Dörfler zu terrorisieren. Sie versteckten sich in einiger Entfernung voneinander hinter den Linden und fielen einer nach dem anderen in getrennten Angriffen plötzlich über die betrunkenen Bauern her. Blitzschnell hielt einer der beiden ihnen die Quittungen mit dem Singsang unter die Nase: „Der Papa is' tot! Der Papa is' tot! Onkel, gib wenigstens zehn Heller für die armen Waisenkinder!"

Die Dörfler ergründeten den Zweck des Projektes nicht ganz und versuchten, den zähen Fratz abzuschütteln. Aber der kleine Sturmtruppler hatte inzwischen schon die Hand in die Tasche seines Opfers gesteckt und ihn seines meisten Kleingeldes beraubt. Nach der bedingungslosen Kapitulation, zu der ihn die raue Wirklichkeit gezwungen hatte, erntete jeder Spender die warmen Worte des Lümmels:

„Du bist prima, Onkel. Danke im Namen der Ingenieurin, die auch ein großes, dickes, altes Waisenkind ist."

Das jedoch war noch nicht das Ende des qualvollen Albtraums des verwirrten Spenders. Einige ermutigende Schritte vorwärts, und derselbe Lümmel stürzte aus der Dunkelheit und klapperte mit seiner Büchse zweimal so laut vor der langen Nase des Opfers.

„Kind!", donnerte der geduldige Bauer. „Gerade vor einer Minute habe ich dir schon zehn Heller gegeben!"

„Das hast du dem Majdud gegeben", pflegte dann der kleine Sammler liebenswürdig zu erwidern. „Ich bin Hajdud."

Spätabends kehrten die Zwillinge zu ihrem Stützpunkt zurück, müde von ihrem langen Kampf, aber glühend vor Begeisterung über das ungeheure Abenteuer, das sie der gutherzigen dicken Tante verdankten. Mit gerechtem Stolz übergaben sie Gula zwei vollgestopfte Sammelbüchsen.

„Frau Ingenieur", erklärten sie, „da ist ein Vermögen für dich drin, zum Waisenkindermachen …"

Nachdem die Büchsen geöffnet waren, wurde es allerdings klar, dass der Großteil der Münzen längst aus dem Verkehr gezogen war. Das schreckte jedoch die entschlossene und praktische Aktivistin nicht davon ab, als Zeichen ihrer Anerkennung den dankbaren Zwillingen eine zusätzliche Zuckerstange zu schenken. Gulas Überraschung über die Menge der Beute, die sie gemacht hatten, hätte sich verdoppelt oder vielleicht vervierfacht, hätte sie vermuten können, dass es Majdud und Hajdud gelungen war, die zwei Büchsen zweimal zu leeren, indem sie sie umkehrten und sachte schüttelten.

Am selben Abend traf eine Bekanntgabe des Staatsmannes die Abordnung wie ein Blitz aus heiterem Himmel.

Sie saßen um einen wohlbeladenen Tisch und feierten Amitz Dulnikkers Rückkehr ins öffentliche Leben mit einem Privatbankett, als der Ehrengast aufstand und mit dem Weinglas in der Hand zu sprechen begann. Diesmal hatten alle Anwesenden seinen Worten aufmerksam zugehört, als es langsam klar wurde, dass er sich entschlossen hatte, seinen Aufenthalt in Kimmelquell auf unbestimmte Zeit zu verlängern.

Dulnikker erklärte seinen Entschluss, in seiner unnachahmlichen Art, indem er von der Tatsache ausging, dass er in diesem entscheidenden Stadium die einzige Brücke zwischen den Dorfparteien war und dass seine vorzeitige Abreise angesichts der vergifteten politischen Atmosphäre alle Dämme zum Bersten bringen könnte.

„Ich werde dieses Dorf erst verlassen", schloss der Staatsmann, „wenn ich meine Mission hier voll und ganz erfüllt habe!" Malka, die hinter der Küchentür stand, hörte Dulnikkers Ankündigung mit großer Genugtuung zu, obwohl sie seinen schicksalhaften Entschluss seit ihrem jüngsten Stelldichein in der Nacht zuvor schon kannte. In völligem Gegensatz zu Malkas Glück wurde die Ban-

ketthalle zu einem aufgescheuchten Bienenschwarm. Alle Teilnehmer sprangen auf und versuchten ihr Äußerstes, den halsstarrigen
Staatsmann zu einem Sinneswandel zu bewegen. Sie bombardier-
ten ihn stundenlang mit Vernunftgründen und gefühlsmäßigen
Argumenten, sprachen von nationalen Verpflichtungen, von der
Verantwortung den Generationen gegenüber, von Unverantwort-
lichkeit. Dulnikker jedoch blieb fest wie ein Fels im Meer und
wehrte alle ihre Bemühungen damit ab, dass er über den Alltagskram hinausgewachsen sei und nun ihre kleinliche Hetzjagd von
hoch oben her betrachte.

Um Mitternacht zerstreuten sich die Gäste, enttäuscht und gebrochenen Herzens. Dulnikker aber war frisch und froh wie eh und
je, als er seinem Privatsekretär, sich vergnügt die Nase reibend,
einen kurzen, höflichen Befehl gab:

„Zev, mein Freund", sagte er, „bitte packe gütigst unsere Koffer
aus!"

OBWOHL der Sekretär vor Wut fast hochging, erwiderte er: „Wie
Sie wünschen, Dulnikker." Er kehrte nicht heim, weil ihm Frau
Dulnikker am Schluss des Banketts Zeichen gegeben hatte, dass sie
ihn zu sprechen wünsche.

„Zev", fragte Gula den Sekretär, als sie allein waren, „hast du
nichts Seltsames an Dulnikker bemerkt?"

Die Frau zog vor ihrer Stirn kleine Kreise in der Luft, um ihre
Vermutung deutlich zu machen, und der vife junge Mann erkannte
sofort die große Gelegenheit, die sich ihm förmlich aufdrängte.

„Gula Dulnikker", erwiderte er mit einer Stimme voller Trau-
rigkeit und Kummer, „ich wollte nichts sagen, aber jetzt sehe ich
mich verpflichtet, Ihnen mitzuteilen, dass die Geisteskräfte des
Herrn Ingenieurs in diesem Dorf sehr gelitten haben."

„Glaubst du, das ist was Neues?" Ein Zittern durchlief Gulas
Wirbelsäule. „Wir wissen beide, dass er schon immer senil war."

„Ich wollte, es wäre nur Senilität", stöhnte der Sekretär. „Ich
fürchte, wir haben es mit dem psychopathischen Beispiel einer fixen Idee zu tun, bei dem sich der Ingenieur für unentbehrlich für
die Dörfler hält …"

„Auch du nennst ihn Ingenieur?", unterbrach ihn Gula hysterisch. „Er ist kein Ingenieur!"

„Ich weiß, ich weiß", beruhigte sie Zev, „es kommt nur daher, dass ich so daran gewöhnt bin, ihn so zu nennen. Praktisch gesprochen, Gula Dulnikker, ich sehe keine andere Möglichkeit, als ihn unverzüglich heimzubringen."

„Nein", sagte Gula, „wir müssen uns zuerst mit Professor Tannenbaum beraten. Nur er kann entscheiden."

„Schön, ich setze mich sofort mit ihm in Verbindung. Ich werde darauf sehen, dass der Professor sich ein Bild davon machen kann – in all seiner Schrecklichkeit."

DER EIFER des Privatsekretärs erreichte seinen Zweck. Professor Tannenbaum besuchte Frau Dulnikker am nächsten Morgen schon sehr früh. Der Leibarzt der Parteihierarchie war noch immer von den Schrecken des vergangenen Abends benommen und verwirrt: „Ich ersuche Sie, Frau Dulnikker, die Geschehnisse in chronologischer Reihenfolge rekonstruieren zu dürfen", flüsterte der Professor. „Also. Vor Mitternacht holte mich der Sekretär auf dem Weg zu meiner zeitweiligen Unterkunft ein und schilderte mir das entsetzliche Bild. Der Sekretär schlug vor, dass ich mich mit eigenen Augen von den jüngsten Entwicklungen überzeuge, und ich stimmte um einer genauen Diagnose willen zu. Also. Statt zu meiner zeitweiligen Unterkunft zu gehen, ging ich in das Schlafzimmer des Sekretärs, weil es dem Wirtshaus gegenüberliegt und sein Fenster in die gleiche Richtung geht, sodass man über die Baumkronen hinweg deutlich auf den Balkon von Herrn Dulnikkers Zimmer sehen kann. Um ungefähr 12.36 Uhr bemerkten wir von unserer Stellung aus, dass sich jemand in der Umgebung von Herrn Dulnikkers Zimmer bewegte, und wenige Minuten später trat Herr Dulnikker im Pyjama auf den Balkon hinaus und dehnte sich im Mondlicht …"

Professor Tannenbaum schwieg geheimnisvoll.

„Frau Dulnikker!", fuhr er nach einer kleinen Weile fort, „ich habe allen Grund zu glauben, dass die erschreckende Enthüllung, die ich sogleich machen werde, unerwünschte Wirkungen auf Ihre weibliche Seele haben wird, daher bitte ich Sie: Befreien Sie mich von der Pflicht, genau zu sein."

„Nein, nein, Professor Tannenbaum", protestierte Gula, „ich muss alles erfahren!"

„Wie Sie wünschen, Madame, aber ausschließlich auf Ihre Verantwortung. Also. Herr Dulnikker band seinen roten Bademantel an das Balkongitter und begann an ihm hinunterzuklettern. Als er das Ende seines Bademantels erreichte, zog er unter seinem Arm einen großen Regenschirm hervor, mit dem als Fallschirm er sich in den Garten hinunterließ."

„Mein Gott im Himmel!", stöhnte die Frau. „Ist Dulnikker Schlafwandler?"

„Das liegt nicht außerhalb der Möglichkeit."

„Was geschah dann?"

„Eine Stunde und zwanzig Minuten lang sahen wir Herrn Dulnikker nicht, da die übermäßige Vegetation seine ohnehin unklare Gestalt vor unserer Sicht verbarg. Jedoch um zwei Uhr morgens tauchte er unerwartet auf dem Balkon vor seinem Zimmer wieder auf, knüpfte seinen Bademantel vom Balkongitter, und nach einem weiteren Sichdehnen wie dem ersteren verschwand er hinter der Tür."

Eine kurze Stille bezeichnete das Ende von Professor Tannenbaums Bericht.

„Mein lieber Professor", bat Gula den Leibarzt der Parteihierarchie, „retten Sie meinen Gatten! Wir würden das allergrößte Opfer bringen, wenn er nur wieder gesund werden könnte! Was kann man für ihn tun?"

„In Amerika hat man solche geistigen Verwirrungen erfolgreich mit Elektroschock behandelt. Gibt es irgendeinen Weg, Herrn Dulnikker für eine Propagandatour auf eine lange Reise in die USA zu schicken?"

„Über solche Fragen müssen wir uns mit Zev beraten", sagte Gula vorsichtig. Beide stürzten zum Haus des Schuhflickers und trafen den Sekretär angezogen und fertig an, als hätte er sie schon erwartet.

„Ich habe eine andere Idee", erklärte er, „vielleicht können wir ihn auf zwei Monate in die Schweiz schicken?"

„Schön", meinte die Frau, „aber wer wird sich dort um ihn kümmern?"

„Gula Dulnikker", informierte sie der Sekretär, „Sie wissen, dass Sie sich in einer solchen Situation auf mich verlassen können!"

„Schön, aber wie bekommen wir ihn ohne Skandal aus diesem verdammten Dorf?"

„Es bleibt nur eine Wahl", meinte Zev, „wir müssen Dulnikker vor ein Fait accompli stellen. Ich werde heimlich seine wichtigsten Sachen packen und den großen Koffer in den Kofferraum des Wagens stellen. Dann werden wir Dulnikker unter dem Vorwand einer Rundfahrt durch die Umgebung in den Wagen bringen und geradewegs zur Überlandstraße fahren. Dulnikker wird unser heiliges Komplott erst entdecken, wenn er weit genug auf seinem Heimweg ist, und dann wird er bestimmt sein Schicksal hinnehmen."

Alles lief planmäßig. Professor Tannenbaum erklärte den beiden Würdenträgern die Realitäten der Situation. Ohne die geringste Überraschung über seine Enthüllung versicherten sie ihm, sie würden den Kranken zwischen sich setzen und seine Aufmerksamkeit fesseln, bis die Gefahrenzone verlassen war. Während des Frühstücks stahl sich der Sekretär in die Kammer seines Herrn und Meisters, wo er mit geübter Dienstfertigkeit die wichtigsten Effekten in den großen Koffer packte. Er ließ ihn in den Garten hinunterfallen und versteckte ihn dann im Kofferraum des Wagens, der mit der Pünktlichkeit eines militärischen Manövers vor den Eingang des Hauses glitt. Zev beschloss, ihre Rechnung bei Elifas Hermanowitsch nicht zu bezahlen, um nicht Malkas Misstrauen zu wecken. Er plante, alles Fällige, erst nachdem alles vorüber war, durch Schultheiß zu begleichen. Das, so meinte er, machte ihren Fluchtplan frei von Hindernissen. Dulnikker selbst half ihnen unwissentlich, indem er ihre Einladung, eine Tour durch die ländliche Umgebung zu machen, annahm, denn er sah darin ein ermutigendes Zeichen einer Änderung in der Einstellung seiner Besucher zu seinem Entschluss, im Dorf zu bleiben. Die Gruppe ging sofort nach dem Frühstück zum Wagen hinaus, aber auf der Straße begab sich etwas, das ihre Abreise verzögerte.

„Unser Geld zurück, bitte", begrüßte etwa ein Dutzend Bauern
Gula. Sie hatten sich um den Wagen versammelt und streckten ihr
die Quittungen hin, welche ihnen die Zwillinge aufgedrängt hatten.
„Wir wollten diese Zettel verwenden, um den Tnuva-Chauffeur für
unsere Waren zu bezahlen, aber er will sie nicht annehmen."

„Aber Genossen", argumentierte Gula, „ihr habt Geld für Waisenkinder gespendet!"

„Das haben wir dem Chauffeur auch gesagt, aber er hat sich trotzdem geweigert, die Zettel als Geld anzunehmen. Vielleicht reden Sie
mit ihm, gnädige Frau!"

Gula wollte die Entführung nicht durch einen weiteren Zeitver-
lust gefährden, daher begann sie die zerknitterten Zettel zurückzukaufen. Aus irgendeinem Grund kostete sie diese Aktivität insgesamt
neun Pfund und 58 Agorot. Die Zwillinge, die diesem Umtausch mit
erstaunlichem Gleichmut zusahen, benutzten das kurze Zwischen-
spiel, um ihren eigenen Beitrag zu der Verwirrung zu leisten. Sie
zogen den Ingenieur beiseite und flüsterten ihm ins Ohr:

„Ihr Krankenwärter hat Ihren Koffer in den Wagen gesteckt.
Dann hat uns Ihre Frau Ingenieur gebeten, es Ihnen nicht zu erzählen, und wir sagen auch nichts. Das wär's."

In diesem Augenblick saß die Gruppe im Wagen, bereit, Hals über
Kopf und auf und davon zu fahren. Dulnikker stürzte zum Kofferraum, hob schnell den Deckel und erblickte mit seinen eigenen Augen seinen größten Koffer in majestätischer Ruhe daliegen. Blitzartig traf der Gestank des Komplotts die Nasenflügel seines Geistes.
Er sprang zur Wagentür, riss sie auf und brüllte: „Was soll das?"

„Alles wird völlig in Ordnung kommen, Herr Dulnikker", sagte
Professor Tannenbaum, während er das Jackett des Staatsmannes
packte und ihn hineinzerrte. Dulnikker begann mit dem Leibarzt
der Parteihierarchie zu ringen, aber Gula schaltete sich ein und
stieß ihren Gatten mit unwiderstehlicher Kraft auf seinen Sitz
zwischen den zwei zu Stein erstarrten Würdenträgern. Gleichzeitig versuchte sie den Staatsmann zu beruhigen:

„Du darfst dich nicht aufregen, Dulnikker … das Land braucht
dich … du bekommst alle Leitern und Regenschirme, die du willst,
Dulnikker … es ist alles nur zu deinem eigenen Wohl …"

Die Reporter beobachteten atemlos diese Albtraumszene. Sie waren so erstaunt, dass der Bildreporter sogar vergaß, die Dulnikker-Entführung für die Nachwelt festzuhalten, was er sich nie verzieh. Zev saß die ganze Zeit drinnen, sein Gesicht ein Bild des „Nichts-Ungewöhnliches-bemerkend". Gula war die Erste, die sich erholte, und rief dem Chauffeur zu: „Los!"

Genau in dem Augenblick riss Dulnikker den Mund auf und brüllte wild: „Hilfe! Entführer! Hilfe!"

Die Dörfler, die sich um den Wagen versammelt hatten, reagierten mit bemerkenswerter Wachsamkeit, rissen die geschlossene Wagentür auf und versuchten, ihren geliebten Ingenieur aus dem Wagen zu zerren. Die Schreie der Bürgerschaft „Sie entführen den Ingenieur!" wurden lauter, und kräftige Verstärkungstruppen ergossen sich von allen Seiten auf den Schauplatz. Diesmal waren sogar der Schuhflicker und der Barbier einig in ihren Anstrengungen, ihren Meister und Lehrer aus den Händen der Eindringlinge zu retten. Endlich zogen sie ihn gemeinsam durch die Tür, zusammen mit dem Teil Professor Tannenbaums, der um die Beine des Staatsmannes gewickelt war. Der Leibarzt der Parteihierarchie ließ Dulnikker schließlich los, als das Fenster neben dem Chauffeur durch einen Stein zerschmissen wurde. So kam es, dass das entfliehende Fahrzeug den Gegenstand seiner Flucht in den Händen seiner örtlichen Verehrer hinterließ.

DER SCHWARZE WAGEN raste rücksichtslos über die Steine der Landstraße dahin, aber jetzt beachtete keiner der Leute drinnen sein Rütteln; sie beschworen alle einstimmig den Chauffeur, so schnell wie möglich zu fahren.

„Schnell, schnell!", schrie die zitternde Gula. „Sie verfolgen uns wahrscheinlich zu Pferd!"

Nachdem es klar wurde, dass die Wachsamen nicht über dem nächsten Kamm erscheinen würden, beruhigte sich die Aktivistin etwas und versicherte voller Zorn:

„Dulnikker ist wirklich irre!"

Die Würdenträger nickten zustimmend, während sie gleichzeitig die Freude über Dulnikkers Unglück überwältigte, denn sie hatten das

Plappermaul immer gehasst. Ihre Genugtuung war jedoch geringfügig, verglichen mit der guten Laune der Reporter. Denn sie hatten eben entdeckt, dass sie keinen frischen Artikel schreiben mussten. Sie brauchten nur die Schlagzeile über den 300 Wörtern zu ändern, die sie alle fertig hatten, und sie würden ihre Redaktionen mit einem sensationellen internationalen Reißer beschenken, mit der Balkenüberschrift: NEUESTER BEWEIS FÜR AMITZ DULNIKKERS IRRSINN!

Gula befahl eine kurze Rast und wandte sich mit der lebenswichtigsten aller Fragen an den Professor: „Was jetzt?"

„So wie ich es sehe, Frau Dulnikker, leidet Ihr Gatte an einer neurasthenischpsycholokalen Affinität zu dem Dorf Kimmelquell. Ich glaube daher, es wäre unklug, ihn aus dem Dorf zu reißen, solange er sich in seinem gegenwärtigen Zustand befindet. Überdies", wandte sich der Leibarzt der Parteihierarchie an die Reporter, „würde ich vorschlagen, dass über das Thema so lange nichts veröffentlicht wird, bis er geheilt ist!"

„Klar", murmelten die Presseleute mit saurem Gesicht. „Wirklich, das ist ganz selbstverständlich ..."

Die erste Pause seit dem Beginn der Kette schrecklicher Ereignisse hatte eine mächtige psychologische Wirkung auf Gula! „Der arme Dulnikker" – ihre Tränen flossen vor Erleichterung –, „ich bin überzeugt, er ist von allen diesen seinen langen Reden wahnsinnig geworden ... und jetzt wird er in diesem rückständigen Dorf mit diesen Barbaren so allein wie ein Hund sein ... Selbst die Dinge, die er am meisten braucht, haben wir mitgenommen ... Wer wird sich dort um ihn kümmern? Wer, um Gottes willen?"

Gulas Blick fiel auf das Gesicht des Sekretärs – und er erschauerte.

Creatio ex nihilo

Ungefähr drei Stunden, nachdem der Wagen der Sicht entschwunden war und in einer Staubwolke südwärts fuhr, bemerkten einige scharfäugige Kimmelqueller eine große, dünne Gestalt, die sich nordwärts den Abhang hinaufbewegte, der zum Dorf führte. In der heißen Sonne waren sie bald imstande auszumachen, dass sie drei Koffer und eine gelbe Aktentasche schleppte. Das war der Grund, warum ein blondes, unermesslich glückliches Mädchen voll wiedererwachender Freude zum Lagerhaus hinausging, um den Neuankömmling zu begrüßen.

„Ich wusste, dass du zu mir zurückkehren würdest." Dwora umarmte den verschwitzten jungen Gepäckträger. „Jetzt wirst du auf immer hierbleiben. Stimmt's?"

„Anscheinend", hauchte Zev kurz und bündig. Er setzte sich auf eines der Gepäckstücke und starrte in den blauen Himmel hinauf, als verlange er, dass dieser ihm die Grausamkeit der Natur erkläre.

Der Rückkehr des Sekretärs war eine stürmische Debatte im Wagen vorangegangen. Gula hatte ungestüm verlangt, dass Zev aussteige und im Geist seiner bekannten Ergebenheit zu Dulnikker ins Dorf zurückkehre. Der Sekretär hatte dem entgegnet, dass es einen Monat her sei, seit er zum letzten Mal Zivilisation gesehen habe, und dass ihn seine zweite Verbannung ans Ende der Welt wahrscheinlich in den Wahnsinn treiben würde. Letzteres Argument hatte jedoch aus offenkundigen Gründen keinerlei Wirkung auf die aktivistische Schwester Genossin. Außerdem waren die beiden ungeduldigen Würdenträger der armen Frau zu Hilfe gekommen, deren Situation sich nicht sehr von der einer Witwe unterschied. Sie hatten Zev energisch erklärt, dass er die Wahl habe: entweder den Wagen oder die Partei zu verlassen. Zev hatte – es sei angemerkt: ohne zu zögern – erstere Alternative gewählt. Alles, was er von der Gruppe erbeten hatte, war nur, dass sie ihn einen Teil des Weges zurückfahren sollten. Aber selbst das war ihm von Gula hartherzig verwehrt worden, die nach wie vor eine wilde Schar rachsüchtiger Berittener fürchtete. Somit war der Sekretär zu einer Pilgerfahrt nach Kimmelquell mit einem Rücken voll Gepäck verurteilt, während er unaufhörlich eine widerliche Gesellschaft verfluchte, die von einem aufstrebenden jungen Politiker verlangte, einen solchen Tort auf sich zu nehmen.

Dulnikker begrüßte Zev persönlich, obwohl er noch immer durch die Ereignisse des Morgens außer sich war. Trotzdem versuchte er, einen so kühlen Ton wie möglich anzuschlagen, als er ihn ansprach.

„Hör zu, mein Freund Zev, ich weiß nicht, wie tief du in diesen kindischen, dummen Streich verwickelt warst, der alles, was ich hier erreicht habe, zunichtemachen sollte. Jedenfalls warst du in stillschweigendem Einverständnis mit den Verschwörern."

„Dulnikker", sagte Zev, „ich weiß, dass auch ich von einer oberflächlichen Perspektive aus gesehen etwas Schuld zu haben scheine, aber glauben Sie mir, ich handelte nur im Interesse des Staates und der Gesamtheit."

„In dem Fall, meine Herren, haben Sie sich verrechnet." Dulnikker war böse. „Weil es weder der Staat noch die Gesamtheit war, die dich vom absoluten Nullpunkt dazu erhob, Amitz Dulnikkers Sekretär zu sein! Ich, und nur ich, habe das getan, in einem meiner schwachen Augenblicke. Nichtsdestoweniger beabsichtige ich im Augenblick nicht, eine Disziplinarmaßnahme zu treffen. Ich muss Sie jedoch, meine Herren, darauf hinweisen, dass nur redliche, anständige Ausdauer bei der Wiederherstellung unseres Dorfes Ihr taktloses Benehmen möglicherweise einigermaßen sühnen kann."

„Ich verstehe, Dulnikker", antwortete der Sekretär und kehrte seinen Blick abermals himmelwärts. Wie zu erraten ist, dauerte es auch diesmal lange, bis eine Antwort kam.

DER PEINLICHE ZWISCHENFALL verzögerte die Entwicklung von Kimmelquell nur um einige flüchtige Stunden. Der Staub in den Wagenspuren hatte sich noch kaum gesetzt, als neue Einladungen zu den Mitgliedern des Provisorischen Dorfrats unterwegs waren, die sie zu einer offiziellen Sitzung einberiefen, deren Zweck – in des wiedergekehrten Sekretärs einzigartigem Stil verfasster Tagesordnung – „Die Errichtung einer örtlichen Verwaltung" war, „deren Funktion es sein wird, ein ständiges Einkommen zu sichern, um die Existenz der örtlichen Verwaltung zu garantieren".

Die Sitzung wurde wie gewöhnlich bei dem flackernden Licht von zehn Laternen in der Ratskammer abgehalten. Dulnikker, auf die Höhen des Podiums zurückgekehrt, führte einen neuen Vorgang ein und hielt einen Zählappell, um zu sehen, ob alle

Mitglieder anwesend waren. Es stellte sich heraus, dass niemand fehlte. Angesichts dessen erteilte der Vorsitzende das Wort Ofer Kisch, der, wie erinnerlich, beauftragt worden war, eine Liste von Steuerzahlern aufzustellen. Der kleine Schneider erhob sich feierlich und las folgende offizielle Einzelheiten aus einem Notizbuch vor: „Um die Anzahl von Bürgern festzustellen, die dreitürige Kleiderschränke besitzen, besuchte ich im Lauf von vier Tagen persönlich: Häuser – 65; Räume – 206; Familien – 75 …"

„Langsam, Ofer, langsam", polterte Zemach Gurewitsch, „du misst keinen Anzug an! Sag uns einfach, wie viele dreitürige Kleiderschränke du gefunden hast?"

„Ich? Keinen."

„Keinen?"

„Keinen."

„Sie sehen, Herr Ingenieur", wandte sich Elifas höchst erbittert an den Vorsitzenden. „Jetzt gehen Sie einmal hier herum, Steuern einheben! Das ist ein höchst halsstarriges Volk."

„Ich ersuche um Ruhe, meine Herren!" Der zornige Vorsitzende schlug mit seinem Hammer auf den Tisch. „Wer hat euch denn beigebracht, wenn ich fragen darf, dass der Vertreter des Städtischen Steueramtes persönlich hingehen und nachsehen soll, was die Dorfbewohner tun? Ich erinnere mich sehr gut, dass Herr Kisch nur gebeten wurde, eine Liste der Einzustufenden zusammenzustellen."

„Eine Liste der was?"

„‚Einzustufender' bedeutet einen Steuerzahler", erklärte Dulnikker ungeduldig. „Man misst den finanziellen Stand eines Einzustufenden nicht mit dem Zollstock, Genossen, man schätzt ihn ein!"

Die Abgeordneten schrumpften in sich zusammen, rührten in ihrem Tee herum und tätschelten den Katzen mit den Stiefelspitzen die Rücken.

Zev rettete die Schlacht und die Debatte. „Der Herr Ingenieur will sagen, dass es nicht wichtig ist, wer wirklich einen dreitürigen Kleiderschrank besitzt, sondern nur, wer einen solchen Schrank besitzen könnte."

Der Schächter Ja'akov Sfaradi war der Erste, dem der Sinn der Sache aufging. „Ich verstehe", verkündete er. „Das ist ein viel gerechteres System. Wir werden uns nicht um den Schrank kümmern, der wirklich ein unwichtiges Symbol ist …"

„Halt!" Der Barbier begann die Sache zu erfassen. „Vor allem müssen wir klären, was ‚wir werden uns kümmern' bedeutet. Wer wird sich kümmern?"

„Der gesunde Menschenverstand diktiert", meinte der Schneider, „dass der Mann, der dazu ernannt ist, die Einzustufenden, oder wie sie heißen, zusammenzustellen, auch die Steuerzahler auswählt."

„Richtig", stimmte ihm Dulnikker zu und schlug auch die Ernennung einer Einstufungskommission vor, die dem unerfahrenen Steueraufseher bei seinen Pflichten helfen sollte. Der Provisorische Dorfrat identifizierte sich mit dem Vorschlag und ernannte sich selbst zu Mitgliedern der Kommission. Aber sowie die Kommission eine Liste der Dorfbewohner aufzustellen begann, wurde es völlig klar, dass die im Dorf herrschende „katastrophale Gleichheit" dem Unternehmen entgegenstand.

„Der eine hat mehr Boden, der andere mehr Vieh", versicherte der Schuhflicker. „Sie könnten alle oder keiner einen dreitürigen Kleiderschrank besitzen."

Die Entdeckung deprimierte die Abgeordneten allgemein. Schließlich rettete Zev die Ehre der Einstufungskommission:

„Es gibt nur einen Weg, um Ungerechtigkeiten zu vermeiden. Wir müssen losen."

Die Idee befriedigte die Kommission, und ihre Mitglieder machten sich sofort daran, sie in die Praxis umzusetzen. Der Schneider schrieb schnell die Namen der Bauern von seiner Liste auf Zettel ab, die im Hut des Wirts durcheinandergeworfen wurden. Die Kommission beschloss, zwölf Steuerzahler auszulosen, zur Erinnerung an die zwölf Söhne Jakobs, und bot dem Vorsitzenden die Ehre an, zwölf Zettel aus dem Hut zu ziehen. Der Vorsitzende lehnte mit der Begründung ab, dass er eine absolut unabhängige Organisation zu erziehen wünsche. Daher wurde die Aufgabe Elifas Hermanowitsch zugewiesen, dem ja ohnehin der Hut gehörte.

Die Lotterie ging jedoch nicht ohne einige Verwirrung bringende Pannen vonstatten. Es schien zunächst, dass es Elifas Hermanowitsch gelang, elf richtige Namen aus seinem Hut zu ziehen, und diese wurden unverzüglich vom Steueraufseher notiert. Schließlich aber zog der Wirt einen langen Namen heraus, worauf er erbleichte.

„Das" – er schielte – „bin ich ..."

Die gesamte Einstufungskommission war verwirrt. Alle schauten zu Dulnikker, aber anscheinend hatte auch er keine klare Meinung zu diesem Problem. Endlich machte Malka dem unerfreulichen Schweigen ein Ende:

„Unsinn!", sagte sie zu ihrem Mann. „Schmeiß ihn zurück!" Elifas grinste erbarmungswürdig, gab den Zettel zu den Übrigen und mischte sie gründlich. Er zog wieder, und diesmal kreischte er auf, als hätte er einen Leprakranken berührt: „Was ist das? Wieder ich!"

Aber sein Augenblick der Schwäche ging vorbei. Das Gesicht des Wirts wurde grün vor Wut, und er schmiss den beleidigenden Zettel mit einigen Ausdrücken des Abscheus auf den Grund des Hutes.

„Aus meinem eigenen Hut!", knurrte er. „Das ist wirklich ein Witz! Genauso gut hätte ich irgendeinen anderen Namen ziehen können!"

Das dritte Mal zog Elifas einen Namen, der nicht der seine war, eine Leistung, die das Herz aller Teilnehmer einschließlich des Vorsitzenden erleichterte. Der erstaunlich flinke Krankenwärter hatte inzwischen die offizielle Benachrichtigung geschrieben, die zum Programm gehörte.

Sehr geehrter Herr, lautete sie.

Die Einstufungskommission des Provisorischen Dorfrats unter Vorsitz des Herrn Ingenieurs hat nach eingehender Prüfung Ihres finanziellen Standes entschieden, dass Ihr Einkommen genügt, um einen dreitürigen Kleiderschrank, mit Spiegel, aus Kastanienholz zu erstehen. Schränke dieser Art wurden von der Einstufungskommission als Luxusgüter klassifiziert, und Sie werden daher ersucht, dem Steueraufseher, Ofer Kisch, eine einmalige städtische Luxussteuer von drei (3) Tnuva-Pfund für den Bau eines Bürgermeisteramtes zu bezahlen sowie 20 Agorot zur Deckung der Eintreibungskosten. Im Weigerungsfalle sieht sich die Kommission gezwungen, den vorerwähnten Schrank zu beschlagnahmen, um Ihre Verpflichtungen zu decken.

> In vorzüglicher Hochachtung
> Salman Hassidoff
> Bürgermeister de facto

DIE ERSTE NOTSTANDSSITZUNG des Provisorischen Dorfrats wurde am frühen Nachmittag des folgenden Tages abgehalten. Sie wurde aufgrund des mündlichen Ersuchens des Steueraufsehers Kisch einberufen. Die Abgeordneten waren etwas gereizt durch die häufige Belästigung, die ihre hohe Stellung mit sich brachte, aber ein Blick auf den Schneider genügte, um sie zu besänftigen. Ofer Kisch konnte kein Glied rühren, ohne vor Schmerz zu weinen. Die frischen Verletzungen an seinem Körper waren durch die Risse seiner Hose deutlich sichtbar, und der blaue Fleck unter seinem linken Auge zeigte an, was für ein Glück er hatte, das Auge noch zu besitzen. Der leidende Steueraufseher konnte sich nicht beherrschen und nahm das Wort, ohne dass es ihm erteilt wurde:

„Was habt ihr mir angetan?", jammerte der kleine Schneider. „Man hat mich fast umgebracht! Ich bin nicht einmal so weit gekommen, den Brief zu erklären, und schon wurde ich angegriffen! ‚Wer braucht hier einen Dorfrat?', schrien sie wie die Irren, ‚Was für einen Schrank?', und hetzten die Hunde auf mich."

Dulnikker schlug mit dem Hammer auf den Tisch.

„Genossen!", rief er. „Das ist Gesetzlosigkeit!" Seine etwas feierliche Stimmung teilte sich den Abgeordneten mit.

„Was ist eigentlich los?", platzte Frau Hassidoff heraus. „Haben sie uns gewählt oder nicht?"

„Das ist's ja", bemerkte der Bürgermeister de facto mit offenkundigem Groll, „Vorteile aus dem Dorfrat beziehen – fein; aber etwas hergeben – o nein!"

„Nu ja, so ist das einmal", versicherte der Schächter plötzlich. „Also lösen wir den ganzen Dorfrat auf, ja, Herr Ingenieur?"

Der vernichtende, wütende, verabscheuende, herabsetzende Blick des Vorsitzenden genügte, um die leichtherzigen Worte in Ja'akov Sfaradis Kehle zu ersticken.

„Zurückziehen?", donnerte Dulnikker. „Nachgeben?"

„Ja, aber – was dann?"

„Eine Polizeitruppe."

„SAG MIR, Mischa, mein Freund", sagte Dulnikker zu dem mächtigen Burschen, als dieser spät am selben Abend schwer auf seine Bettstatt sank, „bist du mit der Schuhflickerstochter irgendwie weitergekommen?"

„Teufel, nein!", brummte Mischa. „Dwora ist so verliebt in ihre bebrillte Vogelscheuche, dass wir kaum miteinander reden. Ehrlich, ich halte mich von ihr zurück, Herr Ingenieur, weil ich Angst habe, ich könnte eines Tages diesem Angsthasen den Schädel einschlagen …"

„Pfui über dich, Mischa", warf Dulnikker ein. „Habe ich dich nicht schon längst darauf hingewiesen, dass du die Schranken, die dich von Dwora trennen, nur dadurch niederbrechen kannst, dass du dir einen achtbaren öffentlichen Posten erwirbst?"

„Gibt es irgendeinen achtbareren als den des Kuhhirten, der das Eigentum des Dorfes hütet?"

„Doch, Mischa. Den Hüter des Gesetzes zum Beispiel."

„Wer ist das?"

„Der Polizist!"

„Was für eine Polizei?"

„Machen Sie keine Witze, meine Herren! Haben Sie nicht gehört, dass der Provisorische Dorfrat Himmel und Hölle nach einem Polizisten absucht? Eigentlich – warum nicht? Du bist ein kräftiger junger Bursche, Mischa, du kannst lesen und schreiben, so gut man das erwarten darf, und dein Hund ist einer der größten im Dorf …"

„Halt, Herr Ingenieur. Ich mag grüne Weiden und Tiere lieber als die Menschen. Ich bin als Polizist ungeeignet."

„Mischa, mein Freund, wer spricht von einem Polizisten? Ich will dich zum Chef der Kimmelqueller Polizeitruppe ernennen!"

Der höchst wichtigen Verkündigung des Ingenieurs folgte langes Schweigen.

„Dann wäre ich ein Offizier … Sie meinen …"

„Genau, was du gehört hast, Freundchen. Im Rang eines Hauptmannes."

„Und keiner über mir?"

„Entschieden nein. Außerdem wirst du in zwei weiteren Monaten imstande sein, es bis zum Oberst zu bringen."

„Nu, ja, dann geht das also in Ordnung", willigte Mischa ein, „weil ich nicht ganz von unten her anfangen wollte."

VOR DER ERÖFFNUNGSZEREMONIE hielt der Ingenieur persönlich für den Chef der Kimmelqueller Polizei einen Schnellkursus über das „Verhalten erstrangiger Polizeihauptleute".

„Ein Polizeihauptmann weiß alles, sieht alles, hört alles!" Das war der Eröffnungssatz des ersten Vortrages des Staatsmannes, und der Kuhhirte nickte zustimmend.

„Sollte irgendetwas, Gott behüte, in Verletzung des Gesetzes geschehen, erscheint der Polizeibeamte auf dem Schauplatz des Verbrechens oder besser, er erscheint schon, bevor das Verbrechen begangen werden kann. Nachher verhört er die Zeugen und unterbreitet der Vollsitzung des Dorfrats einen eingehenden schriftlichen Bericht. Jedoch" – Dulnikker hob den Zeigefinger – „ein Zeuge ist ungültig!"

„Bitte sehr, wer ist der ungültige Zeuge?"

„Ich meine die Zahl ‚einer'", erklärte er mit dem Glorienschein der Geduld, die er in vielen Sitzungen mit den Kimmelquellern entwickelt hatte. „Ein Zeuge allein ist kein Zeuge, obwohl du ihn trotzdem ins Kreuzverhör nehmen musst."

„Da verlassen Sie sich darauf, Herr Ingenieur." Der Kuhhirte wies stolz seine gigantischen Hände vor.

„Ohne Emotion, Genossen, ohne Emotion!" Dulnikker hob die Stimme. „Ihr dürft dem Verdächtigen kein Haar krümmen! Ihr müsst alles schriftlich niederlegen, in Form von Frage und Antwort, etwa so: Ich: Wie heißen Sie? Verdächtiger: Soundso …"

„Das ist kein Name!"

„Um Himmels willen, das ist doch nur angenommen, Genossen! Ich: Wo sind Sie geboren, Herr? Verdächtiger: In Rosinesco. Ich: Wie alt sind Sie? Et cetera. Folgst du mir, mein Freund?"

„Ich verstehe", erwiderte Mischa. „Ende letzten Jahres war ich achtundzwanzig."

Nach dreieinhalb Stunden Schwerstarbeit überwand ein eiserner Wille den Mangel an Begriffsvermögen des Hauptmanns. Endlich sah es aus, als hätte Mischa die Grundbegriffe kapiert.

„Und noch eines", endete der Staatsmann völlig heiser. „Ich werde keinen Polizeibeamten dulden, der in der Politik herumpfuscht! Die Polizeitruppe muss die eiserne Faust des rechtmäßig eingesetzten Dorfrats sein. Folgst du mir? Wenn Ihnen, meine Herren, befohlen wird, Ihren Bruder zu verhaften, dann werden Sie ihn verhaften."

„Ich habe keinen Bruder. Nur zwei Schwestern."

„Das ist alles nur angenommen", flüsterte Dulnikker mit tränenerstickter Stimme. „Ich versuche dir zu erklären, dass du Befehle ausführen musst, ohne viel zu denken. Sollte dir befohlen werden, dich aufzuhängen …"

„Warum denn?", protestierte Mischa und stand schockiert auf. „Ich habe nichts Unrechtes getan! Entschuldigen Sie, Herr Ingenieur, aber ich mag kein Polizeibeamter sein, wenn ich mich aufhängen muss!"

„Nein!", schrie Dulnikker und stampfte vor Wut auf. „Man wird es nicht von dir verlangen!"

„Warum haben Sie dann gesagt, dass Sie es würden?"

„Ich habe nur Spaß gemacht! Vergesst es, Genossen, vergesst, was ich gesagt habe!"

„Alles?"

„Alles!"

Wie es so gern im täglichen Leben zugeht – obwohl der Polizeichef von Kimmelquell seine theoretischen Prüfungen nicht bestanden hatte, machte er sich im aktiven Dienst vortrefflich. Mischa begann den verwundeten Steueraufseher, Ofer Kisch, zu den Behausungen der zwölf Auserwählten zu begleiten, und seine bedeutungsvolle Anwesenheit hatte die Wirkung einer kalten Dusche auf die besuchten Parteien. Praktisch war keine Gewalt vonnöten. Allgemein gesprochen lächelte der Hauptmann breit, während seine überdimensionale Hand geistesabwesend das Fell Satans – seines gigantischen Schäferhundes – streichelte.

Ihrer beider Auftauchen allein veranlasste die Bauern, ihre Misshandlung des Schneiders einzustellen und ihren Kummer in eine einzige Frage zu verdichten:

„Warum gerade wir?"

„Ich weiß wirklich nicht", pflegte der Polizist in solchen Fällen zu antworten. „Ich bin bloß eine eiserne Faust, die tut, was ihr befohlen wird. Sonst hängen sie mich mir nichts, dir nichts!"

Die Wolke, welche die Angelegenheit verhüllte, verdichtete sich, als die zwölf Steuerzahler Unterstützung bei dem glücklichen Rest der Dorfbewohner suchten. Diese meinten, dass der Dorfrat sicher genügend Grund habe, die Steuer gerade jenen Leuten aufzuerlegen, denen sie auferlegt war, denn die Räte waren ernstzunehmende Leute, und wenn es so war, wie sich alles auswirkte, dann sollte man nicht viel klagen: Man musste einfach den Gürtel ein bisschen enger schnallen – und zahlen! Somit konzentrierte sich die Wut des Dutzends und sammelte sich um die Teufelsgestalt Salman Hassidoffs, des Bürgermeisters de facto, dessen Unterschrift die schändliche Verständigung zierte.

Die „Dreitürniks", die sich von der steuerfreien Majorität etwas exkommuniziert vorkamen, fanden einen kargen Trost in ihren heimlichen Gesprächen mit Zemach Gurewitsch. Der Schuhflicker sagte dem unglücklichen Dutzend offen, dass ihnen seiner Meinung nach dieser Kerl, der Hassidoff, unrecht tue, und wenn er, Gurewitsch, zum Bürgermeister gewählt würde, er sofort die Steuerlast durch eine gerechtere Regelung auf die Schultern von zwölf anderen Bauern überwälzen würde. Aber das, sagte er, verlange natürlich, dass er, der Schuhflicker, in den kommenden Wahlen zum Bürgermeister gewählt werde, denn was nützten schon guter Wille und menschliches Verständnis, wenn sie nicht durch Handeln gestützt würden?

Am Ende verwandelte sich jedoch die Steuer dank Umständen, an die niemand gedacht hätte, fast in einen großen Verlust. Die ersten Anzeichen der Krise waren die scharfen Proteste, die immer stärker aus den Dorfställen hervordrangen und die nach einigen Tagen zu einem heiseren Chor lang gedehnter Muhs wurden, in den alle gefangenen Kühe einstimmten. Der Polizeichef von Kimmelquell informierte den Rat kurz und bündig, dass er so lange nicht als Gemeindehirte dienen würde, solange er die offizielle Uniform trage. Um die Verwirrung noch zu vergrößern, waren die übrigen Dorfbewohner von dem Gedanken, den Hirtenstab zu ergreifen, nicht begeistert und behaupteten, jetzt hätten die Ratsmitglieder ihre Suppe und könnten sie auslöffeln.

Schließlich berief Amitz Dulnikker eine außerordentliche Sitzung des Provisorischen Dorfrats ein und murmelte, dass er anscheinend immer alles selbst machen müsse. Alle Abgeordneten erschienen. Als sie eintraten, flüsterte Salman Hassidoff seiner ihm ehelich angetrauten Krankenschwester eine Bemerkung zu, die den Grundton der ganzen Sitzung vorwegnahm:

„Oj! Und nochmals oj!" Der Barbier wies auf die fleckenlose, frisch gewendete Hose des Schuhflickers. „Heute Abend gibt's keine Majorität!"

Und so geschah's. Zemach Gurewitsch bat als Erster ums Wort und schlug eine einstweilige Regelung vor, der zufolge der Bürgermeister den zwölf Steuerzahlern de facto einen persönlichen Brief schicken und ihnen auftragen solle, sich als kommunale Kuhhirten abzuwechseln. Salman Hassidoff war instinktiv gegen den Vorschlag und schlug vor, dass die Ratsmitglieder in der Reihenfolge ihres Ranges Kuhhirten werden sollten. An diesem Abend wurden sechs Gegenabstimmungen abgehalten; alle waren stimmengleich, weil das „Zünglein an der Waage" konsequent gegen beide Fraktionen in frisch gebügelten Hosen stimmte.

Knapp vor Mitternacht brachte der Krankenwärter seine Meinung zum Ausdruck, dass lieber die letzte Kuh tot umfallen solle, als die Ratsmitglieder aus Schlafmangel. Dieses zynische Aparte war es, was schließlich zur Lösung des Problems führte.

„Meine Herren!", verkündete Dulnikker von seiner Höhe herab, „ich verhülle mein Gesicht aus Scham über Sie! Es sieht so aus, dass ich persönlich gezwungen sein werde, mit meinem Krankenwärter zusammen die leidenden Kühe auf die Weide zu führen."

Wenn der Staatsmann tief im Herzen erwartete, dass sein Tadel das schlafende Gewissen der Räte wecken würde, dann irrte er, denn seine freiwillige Meldung ließ Wogen der Bewunderung in den Seelen der Abgeordneten aufwallen. Malka begann sofort zu klatschen, und der Großteil des Dorfrats schloss sich freudig an. Selbst den heuchlerischen Schächter freute es, sich zu erkundigen, ob denn der ehrenwerte Ingenieur auch im Kühehüten Erfahrung habe? Er erhielt eine spitze, wenn auch etwas zweideutige Erwiderung vom Sekretär. Zev bemerkte zwischen zwei Gähnen, dass für einen Mann der Öffentlichkeit von Herrn Dulnikkers Rang das Hüten von Vieh nichts Neues sei.

So endete die von Pech verfolgte Sitzung dennoch glücklich, und der Krankenwärter, der sich für einen Großstädter hielt, fühlte sich leicht entwürdigt.

„Hören Sie, Dulnikker", sagte der Sekretär zu seinem Herrn und Meister, nachdem diesem die Abgeordneten *Masel tow* gewünscht und den Raum verlassen hatten, „wenn Sie um jeden Preis zurück zur Natur wollen, ist das Ihre Angelegenheit, aber warum müssen Sie mich mitschleppen?"

„Warum?", wiederholte Dulnikker jovial. „Ich werde euch gleich erklären, warum, Genossen! Was mich betrifft, so glaube ich fest an den Einfluss des persönlichen Beispiels auf die Massen. Was dich betrifft, mein Freund Zev, so wirst du bei Sonnenaufgang mit mir auf die Weide ziehen, weil du mein vertrauenswürdiger Krankenwärter bist, der bereit ist, für mich durchs Feuer zu gehen. Oder hast du dir vorgestellt, mein Freund Zev, dass ich im Alter von siebenundfünfzig Jahren anfange, stumme Tiere herumzujagen?"

Der Sekretär senkte den Blutdruck des Staatsmannes, indem er sich sofort ergab. Das neue erfreuliche Alter seines Herrn und Meisters schrieb er der erfrischenden Anwesenheit Malkas zu. Tatsächlich hatte die Häufigkeit der Begegnungen in der strohgedeckten Hütte nach dem niederträchtigen Entführungsversuch zugenommen, und das Erregende war für die beiden Nachtschwärmer keinen Augenblick geringer geworden. Nachdem der grüne Pullover vollendet war, begann Malka Handschuhe und Pulswärmer aus demselben grünen Wollknäuel zu stricken, während Dulnikker in großen Sprüngen in die Vergangenheit zurückeilte und nur bei den wichtigsten Ereignissen seiner Biografie innehielt.

Malka, sanft an Dulnikker gelehnt, wurde wohlig durchrieselt von den wunderbaren Erzählungen von Diplomaten, Flugzeugen,

Appellen, Visionen, Banketten, Schwachköpfen, Krisen, Zvi Grinstein, Projekten, Schiffen, der Geschichte von einem Schächter, dem nicht erlaubt worden war, Schofar zu blasen, von Hooligans und Wahlen, Bankkrediten, Shimshon Groidiss' Komplotten, Prestige, Entwicklung und mehr desgleichen. Eines Nachts, endlich, endlich, öffnete die Frau den Mund und sprach zu ihrem Ritter in einem Ton, der unbändiges Staunen verriet:

„Herr Dulnikker, niemand hier ahnt ja, wer Sie sind! Sie sind ein so großer Mann, dass ich wünschte, Majdud und Hajdud würden wie Sie werden. Manchmal flehe ich den Himmel an: Was für eine gute Tat habe ich vollbracht, dass Sie irrtümlich mein Zimmer betraten? Warum liebt mich der Himmel so sehr?"

„Das werden wir kaum herausfinden", meinte Dulnikker, „deshalb verschwenden wir keine Zeit damit, darüber nachzudenken. Ich muss Sie bitten, Madame, mich nicht jeden Augenblick zu unterbrechen …"

Als der Herr Ingenieur und sein persönlicher Krankenwärter früh an jenem Morgen das Vieh hinausführten, stand die Einwohnerschaft offenen Mundes an den Toren des Dorfes. Die beiden freiwilligen Kuhhirten trugen geborgte Kleidung, die ihnen eine äußerst originelle Erscheinung verlieh. Besonders ins Auge fallend waren dank der kurzen Hosen ihre marmorweißen Beine. Dulnikker hatte sich ein buntes Tuch um den Hals geschlungen, und beide trugen Knotenstöcke aus Mischas Sammlung. Die Hirtenstäbe gerieten ihnen immer wieder zwischen die Füße, wenn sie laufen mussten, und laufen mussten sie, weil die ungeduldigen Kühe schnurstracks zur Wiese stürmten, während Dulnikker mit erstickter Stimme heulte: „Hoiss! Rennt nicht! Hoiss! Halt!"

Kein Wunder, dass die beiden zusammenbrachen, als sie die Herde endlich eingeholt hatten. Sie streckten sich auf dem grasigen Abhang des kleinen Hügels aus und spürten mit geschlossenen Augen die rote Sonne durch die Lider, als sie sanft jede Zelle ihres Körpers überflutete.

„Siehst du, Zev", erklärte der Staatsmann nach langem Schweigen, „wir sind erschreckend außer Form. Kannst du erraten, mein Freund, was uns das zu tun verpflichtet?"

„Sicher." Zev beschattete seine Augen vor der Sonne. „Wir müssen heimfahren."

„Da haben wir die neue Generation!" Dulnikker kochte vor Wut. „Typisch – sie will nur eines: Bequemlichkeit, sonst nichts! Glaubst du wirklich, ich amüsiere mich in diesem Dorf?"

„Ja, Dulnikker. Für Sie ist es großartig."

„Na und? Stört dich das vielleicht? In dem Fall, schwöre ich, bleibe ich mit dir hier bis zu dem Tag, an dem ich – oder du stirbst!"

Das beendete ihre fruchtlose Debatte, und beide schläfrigen Männer ergaben sich dem Kuss der Mutter Sonne. Sie lagen regungslos in dem frischgrünen Gras, und der Staatsmann war nur selten gezwungen, seinen Krankenwärter loszuschicken, um eine streunende Kuh zurückzujagen – weil ja der Schäferhund, dessen Aufgabe das natürlicherweise war, im Augenblick im Dienst der kommunalen Steuerabteilung stand.

Dulnikker erwachte, weil ihn jemand leicht an der Schulter rüttelte. Er öffnete schläfrig benommen ein Auge, riss jedoch sofort auch das andere auf und öffnete den Mund zu einem heiseren Aufschrei. Ein ältlicher Araber, in einen ländlichen Kumbas und einen Kafija gekleidet, beugte sich über den erschrockenen Staatsmann und flüsterte etwas durch seinen struppigen Schnurrbart. Dulnikker, ehemaliger Parteisprecher im Unterausschuss für Minderheitenprobleme, versuchte sich schnell aus den Armen seines Angreifers zu befreien und zu fliehen, mit dem einzigen Erfolg, dass er auf dem Gras ausrutschte und flach auf den Rücken fiel. Zev, den das Aufkreischen des Staatsmannes geweckt hatte, langte nach seinem Knotenstock, aber der Araber war schneller. Er griff in seine Ledertasche und zog eine kleine Blechbüchse heraus.

„*Kafaj*, Amerika", sagte er mit einem herzlichen Grinsen. „Amerika, Kafaj."

Die beiden Kuhhirten waren sprachlos. Nachdem der Araber noch mehrmals „Kafaj, Amerika" wiederholt hatte, flüsterte Dulnikker seinem Sekretär zu: „Wus sugt er?"

„Warum reden Sie jiddisch, Dulnikker?", fragte der Sekretär

leise. Und der Staatsmann flüsterte zurück: „Damit er mich nicht versteht." An diesem Punkt ging Dulnikker jedoch die Geduld aus, und er schrie Zev an: „Warum, mein Freund, musst du dir in einer solchen Zeit philologische Überlegungen leisten? Geh zu ihm hinüber und finde heraus, was er will! Du hast in der Schule Arabisch gehabt!"

Der Sekretär erhob sich und ging zu dem Araber, der mit orientalischem Gleichmut auf das Ende der internen Debatte wartete. Zev durchforschte sein Gedächtnis und grub mühsam einen arabischen Satz von unzweifelhafter literarischer Qualität aus. Aber der Araber schüttelte den Kopf und schnalzte traurig mit der Zunge, um dem Kuhhirten anzudeuten, dass er kein Wort verstanden hatte.

„Wäre es möglich, Zev, dass er nicht Arabisch kann?", überlegte Dulnikker. Dann fragte er den Araber aus einer Gewohnheit, die ihm dank seiner Besuche von Einwandererlagern zur zweiten Natur geworden war:

„*Murvy pan po polsku? Guvriti pa russki?*"

„*Ness kafaj*", erwiderte dieser und hielt dem Staatsmann die Büchse unter die Nase. „Ness kafaj."

Dulnikker nahm die Büchse und bewegte den Kopf in der stummen Frage: „Wie viel?"

Der Araber wies auf eine der Kühe. Das machte Dulnikker böse.

„Der Kerl ist verrückt", versicherte der Staatsmann. „Er will eine ganze Kuh für seine Büchse!"

Da jedoch nahm ihre Beziehung eine entscheidende Wendung. Der Araber begann auf Französisch zu murmeln, eine Sprache, die er und Zev mehr oder weniger gemeinsam kannten.

„Er bietet hundert Büchsen Nescafé für eine Kuh", übersetzte der Sekretär und fügte hinzu, „das ist wirklich billig, Dulnikker."

„Kommt überhaupt nicht infrage", fuhr ihn der Staatsmann an. „Sag ihm, mein Freund, dass die Kühe nicht unser persönliches Eigentum sind. Außerdem darf ich wegen meines hohen Blutdrucks keinen Kaffee trinken. Überhaupt, wer ist dieser Kerl? Er kommt mir nicht bekannt vor."

„He", fragte Zev, „woher kommst du?"

„Aus dem Libanon."

Diese erschreckende Eröffnung verursachte im Lager der Kuhhirten einige Verwirrung. Dulnikker zog seinen Sekretär beiseite
und flüsterte ihm sehr aufgeregt zu:

„Ich wusste von Anfang an, dass er ein Infiltrator ist, weil kein
israelischer Araber den Weg hier herausfinden könnte. Wir dürfen
keinen Handel mit ihm treiben, Genossen!"

Der Infiltrator stand in einnehmender Schlichtheit da, voll ruhiger Erwartung, den großen Kopf leicht zur Seite gewendet, und
streckte von Zeit zu Zeit den beiden sich beratenden Kuhhirten die
Büchse entgegen. Die Sonne leuchtete mit dem Glanz der Brüderlichkeit, die Kühe käuten unschuldig das Gras wieder, und hie und
da flatterte ein bunter Schmetterling vorbei.

„Setz dich", befahl Dulnikker dem Infiltrator, denn er konnte es
nie leiden, Leute müßig herumstehen zu lassen. Er setzte sein Gespräch mit seinem Sekretär fort.

„Ich will keine Komplikationen! Dieser Kerl muss trotzdem als
Feind betrachtet werden!"

„Schön", sagte Zev nachgiebig. „In dem Fall bringen wir ihn also
um."

„Das ist die Aufgabe unserer Sicherheitstruppen und der Grenz-
polizei", versicherte Dulnikker. „Frag ihn, was ihn hergeführt hat."

Der Araber begann es mit einer endlosen Tirade zu erklären, und
der Staatsmann erfuhr von Zev, dass er – der Araber – Kimmelquells Hauptlieferant war und in regelmäßigem Kontakt mit dem
ehemaligen Kuhhirten stand. Wenn ihm die Effendis nicht glaub-
ten, könnten sie den ehemaligen Kuhhirten über ihn ausfragen, und
auch der würde ihnen sagen, dass er – der Araber – Juden gern hatte
und auch bereit sei, sie zu vernünftigen Preisen mit allen anderen,
im jüdischen Staat schwer erhältlichen Artikeln zu versorgen.

Dies verletzte den Stolz des Staatsmannes ernstlich.

„Sag ihm", schrie er Zev an, „dass wir seine erbärmliche Ware
nicht brauchen! Im Gegenteil, wenn wir die Blockade über ihn ver-
hängen, hilft uns das, schnellstens unsere wirtschaftliche Unabhängigkeit zu erreichen!"

„Ja", sagte der Sekretär gehorsam und übersetzte dem Schmugg-
ler: „Wie viel willst du für eine Büchse?"

„Ein Pfund siebzig. Aber nur Tnuva-Geld. Das ist reiner ameri-
kanischer Nescafé, Effendi."

Die Geheimverhandlungen zwischen dem Araber und dem Dol-
metscher führten jedoch zu keinem Resultat, weil Dulnikker seinen
Sekretär sehr aufmerksam überwachte. Er warnte ihn, nicht mit
dem Araber zu schwätzen, nicht zu viele Sätze zu verwenden, in
denen „Nescafé" allzu häufig vorkam, sondern dem Infiltrator zu
befehlen, zu verschwinden, bevor er „die Treppe hinuntergeschmis-
sen wird".

„Ein Pfund sechzig", murmelte der Araber und trat beim An-
blick von Dulnikkers störrischem Gesicht einige Schritte zurück.
Aber anscheinend rührte der Weltschmerz in seiner Stimme das
Herz des Staatsmannes.

„Frage ihn, Zev", befahl er plötzlich, „ob es ihm möglich wäre,
mir die israelische Presse zu verschaffen?"

„Zeitungen?"

„Genau wie ihr gehört habt, Genossen. Meinst du, ich soll vielleicht warten, bis sie vom Himmel fallen?"

Der Araber war etwas überrascht, als ihm die Frage übersetzt
wurde, und erklärte leise, dass in dreißig ununterbrochenen Jahren
seiner Schmugglertätigkeit so etwas zum ersten Mal bei ihm bestellt werde. Seine Kaufmannsseele gewann jedoch die Oberhand,
und er bat um die Namen der Zeitungen, an denen der Effendi interessiert war. Nachdem Dulnikker eine Weile nachgedacht hatte,
nannte er das Morgenblatt seiner Partei sowie ein „gelbes" Abend-
blatt und betonte, dass er keinen Heller für eine mehr als einen
Monat alte Zeitung bezahlen würde.

„Sag ihm bitte, dass ich keinen Vorschuss zahle", schloss Dulnikker. „Ich habe bittere Erfahrungen mit unbekannten Hausierern."

Der Araber verließ die seltsamen Effendis mit einer Sturzflut
von Segenswünschen für eine erfolgreiche Genesung. Er kehrte
zu seinem Esel zurück, setzte sich sehr aufrecht auf ihn und ritt
davon. Während der Araber nordwärts den Wäldern des Libanon
zustrebte, schrie ihm Zev in Übersetzung seines Chefs nach, dass
die Freitagsblätter besonders wichtig seien. Es ist fraglich, ob der
Infiltrator diese letzte Aufklärung noch hörte.

Nachdem sich die Erregung gelegt hatte, streckte sich Dulnikker zufrieden ins Gras und sonnte sich weiter. Nicht so sein Erster Sekretär.

„Hören Sie, Dulnikker", klagte er zornig, „warum darf ich mir nicht eine Büchse Nescafé kaufen, wenn ich nach einer Tasse anständigen Kaffees lechze, Sie aber aus derselben verdächtigen Quelle Zeitungen bestellen?"

„Ich will dir die Dinge erklären, mein Freund." Dulnikker rieb sich die Nasenflügel. „Der Ankauf von Kaffee ist ein rein kommerzieller Akt, während ich versuche, Informationen vom Feind zu erhalten. Übrigens", fügte der Staatsmann nach einem männlich kraftvollen Sich-Strecken hinzu, „glaubst du nicht, mein Freund, dass ich eine gemeinsame Sprache mit dem arabischen Volk spreche? Weißt du, es ist nicht unmöglich, dass ich mehr als eine der brennenden Fragen unserer Region zu lösen geeignet wäre. Aber" – niedergeschlagen machte er eine resignierende Geste – „ich kann nicht immer alles selber machen …"

Geburtswehen

Am späten Nachmittag, als der Zeiger der Sonnenuhr seinen längsten Schatten warf, begannen die Kühe heimwärts zu strömen, bis oben hin voll grünen Grases, wert des Wiederkäuens, die beiden vorbildlichen und vom Nichtstun erschöpften Freiwilligen an ihrer Seite.

Ehrlich gesagt hatte Dulnikker noch nie einen so vollen Anteil an den Annehmlichkeiten des Lebens genossen. Das gesunde Vergnügen, in dem weichen grünen Gras auf dem Rücken zu liegen, freute ihn so, als hätte er eben an jenem Tag entdeckt, dass es eine Sonne am Himmel gab. Auf dem Heimweg winkte Dulnikker den Bauern zu, die ihren Boden mit breiten Hacken bearbeiteten, und als sie mit freundlichem Winken und aufmunternden Zurufen antworteten, zog der Staatsmann den Schluss, dass sein persönlicher Charme bei den Massen noch keineswegs verblichen war.

Am folgenden Tag kamen Majdud und Hajdud auf die Weide hinaus, mit glänzenden, stadtgemachten Schleudern bewaffnet. Sie frönten langen Schießübungen, indem sie Kiesel auf die Flanken der unschuldig weidenden Kühe abfeuerten. Dulnikker rief sie herbei und fragte sie vorwurfsvoll: „Warum schießt ihr auf unschuldige Kühe?"

„Wir haben Vögel probiert", sagte Hajdud entschuldigend, „aber sie sind für Zielschießen zu klein."

„Sicher, aber was würdet ihr sagen, wenn euch die Kühe so behandeln würden, wie ihr sie behandelt?"

„Nichts", sagte Majdud – mit Seniorat. „Sollen sie auch mit Kieseln schießen."

„Woher habt ihr diese gefährlichen Waffen, wenn ich fragen darf?"

„Wir haben sie bestellt."

„Von wem?"

„Von wem glaubst du schon? Von der Tnuva! Wir waren eine Zeit lang Waisenkinder …"

Stückchen um Stückchen entlockte Dulnikker den Zwillingen die Geschichte der glorreichen Straßensammlung, obwohl er während der ganzen Erzählung unzählige Male schwören musste, dass er sie bei sich behalten würde, da die Zwillinge planten, das erfolgreiche Projekt zu wiederholen, ohne ein Drittel des Reingewinns irgendeiner blöden Tante geben zu müssen. Dulnikker hörte ihrer Geschichte zu und brach immer wieder in stürmisches Gelächter aus:

„Die arme Gula – ich hatte schon immer Angst, dass es soweit kommen würde …"

Später, als es den Kindern zu langweilig wurde, auf ein so massives Ziel zu schießen, nahm Dulnikker die hübschen Zwillinge auf den Schoß und erzählte ihnen stundenlang, was er in Äthiopien gesehen hatte, als er es jüngst besucht hatte, um Vorkehrungen für Fleischtransporte zu treffen. Als der Staatsmann die Erntetänze der Eingeborenen beschrieb, wackelte er mit den Hüften, klatschte rhythmisch in die Hände und begann sogar die Lieder der Feiernden zu summen. Die Kinder öffneten die Münder in ungezügelter Inbrunst, und ihre glänzenden Augen starrten den Staatsmann aus dem Meer der Sommersprossen in unverhüllter Ehrfurcht an.

„Onkel", erklärte Majdud, „ich schwöre, ich habe nie gewusst, dass du so ein Ingenieur bist!"

Dulnikker hatte plötzlich ein seltsames Gefühl im Herzen, das ihm fast Tränen in die Augen trieb. Ein stilles Glück und das Empfinden höchsten Friedens wogte in ihm auf. „Der Mann, der eine ganze Generation herangezogen hatte", hielt zum ersten Mal in seinem Leben ein Kind auf dem Schoß.

EINES TAGES erlebte er eine große Überraschung. Der Infiltrator tauchte auf seinem Esel auf und übergab dem Effendi Senior dessen Bestellung: drei Zeitungen, deren Seiten vergilbt vor Alter waren. Es waren amerikanische jiddische Blätter, die vor vielen Jahren veröffentlicht worden waren. Nichtsdestoweniger bezahlte Dulnikker sehr ansehnlich für sie, weil die hebräischen Buchstaben eine magische Wirkung auf ihn ausübten. Er übergab die archivreifen Blätter sofort der Obhut seines Ersten Sekretärs mit dem üblichen Befehl, freundlicherweise alles auszuschneiden, was sich direkt oder indirekt auf ihn bezog. Zev vermochte jedoch nur einen einzigen, kurzen Artikel zu finden, mit dem Titel FORDERUNG NACH ERHÖHTER MILCHPRODUKTION und dem Untertitel FACHMANN SCHLÄGT NEUES MELKSYSTEM VOR. Den überreichte er Dulnikker mit ernstem Ausdruck und sagte:

„Das betrifft Sie direkt, Dulnikker."

Dulnikker nahm das Blatt in die Hand und studierte den Artikel gründlich.

„Danke dir sehr." Er gab seinem Sekretär die Zeitung zurück. „Wirklich sehr interessant. Bitte leg es ab, Zev, mein Freund, weil wir vielleicht die Möglichkeit haben, das neue System in ein paar Jahren hier anzuwenden."

WÄHREND Dulnikker und Zev in der Kunst des Kühehütens ermutigend schnell zu Fachleuten wurden, entwickelte sich das öffentliche Leben im Dorf selbst in nicht weniger befriedigendem Tempo. Bürgermeister de facto Hassidoff kam mit dem bäuerlichen Baumeister des Dorfes zu einem Übereinkommen, der das Bürgermeisterbüro sofort auf einer zentral gelegenen Stelle zu bauen begann, wenige kurze Schritte vom Wirtshaus entfernt, in Richtung Lagerhaus. Der Lastwagen der Tnuva kam mit Zementsäcken beladen an, die im Hof des Barbiers abgeladen wurden.

Kaum waren die vier aufrecht stehenden Betonpfeiler ausgegossen worden, wurde die Fortsetzung der Bauarbeiten aus Geldmangel verschoben. Schon in diesem Frühstadium des Programms öffentlicher Bauten wurde es klar, dass die Einkünfte aus der Dreitürschranksteuer nicht für das ganze Bauprojekt, ja schlimmer noch, nicht einmal für einen kleinen Teil davon genügen würden. Angesichts des Vorhergehenden trat die Einstufungskommission zusammen und stimmte einhellig dagegen, „den zwölf Steuerzahlern keine zusätzliche einmalige Luxussteuer von sechs Pfund" aufzuerlegen.

Die neue Anweisung wurde durch Steueraufseher Ofer Kisch und Hauptmann Mischa – Satan im Schlepptau – mit geziemender Eile durchgeführt, und am selben Abend blieb Elifas am Tisch des Staatsmannes stehen und dankte ihm mit ein paar herzlichen Worten für die rasche Entwicklung des Dorfes.

„Nichts zu danken. Ich tue nur meine moralische Pflicht", erwiderte der Staatsmann bescheiden, während Zevs leichtes Kichern seine Wut aufrührte. „Halten Sie sich ein Ziel vor Augen, Herr Hermanowitsch: Wahl in den neuen Rat!"

„Herr Ingenieur" – Elifas wurde kühner –, „ich wollte Sie eben fragen, was ich tun soll. Der Barbier hat seine Anhänger, weil er der Bürgermeister ist, der Schuhflicker hat seine Clique, der Schächter ist fromm, und der Schneider macht sich Freunde durch die Steuern. Was aber kann ich tun?"

„Ihr müsst die Wählerschaft für euch gewinnen." Dulnikker legte ihm die Hand auf die Schulter. „Aber zuerst müssen Sie sich Ihre Stellung klar machen: Was ist Ihr öffentliches Ziel?"

„In den neuen Rat gewählt werden."

„Absolut unparteiisch!", spöttelte der Sekretär. Dulnikker war jedoch über solche Kleinigkeiten weit hinausgewachsen, und er widmete der Unterweisung des Wirts eine lange Zeit. Elifas Hermanowitsch konnte keinen angemessenen Ausdruck für seinen tiefempfundenen Dank finden.

„Herr Ingenieur", er drückte dem Staatsmann die Hand, „wir werden eine Gans für Sie braten."

„Danke, Genossen, aber ich muss euch bitten, mich bei meiner Diät zu lassen."

„Das wird nichts ausmachen. Morgen schicke ich die Gans mit Malka auf die Weide hinaus."

„Danke, aber ich will wirklich nicht lästig fallen …"

„Wieso denn, Herr Ingenieur? Ist es leichter, jede Nacht zu der strohgedeckten Hütte hinunterzuklettern? Nein, nein, Malka soll nur ruhig zu Ihnen auf die Weide hinauskommen." Dulnikker war wie vom Donner gerührt und brachte kein Wort heraus. Noch lange, nachdem der Wirt gegangen war, blieb er auf seinem Stuhl wie festgenagelt sitzen.

„Warum sind Sie so erstaunt, Dulnikker?", brach Zev schließlich das Schweigen und flüsterte spitz: „Die Leute beginnen eben politisch zu reifen."

„Das ist keine Reife." Dulnikker starrte glasig ins Leere. „Das ist Sodom und Gomorrha!"

Es STAND JEDOCH außerhalb menschlicher Kräfte, die Richtung, in der die Dinge liefen, zu ändern. Am nächsten Tag merkte Dulnikker auf seinem Heimweg von der Weide, dass kein Mensch auf den Feldern draußen war. Der Staatsmann konnte das Rätsel nicht ergründen, bis sie ins Dorf zurückkamen, wo es sich allerdings schnell löste. Die Leute standen die ganze Straße entlang in kleinen Gruppen beisammen oder saßen in eifriger Beratung an den Wirtshaustischen. Es war leicht zu sehen, was die Gärung verursacht hatte, denn auf der weißen Wand des Lagerhauses stand mit roter Kreide in gigantischen Buchstaben geschrieben:

DER KAHLE BARBIER UNTERSCHREIBT DIE
STEUERVORSCHREIBUNGEN!!!

Dulnikker studierte sorgfältig die krummen Buchstaben, deren mehr als einer auf dem Kopf standen, und sein Gesicht wurde heftig purpurrot. Ohne sein Hirtenkostüm zu wechseln, stürmte der

Staatsmann in die Werkstatt des Schuhflickers. „Was hat Sie nur einen solchen Mist an die Wand schreiben lassen?", bearbeitete der Staatsmann Gurewitsch. Dieser stand jedoch in einer sicheren Stellung verschanzt, von der aus er ruhig erklärte:

„Ich hab es nicht geschrieben, der Papa hat's getan."

Dulnikker drehte sich um und trat auf den bleichsüchtigen Alten zu. Dieser entwich samt seinem Schemel in seinen Zufluchtswinkel.

„Unmöglich, Herr Ingenieur", kreischte der ältere Gurewitsch, „ich kann keine einzige Stunde weniger arbeiten!"

„Ich bin nicht gekommen, um über Sie zu diskutieren", explodierte der Staatsmann, „ich bin gekommen, um Ihren Erstgeborenen davon abzuhalten, sich mit seiner wahnsinnigen Herrschsucht zu ruinieren!"

„Entschuldigen Sie, Herr Ingenieur!", protestierte der Schuhflicker. „Sie haben uns gesagt, dass wir uns schriftlich und mündlich auf die Wahlen vorbereiten müssen. Was ist also schon falsch daran, wenn ich den Papa bitte, für mich auf die Wand zu schreiben, dass der Barbier die Steuervorschreibungen unterschreibt? Er unterschreibt sie doch, oder nicht?"

„Zugegeben. Er unterzeichnet sie. Aber warum haben Sie ‚der kahle Barbier' geschrieben?"

„Weil er wirklich kahl ist!" Der Schuhflicker war wütend. „Herr Ingenieur, Sie haben uns gesagt, dass wir mit ehrlichen, anständigen Mitteln kämpfen sollen. Schön, das akzeptiere ich. Aber verzeihen Sie schon, wenn ich frage: Kann ich denn nicht die nackte Wahrheit feststellen? Wenn Salman überhaupt Haare hätte, dann wäre das ein Argument für Sie – aber er hat nicht eine einzige Haarsträhne, Herr Ingenieur. Was wollen Sie also?"

„Ihr habt unrecht, Genossen", murmelte Dulnikker etwas verwirrt. „Eines Tages werde ich euch erklären, warum."

Der Staatsmann verließ die Werkstatt. Plötzlich fühlte er sich sehr müde und war nicht sicher, warum Gurewitsch unrecht hatte. In tragischem Ton bemerkte Dulnikker zu seinem Sekretär:

„Genossen! Im Kampf um die Gunst der Massen gibt es kein Halten!"

Seine Überlegung wurde schnell bestätigt durch die übergroße Schrift, die auf der zweiten Wand des Lagerhauses erschien:

Seit wann kann der lahme Schuster schreiben?

Von der Zeit an redeten der Schuhflicker und der Barbier nicht mehr miteinander, außer in ihrer offiziellen Eigenschaft im Dorfrat und in dessen Ausschüssen. Der Barbier verkündete öffentlich, dass er und seine Anhänger eher in zerrissenen Schuhen herumgehen würden, als auch nur einen Fuß auf die Schwelle des Schuhflickers zu setzen. Gurewitsch tat einen nicht weniger drastischen Ausspruch und vermied die Umgebung des Barbierladens. Ja, er ließ sich sogar einen Bart wachsen und freundete sich mit dem Schächter an. Was Ja'akov Sfaradi selbst betraf, forderte er angesichts des verweltlichten Charakters des Dorfes immer nachdrücklicher religiöse Observanz. So schrieb er zum Beispiel an alle Türpfosten: Wie wär's mit einer Mesusa*?, und am Ruhetag wanderte er von Tür zu Tür und bestürmte die Bauern, auch an Wochentagen nicht mehr zu rauchen. Kurz gesagt, Ja'akov Sfaradi verbarg vor der Öffentlichkeit nicht seinen Wunsch, in den Rat wiedergewählt zu werden. In diesem Geiste hetzte er die Bevölkerung leise gegen die ungläubigen Abgeordneten auf, indem er sie beschuldigte, sich in solchen Mengen mit geschmuggeltem Schweinefleisch vollzustopfen, dass keines für die anderen Dorfbewohner übrig blieb. Natürlich tat der Schächter das überall taktvoll und höflich, außer in den Häusern der Dreitürniks. Hier erlaubte er sich selbstverständlich einen lauteren, energischeren Ton, wenn er verlangte, dass sie den Glauben so fromm wie möglich einhielten.

Dulnikker folgte der überraschenden Aktivität mit gemischten Gefühlen. „Jeder Kampf ist an sich etwas Wunderbares", bemerkte der Staatsmann zu seinem Sekretär, „trotzdem würde ich etwas weniger persönliche Streitereien und ein bisschen mehr Selbstlosigkeit im öffentlichen Dienst bevorzugen."

„In dem Fall, Dulnikker", meinte Zev, „ist endlich die Zeit für

---

* Anm. d. Red.: (hebr.) Schriftkapsel mit religiösen Inhalten

uns gekommen, die Dorfleute zu verlassen. Lassen Sie doch diese Idioten allein miteinander spielen. Ich schwöre, wir sind ihnen allmählich im Weg."

„Mein Freund Zev!", protestierte Dulnikker, „wie kannst du nur so leichtherzig über so qualvolle Erscheinungen sprechen?"

„Schön." Der Sekretär erblasste. „Nennen wir es also: die Geburtswehen des Konsolidierungsprozesses."

IN JEDER WOCHE ereigneten sich Dinge, die in der ganzen Geschichte Kimmelquells beispiellos waren. Der Barbier brach das ungeschriebene Gesetz des Dorfes: Salman Hassidoff fuhr nach Tel Aviv.

Dieser revolutionären Handlung waren viele Diskussionen vorangegangen. Zunächst einmal fuhr der Barbier in seinem Kommunalgefährt zu einem Besuch Dulnikkers, der in einiger Entfernung von seinem Sekretär im Gras ein Sonnenbad nahm. Hassidoff unterbrach es mit seiner verzweifelten Bitte.

„Herr Ingenieur, nur Sie können mir helfen!", jammerte der Barbier. „Die Wahlen nähern sich, und ich sehe, dass der lahme Schuhflicker alles besser macht, als ich es kann. Ich war ein Narr, die Steuervorschreibungen zu unterzeichnen, weil sie jetzt alle Angst haben, dass ich auch die Übrigen besteuern werde. Daher dachte ich, vielleicht sollten wir die Steuer aufheben, bis die Dinge ausgebügelt sind?"

Dulnikker war böse, dass er mitten in seinen stillen Überlegungen über das Herumhüpfen der drolligen Kälber gestört wurde, dennoch empfand er gleichzeitig etwas Mitleid mit dem kleinen Mann, der meinte, die Welt würde zusammenstürzen, wenn er nicht zum Bürgermeister wiedergewählt würde.

„Es ist unethisch, eine Steuer aufzuheben, um die Wähler für sich zu gewinnen", erwiderte er dem Barbier, ohne den Kopf aus den entspannenden Sonnenstrahlen zu heben. „Sie können sie höchstens ein bisschen beschneiden. Aber in diesem Fall, Genossen, gehört es sich, hinzugehen und die Dinge in großen propagandistischen Zügen zu klären."

„Geht nicht, Herr Ingenieur", blökte der Barbier. „Ich kann nicht allen hundertfünfzig Dorfbewohnern einzeln erklären, warum ich recht habe. Und ich könnte das alles nicht auf die Wände draufkriegen. Was also soll ich tun?"

Dulnikker erhob sich ein bisschen und tätschelte Hassidoffs Schulter in einer Anwandlung von plötzlicher Zuneigung.

„Herr Hassidoff", rief er aus, „die ganze Zeit, in der ich unter euch lebe, habe ich noch nie eine so vernünftige Begründung gehört. Bravo!"

Der Barbier schielte vor Verblüffung.

„Nu ja", murmelte er, stolz lächelnd, „manchmal kommt das bei mir vor."

„Jetzt hört aufmerksam zu, Genossen." Dulnikker enthüllte das Motiv, das ihn aufgerüttelt hatte. „Es ist vernünftig, dass Sie sich nicht hundertfünfzigmal wiederholen wollen. Sie brauchen es nur einmal zu sagen, in Anwesenheit von hundertfünfzig Leuten. Daher, meine Herren, müssen Sie lernen, Reden zu halten!"

„Nein, Herr Ingenieur, das kann ich wirklich nicht."

„Es wird Ihnen sehr schön gelingen! Natürlich nicht ohne Unterricht, das ist nicht zu leugnen. Aber der Haken dabei, Genossen, liegt darin, dass euch in diesem Dorf ein entsprechender Ort fehlt, wo man öffentliche Reden halten könnte."

„Vielleicht auf der Straße?"

„Auf der Straße kann man die Menge nicht zusammenhalten. Was nottut, ist ein Kulturzentrum mit einem vernünftigen Fassungsraum, nach den Gesetzen der Akustik erbaut. Ehrlich gesagt, ist mir eine solche Halle gleich von Anfang an abgegangen."

Der Provisorische Dorfrat nahm den Vorschlag eines „Kulturpalastes" (um die Wortprägung des Sekretärs zu benützen) bei der Gegenabstimmung durch einstimmige Enthaltung an und ging daran, für ihn ein großes Grundstück gegenüber dem Büro des Bürgermeisters bereitzustellen. Das zur Finanzierung des Projekts benötigte Geld? Der Rat suchte es von den zwölf Dreitürniks einzuheben, indem er jeden mit einer einmaligen Zwangssteuer von 30 Pfund belastete. Steueraufseher Kisch brachte jedoch seine Meinung vor, dass die Einhebung der neuen Steuerlast auf Schwierigkeiten stoßen würde.

„Seien wir objektiv, meine Herren!", meinte auch der Vorsitzende. „Warum müssen wir darauf bestehen, nur von jenen wenigen Bürgern Steuern einzuheben?"

„Sehr einfach, Herr Ingenieur." Ofer Kisch klärte die Einstellung des gesamten Rats: „Diese Burschen kennen wir bereits, wir brauchen unseren Weg zu ihnen nicht zu suchen. Möglich, dass Satan sie ein-, zweimal gebissen hat. Aber das Wichtigste: Sie sind über das erste Stadium hinaus, wo sich der Steuerzahler aufführt, als ziehe man ihm die Haut ab. Diese Leute sind bereits an die Steuern gewöhnt, Herr Ingenieur, und ich habe keine Lust, mit neuen wieder von vorne anzufangen. Wozu soll ich?"

„Schön", meinte Dulnikker, „aber sie werden im Lauf der Zeit wirtschaftlich schwach werden und verarmen."

„Was meinen Sie damit?", protestierte Gurewitsch. „Sind sie Kinder? Keine Sorge, Herr Ingenieur, alles könnte bestens laufen, wenn es nicht die abnormalen Leute gäbe, die das Bürgermeisteramt versehen ..."

„Selber abnormal!", schrie Frau Hassidoff. Und ihr Gatte fügte genussreich hinzu: „Schwein!"

„Platzen sollste!"

Dulnikker schlug mit seinem Hammer wild auf den Präsidialtisch und verwarnte seinen Sekretär, dass „indiskretes Gelächter das Zeichen mangelnder Geistigkeit" sei. Das half ihm jedoch nicht, die Wut des beleidigten Barbiers zu besänftigen.

„Ich sage Ihnen auf der Stelle, warum sie nicht bereitwillig zahlen!", schimpfte der kleine Mann. „Weil sie Zemach Gurewitsch aufhetzt!"

„Nu und?", explodierte der Schuhflicker. „Hetz sie also selber auf!"

„Nein", erklärte der Barbier, „ich tu etwas anderes! Ich werde eine Gummistampiglie bestellen!"

Allmählich wurde die Sache den übrigen Räten klar. Salman Hassidoff behauptete, dass niemand gern zahle, wenn er für sein Geld keine anständige Quittung bekomme. Wenn man zum Beispiel die Tnuva bezahlte, brachte einem der Chauffeur immer eine Quittung, die oben und unten abgestempelt war, und sogar das Datum war draufgestempelt. Wenn der Rat eine offiziell gestempelte Quittung ausgeben könnte, dann würde sich die Haltung der Steuerzahler sofort vollkommen ändern. Das Argument des Barbiers klang sehr überzeugend.

„Das ist eine gute Idee", begeisterte sich Elifas. „Was mich betrifft, könnt ihr dem Chauffeur sagen, er soll eine Gummistampiglie mit Blumen rundherum bestellen."

„Ich verlasse mich in Angelegenheiten des Geschmacks nicht auf den Chauffeur", fing der Barbier wieder zitternd an und rückte näher zu seiner Frau. „Ich glaube", fügte er hinzu, „ich werde gezwungen sein, selbst zu fahren …"

Einen kurzen Augenblick hing tödliche Stille über dem Ratszimmer. Selbst die Katzen hörten wegen des plötzlichen Schweigens auf, zwischen den Beinen der Abgeordneten herumzustreifen, und starrten verwirrt zu den Leuten hinauf. Der Schuhflicker war der erste Rat, der reagierte. Schäumend vor Wut sprang er auf den Tisch und donnerte auf den erschrockenen Barbier hinunter:

„Zum Teufel! Du, Salman Hassidoff, wirst keine Dorfgelder zu Reisen benützen, das verspreche ich dir!"

„Ich fahre", flüsterte der Barbier unsicher. „Ich werde fahren!"

„Das wirst du nicht!"

„Doch."

„Nein!"

„Doch."

Krach! Mit ohrenbetäubendem Lärm brach der Präsidialtisch unter den zunehmend kraftvollen Hammerschlägen des Vorsitzenden zusammen. Aus den Splittern erhob sich Dulnikker, das Gesicht rot wie eine Rübe, aber sein staub- und wuterfüllter Kehlkopf vermochte keinen einzigen klaren Laut hervorzubringen. Zev sah, dass nur schnelles Handeln seinen Herrn und Meister vor nicht wieder gutzumachendem Schaden bewahren konnte.

„Aber Herr Gurewitsch", fragte er in das lange Schweigen hinein, „liegt denn so viel daran, wer die erste Reise unternimmt?"

Das Schweigen verdichtete sich. Zemach Gurewitsch kletterte vom Tisch herunter und grübelte eine Weile vor sich hin. „Das ist etwas anderes", sagte er schließlich. „Soll also Salman als Erster fahren."

EINES MORGENS fuhr also der Barbier im Lastwagen der Tnuva ab, nachdem man eine Ladung Baumaterial in Hassidoffs Hof abgeladen hatte. Salman war der Gelegenheit entsprechend in einen tadellosen schwarzen Anzug gekleidet, und sein Gesicht strahlte vor Freude. Alle Dorfbewohner hatten sich versammelt, um ihn zu verabschieden, mit Ausnahme des Schuhflickers, dessen kleinliche Augen es nicht ertragen konnten, die Aufregung der Dorfbewohner über „die Fahrt des Barbiers de facto, um ihr Geld auf blöde Stempel zu verschwenden", mitanzusehen. Der Schächter wünschte Hassidoff im Namen des Provisorischen Dorfrats eine erfolgreiche Reise und murmelte sogar einen geräuschvollen Segenswunsch, weil er, der Schächter, vom Vorsitzenden zum Geschäftsführenden Bürgermeister ernannt worden war. Es stimmte, der Barbier würde nur vierundzwanzig Stunden fortbleiben: Er sollte am nächsten Tag mit der Zementladung zurückkommen. Dennoch übergab er sicherheitshalber die Zügel der laufenden Geschäfte dem Schächter – einschließlich eines versiegelten Briefumschlags, den der Tnuva-Chauffeur für „Den Bürgermeister" gebracht hatte. Der Barbier hatte ihn wegen seiner angeborenen Abneigung gegenüber versiegelten Umschlägen nicht zu öffnen gewagt. Der große Lastwagen fuhr unter lauten Hochrufen der schreienden Volksmenge an, während der Barbier immer wieder den Kopf aus dem Fenster der Fahrerkabine hinausstreckte, um den allmählich ferner rückenden Feiernden zuzuwinken. Nach zwei Windungen der krummen Straße ließ Salman Hassidoff den Wagen anhalten und half seiner Frau aus ihrem Versteck hinter den dicken Planen der Ladefläche heraus und auf den Sitz neben sich im Fahrerhaus, damit sie es für den Rest ihrer langen Reise bequem hätte.

Der Barbier und Abgesandte kehrte am nächsten Tag nicht nach Kimmelquell zurück. Ebenso wenig kehrte er am folgenden, noch am dritten Tag zurück. Dem Schächter gelang es jedoch durchaus, seine Pflichten als Geschäftsführender Bürgermeister getreulich zu erfüllen, und er verhinderte es, dass unerwünschte Aufregungen das Dorf in Hassidoffs Abwesenheit erschütterten, indem er die verzweifelten Bauern überredete, heimzugehen und zu versuchen, sich selbst zu rasieren. Es kann zu seinen Gunsten gesagt werden, dass Ja'akov Sfaradi seine vorübergehende Amts- gewalt zu keinem persönlichen Vorteil ausnützte und sich nicht in den alltäglichen Gang des Dorfes einmischte, mit Ausnahme der äußerst bescheidenen Angelegenheit, dreimal täglich elf Dorf- bewohner in sein Haus zu beordern, um ein regelmäßiges Quo- rum für die Gebete zu sichern, solange der Barbierladen geschlos- sen blieb.

Vier Tage nach seiner Abfahrt erschien der Lastwagen der Tnuva wieder im Dorf und parkte direkt neben Hassidoffs Hof. Die Passan- ten, die sich schnell ansammelten, waren Zeugen einer unvergess- lichen Szene, als die Frau des Barbiers aus der Fahrerkabine heraus- kletterte und ein goldgerahmtes Ölgemälde mit sich schleppte, das kunstvoll gemalt alle möglichen bunten Früchte und eine Violine und eine schön gebundene Bibel zeigte. Die kühneren unter den Neugierigen schlichen sich an das blendende Wunder heran und fragten den Barbier, was für ein Vermögen ihn das gekostet habe, aber Frau Hassidoff antwortete auf der Stelle, dass das ihre und ihres Mannes Privatangelegenheit sei.

Natürlich konnte jedoch eine Vollsitzung des Dorfrats diese „Affäre" in seiner Tagesordnung nicht übergehen und musste da- her auf Anweisung des Ingenieurs eine neue Kommission, Unter- suchungsausschuss genannt, einsetzen, die folgende Mitglieder umfasste: Gurewitsch, Kisch, Sfaradi, Hassidoff und Hermano- witsch.

Der Ausschuss studierte die nicht näher aufgeschlüsselte Rech- nung zwecks Deckung seiner Reisespesen, die der Barbier vorlegte, und fand sie äußerst kompliziert.

„Sag, Salman, ist in dieser Summe der Preis des Gemäldes ent- halten?"

„Ja", antwortete Hassidoff schlicht. Dieses Über-Bord-Werfen überkommener Maßstäbe der Ethik und des Anstandes veran- lasste die Abgeordneten, verständnislos in die Richtung des Vor- sitzenden zu blinzeln. Der Herr Ingenieur zögerte selbst lange, bis er zu einer Schlussfolgerung kam:

„Es steht klar geschrieben: Du sollst einem Ochsen nicht das

Maul verbinden, so er da drischt. Das Gemälde muss als Ausgabe betrachtet werden."

Gurewitsch gab jedoch nicht nach und suchte den maulkorblosen Ochsen bei den Hörnern zu packen.

„Sei dem so!", kreischte er. „Aber was hat drei Tage gedauert?"

„Einen Gummistempel machen dauert so lange", erklärte das Barbiermitglied des Untersuchungsausschusses, aber seine Antwort befriedigte die meisten Kommissionsmitglieder nicht.

„Warum hast du deine Frau mitgenommen?"

„Ich musste sie mitnehmen", entschuldigte sich Hassidoff. „Es ist schwer für einen Mann, drei Tage allein zu leben."

„Egal", bemerkte Ofer Kisch, „zeig uns den Stempel."

„Es gibt keinen Stempel", antwortete der Bürgermeister de facto schmerzlich und fügte hinzu: „Ich hatte nur für einen Tag Geld mitgenommen, sodass ich nach drei Tagen nicht genug Geld in der Tasche für einen Stempel hatte."

„Sehr fein!" Gurewitsch pfiff durch die Zähne. Er war weiß wie die Wand, und seine Nasenflügel bebten. „Morgen fahre ich einen Stempel kaufen!"

„Unnötig", bemerkte der Barbier sanft, „auf meinem Weg nach Tel Aviv entdeckte ich, wie wir die Kosten eines Stempels sparen können. Wir ziehen einfach die Steuern der Steuerzahler von dem Geld ab, das ihnen die Tnuva für ihre Kümmelernte zahlen soll."

Sein Vorschlag war für den Untersuchungsausschuss zu glänzend, als dass man imstande gewesen wäre, Hassidoffs vergebliche Reise zu missbilligen. Daher schluckten die Ausschussmitglieder die bittere Pille und verziehen dem Barbier. Aber die Tatsache, dass Frau Hassidoff bei der ganzen Verhandlung mit einem violetten breitkrempigen Hut auf dem Kopf dasaß, über dem eine riesige, regenbogenfarbene Pfauenfeder flatterte – das war etwas, das keines der Mitglieder verwinden konnte. An diesem Abend schmückten geheimnisvolle Hände die dritte Wand des Lagerhauses mit folgender Frage:

Womit kaufte der Barbier seiner Frau einen Trachtenhut?

146

Gleich am nächsten Tag trug die vierte Wand eine schicksals-schwangere Erwiderung:

WAS LIESS DEN BAUCH DER SCHUHFLICKERSTOCHTER ANSCHWELLEN?

Die Verlängerung eines Wunders

Die Nachricht vom Zustand der Schuhflickerstochter breitete sich von den Kreisen um Hermann Spiegel aus. Das Mädchen klagte dem Tierarzt, dass es an gelegentlichen Schwindelanfällen litt. Daher untersuchte er sie sorgfältig und fand sie als das, was sie war. Als der Arzt Dwora mit freudigem Tremolo ihre gesegneten Umstände mitteilte, brach sie in eine Tränenflut aus und bat ihn, keinem Menschen etwas zu sagen. Hermann Spiegel beruhigte das gefallene Mädchen und versicherte ihr, dass seine Berufsehre ihn verpflichte, ihr Geheimnis auf alle Fälle zu wahren, und dass er nicht einmal den Bauern verriet, wenn ihre Kühe guter Hoffnung waren. Und die Wahrheit ist, dass Hermann Spiegel keiner Menschenseele etwas von Dworas Zustand sagte, außer natürlich seiner Frau.

Dulnikker wurde über die jüngste Schlagzeile an der Wand auf eine einzigartige Weise unterrichtet.

Dank seiner Beschäftigung mit dem Vieh am Busen der Natur war der Schlaf des Staatsmannes seit Neuestem unvergleichlich süß und leicht geworden – ein wunderbares Gefühl, dessen er in den dreißig Jahren seit seiner Ernennung zum Regionalsekretär der Partei beraubt gewesen war. Dulnikker bezog großes Vergnügen aus der erfreulichen Veränderung und begann die langen Nachmittagsschläfchen zu genießen. An jenem schwarzen Tag wurde der Versuch des Staatsmannes, sein Nickerchen zu machen, im Keim erstickt. Wie in einem Albtraum sah er plötzlich das Gesicht eines grässlichen Gespenstes, das ihn an der Gurgel fasste und kräftig schüttelte, wobei es ununterbrochen kreischte:

„Dulnikker! Dulnikker!"

Dulnikker schüttelte sich zitternd, und es gelang ihm, sich zu wecken. Aber das Gesicht des seltsamen Geschöpfes verschwand nicht, denn es zeigte sich unverzüglich, dass es das Gesicht seiner rechten Hand war, die ihn unter lautem Geschrei auf dem Bett schaukelte. Tatsächlich identifizierte Dulnikker Zev nur an dessen Stimme, denn sein Gesicht war bis zur Unkenntlichkeit grün und blau.

„Oh, mein Gott!" Dulnikker sprang aus dem Bett. „Was ist geschehen, mein Freund?"

Das Sekretär ähnliche Geschöpf brach auf dem Bett zusammen und klagte seinem Herrn und Meister unter ständigen Schmerzensschreien sein Leid. Auch Zev hatte ein Mittagsschläfchen gehalten, als plötzlich die Tür seines Zimmers im Haus des Schuhflickers aufsprang, eine übermenschliche Kraft ihn aus dem Bett zog und grausame Hiebe auf sein Gesicht niederhagelten, bis das Blut floss.

„Ganz fraglos ein Akt der Brutalität", stellte der Staatsmann fest.

„Zuerst verstand ich gar nichts", jammerte Zev. „‚Ich will dir beibringen, Dorfmädchen zu verführen, du Schweinehund', hörte ich durch die Hiebe hindurch, ‚jetzt werden wir ja sehen, ob du so ein Zuchthahn bleibst?'"

Zu seiner großen Überraschung spürte Dulnikker, wie sich seine Lippen zu einem behaglichen Lächeln verzogen. Es gelang ihm jedoch schnell, seine schadenfrohen Gedanken zu unterdrücken.

„Mein Freund, das musst du unbedingt dem Dorfpolizisten erzählen!"

„Ich hab ihm ja die ganze Zeit gesagt, er soll um Gottes willen aufhören, mich umzubringen, aber es war nutzlos."

„Was?"

„Sie haben richtig gehört", heulte der Sekretär und bearbeitete die Matratze mit beiden Füßen. „Die Idioten hätten es nie gewagt, sich so zu benehmen, wenn Sie sie nicht verdorben und ermutigt hätten, frech zu werden!"

„Eine Sekunde!", unterbrach ihn Dulnikker. „Zuallererst wollen wir einmal die Tatsache feststellen, dass die Schuhflickerstochter nicht von mir schwanger ist. Zweitens habe ich dich beizeiten gewarnt, mein Freund, dich vor unbedachten Abenteuern zu hüten, aber meine Worte waren ja bloß eine Stimme in der Wüste der Sünde."

Nach Zevs Ausbruch fühlte sich Dulnikker nicht länger verpflichtet, höflich zu sein.

„In solchen Fällen" – er rieb sich die Nase mit dem Handrücken –, „in solchen Fällen kommt es häufig vor, dass der Mob den Verführer lyncht."

Der Sekretär lehnte sich an die Wand zurück, und sein Gesicht zuckte vor Angst.

„Ja, mein Herr!", fuhr Dulnikker fort und ging auf und ab. „Wer immer unfähig ist, seine Neigung zu bezähmen, und ein Sklave seiner Lust wird, täte viel besser daran, seinen Ehrgeiz aufzugeben, dem Volk und der Partei zu dienen. Große Staatsmänner wie Julius Cäsar, alle Habsburger, Zvi Grinstein und andere stürzten einfach wegen ihrer unverantwortlichen sexuellen Schwäche von ihrer hohen Stellung. Das Volk, Genossen, das Volk weiß alles! Du bist gewogen und für zu leicht befunden worden, Zev, mein Freund."

Der entnervte Sekretär erhob sich, die Finger noch immer in die Ohren gestopft, und brüllte:

„Genug! Genug, sag ich, Dulnikker! Ich bin in der schlimmsten Situation, und alles, was Sie tun, ist, mir einen Vortrag halten!"

Genau in diesem Augenblick brach zwischen den Bauern im Schankraum ein Wortgefecht aus – etwas heutzutage sehr Übliches –, und ihre lauten Schreie drangen in Dulnikkers Zimmer. Zev schaute verwirrt wie ein gehetztes Tier um sich, das die Jäger einkreisen. Er stürzte auf den Balkon hinaus, kletterte über das Gitter und floh stöhnend und hinkend auf die Straße. Am Abend wusste jedermann, dass der Krankenwärter verschwunden war.

Die Sache war mehr als undurchsichtig.

Der Wächter des Lagerhauses war der Letzte gewesen, der den Krankenwärter gesehen hatte, als dieser in das Lagerhaus stürzte und schnell einen Laib Brot, eine Flasche Zitronensaft und eine „extrastarke" Taube kaufte. Der Wächter war sehr erschrocken über die Erscheinung des jungen Gespenstes und atmete erst leichter, nachdem Zev die Waren in seine gelbe Aktenmappe gestopft und auf torkelnden Beinen in die Wälder davongeeilt war. Nachher wurde das verzerrte Gesicht des Krankenwärters von niemandem mehr gesehen. Der Polizeichef eröffnete sofort eine Untersuchung, um etwas Licht auf den Ursprung der dem Vermissten zugefügten Verletzungen zu werfen, da er jedoch keinen anderen verlässlichen Zeugen für den Überfall als sich selbst fand, war Mischa gezwungen, die fruchtlose Suche aufzugeben.

Die Dorfbewohner diskutierten die Affäre in ihren üblichen kleinen streitlustigen Gruppen gründlich. Die meisten von ihnen behaupteten, die Flucht des Krankenwärters sei übereilt und völlig unnötig gewesen angesichts der Tatsache, dass der Zustand der Schuhflickerstochter nicht so unnatürlich war, wie er das zuerst schien. Diese Kollektivmeinung änderte sich jedoch mittags, als der Schächter eine Leiter gegen eine der vier einsamen Betonsäulen des Gemeindeamtes in spe lehnte, zur Spitze kletterte und gefühlvoll begann:

„Seht, wohin wir gekommen sind! Kimmelquell wurde prostituiert! Eure Eltern, Gott gebe ihnen die ewige Ruhe, fürchteten noch den Herrn und hielten die Gebote der Thora ein. Ihr aber hört nicht mehr auf die Rabbiner, sondern nur auf Leute, in deren Familien eine solche Schande eine tägliche Begebenheit ist. Gewohnheitssünder seid ihr alle! Es gibt nicht einen einzigen anständigen Menschen im ganzen Dorf!"

Die Leute sammelten sich um den Pfosten und hörten, Verwirrung in den Gesichtern, der unerwarteten Strafpredigt zu, bis sie allmählich die Absicht des Schächters zu ergründen begannen.

„Höre, Ja'akov", schrie jemand hinauf, „willst du damit sagen, dass jeder Mann im Dorf einen Anteil an dem Baby hat?" Die rüden Angehörigen der Menge brachen in lärmendes Gelächter aus. Das aber spornte den Dorfpropheten nur an.

„Ihr werdet nicht mehr lange lachen, ihr Schurken!", brüllte Ja'akov Sfaradi. „Was glaubt ihr, wie lange der Allerheiligste eure Missachtung seiner Gebote dulden wird? Ihr stellt keine Mezuzot in eure Einfahrten, am Sabbat raucht ihr wie die Schlote, aber in der Synagoge auftauchen, auch nur einmal in der Woche ..."

„Was meinst du damit, Ja'akov?", unterbrach ihn unten einer, „in was für einer Synagoge?"

„Es gibt eben keine!", donnerte der Schächter verächtlich. „Aber selbst wenn es eine Synagoge im Dorf gäbe, würdet ihr nicht kommen. Ich kenne euch! Eure Kinder werden Götzendiener, wie der Barbier und der Schuhflicker! Aber wartet nur, Sünder, wartet nur; ihr werdet für diese Liederlichkeit noch einen großen Preis bezahlen."

Die Menge hörte in wachsender Verwirrung zu.

„Höre, Ja'akov", fragte unten einer, „wann hast du dich das letzte Mal mit dem Allerheiligsten persönlich unterhalten?" Der Schächter erschauerte, als hätte man ihm mit einer Peitsche ins Gesicht geschlagen. Er richtete den Blick nach oben, als wollte er sagen: Hast du das gehört? Dann richtete er sich auf und sagte mit messerscharfem Flüstern:

„Ihr werdet schon sehen, Sünder! Der Herr wird euch strafen. Es könnte sein, dass ihr morgen von sechs Uhr früh an keinen Tropfen Wasser haben werdet, um euren Durst zu löschen. Wer weiß? Die Wege des Allmächtigen sind geheimnisvoll. Weg von mir, Ungläubige, weg von mir, euer bloßer Anblick ekelt mich!"

Dann kletterte der Schächter die Leiter hinunter und kehrte ohne einen Blick auf die stockstill dastehenden Sünder heim. Die Bauern starrten die dürre, ganz in Schwarz gekleidete Gestalt an und schüttelten den Kopf, denn keiner konnte sich Sfaradis seltsames Benehmen erklären, ohne anzunehmen, dass die Schwangerschaft der Schuhflickerstochter ihn verrückt gemacht hatte.

„Lasst euch von ihm nicht zum Narren halten", warnte Elifas Hermanowitsch die Zunächststehenden. „Er will den Preis für eine Überwachung meiner Küche erhöhen. Ich kenne ihn schon."

„Er spielt sich auf", meinte der Steueraufseher zum örtlichen Polizeichef. „Er will in den Dorfrat wiedergewählt werden, das ist alles."

Die Bauern grinsten und wechselten irdisch saftige Bemerkungen. Aber tief im Herzen witterten sie, dass die Schwingen von etwas Geheimnisvollem immer näher an das Dorf heranschwebten.

NACH OBJEKTIVER ÜBERLEGUNG, bar jedes gefühlsmäßigen Tenors, kam Dulnikker zu dem Schluss, dass er seinen Krankenwärter nur in einem rein technischen Sinn vermisste. Des Jünglings schädliche

Einstellung zu seinem erhabenen Projekt, das dem Leben „dieses durch Selbstgefälligkeit zum Tode verurteilten Provinzdorfes" frisches Blut injiziert hatte – ja, jene zynische Haltung plus der sexuellen Verirrung hatte seit Langem eine unsichtbare Trennwand zwischen ihm und seinem verhätschelten Sekretär errichtet. Jetzt grollte Dulnikker Zev wegen der herzlosen Worte, die er vor seiner Flucht via Balkon geäußert hatte, und blätterte in seinem Gedächtnis unter „Bestrafung, strengere" nach, beginnend mit Disziplinarmaßnahmen durch Parteikanäle und endend mit der Abwertung des schändlichen Günstlings zu seinem Zweiten Sekretär. Schließlich beschloss der Staatsmann, dem minderwertigen Kerl die Höchststrafe aufzuerlegen: Er würde ihn in seiner Autobiografie nicht erwähnen! Dieser Akt einer potenziellen Vergeltung hatte dem Herzen des Staatsmannes oft Frieden gebracht. Shimshon Groidiss und seine anderen niederträchtigen Rivalen hatten in der Partei unaufhörlich gegen ihn intrigiert, und Dulnikker hatte oft die Zeit für reif gehalten, mit seinen Memoiren zu beginnen, selbst wenn auch nur aus dem Grund, die Namen seiner schlimmsten Feinde wegzulassen, als hätten sie nie existiert. Jetzt, da sein Krankenwärter in die Wälder verschwunden war, sah sich Dulnikker gezwungen, das Vieh allein zu hüten. Zuerst war der Staatsmann der zusätzlichen Last etwas müde, bald aber zeigte es sich, dass der Status quo vorherrschte; das heißt, die unschuldigen Kühe fuhren mit ihren eigenen Bräuchen so fort, als vermissten sie den jüngeren Hirten nicht. Der Staatsmann verbrachte seine Zeit weiter mit unaufhörlichem Sonnenbräunen, als hoffe er, seine frühere Vernachlässigung dieses Bereichs wettzumachen. Außerdem entdeckte er einen neuen Zeitvertreib und begann die wunderbare Insektenwelt zu studieren. Fasziniert pflegte er sich auf dem Bauch auszustrecken und den Atem anzuhalten, während er einem uralten Tausendfüßler nachkroch, einem Geschöpf, das er zum ersten Mal im Leben erblickt hatte. Dulnikker war von den Reizen der Natur so gefesselt, dass er die Welt um sich völlig vergaß, bis Malkas Stimme ihn in die Wirklichkeit zurückbrachte. Hajdud und Majdud hatten ihre Mutter begleitet, aber sie schickte sie sofort zum Blumenpflücken weg.

„Wollen keine Blumen, Mama", erwiderten die Zwillinge. „Wollen zuhören."

„Worüber ich mit dem Herrn Ingenieur sprechen will, ist nichts für kleine Kinder", wies sie ihre Mutter zurecht. Als die kleinen Lümmel davonwanderten, versicherte Majdud mit Seniorat: „Wahrscheinlich reden sie über den Bastard von der Schuhflickerstochter."

Malka war erregt, als sie Dulnikker sein Mahl servierte. „Herr Dulnikker", sagte sie zu ihm, „bitte besuchen Sie das arme Mädchen!"

„Warum, wenn ich fragen darf?", protestierte Dulnikker, dessen Ärger über das Mädchen nach dessen Pech nur größer geworden war.

„Weil er schließlich Ihr Krankenwärter war. Ich weiß, Sie haben ein sehr gutes Herz, Herr Dulnikker, und dass Sie tief innen Dwora bemitleiden. Jetzt sagen Sie kein Wort, Herr Dulnikker. Ich weiß, es ist nicht fair, dass Sie immer alles selber machen müssen, aber stellen Sie sich einen Augenblick vor, was Sie fühlen würden, wenn Ihr davongelaufener Krankenwärter Sie schwanger zurückgelassen hätte."

NACH DEM ABENDESSEN ging der Staatsmann zum Haus des Schuhflickers und traf Zemach Gurewitsch daheim an, der niedergeschlagen auf und ab ging.

„Herr Ingenieur", sagte der Schuhflicker düster, „glauben Sie mir, ich hätte das schändliche Geschöpf umgebracht, wenn es nicht meine Tochter wäre. So also stehen die Dinge! Da zieht ein Mensch ein mutterloses Mädchen auf, und dann kommt irgendein fremder Hochstapler daher und verdreht ihr den Kopf mit irgendeiner barbierhaften Schurkerei. Gehen Sie zu ihr hinein, Herr Ingenieur, sie ist gerade todunglücklich."

Dulnikker zupfte zerstreut seine Krawatte zurecht und betrat das Zimmer des Mädchens ohne Begeisterung. Dwora lag auf dem Bett, die rotgeweinten Augen an die Decke geheftet.

„Schauen Sie mich nicht an, Herr Ingenieur", piepste das Mädchen. „Ich schäme mich so. Zev erzählte mir immer, dass nichts passieren kann."

Dulnikker schaute Dwora lange an und spürte plötzlich ein Wür-

gen in der Kehle. Das Mädchen war so klein und so blond. Ein groß-
äugiges Kalb, von dem noch immer der Geruch der Muttermilch
ausging. Mischa hat diesem Schurken gegeben, was er verdient!,
dachte Dulnikker sehr befriedigt und setzte sich auf den Bettrand.

„Du brauchst dich nicht zu grämen, mein Mädchen, es ist ja nichts
passiert. Die Natur wird dir helfen, die Katastrophe zu überwinden."

„Oh, dieser verrückte Mischa! Wer hat ihn schon gebeten, meinen armen Liebsten zu verprügeln?"

Die Worte des Mädchens rührten das Herz des Staatsmannes.
Er legte seine warme Hand auf ihren fröstelnden, zitternden Arm.

„Kopf hoch, mein Fräulein", sagte er langsam. „Glauben Sie
einem Mann, der sechsundsechzig Jahre lang Erfahrung gesammelt
hat: Das Leben heilt alles. Suchen Sie Trost in der Natur. Nehmen
Sie zum Beispiel den gewöhnlichen Tausendfüßler – wie er seinen
weichen Körper mit einer so überaus großen Schnelligkeit akti-
viert. Hast du schon einmal einen Tausendfüßler gesehen, Dwora?"

„Natürlich sehe ich sie." Das Mädchen brach in Tränen aus. „Das
ganze Haus wimmelt von ihnen. Wie kann man sie nur loswerden?"

„Nun, mein Mädchen, hoffen wir, dass dich die Vorsehung mit
einem gesunden kleinen Jungen segnet. Übrigens, wie beabsichtigen Sie Ihren Sohn zu nennen, Madame?"

„Zev."

„Es ist egal, wie Sie ihn nennen. Wichtig ist allein, dass Sie dem
Kind eine moderne Erziehung geben, verbunden mit zionistischen
Idealen. Ja, Fräulein Dwora, ich bin noch immer dem Schlagwort
treu, über das sich gewisse, nach dem Westen schielende Kreise
lustig machen: Pioniertum! Wer ein Kaufmann, ein Beamter, ein
Literat werden möchte – viel Glück für ihn, aber sie werden diese
Einöde nicht zum Blühen bringen, meine Damen. Das wird die von
gewerkschaftlichen Überlieferungen so sehr erfüllte Jugend sein!
Wie viele Jahre werden wir noch amerikanische Hilfe erhalten?
Zwei? Fünf? Zehn? Und was dann? Nein, meine Herren, größer als
das Bedürfnis der nationalen Sicherheit nach schwerer Artillerie
ist das Bedürfnis nach Grenzsiedlungen!"

Dwora hatte schon lange zu wimmern aufgehört. Ein leichtes Lächeln lag auf ihrem Gesicht, und ihr Daumen ruhte in ihrem Mund.

„Sie schläft ruhig wie ein kleines Kind", murmelte Dulnikker etwas bewegt. „Wie müde das arme Mädchen war!"

Der Staatsmann zog Dwora die Decke bis zum Kinn, richtete mit väterlicher Sorgfalt die Kissen unter ihrem Kopf und sprach mit gesenkter Stimme weiter, um sie nicht zu wecken. Nach langer Zeit stand Dulnikker auf, drückte Dwora einen Kuss auf die Stirn, schnäuzte sich gerührt und ging auf Fußspitzen aus dem Zimmer.

Am nächsten Morgen stand das Dorf kopf.

Die Dorfbewohner liefen verwirrt herum und murmelten mit blutleeren Lippen lang vergessene Gebete. Die furchtbare Prophezeiung des Schächters hatte sich erfüllt. Früh am Morgen, als der Zeiger der Sonnenuhr sechs anzeigte, versiegten alle Wasserhähne in Kimmelquell und weigerten sich, weiterhin auch nur einen einzigen Tropfen Wasser zu spenden.

Wie zu erraten, hatte sich außer dem Schächter niemand die Mühe gemacht, einen Wasservorrat anzulegen. Dennoch war ihr körperliches Leiden nichts, verglichen mit der Last des albtraumhaften Gedankens, dass der Weltenschöpfer auf das Dorf wegen seiner vielen Sünden böse geworden war. Es gab viele, die es für ungerecht hielten, ein ganzes Dorf für eine ziemlich gewöhnliche Sünde zu strafen, die von einem ungestümen Jüngling begangen worden war, der noch nicht einmal ein echter Bürger des Dorfes, sondern nur ein Großstadtmensch auf Ferien war. Diese stummen Proteste hatten jedoch keinerlei Wirkung auf den grausamen Urteilsspruch: Das Wasser hatte zu fließen aufgehört.

Die Bauern hatten somit keine andere Wahl, als ihr Vertrauen auf den Schächter-Propheten zu setzen, der, wie es schien, sowohl der einzige die Sünde fürchtende Mensch im Dorf als auch der Vertraute des Herrn der Erde war. Der dürre Ja'akov Sfaradi, der noch vor wenigen Stunden in aller Öffentlichkeit ausgelacht worden war, wurde nun als ein moralischer Leuchtturm oder sogar als ein neuer Moses angesehen, von so äußerster Reinheit, dass er das Wasser in den Felsen zurückzubefehlen vermochte. Die Menschen strömten zu dem kleinen, etwas von der Straße abseits liegenden Haus des Schächters. Alle trugen Käppchen oder sonst irgendeine

Kopfbedeckung und hielten schändlich verstaubte Gebetbücher in der Hand. Auch entsetzte Kinder nahmen an der öffentlichen Versammlung der Eltern teil, weil der Schächter seine Schule an diesem Tag des Gerichts geschlossen und die Schüler heimgeschickt hatte. Ja'akov Sfaradi, in seinen Gebetsschal gehüllt, stand in einer dunklen Ecke seines verwahrlosten Zimmers und betete unermüdlich den ganzen Tag lang, ohne auch nur eine Brotkrume in den Mund zu stecken. Er war so sehr in seine Bitten an den Herrn der Welt vertieft, dass er die Menge nicht bemerkte, die sich auf seiner Türstufe drängte, obwohl er häufig aus dem Haus trat, siebenmal seinen Schofar blies und wortlos wieder zum Beten zurückkehrte.

Bis Mittag hatte sich das ganze Dorf um die Höhle des geistlichen Hirten versammelt – mit Ausnahme des Schuhflickers und des Barbiers, deren Stolz es ihnen verbot zu kommen: Aber sie beteten daheim. Der einzige Sterbliche, der ruhig blieb und den das Wunder nicht kümmerte, war der Ingenieur, der zur gleichen Zeit ahnungslos in der Gesellschaft seiner geliebten Kühe in der angenehmen Herbstsonne lag. Abgesehen von dem getreuen Kuhhirten stand das ganze Dorf um den Schächter-Heiland versammelt.

„Wir haben Glück, dass er noch bei uns ist", flüsterte Doktor Hermann Spiegel, der ein seidenes Käppchen trug, das er sich von seinen Nachbarn ausgeliehen hatte, und auf dem dreimal hintereinander mit Goldfaden gestickt GOOD BOY stand. „Ich hatte schon immer das Gefühl, dass Ja'akov Sfaradi eine besondere Persönlichkeit ist, dass irgendein mächtiges inneres Feuer in seinen Augen brennt."

„Richtig", stimmte Elifas Hermanowitsch dem Doktor zu. „Manchmal schlagen Feuerzungen aus seinen Augen …"

„Pst! Pst!", brachten sie die Leute zum Schweigen. „Betet lieber! Es gibt noch immer kein Wasser!"

Als die Sterne in den Himmelshöhen erschienen und die ganze Welt in Dunkelheit gehüllt war, ging der Schächter zu seiner Gemeinde hinaus. Er stieß wieder in seinen Schofar und streckte die geäderten Arme aus:

„So seid ihr also gekommen", erhob er seine Stimme in dem Schweigen, und sein dünner Körper streckte sich noch höher. „Ihr seid zu mir gekommen, um bei mir und beim Allerheiligsten sofortige Buße für alles zu erreichen, was ihr seit Jahren gesündigt habt. Aber ich lasse euch wissen, dass eure Heuchelei vergeblich ist. Euer Gebetemurmeln ist vergeblich, wenn ihr in euren Herzen die gleichen gottlosen Ungläubigen bleibt."

„Meister", sagten die Leute und verneigten sich, „also ehrlich, es ist uns ernst damit. Wir werden haufenweise beten."

„Ihr und beten?", explodierte der Schächter. „Glaubt ihr Narren, der Meister des Weltalls braucht eure erbärmlichen Gebete? Nein, meine Freunde, wenn ihr einmal am Tag des Gerichts vor ihm steht, gebrochen, zerschmettert wie eine weggeworfene Schüssel, wird der Herr der Welt nur eine Frage an eure Seelen stellen: ,Menschensohn, für wen hast du bei den Gemeindewahlen gestimmt?'"

Daraufhin kehrte der Schächter den verlorenen Seelen den Rücken und schritt in seinen Bau zurück. Die Bauern standen benommen und verwirrt da, weil sie unfähig waren, die Absicht der Predigt zu ergründen.

„Meister", schrien sie verzweifelt Ja'akov Sfaradi nach, „verlass uns nicht, verlass uns nicht in dieser Stunde! Gib uns Wasser, Meister!"

Am Fenster erschien die Gestalt des Schächters, von dem zuckenden Licht zweier Sabbatkerzen erhellt. Ehrfürchtige Stille breitete sich aus.

„Also spricht Ja'akov Sfaradi ben Schlesinger." Der Schächter breitete seine Arme aus. „Der Unaussprechliche hat meine Bitte erfüllt. Morgen früh um sechs Uhr wird frisches, süßes Trinkwasser aus den Wasserhähnen fließen. Nun geht heim und betet weiter! Der Schächter hat gesprochen!"

Die Leute gingen heim und taten, wie ihnen der Schächter geboten hatte, die ganze Nacht lang. Bei Sonnenaufgang, als der Zeiger der Sonnenuhr seinen ersten Schatten warf, traten sie an ihre Wasserhähne und drehten sie mit zitternden Händen auf. Aber es kam kein Wasser. Nicht ein Tropfen.

Die Verlängerung des Wunders verursachte eine verständliche Verwirrung unter der örtlichen Bürgerschaft, aber der verwirrteste war der Wunderwirker selbst. Nach einer Nacht gesegnet gesunden Schlafs stand der Schächter früh auf, streckte sich kräftig, stürzte zum Wasserhahn – und entdeckte, was er entdeckte. In die Seele des geistigen Hirten fraß sich scharf eine verständliche Gereiztheit. Er eilte zu seiner Schreibtischlade, zog einen fast vergessenen Umschlag hervor und las den darin enthaltenen Brief nochmals aufmerksam durch:

An den Ehrenw. Bürgermeister Kimmelquell

Sehr geehrter Herr!
Infolge Reparaturarbeiten an der Pumpe sind wir gezwungen, den Wasserzufluss zu Ihrem Dorf am 13. ds. M. für vierundzwanzig Stunden zu unterbrechen, beginnend um sechs Uhr morgens.
    Es ist ratsam, vorher einen Trinkwasservorrat anzulegen.
    Mit kameradschaftlichen Grüßen
    Die Leitung
    Mekorot Wasserwerke G. m. b. H.

Ja'akov Sfaradi las den Brief mehrmals durch, wurde aber deshalb keine Spur klüger aus ihm. Plötzlich schoss ihm ein schrecklicher Gedanke durch den Kopf: Vielleicht waren irgendwelche Ungläubige, so wie der Barbier oder der Schuhflicker, in der Nacht hinausgegangen und hatten den Haupthahn zugedreht, der sich in einiger Entfernung vom Dorf befand. Der Schächter legte den Brief in den Umschlag und den Umschlag in seine Lade zurück. Dann eilte er zu dem Haupthahn hinaus, aber zu seiner großen Enttäuschung entdeckte er, dass dieser wie gewöhnlich offen stand. Was also stimmte da nicht?

Ja'akov Sfaradi ben Schlesinger hob in einem grässlichen Verdacht langsam den Blick himmelwärts, aber sein nüchterner Verstand verwarf den Gedanken als unmöglich. Die Reparaturen dauerten bestimmt noch einen weiteren Tag; das war alles.

Als der Schächter heimkam, wurde er von einer verständlicherweise erbitterten Menge begrüßt, deren Mehrzahl in ihrem Protest davon absah, sich den Kopf zu bedecken.

„Was geht hier vor, Schächter?", beklagte sich der Mob. „Du hast gesagt, Gott habe zugestimmt. Wo also bleibt das Wasser?"

Ja'akov Sfaradi wurde wütend und trampelte die Kühnen augenblicklich nieder: „Fragt nicht mich nach Wasser, Sünder, fragt euch selbst!", schrie er sie an. „Der Allerheiligste kennt bestimmt die Gründe seiner Strafen. Er weiß sehr gut, dass ihr nur an der Oberfläche bereut habt, dass ihr euch gesagt habt, ‚Das Wasser soll nur wieder aus dem Hahn fließen, und wir können den heuchlerischen Schächter vergessen und wieder zum Schweinefleisch zurückkehren'."

„Ist schon gut", beruhigten ihn die Leute. Sie waren sehr verdutzt, dass der Allerheiligste ihre Gedanken so gut kannte. „Was fangen wir also jetzt an?"

Der Schächter erwog die Möglichkeiten, dann sagte er: „Also spricht Ja'akov Sfaradi ben Schlesinger: Bringt alle eure Kochgeräte aus euren Häusern herbei, um sie wie in den Tagen eurer gottesfürchtigen Väter – Gott hab sie selig – zu reinigen. Wie geschrieben steht: Ihr sollt allen Sauerteig aus euren Häusern entfernen."

Die Leute tauschten verwundert Blicke untereinander. „Meister", erwiderten sie staunend, „aber wir haben doch jetzt nicht Passover[*]?"

„Ich weiß. Aber ‚Lebensgefahr zieht heilige Tage herbei'. Gehet hin, Sünder, und bringt eure besudelten Töpfe her. Der Schächter hat gesprochen."

Nolens volens kehrten sie heim, während Ja'akov Sfaradi unverzüglich einen Kessel voll Wasser (!) aus seinem Haus schleppte, unter ihm eine Handvoll Reisig ausbreitete, es mit Kerosin besprengte und ein großes Feuer anfachte.

Nach einer Weile schlängelte sich eine lange Reihe von Hausfrauen mit ihren beladenen Männern auf den Kessel zu, und Ja'akov Sfaradi reinigte ihre Geräte in dem brühheißen Kessel gegen einen bescheidenen, einmaligen Beitrag für den „Fonds zur baldigsten Erbauung einer Synagoge". Der Schächter unterbrach seine Aufgabe nicht vor Sternenaufgang, außer um etwas Wasser

---

[*] Anm. d. Red.: (engl.) Pessach, wichtigstes Fest des Judentums

zum Kochen zuzugießen oder gelegentlich seinen Schofar zu blasen. Natürlich gab es einige Murrende in der Menge, die meinten,
dass das Wasser, das auf das Koschermachen verschwendet wurde,
genügt hätte, den Durst des Dorfes erheblich zu verringern. Aber
selbst sie wagten ihre Meinung nicht laut werden zu lassen, und
sie redeten auch lieber nicht zu viel wegen der geschwollenen
Zunge, die ihnen am ausgetrockneten Gaumen klebte. In der Rei-
nigungsreihe vertrat Elifas Hermanowitsch die Hauptdorfräte mit
gesenkten Augen. Der Schuster sandte seine schwangere Tochter
zu der Bußversammlung, und der Barbier entsandte seine Frau in
Begleitung ihres Sohnes. Denn sowohl Hassidoff wie Gurewitsch
fürchteten die Ergebnisse einer Unterwerfung in der Öffentlichkeit. Ofer Kisch hatte keine Töpfe im Haus, weil er kein Haus hatte,
schloss sich jedoch als Zeichen des guten Willens der gewundenen
Reihe an und schlängelte sich mit ihr langsam und geduldig zum
Kessel.

Nachdem der Schächter spät nachts den letzten Topf gereinigt
hatte, brach er vor Müdigkeit fast zusammen. Er sagte zu den Leuten:

„Morgen früh gibt es Wasser. Ihr sollt daheim beten und allen
Sauerteig vernichten. Gehet dahin! Der Schächter hat gesprochen."

Die Bauern verbrachten die Nacht an ihren Wasserhähnen, begleitet von dem heiseren Summen halbvergessener Psalmen, während sich ihre durstigen Frauen wachhielten und mit letzter Kraft
allen Sauerteig aus ihren Heimen kehrten. Aber es war alles umsonst. Am Morgen erreichte der Schatten des Zeigers die Zahl 10,
aber die Wasserhähne gaben nichts her. Der Grund dafür war wirklich nicht vorauszusehen gewesen. Erst nachdem man die große
Pumpe auseinandergenommen hatte, wurde es den Leuten der
Pumpstation klar, dass die Kolbenstange der Länge nach gesprungen war und zum Schweißen zu Grünwald & Sohn nach Haifa geschickt werden musste.

Das verlängerte Wunder, das sich vor den Augen des Dorfes drei
ganze Tage lang abspielte, rettete das Dorf vor einer äußerst ernsten inneren Krise. Die Sache hatte ungefähr eine Woche früher be-

gonnen: Der Schuhflicker war auf die Weide gekommen, um eine dringende Angelegenheit mit dem Ingenieur zu besprechen. Eine solche Strecke zu Fuß war für den hinkenden Gurewitsch mehr als schwierig, aber seine flammende Wut trieb ihn vorwärts. Er überraschte Dulnikker beim Blumenpflücken.

„Herr Ingenieur, was geht denn schon wieder vor?"

Die Tatsachen des neuen Skandals wurden schnell klar. Nach dem „Unternehmen Gummistempel" hatte Gurewitsch den unwiderstehlichen Drang verspürt, das Schatzamt des Dorfes zu überprüfen, zu welchem Zweck er den Barbier besuchte und dessen Rechnungsbelege mit einem Vergrößerungsglas prüfte. Ganz unten auf der Ausgabenliste fand er dabei folgende bescheidene Eintragung: *Gehaltsvorschuss für den Kommunalwächter des Kommunalbüros – 45 örtliche Pfund.*

„Haben Sie das gehört, Herr Ingenieur? Einen Vorschuss!" Der Schuhflicker war wild. „Und wer, glauben Sie, ist der ehrenwerte Wächter? Salmans Schwager!"

„Keine Temperamentsausbrüche, wenn ich bitten darf!" Das Gesicht des Staatsmannes wurde rot wie die Mohnblumen in seiner Hand. „Versucht doch, meine Herren, die Angelegenheit mit Hassidoff persönlich zu regeln."

„Dazu bin ich nicht bereit, Herr Ingenieur", erwiderte Gurewitsch. „Salman tritt beim Raufen mit den Füßen."

Dulnikker gab diese Gesellschaft von Schwächlingen vollkommen auf, die den ganzen Tag nichts taten, als kleinliche Intrigen auszuhecken. Am Abend berief er Hassidoff zu sich und ergoss den ganzen Zorn über ihn, der sich in den letzten Tagen in ihm aufgespeichert hatte.

„Was soll das heißen?", schrie er ihn an. „Von dem Gebäude, das Ihr Büro werden sollte, ist nichts zu sehen als die Betonpfeiler, die wie einsame Felsvorsprünge in der Wüste dastehen. Und inzwischen haben Sie sich beeilt, Herr Hassidoff, ohne Rücksicht auf die Forderungen des Schuhflickers, Ihren Schwager zum Wächter des Nichtvorhandenen zu ernennen!"

„Das verstehe ich nicht", erwiderte der Barbier zornig. „Erst sagen Sie immer etwas, Herr Ingenieur, und dann ist es unmöglich zu erklären. Ich hasse Gurewitsch wie die Pest. Wohingegen mein Schwager eine Tochter bekommen hat und sehr nötig etwas zusätzliches Einkommen braucht. Warum also sollte ich mit dem Schuhflicker abrechnen?"

„Erstens, meine Herren, versuchen Sie sich prägnanter auszudrücken! Ich glaube, dazu brauchen Sie kein Ingenieur-Diplom! Zweitens versuchen Sie, an Ihre Sicherheit zu denken. Was würde geschehen, wenn Gott behüte der Schuhflicker zum Bürgermeister gewählt würde?"

„Er wird nicht gewählt", versicherte ihm Frau Hassidoff, „dafür garantiere ich."

„Nehmen wir um des Arguments willen an, dass er doch gewählt wird. Was wird seine erste Aufgabe sein, wenn er das Amt betritt? Ihren ehrenwerten Schwager hinauszuschmeißen und seine eigenen Verwandten einzusetzen! Aber wenn ihr jetzt auf seine Familie Rücksicht nehmt, dann wird er auf euren Schwager Rücksicht nehmen, egal, wie die Dinge ausgehen. Ein bisschen Verständnis, meine Herren! Sie können ja in der politischen Arena kämpfen, aber Sie brauchen nicht zu Raubtieren zu werden."

Das Wasserwunder brachte die glückliche Lösung der Wächteraffäre mit sich. Dulnikker war auf der Weide draußen und verbrachte köstliche Stunden im Gespräch mit seinem Infiltrator. Bei Beginn ihres Gespräches erkundigte sich der Staatsmann in gebrochenem Englisch nach der ethischen Grundhaltung des Infiltrators und seiner Einstellung zu der Sueskanalkrise im Allgemeinen und im Besonderen. Da sich jedoch die Antworten des Arabers auf den immer wiederkehrenden Ausdruck „Ja, Effendi" beschränkten, wandte sich ihr Gespräch Dulnikkers Tätigkeiten und Lebenslauf zu, einschließlich vieler interessanter Einzelheiten aus der Periode seiner Jugend sowie einer Anekdote – um die neuen Grenzspannungen zu beleuchten – über einen gewissen Rabbi, dem gegenüber sich der Schächter beklagte, dass man ihm nicht erlaubt hatte, zu Rosh Hashanah Schofar zu blasen …

Es war schwierig, die Pointe ins Englische zu übersetzen, aber der Araber kommentierte trotzdem zweimal mit *„Allah akbar"* und deutete an, dass er bereit sei, dem Effendi ewig zuzuhören, die

Sorge um seine Familie jedoch seine baldigste Heimkehr verlange. Dulnikker kaufte eine Dose Nescafé, um ihn zu weiteren Besuchen auf der Wiese zu ermutigen. Daraufhin trennten sich die Angehörigen der beiden feindlichen Nationen, und Dulnikker zog den befreienden Schluss, dass er nur etwas gegen die feudalistischen arabischen Gebieter, nicht jedoch gegen das Volk hatte.

Das plötzliche Auftauchen des Barbiers brachte den Staatsmann von seinem orientalischen Gipfel herunter. Salman Hassidoff hatte seinen Karren am Rande der Weide geparkt und bahnte sich seinen Weg durch die Kühe geradewegs zu Dulnikker. Der durstige Bürgermeister ließ sich neben dem Staatsmann ins Gras fallen und beschrieb das Wasserwunder in allen seinen Einzelheiten.

„Deshalb sagte meine Frau, dass wir jetzt jeder von uns irgendetwas Gutes tun und unseren Feinden vergeben müssten und solche Sachen, sonst werden wir bis zur Regenperiode überhaupt kein Wasser mehr bekommen", endete der Barbier leicht verwirrt, „daher bitte, Herr Ingenieur, sagen Sie dem Schuhflicker, dass für seine Familie ein kleiner Posten frei wäre, weil ich nicht einmal für ein ganzes Fass Wasser mit ihm reden würde."

So geschah es, dass Zemach Gurewitschs Vetter mitten in der Trockenperiode zum Wächter des zu bohrenden Dorfbrunnens mit einem Gehalt von 25 örtlichen Pfund bestellt wurde. Aber der Bürgermeister setzte eine Probezeit fest: Falls der Brunnen nicht innerhalb von zehn Jahren gegraben würde, könnte der Chef des Dorfrats die Ernennung zurückziehen.

DER SCHÄCHTER spähte hinter seinen Vorhängen auf die anwachsende Menge hinaus, die sich in unheilvollem Schweigen vor seinem Haus versammelte. Seine Scheu vor der Öffentlichkeit wuchs, obwohl nicht alle Bauern ihre Mistgabeln mitgebracht hatten. Einige Dutzend hatten nur ihre geballten Fäuste. In dieser Nacht, nach einem Tag, der vollkommen locker gewesen war, hatte auch der Schächter kein Auge zugetan, sondern war an seinen Wasserhahn geheftet dagesessen und hatte funkelnagelneue, eigenschöpferische Gebete zum Himmel emporgesandt, in denen er den Schöpfer zu überzeugen suchte, dass er, der Schächter, das Wunder einzig um seinetwillen bewirkt habe. Sodass es für den Allerheiligsten richtig sei, endlich etwas wegen der verflixten Pumpenreparatur zu unternehmen.

Aber der Wasserhahn blieb grausam, rüde still. Der fröstelnde Ja'akov Sfaradi erkannte, dass ihn wahrscheinlich nur eine feste Haltung vor Schwierigkeiten bewahren konnte. Daher öffnete er die Tür und stellte sich in dem strahlenden Morgen dem Mob, die Arme über der Brust gekreuzt und mit einem tiefen Vorwurf in den Augen.

„Was wollt ihr von mir?", fragte er. Aber seine Stimme rutschte aus und kam von ihrem Kurs ab. „Ich bin bloß ein Schofar in der Hand des Herrn."

Nein. Es war sicherlich kein Akt der Klugheit gewesen, in diesem Stadium der Ereignisse einen Schofar zu erwähnen. Die Männer verengten den Kreis um den Schächter, und die Mistgabeln in ihren Händen begannen über den bevorstehenden einseitigen Zusammenstoß hämisch erfreut zu funkeln.

„Hör zu schwätzen auf, Ja'akov", murmelten die Bauern krächzend aus trockenen Kehlen. „Du hast im Vorhinein gewusst, dass es kein Wasser geben würde! Und was schlimmer ist, sehr wahrscheinlich hast du einen Handel mit Gott abgeschlossen, um uns festzunageln!"

„Ihr werdet das Herz des Allerheiligsten nicht mit Drohungen erweichen, sondern nur mit vollständiger Reue", rügte sie der Schächter. Laut fügte er hinzu: „Polizei! Polizei!"

Aber Mischa hatte wegen Durstes Urlaub von seinen Pflichten genommen und konnte nichts für den körperlichen Schutz des belagerten Dorfratsmitglieds tun. Ja'akov Sfaradi war ganz allein. Seine verschreckten Augen schossen herum und sahen nur große Gefahr, die – um der Sache auf den Grund zu gehen – nur auf die unerwartete Einberufung des jüngeren Grünwald in Haifa zu Reserveübungen zurückzuführen war.

„Jetzt gehe jedermann heim" – der Schächter gürtete seine zitternden Lenden – „und faste bis morgen früh, als wäre Jom Kippur. Der Schächter hat gesprochen."

Sowie der Schächter den Mund zutat, packten rohe Finger sei-

nen Kragen, die entzauberten Angehörigen seiner Herde reichten
ihn straßauf, straßab weiter und begleiteten seinen Durchzug mit
Schlägen, Fußtritten und Stößen.

„Wartet nur, wartet nur, ihr Antisemiten!", kreischte Ja'akov
Sfaradi ben Schlesinger. „Wartet nur, ihr Sünder, ihr werdet schon
sehen, was euch der Allerheiligste antun wird! Ihr werdet schon
sehen!"

Aber es nützte nichts. Blinde Wut verdrängte, was an spärlichem
frommen Gefühl sie hatten. Die Dorfbewohner ließen erst davon
ab, den Schächter Spießruten laufen zu lassen, als sie selbst vor
Schwäche fast zusammenbrachen. Dann gingen sie sehr langsam
heim und wurden von ihren Frauen mit der erfrischenden Neuigkeit begrüßt: Aus den Wasserhähnen floss Wasser.

Von der Stadt aufs Land zurück

Kaum hatten sich die Leute einen Rausch mit Wasser ange-
trunken, als ihnen eine neue Überraschung vom Staatsmann
angekündigt wurde, der verwirrt aus den Feldern herbeigerannt
kam und Alarm schlug, dass am Eingang des Dorfes mitten auf
der Straße eine Leiche liege. Einige neugierige, entsetzte Männer
kehrten mit dem Staatsmann zu der Stelle zurück und entschieden
erleichtert, dass die unbekannte Leiche noch lebte. Zwei stämmige
Bauern hoben sie auf und trugen sie ins Dorf zum Haus des Tierarztes. Der Mann war ein ausgemergeltes Gerippe in schmutzigen
Lumpen. Sein Gesicht war voller Bartstoppeln, und seine glasigen,
rotumränderten Augen quollen reglos hinter einer zerbrochenen
Brille vor. Dulnikker erriet sofort, dass die kaum erkennbare Gestalt niemand anderer als sein persönlicher Sekretär war, und sein
Verdacht wurde durch die gelbe Aktenmappe gestützt, die der
Arme in seinen verkrampften Fingern hielt.

Die Schuhflickerstochter rannte zu der Erste-Hilfe-Mannschaft
hinaus und warf sich auf das menschliche Wrack, weinend vor großer Freude und vor Staunen, dass Zev freiwillig zu ihr zurückge-

kehrt war. Eben da begannen seine Augen einige Lebensfunken zu zeigen, und er sah in großer Furcht um sich. Dulnikker schlug seinem Sekretär herzlich auf die Knochen, die ihm aus dem Rücken vorstanden, und fragte ihn sanft: „So bist du also zurückgekehrt, mein Freund?"

Die Frage war sichtlich unnötig, zeitigte jedoch eine seltsame Reaktion. Zev begann am ganzen Leib zu zittern, starrte den Staatsmann an, als sehe er Gespenster, und stopfte sich zwei hagere Finger in die Ohren:

„Aufhören! Um Gottes willen, aufhören!", heulten die Überreste des Ersten Sekretärs. „Ich kann es nicht mehr aushalten! Halten Sie den Mund, Dulnikker, halten Sie den Mund!" Sein Kreischen war so grässlich und trommelfellzerreißend, dass die Männer Dulnikker flüsternd zuraunten, er möge still sein. Zev warf sich wild herum und fiel seinen Trägern fast aus den Händen. Er wurde erst ruhiger, als man ihn in seinem ehemaligen Zimmer beim Schuhflicker aufs Bett gelegt hatte, wo er durstig zwei Krüge Wasser hinuntergoss. Hermann Spiegel untersuchte ihn und versicherte, dass keine Lebensgefahr bestehe, da er nur einen Sonnenstich erlitten hatte, erschwert durch ungenügende Ernährung.

Was die Leiden des Sekretärs betraf, so wurden sie erst mit der Zeit bekannt.

Nachdem er vom Balkon gesprungen war, rannte er heim, stopfte das Nötigste in seine Aktenmappe und fegte wie ein Wirbelsturm zum Lagerhaus. Er erinnerte sich nicht, wie man zur Landstraße kam, hoffte jedoch, dass das Brot und der Saft ausreichen würden, bis er irgendwie auf den Tunnel in der Felswand stieß. Daher ging er auch nach Einbruch der Dunkelheit noch weiter und richtete sich nach den Sternen, um seinen Weg zu finden. Er wählte den Großen Bären, weil er sich aus seinen Pfadfinderzeiten erinnerte, dass dieses Sternbild immer am nördlichen Himmel erscheint. Der Sekretär bahnte sich seinen Weg durch das Unterholz in die entgegengesetzte Richtung zum Großen Bären, um südwärts zu gelangen.

Gegen Mitternacht beschloss Zev, einige Minuten zu rasten, und brach am Fuß eines Baumes zusammen. Als er aufwachte, war es

4.30 Uhr nachmittags, und der junge Mann war entsetzt, als er entdeckte, dass der Große Bär spurlos verschwunden war. Unverzüglich öffnete er seine geräumige Aktenmappe, verschlang den Brotlaib und goss die Flasche Saft auf einen Zug hinunter. Aber sein Hunger ließ nicht nach. Er sah seine Aktenmappe durch und entdeckte die „extrastarke" Brieftaube, die er völlig vergessen hatte, in das Oberteil seines Pyjamas eingewickelt und halb erstickt. Mithilfe eines abgebrannten Streichholzes schrieb der Sekretär auf ein zerknittertes Stück Papier:

„Bin auf der Flucht zum Tunnel durch die Wälder. Sendet sofort Expedition. Kräfte lassen nach. Verhungere."

Er unterzeichnete mit Dulnikkers Namen, sodass sich Schultheiß beeilen würde, den Lastwagen hinauszuschicken, und fügte zwecks erhöhter Glaubwürdigkeit hinzu: „Sendet auch Reporter."

Der Sekretär band der Taube die Notiz mit einem Stück Faden aus seinem Rockaufschlag ans Bein. Dann warf er den Vogel in die Luft, aber der fiel schlapp ins Gras zurück. Zev glättete der Taube die Federn, redete ihr leise gut zu und warf sie immer wieder in die Luft, bis der fliegende Kurier Mut fasste und schwerfällig zu flattern begann. Genau in dem Augenblick aber schoss dem Sekretär eine praktische Idee durch den Kopf, und er begann dem Vogel nachzujagen. Endlich brachte er ihn herunter, röstete die „extrastarke" Taube auf einem offenen Feuer und aß sie mit erschreckendem Genuss einschließlich des Marks in den Knochen ganz auf.

Nach seiner Mahlzeit setzte der Jüngling, gesättigt und etwas erholt, seine Flucht fort. Er ging Hügel und Kämme hinauf und hinunter, überquerte ausgetrocknete Flussbetten und erklomm Felsblöcke. Bei Tageslicht schleppte er sich dahin, indem er sich nach seinem Orientierungssinn richtete, und nachts wieder anhand des Großen Bären. Am dritten Tag hörte er verrückte, wirre Geräusche und sah Nebel vor seinen Augen. Der Sekretär kroch jedoch weiter. Und am vierten Tag seiner Flucht näherte er sich endlich bewohntem Gebiet. Aber bevor er sich vergewissern konnte, wo er war – auf seinem Weg zu den weißen Häusern irgendeiner kleinen Siedlung –, brach er bewusstlos zusammen.

„Herr Ingenieur, Herr Ingenieur!" Dwora rannte zwischen den Kühen hindurch und kam atemlos auf ihn zu. Dulnikker stand hastig auf, um sie zu begrüßen.

„Ich komme!", rief er dem Mädchen zu. „Sag Zev, mein Mädchen, dass ich das Vieh heimtreibe und gleich bei ihm drüben bin."

„Das ist es ja gerade, Herr Ingenieur", sagte Dwora verwirrt, als sie sich neben ihm niedersetzte, „Sie dürfen ihn nicht besuchen …"

„Um Gottes willen! Hat er etwas Ansteckendes?"

„Nein. Körperlich ist er nicht so krank", erwiderte das Mädchen. „Der Doktor sagt, es kommt alles von der Sonne und dass es ihm bald besser gehen wird, aber vorderhand tobt er einfach, und manchmal fängt er ohne jeden Grund an, gellend zu schreien: ‚Hören Sie schon auf damit, Dulnikker! Halten Sie den Mund!'"

„Das habe ich ihn auch schreien gehört", murmelte der Staatsmann verständnislos.

„Er will immer, dass Sie zu reden aufhören, Herr Ingenieur, obwohl Sie gar nicht aufhören könnten, etwas zu tun, weil Sie ja nicht einmal da sind, nur dass Zev eben glaubt, Sie seien da. Verstehen Sie?"

„Nein!"

„Seien Sie nicht böse auf mich, Herr Ingenieur, ich wiederhole nur, was ich gehört habe. Zev sitzt so gebrochen und verloren in seinem Bett, starrt mit seinen verglasten Augen direkt vor sich hin und wiederholt endlos …" Hier zog das Mädchen ein Stück Papier aus seiner Rocktasche und las zitternd: „‚Die besten Wünsche für ein gutes und schönes neues Jahr der Arbeit und des Schaffens, der Produktivität und Macht, der Vereinigung konstruktiver Kräfte, der Festigung der Wirtschaft, dem Aufblühen der Wüsten, der Überwindung der Geburtswehen, der Entwicklung unserer Bewegung, der Verherrlichung der Macht der Arbeit, der jüdischen Brüderlichkeit, Masseneinwanderung und Assimilierung und Absorbierung und Verwirklichung und Vision und Eroberung und des dauernden Friedens und der Wahrheit –' und einen wahren Strom ähnlicher Dinge, sodass ich sie nicht alle niederschreiben konnte. Nachher beginnt er zu schreien: ‚Hören Sie auf damit, Dulnikker!' und beginnt zu weinen, und ein paar Minuten später fängt er wieder von vorn an." Dulnikker schwieg entsetzt. „So ist das, Herr Ingenieur." Dwora zuckte die Achseln und fuhr flehend fort: „Ich verstehe das nicht ganz, aber wenn es auch nur diese einzige Möglichkeit gibt, dann bitte ich Sie sehr, Herr Ingenieur, wirklich schon damit aufzuhören, Zev leidet so, dass es unerträglich ist, es mitanzusehen."

„Was kann ich dagegen tun, Madame? Er spinnt!"

DER TIERARZT befahl, Zev in seinem dunklen Zimmer einzusperren und ihn nicht zu stören, wenn er den Herrn Ingenieur sprechen höre. So begannen sich nach einer Woche „die besten Wünsche für ein gutes und schönes neues Jahr" langsam zu verflüchtigen. Die Bauern gewöhnten sich schnell daran, dass der Krankenwärter wieder im Dorf war, insbesondere, da andere Ereignisse auftauchten, die um ihre Aufmerksamkeit buhlten.

Die Dorfbewohner wurden sich zum Beispiel einer ungewöhnlichen Entwicklung bewusst: Das Tnuva-Geld wurde geheimnisvollerweise langsam aus dem Verkehr gezogen, und sie entdeckten, dass sie nur noch lokale Währung besaßen. Diese Entwicklung klärte sich auf, als Zemach Gurewitsch mit einer vollen Wagenladung Büroausrüstung aus Haifa zurückkehrte. Sie war der Liste entsprechend erstanden worden, die mit Rat und Hilfe des Ingenieurs zusammengestellt worden war. Das geschah in einer öffentlichen Sitzung des Provisorischen Dorfrats, die in Gegenwart der Kühe unter freiem Himmel abgehalten wurde. Der Schuhflicker brachte außerdem einen Besitz mit, der das nagende Verlangen der Bauern erregte und ihre Eifersüchteleien zu einem Höllenfeuer entfachte. Er lud ein glänzend poliertes Fahrrad vom Tnuva-Lastwagen ab und stellte es vor seine Schusterwerkstatt. In jenen Tagen fragten sich viele, wieso es sich ein einfacher Dorfschuster leisten konnte, diesen Drahtesel zu kaufen, aber das war bloßes Gerede, in das jeder kommt, der für das öffentliche Wohl arbeitet.

Der Karteikasten, der schwere Stahlsafe und die zwei Schreibtische wurden auf den Sand zwischen die vier einsamen Pfeiler des Stadtamtes in spe gestellt, und um sie herum wurde die übrige teure

Ausstattung verstreut. Die Dorfbewohner versammelten sich immer wieder um den Prunk, beschnupperten neugierig die seltsamen Stühle, die man heben und senken konnte, wenn man einen Knopf drehte, und besonders beeindruckt waren sie von den Gummikissen, die man zuerst mit dem Mund aufblasen musste, bevor man sich draufsetzen konnte. Auf den Schreibtischen und in ihrem Laden hatte Frau Hassidoff große Briefordner sowie Schreibblöcke verschiedener Größe prachtvoll angeordnet, Bleistifte, deren eines Ende blau und deren anderes Ende rot schrieb, ein Lineal, ein Radiergummi (!), einen geflochtenen Papierkorb, ein Messer ohne Griff, ein Stück Schwamm (?), eine kleine Briefwaage (?), ein erstaunliches Instrument, mit dem man Löcher stanzen konnte, und – endlich – einige Gummistempel und einen Löschblattroller (!), einen echten Bleistiftspitzer, eine Rechenmaschine mit Kugeln, eine Tischglocke und noch mehr.

Die Mitglieder des Provisorischen Dorfrats weideten ihre Augen höchst befriedigt an den Errungenschaften der Bürotechnologie. Nicht zu vergessen die schwindelerregenden Stühle und die angenehm klingende Glocke, die eine nie versiegende Quelle des Vergnügens für die Dorfräte war. Häufig setzten sie sich instinktiv hinter die Schreibtische und versuchten, eine entsprechende Miene aufzusetzen. Der einzige Gedanke, der ihr Vergnügen umwölkte, war die Frage: Was sollte man mit all den glänzenden Dingern anfangen? Gerade zu einer Zeit, da die Zahl der Arbeitslosen im Dorf anstieg, weil der größte Teil der Kümmelernte verfault war. Es war schwierig, festzustellen, ob das auf den späten Herbstregen oder die Vernachlässigung der Felder zurückging. Tatsache jedoch blieb, dass die Dorfbewohner noch nie eine so unbedeutende Menge Kümmel eingesammelt hatten wie in diesem Jahr.

SOWIE DULNIKKER von „der katastrophalen Situation der landwirtschaftlichen Produktivität" hörte, befahl er den Provisorischen Dorfrat zu einer Notstandssitzung zusammen. Das war wirklich unnötig, weil der Provisorische Dorfrat in letzter Zeit ohnehin in Hassidoffs neuem Stall immer wieder einberufen worden war, ohne dass der Vorsitzende verständigt wurde. Ungeduldig eröffnete Dulnikker die Notstandssitzung, obwohl der Zählappell enthüllte, dass der Schuhflicker noch nicht eingetroffen war. Gurewitsch hatte sich seit Neuestem die Gewohnheit zugelegt, wegen seines Fahrrads zu spät zu Versammlungen zu kommen: Da er wegen seines lahmen Fußes nicht schnell gehen konnte, fiel es ihm schwer, auch noch das Fahrzeug mitzuschleppen.

„Meine Herren!", begann der Staatsmann mit lauter Stimme. „Wie waren die Ergebnisse der diesjährigen Ernte?"

„Sehr armselig, Herr Ingenieur", erwiderte der Barbier ohne eine Spur Scham. „Wir haben die Tnuva vielleicht mit einem Zehntel unseres üblichen Ertrags beliefert."

„Großartig!", explodierte Dulnikker. „Einfach wunderbar! Herr Hassidoff, der Bürgermeister von Kimmelquell, informiert mich heiter und zufrieden, dass es ihm gelungen ist, die Produktivität des Dorfes in den ersten Monaten seiner Amtszeit zu ruinieren und sie auf ein Zehntel herabzusetzen! Ich habe mehr als einmal gegen Ihren Mangel an Reife Verwahrung eingelegt, meine Herren, aber das ist einfach zu viel!"

„Eine Sekunde, Ingenieur", fiel der Barbier ein, „Sie werden schon verzeihen, aber wir haben es eilig. Es stimmt, dass die Ernte sehr mager war, aber andererseits ist das der Grund, warum der Kümmelpreis in unserem Land so hoch gestiegen ist, dass uns die Tnuva für ein Zehntel der üblichen Ernte fünfmal mehr bezahlt hat, als sie uns je bisher für unsere beste Ernte gegeben hat."

Dulnikker war sprachlos.

„Geld ist nicht alles, Genossen", stammelte er. „Worauf es ankommt, ist das Prinzip."

„Entschuldigen Sie, Ingenieur", protestierte Hassidoff. „Ich kann Ihnen nicht folgen. Was ist falsch daran, wenn man für weniger Arbeit mehr verdient?"

Dulnikkers Gesicht lief rot an, und seine Stirnadern quollen vor und zitterten. Diese Lümmel hatten noch nie in einem so unverschämten Ton mit ihm zu sprechen gewagt! Der Staatsmann hatte schon seit einiger Zeit eine geheime Abneigung gegen den unbegabten kleinen Barbier zu spüren begonnen, der um keinen Deut besser war als die übrigen Dorfbewohner, der jedoch, sowie er zufällig Chef der Gemeindeverwaltung geworden war, sich von Geburt an vom Schicksal für die Stellung bestimmt hielt. Dulnikker bemerkte mit Ekel, dass sich der Barbier mit wütender Hartnäckigkeit an seinen Titel und sein Fahrzeug klammerte, als fürchte er, dass sein Rücktritt das Dorf in Bankrott stürzen würde. Überdies hatte Hassidoff von dem Tag an, als ein ambitionierter junger Mann aus dem Dorf zu seinem Sekretär ernannt worden war, neue Gewohnheiten entwickelt. Erstens verlangte er, dass sein Sekretär ihm wie ein Schleppenträger überallhin folge und auf jeden Ton lausche, den er, der Bürgermeister de facto, äußere. Und noch mehr, die Leute sahen öfter als einmal seinen Adjutanten neben seinem Karren einherlaufen und entsprechend Hassidoffs neuem Brauch „Alles schriftlich" Befehle niederschreiben. In seinem Verlangen, die Berge Papier und den Rest der modernen Ausstattung seines Büros zu benützen, stellte der Bürgermeister fast allen mündlichen Kontakt mit der Öffentlichkeit ein. Wenn seine Kunden neugierig wurden und sich erkundigten, wann der Tnuva-Lastwagen das nächste Mal käme, schwieg der Barbier plötzlich eisern und antwortete dann mit Verschwörermiene: „Sie bekommen die Antwort schriftlich." Und sein Sekretär notierte unverzüglich den Namen des Antragstellers, dem er – innerhalb von zwei Tagen – mit einem der zwölf Dreitürniks ein Blatt Papier übersandte, auf dem stand: *Am Mittwoch*. Diese Mitteilung war vom Sekretär unterzeichnet und gestempelt, der dann auf dem persönlichen Karteiblatt des Dorfbewohners vermerkte, dass letzterer schriftlich verständigt worden war.

„Und diesen abnormalen Bürokraten habe ich zum Bürgermeister gemacht!", stöhnte Dulnikker leise mitten in der Notstandssitzung. Eben als er sich bereit machte, mit dem machtlüsternen Hassidoff zu streiten, betrat einer der Gemeindeboten die Ratskammer und überreichte dem Barbier einen Zettel. „Meine Herren!" Hassidoff sprang auf. „Gurewitsch ersucht, dass wir sofort zu ihm kommen. Es ist anscheinend eine wichtige Angelegenheit, da er mir einen Brief schickt."

Seit wann konnte der Schuhflicker schreiben? Der Staatsmann nahm dem Barbier den Zettel aus der Hand und sah eine primitive

Zeichnung – ein Gekritzel in Form eines großen Schuhs, auf den kleine menschliche Figuren zuliefen, und drei große Ausrufungszeichen.

VOR DEM HAUS des Schuhflickers hatte sich eine Menschenmenge versammelt und drängte sich an den Fenstern, um zu sehen, was drinnen vorging, aber nach den Gesichtern zu schließen fiel es anscheinend allen schwer, zu glauben, was sie sahen. Die Karawane der Dorfräte bahnte sich ihren Weg durch die Neugierigen, sie warfen einen Blick nach innen, und auch sie erstarrten verblüfft.

Was hatten sie gesehen? Mitten im Zimmer stand die kleine Dwora in einem weißen Kleid, neben sich den Krankenwärter in seinem üblichen Aufzug. Zev war etwas dicker geworden, und seine blauen Flecken waren größtenteils verschwunden. Vor den jungen Leuten stand Ja'akov Sfaradi, der etwas aus einem Gebetbuch las. Das Bild wäre unvollständig, ließe man den Schuhflicker aus: Er hatte sich neben der Tür aufgepflanzt, unter seinem Arm ragte der Lauf eines Jagdgewehrs hervor und war unverrückt auf den Krankenwärter gerichtet.

Nachdem sich die Dorfräte an der ungewöhnlichen Szene sattgesehen hatten, gingen sie um das Haus herum und rüttelten an der Tür, aber sie war versperrt. Ofer Kisch, der Neugierigste im Dorfrat, klopfte ungeduldig, und wenige Sekunden später wurde sie von Gurewitsch geöffnet.

„Entschuldigen Sie, meine Herren, dass ich Sie nicht persönlich zur Hochzeit eingeladen habe, aber es war unmöglich, die Zeremonie gerade in diesem Augenblick zu verlassen", entschuldigte er sich, ohne die Augen von Zev zu wenden. „Der Krankenwärter hat sich endlich entschlossen, meine Tochter zu heiraten."

Die Dorfräte drückten sich in das Zimmer und reihten sich an der Wand entlang auf. Trotz ihrer Einfachheit ging die Zeremonie sehr langsam vonstatten. Auf die Frage des Schächters, ob sie den Burschen Zev heiraten wolle, erwiderte Dwora mit einem klaren, überzeugenden „Ja". Als jedoch die Frage dem Bräutigam gestellt wurde, hüllte er sich in ein sehr bedeutungsvolles Schweigen und senkte die Augen in hoffnungsloser Halsstarrigkeit, bis ein metallisches Klicken, das die Lösung des Sicherheitsschlosses anzeigte, ihn eindringlich an seine Pflicht erinnerte.

„Schön", flüsterte der Sekretär und unterzeichnete das Dokument, das der Schächter ihm vorhielt, während sein Gesicht von der schicksalhaften Tat in Schweiß ausbrach. Bei der Unterzeichnung des Ehekontrakts applaudierte der Tierarzt stürmisch, während Gurewitsch senior, gelbsüchtig wie immer, sehr schwach „Masel tow" ausrief und seine Enkelin und ihren Gatten küsste. Gurewitsch junior sperrte das Sicherheitsschloss und versteckte das Gewehr hinter dem dreitürigen Kleiderschrank. Dann hinkte er zu seinem jungen Schwiegersohn, drückte ihm einen schmatzenden Kuss auf die Stirn, umarmte ihn mit seinen kräftigen Armen und verkündete so laut, dass selbst die Zuschauer draußen günstig beeindruckt waren:

„Wer immer Zemach Gurewitschs Tochter heiratete, heiratete keine Bettlerin! Ich werde meinem Schwiegersohn drei Dunam fruchtbaren Kümmelbodens überschreiben, sowie die Gemeindeverwaltung ihr Grundbuchamt eröffnet." Nach der Verlautbarung des Schuhflickers, die fraglos ein Beweis seiner Gutherzigkeit war, beeilten sich alle Anwesenden, ihm zu dem freudigen Familienereignis zu gratulieren. Selbst der Barbier drückte ihm die Hand – ein Ereignis, das eine gesellschaftliche Sensation bedeutete.

Die kleine Dwora erblickte Dulnikker, drängte sich zu ihm durch und hängte sich an seinen Hals.

„Ich bin so glücklich, Herr Ingenieur!", jubelte die junge Frau. „Zuerst wollte Zev nichts vom Heiraten hören, aber heute versicherte ihm der Papa, dass er ihn wie einen Hund niederknallt, und da stimmte er zu. Ich habe doch immer gewusst, dass er mich liebt."

Der Staatsmann streichelte ihr blondes Haar in väterlicher Zuneigung, während er unentwegt ein Auge auf seinen Sekretär hielt, der sich die allgemeine gute Laune zunutze machte und ins Nebenzimmer floh. Dulnikker folgte ihm auf dem Fuß und öffnete die Tür, bevor Zev sie versperren konnte. Einen kurzen Augenblick standen Staatsmann und Sekretär schweigend Aug in Aug, dann ließ Zev die Türklinke los, fiel mit dem Gesicht aufs Bett und begann mit seinen Füßen wild darauf los zu trommeln.

Der Staatsmann legte ihm die Hand auf die bebenden Schultern. „Fein", sagte er, „fein."

Zev schüttelte die Hand des Staatsmannes ab, stand auf und starrte seinen Herrn missgünstig an:

„Glauben Sie, Dulnikker, dass ich mir diesen Zirkus gefallen lasse?"

„Ja, warum nicht? Der bäuerliche Lebensstil ist viel gesünder, Zev. Der landwirtschaftliche Sektor ist nicht von der übrigen Nation zu trennen, in der sich, wie bei einem Tausendfüßler, alle Teile gleichzeitig und harmonisch fortbewegen müssen. In den letzten Jahren haben sich viele Städter in entfernteren Siedlungen ansässig gemacht."

„Dann machen Sie sich hier ansässig, Dulnikker!", zischte der Sekretär durch die Zähne. „Ich bin nicht bereit, mein Leben in diesem Spucknapf zu verbringen! Oh …", der schwergeprüfte Jüngling brach wieder auf seinem Bett zusammen, „warum sind wir je hierhergekommen?"

„Warum fragst du das mich?", wütete der Staatsmann. „War ich es, der hierherkommen wollte?"

„Wer denn?", schrie der Sekretär. „Ich vielleicht?"

„Sicher, Zev, mein Junge! Geh nur und leugne, dass du mir unzählige Male gesagt hast, dass ein Mensch von Zeit zu Zeit zur Natur zurückkehren müsse!"

Der Sekretär kam auf ihn zu und zischte ihm ins Gesicht: „Lügen Sie nicht, Dulnikker!"

Der Staatsmann war verblüfft. Amitz Dulnikker – und lügen? Es hätte doch erst vor einem Augenblick gewesen sein können, dass sein Sekretär Wort für Wort gesagt hatte: „Es wird eine vollständige, heilsame Ruhe für Sie in diesem abgelegenen Dorf sein, ohne Presse, ohne Lärm."

„Zev", flüsterte Dulnikker traurig, bis in die Tiefen seiner Seele verwundet, „nimm zurück, was du gesagt hast!"

Der Sekretär hielt sein verzerrtes Gesicht, fast Nase an Nase, dicht vor Dulnikkers Gesicht, und wieder flüsterte er voller Wut:

„Schluss damit, Dulnikker. Sind Sie schon so senil, dass Sie glauben, ich brauche Ihre Unterweisung und Ihren Rat? Es ist genau umgekehrt! Wer schreibt Ihre rühmenswerten Reden? Wer quetscht – en gros – Ihre Leitartikel aus sich heraus? Wer sind Sie wirklich? Wie viel wissen Sie? Haben Sie denn überhaupt einen Beruf? Dulnikker lenkt siebzig Unternehmen, Dulnikker ist da und Dulnikker ist dort, Dulnikker stürzt, Dulnikker rennt und telefoniert und bemerkt und lässt fallen und erhebt und nimmt an jedem Tag an einem Dutzend Versammlungen teil, er ist der letzte Schiedsrichter – ohne dass er das geringste bisschen von dem Geschäft versteht, das er sich einbildet! Es ist wirklich komisch, wie die Dinge stehen! Zehntausende Narren studieren jahrelang ihren Beruf und üben ihn dann ihr ganzes Leben lang aus, nur damit am Ende der ehrenwerte Politiker daherkommt und alles Lob erntet – weil er eines kann, was man ihnen, all diesen armen Fachleuten, an ihren Universitäten und Berufsschulen nicht beigebracht hat: Er weiß, wie man über das redet, was sie, die anderen, tun! Ja, das ist es, worin Sie, Dulnikker, ein Fachmann sind! Reden, reden, reden wie eine Langspielplatte, Stunde um Stunde, wie ein Wasserhahn, der sich an seinem eigenen Tröpfeln besoffen hat! Dulnikker kämpft bis zum letzten Blutstropfen, ohne zu wissen, wie ein Gewehr ausschaut! Dulnikker schickt Tausende aus, um Wüsten zum Blühen zu bringen, während er selbst nicht einmal eine Topfpflanze je gegossen hat! Staatsmann! Amitz Dulnikker ein Staatsmann! Sie können ja nicht einmal normal reden. Ihre Zunge ist von Phrasen überwuchert, die Sie nicht einmal richtig anwenden können. Aber das hält Dulnikker natürlich nicht davon zurück, lächerliche Literaturpreise zu bekommen oder alle möglichen Kunstausstellungen zu eröffnen, und alles ist großartig, bis er sich zum Essen niedersetzt: Dann rennt jeder um sein liebes Leben. Sagen Sie mir, Dulnikker, bilden Sie sich wirklich ein, dass Sie normal sind? Haben Sie je bemerkt, dass Sie jeden Menschen im Plural anreden, weil Sie nicht mehr wissen, wie man mit Einzelmenschen redet, sondern nur, wie man Massen anspricht? Haben Sie eine Ahnung, wie oft Sie diesen idiotischen Witz erzählt haben, dessen Pointe ich nie verstanden habe? Jeder lacht Sie hinter Ihrem Rücken aus, Dulnikker, aber Sie, besoffen von Ihrer eigenen Größe, sind unfähig, die Heiterkeit zu merken, die Sie überall begleitet.

Lassen Sie mich Ihnen sagen, warum Sie mich ‚entdeckt' haben: Ich habe damals in unserer Zweigstelle eine Wette abgeschlossen, dass ich Sie mit den lächerlichsten Komplimenten begrüßen kann und Sie – vor Stolz zerschmelzen. Ich kann mich bis zum heutigen Tage an diese absurden Titel erinnern: ‚der Baumeister, der Former, der Avantgardist, das leuchtende Beispiel seiner Generation'! Ich würde noch jetzt in Gelächter ausbrechen, Dulnikker, wenn es nicht so traurig wäre. ‚Der Verwirklicher, der Eroberer!' Und was sonst noch! Sie haben nur eines erobert, Dulnikker: Ihren Platz in der Partei, und selbst dort blockieren Sie den Weg für Männer, die jünger und begabter sind als Sie. Dulnikker kann man nicht beiseiteschieben. Dulnikker sitzt noch immer auf demselben Sessel, auf den er durch Zufall vor dreißig Jahren gefallen ist, als wäre er mit Eisenbeton an ihn angeklebt …"

Der Sekretär spie die Worte heraus, als wären sie seit Jahren in ihm eingesperrt gewesen und plötzlich ausgebrochen. Sein Gesicht war blassgrün, und sein ganzer Körper lehnte gekrümmt an der Wand. Er atmete und krächzte mit einem pfeifenden Stöhnen.

„Wann werden Sie endlich selbst sehen, Dulnikker, wie Sie wirklich sind? Wann werden Sie endlich die Tatsache erkennen, dass Ihre Zeit vorbei ist und nie wiederkehrt? Dass Sie heute nichts mehr als eine übergroße Seifenblase sind, aufgeblasen bis zum Platzen? Warten Sie darauf, bis Sie wirklich platzen?" Damit brach der Sekretär auf dem Bett zusammen und warf sich in einem Lachkrampf quer darüber, der sich in leises Weinen verwandelte. Der Staatsmann hatte sich den tobenden Ausbruch mit düsterer Miene angehört, gemischt aus Entsetzen und Übelkeit. Aus irgendeinem Grund wurde sein Gesicht nicht rot, auch seine Stirnadern quollen nicht vor. Sein Gesicht schien eher eingesunken und unermesslich alt zu sein. Er trat einen Schritt an das Bett heran und klammerte sich an dessen Gitter, um nicht hinzufallen.

„Zugegeben, dass ich heute eine zu stark aufgeblasene Seifenblase bin", sagte er leise zitternd, „zugegeben, dass ich heute nicht mehr gebraucht werde, irgendein alter Narr, dessen Rücken dazu da ist, dass man hinter ihm lacht. Aber zu sagen, dass ich nie etwas Aufbauendes geleistet hätte? Dass ich nur schwätze? Wer hat dieses Land aufgebaut, wenn nicht die Dulnikkers?" Die Stimme des Staatsmannes brach, und Tränen stiegen ihm in die Augen. „Warum hast denn du, mein junger, praktischer Freund, warum hast du diesem Taugenichts von Altem so glatt geschmeichelt, dass du ihn vollständig getäuscht hast? Warum hast du seine Gunst gesucht? Nur um dich in der Partei hochzuarbeiten? Dann bist du, mein begabter, nützlicher Freund, schlimmer als so ein Träumer wie ich: Du hast einfach einen schwachen Charakter, weil du genau gewusst hast, dass du eine Komödie aufführst. Du, mein Freund Zev, wirst in einigen Jahren genauso sein wie der schmarotzende Mitläufer, den du mir eben beschrieben hast, mit dem winzigen Unterschied, dass er – dieser verrückte Amitz Dulnikker – seine Tage als ein armer Mann beenden wird, dessen Hände rein sind, während du, mein klar denkender Freund, ein niedriger, korrupter Heuchler sein wirst."

Der Sekretär richtete sich auf seinem Bett auf, und seine Glieder begannen schrecklich zu zucken.

„Dulnikker, hören Sie auf!", kreischte er. „Halten Sie um Gottes willen den Mund! H-a-l-t!"

Dulnikker verließ das Zimmer und bahnte sich still seinen Weg durch die Hochzeitsgäste. Im Vorbeigehen bemerkte er zu Hermann Spiegel: „Mein lieber Tierarzt, mein Krankenwärter bedarf zusätzlicher Aufmerksamkeit."

Persona non grata

Meine liebste Gula,
ich sende Dir diesen Brief heimlich mit dem treuen Tnuva-Chauffeur, weil ich nicht wünsche, dass sein streng vertraulicher Inhalt öffentlich bekannt wird. Zuerst dachte ich, ich würde mit dem Lastwagen heimfahren, aber nachher beschloss ich, meine Gesundheit, die ohnehin schwach ist, nicht zu gefährden, indem ich zusätzliche Risiken eingehe. Daher möchte ich Dich hiermit bitten, Gula, mir ohne Verzug den Wagen zu schicken, um mich heimzubringen.

Diesmal ist kein Verdacht am Platz. Ich gedenke meinen eisernen Entschluss unter keinen Umständen zu ändern, und Du wirst nicht von den gleichen kindischen Schritten Gebrauch machen müssen, um mich heimzubekommen. Ich habe jeden Kontakt zu Menschen abgebrochen, und ich habe sogar aufgehört, das Vieh zu hüten. Ich habe soeben eine schwere geistige Krise durchgemacht, die ihr Zeichen in meiner oben erwähnten schwachen Gesundheit hinterlassen hat. Heute bin ich wieder gezwungen, haufenweise verschiedene Schlaftabletten zu schlucken, da mein Magen launisch und mein Blutdruck über dem normalen Stand ist. Ich wurde von einem Menschen doppelt enttäuscht, der jahrelang zu meinen Füßen gelernt hat und meine Unschuld ausnützte. Diese Wunde ist noch nicht geheilt, sodass ich Dir im Augenblick keinen eingehenden Bericht über die schmerzliche Angelegenheit geben kann. Ich möchte Dir kurz eine Enttäuschung anderer Art beschreiben, die ich im Dorf Kimmelquell erlitten habe, deren uneinige Bürger ihr Leben verwüsten und auf Schlimmeres zusteuern. Ich hoffe, dass Dir diese Enthüllungen, Gula, die unerträgliche Situation, die mein Sein bedrückt, verstehen helfen. Vor zwei Wochen fand ich einen anonymen Brief auf meinem Bett. Er enthielt in äußerst primitiven Buchstaben die Frage: *Warum baut der Barbier einen Kuhstall statt eines Büros?* Zu der Zeit hatte ich mich bereits von den Dorfangelegenheiten zurückgezogen, war jedoch gezwungen, die Folgerungen des anonymen Briefes zu überlegen, weil auch ich bemerken musste, dass in den letzten eineinhalb Monaten Baumaterial ins Dorf geströmt war und dass auf der Baustelle des Gemeindeamts dennoch kein Bau vorhanden war, mit Ausnahme von vier Betonsäulen des Gerüsts. Selbst auf der Baustelle des Kulturhauses ist nur ein hastig aufgestelltes Schild zu finden, auf dem steht: Hier wird der Kulturpalast des Dorfes zur Erinnerung an den verstorbenen Amitz Dulnikker errichtet werden. (Die Unterstreichung stammt von mir. Ich meine damit nämlich, dass sie es zur „Erinnerung an den verstorbenen" gemacht haben, weil ich, als ich seinerzeit das Projekt plante, gleichzeitig die Dorfräte informierte, dass ich den Byzantinismus bedauere, Gebäude nach Lebenden zu benennen.)

Dennoch, trotz der sündhaften Langsamkeit auf dem Gebiet öffentlicher Bauten, hat sich Herr Hassidoff, der provisorische Bürgermeister, einen wunderschönen Kuhstall ganz aus Beton erbaut – eine Entwicklung, die Grund zu kummervollen Gedanken liefert.

Die Gewalt dieser Überlegung bewog mich, den anonymen Brief dem Dorfrat zu übergeben, aber die Abgeordneten reagierten auf die Beschwerde mit heftigen Vorbehalten und begründeten es mit der Tatsache, dass die Beschwerde nicht unterzeichnet war. Meine kompromisslos negative Einstellung zu anonymen Briefen ist öffentlich bekannt. (Wenn Du die Gelegenheit hast, meine Liebe, sieh Dir Band 3 des stenografischen Berichtes des Kongresses der Regierungskörperschaften 1953 an, und Du wirst – nach Shimshon Groidiss' langer und langweiliger Tirade – meine Rede über das Thema finden, die, ich glaube, von ungefähr Seite 420 bis Seite 500 läuft.) Dennoch bestand ich diesmal hartnäckig darauf und unterrichtete Herrn Hassidoff davon, dass ich ohne Rücksicht auf die mangelnde Unterschrift zu wissen wünschte, mit was für Material er seinen schönen Kuhstall erbaut habe. Herr Hassidoff antwortete mir, dass er nicht zu antworten bereit sei, solange er nicht wisse, wer den Brief geschrieben habe.

Von einem gewissen Gesichtspunkt aus schien er recht zu haben, daher lud ich unverzüglich den Polizeichef ein, in die Ratskammer zu kommen, und wies ihn an, mithilfe seines klugen Hundes Satan eine Untersuchung einzuleiten. Gleichzeitig deutete ich ihm meinen Verdacht an, dass sich der Urheber des Briefes in Dorfratskreisen bewege und die ganze Beschwerde bloß ein Akt persönlicher Rache sei. Daher beschnüffelte Satan den anonymen Brief, richtete seine Schnauze sofort auf den Boden und kletterte treppauf. Zu meinem großen Erstaunen ging Satan geradewegs in mein Zimmer. Einige Minuten später kam mein Zimmergenosse, der Polizist, mit seinem Hund wieder herunter und berichtete mir, dass Satan ohne zu zögern zu dem Bett seines Herrn gegangen sei und darin zu scharren begonnen hatte. Somit enthüllte sich, dass der Polizist den Brief selbst geschrieben und ihn in einem unbemerkten Augenblick auf mein Bett gelegt hatte. Der Polizist verfasste unverzüglich eine Niederschrift des Kreuzverhörs entsprechend den Vorschriften, und es ist mir ein Vergnügen, einige Zeilen wie folgt aus der Niederschrift wörtlich zu zitieren, wegen ihres seltsamen Charakters:

Ich: Warum habe ich diesen Brief geschrieben?

Der Beschuldigte: Weil es ekelhaft ist, wie sie Dorfgelder stehlen.

Ich: Kann ich beweisen, dass der Barbier den Zement gestohlen hat?

Der Beschuldigte: Was ist das für eine Frage? Wenn ich es beweisen könnte, hätte ich den Brief unterschrieben – stimmt's?

Ich: Habe ich den Brief aus privater Rachsucht oder so etwas geschrieben?

Der Beschuldigte: Das verstehe ich nicht.

Ich: Ich auch nicht.

Nachdem das seltsame Protokoll öffentliches Gut geworden war, wandte ich mich wieder an Herrn Hassidoff und begründete meine Forderung mit seiner vorangegangenen Erklärung, in der er versprochen hatte, den Fall der Erbauung des schönen Kuhstalls zu erklären, sobald der Verleumder identifiziert sei. Der Bürgermeister lehnte es jedoch ab, sich mit der Frage zu beschäftigen, mit der Behauptung, dass der Polizist geistig labil sei, da er Selbstgespräche führe, sodass seine Verleumdungen den Bürgermeister nicht im Mindesten beleidigen könnten. Persönlich stimmte ich bereitwillig mit ihm überein, dass der Polizeichef zu lästiger Zurückgebliebenheit neigt, gleichzeitig aber unterstrich ich, dass die Affäre einer Klärung bedürfe. Ich wies die Abgeordneten auf die Wichtigkeit der Reinheit im öffentlichen Leben in unseren Zeiten hin und warnte sie, den Leuten einen Vorwand zu verschaffen, selbst wenn es nur eine lächerliche, völlig unbegründete Erfindung sei. Als ich endete, nahm der fünfköpfige Untersuchungsausschuss seine Tätigkeit wieder auf und im Prinzip meinen Vorschlag an, eine neutrale Persönlichkeit aus den Kreisen der Dorfbewohner als Rechnungsprüfer des Dorfrats zu ernennen, sodass dieser überprüfen könne, ob die Beschwerden gerechtfertigt waren. Um diese Stellung auszufüllen, schlug ich Hermann Spiegel vor, der den Eindruck macht, streng und gerecht zu sein. Wenige Tage später wurden ihm die Dokumente der Hassidoff-Affäre übergeben. Als der Rechnungsprüfer sein Amt antrat, versprach er dem Dorfrat in einer Plenarsitzung, dass er nicht nachlassen würde, bis er die Wahrheit in der Angelegenheit aufgedeckt habe. Als er mit seinem oben erwähnten Versprechen fertig war, brachen alle Räte in herzlichen Beifall aus, und jeder von ihnen, einschließlich des Herrn Hassidoff, kam zum Rechnungsprüfer, um ihm Glück zu wünschen und die Hand zu drücken. Überdies segnete ihn der Schächter, Herr Sfaradi, mit dem Erlösersegen.

Ich erinnere mich nicht genau, ob ich Dich, Gula, während Deines kurzen Aufenthaltes im Dorf mit dem Tierarzt bekannt gemacht habe. Herr Spiegel ist eine pedantische westdeutsche Persönlichkeit, die alle ihre beschränkten Fähigkeiten zur Lösung des Geheimnisses ins Spiel warf. Die ersten Schritte des Rechnungsprüfers waren jedoch nicht allzu erfolgreich, weil der Bürgermeister in seiner Zusammenarbeit mit Herrn Spiegel etwas zurückhaltend war, aus Gründen, deren Logik nicht leicht zu durchschauen ist. Das Folgende ist die Niederschrift eines Teils des Berichts Nummer 1, verfasst vom kommunalen Rechnungsprüfer über diese Angelegenheit:

Frage: Herr Hassidoff, warum endete der Bau Ihres Büros mit dem Gießen der vier Pfosten?

Antwort: Weil das Baumaterial, das wir gekauft hatten, inzwischen ausgegangen war.

Frage: Warum ging es aus, Herr Hassidoff?

Antwort: Weil es nicht genügte.

Frage: Wo haben Sie genügend Zement herbekommen, Herr Hassidoff, um Ihren Kuhstall zu erbauen?

Antwort: Ich hatte es.

Frage: Woher, Herr Hassidoff?

Antwort: Ich weiß sehr gut, wer an einer solchen Frage interessiert ist.

Frage: Herr Hassidoff! Wie erklären Sie es, dass einerseits der Zement für das Gemeindeamt verschwand und dass andererseits Sie einen Kuhstall mit Material bauen, von dem Sie nicht sagen können, wo Sie es gekauft haben?

Antwort: Ich werde dem Schuhflicker vor den Bürgermeisterwahlen kein Material gegen mich verschaffen, das verspreche ich Ihnen.

Und so weiter, neun Seiten lang, bis der Verdacht des Herrn Hassidoff, dass seine Worte beim Wahlkampf gegen ihn verwendet werden könnten, endlich beschwichtigt war und er eine eingehende Zeugenaussage lieferte, die Licht auf die ganze Affäre warf:

„Eines Nachts gehe ich schlafen", so beginnt die Zeugenaussage des provisorischen Bürgermeisters, „und um Mitternacht, da taucht plötzlich in meinem Traum ein sehr alter Zwerg auf, vielleicht neun Zoll hoch, alles in allem, der einen Turban trägt. Sein langer Bart ist ganz rot, und seine Augen sind wie Kohlen. Dann läutet er dreimal mit einer Glasglocke und sagt zu mir: ‚Salman Hassidoff, gehe in einer dunklen, mondlosen Nacht, dann, wenn der Hahn zu krähen anfängt, zum Kreuzweg des Dorfes, wo die drei Pappeln stehen, und grabe unter den Wurzeln des mittleren Baumes nach. Einen halben Meter tief', fuhr der uralte Zwerg fort, ‚wirst du ein Kästchen voller Tnuva-Scheine finden. Nimm sie und baue dir mit ihnen zum Ruhm des Dorfes einen Kuhstall.' So sprach der alte Zwerg, und ich wusste wirklich nicht, was ich ihm sagen sollte. ‚Meister', fragte ich ihn. ‚Warum schenkst du mir einen solchen Schatz?' Da antwortete mir der Alte: ‚Weil du der Bürgermeister bist', und er läutete wieder mit seiner Glocke und verschwand. Als ich in der Früh aufwachte, glaubte ich den Traum nicht. Aber dann wurde ich neugierig, und in einer mondlosen Nacht, als der Hahn krähte, ging ich zu den drei Pappeln, und unter der mittleren fand ich ein Vermögen. Ich nahm es und erfüllte den Befehl des Zwerges mit dem Kuhstall."

Frage: Haben Sie irgendeinen greifbaren Beweis, dass das, was Sie sagen, wahr ist, Herr Hassidoff?

Antwort: Natürlich. Jeder kann kommen und den Kuhstall sehen, den ich gebaut habe.

Verzeih, bitte, Gula, dass ich Dir so ausführlich beschreibe, wie sich die Dinge entwickelt haben, aber ich will wirklich, dass Du die Kräfte voll verstehst, die mich gezwungen haben, diese Hinterwäldler so schnell wie möglich zu verlassen. Nun, wie Du oben gelesen hast, wäre die Aussage Herrn Hassidoffs über den Ursprung seiner Mittel glaubhaft gewesen, wenn nicht die Sache mit dem Glockenläuten gewesen wäre, die mich staunen ließ, denn ich konnte keinen Sinn und Verstand für diese Handlung seitens des uralten Zwerges finden. Trotz alledem hätten wir uns dennoch von der Hassidoff-Affäre den täglichen Angelegenheiten zugewandt, hätte es nicht die Wachsamkeit des Herrn Spiegel gegeben, die ich hier als lobenswert vermerke.

Was ich meine, ist, dass die Aussage Herrn Hassidoffs den Rechnungsprüfer des Dorfrats nicht befriedigte und er deshalb beschloss, der Sache nachzugehen. Daher erhob er sich in einer entsprechenden Nacht beim ersten Hahnenschrei und ging zum Kreuzweg, wo er – nur zwei Pappeln vorfand! Verständlicherweise widerlegte und zerstörte das alle Behauptungen des Bürgermeisters. Er hatte sich widersprochen; denn man kann nun einmal nicht feststellen, welcher von zwei Bäumen der mittlere ist. Daraus ersiehst Du, dass jede Lüge kurze Beine hat und entdeckt wird.

Der Rechnungsprüfer des Dorfrats hielt seine Entdeckung absolut geheim, um die Verdächtigen nicht im Voraus zu warnen, und setzte seine Untersuchung fort, obwohl er seine Taktik änderte. Einmal, in einer besonders schwülen Nacht, als ich in den Garten hinunterging – wie das meine Angewohnheit ist, um in der strohgedeckten Hütte etwas frische Luft zu holen –, bemerkten wir plötzlich eine schwarze Silhouette, die verstohlen zum Fenster des Barbiers kroch, durch das noch immer Licht schien, sich aufrichtete – und die Ohren an die Fensterläden presste.

Kurz und gut, am nächsten Tag berief ich auf ausdrückliches Ersuchen des Rechnungsprüfers den Dorfrat zu einer Notstandssitzung ein und erteilte Hermann Spiegel das Wort, dessen Zittern seine stürmische Geistesverfassung anzeigte. Nun, Geliebte meiner Seele, was uns der Rechnungsprüfer enthüllte, genügte, dass einem die Haare zu Berge standen. Der Rechnungsprüfer hatte – wie er es ausdrückte – jener Nacht ein offenes Ohr geliehen und gerade jenen Teil eines Zwiegesprächs zwischen Herrn Hassidoff und seiner Gattin erlauscht, in dem Frau Hassidoff ihren Gatten schalt, weil er Mischa, dem Polizisten, nicht einen Sack Zement angeboten hatte, da es auf diesen Sack ohnehin nicht mehr angekommen wäre, weil der Barbier bereits drei Säcke dem Schuhflicker und je einen dem Wirt, dem Schächter und dem Schneider gegeben hatte. Andererseits, behauptete Frau Hassidoff, hätte der Zement dem Polizisten den Mund versiegelt, und alles wäre nie so weit gekommen.

Die scharfen Worte des Rechnungsprüfers legten den Abgeordneten ein Hindernis in den Weg. Tiefes Schweigen herrschte in der Ratskammer. Schließlich stand Herr Hassidoff auf und sprach sehr scharf zu Herrn Spiegel. „Das ist Spioniererei!", rief der provisorische Bürgermeister. „Das ist das Niedrigste auf der Welt: An einem geschlossenen Fenster horchen!" Der Dorfschächter stimmte Herrn Hassidoff unverzüglich zu und erklärte, dass „ein Ohr leihen" eines der ernstesten Kapitalverbrechen sei, weil es eine Art geistigen Diebstahls sei, für den rabbinische Gerichte schon mehr als einmal schwere Urteile verhängt hatten.

Die Situation war wirklich äußerst heikel. Dem Rechnungsprüfer des Rats gelang es nicht, sich angesichts der Beschuldigungen zu verteidigen, die von allen Seiten auf ihn herunterprasselten, und er konnte nur monoton den einen Satz wiederholen: „Zugegeben, ich habe eine schändliche Tat begangen, aber der Herr hat trotzdem Zement gestohlen!" Seine Worte wurden jedoch von dem allgemeinen Geschrei verschluckt. „Wichtigmacher! Kleiner Angeber!", schrie Ratsherr Ofer Kisch den Rechnungsprüfer auf Bauernart an. „Solche Leute gehören eingesperrt!" Die Frau des Barbiers, Frau Hassidoff, konnte ihre Wut nicht beherrschen und erkundigte sich, wie es denn käme, dass der Dorfzement Hermann Spiegel etwas angehe, und warum Hermann Spiegel den Dorfrat mit persönlichen Angelegenheiten belästige? „Drei bildschöne Kühe sind mir letztes Jahr eingegangen, wegen Ihrer miesen Behandlung", wurde jetzt auch der Schuhflicker hysterisch. „Warum reden Sie nicht davon, Spiegel?"

So schalten die Räte den Rechnungsprüfer immer wieder wegen seiner Unloyalität dem Vertrauen gegenüber, das sie zu ihm gehabt hatten, und dass er seine Stellung dazu missbraucht habe, die Stellung des Dorfrats absichtlich zu unterminieren. Der arme Spiegel versuchte, sich zu verteidigen und sie daran zu erinnern, dass sie ihn gebeten hatten, die Wahrheit der Hassidoff-Affäre zu enthüllen. Aber seine Bemühungen waren umsonst, und er war gezwungen, die Kammer beschämt und schnellen Fußes zu verlassen, um Hooliganismus zu vermeiden. Der Untersuchungsausschuss wurde unverzüglich zusammengerufen. Er zog auf der Stelle die Ernennung des Tierarztes zurück und beauftragte das Ausschussmitglied Ofer Kisch, mit der Untersuchung fortzufahren.

Nunmehr, Gula, siehst Du sicherlich meine besondere Situation als Vorsitzender des Provisorischen Dorfrats. Einerseits verstehe ich die Stimmung der Abgeordneten völlig – Hermann Spiegels Spionieren hatte ihre Wut geweckt. Schnüffeln ist, gleichgültig unter welchen Umständen, immer ekelhaft. Aber andererseits bin ich bekannt für meine feste Haltung in allem, was den Puritanismus in unseren Zeiten betrifft. Also erhob ich mich und verurteilte das Benehmen des Rats einem Mann gegenüber, der einfach seine Pflicht getan hatte. Ich erklärte den Abgeordneten, dass sie, die Spitzen des Volkes, vom Eigentum des Volkes nicht einmal einen Faden oder ein Schuhband nehmen dürften, besonders wenn eine so fragwürdige Regelung völlig unnötig gewesen war, denn wir hätten gesetzesmäßig eine anständige Menge Zement und verschiedenen Materials für den Bürgermeister und die übrigen Abgeordneten in Form eines Vorschusses auf ihre zukünftige Pension oder so irgendetwas im Budget untergebracht. Jedoch – das machte ich klar – darf ein Vertreter öffentlicher Angelegenheiten niemals in Handlungen verwickelt werden, die sein Image verderben könnten.

Stelle Dir vor, Gula-Liebling, dass gerade in diesem Augenblick der Barbier – dieses Lästermaul – aufsteht, mich unverfroren unterbricht und mich schamlos fragt: „Was für ein Recht haben Sie, Herr Ingenieur, sich in die internen Angelegenheiten des Dorfrats einzumischen, und wer hat Sie, Herr Ingenieur, eigentlich eingeladen, nichtöffentlichen Sitzungen beizuwohnen?" Nicht nur das, aber der Schuhflicker, Herr Gurewitsch, beleidigte mich ebenfalls gröblichst: „Das Willkommen eines Gastes hat seine Grenzen" und sie seien keine Säuglinge mehr und brauchten daher keinen Lehrer und so weiter.

Da alle Abgeordneten diesen zwei hochstaplerischen, unverschämten Kerlen gegenüber loyal waren, die übrigens unfähig sind, ohne mich auch nur einen Finger zu rühren, stand ich schweigend auf und erledigte sie mit dem Ausspruch: „Wehe dem Dorfe, das Amitz Dulnikker so behandelt!" Worauf ich hochaufgerichtet zu meinem Bett hinaufstieg.

Es wird Dir daher jetzt klar sein, Gula, warum es zwingend notwendig ist, dass ich aus diesem stinkenden Loch herauskomme. Es ist schwer für mich, die vergiftete Luft dieses Nestes von Hooligans zu atmen, die mir so unverschämt Trotz bieten. Mein Fall ist jedoch ähnlich dem vieler Baumeister der Gesellschaft. Ein Mann versucht, rückschrittliche Massen auf ein anständiges Niveau zu heben, obwohl er immer alles selber machen muss. Und letzten Endes wird er von seinen Schützlingen mit Füßen getreten, genau wie Julius Cäsar und alle Habsburger, glaube ich. Außerdem sind die ersten Herbstregen gefallen, und im Dorf ist es plötzlich kalt geworden. Ich bin in meinem Zimmer mit meinen Gedanken eingeschlossen und komme in keinen Kontakt mit Menschen, denn ich habe mich von der schmutzigen Wirklichkeit entfernt und betrachte weltliche Angelegenheiten als eitlen Wahn. *Au revoir*, Geliebte meiner Seele, ich warte auf Dich.

Dein
Dulnikker

P. S. Bring Reporter mit!

Die Kräfte konsolidieren sich

Dulnikker versiegelte den Umschlag, schrieb seine eigene Adresse darauf und übergab ihn seinem vertrauenswürdigen Freund, dem Tnuva-Chauffeur, mit dem ausdrücklichen Ersuchen, er möge das Schreiben so bald wie möglich Frau Dulnikker aushändigen. Er betonte dem Chauffeur gegenüber, es dürfe unter keinen Umständen im Dorf bekannt werden, dass er einen Brief abgesandt habe, weil die Dorfbewohner dem Schreiben wahrscheinlich alle möglichen irrigen Bedeutungen zumessen würden.

Es war zu sehen, dass der Chauffeur die „heikle Situation" gut verstand.

„Verlassen Sie sich auf mich, Herr Dulnikker", versicherte er dem Staatsmann, als er den Umschlag in seine Mappe steckte. Gleich darauf eilte der Chauffeur zum Barbier hinüber und legte ihm den

Brief mit dem Ausdruck seiner Hoffnung vor, dass sie, der Barbier und seine Frau, daran interessiert sein würden, ihn zu lesen, bevor er ihn bei der angegebenen Adresse ablieferte. Zur Ehre des Chauffeurs sei gesagt, dass es Gott behüte nicht grundloser Hass war, der sein Handeln lenkte. Er versuchte bloß, seine geschäftlichen Bande mit dem Bürgermeister mit dieser freundlichen Geste zu festigen, denn letzterer hatte in letzter Zeit die Liste der verlangten Waren absolut willkürlich zusammengestellt.

Herr Hassidoff und Gattin öffneten hastig den Umschlag und lasen aufmerksam den Brief.

„Siehst du, Salman", klagte Frau Hassidoff, als sie fertiggelesen hatte, „da hat man den Dank, wenn man gut zu den Menschen ist. Dem Ingenieur geht es großartig in unserem Dorf, er frisst und säuft wie ein Nilpferd, und am Ende bewirft er uns mit Schmutz und will weglaufen. Ich sage dir, Salman, euch Politiker sollte man alle miteinander prügeln."

Geistesabwesend nahm der Barbier ein Streichholz und verbrannte den Brief. Salman Hassidoff war in den letzten Tagen nervös. Die Last des Herrschens lag schwer auf seinen Schultern und verursachte ihm gelegentlich ein seltsames Stechen im Magen, das ihm einen sauren Geschmack im Mund hinterließ. Die Leute redeten aus eifersüchtiger Kleinlichkeit ständig über ihn, und es kamen ihm alle möglichen erfundenen Berichte zu Ohren, die von Mund zu Mund gingen, über einen gewissen Kuhstall und den Dorfzement und den Tierarzt, der anscheinend sein Partner beim Stehlen sei, und ähnliche Aussprüche, von denen nur der Herrgott selbst wusste, von wem sie ausgingen. Die Untersuchungen der Angelegenheit war bereits aus Mangel an Beweisen fallengelassen worden; aber ehrlich gesagt war der Rechnungsprüfer des Dorfrats, Ofer Kisch, nicht imstande gewesen, sich der Aufklärung der Affäre voll zu widmen, weil sich die Zahl der Aufträge seitens der Dorfräte für verschiedene Schneiderarbeiten in letzter Zeit infolge der Zunahme an Gegenabstimmungen erhöht hatte. In der öffentlichen Meinung des Dorfes konnte man jedoch ein gewisses Gefühl passiver Opposition gegen den Dorfrat wittern. „Wer von uns hat eigentlich diese Führer ausgesucht?", pflegten einander die Dörfler sehr überrascht zu fragen. „Wie ist das plötzlich so gekommen, dass sie uns Befehle geben und wir auf sie hören? Warum?" Und mehr noch, die Bauern verbrachten tagelang Stunde um Stunde unter den Bäumen auf der Straße neben dem neuen Kuhstall des Barbiers, ohne die Augen von den geschlossenen Fenstern zu wenden, hinter denen die tägliche Ratssitzung stattfand. Diese Bauern sagten: „Verflucht noch einmal! Wie lange können sie noch drinnen sitzen, ohne einen Finger zu rühren, während die Kümmelfelder furchtbar vernachlässigt werden?"

Die Räte spürten die Kritik auch, aber sie hätten sich keinen Deut darum geschert, wenn nicht die Wahlen immer näher gekommen wären, die jetzt nur noch drei Wochen fern waren. Als ihnen das klar wurde, warfen sie in einer Sitzung die praktische Idee auf, dass man etwas Gutes durchführen müsste, etwas, das die allgemeine Wertschätzung der legal eingesetzten Dorfführung heben würde. Zu dieser Zeit fungierte als Vorsitzender der Sitzungen – anstelle des Ingenieurs, der sich zurückgezogen hatte – ein neuer, verhältnismäßig junger Mann, Zemach Gurewitschs Schwiegersohn, der für diesen hohen, stundenweise bezahlten Posten ernannt worden war (auf Empfehlung des Schuhflickers). Die meisten Mitglieder des Provisorischen Dorfrats behaupteten, dass Gurewitsch grenzenlos frech sei, aber nicht einer stimmte gegen die Ernennung des Krankenwärters, weil der Vorsitzende keine Stimme besaß und außerdem seine Macht darauf beschränkt wurde, Vorschläge zu machen.

„Herr Krankenwärter", wandten sich nun die Räte an den Vorsitzenden, „wie setzt man eine eindrucksvolle Tat?"

„Im Allgemeinen macht man was Soziales."

„Warum gerade Soziales?", fragten die Auserwählten. „Was heißt das?"

„Das ist eine Art ‚Liebe-deinen-Nächsten'-Programm", erklärte Zev mit großem Vergnügen, „das allerlei Wohltätigkeiten beinhaltet, wie zum Beispiel kostenlose ärztliche Behandlung, kostenlosen Schulbesuch, Massenbesuche in Museen und Ähnliches auf Kosten der Regierung."

„Nix gut", meinte der Barbier, „wenn sie den Tierarzt nicht bezahlen müssten, wären sie alle krank."

„Andererseits haben wir bereits kostenlosen Unterricht", verkündete der Schächter. „Bezahlung ist das schwer zu nennen, was mir die Eltern geben."

„Und Museumsbesuche auf Kosten des Dorfrats würde sie nicht reizen, weil sie nicht wissen, was ein Museum ist", meinte der Schuhflicker. „Ich habe eine Idee. Kinder sind uns teurer als alles sonst, daher soll der Rat dem Großvater jedes Neugeborenen ein großes Geschenk oder Bargeld geben."

„Kommt überhaupt nicht infrage!", erwiderte Elifas. „Das betrifft nur einen äußerst beschränkten Kreis. Herr Krankenwärter, Sie kommen aus der Stadt. Was hat man dort vor der Bürgermeisterwahl getan?"

„Daheim?" Der Sekretär wurde nachdenklich. „Daheim haben sie jedem Kleinen kostenlos ein Glas Milch gegeben. Aber", fügte er hinzu, „das war in der Stadt, wo es nicht genug Milch gibt, nicht so wie hier auf dem Dorf."

„Im Gegenteil!" Die Abgeordneten waren begeistert. „Das ist das Beste an dem ganzen Handel. Hier ist es kein Problem, Milch für die Kinder zu bekommen, weil jeder Bauer mindestens eine Kuh besitzt."

Die Räte beglückwünschten einander und beeilten sich, zu versichern, dass „dieser Tag den Wendepunkt im Leben des Dorfes bezeichnet". Aber der Schneider war schon wieder siebengescheit, wie das seine Gewohnheit war.

„Wir stehen vor einer ganz anderen Frage", behauptete der Steueraufseher. „Woher nehmen wir das Geld, um die zu verteilende Milch zu bezahlen?"

„Wo ist da ein Problem?", wollte der Barbier wissen. „Im Dorf hier wohnen, soweit ich weiß, nicht weniger als zwölf Bürger, die dreitürige Kleiderschränke besitzen, und wir können die benötigte Summe einfach von ihrem Tnuva-Konto abziehen."

„Nur elf", verbesserte Ofer Kisch die Zahl der Steuerpflichtigen und erzählte dem versammelten Dorfrat die Geschichte von dem Dreitürnik, der den Dörflern heimlich den Rest seiner Habe verkauft hatte und seit zwei Tagen samt seiner Frau verschwunden war, da sie sich gerüchteweise in einer Höhle im Berg versteckten.

Die Sache war immer noch ungeklärt, aber der Steueraufseher hatte seine Schlüsse auf kurze Sicht gezogen und sofort die Einstufung der einmaligen Zahlungen bei den übrig Gebliebenen um ein Zwölftel erhöht.

„Aber meine Herren!" Der Vorsitzende zeigte sich der Situation gewachsen. „Wo steht geschrieben, dass wir Geld aufbringen müssen, um das Projekt zu finanzieren? Verlangen wir doch einfach, dass jeder Bauer den Dorfrat täglich mit einer Tasse Milch für die Dorfkinderchen versorgt."

„Ausgezeichnet!", rief Elifas Hermanowitsch begeistert, „aber ich schlage vor, zwei Tassen Milch zu verlangen, weil beim Transport sicher eine Menge verschüttet wird."

„Und noch etwas", mischte sich der Vorsitzende ein. „Es hat keinen Sinn, dass alle Bauern Milch hergeben. Ich schlage vor, wir verlangen sie nur von denen, die kleine Kinder haben." Daher dauerte es nicht lange, bis in Vorbereitung des Projektes „Kostenlose Tasse Milch für jedes Kind durch Gemeindekanäle" vom Dorfapparat die Registrierung von Kleinkindern in Angriff genommen wurde. Gleichzeitig erhielten jene Bürger, die die Hände voller Kleiner hatten, eine schriftliche Anweisung vom Gemeindesekretariat, dass sie allmorgendlich dem Schächter in seinem Haus zwei Tassen frischer Milch zu überbringen hätten. Dann würde Ja'akov darauf sehen, dass der Ratsbote früh aufstand und Tablett um Tablett voller Milchtassenreihen austrug und sie den Kindern ins Haus zurückbrachte, eine Tasse pro Kopf.

„Siehst du, Hühnchen", sagte der neue Vorsitzende unter laut kreischendem Gelächter zu seinem zärtlichen Weibchen, „so muss man den dumpfen Massen den sozialen Fortschritt aufzwingen."

„Du bist genauso schlimm wie eh und je", klagte Dwora. „Du machst dich einfach über alles lustig."

„Was erwartest du von mir, das ich sonst hier tun soll?" Der Sekretär wurde plötzlich ernst und streckte sich mit einem traurigen Stöhnen auf seinem Bett aus, wie ein Löwe im Käfig eines fremden Zoos.

DAS SOZIALMILCHPROJEKT rief nur vereinzelte Zusammenstöße zwischen ein paar Rebellen und der Polizeimacht hervor, zu der der Hund Satan gehörte. Diese Vorfälle entwickelten sich nicht zu allgemeinen Tumulten, weil außer dem vorerwähnten Projekt die Bürger keinen Grund zur Klage hatten. Ja, mehr noch, es hatte ganz den Anschein, dass für Kimmelquell das Goldene Zeitalter begonnen hatte.

Das Goldene Zeitalter wurde praktisch durch Ja'akov Sfaradi eröffnet, der eines strahlend schönen Tages damit begann, eine Bezahlung für das Schlachten von Hühnern abzulehnen. Ein gottesfürchtiger Mensch, sagte er, dürfe kein Geld von Juden annehmen, die bei den Gemeinderatswahlen für ihn stimmten – aus welchen Worten die Leute schlossen, dass sie anscheinend für den Schächter stimmen sollten.

Eine Weile später stellte der Schneider vorübergehend die Einhebung der örtlichen Steuern ein. Stattdessen tanzte er kostenlos bei Privatgesellschaften und gelegentlich sogar ohne eine Gesellschaft – einzig aus glühender Bruderliebe. Aber jedermann war sicher, da sich der Schächter und der Schneider falschen Hoffnungen hingaben, da der Kampf, was das Bürgermeisteramt betraf, zwischen den zwei Riesen des Kampfringes ausgefochten werden würde: dem Barbier und dem Schuhflicker.

Zurzeit war die Situation Gurewitschs einfach miserabel. Nachdem Hassidoff begonnen hatte, seine frisch getrimmten Kunden mit dem erfreulichen Satz in den Ohren zu verabschieden, „um die finanzielle Seite kümmern wir uns später", begann ein plötzlicher Schuhstrom in die Werkstatt des Schuhflickers zu fließen, ein ständig wachsender Zustrom sämtlicher Schuhe im Dorf, die zerrissen oder sonst reparaturbedürftig waren. Zum großen Kummer Gurewitschs begann sein alter Herr – just in dieser Zeit – ärgerliche Symptome geistigen Verfalls zu zeigen, als er seinem Sohn verkündete, dass auch er einen Ausflug über die Grenzen des Dorfes hinaus machen wolle, bevor er zu seinen Vätern versammelt würde.

Der Schuhflicker war geteilter Meinung; derjenigen des Gurewitsch-Sohnes und derjenigen des Gurewitsch-Dorfratsmitglieds. Das heißt, der Repräsentant in ihm neigte zuzustimmen und den Ausflug zu erlauben aus Angst, dass der erzürnte alte Knabe vielleicht für den Barbier stimmen könnte; während der Sohn in ihm behauptete: „Genie! Und wer wird dann diesen ganzen Schuhmist richten?" Schließlich gewann der Sohn die Oberhand, und der Schuhflicker sagte zu Gurewitsch senior:

„Selbst obwohl du mein Vater bist, Papa, kann ich als Dorfrat einem gewöhnlichen Ausflug nicht zustimmen. Tnuva-Geld auszugeben ist nur im Dienst des Dorfes erlaubt."

Aber Gurewitsch senior war von seinem Herzenswunsch völlig besessen und hatte seine Ersparnisse beim Schächter bereits zum Kurs von zwei Tnuva-Pfund für drei örtliche umgetauscht. Das führte den alten Herrn dazu, sich der etwas nebligen Lektion des Herrn Ingenieurs zu erinnern. Er hörte unverzüglich zu arbeiten auf, setzte sich auf seinen Schemel vor die Schuhflickerei in die milde Sonne des Frühwinters, drehte sich nach seinem hartherzigen Sohn um und sagte:

„Streik!"

Der Schuhflicker wurde mehr als wütend, dass ihn sein Vater in einer so schwierigen Zeit leiden ließ, aber aus angeborenem Stolz versuchte er nicht, ihn umzustimmen, sondern sagte nur:

„Schön, streike. Aber warum draußen?"

Das klang sehr vernünftig, daher ging der Alte wieder in die Werkstatt zurück und setzte seinen Streik am Tisch fort, indem er mit Volldampf arbeitete. Diese Wendung der Ereignisse erlaubte es dem Schuhflicker, sich einem neuen Projekt zu widmen, das das Lager des Barbiers wie ein unerwartetes Erdbeben erschütterte. Zemach Gurewitsch stichelte einen großen Ball aus Lederresten zusammen, auf den er mit weißer Ölfarbe malte: „Ein Geschenk des Schuhflickers an seine jungen Verehrer!" („Wenn das seine eigene Idee ist, dann rasiere ich mit Schlagrahm!", bemerkte Hassidoff in seiner höllischen Eifersucht.) Der hübsche, leicht ovale Ball wurde seinen springlustigen Verehrern übergeben, die hinfort den Großteil ihrer Tage der Entwicklung ihres Talents fürs Kicken auf dem bequem gelegenen Terrain neben den Erdwällen widmeten.

Die Art, wie sich die Dinge entwickelten, hatte ihren Einfluss auf das Privatleben der Bürger. Es mag genügen zu erwähnen, dass im Laufe der Zeit der Wächter des Lagerhauses systematisch alle schmackhaften Brieftauben briet und aß, da der Tnuva-Lastwagen nunmehr ohnehin häufige Rundfahrten machte, fast schon nach einem festen Fahrplan. Die Gewinne des Chauffeurs aus den Importen nach Kimmelquell überstiegen seinen Gewerkschaftslohn bei der Tnuva trotz der Tatsache, dass er verheiratet und höheren Dienstalters war. Der Chauffeur fuhr die Mitglieder des Provisorischen Dorfrats herum und schmuggelte sogar den Dreitürnik Nummer 12 und seine Familie zu ihrem unbekannten Bestimmungsort. Den Löwenanteil seines Einkommens bezog er jedoch aus persönlichen Bestellungen, die ihm unter völliger Geheimhaltung übergeben wurden.

Der Inhalt der Pakete, die er von draußen ablieferte, wurde im Allgemeinen sehr schnell öffentliches Wissensgut und setzte jeweils ein großes Schäumen im Kommunalkessel in Gang. Nach Elifas Hermanowitschs Rückkehr aus Jerusalem, wo er als Dorfvertreter für den Ankauf einer Sodawasser-Maschine zwei Tage verbrachte, wurden sich die Bauern plötzlich bewusst, dass von Malka, der Wirtsfrau, ein zarter Duft ausging. Nicht nur, dass sie selbst ein so angenehmes, befriedigendes Aroma ausströmte, aber sie ließ auch, wenn sie durch die Straße ging, Duftwolken hinter sich, die in der Luft schwebten und in den Nasenflügeln der übrigen Damen des Dorfes eine gefährliche Herausforderung hervorriefen. Selbst dem störrischsten Gatten blieb nichts anderes übrig: Er musste zum Tnuva-Chauffeur schleichen und heimlich etwas von diesem begehrten Parfüm bestellen. Später begab es sich, dass Frau Hassidoff die Verehrer des Bürgermeisters samt Gattinnen zu sich einlud – ein Brauch, der nach der Auflösung der samstagabendlichen Dorfrunde beliebt geworden war – und siehe: Sie servierte ihren Tee nicht in Gläsern, sondern in niederweckenden weißen Porzellantassen. Ist es ein Wunder, dass nach einem solchen Vorfall der Lastwagen kleine Kartons mit der Schablonenaufschrift VORSICHT! und ZERBRECHLICH ablieferte? Und Gott sei Dank konnten es sich die Bauern leisten, es fehlte ihnen nicht an Geld, dank der diesjährigen katastrophalen Kümmelernte. Aus irgendeinem Grund begannen die Frauen im Leben von Kimmelquell eine wichtige Rolle zu spielen.

„Höre, Salman", sagte Frau Hassidoff eines Abends mitten im

Fegen, „ich möchte wirklich gern wissen, ob du errätst, was heute für ein Tag ist."

„Heute?" Er kratzte sich die Glatze. „Keine Ahnung."

„Dann sage ich es dir", fuhr sein Weib leicht bewegt fort. „Heute vor genau zwanzig Jahren haben wir den Barbierladen eröffnet!"

Auch Salman Hassidoff spürte eine Art Verengung der Kehle; zwanzig Jahre sind schließlich zwanzig Jahre. Aber er nahm ein Stück Papier und rechnete etwas herum, wonach ihm klar wurde, dass die Zahl nicht ganz so rund war, da der Barbierladen vor genau neun Jahren, drei Monaten und siebzehn Tagen eröffnet worden war.

„Auch das ist eine lange Zeit!", erklärte Frau Hassidoff etwas ärgerlich. „Was für ein wunderbarer Gedenktag! Ich schwöre, Salman, wir sollten eine Feier veranstalten."

„Sei kein Idiot, Weib!" Der Barbier hob die Stimme. „Ich weiß, was du im Sinn hast! Schlag dir das aus dem Kopf."

DULNIKKER blieb vor dem Luxuskuhstall des Barbiers stehen, ging den perfekt gepflasterten Weg hinauf und las sehr erstaunt die riesige Bekanntmachung, die auf die der Straße zugekehrten Wand geschrieben war:

KOMMENDEN SAMSTAGABEND WIRD DAS DORF DEN 20. JAHRESTAG DER GRÜNDUNG DES FRISEURGESCHÄFTES UNSERES GELIEBTEN BÜRGERMEISTERS INGENIEUR SALMAN HASSIDOFF FEIERN! DIE FEIER WIRD AUF DEM GRUND DES KULTURPALASTES STATTFINDEN. JEDERMANN WILLKOMMEN.

ES GRÜSST: FRISEURGESCHÄFT KIMMELQUELL

Diese Ankündigung hatte die Passanten in den letzten paar Tagen ständig geblendet, aber aus irgendeinem Grund machte der Schuhflicker keinen Versuch, sie zu entstellen oder zu übertünchen; er hatte sich nur damit zufriedengegeben, zwischen GELIEBTEN und BÜRGERMEISTERS, ZEITWEILIGEN UND KAHLEN drüberzuschreiben und einzufügen.

Der Staatsmann studierte das grelle Plakat, und sein eingesunkenes Gesicht wurde traurig. Einen langen Tag nach dem anderen in sein Zimmer eingesperrt wie ein Einsiedler, hatte Dulnikker darauf gewartet, dass die Dorfbewohner kommen und sich bei ihm entschuldigen würden für die Schande, die sie über sich gebracht hatten, indem sie auf ihren Lehrer und Meister verzichtet hatten. Jedoch vergeblich, niemand war bereit, zu Kreuz zu kriechen, und der Staatsmann fühlte sich in seiner absoluten Isolierung vergessen wie der Schnee vom Vorjahr auf den Höhen des Libanon. Schließlich trat er im sanften Schein der Sonne wieder auf die Straße. Die Männer grüßten ihn mit einem leichten Kopfnicken, so wie sie es in seinen ersten Tagen im Dorf getan hatten. Das regte jedoch den Staatsmann jetzt nicht mehr auf, denn er wusste, dass Gula bestimmt unterwegs war und ihn bald wieder in die Welt mehr oder weniger normaler Menschen bringen würde.

Einen kurzen Augenblick lang fühlte Dulnikker einen tobenden Hass gegen seinen ehemaligen Sekretär in sich aufwallen, denn wenn es diesem gelungen wäre, seine seinerzeitige Flucht mit größerer Pfiffigkeit zu bewerkstelligen, dann wäre der Staatsmann schon längst wieder in seinem bequemen Büro in Tel Aviv gesessen …

Ein leichter Schlag auf seinen Schädel weckte den Staatsmann aus dem hypnotischen Zug seiner traurigen Gedanken. Als er zwei weitere Schläge, diesmal auf seinem Rücken, spürte, drehte er sich verwirrt um und bemerkte Majdud und Hajdud auf den Bäuchen hinter einem dicken Eichenstamm, wie sie aus ihren Schleudern ein Dutzend kriegslüsterne Lümmel mit Kies überschütteten, die hinter dem Haus hervor auf sie feuerten.

„Vorsicht, Ingenieur!", schrien ihm die Zwillinge zu. „Sie sind in der Feuerlinie! Rennen Sie!"

Die Angreifer eröffneten neuerlich das Feuer, und auch ihre Steine trafen den Staatsmann. Kühn drohte Dulnikker den Wilden: „Was heißt das? Ihr benehmt euch wie Straßenbälger! Ich verlange, dass ihr sofort aufhört!"

„Hauen Sie ab, Ingenieur!", riefen die Kleinen im Chor. „Sie sind uns im Weg! Hauen Sie ab, schnell! Sind Sie taub? Abhauen!"

Dulnikker trat von einem Fuß auf den anderen, verwirrt und aufgebracht. Einmal, bei einer Massenversammlung in Frankreich, hatten ihn Hooligans mit zahllosen verfaulten Tomaten beworfen, aber die Kinder daheim hatten ihn noch nie mit etwas beschossen. Majdud – der mit Seniorat – stürzte unter großer Gefahr hinter der Barrikade hervor und zerrte den Staatsmann hinter die Bäume.

„Seien Sie kein Waisenkind, Ingenieur!", schrie er ihn nach der Rettung an. „Sehen Sie denn nicht, dass es so viele sind?"

„Wer sind diese Kinder?"

„Die Schuhflicker-Klasse."

Dulnikker runzelte die Stirn: Er hatte keine Ahnung von der Veränderung der Werte, die im Erziehungssystem stattgefunden hatte. Zu Beginn jener schicksalhaften Woche hatte sich Salman Hassidoffs Söhnchen während des Mittagessens an seinen Vater, den Bürgermeister, gewandt und plötzlich gefragt:

„Papa, ist es wirklich wahr, dass der Schuhflicker der nächste Bürgermeister wird und wir dann eine Menge Wasser haben werden?"

Das Essen blieb Hassidoff im Hals stecken.

„Großartig! Vielleicht erzählst du mir, wo du das herhast?"

„Was für eine Frage! Aus der Schule."

Frau Hassidoff stieß ein wildes Wutgeheul aus.

„Da hast du's, Salman! Jetzt siehst du's!", schrie die Frau mörderisch. „Dieser heuchlerische Schächter lehrt deinen eigenen Sohn für dein Geld, dass dieser hinkende Schuster der Messias ist! Da hast du's!"

Ohne seine Mahlzeit zu beenden, erhob sich Salman vom Tisch, und von einem stechenden Gefühl im Magen begleitet, rannte er wütend zum Schächter. Ja'akov Sfaradi begrüßte den Bürgermeister höflich und mit königlicher Herablassung. Die Bewegungen des Schächters waren seit Kurzem gelassener geworden, und er schritt gemessenen Schrittes einher. Selbst sein Gesicht war dank verbesserter Ernährung etwas runder, sein Bart überraschend länger und seine Kleidung unter Ofer Kischs Bügeleisen frischer geworden. Und der Gedanke, einen berufsmäßigen Kantor von draußen herzubringen, gärte schon seit Langem in ihm.

„Willkommen", sagte Ja'akov Sfaradi zu seinem ehrenwerten Gast. „Nehmen Sie Platz."

„Nehmen Sie gar nix!", griff ihn Hassidoff an. „Sie, meine Herren, zerstören Ihre Schüler, Sie verwandeln die Jugend in Schuhflickerniks, Sie machen meinen Sohn zu meinem Todfeind! Was soll das, wenn ich fragen darf?"

„Einen Augenblick, Herr Bürgermeister." Der Schächter wich vor der väterlichen Wut zurück. „Nicht im Zorn, bitte. So einfach ist die Sache nicht. Was soll das alles? Täglich fragen die Kinder, wer Bürgermeister wird, warum er es wird, wann er es wird – und schließlich muss ich ihnen im Interesse der Gemeinschaft eine Antwort geben, stimmt's, Ingenieur Hassidoff?"

„Dann", der Barbier wurde noch zorniger, „dann geben Sie Ihnen bitte die Antwort, dass der Barbier ewig Bürgermeister bleibt. In Ordnung?"

„Verlangen Sie so etwas nicht von mir, Herr Bürgermeister. Wenn ich Ihren Sieg im Voraus prophezeien soll, wäre der Schuhflicker mit Recht böse, denn erst vor zwei Tagen schenkte er mir ein Paar Wildlederschuhe mit kleinen Löchern an den Seiten zwecks Lüftung."

„Ich schwöre, was für eine Chuzpe!" Der Barbier kochte und hielt sich die Hand an den Bauch, den Partner seiner Wut. „Vielleicht sagen Sie mir, Ja'akov Sfaradi, wer Sie täglich mit einem Quorum für Gebete versorgte, bevor Sie ein so großer Mann geworden sind? Und wer noch immer Ihren dreckigen Bart kostenlos trimmt?"

„Sie, Ingenieur Hassidoff", erwiderte der Schächter. „Aber Sie müssen meine heikle Lage verstehen. Wenn Ihre Einstellung vorherrschen sollte, könnte Elifas Hermanowitsch morgen kommen und von mir verlangen, dass ich seine Zwillinge lehre, dass er – der Wirt – zum Bürgermeister gewählt wird, oder zumindest, dass er gewählt hätte werden sollen, als Dank, weil er mir für meine Überwachung kostenlos Mittagessen gibt! Ich kann keine getrennten Klassen für die Kinder sämtlicher Räte und ihrer Anhänger errichten."

„Warum eigentlich nicht?"

Salman Hassidoff stieß auf keine Schwierigkeiten, die Abgeordneten dazu zu überreden, denn die dem Gedanken innewohnende Logik stand auf seiner Seite.

„Das ist der einzig mögliche Weg", erklärte der Bürgermeister den Räten. „Nur so können wir es verhindern, dass unsere Kinder das Lob unserer Feinde hören. Selbst aus der Sicht der Kinder: Das wird die Raufereien zwischen ihnen beenden und einen günstigen Einfluss auf ihren Fortschritt in der Schule haben."

Am nächsten Tag wurde die Registrierung der Kinder unter Leitung des jungen Vorsitzenden eröffnet. Das Gemeindesekretariat ersuchte die Eltern der Kinder, einen Fragebogen auszufüllen, in dem sie gebeten wurden, darauf hinzuweisen, welches Mitglied des Provisorischen Dorfrats ihrer Meinung nach am meisten recht hatte. („Bitte unterstreichen Sie den Mann, der recht hat.") Die Antworten dienten als Grundlage für die Zusammensetzung der Schulklassen. Der Schulklassenausschuss nahm Zevs Vorschlag an, dass sie in Zweifelsfällen – wo der Vater den einen Mann und die Mutter einen anderen für richtig hielt – den Geschlechtern angepasst werden sollten: Das heißt, eine Tochter ging in die Klasse der Wahl ihrer Mutter, und ein Sohn folgte den Spuren seines Vaters. So kam es, dass der Schächter gezwungen war, außer den zwei größten Klassen, der Barbier-Klasse und der Schuhflicker-Klasse – die Zwillinge separat und eine zahlenmäßig begrenzte Gruppe strebsamer kleiner Schächter zu unterrichten. Zusätzlich wurde eine Klasse für die Sprösslinge der Dreitürniks errichtet, die ihre Kinder in schneidermeisterlichem Geist zu erziehen wünschten.

Am Tag nach dem Inkrafttreten der Erziehungsreform verwandelte sich die Dorfstraße in ein Schlachtfeld, und die einzelnen Klassen führten untereinander einen unaufhörlichen Krieg. Die große Schuhflicker-Klasse schüchterte die Minoritäten gleich von Anfang an ein, und Amitz Dulnikker bekam unter anderem zwangsläufig ihre Stärke zu fühlen. Die schuhflickerischen Fratzen umzingelten in einem Infanterieangriff den Baum, hinter dem sich die Schüler der Wirtsklasse zusammen mit dem Onkel Ingenieur eingegraben hatten, und sie schossen von allen Seiten Kiesel. Die überlegene Streitmacht zerschmetterte die Verteidigungen der Zwillinge schnell, und sie rasten davon.

„Ingenieur!", schrien Majdud und Hajdud über die Schulter zurück. „Was ist los mit Ihnen? Los, rennen Sie!" Dulnikker rührte sich nicht; er starrte die Schwärme der kleinen Lümmel mit einem bekümmerten, verwirrten Blick an, als spüre er die Steine überhaupt nicht, mit denen ihn die Vorhut überschüttete.

Die Feier des 20. Jahrestages der Eröffnung des Barbierladens fand in Anwesenheit sämtlicher Dorfbewohner statt, trotz der schwarzen Wolken, die sich an jenem Samstagabend am Horizont gesammelt hatten und die Teilnehmer mit einem Guss bedrohten. Das Grundstück des Kulturzentrums war nach wie vor eine öde Fläche, zu der an einem Ende einige Tische und ein neues Schild gekommen waren, das statt des Namens des „verstorbenen" Ingenieurs folgenden Text trug:

Hier wird demnächst der Salman-Moses-Kulturpalast errichtet.

Unnötig zu sagen, dass der neue Name das Ergebnis langer rauer Debatten im Dorfrat zwischen dem Schuhflicker und dem Barbier war. Nur der weise Vorschlag des Vorsitzenden brachte einen Kompromiss zwischen dem Vorschlag des Schuhflickers (Moses) und der Forderung des Barbiers (Salman) zustande.

„Der Name des Herrn Hassidoff verdient es sicherlich, auf dem Schild zu erscheinen, weil man während seiner Amtszeit als Bürgermeister beschlossen hat, den Palast zu errichten", behauptete Zev. „Aber andererseits ist es passend, den Namen des Propheten Moses daraufzulassen, weil er zu seiner Zeit so viel für unsere Kultur getan hat."

Der Sekretär saß jetzt an dem langen Tisch unter den Höherstehenden, während die Menge die Augen nicht von seiner kleinen Frau abwenden konnte und aus ihrer Gestalt zu erraten versuchte, in welchem Monat sie war. Die Tische waren mit Nelkengebinden geschmückt, die den Namen „Salman" auf den Tischtüchern bildeten – eigenhändige Schöpfung von Frau Hassidoff. Vor Elifas Hermanowitsch, der in Feiertagsschwarz gewandet war und als Zeremonienmeister waltete, stand bescheiden die Tischglocke aus dem Stadtamt.

Plötzlich erhob sich der Wirt und drückte auf den Klingelknopf. Der Nachklang des hübschen Glockentons begleitete den Ehrengast und seine Gemahlin auf dem Weg zu ihren Sitzen durch die respektvoll zurückweichende Menge. Frau Hassidoff sah tadellos aus, und ihr Kleid, aus einem einzigen Stück Tupfenstoff geschnitten (Bluse und Rock in einem) löste Wogen der Bewunderung mit einer Spur von Neid aus. Die Heldenfrau war tief gerührt, und als sie sich neben den Zeremonienmeister setzte, flüsterte sie mit Tränen in der Stimme ihrem Gatten ins Ohr:

„Salman, Salman, dass wir das noch erleben durften!"

Elifas erhob sich wieder und drückte neuerlich auf die wunderbare Glocke, und siehe, die Menge verstummte von einem Ende bis zum anderen.

„Geliebte Versammelte, Mitglieder des Provisorischen Dorfrats, Ehrengast und Gemahlin!", eröffnete der Wirt seine Rede heftig schielend. „Wir haben uns an diesem Samstagabend hier auf dem Boden des Kulturzentrums versammelt, um unseren Bürgermeister de facto zu begrüßen, einen der besten Rasierer der Stadt, Ingenieur Salman Hassidoff."

Wieder drückte der Wirt auf die Glocke, und die Zuhörer brachen in Applaus aus. Amitz Dulnikker, der schweigend und unbemerkt mitten in dem Gedränge stand, starrte seine Nachbarn höchst verblüfft an. Warum jubelten sie diesem unbedeutenden Menschen zu, den jeder verachtete? Wussten sie denn nicht, dass der Barbier und seine Frau dieses ganze Picknick mit allen Zutaten auf Kosten eben dieser Menge organisiert hatten? Der Staatsmann staunte auch über den glatten Vortrag des Wirts: Er konnte seinen Ohren kaum trauen. War das derselbe halbidiotische Dicke, der seinerzeit keinen ganzen Satz hervorzubringen vermochte?

„Wer immer Salman Hassidoff halbwegs kennt, weiß, dass er solche Feiern zu seinen Ehren nicht mag", setzte der Wirt seine Laudatio fort und wandte sich an den Bürgermeister, der zustimmend nickte, während sein Gesicht den Glanz der Genugtuung widerstrahlte, „aber ich muss von hier oben sagen, dass wir ursprünglich, vor zwanzig Jahren, als Ingenieur Hassidoff sein Friseurgeschäft in Kimmelquell gründete, nicht erwartet hätten, dass

es sich zu einer so wichtigen öffentlichen Einrichtung entwickeln
würde. Vor zwanzig Jahren ein Geschäft in Kimmelquell zu eröffnen, war ein sehr gewagtes Unternehmen. Ich erinnere mich,
als ich meinen Gasthof eröffnete, dass viele Leute zu meiner Frau
sagten: ‚Malka, Malka, dein Mann macht eine Dummheit.‘ Aber
meine tapfere Frau sagte ihnen unverzagt: ‚Verlasst euch auf Elifas
Hermanowitsch. Er hat viele große Schwierigkeiten bewältigt, und
er wird schon wissen, was er jetzt tut!‘ Natürlich unnötig zu sagen,
dass wir zuerst schwere Zeiten durchmachten. Kaum ein Gast kam
in die Schankstube. Die Leute sagten, wozu brauchen wir einen
Gasthof? Wir haben bis heute ohne einen gelebt, und wir werden
auch in Zukunft ohne einen leben. Dennoch musste ich täglich
Mahlzeiten zubereiten, denn sollte doch zufällig ein Gast kommen,
dann hätte ich ihm nicht sagen können, Verzeihung, mein Herr,
ich habe keine Gäste erwartet. Wenn ihr nur wüsstet! In jener Zeit
hatte mein Haus noch keinen zweiten Stock, daher war die Küche
praktisch im Speisezimmer, und wir konnten keine weißen Tisch-
tücher auflegen, wegen des Rauchs aus dem Herd …“

Der Wirt brauchte nicht ganz fünfviertel Stunden, um unter
häufigem Glockenläuten zu der gegenwärtigen Lage zu kommen,
da er nunmehr mit Leichtigkeit Mahlzeiten für 120 Erwachsene
zu vernünftigen Preisen liefern konnte, die gekochtes Fleisch und
Nudeln beinhalten, wenn er rechtzeitig von der Anzahl der Gäste
verständigt wurde, etwas, das er jeden sehr bäte, genau einzuhal-
ten, weil sie im Allgemeinen immer in der letzten Minute zu ihm
kämen. In diesem späteren Stadium der Festlichkeiten saßen der
Barbier und seine Frau mit grünen Gesichtern auf ihren Ehren-
plätzen und trommelten Märsche mit den Fingern auf dem Tisch.
Frau Hassidoff erhob sich gelegentlich halb von ihrem Stuhl, als
hätte sie gern den Wirt tätlich angegriffen. Zevs Stirn ruhte auf
seinen Unterarmen, und er hielt sich ein Taschentuch vor den
Mund, während es seinen Kopf seltsam schüttelte. Aber die Menge
beachtete diese kleineren Störungen nicht und hörte begeistert der
Jungfernrede des Wirts zu. Ja, mehr noch, sowie der Wirt seinen
Vortrag mit folgenden herzlichen Worten beendet hatte: „Daher
wollte ich Ihnen nur sagen – möge der Herr unseren Ehrengast

Ingenieur Hassidoff und dessen Gattin segnen!", brachen die Zuhörer spontan in lang anhaltenden Beifall aus.

Die erfreuliche Stimmung wurde jedoch schnell durch die Erwiderung des Ehrengastes verdorben. Der Barbier begann mit einer derartigen Schärfe, dass sie schon an Rohheit grenzte, und er verteilte nach links und rechts Andeutungen über gewisse Leute, die über seine Jahresfeier unglücklich seien, weil sie nicht günstigen Auges mitansehen könnten, dass er das Rasiermesser des Barbiers mit dem Schwert der Herrschaft vertauscht habe. Aber das störe ihn überhaupt nicht, weil er überzeugt sei, dass die Bürgerschaft wisse, wie sie den Mann schätzen sollte, der die kommunalen Dorfangelegenheiten in den letzten Jahren gelenkt hatte, und dass sie alle bei den kommenden Wahlen für ihn stimmen würden …

Der Schuhflicker am entgegengesetzten Ende der Tafel saß nicht müßig da, sondern begann Hassidoff mit Zwischenrufen zu unterbrechen, und behauptete, dass er, Zemach Gurewitsch, gemeint habe, sie feierten den 20. Jahrestag des Barbierladens – der übrigens erst vor drei Jahren gegründet worden sei –, aber niemand hatte je etwas von einem bürgermeisterlichen Jahrestag gesagt. Worauf Frau Hassidoff dem Schuhflicker gepfeffert antwortete und die Verehrer des Schuhflickers unter den Zuhörern unverzüglich in ein ohrenbetäubendes Pfeifen der Verdammung ausbrachen.

„Ihr werdet mir nicht den Mund verbieten, ihr Schakale!", kreischte der Ehrengast. „Solange ich euer Bürgermeister bin, werdet ihr mich ehren, sonst lasse ich euch von meiner Polizeitruppe hinausschmeißen, samt eurem Schuster!"

Die Augen Gurewitschs spien Pech und Schwefel. Einen Augenblick schien es, dass er zum Kopfende der Tafel stürzen würde, aber schließlich drehte er sich einfach um und verließ den Kampfplatz in mörderischer Wut. Der Tumult unter den Feiernden schwoll zügellos an, und eine Drohung von Blutvergießen hing in der geladenen Atmosphäre, als das Unerwartete geschah. Der Herr Ingenieur bahnte sich einen Weg durch die lärmende Menge, sprang auf das Podium und stieß den Barbier beiseite.

„Meine Freunde!", rief Dulnikker, „dieser Skandal kann nicht so weitergehen!"

Der Ton formt den Töpfer

Als Amitz Dulnikker das Podium im Sturm nahm, verstummte die Menge. Nur der Schwiegersohn Gurewitschs am anderen Ende der Tafel griff sich an den Kopf, richtete seinen flehenden Blick himmelwärts und sagte zu seiner Frau:

„Wenn er auch hier zu reden anfängt, bekomme ich wiederum einen Nervenzusammenbruch!"

Der Staatsmann selbst hielt den Kopf hoch, atmete jedoch in seiner Aufregung so schwer wie irgendein Novize der Rednerkunst.

„Meine guten Freunde", sagte er, „was um Gottes willen geht hier vor? Ich bin ein erfahrener Mann, aber wenn ich an das reizende, einfache und stille Dorf denke, das ich hier vorfand, als ich ankam, und an den streitsüchtigen, lärmenden Ort, den ich jetzt bald verlassen werde – ich schwöre, ich muss weinen …"

Dulnikkers Augen wurden tatsächlich feucht. Er stützte sich in plötzlicher Schwäche auf den Tisch, aber seine Stimme wurde stärker, bis sie so klar wie eh und je war. Einige Schritte weit von ihm entfernt nahm sein persönlicher Sekretär die Finger aus den Ohren und starrte den Staatsmann verblüfft an.

„Ihr wart wie eine große glückliche Familie. Ihr habt eure Arbeit und eure Freunde geliebt. Heute? Ihr habt gelernt, wie man argumentiert, Unsinn redet, und auch, wie man hasst. Nicht den Hass aus Zorn, sondern den Hass kalten Blutes aus kleinlicher Berechnung, zu dessen Parteigängern ihr eure Kinder gemacht habt. Wozu, meine Freunde? Warum? Habt ihr wirklich vergessen, wie die Berge aussehen, wie ein Kümmelfeld in der Blüte aussieht? Seid ihr nie im grünen Gras in der Sonne gelegen, stumm und friedlich, dass ihr denkt, der Schuhflicker und der Barbier seien alles, worauf es in dieser Welt ankommt? Was mit euch geschehen ist, übersteigt meinen Verstand, meine guten Freunde! Seid ihr krank?"

Amitz Dulnikker war überzeugt, dass er noch nie so primitiv gesprochen hatte und dass es ihm nur gelang, das Gefühl seines Herzens mit dem breiigen stammelnden Pathos eines sentimentalen alten Mannes auszudrücken.

„Bitte ändert die Dinge wieder so, wie es früher war, meine Freunde", fuhr er flehend fort, „erneuert die Sitte der Dorfrunde, geht an die Arbeit auf den Feldern zurück. Wenn ihr es wünscht, dann wählt einen Bürgermeister, aber hört um Himmels willen mit diesem Tohuwabohu auf, bevor ihr einander gegenseitig die Gurgeln durchschneidet!"

Die Menge hatte sich von ihrem anfänglichen Schock erholt, und Wellen der Erleichterung durchliefen sie. Es war wirklich ein bisschen seltsam, eine solche Lektion ausgerechnet vom Ingenieur zu erhalten. Eine fröhliche Stimme verspottete den Staatsmann: „Herr Ingenieur, wie viel Wein haben Sie eigentlich getrunken?"

Dulnikker tat, als höre er die Anpöbelung nicht, aber das wilde, unbeherrschte Gelächter, das aus allen Kehlen drang, ließ ihn seinen großen Irrtum erkennen. Der Staatsmann öffnete den Mund, schloss ihn aber wieder. Und es kam kein Laut mehr von ihm. Er stand erschüttert und gelähmt vor den Leuten. Plötzlich kam ein Schreckensschrei vom Rand des Grundstückes.

„Feuer!", kreischte jemand. „Das Haus des Barbiers brennt!"

Die Menge drehte sich um, um zu schauen; erst dann merkte sie, dass hinter ihrem Rücken Flammen, die ein blassrosa Licht ausstrahlten, vor dem Hintergrund aufsteigenden Rauchs hochsprangen. Aus der Menge erhob sich ein Gebrüll, alles stürzte in Panik weg und strömte zum Schauplatz des Brandes. Aber zwei Minuten später öffneten sich die Schleusen des Himmels weit, und ein segensreicher Regenguss löschte das Feuer im Nu.

Nur ein Mensch blieb an den Tischen auf dem Kulturfeld zurück. Der Staatsmann rannte nicht vor dem Regen davon, sondern überließ sich fast freudig dem schauerartigen Prickeln auf seinem Gesicht. Als es aufhörte, kehrte der Staatsmann ins Wirtshaus zurück. Sein durchnässtes Gewand klebte an seinem Körper, der vor Kälte zitterte. Die Dorfbewohner sahen ihn von der Seite an, zurückhaltend und unsicher, als erblickten sie einen alten, harmlosen Narren, dem man es erlauben konnte, ungestört weiterzugehen. Der Ingenieur stand in diesem Augenblick ohnehin nicht im Brennpunkt ihrer Aufmerksamkeit. Alles rätselte an dem Feuer herum. Sicher, es war nur eine Wand im Hinterzimmer des Hauses von Hassidoff beschädigt worden, aber es war jedermann klar, dass nur himmlische Barmherzigkeit das Dorf vor einem nicht wieder gutzumachenden Unglück bewahrt hatte. Der Ursprung des Brandes war in Geheimnis gehüllt, da fast das ganze Dorf zu der Zeit auf dem Kulturfeld gewesen war. Trotzdem war ein und derselbe grässliche Verdacht in den Herzen aller Bürger geweckt, obwohl freilich keiner seinen grauenhaften Gedanken in Worte zu fassen wagte.

Dulnikker ging schweren Schrittes die Holztreppe hinauf und fiel auf sein Bett. Malka kam hinter ihm herein und zog die Decke über ihn.

„Dumme Bauern, jeder Einzelne von ihnen", tröstete sie den Staatsmann. „Sie haben nicht genug Hirn, um Sie zu verstehen. Viele dachten, dass Sie, Herr Dulnikker, im Ernst gesprochen haben. Ich habe nur meine Zeit verschwendet, als ich ihnen zu erklären versuchte, dass es ein Witz war, dass Sie jemanden nachgemacht haben."

Dulnikker lächelte höflich und schlief erschöpft ein. Nach zwei Stunden bleiernen Schlafs öffnete er die Augen und war überrascht: Auf einem Küchenschemel saß Zev vor ihm und lächelte ihn breit an. Dulnikker schlüpfte aus dem Bett, der Sekretär trat auf ihn zu, und beide Männer umarmten einander fest und wortlos. Lange standen sie so da, schweigend, einander liebevoll den Rücken tätschelnd. Und das Lächeln auf ihren Gesichtern vermochte ihre Rührung nicht zu verbergen. Beide waren bis zu Freudentränen über ihre Begegnung erregt, die gleichzeitig so natürlich und doch so unlogisch war.

„Hören Sie, Dulnikker", sagte Zev etwas heiser, nachdem sie einander endlich losgelassen hatten, „ich bin mir erst jetzt bewusst geworden, dass Sie wirklich ein großer Redner sind. Wenn ich nicht so ein kleines Schwein wäre, würde ich sagen, dass Sie mein Herz gerührt haben."

„Glaubst du, Zev?" Dulnikkers Gesicht strahlte auf, verdunkelte sich aber sofort wieder. „Keine Spur", fügte er traurig hinzu, „Amitz Dulnikker hat vor den Bauern einen Narren aus sich gemacht."

„Herr Ingenieur! Die Bauern haben es auch nicht gern, wenn sie mitten in ihren Spielen unterbrochen werden."

Plötzlich brachen sie in ein ungeheures befreiendes Lachen aus.

Sie fielen auf die Betten, rollten herum, wanden sich auf dem Rücken, während sie seltsame Worte brüllten, unfähig, sich den Grund für ihren Ausbruch zu erklären, obwohl sie beide tief innen spürten, dass sie in Wirklichkeit über sich selbst lachten. Als ihr Heiterkeitsanfall vorbei war, stand Dulnikker auf und zog sich um.

Er hatte sich durch Zevs Rückkehr erstaunlich verjüngt, aber die Zeichen des Alters blieben in seinem Gesicht eingegraben. Zevs Gesicht hingegen war beträchtlich runder und sein Körper plump und dicklich geworden.

„Höre, mein Freund Zev", zog ihn Dulnikker gutmütig auf, „dein ausgestopfter Kopf beginnt allmählich wie der Vollmond auszusehen, wie der Kopf des Schächters, der zum Rabbi kam und rief, ‚Rebbe, Rebbe' …" Plötzlich schwieg der Staatsmann und runzelte die Stirn, als ihm ein Gedanke in den Sinn kam. „Genossen", fragte er zögernd seinen Sekretär, „habe ich euch je diesen Witz erzählt?"

„Nein", erwiderte Zev. Und erst am Ende – als es sich herausstellte, dass der Schächter zu Rosh Hashanah nicht Schofar blasen durfte, weil er nicht in das kalte Wasser der Mikve untergetaucht war, brach der treue Sekretär in ein echtes, aufrichtiges Gelächter aus, das dasjenige des Staatsmannes noch übertraf.

„Großartig", keuchte Dulnikker erleichtert. „Wie geht's deiner reizenden Frau? Wie trägt sie ihren gesegneten Zustand?"

„Worüber reden Sie da?" Der Sekretär wurde ernst. „Es gibt keine gesegneten Umstände. Eine Woche nach der Trauung kommt Dwora und sagt zu mir: ‚Zev, ich glaube nicht, dass ich schwanger bin.' Haben Sie je schon einmal so was Dummes gehört, Dulnikker?"

„Scherze des Schicksals", versicherte Dulnikker und fügte ein bisschen bekümmert hinzu: „Natürlich bedauerst du es jetzt, dass du sie geheiratet hast?"

„Ich habe sie nicht geheiratet, Dulnikker. Nur unter uns: Ein Schächter ist doch kein Rabbi!"

Der Sekretär lag auf dem Rücken im Bett und starrte zur Decke.

„Haben Sie wegen Dwora kein ungutes Gefühl, Dulnikker. Ein paar Wochen Eheleben haben genügt, ihr beizubringen, dass ich für sie zu intelligent bin. Mischa der Kuhhirte passt zu ihr, nicht ich. Und das Komischste an der ganzen Sache ist, dass ich gerade jetzt – wirklich, wie soll ich es ausdrücken – sie gern zu haben begann. So ein Hühnchen!"

Dulnikker konnte seinen Handrücken nicht länger beherrschen, die Umgebung seiner Nasenflügel zu reiben, ein Vergnügen, das er seit Langem nicht mehr genossen hatte.

„Also, was wird jetzt?"

„Wir sind übereingekommen, dass ich mich davonmache, sobald ich ihren Vater loswerden kann."

„So gern hat dich Gurewitsch?"

„Wie ein Loch im Kopf, Dulnikker. Aber er lässt mich bis zur Wahl nicht aus den Augen, weil er meinen Rat braucht."

„Die Dorfbewohner sind wahnsinnig geworden", versicherte Dulnikker. Und er enthüllte seinem Sekretär mit gesenkter Stimme vertraulich einen Teil des Briefes, den er durch seinen vertrauenswürdigen Chauffeur Gula geschickt hatte. „Mein Wagen kann jeden Augenblick eintreffen", schloss der Staatsmann seine Erzählung, und die Hoffnung, dass sie bald in den Wirbel des öffentlichen Lebens zurückkehren konnten, erinnerte Zev an seine etwas vernachlässigte ehemalige Funktion. „Ich wünsche Ihnen Glück, Dulnikker", sagte er im offiziellen Tonfall des Ersten Sekretärs. „Es ist wirklich an der Zeit, dass Sie die Angelegenheiten Ihres Büros wieder in die Hand nehmen."

Auch Dulnikker war über die angenehme Veränderung froh. „Ich bin aus offenkundigen Gründen etwas müde, Genossen", sagte er, während er im Zimmer auf und ab ging. „Ich werde wirklich froh sein, wenn Sie sich, mein Freund, daranmachen, einen Entwurf für meine Rede an die Reporter nach meinem Empfang zu verfassen. Ein paar Worte über den gesunden Einfluss ruhiger Ferien draußen auf dem Land und Rast für die Nerven einer Gestalt der Öffentlichkeit …"

„Sie brauchen nicht weiterzureden, Dulnikker." Der Sekretär zog einige gefaltete Blätter aus der Tasche. „Es ist schon alles da."

DIE LETZTE SITZUNG des Provisorischen Dorfrats fand in einer beispiellos geladenen Atmosphäre statt. Auf der Tagesordnung stand eine heikle, gefahrvolle Frage. Mit anderen Worten, die Dorfjugend hatte die Regierung informiert, dass sie eine Fußballmannschaft aufzustellen wünsche, die gegen die Mannschaft des Dorfes jenseits des Flussberges antreten wolle. Diese explosive Idee wäre noch vor einigen Monaten als gotteslästerlich empfunden worden, angesichts der Veränderung jedoch, die sich in der Einstellung der Öffentlichkeit gegenüber Reisen vollzogen hatte, war die Sache schwierig zu entscheiden. Die Dorfräte beeilten sich daher nicht, eine Entscheidung zu treffen, sondern gingen persönlich in das Gebiet am Fuß der Dämme und studierten die Übungen der Jungen ausgiebig. Danach beschloss der Dorfrat – im Prinzip – zugunsten eines einmaligen Matchs mit dem Dorf Metula, blieb dann jedoch bei der Streitfrage der Auswahl der Kimmelquellmannschaft stecken.

Das war wirklich eine komplizierte Sache. Natürlich verlangte der Barbier die Majorität der Mannschaft für sich, und zwar weil er Geschäftsführender Bürgermeister und der Block seiner Anhänger der größte aller Lager im Dorf war. Aber der Schuhflicker leugnete letztere Behauptung mit der Feststellung, dass die Schuhflicker-Klasse in der Schule nicht kleiner war als die des Barbiers, und fügte hinzu, dass außerdem der Ball sein eigenes Erzeugnis sei. Daher verlangte er für seine Anhänger unter anderen Positionen auch drei von den fünf Stürmern. Dementsprechend drangen die übrigen Repräsentanten, gegründet auf ihren Rang im Dorf, auf gute Positionen für sich. Überdies verkündete der Schächter, dass er die Spieler persönlich zu begleiten wünsche, um in dem Gewühl von Metula ein Auge auf sie zu haben.

„Auch verstehe ich etwas von Fußball", empfahl sich der Schächter selbst. „Im Chaider pflegten wir eine Menge zu spielen, bis uns der Lehrer erwischte und uns die Schläfenlocken ausriss."

Die Abgeordneten stimmten der Reise des Schächters zu, da es unvernünftig war, ihn allein im Dorf zu lassen, wenn alle Dorfräte die Bürde auf sich nehmen würden, die Mannschaft zu begleiten. Über die Zusammensetzung der Mannschaft konnten sie jedoch

einfach zu keiner Übereinstimmung gelangen. Elifas Hermanowitsch schlug, um den Spielern gegenüber nicht ungerecht zu
sein, die Verschiebung des Spieles bis nach den Wahlen vor, weil
es dann leichter sein würde, das Team der Wahlstärke entsprechend
aufzustellen. Sein Vorschlag wurde jedoch unverzüglich nieder-
gestimmt, weil es, behaupteten sie, nach den Wahlen für die Spieler
nicht mehr nötig sein würde, eine solche Reise zu machen.

Zemach Gurewitschs Geduld erreichte schließlich ihre Grenze,
und er stellte der Plenarsitzung des Rats ein Ultimatum, indem er
nachdrücklich folgende Mannschaftsstruktur verlangte:

Schuh

Barb   Schäch

Schuh   Schuh   Barb

Schnei/Wir   Barb   Schuh   Schuh   Barb

„Die zwei Rechtsaußen sind folgendermaßen zu verstehen", erklärte Gurewitsch: „In der ersten Spielhälfte wird der Mann Hermanowitschs spielen und der Mann Kischs wird in der zweiten
Hälfte spielen oder andersherum; ist mir egal. Weitere Konzessio-
nen zu machen bin ich nicht bereit."

Gurewitschs Kühnheit weckte wilde Wut im Herzen des Barbiers.

„Genossen, ihr seid verrückt!", schrie er den Schuhflicker an.
„Nicht nur, dass ihr fünf Plätze für euch in Anspruch nehmt, aber
ihr beansprucht bei ihnen auch den Mittelläufer und den Mittel-
stürmer? Wollt ihr, dass mich ganz Metula auslacht?"

„Die Mannschaft muss das Dorf repräsentieren", beharrte Gurewitsch hartnäckig. „Mir haben vierzig Leute Quittungen unterschrieben, dass ich ihnen die Schuhe kostenlos geflickt habe."

„Und ich sage Ihnen, meine Herren", krächzte der Barbier mit
Schaum vor dem Mund, „ich werde eine Mannschaft ohne einen
einzigen Schuhflickernik in ihr zusammenstellen, nur mit Sfaradi
und Kisch mit einer Stimmenmehrheit von drei!"

Die kommunale Drohung ließ Gurewitsch die Selbstbeherrschung
verlieren:

„Tyrann!", brüllte der Schuhflicker. „Ein Bürgermeister wie Sie sollte verbrannt werden!"

„Verbrannt? Ah – Sie lassen also die Katze aus dem Sack?"

„Sie kann Ihnen auch aus Ihrem Bauch herauskriechen, Sie Bauernlümmel!"

„Ach nein? Nu, ich schlitze Ihnen Ihre dreckige Gurgel auf, Sie Bauernlümmel, wenn Sie es je wagen, den Eingang meines Barbierladens zu verfinstern!"

„Keine Angst! Eher hänge ich mich auf, Sie Bauernlümmel, bevor ich Ihr stinkendes Loch betrete!"

„Nur los, hängen Sie sich auf! Ich werde nur darauf sehen, dass man mich Gott behüte nicht neben Ihnen begräbt, Sie Bauernlümmel!"

(„Bitte, das können wir später erörtern", murmelte Ofer Kisch, der Totengräber des Dorfes. In seiner fruchtbaren Fantasie teilte er den Kimmelqueller Friedhof – dem Schulreformplan folgend – schnell in die Enklaven des Schuhflickers, des Barbiers und der übrigen Abgeordneten.)

Die Rivalen standen einander wie zur Entscheidungsschlacht angespornte Kampfhähne Aug in Aug gegenüber. Zev war bei dieser Sitzung nicht anwesend: Die Abgeordneten fühlten sich frei.

„Glatzkopf!"

„Klumpfuß!"

Dulnikker wurde durch das Geräusch splitternden Glases aufgeweckt und trat gerade auf den Balkon hinaus, als der Barbier und der Schuhflicker durch das Fenster der Ratskammer hinauskollerten. Beide Abgeordneten hatten einander mit Zähnen und Fingernägeln gepackt und bedeckten sich mit dem Schmutz der Landstraße, während jeder „diesem Bauernlümmel" tödliche Hiebe versetzte. Diesmal beeilte sich der Staatsmann jedoch durchaus nicht, den Kampf abzubrechen. Er schaute mit einem Gefühl heilsamer Erleichterung hinunter. Wenn sich diese schwachsinnigen Kreaturen gegenseitig umbringen würden, dann wäre das Dorf gerettet, dachte Dulnikker und ging gelassen vor das Wirtshaus, weil das Laub der Bäume am Straßenrand die zwei ineinander verbissenen Kämpfer vor seinen Blicken verbarg.

„Sie sehen, Herr Ingenieur", jammerte Elifas Hermanowitsch, der neben dem Staatsmann stand, „wie sie das Image des Dorfrats zerstören."

Dulnikker brach in einen Lachanfall aus, der seinen ganzen Körper schüttelte. „Mögen sie sich ihres Geschmacks an Schmutz erfreuen", sagte er zu sich. „Ich wünschte, dass dieser Liliputanerzirkus zerfiele, dass dieser ganze Dorfrat vom Angesicht der Erde weggewischt würde, denn er hat meine Ferien auf dem Land verdorben und zerstört. Mit welchem Recht haben sich die Abgeordneten in mein Privatleben gemischt und meine Ruhe zerstört? Wie haben sie mich in ihre Irrsinnsverwirrung mit hineingezogen?"

Vielleicht bin auch ich etwas schuld daran, überlegte der Staatsmann. Am Tag meiner Ankunft in dem Dorf hätte ich den Provisorischen Dorfrat unterrichten sollen, dass ich an der Regelung seiner Gemeindeangelegenheiten nicht teilnehmen würde. Jetzt …, Dulnikker streckte sich genussvoll, jetzt ist mir Gott sei Dank die ganze Angelegenheit ohnehin aus den Händen genommen.

Wenige Schritte entfernt bemerkte Dulnikker ein gefaltetes Stück Papier, eine aus seinem Parteiorgan gerissene Seite, mit der die Tnuva ihre Kartons ausstopfte. Neugierig hob Dulnikker die Seite auf, weil das Blatt noch nicht zu gelb war. Er strich es glatt und begann zu lesen.

Wenig später klappte der Staatsmann an der Ecke des Wirtshauses fast zusammen, und kalter Schweiß brach auf seinem bleichen Gesicht aus.

Sowie er sich leicht erholt hatte, raste der gefährlich erregte Staatsmann zum Schuhflickerhaus hinüber und hielt seinem Sekretär die Zeitungsseite unter die Nase. Ganz unten auf der Seite versteckt stand eine kurze bescheidene Notiz:

Ein Sprecher des Presseamts der Regierung gab gestern Abend bekannt, dass Amitz Dulnikker aus Gesundheitsgründen um seine Entlassung ersucht habe, die vom Minister angenommen wurde. Die Regierung ratifizierte die Ernennung Shimshon Groidiss' zum Stellvertretenden Generaldirektor anstelle Dulnikkers.

„Was hast du dazu zu sagen, mein Freund?", knurrte Dulnikker, und eine panische Angst tanzte in seinen Augen. Nur einmal, vor ungefähr zehn Jahren, war Dulnikker etwas Ähnliches zugestoßen, als man ihn leise aus dem Parteivorstand hinausgeschmissen hatte. Damals gründete Dulnikker sofort die Fraktion für Interne Säuberung, die er erst auflöste, als man ihn – in Panik – als Vorsitzenden wieder eingesetzt hatte. Aber damals war der Staatsmann um zehn Jahre jünger gewesen. „Das bedeutet nichts, Dulnikker", versuchte ihn der Sekretär zu beruhigen. „Bald kehren wir heim und kümmern uns darum. Es ist schon Schlimmeres passiert."

„Schlimmeres als das?" Dulnikkers Gesicht lief rot an, und was immer von seiner Kraft übrig geblieben war, sammelte sich in seiner Kehle. „Soll das das Schicksal eines Mannes sein, der seinerzeit die Partei aufbaute und heute mit sechsundsiebzig Jahren am Ende seines Lebens steht, an dem jeder Tag aktiv und schöpferisch war? Nennst du das ‚nichts', Zev, mein Freund, dass am Ende ausgerechnet Shimshon Groidiss auf meinen Platz gesetzt wird? Bedeutet das, meine Herren, Ihrer Meinung nach keine Provokation? Oder sind Sie vielleicht froh über meinen Sturz?"

„Schon gut, Dulnikker, schon gut", entschuldigte sich seine hilflose rechte Hand, „wir werden mit allen uns zur Verfügung stehenden Mitteln kämpfen!"

„Kämpfen?", flüsterte Dulnikker. „Ich, Amitz Dulnikker, werde mich so erniedrigen, dass ich diesem unreifen Niemand Shimshon Groidiss den Krieg erkläre?"

„Nein, Dulnikker, wirklich nicht." Zev blickte ängstlich auf die geschwollenen Adern. „Ein Kampf ist gar nicht nötig!"

„Großartig!", brüllte der Staatsmann. „Du erwartest also, dass ich mit gefalteten Händen dasitze, während mich die infernalischen Hooligans ruinieren, nur weil mein Sekretär zu schwach ist, um als Puffer zu handeln? Nein, mein Freund Zev, wenn du Angst hast, dann tritt beiseite. Aber ich bitte dich, versuche nicht, meinen Kampfgeist zu zerstören!"

Der Sekretär erkannte, dass er nicht imstande war, den Vulkan zu löschen. Daher hielt er den Mund.

„Aha! Jetzt also schweigen wir, meine Herren!" Die Wut des

Staatsmannes erreichte ihren Gipfel. „Es zahlt sich für uns nicht aus, unser Verhältnis zu Shimshon Groidiss wegen eines langweiligen Alten wie Dulnikker zu ruinieren, wie? Aber ich, mein Freund Zev, werde nicht davor zurückschrecken, diesen internationalen Skandal vor einen Untersuchungsausschuss zu bringen! Ich weiß, was hinter all dem steckt! Shimshon Groidiss rächt sich an mir, weil meine Stimme ihn vor dreizehn Jahren davon abhielt, wegen des Nationalfonds nach Australien geschickt zu werden. Und andererseits ist die Frau von Shimshon Groidiss mit Dahlia Groß befreundet, und Dahlia war seinerzeit die Schwägerin dieser Giftschlange Zvi Grinstein, der mich wie die Pest hasst, weil seine Ernennung zum Stellvertretenden Generalpostmeister nicht gebilligt wurde und er glaubt, ich hätte statt ihn Shimshon Groidiss unterstützt."

Dulnikker, die Stirnadern zum Platzen angeschwollen, begann im Zimmer auf und ab zu rasen.

„Zev", schrie er, „ich bin nicht bereit, auch nur einen Tag länger auf Gula zu warten! Ich werde mich unverzüglich mit dem Tnuva-Chauffeur in Verbindung setzen. Der Preis spielt keine Rolle. Wir fahren noch heute Abend!"

„Pscht!", flüsterte der Sekretär und blickte in bleicher Furcht zur Wand der Schuhflickerwerkstatt. „Mein Schwiegervater wird Sie hören, Dulnikker!"

„Soll er mich hören, das ist mir egal!", brüllte der Staatsmann. „Diesmal wird es dir nicht gelingen, mein Freund, meine Abreise aus diesem übel riechenden Loch zu verhindern! Heute Abend fahren wir!"

„Sch-sch-sch!", bat ihn sein treuer Gefolgsmann mit zischendem Geflüster. „Wenn Gurewitsch entdecken sollte, dass ich drauf und dran bin, mich aus dem Staub zu machen, wird er mich in den Hühnerstall einsperren, das verspreche ich Ihnen, Dulnikker."

„Das wäre fein", meinte der Staatsmann. Aber dann erbarmte er sich des entsetzten jungen Mannes. „Keine Angst, Genossen!", fügte er hinzu. „Selbst ich muss diskret handeln, weil ich vermute, dass sich Malka Gott behüte etwas antut, wenn sie meine Absicht vermutet. Sodass ich unseren Plan nur dem Chauffeur, dem ich vertraue, enthüllen werde."

ALLES VERLIEF planmäßig.

Dulnikker lag angezogen auf seinem Bett, zu handeln bereit, während alle möglichen Gedanken über „diese Ratte" Groidiss in seinem Gehirn nagten. Er war nichts als Verlangen, über nichtverzeichnete Landstraßen in der stockdunklen Nacht dahinzurasen, bis die angestrengten Pferde erschöpft vor dem Hauptgebäude der Partei zusammenbrachen und er, Dulnikker, mit Gewalt hinaufstürmen, in Zvi Grinsteins Büro platzen und brüllen würde:

„Was geht hier vor, Genossen?"

Zum Glück wurde Mischa bei diesem Ausbruch nicht wach. Dulnikker hielt einige Augenblicke den Atem an und wartete, dann glitt er vorsichtig von seinem Bett herunter und begann im schwachen Mondlicht leise seine Sachen zu packen. Das Öffnen der Schranktür dauerte wegen ihrer knarrenden Angeln eine Ewigkeit wie die Schöpfung selbst. Der Staatsmann kniete sich neben seinen größten Koffer und quetschte nur die nötigsten Sachen hinein, weil er beschlossen hatte, den Großteil seines Gepäcks im Dorf zu lassen, um seine Flucht nicht zu gefährden. Er riss eine Seite aus seinem Notizbuch, in das er in den vergangenen Tagen seiner Depression einen Vortrag über den „Soziologischen Stand primitiver Bevölkerungsteile in unserem Land" zu schreiben begonnen hatte. Er kratzte mit einem Bleistift und unter großer Anstrengung seiner Augen:

An
Herrn und Frau Elifas Hermanowitsch
Gasthof
Kimmelquell

Meine lieben Freunde! In den gestrigen späten Nachtstunden erhielt ich ein Telegramm mit dem Ersuchen, unverzüglich in mein Büro zurückzukehren, damit ich mich um eine bestimmte Angelegenheit von höchster Wichtigkeit kümmere. Es ist mir daher zu meinem großen Bedauern unmöglich, mich persönlich von Ihnen zu verabschieden. Ich möchte Ihnen beiden meinen tief empfundenen Dank für die angenehmen Ferien zum Ausdruck bringen, die ich in Ihrem Hotel im Dorf Kimmelquell genossen habe. Die Küche ist befriedigend, die Bedienung recht gut und die Landschaft herrlich. Ich empfehle Ihr Hotel jedem Interessenten.

Hochachtungsvoll
Ingenieur Dulnikker

Nachdem der dankbare Staatsmann seinen Abschiedsbrief in eine zur Veröffentlichung geeignete Fassung gebracht hatte, legte er eine große Geldsumme auf das Blatt. Als er seinen Brief nochmals durchgelesen hatte, strich er jedoch das Wort *Ingenieur* aus.

„Albern", murmelte er, „schließlich bin ich überhaupt kein Ingenieur."

Dulnikker trug einen alten grünen Pullover, dazu grüne Wollfäustlinge und Ohrenschützer, sowohl wegen der Winterkälte als auch aus persönlichen Überlegungen. Er drückte seinen Koffer zu, indem er sich mit seinem ganzen Gewicht auf ihn setzte. Die Schlösser klickten scharf zu, aber – dem Himmel sei Dank – der Polizist schlummerte weiter wie ein Bär im Winterschlaf. Die Situation war dennoch äußerst kritisch. Einerseits konnte er es nicht riskieren, die knarrende Holztreppe hinunterzusteigen, weil der Wirt und Malka im Nebenzimmer schliefen. Andererseits war jedoch sein Regenschirm dem zusätzlichen Gewicht des Koffers nicht gewachsen. Deshalb knüpfte der Staatsmann seinen Bademantel an sein sorgfältig zusammengedrehtes Bettlaken und fügte noch ein Handtuch hinzu, dessen anderes Ende er um den Griff des Koffers schlang. Dann trug er den ganzen Apparat auf den Balkon und senkte die Ladung sorgfältig in den Garten hinab, während ihn die ganze Zeit die Frage bekümmerte: Warum nur muss ich immer alles selbst machen?

Der vollgestopfte Koffer schwebte durch die Luft und stieß gelegentlich so laut an die Hauswand, dass Dulnikker sich schreckliche Szenen vorzustellen begann, in denen Malka in sein Zimmer gestürzt kam, sich ihm zu Füßen warf und laut kreischte:

„Gehen Sie nicht fort, Herr Dulnikker, gehen Sie nicht fort!"

Der Staatsmann begann vor Aufregung zu schwitzen. Zu alledem stellte sich heraus, dass er das behelfsmäßige Bademantel-

Bettlaken-Handtuch-Seil nicht wieder heraufziehen konnte, weil sonst auch der Koffer mit heraufgekommen wäre.

Dulnikker blickte auf die Uhr und stellte zitternd fest, dass ihm nur noch zehn Minuten bis Mitternacht blieben. Daher schuf er für seinen eigenen Bedarf ein zweites Seil aus allen Stoffgegenständen, die ihm in der Dunkelheit des Zimmers zur Hand kamen, einschließlich des Tischtuches, der Hose und des Unterhemds des Kuhhirten sowie seiner eigenen Krawatte, die er hastig vom Hals knüpfte und an dem Balkongitter befestigte. Dann kehrte Dulnikker auf einen Augenblick in das dunkle Zimmer zurück, um sich davon zu verabschieden, aber die kühle Luft draußen ließ ihn plötzlich laut niesen.

Mischa wachte auf und fragte undeutlich: „Was ist denn?"

„Mi-i-au", erwiderte der Staatsmann, öffnete seinen großen schwarzen Regenschirm und eilte über das neue Seil hinunter. Aber das Schicksal arbeitet zu solchen Zeiten mit einem unbegrenzten Budget an Hindernissen. Das Unterhemd des Kuhhirten zerriss mit einem lauten Knall, und Dulnikker landete neben seinem Koffer, halb verrückt von den nächtlichen Verwirrungen. Es war genau Mitternacht. Dulnikker stand auf, nahm sein Gepäck und fing zu laufen an. Er stolperte jedoch sofort und fiel flach aufs Gesicht, weil sich das noch immer an seinen Koffer geknüpfte Seil um einen Baum gewickelt hatte. Mit klappernden Zähnen versuchte der Staatsmann den Knoten um den Koffergriff aufzuknüpfen, aber er kam damit nicht weiter. Daher befreite er den Baum aus dem Griff des Seils und lief wie irr durch die Hecken auf die Straße hinaus …

„Schon weg?", fragte der Wirt seine Gattin, welche die Manöver des Ingenieurs durch das Fenster beobachtet hatte.

„Hoffentlich", erwiderte Malka und ging ins Bett zurück.

IN AMITZ DULNIKKERS sehr aktivem Leben nehmen jene paar hundert Schritte den Rang eines unvergesslichen Albtraums ein. Die wachsamen Dorfhunde begannen sich sofort für die lange Schleppe zu interessieren, die hinter der Gestalt dahinzog, und sie fielen mit wütendem Gebell über sie her, sodass Dulnikkers letzte Schritte vorwärts zu einem Tauziehen zwischen ihm und der Hundemeute wurden. Es ist sehr zu bezweifeln, ob die Hunde durch ein rein zahlenmäßiges Übergewicht den Staatsmann den Weg zurückgezogen hätten oder nicht, wäre sein loyaler Freund, der Chauffeur, nicht aus dem Schatten der Nacht aufgetaucht, um Dulnikker zu helfen, die einfältigen Tiere loszuwerden.

„Wo ist mein Krankenwärter?", fragte der Staatsmann am Rand eines körperlichen und geistigen Zusammenbruchs. Der Chauffeur brachte ihm die bittere Neuigkeit bei.

„Ich weiß nicht, wo Ihr Sekretär ist, mein Herr", erwiderte er. „Sollte er ebenfalls kommen?"

„Oh, Himmel", schrie Dulnikker, „man hat ihn entführt!" Die Hütte des Lagerhauswächters war wieder hell erleuchtet. Die Hunde stolzierten weiter um die beiden Männer herum, sprangen an ihnen hoch und bellten. Dulnikker sah auf seine Armbanduhr: 0.10 Uhr.

„Wir müssen fahren", flüsterte er heiser. „Ich habe alle Brücken hinter mir verbrannt. Ein Rückzug ist unmöglich."

„Fein. Ganz, wie Sie wünschen, mein Herr", erwiderte der Chauffeur. „Klettern Sie unter die Plane. Schnell. Ich werfe Ihnen den Koffer hinein."

Dulnikker trottete hinter den massigen Lastwagen und setzte einen Fuß auf die eiserne Sprosse des Wagens. Plötzlich verspürte er den starken Wunsch, einen letzten Blick auf Kimmelquell zu werfen. Es war seltsam, aber in diesem Augenblick empfand er überhaupt keine Abneigung gegen das Dorf. Gerade umgekehrt: Eine Art Wärme umhüllte Dulnikker, obwohl ihn von seiner Flucht über die finstere Landstraße alle Glieder schmerzten. Wenn das Dorf Beleuchtung hätte, wäre mir so etwas nie passiert, dachte der Staatsmann. Sobald ich heimkomme, schreibe ich Joskele Treibitsch eine Zeile, er soll ihnen Strom geben.

Dulnikker atmete tief auf und kletterte in den Hinterteil des Lastwagens.

„Entschuldigen Sie, Ingenieur", flüsterte ihm jemand ins Ohr, „es tut mir leid ..."

Dulnikker vernahm das Geräusch eines undeutlichen Schlags auf seinen Schädel, und alles wirbelte ihm im Kopf durcheinander.

Geheimberater

Dulnikker öffnete die Augen und entdeckte, dass er auf einem fremden Bett in einer kleinen, fensterlosen, kalten Kammer lag. Er bemerkte eine geschlossene Stahltür mit einem kleinen vergitterten Fenster ihm gegenüber und seinen verdrückten und mitgenommenen Koffer in einer Ecke des Raumes. Das Licht der Kerosinlampe tat seinen Augen weh, daher versuchte Dulnikker den Kopf zu wenden, aber ein scharfer, schrecklicher Schmerz schoss ihm durch den Schädel.

„Oj", flüsterte der Staatsmann, „wo bin ich?"

„Bei Freunden, Herr Ingenieur", erwiderte Salman Hassidoff mit warmer, sanfter Stimme, während seine Frau den nassen Verband auf der Stirn des geschwächten Mannes wechselte.

„Wie sind Sie hier hereingekommen … Herr Hassidoff?", murmelte Dulnikker in seiner Benommenheit. „Ich erinnere mich, dass ich in den Lastwagen stieg … und es scheint so, meine Herren … dass irgendjemand …"

„Ja, Herr Ingenieur, das war ich", verkündete der Barbier. „Ich schwöre, ich hatte schon Angst, dass ich Sie zu fest getroffen hätte. Aber schließlich, woher soll ich in solchen Sachen Erfahrungen haben?"

„Wa-a-as?", fragte der Staatsmann. Trotz seiner Schmerzen versuchte er sich aufzusetzen. Aber seine Wohltäter drückten ihn in die Kissen zurück.

„Bewegen Sie sich nicht so viel, Herr Ingenieur", beruhigte ihn Frau Hassidoff, „wir kümmern uns um alles."

„Ihre Gesundheit, Herr Ingenieur, ist uns sehr wichtig", betonte der Barbier. „Ich schwöre, es war kein Vergnügen, Sie auf den Kopf zu hauen, Herr Ingenieur, weil ich voller Flecken von meinem Kampf mit Gurewitsch bin. Bitte schauen Sie, Herr Ingenieur!"

Der Barbier krempelte seinen Ärmel hoch, um Dulnikker einen ansehnlichen schwarzblauen Fleck auf seinem Arm zu zeigen. Der Staatsmann starrte ihn fragend an, denn sein verwirrter Geist hatte die Bedeutung der jüngsten Entwicklungen noch nicht begriffen.

„Daher weiß ich, wie weh so ein Schlag tut", sagte Hassidoff nachdrücklich, als er die Decke auf den kalten Beinen des Staatsmannes zurechtrückte. „Also, warum ich Sie niedergeschlagen habe? Als mein Weib hörte, dass Sie wegfahren wollen, sagte sie zu mir: ‚Salman, lass den Herrn Ingenieur nicht gerade jetzt wegfahren, wo wir seine Hilfe brauchen!'"

Dulnikkers Blut stieg ihm schwindelerregend zu Kopf.

„Sie wollen sagen, meine Herren, dass Sie mich ermordet und hierhergeschleppt haben, nur um mich zu zwingen, Ihnen Ratschläge für den Wahlkampf zu geben?"

„Gewissermaßen ja", stammelte der Barbier und senkte den Blick, „aber glauben Sie mir, Herr Dulnikker, ich schätze Ihre Gesellschaft auch als Mensch. Wir dachten, da Ihr Krankenwärter noch immer im Dienst des hinkenden Schuhflickers steht, würden wir es wirklich schätzen, Herr Ingenieur, wenn …"

„Skandalös!", brüllte Dulnikker und versuchte, den Raum unverzüglich zu verlassen. Aber nach einem kurzen Kampf zerrte ihn das kräftigere Paar zu seinem Bett zurück. Der Staatsmann hatte rasendes Kopfweh, und er errötete, als er entdeckte, dass er mit nichts als seiner Unterhose bekleidet war.

„Jetzt verstehe ich!" Dulnikker atmete schwer in zitternder Wut. „Ich bin euer Gefangener!"

„Sie brauchen das nicht gleich so aufzufassen, Ingenieur", meinte der Barbier, der ebenfalls schwer atmete. „Sie sind nicht unser Gefangener, bloß unser Gast. Außer dass Sie diesen Raum nicht verlassen dürfen – um sicherzustellen, dass Sie niemand anderer missbraucht."

„Wirklich, es ist nur bis zu den Wahlen", flehte die tapfere Frau. „Herr Dulnikker, ich koche Ihnen die besten Gerichte. Ich tue alles für Sie", fügte sie hinzu und fuhr sich mit den Fingern durchs Haar, „ganz genau so, wie Malka es tat!"

„Sodom und Gomorrha!", stöhnte Dulnikker und begann plötzlich mit mächtiger Stimme zu kreischen: „Hilfe! Ich bin gefangen! Hilfe!"

Der Barbier und seine Frau schritten nicht ein. Sie traten zurück, als wollten sie, dass der teure Kranke nach seinem Unfall etwas Dampf abließe. Ja, Frau Hassidoff trat sogar neben das Bett und fächelte dem heulenden Dulnikker mit der Hand das Gesicht. „Es hat keinen Zweck zu schreien", bemerkte der Barbier, nachdem der Staatsmann vollkommen heiser geworden und zusammengebrochen war. „Sie befinden sich gegenwärtig, mein Freund, im innersten Vorratsraum meines neuen Kuhstalls. Nur die Kühe können Sie hören."

„Ich protestiere energisch", flüsterte Dulnikker. „Sie begehen einen ernsten Bruch des internationalen Rechts. Ich verlange, dass Sie mir unverzüglich meinen Krankenwärter bringen!"

„Das ist unmöglich, Ingenieur", antwortete Hassidoff, und sein Gesicht deutete aufkeimenden Zorn an. „Ihr Krankenwärter ist gestern Nacht wieder verschwunden."

„Gestern Nacht?" Dulnikker war verdutzt. „Das bedeutet, dass ich schon seit fast 36 Stunden hier liege?"

„Stimmt!", kläffte der Barbier. „Die Wahlen sind schon beinahe da, und Sie, Ingenieur, liegen hier wie ein Tonklumpen! Jetzt müssen wir aber wirklich schnell arbeiten."

„Ihr werdet aus mir keinen Deut – nicht einmal einen halben Deut herauskriegen, ihr Hooligans!", versicherte der Staatsmann. Er drehte sich zur Wand und vergrub sich tief in die Decken. Hassidoff und seine Frau warteten noch eine Weile, traten unruhig von einem Fuß auf den anderen und verließen dann böse den Raum.

„Er benimmt sich überhaupt nicht nett", erklärte Frau Hassidoff, als sie sorgfältig die Eisentür zusperrte. „Wenn die Sache so liegt, hat es sich wirklich nicht ausgezahlt, ihn so gut zu pflegen. Ihr Staatsmänner wisst nicht, was das Wort ‚Danke' heißt. Was soll ich ihm jetzt zu essen geben, Salman?"

„Nichts", erwiderte Salman düster.

DULNIKKER lag eine Weile ungestört auf seinem Bett, sein ganzes Wesen schlaff und blutend, bis es ihn anfing aufzuregen, dass die Zeit ohne sein Wissen verging. Die Lampe war aus Mangel an Brennstoff schon lange ausgegangen, und das schwache Licht, das durch das kleine Fenster sickerte, genügte nicht, dass der Staatsmann die Zeiger seiner Uhr sehen konnte. Zumal die Uhr spurlos verschwunden war.

Plötzlich spürte Dulnikker, dass sich sein Magen mit einem seltsamen Laut umdrehte, und als der Anfall heftiger wurde, sprang er zur Tür und begann sie mit den Fäusten zu bearbeiten. Nach einer Weile hörte er draußen Schritte, und das Licht einer Lampe näherte sich der Tür.

„Wozu werden Sie so wild, Ingenieur?", schrie ihn der Barbier an. „Sie zerbrechen mir die Tür, wenn Sie so weitermachen!"

„Ich will hinaus!"

„Das haben wir bereits besprochen."

„Dann geben Sie mir wenigstens zu essen!"

„Geben Sie mir Rat!"

„N-e-i-n!", keuchte Dulnikker und lehnte sich an die Wand, um nicht zusammenzubrechen. „Tot soll ich hier umfallen, aber ich werde Sie, Sie unverschämter Nichtsnutz, nie zu einem Bürgermeister de jure machen!"

„Schön, Dulnikker, wie Sie wünschen", erwiderte der Barbier. Bevor er ging, fügte er hinzu: „Wenn Sie das nächste Mal klopfen, sollten Sie sicher sein, dass Sie irgendwelche Ideen haben!"

Der Staatsmann brach zusammen, setzte sich auf den kalten Fußboden, schob jedoch sofort die Lippen vor und kurbelte seinen Mut an, entschlossen, seinem Gefängnis zu entfliehen, selbst wenn er es auch alles selbst machen musste. Daher zog er das schärfste Instrument aus seiner Tasche, das er besaß – seinen festen Taschenkamm –, und begann durch die Düsternis zu kriechen, tastete die Wände mit zitternden Händen überall ab und suchte schwache Stellen zwischen den Ziegeln, wie das in solchen Situationen üblich ist. Kurze Zeit darauf stolperten seine Finger über ein Loch in der Wand, und der fröstelnde Staatsmann begann mit seinem armseligen Instrument an der Stelle zu schaben. Es war noch keine Viertelstunde vergangen, als Dulnikker ohne Kamm und mit zersplitterten Fingernägeln dastand, während das Loch in der Wand nicht um Haaresbreite weiter geworden war – denn die Wand war aus Beton, wie sich der Staatsmann etwas später erinnerte.

Dulnikker taumelte ins Bett, entfernte seinen Verband und quetschte dessen schales Wasser auf seine herausgestreckte Zunge. Dann legte er sich zurück und krümmte sich auf den knarrenden Sprungfedern, als suchten ihn alle Leiden Hiobs heim. „Hier verfaule ich lebendigen Leibes auf meinem Sankt Helena, während Shimshon Groidiss auf meinem Thron sitzt", flüsterte der Staatsmann mit erstickter Stimme. Seinen vorwurfsvollen Blick himmelwärts richtend, fügte er hinzu: „Wofür bestrafen Sie mich, meine Herren – wofür?"

In seiner üblen Lage hoffte Dulnikker, dass sein Verschwinden einen Aufruhr im Dorf verursachen würde, der zu einer fieberhaften Suche und schließlich seiner Befreiung führen würde. Besonderes Vertrauen setzte er in seinen verlässlichen Freund, den Chauffeur, wenn ihm auch dessen Rolle bei seiner Entführung äußerst unklar war. In Wirklichkeit aber kümmerte sich kein Mensch um das plötzliche Verschwinden des Staatsmannes. Nur Mischa der Kuhhirte musste sich für das Geheimnis interessieren, erstens wegen seiner Stellung und zweitens wegen seiner zerrissenen Kleidungsstücke, die er an dem „Seil" befestigt fand, das an das Balkongitter geknüpft war. In seinem Bericht erwähnte der Polizeichef Dulnikkers offenen Regenschirm und brachte die Meinung zum Ausdruck, dass der Herr Ingenieur, der sich in letzter Zeit sehr sonderbar benommen habe, in einem höchst verwirrten Geisteszustand via Balkon hinuntergestiegen sei. Seiner Theorie zufolge habe der Ingenieur die Straße zu überqueren gesucht. Aber die in der Gegend verstreuten und das ganze Dorf entlang am Brombeergebüsch hängenden Kleidungsfetzchen bewiesen, dass er mit einem nicht identifizierten Riesen fürchterlich kämpfen musste, der ihn in die Wälder verschleppt habe, aus Gründen, die nur Riesen bekannt waren. Der Dorfrat wurde nicht einberufen, um das Verschwinden zu erörtern, weil Hassidoff Mischas Annahme bezüglich des Riesen akzeptierte, und er schloss den Fall ab.

Das Verschwinden des zweiten Vorsitzenden – des Krankenwärters – war vom Gesichtspunkt der Polizei aus noch mysteriöser, weil sich Zev genau in derselben geheimnisvollen Nacht, ohne die geringste Spur zu hinterlassen, in nichts aufgelöst hatte. Und von dem Tag an ward der bebrillte Jüngling von niemandem mehr gesehen.

Der Schuhflicker, dessen Pech es anscheinend wollte, dass er unter häufigen Familienschwierigkeiten zu leiden hatte, wurde nach dem Verschwinden seines Schwiegersohns in die Affäre seines Vaters verwickelt. Als der Alte merkte, dass sein Streik nicht die gewünschten Ergebnisse zeitigte, entschied er sich, weitreichende Schritte zu unternehmen. Er verständigte die Öffentlichkeit, dass er zum Bürgermeister gewählt zu werden wünsche, oder zumindest anstelle seines Erstgeborenen Zemach zu einem der Dorfräte. So schlang sich der ältere Gurewitsch seine Leier um den Hals, wandelte von Haus zu Haus und begleitete seine zitternde Stimme beim Vortrag vergessener Rosinesker Lieder mit seinem eigenen Geklimper. Die entzückten Bauern pflegten sich um ihn zu versammeln, der Alte macht eine Pause in seinem künstlerischen Programm und erklärte Folgendes:

„Ich verspreche keine Büros oder Kulturpaläste oder Brunnen. Nur eines: Reisen! Ausflüge! Es ist nicht gerecht, dass nur Dorfräte reisen dürfen! Wenn ich dort sitze – im Dorfrat –, werde ich zusehen, dass jedermann, besonders der für mich stimmt, zweimal im Jahr kostenlos ‚im Dienst des Dorfes‘ reisen darf, wohin er will."

Das setzte einen äußerst gefährlichen Präzedenzfall, weil hier das Beispiel eines Bürgers vorlag, der kein Mitglied des Provisorischen Dorfrats war und doch versuchte, sich in den Ständigen Rat einzuschleichen, eine Entwicklung, die unvorhergesehene Ereignisse zeitigen konnte. Daher intensivierten die Abgeordneten ihre eigene Wahlkampagne. Ofer Kisch für seinen Teil konzentrierte seine Tätigkeiten bei den elf Dreitürniks. Der Steueraufseher erschien an regnerischen Abenden in ihren Häusern und unterhielt die verarmten Leute mit Grotesktänzen und Tierimitationen – besonders mit dem Eselsgeschrei, in dem er sich so auszeichnete, dass wiederholt Zugaben verlangt wurden.

Am Ende des Programms pflegte Ofer Kisch den Dreitürniks zu sagen: „Meine lieben Freunde, ihr habt von mir zu viel in einer Zeit gelitten, die, wie ich hoffe, für euch zu Ende ist, um nie wiederzukehren. Daher helft mir, in den Rat wiedergewählt zu werden, und ich schwöre, ich werde meinem Mangel an Zurückhaltung ein Ende setzen."

Aber die Leute zog es nicht zum Schneider. Die meisten interessierten sich viel mehr für den „einfachen Plan" des Schuhflickers, der das Wesentliche seines Programms und seiner Perspektiven in wenigen Worten zusammenfasste:

„Wer für mich stimmt, erhält auf der Stelle zwei Tnuva-Pfund."

AMITZ DULNIKKER lag entkräftet und jenseits aller Hungerqualen auf seinem kärglichen Bettzeug. Sein Kopf war wunderbar klar, ein sicheres Zeichen, dass sein Ende nahte. Der Tag, den er soeben gefangen verbracht hatte, war eine erhabene Prüfung des menschlichen Willens gegen die Forderungen eines immer schwächer werdenden Körpers gewesen. Dulnikker ersann eine Vielzahl von Schikanen, um seinen eigenen Körper zu täuschen, aber sein erfolgreichster Plan, seinen Geist ständig zu beschäftigen, war natürlich der Gedanke daran, Shimshon Groidiss aus seiner Autobiografie auszumerzen.

Gegen Abend – seiner Zeitschätzung nach – war es zu einem ernsten Zusammenstoß zwischen ihm und seinen Gefängniswärtern gekommen. Der Vorfall begann, als Dulnikker die Eisentür heftig mit Fußtritten bearbeitete und nachdrücklich einen Vorrat an Kerosin für seine Lampe und eine seiner Stellung angemessene Hygiene verlangte. Das Gedonner an der Tür veranlasste die Hassidoffs, die Verhältnisse zu verbessern, und Dulnikker wurde vom Bürgermeister persönlich sowie einem anderen Kerl hinausgeleitet, von dem sich herausstellte, dass es der Schwager des Barbiers war – der Wächter des Gemeindeamtes. Die Barbiersfrau fegte das kleine Gemach aus und begleitete ihr Tun mit geräuschvollem Knurren. Der Teilsieg diente jedoch nur dazu, die persönlichen Forderungen des Staatsmannes zu erhöhen, und er weigerte sich, in „dieses Loch" zurückzukehren, solange man nicht für die Reinigung seines Anzuges sorgte, der in der Nacht der missglückten Flucht grässlich dreckig und fleckig geworden war. Frau Hassidoff wurde sehr böse über den Egoismus des Ingenieurs und machte ihm schwarz auf weiß klar, dass sie diese Lumpen sofort der Frau eines der Dreitürniks zum Waschen übergeben würde, denn sie – Salman und sie selbst – hätten es nicht übernommen, solche persönlichen Dienstleistungen zu verrichten.

Dulnikker bändigte nur mühsam seine Freude. Denn inzwischen war es ihm gelungen, eine kleine Notiz zu schreiben, die er in der Jackentasche verbarg:

Hilfe, ich liege in Ketten im Gefängnis im Kuhstall des Bürgermeisters. Entsprechender Finderlohn zugesichert. Ingenieur.

Nachdem Frau Hassidoff missmutig den Anzug mitgenommen hatte, streckte sich Dulnikker in seiner Unterwäsche auf dem Bett aus und versteckte den Kopf unter den Decken, damit man sein Gelächter nicht hörte. Und so wartete er voll Spannung und hoffnungsvoller Sehnsucht auf die Reaktion des „Finders". Gegen Mitternacht hörte er endlich draußen ein leises Rascheln und sah, wie ein Stück weißen Papiers langsam unter seiner Tür durchgeschoben wurde. Dulnikker glitt von seinem Bett, das Herz in der Kehle. Er unterdrückte ein unschuldiges Pfeifen, zündete seine Lampe an und verschlang gierig die Worte auf dem Papier.

Der Staatsmann wurde rot, und seine Adern drohten zu platzen; denn es war seine eigene Geheimnotiz. Und auf die Rückseite war Folgendes gekritzelt:

Morgen gibt es gebratenen Truthahn mit Essiggurken. Und viel Soße. Hassidoff.

In Wahrheit hatte das Schicksal Dulnikker absichtlich einen Streich gespielt. Denn seine Notiz war tatsächlich zu der Dreitürnik-Frau gelangt, der man befohlen hatte, den Anzug am nächsten Morgen anständig gereinigt zurückzubringen. Aber die Bäuerin beherrschte die Geheimnisse der Schrift nicht und hatte den Zettel ehrfürchtig der Bürgermeistersgattin zurückgegeben.

„Mein Mann sagt, es ist ein magisches Amulett", sagte die Dreitürnitza, „daher bringe ich es schnell zurück, Frau Bürgermeister."

Hassidoff hatte die Notiz in großem Zorn studiert, und Dulnikker las dessen Antwort sogar mit noch größerer Wut. In grenzenloser Verachtung brüllte er am Fenster:

„Diebe! Posträuber!"

Diese Nacht war unerträglich. Dem Staatsmann gelang es erst nach langer geistiger Verwirrung einzuschlafen, und plötzlich erschien ihm im Traum ein uralter Zwerg, ungefähr acht Zoll hoch, dessen langer Bart feuerrot war. Dulnikker kannte ihn von irgendwoher. Der winzige Uralte trug ein großes Tablett, und darauf lag ein gebratener Truthahn, der ein würziges Aroma aussandte. Auch weniger verführerische Düfte hätten einen Mann verrückt gemacht, der seit fast achtundvierzig Stunden nichts mehr gekostet hatte. Nicht nur, dass Shimshon Groidiss – denn der war der widerliche Gnom wirklich – das saftige Geflügel dem unglücklichen Träumer ständig unter die Nase hielt, sondern er zwinkerte auch noch mit den feurigen Augen, schwang eine gläserne Glocke und sagte:

„Seien Sie nicht töricht, Ingenieur Dulnikker! Geben Sie Hassidoff ein paar gute Ideen und machen Sie Schluss damit." Dulnikker wurde den Liliputaner Groidiss mit einem ohrenbetäubenden Aufkreischen los. Erstaunlicherweise hatte jedoch der Duft von Truthahn seine Nüstern nicht verlassen, als er früh am Morgen erwachte. Der Staatsmann erhob sich von seinem Bett, und dem anscheinend wirklich vorhandenen Duft bis zu seiner Quelle nachgehend, stieß er mit dem Kopf an die Tür. Der berühmte Staatsmann kniete nieder, drängte seine Nase in den schmalen Spalt zwischen Schwelle und Tür, und nach einer Weile wollüstigen Schnüffelns erhob er sich, erschüttert von der Entdeckung, dass das gebratene Tier direkt vor der Tür draußen lag.

In diesem Augenblick, nach einem lobenswerten Kampf innerer Titanen, gaben Fleisch und Blut Amitz Dulnikkers nach. „Es ist unmöglich, eine solche Gehirnwäsche zu überleben", versicherte der Staatsmann hilflos. Und er begann mit der Faust auf die Eisentür zu hämmern, die ihn von der Sehnsucht seines Lebens trennte.

„JA, DULNIKKER?", fragte der Barbier in dem freundlichen Ton, den alle Sieger anschlagen, „was kann ich für Sie tun?"

„Sie Hooligan, geben Sie mir diesen Vogel!"

Der Barbier hob die gigantische Portion des gebräunten Vogels – die Fettaugen wirbelten in dem dicken Saft – zur Höhe des Fensterchens, um dem Ingenieur zu zeigen, dass es ihm ernst war: „Zuerst geben Sie mir einen Rat, Dulnikker, weil ich vermute, dass Sie nach der Mahlzeit den Appetit verlieren, mir zu helfen."

„Ungeheuer!", stöhnte der Staatsmann, und seine Augen fielen ihm fast aus dem Kopf und auf das Tablett. „Wer garantiert mir, dass Sie mir das Fleisch geben, nachdem ich Ihnen meinen Rat gegeben habe?"

Hassidoff überlegte und beugte sich der Logik der staatsmännischen Behauptung.

„Schön, Dulnikker", sagte er zu ihm, „machen wir es Zug um Zug." Dabei riss er einen saftigen Truthahnflügel los, reichte ihn durch das Fenster und fügte hinzu: „Dafür will ich, sagen wir, ein gutes Schlagwort für die Wände zum Draufschreiben haben."

Dulnikker riss seinem Gefangenenwärter den triefenden Flügel aus der Hand und verschlang ihn blitzartig. Eine solche innere Genugtuung hatte der Staatsmann nicht einmal – 1949 empfunden, als er nach der Veröffentlichung des zweiten Bandes seiner Leitartikel den Literaturpreis von Jerusalem erhalten hatte. Nachdem er seine Schlemmerei beendet hatte, drehte er sich um und fragte den Barbier scharf:

„Vielleicht geben Sie mir meine Uhr zurück, Freund?"

„Erst nach den Wahlen, meine Herren", erwiderte der Barbier. „Früher brauchen Sie sie nicht, Dulnikker."

„Mehr", krächzte der Staatsmann und erhielt eine weitere, diesmal winzige Truthahnportion, begleitet von dem energischen Ersuchen, er möge endlich seine Meinung über das für die Wände benötigte Schlagwort äußern.

„Wie lautet das Schlagwort des Schuhflickers?", erkundigte sich Dulnikker und fügte hinzu: „Übrigens, wo sind die Essiggurken?"

Der Barbier reichte ihm eine riesige, frische Essiggurke, die so saftig war, dass Dulnikker fast betrunken wurde. „Dieser hinkende Schuhflicker hat auf jedes Haus im Dorf geschrieben: DER SCHUSTER LIEBT DAS DORF – DAS DORF LIEBT DEN SCHUSTER, was ein wunderschönes Schlagwort ist. Und außerdem malt er die Worte in grüner Farbe mithilfe einer Art Schablone, die man einfach an die Wand hält und mit dem Pinsel drüberstreicht! Ich hätte nie gedacht, dass Gurewitsch das Hirn für so was hat."

Dulnikker zermalmte mit geschlossenen Augen konzentriert und unermüdlich seine Essiggurke. Dank der verbesserten Ernährungslage und seiner zunehmend guten Laune wurde der Staatsmann bald wieder „Dulnikker, das Elektronenhirn" – wie ihn die Untergebenen seiner Abteilung – selbst ins Gesicht – zu nennen pflegten.

„Wie klingt euch das, Genossen: Der Schuster liebt das Dorf – das Dorf liebt den Barbier!"

Mit strahlendem Gesicht reichte Salman Hassidoff dem Staatsmann den ganzen übrigen Truthahn.

„Blendend!", rief er entzückt. „Ich sagte Ihnen ja, Herr Ingenieur, es gelingt Ihnen! Sehr gut. Da gibt's nur ein kleines Problem, Genossen." Der Barbier wurde plötzlich feierlich. „Ich brächte unter keinen Umständen je eine solche Schablone zustande. Vielleicht versuchen Sie's, Dulnikker?"

„Ich bin ein absoluter Ignorant, wenn es auf Handwerk ankommt", entschuldigte sich der Staatsmann. „Solche physischen Aufgaben pflegte ich immer meinem unglückseligen Krankenwärter aufzuerlegen. Aber ich glaube, ihr braucht für diese Aufgabe ohnehin keine Schablone, Genossen. Alles was ihr zu tun habt, ist, nur das letzte Wort von Herrn Gurewitschs Schlagwort zu ändern und ‚Schust' durch ‚Barbi' zu ersetzen. Das erfordert nur ein bisschen Tünche und etwas Farbe."

„Eine Sekunde", rief Hassidoff und schrie hinaus: „Weib! Eine Extraportion Kartoffeln und Linsen für den Herrn Ingenieur!"

„Auch ein paar Knödel, wenn's gefällig ist", sagte der Staatsmann. Nachdem sich Dulnikker an dem großen dicken Vogel gelabt hatte, begann er sich dem Barbier gegenüber dankbar zu fühlen, obwohl er unfähig war, sich das vernunftmäßig zu erklären. „Warum steht ihr?", fragte Dulnikker den Bürgermeister. „Warum setzt ihr euch nicht, Genossen?"

Beide setzten sich auf den Bettrand.

„Meine Herren, ich bin bereit, Ihnen die Siegeskrone zu überreichen", verkündete Dulnikker, als er die schmackhafte Beilage mit wachsender Gier verschlang, „aber dafür verlange ich eine erstklassige *cuisine*!"

Frau Hassidoff servierte dem Staatsmann eine Schüssel mit heißen Knödeln, Pflaumenkuchen, ein Pfund Äpfel, ein Päckchen Zigaretten und schwarzen Kaffee und dann – noch eine Scheibe Fleisch, einen Zwiebelrostbraten und eine Gemüse-Nudelsuppe, belegte Brote und eine Flasche Südwein. Als ihr ausführliches Gespräch beendet war, taumelte Salman Hassidoff hinaus, versperrte die Tür besonders sorgfältig und trompetete seiner erschöpften Gattin zu:

„Der Herr Ingenieur ist ein liebenswürdiges Genie. Er hat mir eine derartige Geheimwaffe geschenkt, dass ich sie nicht einmal dir erzählen kann."

Gleich an jenem Freitagabend stahlen sich der Barbier und sein Bürowächter wie zwei Geister auf Seitenwegen durch das Dorf. Die beiden bedeckten die Buchstaben SCHUST in der feindlichen Aufschrift mit frischer Tünche, und auf ihrer zweiten Runde malten sie auf das weiße Viereck in der gleichen Grünschattierung – BARBI. In der Morgendämmerung stand die Wahl unter umgekehrten Vorzeichen: Der Schuhflicker war noch immer für das Dorf, aber das Dorf war jetzt für den Barbier.

Da das ganze Unternehmen freitagnachts stattgefunden hatte, ergoss Ja'akov Sfaradi seine Wut über die Sabbatschänder wie ein Sandsturm in der Wüste Sinai.

„Ein Mensch, der am Vorabend des Sabbat auf jüdische Wände schreibt, kann nicht Bürgermeister in einem jüdischen Dorf sein", wetterte der Schächter gegen den öffentlichen Sünder. „Durch diese abscheuliche Tat hat sich der Bürgermeister de facto aus der Alljudenschaft ausgeschlossen. Daher erkläre ich, Ja'akov Sfaradi ben Schlesinger, kraft der mir vom Hauptrabbinat übertragenen Autorität Salman Hassidoff für exkommuniziert! Wer immer von heute ab mit ihm irgendwie in Kontakt tritt, mit ihm spricht oder für ihn stimmt, wird ebenfalls exkommuniziert und geht seiner Rechte an den Diensten meines Vorhofs, einschließlich Beschneidung und Heirat, verlustig. Der Schächter hat gesprochen."

Kein Wunder also, dass Dulnikker sonntagmorgens bei dem Geruch einer frisch gebackenen Erdbeertorte mit hoch aufgehäuftem Schlagrahm erwachte, die der exkommunizierte Bürgermeister zit-

ternd durch das Fenster schob. Dulnikker ging daran, das Torten-
kunstwerk mit Riesenbissen zu demolieren, während der entsetzte
Barbier ihm erzählte, was durchgesickert war.

„Jetzt, vor den Wahlen, exkommuniziert zu werden!", jammerte
das Opfer der Schikane. „Das ist wirklich eine Katastrophe! Was
können wir dagegen tun, lieber Ingenieur?"

„Aber das ist doch einfach", versicherte Dulnikker. „Ihr werdet
den Schächter eurerseits exkommunizieren, Genossen!"

So geschah es, dass über dem Spiegel bald eine Aufschrift hing,
die lautete:

Ich, Salman Hassidoff, exkommuniziere hiermit den Schächter, kraft
des Barbierdiploms, das mir vom Prüfungsausschuss verliehen wurde.
Er verliert somit sein Recht, sich der Vorteile meines Barbierens zu
erfreuen, und ich hebe auch sein Recht auf, mit einem Quorum in
meinem Geschäft zu beten, als Strafe. Jeder Bürger, der es wagt, sich
mit ihm zu befreunden, wird von mir nicht mehr rasiert. Das schließt
auch Haareschneiden ein. Und als Bürgermeister werde ich ein Auge
auf ihn haben. Der Barbier hat gesprochen.

Natürlich nützte dieser interne Streit niemandem außer Gurewitsch. Der Schuhflicker wurde von Tag zu Tag aktiver, und seine
Projekte zeugten von einem erschreckenden ideologischen Fortschritt.

„Herr Ingenieur, jetzt haben sie uns in der Klemme", beklagte sich
der Barbier, als er den Staatsmann in seiner Zelle rasierte. „Letzte
Nacht pfuschte der hinkende Schuhflicker an der Schlagzeile herum: ,Der Schuster liebt das Dorf – das Dorf liebt den Barbier.'
Er änderte nur vier Buchstaben, und jetzt lautet die Aufschrift:
,Der Schuster liebt das Dorf – das Dorf hasst den Barbier!' Jetzt
werde ich den Barbier zum Schuster zurückmalen müssen, obwohl
ich mich kaum mehr auf den Beinen halten kann, und mein Magen
ist nicht in Ordnung. Eine entsetzliche Situation …"

Gott sei Dank, Zev lebt. Dulnikker empfand eine ungeheure Erleichterung und dachte heiter, und außerdem ist er im Schoß seiner Familie.

Die Mitglieder des Provisorischen Dorfrats waren gezwungen, wieder zu einer formellen Sitzung zusammenzutreten. Ofer Kisch hatte dabei eine Hand im Spiel, denn er leistete den wahrhaft bemerkenswerten Beitrag, dass er die vier Großen dazu überredete, ihre Unstimmigkeiten beiseitezuschieben und sich an einen Tisch zu setzen. Der Abgrund zwischen den Dorfhäuptlingen war jedoch unüberbrückbar, und sie setzten sich mit bösen Gesichtern so weit wie möglich voneinander entfernt nieder. Malka hatte in dem Versuch, die Atmosphäre aufzutauen, Tee und Kekse vorbereitet. Der unermüdliche Schneider half ihr den Imbiss servieren, aber es gelang ihnen nicht, das Eis des Hasses zu brechen, das in der Ratskammer immer dicker wurde.

„Also kommen Sie zur Sache, meine Herren", sagte der Schuhflicker schließlich. „Ich habe nicht den ganzen Tag Zeit. Was gibt's?"

„Wir müssen entscheiden, wie die Wahl abgehalten werden soll", erwiderte der Wirt unter ungeheuerlichem Blinzeln, und alle verfielen in verwirrtes Schweigen, weil gerade dieser Punkt den Verstand der Abgeordneten überstieg. Sie begannen alle darüber zu brüten. Dem Barbier tat es allmählich sehr leid, dass er den Ingenieur nicht in seiner Hosentasche hatte mitnehmen können.

„Ja", erwiderte der Schuhflicker, „das ist eine Grundsatzfrage. Jedenfalls müssen wir eine geheime Wahl abhalten."

„Gut", bemerkte Elifas. „Aber wie, um Himmels willen?"

„Sehr einfach", erklärte der Schuhflicker. „Ich werde dort zwischen den vier armseligen Säulen Hassidoffs am Tisch sitzen, und die Leute werden neben mich treten und mir – ganz geheim – ins Ohr flüstern, für wen sie stimmen. Ich werde in einem Notizbuch eine Aufstellung machen, und am Ende addieren wir die Spalten."

„Einfach wunderbar", donnerte der Schächter, „und warum sollen ausgerechnet Sie, Gurewitsch, derjenige sein, der die Liste führt, wenn ich fragen darf?"

„Das gehört zu der Geheimhaltung", murmelte der Schuhflicker. Der Barbier schaltete sich mit der Meinung ein, dass diese Regelung Missverständnisse zulassen könnte.

„Ich habe einen viel demokratischeren Vorschlag, Genossen", kündigte Hassidoff an. „Wir leihen uns eine Sammelbüchse von

Majdud und Hajdud und stellen sie zwischen die Säulen. Jeder Stimmberechtigte, der nicht will, dass ich Bürgermeister bleibe, wird eine Halbpfundmünze in die Büchse werfen."

„Das ist kindisch", meinte der Schächter. „Vor allem muss man herausfinden, ob jeder Stimmberechtigte fromm ist oder nicht. Daher schlage ich vor, jeden Wähler zu verpflichten, die Hand auf einen Psalter zu legen und zu erklären: Ich stimme für den Schächter. Oder er kann das Gegenteil erklären: Ich bin ein Atheist."

„Kommt überhaupt nicht infrage", disqualifizierte Elifas Hermanowitsch die Idee und stieß wütend mit dem Fuß nach einer der Katzen, die zu seinen Füßen spielten. Alle Repräsentanten sahen klar, dass sie in eine Sackgasse geraten waren. Salman Hassidoff schob seinen Ärmel langsam hoch, blickte auf seine goldene Uhr und sagte:

„Es ist bereits 6.30 Uhr. Wir sollten lieber etwas tun, meine Herren."

Der Barbier hatte sich lange auf diesen glorreichen Augenblick gefreut. Aber er wurde bitter enttäuscht. Der hinkende Schuster schob ebenfalls seinen Ärmel hoch:

„Ich habe erst 6.20 Uhr", sagte er sachlich. Aber auch ihm war eine Überraschung bestimmt. Der winzige Schneider warf einen schnellen Blick auf die Armbanduhr, deren Blassgold an seinem linken Handgelenk schimmerte:

„Ich habe genau fünfundzwanzig vor sieben, Sommerzeit", erklärte er und fügte hinzu, „vielleicht sollten wir den Tee trinken, Genossen, bevor er kalt wird?"

Die Repräsentanten rührten geistesabwesend in ihrem Tee herum und hoben die hübschen Porzellantassen an die Lippen. Aber da ging etwas Seltsames vor. Salman Hassidoff, dem der Tierarzt winzige rote Pillen gegen seine Magenzustände gegeben hatte, warf zwei von ihnen in seine Tasse, und siehe – der Tee begann zu schäumen, wurde grün und verbreitete einen scharfen Geruch …

„Meine Herren!", schrie der Bürgermeister de facto entsetzt. „Was geht hier vor?"

Die verblüfften Räte sahen ihn an, aber bei dem Klappern zerbrochenen Porzellans wandten sie die Köpfe nach Ofer Kisch um, dessen Tasse ihm aus der Hand geglitten und auf dem Boden zerschellt war. Der Schneider bückte sich, um die Scherben aufzuheben, und sah die zornige Malka an.

„Das ist ja fein!", rief die Gastgeberin aus. „Und das von meinem neuen Service!" Dann wandte sich Malka an Hassidoff. „Beruhigen Sie sich und trinken Sie aus, Herr Hassidoff, es ist der gleiche Tee, den ich täglich mache. Bestimmt ist etwas mit Ihren Pillen nicht in Ordnung."

„Halt!", kreischte Frau Hassidoff. „Die Katze!"

Alle drehten sich um und sahen eine der Katzen an, die soeben den verschütteten Tee fertig aufgeschleckt hatte und sich jetzt in schrecklichen Schmerzen auf dem Boden krümmte. Die Abgeordneten stellten langsam ihre Teetassen hin und starrten in dumpfem Schweigen das unglückselige Tier an, das nach wenigen Augenblicken vor ihren Augen verendete.

Kurze Zeit waren die Anwesenden sprachlos. Die Dorfräte atmeten schwer und wischten sich bedrückten Herzens die Schweißperlen von der Stirn, während die Frauen vor Entsetzen zu Salzsäulen erstarrten.

„War die Katze krank?", erkundigte sich Ofer Kisch mit bleichem Gesicht, während er sich mit zitternden Lippen in eine Ecke drückte. Als Antwort auf seine Frage hinkte der vierschrötige Zemach Gurewitsch auf ihn zu und hob den kleinen Kerl am Genick hoch.

„Höre, Kisch", flüsterte der Schuhflicker, gefährlich und gepresst, „was war drin?"

„Wie soll ich das wissen?" Der Schneider zitterte am ganzen Körper und schluckte seinen Speichel.

„Was hast du in den Tee gegeben?"

„Verzeih mir, Gurewitsch …"

Die riesige Hand des Schuhflickers packte den Schneider fester, der wie ein gefangenes Tier zappelte und stöhnte. Die Spannung war unerträglich. Die Barbiersfrau brach laut in Tränen aus und fiel in ihrem Stuhl zusammen. Zemach Gurewitsch zerrte das Fragment von Mann zum Tisch und hielt Ofer Kisch eine volle Tasse an die Lippen:

„Trink!", brüllte er und schüttelte den Schneider auf und nieder. „Trink, du Bastard!"

Der schlotterte und schaukelte in den Händen des Schuhflickers vor und zurück wie eine leblose Wachspuppe.

„Was war drin?"

„Rattengift …"

„Woher hast du's gehabt?"

„Vom Tierarzt."

„Du Hooligan!", donnerte der Schuhflicker ihn an und ließ ihn zu Boden fallen. „Hältst du uns für Ratten?"

Ofer Kisch erhob sich auf die Knie und breitete die Handflächen gegen seine Richter aus.

„Barmherzigkeit! Juden, habt Mitleid!", flüsterte er so weinerlich und heiser, dass es seinen Zuhörern schwerfiel, sein gestammeltes Flehen zu verstehen. „Glaubt mir, dem Sünder, dass ich nicht euch persönlich gemeint habe … Habt Mitleid, meine Herren! Ich bin ein armer Bettler, ein geborener Taugenichts, der in seinem ganzen Leben nie etwas erreicht hat. Ich besitze nichts, kein Heim, ich war immer hungrig, bis erst der Dorfrat eine kleine Änderung in meinem Leben zum Guten brachte. Aber stellt euch vor, meine Herren: Ich hatte das Gefühl, dass ich bestimmt nicht wieder in den neuen Rat gewählt und geradewegs in die grässliche Armut zurückfallen werde … Und dieser Sturz wäre schrecklich gewesen, Genossen. Kein Mensch will hinuntersinken, jeder will emporsteigen zu glorreichen himmlischen Höhen. Jeder will in seiner kurzen Lebensspanne etwas Erfolg haben: Menschlicher Ehrgeiz und goldene Träume … Wenn es daher ein Verbrechen ist, Genossen, zu streben, irgendeine öffentliche Stellung zu ersehnen, dann bin ich wirklich ein Verbrecher … Ich weiß, dass es nicht nett war, was ich getan habe, ich entschuldige mich dafür, ich glaube auch, dass es nicht ganz richtig war, aber, meine Freunde versucht, mich zu verstehen: Ich wollte so schrecklich gern Bürgermeister werden … Das war mein Traum schon seit meiner schweren Kindheit: Bürgermeister sein! Nicht lange, nur ein paar Monate, ein halbes Jahr, sagen wir ein Jahr, zu spüren, dass ich jemand bin. Jetzt bin ich überzeugt, dass ihr mich alle hasst, Genossen, und ich bin euch deswegen nicht böse, weil ich weiß, dass ihr, die Starken, Erfolgreichen, die Lage des armen, rückständigen Burschen nie verstehen werdet, der nie Glück hat und Gegenstand des Gelächters für jedermann ist … weil er … schwach und klein ist …"

„Jetzt nimm's nicht so schwer … Es ist nicht so schlimm", murmelte Elifas, als er sich die feuchten Augen wischte, „es wird alles gut werden, Ofer. Du wirst sehen, es wird alles gut."

„Danke, Genossen, ich danke euch sehr", antwortete der Schneider bewegt. „Ihr seid alle wirklich wie gute Freunde zu mir. Glaubt mir, das tut mir mehr weh als euch … Ich hatte wirklich nicht geglaubt, dass eine solche Tragödie passieren würde. Das arme Kätzchen – ich will es bezahlen …"

„Macht nichts", stöhnte Elifas, „es sind noch eine Menge Katzen im Haus übrig."

In diesem Augenblick erhob sich Zemach Gurewitsch – dem es plötzlich zu viel wurde, dieses „Ofer-tut-einem-leid" –, packte den unglücklichen Bettelarmen, schleppte ihn zur Tür und beförderte ihn mit einem kräftigen Fußtritt in den Hintern hinaus.

„Hat man schon je einmal so etwas gehört", murmelte der Schuhflicker. „Schön, ein Kerl erklärt seinem Feind den Krieg, aber doch nicht dem ganzen Dorfrat? Ich schwöre, der Tee war schon an meinem Mund, und in der nächsten Sekunde hätte ich ihn getrunken, wenn Hassidoff nicht das Gift entdeckt hätte."

Wirklich ein Glück, grübelte der Barbier und starrte in die Luft.

Als Dulnikker das sich nähernde Aroma von gebratener Gans roch, wusste er, dass ernste Angelegenheiten zur Diskussion standen. Der Barbier kam herein und stellte das Tablett bedingungslos vor dem Staatsmann nieder – eine Tatsache, die einigermaßen das innere Einvernehmen illustrierte, das sich zwischen den beiden Männern in den letzten Tagen entwickelt hatte.

„*Bon appetit*, Genossen", bemerkte Hassidoff und fügte hinzu: „Ich weiß nicht, ob Sie sich erinnern, Herr Ingenieur, aber kurz bevor Sie unser Gast geworden sind, versprachen Sie mir, mich reden zu lehren."

Der Staatsmann schluckte monumentale Bissen von dem Gänsebein, das er in der Hand hielt, weil er schon lange von dem Gebrauch von Essgeräten abgekommen war. In seinen gegenwärtigen Umständen – hatte er geschlossen – war Besteck einfach überflüssig. Dulnikker stand zudem unter dem Einfluss des süßen Weines, den er seit Neuestem zu trinken begonnen hatte, und er schwelgte in den wohltätigen Gefilden des Alkohols, in deren Macht es stand, ihn von den Problemen der Gegenwart zu befreien, ob es nun die Fesseln waren, die ihn im Augenblick festhielten, oder Shimshon Groidiss.

„Ihr braucht nicht Rhetorik zu studieren, Genossen", versicherte ihm der Staatsmann gönnerhaft mit vollem Mund. „Euer Reden hat befriedigendes Niveau."

„Vielleicht versteh ich mit gewöhnlichen Bauern auszukommen, aber was ich meine, ist die Fähigkeit, stundenlang zu reden und so, dass die Leute nicht genau verstehen, worüber ich rede. Ich will reden können wie Sie, Herr Ingenieur."

„Oj, oj, Salman, mein Freund", kicherte Dulnikker und rieb sich die Nase. „Das verlangt nicht nur Begabung, Genossen, sondern auch eine ungeheure Übung. Was mich betrifft, so habe ich schon im Alter von sechs Jahren, als ich ein kleiner Engel war, eine derartige Festrede zum Ende des Schuljahrs gehalten, dass an jenem Abend die Eltern erschrocken und in Scharen herbeikamen, um herauszufinden, was ihren Sprösslingen zugestoßen war. Übrigens, zu welcher Gelegenheit plantet ihr zu sprechen, Genossen?"

„Nur eine Versammlung von Farmern."

Wieder verspürte Amitz Dulnikker jene süße, sinnliche Schwindligkeit seinen Körper wie Rauschgift durchdringen. Die großen Schwierigkeiten, die er in den letzten Wochen erlitten hatte, ließen ihn vorübergehend die Tatsache vergessen, dass er seit mehr als einer Woche keinen nennenswerten Vortrag mehr gehalten hatte. Jetzt eben, dank der Bitte des Barbiers, durchbrach sein innerer Stausee die Dämme mit ohrenbetäubendem Getöse. Der Staatsmann sprang auf, und mit dem fast abgenagten Gänsebein in der Hand wie dem Taktstock eines Dirigenten, begann er eine Festrede, die unter Hochdruck aus seiner Kehle aufschäumte. „Bürger von Kimmelquell, meine Damen und Herren, Altansässige und Neueinwanderer! Verzeiht mir, dass ich einige Minuten eurer Zeit in Anspruch nehme, aber nachdem ich von beiden Stimmenthaltungen gehört habe, die sich von einer absoluten Perspektive aus mit dem Problem beschäftigen, möchte ich in den wenigen mir zugestandenen Minuten trotz unserer Meinungsverschiedenheiten an diese lebenswichtige Angelegenheit erinnern und es absolut klarmachen, ohne auch nur etwas auszulassen oder hinzuzufügen, und zwar in einem dem Gegenstand angemessenen Maßstab, in einer Art und Weise, die unserer Weltanschauung gegenüber loyal ist, mit einem klaren Bewusstsein aller Hindernisse und der Bedürfnisse der Öffentlichkeit und des Einzelnen ..."

Die Reste der gebratenen Gans waren kalt geworden, und der Schatten des Zeigers der Sonnenuhr hatte sich um zwei Ziffern weiterbewegt, als Amitz Dulnikker seinen letzten Herzanfall in Kimmelquell erlitt. Salman Hassidoff hatte offenen Mundes den dahinrauschenden Worten gelauscht, unaussprechlich beeindruckt, als hätte ein Magier einen alles menschliche Fassungsvermögen übersteigenden Zauber ausgeübt. Und gerade das war die Kunst, die er von dem großen Redner lernen wollte. Diese göttliche Macht, unbegrenzt von Zeit und Raum zu sprechen, jeder Satz ein Satz und jedes Wort an seiner richtigen Stelle, und dennoch ohne einen einzigen wesentlichen Begriff auszudrücken – wie ein unendlicher Aal, der sich ewig dahinwindet.

Als Dulnikker zu stammeln und zu stöhnen begann, stürzte der Barbier auf ihn zu und streckte ihn sehr besorgt auf dem Bett aus; außerdem fächelte er kühle, erfrischende Luft über das rote Gesicht des Staatsmannes. Selbst Hassidoff war von der gigantischen, vollkommenen Rede bis zum Zusammenbruch ermüdet, aber er schonte sich nicht und kümmerte sich mit seiner Frau bis zum Einbruch der Nacht um den Ingenieur. „Herr Ingenieur", bat die brave Frau etwas besorgt, „Sie sollten so etwas nicht vor den Wahlen tun. Salman will noch immer, dass Sie ihn sprechen lehren."

„Nun, Sie haben mich gehört, mein Freund", flüsterte Dulnikker mit einem schwachen Lächeln, „jetzt ahmen Sie das einfach nach."

„Das kann ich nicht", protestierte Salman, „wenn ich so zu reden anfange, egal wie sehr ich mich auch bemühe, was ich sage, ist immer klar wie die Sonne. Haben Sie nicht irgendetwas Schriftliches bereit?"

„Was meinen Sie – bereit?"

„Eine solche Rede, geschrieben oder gedruckt. Es macht nichts, wenn es kurz ist, ich kann ja immer wieder von vorn anfangen …"

Dulnikker versuchte, sich nicht aufzuregen, weil er sich das wirklich nicht leisten konnte, aber die hartnäckigen Forderungen des Barbiers zerrten an seinen Nerven. Nach einiger Suche zog der Staatsmann ein zerknittertes Blatt der Parteizeitung aus seinem Koffer (Groidiss!). Dulnikker erinnerte sich, dass es auf der betreffenden Seite des Blattes etwas gegeben hatte, das dem Barbier entsprechen würde.

„Lesen Sie der Menge den Leitartikel vor."

„Was ist ein Leitartikel?", fragte Frau Hassidoff.

„Eine Rede für Anfänger", vereinfachte es ihr Dulnikker. Ermüdet fügte er hinzu: „Ihr solltet es mehrmals wiederholen, bis ihr es ganz parat habt, Genossen. Jetzt lasst mich ruhen."

DIE VERSAMMLUNG fand auf dem Baugrund des vorgeschlagenen Salman-Moses-Kulturpalastes statt. Die Bauern bearbeiteten ihre Felder gerade nicht, sowohl wegen der schweren Regenfälle, die der Winter gebracht hatte, als auch aus anderen Gründen. Daher hatten sie frei, umso an öffentlichen Vergnügungen wie Versammlungen teilzunehmen. Der Himmel neigte diesmal nicht dazu, gemeinsame Sache mit dem Schächter zu machen, und in völliger Missachtung von Sfaradis Bannspruch der Exkommunizierung segnete der gütige Herr die Versammlung des Barbiers mit freundlichem Wetter.

Aus den Reihen der Versammelten ragten gewisse feindliche Schuhflickernikgesichter hervor, Gurewitsch selbst tauchte in letzter Minute persönlich auf und stand – von seinen Anhängern umgeben – in ominösem Schweigen am Rande des Feldes. Ehrlich gesagt hatte der Schuhflicker alles Recht, zu kommen, weil Hassidoff ganz plötzlich gerissen wurde und den Dorfbewohnern nicht enthüllte, dass dies seine eigene, höchstpersönliche Versammlung war. Er verbarg sich hinter dem schwungvollen Schlagwort:

„Eine Versammlung für Anhänger der Rechtschaffenheit – mit Überraschungen!"

Diesmal führte nicht der Wirt den Vorsitz, weil Hassidoffs Magen sich jedes Mal noch immer leicht drehte, wenn er sich an die Feier der Friseurgeschäftsjahresfeier erinnerte. Die Eröffnungsansprache hielt der kommunale Gemeindeamtswächter, ebenfalls ein wichtiger Dorfbewohner.

„Meine Herren", lautete die einfache Eröffnung des stämmigen Bauern oben auf dem hohen Podium. „Ich sehe, ihr seid allesamt hier, um zu hören, was uns Salman, dieser ungeheuerliche Ingenieur, einhämmern will. Lassen wir also Salman reden. Für mich ist das schwer."

Daraufhin setzte sich der Wächter ruhig zurecht, und der Barbier erhob sich kampfbereit. Es waren nur noch wenige Tage bis zu den Wahlen, und Hassidoff erkannte die vor ihm liegende Herausforderung. Er legte das Zeitungsblatt vor sich auf den Tisch, zog trotz des kühlen Wetters die Jacke aus und krempelte die Ärmel bis zu den Schultern hoch. Dann streckte er die Hand aus, drückte dreimal auf die Tischglocke und brüllte in die allgemeine Stille: „Leitartikel!"

Eine Bewegung der Überraschung und Genugtuung ging durch die Zuhörer. Die unverständliche Eröffnung versprach, dass da Großes kommen würde. Und Hassidoff hielt dieses Versprechen:

„Wenn wir nach Beendigung unseres ersten Fiskaljahres der Unabhängigkeit den Weg, den wir zurückgelegt haben, sorgfältig auswerten sollen", deklamierte der Barbier laut, „und wenn wir zusammenfassen sollen, was der Schoß der Zukunft für uns umschlossen hält, müssen wir uns notwendigerweise fragen: ‚Wohin?' Wir möchten glauben, dass die Bedürfnisse der Nation untrennbar ineinander verschlungen sind und dass mit ihrer Befriedigung sowohl der Frieden als auch der Fortschritt unseres Volkes in dieser Ära liegt …"

Salman Hassidoff spürte, dass ihm Flügel gewachsen waren. Er war nur schwer imstande, sich zu beherrschen und zwischen den Sätzen nicht in ein wildes Triumphgeheul auszubrechen. Er dekla-

mierte, er sprach, belehrte und rhetorisierte genau wie der Ingenieur mit erstaunlicher Flüssigkeit, äußerst verwirrend, mit der
gleichen elementaren Gewalt, wie die reißende Flut des hochgehen-
den Flusses die Berge überschwemmt, jeden Widerstand, der sich
ihr in den Weg stellt, überrennt, zerschmettert und zerstört. Die
Zuhörer standen eingeschüchtert da, von frommer Ehrerbietung
erfüllt. Selbst die benommenen Gegner des Barbiers wurden von
der Macht seiner gigantischen Rhetorik überwältigt. Frau Hassidoff sah den Redner staunend an, und man konnte sehen, dass sie
sich von Neuem in ihren kahlköpfigen Gatten verliebte. Hassidoff
läutete noch zweimal und fuhr fort:

„Die Wahl vor uns liegt zwischen Einheit und Trennung, zwischen Aufbau und Zerstörung, zwischen Sieg und Niederlage, zwischen Erfolg und Misserfolg, zwischen Anstrengung und Trägheit,
zwischen dem Geraden und dem Gewundenen. Die Erbauer des
Staates dürfen die Pflichten nicht missachten, die uns die Erneue-
rung auferlegt, wenn uns die Schwingen der Geschichte an unsere
Mission der Bewährung erinnern, wenn der zionistische Traum in
das Herz und die Seele der Nation eingeschrieben hat: Fortsetzung
nächste Seite, Kolonne fünf!"

Hier endete der Leitartikel. Da die letzten Wörter, die in Klam-
mern unten auf der Seite standen, etwas unklar waren, insbesondere dem Redner, drückte der Barbier wieder auf die Glocke und
wiederholte sie: „Kolonne fünf!"

Die Zuhörer reagierten auf diese überraschende Wendung der
Rede mit verwirrtem Schweigen. Niemand hatte es in Betracht gezogen, gerade diese Redewendung besonders beachten zu müssen,
wenn alles andere so dicht umwölkt war. Aber die Wiederholung
riss den Schuhflicker aus seiner Lethargie, und blitzartig ging es
ihm auf: „Aha! Eine fünfte will er!" Er bildete einen Trichter aus
seinen Händen und brüllte, so laut er konnte, zum Podium hinüber:

„Und ich sage, es wird keine fünfte Säule geben!"

„Stimmt!" Seine benommenen Anhänger erwachten. „Nieder
mit der fünften Säule!"

Der Barbier wurde schrecklich wütend und verlor die Selbstbeherrschung.

„Ich sage euch, ich bin der Bürgermeister", er hieb auf den Tisch, „und es wird doch eine fünfte Kolonne geben!"

Plötzlich begann die Tragödie. Hassidoff fiel über den Tisch vorwärts, den Körper in Krämpfen und den Mund überquellend von einem gallebitteren grünen Schaum. Hermann Spiegel sah, wie Hassidoffs plötzliche Rage den Gallenanfall hervorrief, aber selbst wenn er dem Leidenden hätte helfen wollen, wurde er durch die Schuhflickerniks daran gehindert. Sie packten die Stöcke, die sie zufällig mitgebracht hatten, und fielen über die Leute des Barbiers mit dem Schlachtruf her:

„Da habt ihr eure fünfte Kolonne, ihr Bastarde!"

Die Taschenmesser in den Händen der Bauern, die aufseiten des Barbiers standen, öffneten sich von selbst. Hermann Spiegel wand sich zum Rand des Feldes durch und öffnete das Erste-Hilfe-Kästchen, das er „nur für alle Fälle" mitgenommen hatte. Und gut, dass er es mitgebracht hatte. Kaum hatte er es geöffnet, schlug ihn jemand auf den Kopf, und er wurde ohnmächtig.

Eine Stimme vom Himmel

Der erste politische Krawall in Kimmelquell dauerte ungefähr zwei Stunden – so lange, wie müßige Bauern vorhanden waren. Viele Teilnehmer waren verletzt, aber nur zwei ernstlich: der Polizist – der sich in die Schlägerei eingemischt hatte, um ernste Zwischenfälle zu verhindern – und der Tierarzt, den ein Barbiernik auf den Schädel haute, weil er ihn irrtümlich für seinen Schwager, einen Schuhflickernik, gehalten hatte. Mischa wurde in sein Zimmer über dem Schankraum gebracht, wo er von der Gattin des vermissten Krankenwärters höchst erholsam gepflegt wurde, während Hermann Spiegel auf dem Schlachtfeld blieb und von der aufgebrachten Menge niedergetrampelt wurde. Als der Zusammenstoß vorbei war, verließen beide Gruppen den Kulturpalast als Sieger. Die Bauern, körperlich verwundet, zerstreuten sich unter gegenseitigen Drohungen, die über Nacht einen überraschenden

Ausdruck auf den Hauswänden fanden: KEINE FÜNFTE KOLONNE!, schrieben entschlossene Hände. NIEDER MIT DER FÜNFTEN KOLONNE!

Natürlich führte das Projekt „Malt das Schlagwort des Tages" zu weiteren, wenn auch beschränkten Ausbrüchen von Feindseligkeiten zwischen den mit Kübel voll Tünche und einer Menge Farbe beladenen Mannschaften. Am nächsten Tag war die Atmosphäre schon so geladen, dass die unschuldigste Bemerkung über die infrage stehende Säule genügte, um jedes gewöhnliche Gespräch zu zerstören. Die Bauern, die bisher eine überraschende Selbstbeherrschung bei Gewaltanwendungen an den Tag gelegt hatten, waren jetzt ebenso schnell bei der Hand, ihre festen Fäuste spielen zu lassen, sodass es schien, als verdoppelten sie sich automatisch, wann immer die Wörter „Kolonne" oder „Säule" auftauchten. Die Lage wurde so gespannt, dass die Friedliebenden und Apathischen unter den Dorfbewohnern aufhörten, die aufreizende Zahl „fünf" zu verwenden und stattdessen vorsichtigerweise „zwischen vier und sechs" sagten, um niemandem Ursache zu geben, böse auf sie zu werden. In der darauffolgenden Zeit war es ratsam, sich nicht ins Freie zu wagen, und an den meisten Häusern waren tatsächlich die Fensterläden geschlossen – die Frauen saßen angstvoll hinter versperrten Türen und sehnten sich nach dem Ende des Belagerungszustandes.

Salman Hassidoff war ständig nervös, und infolge seiner häufigen Gallenanfälle wurde sein Gesicht äußerst mager und verfallen.

„Vielleicht riskiere ich mein Leben, aber ich gebe bei dieser fünften Säule nicht nach!", pflegte er einem Kunden zu verkünden, während er sein Rasiermesser mit geradezu widerlichem Vergnügen schärfte. „Für andere Leute mag die fünfte Kolonne ein bloßer Pfosten sein, aber für mich ist sie ein Symbol!"

Daraufhin sprang die lauernde Klinge des Barbiers jeweils dem Kunden an die zugeschnürte Kehle, und er fragte:

„Was ist Ihre Meinung, meine Herren? Eine Schweinerei, was?"

Die Antwort lautete ausnahmslos bejahend.

Der Barbier informierte Dulnikker beim Mittagessen über den Ausgang der Versammlung.

„Kolonne fünf?", murmelte der Staatsmann – und dann wälzte er sich vor brüllendem Gelächter auf seinem Bett. „Ich sterbe vor Lachen! Salman, mein Freund … Kolonne fünf … fünfte Kolonne … fünfte Säule … einfach großartig …"

Die Flasche Rotwein, mit der sich Hassidoff Dulnikkers ewige Dankbarkeit erwarb, hatte ebenfalls ihren Anteil an der guten Laune des Staatsmannes, aber der Bürgermeister, der ihm mit saurem Gesicht gegenübersaß, überging diese Kleinigkeit.

„Ich sehe nicht ein, was da so komisch ist", bemerkte der Barbier düster. „Es stimmt, ich habe kein einziges Wort in Ihrem Leitartikel verstanden, Ingenieur, aber ich möchte ums Leben gern wissen, warum da dieser Satz am Ende mit einer fünften Säule war! Der ganze Artikel erwähnte, glaube ich, vorher kein einziges Mal eine einzige Säule! Statt zu lachen, erklären Sie mir bitte vielleicht, worum das Ganze geht, ha? Wirklich, Dulnikker! Der Mensch wird doch noch wissen dürfen, wofür er eigentlich kämpft!"

„Man braucht nicht alles zu verstehen: Es genügt zu wissen, dass wir recht haben." Der Staatsmann lachte und begann in neu aufwallender Fröhlichkeit mit den Händen auf dem Kissen herumzudreschen, bis seine Hosenknöpfe unter dem Druck seines Bauchs, der in so wenigen Tagen gigantische Ausmaße angenommen hatte, in alle Richtungen davonflogen.

INZWISCHEN waren bei Zemach Gurewitsch drüben fieberhafte Diskussionen über das notwendige Vorgehen im Gang, um die Komplotte des Barbiers abzuwehren. Eine Handvoll Loyalisten waren um die Person des Schuhflickers versammelt, unter ihnen der Brunnenwächter und Ofer Kisch. Der Schneider hatte sich erst vor wenigen Tagen dem Schuhflickerblock angeschlossen, hatte jedoch um Gurewitschs willen bereits Blut und Schweiß geopfert. Ofer Kischs ideologische Bekehrung zur Weltanschauung des Schuhflickers war völlig spontan erfolgt. Geschehen war Folgendes: Sie trafen einander auf der Straße, der Schneider senkte die Augen und sagte:

„Ich weiß, Ingenieur Gurewitsch, dass Sie noch immer böse auf mich sind, weil ich das arme Kätzchen getötet habe, aber ich hätte gern eine Chance, um Ihnen zu beweisen, dass mein einziges Anliegen das öffentliche Wohl ist. Geben Sie mir nur eine winzige Gelegenheit, mein Vergehen gutzumachen."

„Dazu gibt es nur einen Weg, Genossen", erwiderte Ingenieur Gurewitsch, nachdem er die Sache eine Zeit lang erwogen hatte. „Kommen Sie mit allen Ihren Dreitürniks auf meine Seite, und dann wollen wir weitersehen."

„Danke. Sie sind wirklich gut zu mir, Gurewitsch", sagte der Schneider. „Jetzt haben wir also nur die praktische Seite zu regeln …"

Nach einem verhältnismäßig reibungslosen Handeln kamen beide Seiten zu einer Vereinbarung: Der Schuhflicker versprach Kisch fünf Tnuva-Pfund pro Tag bis zum Wahltag sowie zwei Paar Schuhe in vorzüglichem Zustand und einen sicheren Sitz im Ständigen Dorfrat. Da dieses übergeneröse Angebot beträchtlich besser war als das Angebot des Barbiers, schlossen beide Seiten einen ewigen Bund und unterzeichneten das Abkommen. In ihren Herzen.

Der Schneider arbeitete wirklich schwer, um die Aufrichtigkeit seiner Reue zu beweisen.

„Ingenieur Gurewitsch", wandte er sich mitten in der fieberhaften Diskussion an seinen Führer, „was tun wir, wenn die Barbierniks losgehen und diese fünfte Säule bauen?"

„Was wir tun werden?", stöhnte der Schuhflicker, als ihn ein Hustenanfall fast erstickte. „Ich werde Ihnen sofort sagen, was wir tun, meine Herren!"

Gurewitsch langte in den Speiseschrank nach einer Flasche Wein, einem halben Brotlaib und Würsten, womit er in Richtung Hühnerstall verschwand, der hinter einer hohen Hecke hinten im Garten verborgen stand. Kurz nachher kehrte Gurewitsch mit leeren Händen zurück, schlug mit der Faust auf den Tisch und schrie:

„Demonstration!"

Die Organisation der Aktion wurde Ofer Kisch übertragen – Zeugnis des großen Vertrauens, das sich der Schneider in den Augen des Schuhflickers erworben hatte. Den Anweisungen Gurewitschs folgend entwarf er sofort Schilder, auf denen in überdimensionalen Rosinesker Großbuchstaben stand:

HÄNDE WEG VON DER FÜNFTEN KOLONNE!
WIR DULDEN KEINE FÜNFTE KOLONNE!
DIE POCKEN ÜBER DIE FÜNFTE KOLONNE!

Dann versammelte der Schneider alle Brunnenkrieger unter seinem Fähnchen am Dorflagerhaus und gruppierte seine feiertäglich gewandeten Bauern zu jenen geordneten Reihen, die wütenden Demonstranten entsprechen. Hier traf Ofer auf den Widerstand der meisten Teilnehmer, sich zusammen mit den Dreitürniks aufzustellen, die automatisch mitgekommen waren. Die Bauern behaupteten, dass sie, die Steuerfreien, sich nicht mit den Unberührbaren vermischen würden, nicht nur um ungeschriebener sozialer Gesetze willen, sondern auch, weil die Dreitürniks im Lauf der Zeit verarmt waren und ihre armselige Gewandung der Gelegenheit nicht angepasst war. Dem Schneider gelang es jedoch, die heikle Situation unter Kontrolle zu halten. Er erklärte den Steuerfreien, dass die Dreitürniks zu dem einzigen Zweck mit eingesetzt wurden, um die schweren Schilderpfosten zu tragen; das sprach ihren Verstand und ihre Herzen an.

Bevor sich die höchst eindrucksvolle Prozession auf ihren Weg begab, schenkte der Schneider den Kämpfern etwas verbale Ermutigung. „Wir haben absolut verlässliche Berichte", begann er, „dass der kahle Barbier plant, jeden Augenblick den fünften Pfosten aufzustellen, trotz dagegenstehender Warnungen! Deshalb werden wir jetzt durch die Dorfstraße marschieren und diesen Schurken daran erinnern – durch den Krach, den wir beim Zertrümmern aller Fensterscheiben machen –, was für ein Schicksal Verräter erwartet! Außerdem: Ich fühle mich verpflichtet, meine Herren, Sie darauf hinzuweisen, dass dieser Protestmarsch etwas sehr Gefährliches ist. Wer Angst hat, soll hierbleiben, um die anderen nicht zu stören. Vorwärts, marsch!"

Zum Ruhm des Dorfes sei es gesagt, dass von der ganzen großen Menge nicht einer die Reihen im Stich ließ, mit Ausnahme des Schneiders, der neben dem Lagerhaus stehen blieb, um die Demonstranten nicht zu stören. Sein Blick folgte der Prozession von hier aus.

Der Massenaufmarsch begann sehr nett. Die Dörfler kamen aus

den Häusern, erstaunt über die Gewaltigkeit des schönen Anblicks mehrerer Dutzend feierlicher Bauern, die in fast ordentlicher, aber äußerst steifer Haltung auf die Behausung des Barbiers zumarschierten und unter der Leitung des Brunnenwärters unaufhörlich brüllten:

„Nieder mit Fünf! Nieder mit dem kahlen Barbier, dem Säulenheiligen! Nieder mit dem Barbier Fünf!"

Die Stimmung der Demonstranten war wirklich gut, aber dem kahlen Barbier gelang es, rechtzeitig alle seine Fensterläden zu versperren und es damit unmöglich zu machen, was der interessanteste Teil des Protestmarsches zu werden versprach. Aber die Leute waren nicht bereit, so leicht aufzugeben, besonders nicht, solange ihnen die Worte des Schneiders über das Schicksal der Fensterscheiben noch in den Ohren klirrten. Als die Demonstration den Rand des Dorfes erreicht hatte, klaubten die Demonstranten Steine mittlerer Größe von der Straße auf und zerschmissen jede einzelne Fensterscheibe im Haus des Schuhflickers, um den kahlen Barbier daran zu erinnern, „was für ein Schicksal Verräter erwartet"!

Die stürmische Tat, so glorreich in ihrer Massenbarbarei, verfehlte nicht ihr Ziel. Der Barbier, der die ganze Zeit neben der Tür seines Ladens stand und alles durch die Spalten seiner Fensterläden mitangesehen hatte, flüsterte seiner Frau zu: „Zum ersten Mal dämmert mir, was hier vorgeht: Sie glauben, dass ich eine fünfte Säule aufrichten will, wobei ich keine Ahnung habe, was ich mit den ersten vier machen soll! Ich sage dir, die sind alle geistig zurückgeblieben! Eine fünfte Säule! Wozu? Was für eine idiotische Idee, Madame!"

Um also keine Zeit zu verlieren, verließ der Bürgermeister seine Festung durch ein Loch in dem ausgebrannten Hinterflügel. Er schlich durch die Gärten zu dem Haus des Bauunternehmers, der einer seiner Anhänger war. Am Schluss ihrer Konferenz stahlen sich beide mitten in der Nacht zum Gemeindeamt, rückten die Schreibtische beiseite und errichteten in der Mitte des Fußbodens, genau mitten zwischen den vier Betonsäulen – eine Verschalung für einen fünften Pfosten, in die sie Zement gossen.

Neben der frischen fünften Säule schritt der Gemeindewächter mit einem riesigen Knüppel in der Hand auf und ab. Das setzte den

Behauptungen ein für alle Mal ein Ende, dass der Wächter fürs Nichtstun bezahlt werde.

Am nächsten Morgen lief Salman Hassidoff heftigen Schritts zur Eisentür und tobte den Ingenieur an:

„Sagen Sie, Dulnikker, – wozu füttere ich Sie eigentlich, wenn der hinkende Schuhflicker uns immer einen Schritt voraus ist?"

Das war richtig. Der Schuhflicker hatte wieder einmal eine lobenswerte Initiative gezeigt. Aus Ästen und Faserplatten hatte Gurewitsch einen kleinen Wagen gebaut, vor den er einen weißen Esel spannte. Mit dem fuhr er durch die Straßen, über sich ein großes Schild, und auf dem stand:

SCHAUT, ONKEL ZEMACH IST EIN LUSTIGER GESELL!
FAHRT MIT DEM KOMMENDEN BÜRGERMEISTER VON KIMMELQUELL!

Die Dorfjugend war hingerissen von diesem Unternehmen, besonders da das Vergnügen für sie kostenlos war. Die Fratzen standen Schlange an der Endstation des Eselkarrens und warteten, bis sie zu einer Runde in dem Karren drankamen. Außerdem sang ihnen der Kutscher – Ingenieur Gurewitsch – während der Fahrt sogar funkelnagelneue Kinderlieder vor („Wo zum Teufel hat er die gelernt?") und verteilte eine Menge Kaugummi. Es sickerte sogar durch, dass Mami und Papi ohne ihre Sprösslinge auftauchten und behaupteten, letztere seien „indisponiert", und verlangten, dass ihnen der Schuhflicker sowohl die Kaugummi als auch „ein, zwei Runden" gewähre.

„Mein lieber Herr Ingenieur", bat der Barbier verwirrt, „denken Sie sich etwas genauso Gutes aus – oder ich schwöre, ich ermorde Sie auf der Stelle, Dulnikker!"

„Habt ihr denn nicht ein eigenes Gefährt, Genossen?"

„Sie Genie! Wollen Sie, dass ich den hinkenden Schuhflicker nachäffe?"

„Einen Augenblick, meine Herren!", protestierte der Staatsmann. „Wie kann ich mich konzentrieren, wenn Sie unaufhörlich schwätzen?" Dulnikker leerte ein Glas Wein, und die Räder seines Elektronenhirns begannen knirschend herumzuwirbeln. Etwas später strahlte sein rundes Gesicht auf, und er spuckte heraus:

„Ich hab's! Ein Karussell!"

„Nu, seh'n Se, es gelingt Ihnen ja, wenn Se's wirklich versuchen!", jubelte der Barbier und reichte seinem Mentor ein Päckchen Kekse. Plötzlich verschwand die Freude aus seinem Gesicht. „Es ist großartig, stimmt, aber ich hab kein Geld mehr, Dulnikker. Das Schatzamt des Dorfes ist vollkommen leer, und meine Ersparnisse hab ich für alles Mögliche sonst verbraucht."

„Mein Beileid, meine Herren", erwiderte Dulnikker kalt. „Wer keine Mittel hat, ist viel besser dran, er bleibt außerhalb der politischen Arena."

Das Karussell wurde doch errichtet, mitten auf der Straße genau gegenüber dem Wirtshaus. Es bestand aus einem einzigen hohen in den Boden gerammten Mast mit fünf (!) rohen Bänkchen, die auf kleinen Holzrädern um den Mast liefen. Ein riesiges, an die Mastspitze genageltes Schild lautete:

Dreht euch sicher rundherum,
Onkel Salman bleibt bestimmt Bürgermeister!

Reimen war nie die starke Seite Dulnikkers. Aber das Herumdrehen war wirklich gesichert, da Dreitürniks verwendet wurden, um die mit jubelnden Fratzen beladenen Bänke zu schieben. Der Barbier hatte diese technische Einzelheit durch die üblichen Kanäle – den Gemeindesekretär – organisiert, der den zehn Dreitürniks (einer starb und wurde bedauernd von Steueraufseher Ofer Kisch begraben) einen offiziellen, schriftlichen Befehl dahingehend übersandte, dass die Adressaten über Dorfratsbeschluss verpflichtet waren, das Karussell zwei Tage lang in der Richtung der Zeiger an der Armbanduhr des Bürgermeisters zu schieben. Dementsprechend wurde die Dorfstraße zum echten Entzücken der örtlichen Jugend zu einer Art Vergnügungspark, obwohl sie häufig mit den Erwachsenen zu ringen hatten, die sich aller Sitze auf den Bänken bemächtigten und trotz der Regenschauer ein fröhliches Wildwestgeheul losließen, um die jeweiligen „Dreitürniks vom Dienst" zu größerer Eile anzuspornen.

Die gute Laune der Bürger führte zu einer Erhöhung der Nachfrage nach starkem Schnaps, und seltsamerweise kaufte auch der Barbier einige Flaschen Wein. Elifas Hermanowitsch war jedoch mit dem Ansteigen seines Geschäfts nicht zufrieden. Das nervtötende Kreischen des Karussells drang ihm wie Dolche in die Ohren, bis der Wirt eines Tages zur Gartentür vor seinem weißen Haus hinaustrat und die fröhlich Tobenden anschrie:

„Das macht euch Freude, was? Ein Zirkus! Aber ich werde euch kein Karussell bauen, ich werde keine Eselskutsche bauen. Von mir bekommt ihr keinen einzigen Heller, um mich in den Dorfrat zu wählen!"

„Ei, nett", erwiderten die Leute. „Was also wollen Sie eigentlich von uns?"

Sie überließen den Wirt seiner Trübsal und strebten dem anderen Ende des Dorfes zu, um zu sehen, welche Fortschritte das Brunnenbohren machte. Das war eine weitere „glänzende Idee von dem hinkenden Schuhflicker, hol ihn der Teufel"! In einer der Pausen der Winterregenfälle erschien eine Mannschaft von Arbeitern und stellte einen riesigen leiterähnlichen Bau neben der Straße auf, die zu den Weiden führte. Neben dieser Anlage stand das allgegenwärtige Schild, das in diesem Fall lautete:

DER DORFBRUNNEN ZEMACH GUREWITSCH

DIE VERSUCHSBOHRUNG BEGANN DIESEN MITTWOCH, DA DER BÜRGERMEISTER DE FACTO EMERITUS, DER KAHLE HERR S. HASSIDOFF, SÜNDHAFTERWEISE DIE ÖFFENTLICHEN BAUTEN VERNACHLÄSSIGTE UND DAS DORF ZUM TODE DURCH VERDURSTEN VERURTEILTE!

NIEDER MIT DEM SÄULENBARBIER!
NIEDER MIT DER FÜNFTEN SÄULE!
NIEDER MIT DER 5!

Auch die Bohrarbeiten waren sehenswert. Auf dem leiterähnlichen Gerüst standen zwei mächtige Bauern, deren kräftige Hammerschläge auf einen langen Mast niederfielen, dessen eines Ende scharf gespitzt war. Da sich jeder Versuch als fruchtlos erwies und der gesegnete Wasserstrahl aus den Tiefen der Erde nicht hervorbrach, entfernten die Bohrenden den Pfosten, schleppten das Gestell einige Schritte weiter und begannen mit einer Ausdauer und Geduld ohnegleichen erneut mit ihrer Versuchsbohrung. Salman Hassidoff wanderte verbissen zum Bohrfeld hinaus, von Pfeilen geleitet, die, an Pfosten genagelt, alle Interessierten die ganze Straße entlang bis zum Bohrfeld wiesen:

ZUM ZEMACH-GUREWITSCH-BRUNNEN.
TASSEN SIND MITZUBRINGEN!

NACH DEM BESUCH des Barbiers bei den Bohrern erlitt Dulnikkers Speisekarte ernstliche Einschränkungen. Hassidoff informierte ihn während eines neuen Gallenanfalls, dass er ihm so lange nicht einmal einen Löffel kalter Suppe geben würde, solange der Schuhflicker aus Mangel an Konkurrenz so glorreich vorwärtsschritte.

„Als ich dort war, waren sie noch nicht auf Wasser gestoßen, aber ich hatte den Eindruck, dass sie jeden Augenblick das Wasserniveau erreichen könnten", jammerte der Barbier, als er sich an seine Frau lehnte, um nicht in Ohnmacht zu fallen. „Wenn wir ihnen nicht etwas Außergewöhnliches bieten können, sind wir verloren, Dulnikker!"

„Hören Sie, mein Freund Salman, vielleicht möchten Sie auch einen Brunnen bohren?"

„Genie! Warum habe ich ihn dann mein ganzes Leben lang bekämpft?"

„Herr Ingenieur!" Frau Hassidoff fiel plötzlich vor dem Staatsmann in die Knie: „Geben Sie uns Elektrizität!"

Dulnikker schälte das schamlose Frauenzimmer von sich ab und wartete etwas, um den Barbier für seine „impertinente Sprache" zu strafen. Die Hassidoffs lagen ihm buchstäblich zu Füßen, und ihre flammenden Augen blickten in stummem Flehen zu dem Staatsmann auf.

„Schön", verkündete Dulnikker leutselig. „Es besteht kein Grund, warum ich Joskele Treibitsch nicht ein paar Zeilen schreiben könnte. Innerhalb einer Woche werden Sie die Masten hier haben."

„Was für Masten?"

„Für die Elektrizität ..."

Der Barbier und seine Frau tanzten vor unbeschreiblicher Freude. Dutzende von Jahren hatte das Dorf die Regierungsämter mit Ansuchen um Strom bombardiert, die unbeachtet geblieben waren. Der Staatsmann riss die Vorderseite eines Zigarettenpäckchens ab und kritzelte mit Bleistift darauf:

Joskele, ich bitte Dich, so bald wie möglich ein Stromnetz für Kimmelquell zu errichten. Grüße an Schula. Dein ...

„Bitte geben Sie uns die Adresse, lieber Herr Ingenieur, und ich schicke es sofort noch heute mit dem Nachmittags-Lastwagen der Tnuva ab."

„Eine Sekunde!" Dulnikker rieb sich die Nase. „Bevor ich diesen Brief unterzeichne, will ich eine feste Verpflichtung Ihrerseits hinsichtlich meiner Mahlzeiten haben. Also: Gekochtes Kalbfleisch, rohen Blumenkohl und Karotten, Rettich, Kuchen und schließlich, aber weit entfernt von endlich, roten Tokaier! Außerdem will ich einen Heizofen haben, weil mich die Kälte ärgert und ich nicht mit einer Verkühlung heimzukehren wünsche, wenn die Wahlen endlich vorbei sind."

„Bitte, unser lieber Ingenieur, ein Wort genügt", erwiderte Hassidoff honigsüß.

Als er hinausging, hob er die Hand und sagte: „Fünfte Kolonne!" – nunmehr sein üblicher Gruß.

DIE DINGE gingen weiter wie gewohnt.

Eines Morgens fand man den Gemeindeamtswächter in einem Tümpel seines eigenen Blutes liegen, und die Bruchstücke der fünften Säule lagen rings um ihn verstreut. Diese niedrige Provokation veranlasste die „Kolonniks" zu einer blitzartigen Antwort. Keine halbe Stunde nach der Entdeckung der barbarischen Zerstörung leerte der Barbier einen Sack Zement auf einen der Schreibtische aus. Unverzüglich wurde die fünfte Säule in der Mitte des Büros gegossen. Außerdem wurde sie breiter und höher als die ursprüngliche errichtet, um der Öffentlichkeit zu zeigen, dass Gewaltanwendung den Glauben der Kolonniks an die soziale Gerechtigkeit nur erhöht hatte.

Diesmal setzte der Barbier eine Wache von drei muskulösen Männern um die nasse Betonsäule ein. Aber noch in derselben Nacht überwältigte eine organisierte stärkere Macht eine Handvoll Loyalisten, die nach einer verhältnismäßig kurzen Knüppel- und Taschenmesserschlacht davonliefen. Darauf zerlegten die Rohlinge die Holzform um die frisch gegossene Säule, sie quoll heraus und warf sämtliche Büromöbel um.

Am Morgen war die Verschalung wieder aufgebaut und die fünfte Säule neuerlich gegossen worden. In dieser Nacht hielten zehn Barbierniks, mit Hacken bewaffnete Bauern, die Wache. Sie versuchten ihre frierenden Glieder an einem Feuer zu wärmen, das mit Karteikarten genährt wurde, aber der Regen, der in Abständen fiel und wieder aufhörte, löschte es von Zeit zu Zeit.

Zum Glück der Säule vollzogen sich Veränderungen, die den Brennpunkt des Kampfes in ein völlig neues Zentrum verlagerten. In der Morgendämmerung schlitterte der Tnuva-Lastwagen vor den Hof des Barbiers. Unter dem Drohen eines nahenden Gewitters wurde eine große Kiste abgeladen und in Hassidoffs Haus getragen. Der Barbier war äußerst aufgeregt, als er die Kiste aufbrach und mithilfe des Chauffeurs die neue Geheimwaffe herauszog.

Es war ein kleiner Generator, der von einem Kerosin-Motor betrieben wurde, und er war durch ein Drähtegewirr mit einem Holzkasten verbunden, aus dem weitere mehrfarbige Drähte herausführten.

Salman Hassidoff hob die Flasche roten Tokaiers hoch, die er als Lohn eigens für diese Gelegenheit gekauft hatte, und rannte – hustend vor Freude – zum Ende des Kuhstalls.

„Herr Ingenieur, mein geliebter Freund", er umarmte den Staatsmann herzlich, „der Lautsprecher, oder wie immer Sie das nennen, ist soeben eingetroffen!"

Dulnikker spürte, wie sich sein Herz hob, als wäre eben ein großartiger alter Freund auf Besuch herübergekommen. Ein echter Lautsprecher! Lieber Himmel! Seit mehr als drei Monaten hatte er kein Mikrofon mehr in Händen gehalten. Der bloße Gedanke daran genügte, um den Staatsmann trunken zu machen. Aber auf alle Fälle trank er auch einen Schluck Tokaier, nur um sicherzugehen.

„Lasst ihn mich versuchen, Genossen!", bat er den Barbier innig. „Wo ist er?"

„In meinem Haus." Hassidoff wurde ernst. „Dulnikker, Sie dürfen unter keinen Umständen hier heraus. Aber ich glaube, die Drähte sind lang genug …"

Der Barbier ließ seinen Wohltäter einen Augenblick allein und rannte zu seinen Kumpanen zurück. Er bezahlte den Chauffeur teils in bar, teils mit der Armbanduhr, die er sich nachdenklich vom Handgelenk streifte. Die Mannschaft hob den Motor auf einen Tisch im Nebenzimmer und füllte seinen Tank mit Kerosin. Der Motor begann lärmend zu rattern, sodass jeder Gegenstand im Zimmer klapperte, und spuckte dicken Rauch aus. Aber der Barbier und seine Frau husteten weiter, trunken vor Freude. Dann bat Hassidoff den Chauffeur, „das Dingsda, in das man hineinredet", zu montieren, und letzterer begab sich daran, die elektrischen Drähte mit dem Generator zu verbinden. Es dauerte lange, bis er die nötigen Verbindungen hergestellt hatte, aber als er fertig war, rannte Hassidoff sofort mit dem Mikrofon in den Kuhstall, den langen Draht hinter sich herziehend.

Dulnikker, krank vor freudiger Erwartung, war es inzwischen gelungen, die Flasche leerzutrinken. Das Klappern des Motors schien ihm mit seinen Herzschlägen identisch zu sein. Der Staatsmann riss dem Barbier das geliebte Instrument aus der Hand und küsste es fast. Dann räusperte er sich mehrmals, bekam einen leichten Schluckauf und sprach mit seligem Lächeln ins Mikrofon.

„Probe", hörte man seine Donnerstimme im Freien, „eins, zwei, drei, vier. Es funktioniert!"

DIE KIMMELQUELLER wurden Zeugen eines übernatürlichen Ereignisses, das den Juden Tausende Jahre verwehrt geblieben war:

Mit eigenen Ohren hörten sie die Stimme vom Himmel.

Das begab sich an einem regnerischen, düsteren, ungewöhnlich schwülen Tag. Die Winterstürme hatten das Dorf zum ersten Mal mit voller Stärke getroffen. Der Donner rollte und grollte, und Blitze durchtränkten die winzigen Häuser mit blendendem Licht. Mit Ausnahme der Gruppe, welche die Säule bewachte, war alles daheim und blickte missmutig aus den Fenstern in den Regen hinaus. Diejenigen, die zu übersinnlichen Wahrnehmungen neigten, spürten etwas in der Luft, und tatsächlich erhob sich am Morgen eine Stimme, die zwischen den Häusern widerhallte – eine lärmende, stürmische Stimme, keiner irdischen gleich, die von oben und aus allen Richtungen zugleich kam, mitten unter einem seltsamen Pfeifen und Quietschen – als sei der Tag des Jüngsten Gerichts ins Dorf gekommen.

„Eins, zwei, drei, vier", sprach die Stimme vom Himmel mit einer Spur slawischen Akzents, „eins, zwei, drei, vier. Es funktioniert! – Stimmt für meinen Freund Salman! Der Schuster ist unaussprechlich impertinent! Möge die fünfte Säule ewig stehen! Funktioniert tadellos, was? Also wie wär's, meine Herren, ich verdiene doch noch ein Glas, wie?" So dröhnte die Stimme an jenem düsteren Morgen, begleitet von einem Donnerschlag, der die Herzen erbeben ließ. Die Dorfbewohner waren durch die Gewalt ihres gruseligen Erlebnisses höchst nervös. Ein frommes Erzittern schickte auch den Letzten von ihnen zu seinem Kleiderschrank, um den Hut aufzusetzen und seinen schändlich verstaubten Psalter hervorzuholen. Die Türen sprangen auf, und die Bauern stapften durch den Regenguss zum Haus des Schächters.

„Narren", sprach plötzlich die Stimme, anscheinend von noch höher herab, „warum rennt ihr zum Schächter? Dreimal hoch für den Barbier!"

Die Männer blieben verwirrt und wie angewurzelt stehen und traten unglaublich benommen in dem tiefen Schlamm hin und her. Endlich entdeckten sie, dass die erstaunlichen Klänge nicht von oben, sondern unklar aus dem Kästchen in Hassidoffs Fenster kamen. Gleichzeitig drang aus dem Barbierhaus ein Knattern, ähnlich wie das des Tnuva-Lastwagen-Motors. Diese Entdeckungen änderten ihren ersten Eindruck entscheidend, der weiter modifiziert wurde, als der Kasten losbrach – diesmal in einer tiefen, von einem Schluckauf unterbrochenen Stimme:

„Hört, Genossen, hört! Der Barbierblock ist euer ureigenster Block. Ihr werdet es nie bedauern, wenn ihr für den Barbier stimmt! Genug von der Herrschaft des Schusters! Stimmt für meinen Freund Salman! Der Barbier liebt nur sein Dorf, aber der Schuster hat seine Seele dem Teufel verkauft!"

„Weiter, Herr Chefingenieur, unser Engel", baten die Hassidoffs ihren Fürsprecher mit einer Glut, die an geistige Umnachtung herankam. „Sie sind wundervoll, Sie sind wunderschön, Sie sind fantastisch, Herr Chefingenieur! Weiter, bitte, es ist egal, was Sie sagen, nur hören Sie jetzt nicht auf, keine Minute lang! Ich schwöre, ich bringe Sie auf der Stelle um, wenn Sie es tun, bitte, reden Sie weiter, lieber Herr Chefingenieur …"

Frau Hassidoff goss dem Staatsmann noch ein Glas von der roten Flüssigkeit ein, während der Barbier zwischen der Zelle und seinem Zimmer hin und her rannte, um durch das Fenster die hingerissene Menge zu beobachten. Dulnikker strengte sein Elektronenhirn an, um sich ehemaliger Schlagworte zu entsinnen, und sie flatterten in primitiver Unordnung durch den Alkoholnebel:

„Hört, Genossen, hört mich! Kommt her, kommt alle her. Der Schuster hat die Inflation herbeigeführt. Er hat den Schwarzmarkt die Nation ruinieren lassen! Der Barbier ist der Vater seines Dorfes. Ehre deinen Vater, und du sollst alt werden! Der Barbier stellt Aufbau und Absorption dar, Freiheit und Fortschritt, Unabhängigkeit und Frieden – der Schuster ist rein gar nichts. Lang lebe die fünfte Kolonne! Oif Kalts blust men nischt! Der Schuster hat einen Handel mit der Bourgeoisie abgeschlossen! Stimmt für die Fünf! Hassidoff wird regieren! Noch? Schön. Trennung zwischen dem Schächter und dem Staat! Nieder mit dem religiösen Zwang! Der Barbier bedeutet einen Lebensstandard, der Schuster ist wie Shimshon Groidiss! Dreimal hoch für Salman! Dreimal hoch für die Fünf! Dreimal hoch für die Tausendfüßler! Hört! Hört! Eine wichtige Meldung! Eine wichtige Ankündigung …"

Hier schwieg die Stimme kurz, und dann sagte sie plötzlich schnell:

„Hier spricht der Ingenieur", donnerte der Fensterkasten, „der Barbier hat mich im Kuhstall eingesperrt. Er will, dass ich – Hilfe!"

Es folgte ein etwas unzusammenhängendes Grunzen, und dann kam ein Lärm, als würden Löwen abgeschlachtet, gemischt mit Explosionen. Plötzlich erstarb der Krach, und dieselbe laute Stimme war wieder im Äther und donnerte schnell und schwer atmend:

„Stimmt für den Barbier! Jedermann ist für den Barbier! Lang lebe der Barbier! Kolonne fünf! Funkstille!"

Es war wirklich eine ungewöhnliche Begebenheit. Die Bauern, bis auf die Haut nass und zitternd vor Kälte, warteten noch ein Weilchen, aber da der Wunderkasten des Barbiers Ruhe gab, kehrten sie alle heim und legten ihre Psalter wieder in die Rumpelkammer. Die zwei, drei Stunden nach dem übernatürlichen Ereignis waren die letzte Zeitspanne der Stille in der Geschichte des Dorfes.

SALMAN HASSIDOFFS absolute Herrschaft über die Ätherwellen des Dorfes dauerte nur eineinhalb Tage, obwohl der Barbier seinen Vorsprung voll ausnützte. Seine Alleinherrschaft kam an einem verhältnismäßig angenehmen Nachmittag zu Ende, als die Dorfbewohner alle daheim waren, noch immer geschockt von der Heftigkeit der Wahlrundfunksendungen.

„Stimmt für mich, und ihr werdet mir für diesen Rat danken!", funkte Hassidoff selbst. „Stimmt für die Fünf, den Säulenblock! Ein kleiner Grund, bitte sehr: In den nächsten Tagen wird dank unserem Bürgermeister die Elektrizität unser Dorf erreichen! Ich halte euch nicht mit leeren Versprechungen hin. Ich werde euch eine Menge Elektrizität geben! Nur ein toll gewordener, zurückgebliebener Dummkopf würde für den hinkenden Schuster stimmen! Wir sind alle für den segensreichen Barbier, der uns Elektrizität gegeben hat!"

Und da geschah es.

„Das ist eine Riesenlüge!", brüllte eine nicht weniger himmlische Stimme als die des Barbiers – obwohl tiefer und kränker – aus dem zerbrochenen Fenster des Schuhflickers, begleitet von Anfällen durchdringenden Hustens. „Wir bekommen Strom von dem kahlen Barbier an dem Tag, an dem uns Haare auf den Handflächen wachsen! Es ist alles nur Stimmenbetrug! Die Brunnenbohrung in meinem Namen schreitet trotz der Regenfälle rapide fort. Die Löcher sind bereits voll Wasser! Stimmt für den Schuhflickerblock, den Wasserblock, eure Rettungsleine! Nieder mit den Kolonnen! Nieder mit der Fünf!" Und so weiter. Die Station des Barbiers wurde so erstaunlich still wie ein Papagei, dem man soeben die Gurgel durchgeschnitten hat, und Hassidoff kam mit zitternden Knien zu Dulnikker gerannt, obwohl er ihm seit dem Versuch des „undankbaren Alten, das Mikrofon zu benützen", um freizukommen, keinen Bissen Essen mehr erlaubt hatte.

„Lieber Herr Ingenieur", der Bürgermeister brach in Stöhnen aus, „sie haben auch einen bekommen! Verdammte Diebe! Was tun wir jetzt, bitte?"

„Was wollen Sie von meinem Leben?", flüsterte Dulnikker, der gebrochen auf seinem Bett lag. „Lasst mich in Frieden verhungern, meine Herren!"

„Weib!", brüllte Salman. „Schlachte sofort eine Kuh!"

DAS WAR jener Tag, an dem alle Vögel aus der Umgebung von Kimmelquell verschwanden.

Zuerst widerstanden die Vögel dem gegenseitigen verbalen Gedonner. Als es jedoch offenkundig wurde, dass sich die Stürme des Himmels wirklich gelegt hatten, das dörfliche Getöse jedoch niemals enden würde, flogen die Vögel in weniger lärmende Regionen. Wie man sagen könnte, „die Situation war kritisch". Während der verhältnismäßig friedlichen Periode, als nur der Barbier sendete, vergingen die Nächte in einem Anschein von Schlaf. Jetzt aber warfen sich die unglücklichen Dorfbewohner auf ihren Betten herum, überzeugt, dass sie um Mitternacht von Zemach Gurewitschs heiserem Husten aus ihnen hinausgeschleudert würden, und dann würde eine Ansprache folgender Art folgen:

„Jetzt bist du also still, du hässlicher Affe? Jetzt hast du nichts mehr zu bellen, was?"

„Halt den Mund, du lepröses, hinkendes Schwein!" Hassidoff ließ die Fensterscheiben erzittern: „Stimmt für Block fünf!" Das Problem wurde durch den unaufhörlichen Regenguss erschwert, der die Dorfbewohner davon abhielt, den Vögeln vorübergehend in den Schutz der Wälder zu folgen. Auf jeden Fall wurden jedoch die Häuser neben den beiden einander gegenüberliegenden Rundfunkstationen schleunigst von ihren Bewohnern geräumt, die bis nach den Wahlen zu Verwandten oder gütigen Mitbürgern zogen. Aber selbst diese paar Unglücklichen bezogen nur kurzlebige Vorteile aus ihrer Flucht. Zwei Tage vor „dem Tag" trat eine leichte Wetterbesserung ein, die Sonne lächelte hinter den Wolken hervor, und plötzlich tauchte der Schuhflicker in der Dorfstraße auf. Er saß in seinem Karren, von seinem ganz weißen Esel gezogen, während hinter ihm die kleine Kerosin-Maschine fröhlich und getreulich knatterte und er selbst sich das „Dingsda" vor den Mund hielt und im Fahren mächtig hineindonnerte. Nicht nur, dass der Schuhflicker Jiddisch sprach – ein Präzedensfall, den in den vielen letzten Jahren noch niemand zu setzen gewagt hatte –, es gelang ihm auch, die Substanz seiner Worte dem beweglichen Charakter seiner Rednerbühne anzupassen:

„Hört! Hört! Alle ihr Bewohner am Stadtrand! Der Schuster schützt eure Interessen gegen den kahlen Barbier, dessen luxuriöses Heim sich immer mehr zur Stadtmitte ausbreitet! Es wird keine fünfte Säule in Kimmelquell geben! Der Schuster als Bürgermeister! Hört! Hört! Ihr, die ihr am Stadtrand wohnt! Der Schuhflicker ist …"

Die Dorfbewohner wurden des endlosen Lärms so müde, dass sie den Mut aufbrachten und beschlossen, die Trommelfellattentäter zum Schweigen zu bringen. Als sie sich jedoch den Rundfunkstationen näherten, wurden sie mit einem derart schweren Trommelfeuer von Schlagzeilen bombardiert, dass selbst die mutigsten Angreifer vor dem Gedonner um ihr Leben rannten. Jetzt, da der Schuhflicker die Reichweite seiner Sendungen bis an den „Stadtrand" erweitert hatte, packten die Flüchtlinge ihre Siebensachen und schlichen in ihre Häuser in der Dorfmitte zurück, wo sie jetzt denjenigen Zuflucht boten, die bisher ihre Gastgeber gewesen waren.

Mitten in der fahrenden Rundfunksendung kam eine plötzliche Wendung zum Besseren, die den Bürgern Erlösung versprach: Der ganz weiße Esel wurde von dem ohrenbetäubenden Krach wahnsinnig, das friedliche Tier begann durchzugehen und jagte dabei mit dem hin und her schlenkernden Karren außer Hörweite. Die

Erleichterung, die sich dank der Rebellion des Esels über das Dorf zu senken begann, war verfrüht. Eine halbe Stunde später war der Karren wieder auf der Straße, die Ohren des Esels mit Watte verstopft und um sie ein breites Halstuch gewunden, um die Leiden des armen Tieres zu erleichtern. Der Schuhflicker selbst brauchte keine Ohrenstöpsel, weil sein Gehör in den letzten paar Tagen sowieso gelitten hatte.

„Ihr, die ihr in den letzten drei Häusern rechts lebt, zu euch spreche ich!" Gurewitsch teilte das Lager der Wähler mit erstaunlichem Instinkt auf. „Was wollt ihr: Süßwasser oder eine mistige fünfte Säule? Der Schuhflicker bringt euch Vorteile. Der Barbier ist kahl und bankrott!"

Die bewegliche Rundfunkbude arbeitete nur kurze Zeit ungestört. Danach konnte man eine große Geschäftigkeit im Hof des Barbiers bemerken – oder sie aus der seltsamen Stille seines Rundfunkkastens erraten. Seine alternde Eselin kam, vom Bürgermeister persönlich kutschiert, aus dem Hoftor, folgte dem Karren des Schuhflickers und zog die ganze notwendige Apparatur – einschließlich der Frau Hassidoff, die auf dem Wagen stand und in titanischer Wut in dem hartnäckigen Rosinesker Dialekt kreischte:

„Ihr, die ihr in den letzten drei Häusern rechts wohnt! Vergesst ganz schnell, was der hinkende Schuhflicker keift! Der Barbier verschafft euch Elektrizität! Lang leben Salman Hassidoff und seine Fünfer!"

Wie jede Massenpropaganda, verlangte auch dieses Unternehmen einzelne Opfer von der Menge. Als die zwei Rundfunkkarren einander so nahe kamen, dass der Barbier den ganz weißen Esel auf den Kopf schlagen konnte, lief plötzlich eine Frau aus einem Haus. Sie stopfte sich die Finger in die Ohren und schrie: „Genug! Genug!" Und stolpernd lief das unglückliche Weib durch die Straße auf das Haus des Tierarztes zu.

„Renne nicht, Bilha", hustete der Kasten des Schuhflickers, „kümmer dich nicht um das Leiern der kahlen Barbierin! Ich verspreche dir, kleine Bilha, es wird mindestens zehn Jahre lang keine fünfte Säule geben! Hörst du mich nicht, Bilha?"

Anscheinend hatte Bilha den Lautsprecher des Schuhflickers ganz gut gehört, denn es war deutlich zu merken, dass sie noch schneller zu rennen begann. Gerade da knallte der Barbier mit seiner Peitsche und eilte ihr nach.

„Höre ja nie auf einen hinkenden Schuhflicker, kleine Bilha!", verkündete Frau Hassidoff. „Alle Frauen in Wehen in diesem Dorf stimmen für die Fünf! Der Barbier ist der beste Freund der schwangeren Damen! Gib dem Barbier die Mehrheit!"

„Lache herzlich, Bilha, lache!" Der Schuhflicker näherte sich von der anderen Seite und verstärkte die Lautstärke an seinem Kasten. „Wage ja nicht, für den kahlen Barbier zu stimmen, sonst bekommst du Fünflinge! Dein Block ist der Brunnenblock! Verstanden, Bilha?"

Es war die erste Frühgeburt, die sich mitten auf der Straße von Kimmelquell ereignen sollte.

DAS GLÜCK lächelte dem Dorf zu, und das Gewitter, das der Nordwind hereinblies, fegte die beiden Kampfwagen von der Straße. Die Krieger kehrten in ihre Häuser zurück, von denen aus sie die Schlacht mit stationärem Gedonner weiterführten. Noch nie war so viel Regen auf das Dorf heruntergefallen, aber es kann auch die Stärke des Lärms gewesen sein, die das so erscheinen ließ.

Der Tnuva-Chauffeur sprang mitten in den Wolkenbrüchen aus dem Lastwagen und eilte in Hassidoffs Haus. Sein schwerer Regenmantel schützte ihn kaum. In solchen Zeiten war der Chauffeur sehr glücklich, dass er die Tnuva verlassen und sich einen eigenen Lastwagen gekauft hatte, da sich der alte von der Tnuva in einem solchen Schlamm nicht von der Stelle gerührt hätte.

„Kolonne fünf!", begrüßte der Chauffeur den Barbier, als er ihm das funkelnagelneue Jagdgewehr mit Munition überreichte. Im Tausch gegen die Bewaffnung gab ihm Hassidoff zwei schwarze Anzüge und den Haarschneideapparat. Der Chauffeur eilte sofort hinaus, um das Zeug in die Fahrerkabine zu stopfen, denn er hatte es eilig, zum Schuhflicker hinüberzukommen. Bevor er ging, fügte er jedoch hinzu: „Ich glaube, der Wadi ist voll Wasser. Glauben Sie nicht, dass ihr die Dämme überprüfen solltet?"

„Natürlich sollten wir das, Genossen! Wir kümmern uns sofort darum!", erwiderte der Barbier brüllend, denn er und seine Frau waren fast taub. Er bat sein Heldenweib, den Kerosin-Motor aufzuwärmen. Nunmehr war Salman Hassidoff einem Galeerensklaven ähnlich geworden, der unter der Peitsche den Erschöpfungszustand erreicht hat und die Ruder nur noch mit einer automatischen Reflexbewegung handhabt. Das ehemals massive Männchen war zu einem Schatten seines früheren Ich geworden, sein Gesicht eingesunken und grünlich infolge seiner häufigen Gallenanfälle. Kam hinzu, dass der Wahltag vor zwei Tagen gekommen und wieder gegangen war, ohne die Spur von einer Wahl.

Der Barbier nahm das Mikrofon auf und begann mit schwacher Stimme zu senden:

„Hört! Hört! Hier spricht die Fünf! Der Barbier kümmert sich um die Sicherheit des Dorfes! Der Barbier hütet die Dämme! Stimmt für die Säule! Stimmt für den kahlen Barbier! Hört! Hört! …"

Hassidoff hielt inne, um Atem zu holen, wusste jedoch, dass die Antwort bald durch die Luft donnern würde.

„Märchen für dumme Kinder!", stöhnte der Kasten des Schuhflickers. Dann kam ein erstickender Hustenanfall und: „Was versteht der Barbier von Dämmen: Der einzige Garant der Festigkeit unserer Dämme ist der Brunnenblock! Stimmt für die Dämme! Euer Block ist gegen die Fünf!"

„So also läuft der Hase!", stöhnte der Barbier. Mit letzter Kraft lud er sein neu erworbenes Gewehr. Dann kroch er vorwärts und zielte auf das Fenster des hinkenden Schuhflickers. „Mir scheint, immer muss ich alles selber machen", murmelte Hassidoff, als er auf den Hahn drückte.

Nach dem scharfen Knall der Flinte fiel das Dorf in eine verhältnismäßige Stille, und nur das hartnäckige Rauschen des Regens war zu hören. Aus dem Kuhstall kamen gelegentlich kräftige Fußtritte und wütendes Fäustehämmern gegen die Eisentür.

„Ruhe, Schmarotzer!", heulte Hassidoff. „Wir sind im Kriegszustand! Wir haben in den letzten Tagen auch nicht gegessen!" Dann drehte er sich um und beklagte sich bei seiner Frau: „Er tut nichts, als sich vollstopfen, wie Shimshon Groidiss! Wozu brauchen wir ihn?"

Auch die Frau war einem Zusammenbruch nahe, aber sie zwang sich, weiterzuarbeiten, „nur um es diesem hinkenden Gurewitsch zu zeigen". Sie wies auf die Sandsäcke, die der hinkende Schuhflicker in sein Fenster gelegt hatte, und Hassidoff stöhnte sarkastisch in sein Mikrofon:

„Großer tapferer Brunnenblock! Verstecke dich nur hinter deinen Sandsäcken! Die Hand der Säule wird dich doch erreichen!"

Peng! Die Kerosinlampe oben verschied unter tausend Scherben.

„Hooligans!", heulte Hassidoff, als er sich auf den Fußboden warf. „Wir müssen sofort Sandsäcke haben, um die Fenster zu blockieren. Inzwischen antwortest du ihnen, Weib!"

„Nur der Barbier handelt in Dämmen", flüsterte das Heldenweib, als es mit fest geschlossenen Augen regungslos auf dem kalten Fußboden lag. „Der Barbier bewacht die Dämme! Damm! Verdammt! Stimmt für Salman! Euer Block – Brunnen …"

„Der Schuhflicker leitet die Dämme", hustete Zemach mit ständig schwächer werdender Stimme. „Der hinkende Schuhflicker rettet das Dorf … der fünfte Damm …"

Alles vorbei

Der reißende Strom tobte wütend auf Kimmelquell herunter, als hätte sich der Ozean erhoben, um das Dorf zu verschlingen. Das Regenwasser, das den Wadi bis zum Überfließen anschwellen ließ, hatte die zerbröckelnden Erddämme untergraben, und an diesem stürmischen Morgen kam der Gebirgsstrom vom Flussberg in einer riesigen Welle heruntergestürzt und überflutete Kimmelquell blitzschnell. Die wütenden Gewässer zogen auf ihrem grausam mörderischen Weg über das Dorf hinweg und ergossen sich wild ins Tal.

Dulnikkers Zelle wurde erschreckend schnell überflutet, sodass der Staatsmann meinte, die Gewalten der Hölle seien gegen ihn losgelassen. Er ging wassertretend zur Tür, begann mit beiden Fäusten auf sie einzuhämmern und brüllte dabei grässlich. Der Barbier sperrte die Tür auf, und auch er stand da, sah aus wie ein Mann, der des Bildes seines Schöpfers beraubt worden war, und jammerte mit rollenden Augen:

„Herr Ingenieur, tun Sie etwas. Sie haben überall gute Verbindungen, Herr Ingenieur. Bitte, Herr Ingenieur, helfen Sie uns nur noch dieses eine Mal. Es ist alles die Schuld des hinkenden Schusters. Es hat mich ganz durcheinandergebracht …"

Eine Mauer an der Vorderseite des Hauses brach mit ohrenbetäubendem Lärm zusammen. Der Barbier drehte sich um und rannte grauenhaft heulend davon. Dulnikker im Pyjama folgte ihm und bahnte sich einen Weg durch die muhenden Kühe, die entsetzt und verwirrt herumrannten. Der Staatsmann stürzte in das Haus des Barbiers, gegen Wellen ankämpfend, als er versuchte, ein Fenster zu erreichen. Hinter sich konnte er das schrecklich apathische Summen des Kerosin-Motors hören.

Gerade da brachen die Erddämme an vielen Stellen gleichzeitig und gaben der Sintflut den Weg frei. Über das Dorf kam eine Sturzwelle herab und zerstörte alles in ihrem Weg. Sie zerrte dicke Äste, Möbel, Tiere mit, und der Regen verbarg alles hinter einer Wand aus dichten Wasserschleiern. Dulnikker sank das Herz, als er die Schreckensszene überblickte, und er erschauerte. Aus irgendeinem Grund hatte er den Drang, in seine Kammer im Kuhstall zurückzukehren, aber in diesem Augenblick hörte er die Barbiersfrau schreien, und der ganze hintere Teil des Hauses brach zusammen.

Dulnikker kniete halb wahnsinnig auf dem Fensterbrett. Seine blutleeren Lippen murmelten Bruchstücke von Gebeten. Auf der Straße gegenüber brach das Haus des Schuhflickers mit einem schrecklichen Krach zusammen, und hinter den Trümmern von Gurewitschs Heim kam ein dreitüriger Kleiderschrank auf dem Wasser herausgeschwommen. Ein Mann in Lumpen klammerte sich ums liebe Leben an ihn. Mühsam zog er sich auf das schwimmende Möbel hoch, und als er am Haus des Barbiers vorbeischwamm, erblickte er den Ingenieur im Fenster knien.

„Dulnikker!", brüllte er. „Spring!"

Der Staatsmann konnte nicht schwimmen, daher hielt er sich

zurück. Plötzlich aber brach die Wand zusammen, und instinktiv warf er sich vorwärts. Die rasende Strömung, die ihm bis ans Kinn reichte, zerrte ihn geradewegs zu dem improvisierten Floß, das sich an einer Linde verfangen hatte. Der Mann zog Dulnikker mithilfe seiner gelben Aktentasche zu sich herauf. Als sie schwindlig ins Tal getrieben wurden, streckte sich der Staatsmann bäuchlings auf dem Schrank aus und schaute auf die Ruinen des Dorfes zurück, das schnell hinter dem Vorhang des Wolkenbruchs verschwand. Entsetzte Kühe ertranken in der teuflischen Strömung rund um sie herum, und Menschen gingen unter, während sie etwas zum Anklammern suchten. Amitz Dulnikker hielt Zev schweigend umschlungen. Die Arme gegenseitig um die Schultern gelegt, trieben Meister und Sekretär auf dem großen Schrank in Richtung Tel Aviv.

Nicht weit von ihnen sah man die Spitzen von Holzmasten, die über das Gewässer hinausragten. Joskele Treibitschs Lichtmasten hatten das Dorf fast erreicht.

Mein Kamm

Inhalt

Die Geburt einer siegreichen Schnapsidee

Dass ausgerechnet Politzer schuld an allem war, das hätte später wohl niemand mehr vermutet.

Zweifellos gibt es Menschen, denen das Schicksal Besonderes zugedacht hat und deren Lebenslauf Falte für Falte vom Gesicht abzulesen ist, aber ausgerechnet Politzer, dieser unscheinbare Glatzkopf und Restpostenhändler, schien bestimmt nicht für eine Heldenrolle ausersehen.

Womit ich natürlich nicht sagen will, dass nicht auch Glatzköpfe und Ramscher ein gewisses Recht auf ein Schicksal haben. Politzer jedoch wäre wirklich der Letzte gewesen, an den ich in diesem Zusammenhang gedacht hätte.

Es lag gerade einen Monat zurück, dass ich mich in die Dienste der zweitklassigen Textilfirma Alexander Politzer begeben hatte, den finanziellen Umständen und der eigenen Not gehorchend. Die 35 überschritten, ohne in das Rad der Weltgeschichte eingegriffen zu haben, ernährte ich mich bereits seit Wochen von Rohkost. Gurkenscheiben, Karottenschnitzel und blanchierte Kohlköpfe waren mein täglich Brot.

Dabei hatte ich, im Gegensatz zu Politzer, zweifellos das Zeug zu Großem in mir. Ich gehörte zu jenen, über die in Gedenkartikeln später steht, sie wären im Laufe ihres Lebens „Schwertschlucker, Universitätsprofessor, kanadischer Holzfäller, Gitarrenvirtuose und Hundefänger in Kopenhagen" gewesen. Bislang allerdings hatte ich noch nichts Derartiges geleistet, obwohl ich zur rechten Zeit das Abitur beinahe geschafft hatte, hochgewachsen und schlank war und über einen unwiderstehlichen Charme verfügte, der meine Umgebung auf der Stelle betörte. Außerdem konnte ich, wenn ich nur wollte, so treuherzig dreinschauen, als wüsste ich kein Wässerchen zu trüben, was im Notfall auch recht nützlich sein kann.

Noch aber schwebte ich im luftleeren Raum wie ein unbedrucktes Flugblatt, das schließlich auf Alexander Politzers Schreibtisch landete. Und auch das nur wegen eines höchst gehaltvollen Inserats: BILANZFÄH. BUCHHALT. MIT EXZ. BÜROKENNT. AB MON. ERST. ALE. POLITZ.

Ein Monat war inzwischen ins Land gegangen bis zu jenem schicksalhaften Morgen, an dem ich auf leisen Sohlen meinen angestammten Platz hinter dem Schreibtisch einnahm. Ich spürte an meinen gesträubten Nackenhaaren, dass Politzer bereits an den Worten feilte, die er für mich in petto hatte.

Nur wenig später öffnete sich dann auch die Tür des Direktionsbüros, und Lizzi, Politzers zierliche Sekretärin, ließ mich im Vorbeigehen wissen:

„Rudolf, der Chef lässt bitten."

Ich sprang auf und eilte mit meinem gewinnendsten Lächeln in das Zimmer des Alten. Politzer erwartete mich in der vorgeschriebenen Pose, das Trommeln seiner Finger eiferte mit dem Ticken der Uhr um die Wette, während er sich um eine möglichst herablassende Miene bemühte.

„Warum sind Sie heute schon wieder eine halbe Stunde zu spät zum Dienst angetreten, Herr Flinta?"

Die Frage überraschte mich keineswegs. Ich dachte scharf nach. Heute zum Beispiel war ich zu spät gekommen, weil der Bus mitten auf der Ringstraße seinen Geist aufgegeben hatte, der Fahrer das Vehikel trotz aller Wiederbelebungsversuche nicht mehr in Gang bringen konnte und ich den Rest des Weges zu Fuß gehen musste. Zweifellos keine überzeugende Ausrede für einen Chef mit Vollglatze. Hier musste eindeutig eine raffinierte Lüge her, die ich auch prompt aus dem Ärmel schüttelte.

„Meine Schwester musste heute in aller Herrgottsfrüh wegen eines verschleppten Furunkels ins Krankenhaus", antwortete ich bescheiden. „Die Arme ist mutterseelenallein. So blieb mir natürlich nichts anderes übrig ..."

Politzer unterbrach mich:

„Hören Sie, Flinta, das kaufe ich Ihnen nicht ab. Ihre Schwester soll ihr Furunkel gefälligst auf den Feierabend legen."

Ich hatte von ihm nichts anderes erwartet. Ein Einzelkind mit

Haarproblemen kann keinen verstehen, der sich für eine Schwester vierteilen lässt.

„Wenn Sie behauptet hätten, mein Guter", versetzte Politzer sarkastisch, „dass, sagen wir, Ihr Bus mitten auf der Ringstraße seinen Geist aufgegeben hat, hätte ich Ihnen vielleicht noch geglaubt. Aber ein Furunkel …"

Natürlich hatte der Alte mit seinem pathologischen Spürsinn den Bus als die wahre Ursache sofort gerochen. Jeder Angestellte hasst seinen Chef, sogar der, der ihn liebt. Ich aber konnte Politzer nicht einmal leiden. Wie auch immer, meine Minuten und mein Lohn waren gezählt, das wurde mir schlagartig klar. Da überfiel mich eine derartige Wut, dass ich zu allem fähig war, außer zur Bilanz, von der ich nun leider wirklich nichts verstand.

Unsere Blicke kreuzten sich wie Stahlklingen. Politzer entwaffnete mich spielend:

„Rudolf Flinta, Ihre einmonatige Probezeit ist zu Ende. Sie sind gefeuert. Viel Glück."

Er überreichte mir schäbige 400 Kronen, die mich über meine trostlose finanzielle Lage keineswegs hinwegtäuschten.

„Hören Sie", protestierte ich, „Sie können eine Fachkraft doch nicht so mir nichts, dir nichts hinauswerfen."

„Und ob ich kann", konterte mein Ex-Chef. „Ihre Bürokenntnisse stecken noch nicht einmal in den Kinderschuhen, und von Buchhaltung verstehen Sie so viel wie ein Känguru."

Wahrscheinlich fand der Alte seinen Humor auch noch großartig und genoss seine Macht als Sklavenhalter. Der Sklave aber probte den Aufstand:

„Jeder auch nur halbwegs anständige Mensch hätte Verständnis für einen Bruder mit einer pflegebedürftigen Schwester."

„Sie haben doch gar keine Schwester."

Er hatte mir also nachspioniert. Pfui Teufel. Diese unglaubliche Hinterhältigkeit gab mir die moralische Kraft zum Gegenschlag:

„Und Sie, Politzer, sind nichts als ein hässlicher Glatzkopf."

Das saß. Instinktiv hatte ich Politzers wundeste Stelle getroffen. Von draußen war Lizzis schadenfrohes Kichern zu hören, während Politzer mir mit flammendem Blick wortlos die Tür wies.

Genau in diesem Augenblick aber nahm das Schicksal seinen Lauf.

BESCHWINGT von meinem mentalen Sieg verließ ich federnden Schrittes, vorbei an Lizzis bewundernden Blicken, die widerwärtige Stätte. Hatte ich doch ihren unantastbaren Folterknecht mit der schlichten Wahrheit völlig aus der Fassung gebracht. Welche Genugtuung für dieses entzückende Wesen, ihre Bewunderung war durchaus gerechtfertigt.

Als ich zu Hause eintraf, saß auf dem altersschwachen Leihsofa meines noblen Untermieterquartiers bereits mein bester Freund Pepi. Er war meiner drängenden telefonischen Einladung gefolgt, auch wenn er bereits ein wenig betrunken war. Eigentlich war Pepi immer ein wenig betrunken, denn er lebte nach der Devise, Alkohol erweitere den Horizont. Im Grunde aber war er ein begabter Journalist, wenn auch ungewöhnlich schlampig, ein echter kleiner Gauner eben. Mein Fall war er nicht. Trotzdem wollte ich meinen besten Freund nicht gleich beim ersten Besuch damit kränken, alle Wertsachen in Sicherheit zu bringen, obwohl ich wusste, dass er alles, was nicht niet- und nagelfest ist, sogleich mitgehen lässt. Ich gebe zu, dieses Problem belastete unser Verhältnis ein wenig.

Wir hatten uns vor zwei Jahren in einem Café kennengelernt, in dem sich Pepi als Poker-Kiebitz nützlich machte. Derjenige, hinter dem er saß, wurde wie von Zauberhand zum Verlierer, bis Pepi schließlich bei verräterischen Handzeichen ertappt und in einer mondlosen Nacht unmissverständlich aus dem Lokal befördert wurde. Pepi beteuerte verzweifelt seine Unschuld und gestand mir im Vertrauen, er hätte niemals irgendwelche Handzeichen gegeben. So etwas tut man nicht. Er hätte lediglich dem gegenübersitzenden Spieler ein wenig zugezwinkert, aber das wäre bestimmt nicht aufgefallen.

Auch er war, wie ich, seit diesem peinlichen Zwischenfall weder Schwertschlucker noch Universitätsprofessor geworden. Allerdings hatte sich das Blatt vor Kurzem gewendet und der Zufall ihm einen Job bei der Familienpostille *Morgenstern* zugedacht. Dort komponierte er die Bildunterschriften, wobei seiner Fantasie keinerlei

Grenzen gesetzt waren. So deutete er unter anderem einen Teller voller Makkaroni als Mafia-Kabel, die bei einem bekannten Börsenspekulanten in der Innenstadt gelegt worden waren. Das war zwar totaler Blödsinn, klang aber höchst geheimnisvoll und hatte die Auflage befördert. Pepi aber war nur deshalb nicht in den Genuss einer Gehaltserhöhung gekommen, weil der Zeitungsinhaber, ein gewisser Hugo Gonzalez, dies unnötig fand.

Pepi sah aus wie ein zu klein geratener Streithahn mit nach hinten frisiertem Kamm, hatte große, rotgeäderte Augen und trug einen gepflegten Dreitagebart.

„Du hast getrunken", bemerkte ich zur Begrüßung.

„Natürlich habe ich getrunken", antwortete Pepi. „Und dich hat man gefeuert."

„Woher weißt du das?"

„Deine Probezeit ist heute abgelaufen."

Pepi war nicht dumm, er kannte die Spielregeln. Ich setzte mich ihm gegenüber auf meinen Schemel und schilderte meinen Leidensweg in allen Details:

„Politzer ist ein Ungeheuer", schloss ich meinen Bericht, „mir zu unterstellen, wie ein Känguru zu rechnen …"

„Wie ich dich kenne, hat er nicht unrecht."

„Na und? Wenn du nur sehen könntest, wie kahl dieser Kerl ist. Nicht die Spur eines Haarflaums auf dem Kopf …"

Die Witwe Schick machte sich im Nebenzimmer bemerkbar.

„Ruhe", forderte sie energisch klopfend. „Ruhe!"

Meine Vermieterin war eine penetrante Person und nutzte jede Gelegenheit, mich als Untermieter zu demütigen, doch heute konnte sie klopfen, soviel sie wollte. Nach den ein, zwei oder drei Gläschen Marillenschnaps hatte der Alkohol seine wohltuende Wirkung getan, und ich fühlte mich stark wie ein Stier und beim Gedanken an Politzer wie ein Torero. Auch Pepi torkelte bereits ein wenig, obwohl er doch sonst durch jahrelange Übung recht trinkfest war. Vor meinem geistigen Auge aber torkelte nur Politzers Glatze.

„Wie wär's, Pepilein", schlug ich ihm kichernd vor, „wenn du meinen widerlichen Ex-Chef in deine Zeitung bringst? Politzer kauft täglich den *Morgenstern*, ich würde ihm von Herzen gern einen Streich spielen."

Pepi horchte auf, wie immer, wenn er Geld witterte:

„Wie denn, im *Morgenstern*?"

„Nichts leichter als das. Such dir einfach das Bild eines besonders unsympathischen Typen mit Glatze aus dem Archiv und schreib unter das Foto: ‚Dieser kahle Ramscher sucht verzweifelt einen neuen Buchhalter, weil sich die beiden Vorgänger über seine Glatze zu Tode gelacht haben.'"

„Du bist verrückt geworden", murmelte er. „So einen Schwachsinn druckt doch keiner. Wenn du mich ordentlich bezahlst, könnte ich eventuell schreiben, dieser Politzer hätte dich als das Oberhaupt einer vielköpfigen Familie in der bittersten Winterkälte auf die Straße gesetzt, weil du als aufrechter Mann nicht bereit gewesen bist, seine Steuerhinterziehungen zu decken."

„Das ist billig", unterbrach ich ihn. „Wozu lügen, wenn es nicht nötig ist. Dass Politzer eine Vollglatze hat, springt ins Auge. Das Beste im Leben ist immer der gerade Weg. So will ich dir als meinem Freund auch nicht verhehlen, dass ich von Politzer eine stattliche Abfindung bekommen habe …"

Das wirkte. Pepi schwenkte auf meinen Vorschlag ein. Er verlangte lediglich eine Flasche polnischen Wodka für seine Anti-Politzer-Kampagne und die Hälfte meiner Abfindung bar auf die Hand. Ich willigte ein, weil ich voll Bitterkeit und Alkohol war, und Pepi hielt sicherheitshalber alles schriftlich fest: „Politzer Glatze. Rudi. Rache. 200 Kronen in bar."

„Ich geh ums Eck noch einen heben", sagte mein Freund, „dann bring ich's hinter mich, bevor ich wieder nüchtern werde. Ein Blödsinn, das Ganze. Und was geschieht, wenn mich mein Chef auch feuert? Wirst dann du für mich sorgen?"

„Kein Problem", beruhigte ich ihn, „mein Geld wird für uns beide reichen. Leg los. Keine Gnade für Politzer."

Pepi winkte mir auf dem Flur noch ein letztes Mal zu.

„Ich habe morgen im Feuilleton vier Spalten zur Verfügung", murmelte er. „Aber ich hab auch so ein komisches Flattern im Bauch …"

Erst später bemerkte ich, dass er aus meinem Nachttisch von meinen drei mühsam geschnorrten kubanischen Zigarren zwei hatte mitgehen lassen. Gauner bleibt Gauner.

AM NÄCHSTEN MORGEN erwachte ich in milder Stimmung. Barmherzigkeit erfüllte mein Herz, und ich entdeckte ganz neue, tiefmenschliche Seiten an mir. Sogar ein gewisses Verständnis für Politzer machte sich in meinem Inneren breit. Der ältliche Kahlkopf ertrug eben keinen kraftstrotzenden Jüngling neben sich, der mit seinem unwiderstehlichen Charme das gesamte weibliche Personal namens Lizzi betörte.

Ich streckte mich, dass meine Knochen knackten, und blickte voller Optimismus in die Zukunft. Ich würde Politzer laufenlassen, denn im Grunde war er ein armes Würstchen, und der Himmel würde sich schon eine Strafe für ihn einfallen lassen.

Erst gegen Mittag erinnerte ich mich wieder an den Abend mit Pepi und den ganzen, vierspaltigen Schwachsinn.

Er wird diesen Artikel doch nicht wirklich geschrieben haben. Hoffentlich hat er wenigstens Politzer nicht namentlich erwähnt. Blinder Zorn hatte mich und der Alkohol Pepi benebelt. Ich beruhigte meine flatternden Nerven schließlich damit, dass der *Morgenstern* vermutlich auch ein paar vernünftige Redakteure hätte und die würden das Ärgste schon verhindern. Solch drittklassigem Journalismus muss schließlich das Handwerk gelegt werden.

Gegen Mittag schlenderte ich beim Zeitungskiosk vorbei und kaufte ganz zufällig den *Morgenstern*. Ich blätterte ihn flüchtig durch und blieb an der vorletzten Seite hängen. Mein Herz stand fast still, denn da prangte im Feuilleton ein vier Spalten langer Artikel: „Über die Kahlköpfigkeit" von Josef Schomkuthy.

Eine mörderische Wut auf Pepi packte mich, der sich grundlos Schomkuthy nannte und sich für Alkohol und Geld zu jeder Schweinerei verleiten ließ. Mir wurde schon beim Titel schlecht. Welch grenzenlosen Unsinn würde er da wohl verbreiten, und das über eine Lappalie, wie es Haarprobleme nun einmal sind.

„Ein gut gekleideter junger Mann mit offenem Wesen und auffallend intelligentem Gesichtsausdruck stellte sich mir als R.F. vor", begann der Artikel.

Er bat mich vor wenigen Tagen in einer dringenden Angelegenheit um meine Hilfe. Obwohl ich völlig überlastet war, wurde ich neugierig, wie wir Starjournalisten es von Berufs wegen nun einmal sind.

„Nehmen Sie Platz, Herr F.", lud ich ihn ein, und mein unerwarteter Gast machte es sich, mit zitternden Fingern nach einer meiner kubanischen Zigarren greifend, in der Ledersitzgarnitur meines Konferenzraumes bequem.

„Hochverehrter Herr Redakteur", begann er, und seine Stimme war von leiser Melancholie umschattet. „Sie, als einzige anerkannte Autorität im Lande, sind mit ihrem untadeligen Ruf und ihrem unübertrefflichen Stil meine allerletzte Hoffnung …"

Rasch unterbrach ich ihn, und R.F. kam zur Sache. Er habe als mäßig bezahlter Büroangestellter in einem florierenden Textilunternehmen gearbeitet.

„Von morgens früh bis abends spät opferte ich mich auf, führte minutiös Buch und erstellte komplizierte Bilanzen", vertraute er mir an. „Ich tat alles, um das Vertrauen meines Chefs, des Herrn A.P., zu gewinnen und seine Erwartungen noch zu übertreffen. Ich habe schließlich für eine pflegebedürftige Schwester, alte kranke Eltern und auch für mich selbst den Lebensunterhalt zu verdienen.

Eines Tages jedoch rief mich Herr A.P. in sein Büro.

Rudolf, teilte mir A.P. mit schneidender Stimme mit, nachdem Sie gegeben haben, was Sie konnten, brauchen wir Sie nicht mehr. Trotz hervorragender Qualifikationen sind wir gezwungen, auf Ihre Arbeitskraft zu verzichten. Ich brauche mein Geld schließlich selbst.

Der Boden schwankte unter meinen Füßen", fuhr R.F. fort. „Ich brach lautlos zusammen. Auf Knien flehte ich den fiesen Zwerg an, doch nicht eine ganze Familie ins Elend zu stürzen. A.P. jedoch warf mir nur einige Kronen vor die Füße und wies mir die Tür.

Noch im Gehen übermannte mich eine undefinierbare Regung, und ich drehte mich um. Es fiel mir wie Schuppen von den Augen. Alexander Politzer war vollkommen kahl."

R.F. wirkte in diesem Augenblick wie ein Erleuchteter auf mich.

„Warum, hochverehrter Schomkuthy", klagte er an, „warum sind es immer Glatzköpfe wie A.P., die Dinge zerstören und Menschen vernichten? Warum, ja, warum bloß immer nur diese ekelhaften Glatzköpfe?"

Ich gestehe offen, seine Einsicht erschütterte mich. Wir verabschiedeten uns schweigend. Und noch lange, nachdem R.F. mich verlassen hatte, saß ich wie erstarrt und sann vor mich hin. Die sanften Konturen der Zigarrenringe lösten sich im rötlichen Abendlicht auf, und ihre kapriziösen Windungen fanden ihren Widerhall im Pulsieren meines aufgewühlten Inneren.

Der Sommer war noch nicht vorbei, aber es dämmerte bereits recht früh.

Ich las den Artikel einmal, zweimal und ein weiteres Mal. Ich konnte mich nicht satt daran lesen. Hatte ich schon beim ersten Mal festgestellt, dass ein derart schwülstiger Schwachsinn niemals hätte gedruckt werden dürfen, fielen mir jetzt von Mal zu Mal neue abstruse Details auf. Ich erstürmte die nächste Telefonzelle und rief im Café Hopp an, wo Pepi gewöhnlich die Nachmittagsstunden mit dem Kippen des einen und auch anderen Gläschens totzuschlagen pflegte.

„Hallo", meldete sich Pepi nach einigen endlosen Sekunden, „hier Chefredakteur Schomkuthy."

„Bist du übergeschnappt?", brüllte ich in den Hörer. „Was soll das?"

„Den Artikel hast du selbst bestellt, mein Lieber." Pepi schien überrascht. „Du hast doch ausdrücklich verlangt, dass ich über deinen kahlköpfigen Politzer schreibe …"

„Das ist ja der Gipfel an Unverschämtheit. Ich bin doch nicht senil. Ich weiß genau, was ich gesagt habe. Du solltest mit geistreichen und humorvollen Andeutungen allgemeine Hinweise bringen, wie das kultivierte Menschen tun, das habe ich gemeint und nichts anderes. Und ich habe dir unzählige Male eingeschärft, auf keinen Fall Namen zu nennen."

„Das hast du nicht gesagt."

„Natürlich nicht, das versteht sich doch von selbst."

Pepi schnappte nach Luft.

„Politzer wird dich verklagen, dass dir Hören und Sehen vergeht", kündigte ich ihm an. „Wieso hat denn niemand in deiner Redaktion diesen Schmarrn verhindert?"

„Das verstehe ich auch nicht", gab Pepi kleinlaut zu. „Ich war gestern doch nicht mehr ganz nüchtern, als ich den Artikel verfasste. Ich habe ihn dann auch gar nicht mehr durchgelesen und ihn ganz einfach in der Zeitung abgegeben. Der Ressortchef ließ mir noch ausrichten, er würde höchstpersönlich verhindern, dass mein besoffenes Geschreibsel jemals wieder ins Blatt käme. Und daraufhin erschien der Artikel."

„Warst du denn heute schon in der Redaktion?"

„Ich habe es versucht, aber der Portier versperrte mir den Weg. Er hätte Anweisung, mich nicht hineinzulassen. Was meinst du, was das bedeutet?"

„Dass Politzer bereits Klage erhoben hat."

„Na, wir werden schon irgendwie aus dem Schlamassel herauskommen."

„Du kennst Politzer nicht."

„Wir nehmen uns eben den besten Anwalt in der Stadt."

„Und wer bezahlt das?"

„Du natürlich, wie vereinbart."

Hier trennte uns plötzlich das Amt, denn ich hatte auf die Gabel gedrückt.

Ich lehnte mich an die Wand der Telefonzelle und atmete ein paar Mal tief durch. Ein wenig, wenn auch nur ganz schwach, regte sich mein Gewissen. War ich nicht mit schuld an Pepis Verhängnis? Hätte ich ihn nicht von seinem unsinnigen Plan abbringen müssen, um jeden Preis gegen Politzers Kahlköpfigkeit zu Feld zu ziehen? Ich hätte doch wissen müssen, Pepi, der kleine Dummkopf, würde mich völlig falsch verstehen. Der Arme hatte gehofft, ich würde seinen idiotischen Artikel gut finden. Jetzt wird der gute Pepi eine Klage an den Hals bekommen, die sich gewaschen hat. Ich weiß doch, wie jähzornig Politzer sein kann.

Dann beruhigte ich mich wieder. Schließlich hat er den Schmäh-artikel doch ganz allein geschrieben, der Pepi. Niemand hat ihm die Feder geführt. Soll er doch ganz allein ausbaden, was er angerichtet hat. Wenn ihm nichts Gescheiteres einfällt, als seine Mitmenschen zu verleumden, nur weil sie zu wenig Haare haben, muss er auch ganz allein die Verantwortung dafür übernehmen.

Dieses und Ähnliches ging mir auf dem Heimweg durch den Kopf, als ich meinen Nachbarn, Dr. Robert Schwanz, den tüchtigen Steuerexperten, traf, der im gleichen Stockwerk eine Tür weiter wohnte.

„Haben Sie heute schon den *Morgenstern* gelesen?", fragte ich ihn mit maliziösem Lächeln.

„Sicher", erwiderte mein Nachbar, „ich habe die Zeitung doch abonniert. Der Artikel über die Kahlköpfigkeit war recht originell, obwohl ich dem Verfasser nicht in allen Punkten zustimme."

„Aha", brummte ich. „Und in welchen nicht?"

„Meiner Meinung nach", erläuterte Dr. Schwanz beflissen, „hat ein Chef das Recht, einen Angestellten zu entlassen, auch wenn dieser seine Arbeit in jeder Beziehung vorbildlich geleistet hat. Es gibt schließlich zwingende wirtschaftliche Gründe, die der be-treffenden Firma dringende Einsparungen auferlegen. Gestiegene Produktionskosten zum Beispiel, Mehraufwand im Personalbe-reich …"

„Zweifellos", unterbrach ich ihn. „In dem Artikel gab es jedoch, wenn Sie sich erinnern, eine recht fragwürdige Tendenz, nämlich die, dass der Chef kahlköpfig war."

„Ja", bemerkte mein Nachbar nachdenklich, „ich erinnere mich. Alle Glatzköpfe wären ekelhaft, hieß es da, nicht wahr?"

Ich nickte vorsichtig. Bedauernd hob der Steuerfachmann die Hände.

„Davon verstehe ich nicht viel", meinte er. „Allerdings muss man Verständnis für einen Vorgesetzten aufbringen, sinkendes Nettokapitalvermögen, höhere Sozialabgaben …"

Er warf mit weiteren Fachausdrücken um sich und ergoss seine Suada erbarmungslos über mich. Nach zehn quälenden Minuten verabschiedete er sich endlich. Ich blickte ihm hinterher und überlegte, ob er wohl nicht ganz bei Trost sei. Ich nahm mir Pepis Artikel noch einmal vor, ob ich vielleicht etwas übersehen hätte, und stellte endgültig fest, dass dieser haarsträubende Blödsinn nur aus der Feder eines Besoffenen stammen konnte.

Da ich mich ein wenig langweilte, ging ich nicht direkt auf mein Zimmer, sondern klopfte bei Elvira Schick an, die gerade kleine Heiligenfiguren in Mineralwasser badete. Die recht gut erhaltene Witwe hatte nämlich einen kleinen Verkaufsstand neben der Kapuzinerkirche, in dem sie den Gläubigen allerlei Krimskrams andrehte.

Offenbar hatte ich mich nicht deutlich ausgedrückt, als ich ihr vom *Morgenstern* und dem ominösen Feuilleton erzählte, denn die Witwe las den Artikel in meiner Anwesenheit gleich nach, weil sie annahm, ich hätte ihn großartig gefunden.

„Schön", sagte sie gerührt, „wirklich schön, dass es heutzutage noch Journalisten gibt, die in Not geratenen Mitmenschen beistehen."

Schon lag mir auf der Zunge, ich selbst sei der Mitmensch in Not, doch mein Instinkt war wieder einmal klüger als ich.

„Jetzt ist dieser arme, stellenlose Junge mit seiner großen Familie ganz allein auf der Welt", klagte die gute Seele. „Wer wird für ihn sorgen? Er wird im Elend enden, dieser bedauernswerte Mensch."

„Wie wäre es, Gnädigste, wenn Sie ihm über die Zeitung ein wenig unter die Arme greifen würden?"

„Das will ich gerne tun", begeisterte sich die Witwe, „aber erst, wenn Sie Ihre Miete endlich bezahlt haben, Herr Flinta. Dann überweise ich dem Ärmsten den Betrag bis auf den letzten Heller."

„Das wollen Sie wirklich tun, liebe Frau Schick?"

„Darauf schwöre ich, beim Wohlergehen meines geliebten Mannes, Gott hab ihn selig."

Und so händigte ich der verdutzten Witwe ganze 200 Kronen aus und reduzierte damit A.P.'s Abfindung auf null, in der frohen Gewissheit, das Geld via *Morgenstern* baldigst zurückzubekommen.

„Übrigens", fragte ich die Witwe auf dem Weg hinaus, „was halten Sie eigentlich von Glatzköpfen?"

Frau Schick bekreuzigte sich und wandte sich wieder ihren Heiligen zu.

„Wir alle sind gleich vor dem Richterstuhl Gottes. Auch unter Kahlköpfigen gibt es ehrbare Christen. Glauben Sie mir, Herr Flinta."

In mein lausiges Zimmer zurückgekehrt, zog es mich magisch zu Pepis Artikel. Ich las ihn nun schon zum sechsten Mal. Ich atmete auf. Er ergab für mich noch immer keinen Sinn. Nichts als blödes Gequatsche.

ICH SOLLTE an jenem schicksalhaften Tag jedoch nicht zur Ruhe kommen.

Ich hatte mich gerade ein wenig hingelegt, da holte mich das Hausmädchen der Molnars ans Telefon. Es würde dringend nach mir verlangt. Ich fuhr mir nur rasch durch die Haare und eilte in den vierten Stock, weil damals im ganzen Haus nur die Molnars ein Telefon hatten.

Arthur Molnar kannte ich schon seit meiner Militärzeit. Ich war ein junger Gefreiter und er ein gemeiner Soldat, und ich ließ den armen Kerl Tag für Tag durch den Schlamm robben. Das machte uns allen Spaß, denn sein Bauch war so schön rund, dass er wie auf einer Wippe, mal mit den Schuhspitzen, mal mit der Nase im Dreck steckte. Als ich dann Jahre später Witwe Schicks Untermieter geworden war und Arthur Molnar zum ersten Mal im Treppenhaus traf, wollte er schon über mich herfallen, besann sich aber dann mitten im Sprung. Offenbar dachte er an die nächsten Militärübungen. Seit damals verstanden wir uns recht gut.

Am Telefon hörte ich Lizzis aufgeregte Stimme:

„Um Gottes willen, Rudolf, was haben Sie da angerichtet? Politzer ist außer sich, seit er den *Morgenstern* gelesen hat."

„Was hat er denn jetzt vor?"

„Der Alte schwört Stein und Bein, er werde Sie hinter Gitter bringen, und wenn dabei sein ganzes Vermögen draufgehen sollte."

Ich hatte gewusst, dass es so kommen würde. Ich hatte es gewusst. Ich setzte mich. Meine Knie zitterten.

„Ich habe nichts damit zu tun", beteuerte ich in Schweiß gebadet. „Ich habe Pepi angefleht, den Artikel nicht zu schreiben, ich habe ihn vor einer Klage gewarnt."

„Woher kannte er denn die Geschichte, wenn nicht von Ihnen?"

„Ich habe sie ihm doch nur von Freund zu Freund erzählt. Nicht im Traum wäre mir eingefallen, dass dieser hirnkranke Trunkenbold daraus einen Artikel macht. Kennen Sie Pepi denn eigentlich?"

„Ich glaube, ich habe ihn einmal vor dem Büro getroffen. Das war doch dieses unscheinbare Kerlchen, das mich in den Popo kneifen wollte und dem ich eine Ohrfeige gab. Er schlug gleich zurück …"

„Dann war es Pepi."

„Ich mache mir Sorgen um Sie, Rudolf. Politzer tobt, und um eine Verleumdungsklage kommen Sie nicht herum. Woher wollen Sie denn das Geld für einen Anwalt nehmen?"

Ja, auf Lizzi war Verlass. Sie machte sich Sorgen um mich. Ein liebenswürdiges Geschöpf, ein süßes Ding, gebildet und mit Tiefgang. Ihre Hüften könnten zwar etwas schmaler sein, dafür hat sie herrliche Beine. Und wie sie mich bewundert. Zweifellos eine höchst intelligente Person.

„Lizzi", gurrte ich sanft in den Hörer, „hätten Sie nicht Lust, heute Abend mit mir essen zu gehen?"

„Gerne, Rudolf."

„Warten Sie, ich muss in meinem Kalender nachsehen."

Mir war nämlich eingefallen, dass man ein Abendessen üblicherweise nur gegen Bezahlung erhält, was bei zwei Personen nicht billiger wird. Ich bereute zutiefst, mein Umlaufkapital in eine Witwe investiert zu haben, doch nun war es zu spät.

„Sagen Sie, Lizzi", fragte ich vorsichtig, „muss es unbedingt heute Abend sein?"

Mir war, als klang ihr „Nein" ein wenig enttäuscht.

„Gut, dann eben ein anderes Mal", sagte ich munter. „Wenn Sie in der Gegend sind, rufen Sie mich doch einfach an."

Es tat mir leid um den Abend. Ich beschloss, ihr fünfzig dunkelrote Rosen zu schicken, doch dann kam irgendetwas dazwischen.

Am frühen Morgen des nächsten Tages platzte Pepi zur Tür herein. Eine Frechheit, nach allem, was er mir angetan hatte. Er warf sich erschöpft auf mein Leihsofa, zündete sich eine meiner Zigarren an und sagte nur:

„Du hast mich ruiniert."

Ich setzte mich ihm gegenüber.

„Schieß los. Erzähl, wie du hinausgeflogen bist."

Mit einem Blick, der mir durch Mark und Bein ging, begann Pepi seine Geschichte:

„Mein Artikel ist statt im Papierkorb versehentlich in der Druckerei gelandet, wo er anstandslos gesetzt wurde. Der zuständige Redakteur hatte das Büro wegen einer jungen Dame in unaufschiebbarer Angelegenheit verlassen und übergab den Umbruch seinem Stellvertreter, der kurz darauf Bauchweh bekam. So las niemand mehr Korrektur und … und …"

Es war alles gesagt. Wir schwiegen beide.

„Das Tragische an der Sache ist nur", krächzte Pepi, „dass der alte Gonzalez, der Zeitungsinhaber, vollkommen kahl ist."

Er überreichte mir die Frühausgabe des *Morgenstern*. Auf der zweiten Seite stand in fetten Lettern:

An unsere Leser. Wir bedauern, dass durch ein unverzeihliches Versehen in unserer gestrigen Ausgabe ein Artikel erschienen ist, der nicht der Gesinnung des Blattes entspricht. Der Essay „Über die Kahlköpfigkeit" ist ein in jeder Hinsicht abzulehnendes Machwerk. Dem Verfasser, Josef Schomkuthy, wurde sofort fristlos gekündigt.

Wir bitten unsere geschätzten Abonnenten und Leser um Verständnis.

Die Redaktion

Genugtuung erfüllte mich. Ich gab Pepi die Zeitung zurück.

„Recht haben sie. Du solltest endlich zu trinken aufhören."

„Ich verstehe", grinste Pepi boshaft. „Und was ist mit deinem Versprechen, für mich zu sorgen?"

„Sorg doch für dich selbst. Gott schütze mich vor Schreibtischtätern."

Da sprang Pepi auf wie eine zu klein geratene Kobra und starrte mich mit funkelnden Augen an. Ich wich zurück. Menschen wie ich sind leider nur allzu oft minderwertigen Subjekten ausgeliefert.

„Macht nichts, lieber Rudi", zischte Pepi durch die Zähne. „Politzer wird dich verklagen, dass dir Hören und Sehen vergeht. Heute Morgen war ich gemeinsam mit ihm bei Gericht und gab zu Protokoll, dass du mir den Artikel praktisch diktiert hast, den ich dann folgsam an die Redaktion weitergeleitet habe. So gescheit wie du bin ich allemal."

Höchste Zeit zurückzuschlagen.

„Du lügst also auch noch! Dieses Ammenmärchen wird dir keiner abnehmen."

„Und wie man es mir abnehmen wird! Politzer erkannte zweifelsfrei deinen Stil. Außerdem habe ich unter Eid ausgesagt."

„Du Scheusal!", schrie ich, während ich ihn in die Ecke trieb. Ich war um mindestens fünfzehn Kilo schwerer als er und noch viel zorniger. „Du undankbares Ungeziefer, ich war es, der aus dir überhaupt erst einen Menschen gemacht hat. Wer hat dir denn literweise Marillenschnaps beschafft?"

„Und ich weiß noch ganz genau", kreischte Pepi, „wie du dich nur durch tägliches Stehlen von Fußabtretern über Wasser gehalten hast!"

„Das war doch deine Idee, du Jammergestalt."

„Weil ich immer schon der Gewieftere war."

Mit einer geschickten Körperwendung kniff ich ihn ins Ohr, worauf er mir gegen das Schienbein trat.

„Fass mich ja nicht an!", brüllte Pepi. „Hilfe!"

Ich überwältigte ihn, warf ihn zu Boden und schlug seine Nase gegen meine Knie. Diesen Griff hatte ich von meinem Cousin gelernt, der Profiboxer geworden war, weil in seiner Kindheit der Wäschetrockner auf ihn niedersauste und seine Nase so verunstaltete, dass er seitdem ohnehin für einen Boxer gehalten wurde.

Pepi röchelte und zappelte in meinem eisernen Griff. Ich war nah daran, ihm den Gnadentritt zu versetzen, als die Witwe Schick ins Zimmer platzte.

„Heilige Muttergottes!", schrie sie auf, als sie uns am Parkettboden liegen sah. „Was machen Sie denn da?"

„Wir raufen", versetzte ich. „Er hat angefangen."

Pepi nutzte die Feuerpause und schlüpfte zur Tür hinaus, wobei er demonstrativ mein leeres Portemonnaie mitgehen ließ.

„Versuchen Sie doch einmal, sich wie ein Mensch zu benehmen, Herr Flinta", ermahnte mich meine Vermieterin. „Sehen Sie, während Sie sich hier mit diesem anderen Schurken prügelten, habe ich, getreu meinem Gelübde, Ihre Miete an Herrn Chefredakteur Schomkuthy vom *Morgenstern* überwiesen."

„Nein!"

Mein Schreckensschrei vertrieb die dämliche Person endgültig aus dem Zimmer. Eigentlich konnte ich ihr gar nicht übel nehmen, dass sie in dem Sauf- und Raufbold Pepi nicht den Herrn Chefredakteur Schomkuthy erkannt hatte.

Ich aber verspürte nur noch Lust, meinen Kopf gegen die Wand zu schlagen, obwohl man doch weiß, wie wenig das hilft.

MEINE LAGE war mit wenigen Worten beschrieben: Da stand ich, ohne Anstellung, ohne Geld, ohne Pepi und ohne Hoffnung. Wenige Jahre zuvor hätte ich in ähnlicher Situation noch auf alles gepfiffen und Karten gespielt, hätte Pferderennen besucht und aus dem Stegreif unsichere Wett-Tipps an den Mann gebracht. Ich hätte von Tür zu Tür bedeutende enzyklopädische Werke angeboten und dann die Auslieferung der Bücher vergessen oder gegen eine gewisse Gebühr Toilettenpapier und Glühbirnen aus den eleganteren Hoteltoiletten an zuverlässige Hehler weitervermittelt, von den Fußabtretern ganz zu schweigen, die Pepi erwähnte.

Mit den Jahren aber war ich leider anspruchsvoller geworden. Alle erdenklichen Wechselfälle des Lebens lagen hinter mir, kurz, ich war, wenn auch ungern, zum Mann gereift. Die einstige Abenteuerlust war der Sehnsucht nach Muße gewichen.

Ich beschloss also, mich nach einer Position umzusehen, die meinen neuen Fähigkeiten entsprach und bei der mir für emsige Arbeit eine einmonatige Probezeit und eine zweiwöchige Abfindung zustanden.

In meiner Not erinnerte ich mich plötzlich eines Ingenieurs. Wir waren uns vor Kurzem in einem Hallenbad begegnet. Er gestand mir, ich machte auf ihn einen vertrauenswürdigen Eindruck, und ob ich wohl kurz auf seine Geldbörse aufpassen könnte, während er im Wasser seine Runden drehte. So kam ich ihm und seiner Börse näher. Er meinte schließlich, ich sollte mich als stellungsloser Buchhalter im Ernstfall auf ihn berufen. Er sei sehr gut mit dem einflussreichen Direktor Elmar Watzek von der Ersten Inländischen Dwaschek GmbH bekannt. Der würde mir sicher weiterhelfen.

Den ganzen Vormittag zermarterte ich mir den Kopf nach dem Namen des Ingenieurs. Aber ich hatte ihn einfach vergessen. Ob mit oder ohne Ingenieur, ich war pleite. Die Erste Inländische Dwaschek war meine letzte Hoffnung.

Nach anderthalbstündigem Warten betrat ich Herrn Watzeks Allerheiligstes, blickte tapfer in seine dicke Hornbrille und stellte mich vor:

„Ich komme auf Empfehlung eines guten gemeinsamen Freundes, Herr Direktor."

„Welchen Freundes?"

„Ein Schwarzhaariger", antwortete ich. „Trägt eine Brille, geht oft ins Hallenbad und hat immer ein Portemonnaie mit großen Scheinen bei sich …"

Watzek blinzelte ratlos. Ich nutzte die Gunst der Stunde und erwähnte meine fünfzehnjährige Praxis als Buchhalter. Soeben wäre ich freiwillig aus einem der größten Textilkonzerne des Landes ausgeschieden, um mich als Führungskraft zu bewerben. Meine angenehme Stimme und mein offener Blick zeigten wie immer ihre Wirkung. Direktor Watzek taute allmählich auf, stellte mir eine Reihe von Fragen privater und beruflicher Natur, die ich nach bestem Wissen und mit lebhafter Fantasie beantwortete.

Da fiel mir durch eine eigenartige Fügung des Himmels gerade in dem Augenblick, als Watzek seine Hand freundlich auf meine Schulter legte, der Name des Ingenieurs aus dem Hallenbad ein. Erleichtert nannte ich ihn dem Direktor.

Watzek nahm augenblicklich die Hand von meiner Schulter, und sein Gesicht versteinerte sich.

„Wir mussten Ihren Freund vor wenigen Tagen wegen Veruntreuung entlassen", sagte er kühl. „Wir haben leider keine Verwendung für Sie."

Gedemütigt schlich ich zur Polstertür. Noch im Gehen übermannte mich eine undefinierbare Regung, und ich drehte mich um.

Es fiel mir wie Schuppen von den Augen. Er war ja fast kahl, der ekelhafte Typ.

Ekelhaft? Natürlich, das war er, der Glatzkopf.

ICH BRAUCHE wohl nicht zu wiederholen, wie sehr ich meine Schnapsidee bereute, Frau Schick meine Miete gezahlt zu haben. Nun arbeitete mein Geld in der Kasse des *Morgenstern,* und es war kaum anzunehmen, dass Pepi sich in die Höhle des Löwen wagen würde, um das Geld abzuholen.

Zwei Tage und zwei Nächte strapazierte ich meinen viel gerühmten Einfallsreichtum, um an mein wohlverdientes Geld zu kommen. Endlich kam mir, ich erinnere mich ganz genau, es war Donnerstag nach dem Nachmittagsschläfchen, der rettende Einfall.

In meinem einzigen, leidlich eleganten dunkelgrauen Sakko begab ich mich in die Redaktion des *Morgenstern.*

„Mein Name ist Gregor Schick", stellte ich mich der Chefsekretärin vor. „Küss die Hand, gnädige Frau. Meine Gattin hat vor einigen Tagen Herrn Schomkuthy einen kleinen Betrag zugunsten dieses armen stellenlosen Jungen aus dem Kahlkopfartikel überwiesen. Jetzt aber würde meine Frau die Summe, wenn irgend möglich, doch lieber persönlich überreichen."

„Einen Augenblick", sagte die Sekretärin, verschwand hinter der gepolsterten Tür, kam aber schon nach kurzer Zeit wieder. „Zu unserem größten Bedauern", teilte sie mir ein wenig streng mit, „retournieren wir Spenden prinzipiell nicht. Wir sind jedoch bereit, den Begünstigten davon zu unterrichten, dass es sich um eine Unterstützung Ihrer werten Gattin, der Witwe Elvira Schick, handelt …"

Hier hielt die Sekretärin vielsagend inne, und auch ich war inzwischen am Witwenstand meiner Gattin ein wenig irregeworden.

In dieser delikaten Lage öffnete sich die Polstertür, und der Chefredakteur erlöste mich:

„Mir fällt gerade ein, Schomkuthy hat das Geld schon bekommen."

„Wie", stammelte ich, „ich dachte, er arbeitet nicht mehr bei Ihnen."

„Er ist seit Kurzem Vollmitglied der Chefredaktion", korrigierte mich die Sekretärin. „Herr Schick, Sie lesen anscheinend den *Morgenstern* nicht."

Damit drückte sie mir ein Exemplar der jüngsten Ausgabe in die Hand. In fetten Lettern stach mir auf der Titelseite ins Auge:

An unsere Leser. Wir bedauern, dass wir vor wenigen Tagen eine in jeder Hinsicht unwürdige Stellungnahme zum Artikel „Über die Kahlköpfigkeit" veröffentlicht haben.

Zur Veröffentlichung dieser Erklärung wurden wir durch gesellschaftspolitische Entwicklungen gezwungen, zu deren Deutung wir uns in der aktuellen Wirtschaftslage nicht befugt fühlen. Der Verfasser des Artikels, Dr. Josef Schomkuthy, bleibt selbstverständlich Mitglied der Redaktion und hat es sich zur Aufgabe gemacht, unsere verehrten Leser auf dem Laufenden zu halten. Bereits in der heutigen Ausgabe werden seine sachverständigen Ausführungen zur Glatzkopfproblematik fortgesetzt.

Die irrtümlich veröffentlichte Entschuldigung ist durch diese Richtigstellung null und nichtig.

Wir bitten um das Verständnis unserer geschätzten Abonnenten und Leser.

Die Redaktion

ICH BETRAT das Café Hopp und stellte mich ganz bescheiden vor die Schnapsflasche, hinter der sich mein geliebter Freund verbarg.

„Pepi", sagte ich, so sanft ich nur konnte, „Pepi, hier bin ich."

Pepi blickte kurz auf und wandte sich dann angewidert ab.

„Pepi", wiederholte ich und senkte den Blick, „verzeih mir. Ich habe dich schlecht behandelt. So geht man mit seinem besten Freund nicht um. Aber ich will alles wieder gutmachen und dich auch reichlich entschädigen. Du sollst deine Entlassung nicht bereuen. Was mein ist, soll auch dir gehören."

„Mach dich nicht lächerlich", grinste Pepi, „du weißt doch ganz genau, dass ich wieder in Amt und Würden bin."

„Was sagst du da", ich schlug mir an die Stirn, „das darf doch nicht wahr sein. Was ist geschehen? Erzähl, spann mich nicht auf die Folter."

„Lass das Theater", winkte Pepi ab. „Was willst du von mir?"

Sein barscher Ton empörte mich. Am liebsten hätte ich auf der Stelle kehrtgemacht, aber das konnte ich mir nicht leisten. Ich wollte schließlich meine Miete wiederhaben.

„Ich wollte dir wenigstens gratulieren."

„Also gut."

Wir umarmten einander wie verloren geglaubte Brüder, und ich setzte mich zu ihm hinter den Marillenschnaps. Pepi begann zu erzählen und löste das Rätsel um die mysteriöse Richtigstellung.

Unmittelbar nachdem der alte Glatzkopf Gonzalez meinen Pepi gefeuert hatte, wurde der *Morgenstern* von einer Flut von Briefen und Telegrammen geradezu überschwemmt. Aus allen Gesellschaftsschichten bezeugten Menschen ihre Sympathie. Die Auflage stieg sprunghaft in eine Höhe, wie sie weder die Chefredaktion noch Gonzalez jemals erlebt hatten.

Pepi griff in seine neue Aktentasche und holte zum Beweis einen Brief nach dem anderen heraus.

Lieber Redaktör, schrieb da zum Beispiel ein Leser, *ich weiß nicht wer sie sind oder was sie sind aber eines sag ich ihnen jetzt sie haben den Glatzköpfen ordentlich eins drüber gebraten Himmelherrgott ich war zwar noch nie kahl aber sie Mordskerl möchte ich unheimlich abküssen.*

Ein anderer Brief in ältlicher Damenhandschrift roch penetrant nach Veilchen:

Die Vorsehung hat Ihnen, Herr Redakteur, die Feder in die Hand gedrückt, ich wünsche Ihnen und Ihrer lieben Familie Gottes reichen Segen, denn mein Hausherr, der widerliche Kerl, ist auch ein Kahlkopf. Erst jetzt weiß ich, warum er mich so schikaniert. Dabei müsste Schechter mir jeden Tag die Hand küssen, denn wer, so frage ich, wer außer mir ist mit siebzig Jahren bereit, denn wissen Sie, Ende Juli werde ich, so Gott will, das siebzigste Jahr vollenden, die schmutzige Bruchbude Schechters Tag für Tag sauber zu machen. Wer ist er denn eigentlich. Nichts als ein Glatzkopf, und wie.

Auch einige anonyme Schreiber waren darunter:
Sehr geehrter Herr Journalist, schrieb ein Unbekannter.

Ich halte es für meine Pflicht, Ihnen mitzuteilen, dass Dr. Bruno Willer, Rechtsanwalt, wohnhaft im XIV. Bez., Schnurstraße 8/b, Erdgeschoss 1, vollkommen kahl ist. Für Ihre Liebenswürdigkeit im Voraus dankend, verbleibe ich mit vaterländischem Gruß,
ein Drogist aus Stuhlweißenburg.

Und so ging es ohne Unterlass fort. In Dutzenden von Schreiben beglückwünschte man Pepi, begrüßte seine Einstellung, pries seine mutige Erkenntnis. Da war sogar die Ehefrau eines Glatzkopfes, die den Visionär in ihm entdeckte, *dessen mutiges Auftreten in der Finsternis der Scheinheiligkeit und Dummheit wie eine Fackel aufleuchtet.*
Pepi lachte so sehr, dass er mich damit ansteckte und uns beiden schließlich die Tränen herunterliefen. Als er wieder Luft bekam, erzählte er mir, wie es in der Redaktion weitergegangen war.
Der spontane Beifallssturm der *Morgenstern*-Leser hatte dem alten Gonzalez zu denken gegeben. Er schickte Pepi einen Boten mit der Nachricht, er sei ab sofort wieder Mitglied der Redaktion, und übertrug ihm persönlich die Aufgabe, sich ausschließlich auf das Thema „Kahlköpfigkeit" zu spezialisieren, das offenbar auf ein nationales Bedürfnis stoße.
„Meine skeptischen Blicke", fuhr Pepi fort, „parierte der Kahlkopf, ohne zu zögern. ‚Denken Sie, was Sie wollen', sagte er, ‚mir geht es einzig und allein um die Auflage, um nichts sonst.'"
„Und du willst dich weiter mit diesem Schmarrn befassen, Pepi?"
„Warum nicht? Das Thema ist noch nicht ausgereizt. Aus vertraulicher Quelle weiß ich, dass der renommierte Professor Wind

mich in der nächsten Ausgabe des Magazins *Scheibe* in der Luft zerreißen wird."

Er rieb sich genüsslich die Hände. Ich wunderte mich darüber, dass der Verriss eines weltberühmten Wissenschaftlers in einer angesehenen Wochenzeitschrift ihn so glücklich machte.

„Der unschätzbare Vorteil ist", belehrte mich Pepi herablassend, „dass die Intellektuellen im Lande auf mich aufmerksam werden. Das ist gut für mein Renommee und für meine Geldbörse. Der nächste logische Schritt ist eine Entgegnung aus meiner Feder. Die wird sich der verehrte Herr Professor nicht hinter den Spiegel stecken."

„Du weißt doch noch gar nicht, was er schreiben wird."

„Was soll ein Glatzkopf schon groß schreiben?"

„Ich wusste gar nicht, dass Professor Wind eine Glatze hat."

„Und wenn schon. Zumindest ist er ein Sympathisant."

Abscheu erfüllte mich für diesen Zyniker, den ich einmal meinen Freund genannt hatte und der sich nicht genierte, seine Weltanschauung zu wechseln wie andere ihr Hemd. Und das sagte er mir ins Gesicht, mir, der ich wirklich, aber wirklich …

„Mein guter Pepi", ich legte meine Hand auf seine Schulter, „verzeih, dass ich dich jetzt mit solchen Lappalien belästige, aber du hast für mich eine bestimmte Summe kassiert."

„Ich?"

„Ja, du. Ich meine die Spende der Witwe Elvira Schick an R.F., mit dem ja schließlich ich gemeint bin."

Ich sah, wie Pepi sich fieberhaft bemühte herauszufinden, woher ich das wohl wusste.

„Das Geld gehört mir", behauptete er schließlich. „Du wolltest ja mit meinem Artikel partout nichts zu tun haben."

„Ich hab dir den Artikel doch selber diktiert, und das hast du bei Gericht auch so zu Protokoll gegeben."

Das wirkte. Pepi zappelte wie ein Rotfuchs in der Falle.

„Fifty-fifty", schlug er vor.

Jeden anderen hätte Pepi mit dieser Großzügigkeit womöglich beeindruckt, ich aber war wie immer nahezu unbestechlich. Nach einer halbstündigen Debatte, die um ein Haar handgreiflich geendet hätte, zahlte mir Pepi zähneknirschend die volle Witwenspende aus. Dabei stellte ich verbittert fest, dass Frau Schick trotz ihres heiligen Schwurs mir, dem bedürftigen Familienvater, nur die Hälfte meiner Miete hatte zukommen lassen.

„Besser als nichts", sagte ich mir, und so nippten wir noch ein Stündchen an unseren Gläsern im Café Hopp, wobei ich Pepi davon zu überzeugen suchte, dass er seine Karriere ausschließlich mir verdankte. Hätte ich ihn nicht auf die brillante Idee mit dem kahlen Politzer gebracht, würde er heute noch Bildunterschriften basteln und käme nicht in die Vergünstigung, wohltätigen Freunden mit bescheidenen Summen auszuhelfen.

AM ÜBERNÄCHSTEN MORGEN brachte mir der Postbote einen Brief. In einem völlig neutralen, blauen Kuvert ließ Politzer mich per Einschreiben wissen:

> Flinta!
> Hiermit teile ich Ihnen mit, dass ich alle nötigen rechtlichen Schritte unternommen habe, Sie als Anstifter eines empörenden Schmähartikels gegen mich sowie wegen Volksverhetzung vor Gericht zu bringen. Meine Rechtsberater zweifeln nicht daran, Sie für viele Jahre hinter Schloss und Riegel bringen zu können.
> Politzer

Ich ließ mich auf mein Leihsofa fallen und labte mich an einem Glas frischen Leitungswassers. Die Ankündigung traf mich härter als erwartet. Was bis jetzt wie ein nettes kleines Spiel ausgesehen hatte, entpuppte sich als griechische Tragödie. Rasselnde Gittertore und drohende Schemen hohnlachender Gefängniswärter verwirrten meine Sinne …

Hysterisch krallte ich mich in meinen ehrwürdigen Fauteuil.

„Politzer", winselte ich in glühendem Hass, „Politzer, du dreckiger Glatzkopf! Glatzkopf! Glatzkoooopf!"

Der Ausbruch beruhigte mich ein wenig, und ich sondierte meine Chancen. Sich nur nicht von Politzer ins Bockshorn jagen lassen. Dieser miese Kerl wollte mir doch nur Angst machen. Wegen eines läppischen Einschreibens werde ich noch lange nicht hysterisch.

292

Da kann er lange warten. Dem werde ich schon zeigen, wie ein echter Vollblutkerl den Beweis antritt, dass schließlich nicht er, sondern Pepi den Artikel verfasst hat.

Da fiel mir die reizende kleine Lizzi ein. Sie würde mich sicher getreulich über die finsteren Absichten Politzers auf dem Laufenden halten. So beflügelt erklomm ich, immer zwei Stufen auf einmal, den vierten Stock. Frau Molnar war allein und bot mir sofort das Telefon an. Eine militärische Ausbildung hat auch ihr Gutes.

Ich rief in meiner ehemaligen Arbeitsstätte an und verlangte die Kleine.

„Fräulein Lizzi ist leider außer Haus", teilte mir eine verbindliche Männerstimme mit, „aber für einen Herrn Flinta hat sie eine Nachricht hinterlassen."

„Ich höre. Wenn Sie so freundlich sind."

„Herr Flinta soll sich gefälligst nicht mehr blicken lassen, denn Fräulein Lizzi hat nicht die geringste Lust, ihre knapp bemessene Freizeit an ausgemachte Schurken zu vergeuden. Gemäß meiner Anweisung hielte sich auch Fräulein Lizzis Mitleid in Grenzen, sollte Herr Flinta beabsichtigen, sich am nächstbesten Baum aufzuhängen."

Nach dieser deutlichen Botschaft legte der verbindliche Mensch auf, und mir wurde mit einem Schlag klar, wie allein ich auf der Welt war. Einer nach dem anderen ließ mich im Stich, auf niemanden ist mehr Verlass, nur noch auf mich selbst, und auch das immer seltener.

In welch gotterbärmliche Situation war ich nur geraten. Eine Handvoll Flinta gegen den Rest der Welt.

Nicht, dass ich dieser Lizzi nachtrauerte. Keineswegs. Sie war doch etwas ganz Gewöhnliches, dem man an jeder Ecke begegnete. Zu breite Hüften, zu schmale Beine. Als Informantin hätte ich sie zwar nicht verachtet, aber wenn sie die Beleidigte spielen will, von mir aus. Nur weil ich sie damals nicht zum Abendessen eingeladen habe. Eingebildete, dumme Gans. Andere Mütter haben auch hübsche Töchter. Schwamm drüber.

Als ich vom vierten Stock herunterkam, erwartete mich bereits eine aufgeregte kleine Runde. Arthur Molnar war da, der Steuerberater Doktor Schwanz persönlich und Gagay aus dem Erdgeschoss,

Briefträger in Rente. Ihm sagte man nach, er hätte eines schönen Tages vom Briefeverteilen genug gehabt und sämtliche Sendungen in den nächstbesten Postkasten geworfen. Darauf hatte man ihn in Frührente geschickt. Das war sicher kein großer Schaden für die Volkswirtschaft, denn er war nicht der Hellste.

„Gut, dass Sie kommen", begrüßte mich Arthur. „Haben Sie Professor Winds Erwiderung schon gelesen? Man spricht von nichts anderem mehr."

Ich gestand, den Artikel noch nicht zu kennen, worauf er eilig ein Exemplar der *Scheibe* aus seiner Sakkotasche fischte.

„Ich lese vor", erbot sich Arthur. „Drei intelligente Menschen können die Situation doch besser einschätzen als einer allein."

Unser Briefträger, der keine Aufnahme in die Intellektuellenaufzählung gefunden hatte, brachte sich als vierter ins Spiel:

„Worum, bitte, geht es hier eigentlich?"

„Leben Sie auf dem Mond, Gagay?", fuhr ihn Schwanz an. „Um die Debatte über die Glatzenfrage, was sonst."

Der Briefträger im Ruhestand blinzelte blöd:

„Was für eine Frage? Der eine hat eine Glatze, der andere hat keine, was gibt's da, bitte, zu debattieren?"

Hinter Gagays Rücken tippte sich Arthur Molnar an die Stirn. Danach machten wir es uns im Treppenhaus bequem, Frau Molnar servierte Espresso, und es erklang Arthurs sonore Stimme, die Entgegnung von Professor Wind verkündend.

„Von Urzeiten an, seit Menschen in Gemeinschaft miteinander leben", schrieb der weltberühmte Wissenschaftler, „steht außer Frage, dass Macht und Besitz innerhalb der Gesellschaft ungleich verteilt sind. Dies ist eine natürliche Folge des Existenzkampfes, und in diesem natürlichen Wettstreit drängt jeder Einzelne an die Spitze, um seinen Platz zu finden.

Das Leben aber ist nicht gerecht.

Jeder kann sein Ziel verfolgen, aber jeder beginnt seinen Weg auch unter anderen Bedingungen. Der eine Mensch ist intelligent, der andere dumm. Der eine ist Nachkomme wohlhabender Eltern, der andere ein besitzloser Bastard, der eine ist schön, der andere hässlich, der eine begabt, der andere unbegabt …

Was aber kann ein minderbemittelter Mensch tun, wenn ihm aufgeht, dass er mit den Begabten nicht mithalten kann?

Die Antwort liegt auf der Hand: Er versucht seine Konkurrenten mit unlauteren Mitteln aus dem Feld zu schlagen.

Schafft er dies allein?

Nein, denn dazu ist er zu schwach. Aber schließlich gehört er der Mehrheit an, dem ‚Verein der Unbegabten'. So kann er mit den anderen Unbegabten gemeinsame Sache machen, um der begabten Minderheit Steine in den Weg zu legen.

Wer aber ist ein Begabter? Ist er so ohne Weiteres von den Unbegabten zu unterscheiden? Keineswegs. Denn Talent ist niemandem von der Stirn abzulesen, noch ist es in seiner Geburtsurkunde vermerkt.

Es muss daher ein äußeres Zeichen, irgendein gemeinsamer Nenner gefunden werden, der die eine Gruppe von der anderen unterscheidet, um dem Verein der Unbegabten die Verfolgung der Beneideten zu ermöglichen.

Der Neid ist von jeher der mächtigste Antrieb für den Menschen. Es ist kein Zufall, dass das erste Menschenpaar seinen Schöpfer wegen seiner Weisheit beneidete und darum aus dem Paradies vertrieben wurde und der dritte Mensch, Kain, den vierten, seinen Bruder, tötete, weil dessen Feueropfer eine höhere Rauchsäule entfachte. Von den Zehn Geboten Moses behandeln zwei den Neid, doch haben die Menschen die Gebote eingehalten, haben sie daraus gelernt? Nein, der Neid war am Anfang und wird bleiben bis in alle Ewigkeit.

Der Verein der Unbegabten hat heute eine neue Zielscheibe gefunden, eine Gruppe von Menschen, die sich einzig durch das Fehlen ihrer Haare auszeichnet. Es ist die primitivste Treibjagd in der an Verfolgungen reichen Geschichte des Homo sapiens, die dümmste und lächerlichste.

Die Glatze als Kainszeichen von Menschen für Menschen.

Ich schäme mich, ein Mensch zu sein."

Arthur hatte zu Ende gelesen und musterte unsere kleine Gruppe nachdenklich. Keiner sagte etwas. Die lastende Stille wurde von Frau Molnar unterbrochen.

„Ist dieser Wind ein Jude?", fragte sie.

„Ich glaube nicht", antwortete Schwanz. „Warum fragen Sie?"

„Nur so."

Mir gefielen, wenn ich ehrlich sein sollte, Professor Winds Erläuterungen recht gut, und ich hielt nur deshalb mit meinem Kommentar hinter dem Berg, weil ich nicht wusste, wie die anderen darüber dachten. Auch hatte ich, ehrlich gesagt, nicht alles ganz genau verstanden.

„Na gut", bemerkte Arthur schließlich. „Man kann die Glatzenfrage aber auch nicht ohne Weiteres abtun."

„Welche Frage, bitte", brabbelte unser Briefträger schon wieder dazwischen, aber Frau Molnar schnitt ihm das Wort ab:

„Was geht Sie das an, Gagay? Ich wünschte, Arthur hätte so viele Haare wie Sie."

„Seien Sie mir nicht böse, aber ich verstehe das alles nicht", murmelte der Postrentner. „In unserer Familie sind wir alle so behaart, besonders meine arme selige Mutter ..."

„Halten Sie den Mund, Gagay", winkte Dr. Schwanz ab. „Meiner Meinung nach hat Professor Wind übers Ziel hinausgeschossen. Ich kann seiner Überlegung nicht folgen, wonach der eine Mensch hübsch und der andere hässlich auf die Welt kommt. Wenn ein Mann zum Beispiel nur um ein Quentchen schöner ist als ein Affe, so reicht das durchaus. Außerdem gibt es heute bereits unzählige Methoden auch für Männer, körperliche Mängel auszugleichen. Es gibt kosmetische Behandlungen, Heilgymnastik, regelmäßige Gewichtskontrollen, exquisites Rasierwasser ..."

„Ich kann mich nicht erinnern, dass Herr Professor Wind das geschrieben hat", mischte sich schon wieder der senile Briefträger ein. „Wer kann sich heutzutage teures Rasierwasser leisten?"

„Gagay, um Himmels willen!"

„Ich verstehe das ganze Professorengejammer nicht", bemerkte Arthur bissig. „Mag sein, dass der gute Wind ein hervorragender Geologe oder weiß der Kuckuck was ist, doch von solch heiklen Fragen hat er wirklich keine Ahnung. Was heißt, bitte schön, hier fände ein Wettrennen statt?"

„Du bist still, Arthur", fuhr Frau Molnar auf und wandte sich an uns. „Mein Mann soll nur ja nicht auf die Idee kommen, auch noch zu Pferderennen zu gehen. Mir reicht schon, dass er ein passionierter Kartenspieler ist. Erst gestern war er wieder drauf und dran, bei den Weinrebs im ersten Stock einen Haufen Geld zu verlieren. Wenn er irgendwo ein Kartenspiel nur riecht, ist er schon ganz aus dem Häuschen."

„Aus dem Häuschen bist du selbst, und vor allem deine Mutter", konterte Arthur, doch Schwanz fuhr beschwichtigend dazwischen:

„Professor Wind sprach keineswegs von Pferderennen, Herr Molnar. Glatzköpfige Professoren spielen doch lieber Schach, die Pferde kennen sie nur vom Schachbrett."

Wir lachten herzhaft über diese treffende Beobachtung, bis auf den Briefträger, der erklärte, es gäbe auch kahlköpfige Jockeys, und den Pferden wäre das sowieso einerlei.

„Mein Großvater", schloss Gagay, „ritt bis zu seinem 90. Lebensjahr und hatte noch immer keine Glatze."

Wir achteten nicht mehr auf sein Geschwafel.

„Aus einem bestimmten Blickwinkel ist mir die Kahlköpfigkeit nichts Neues", ergriff Arthur Molnar das Wort. „Ich mache meine Frau schon seit Jahren darauf aufmerksam, dass im Stadttheater auf den teuren Parkettplätzen hauptsächlich Glatzköpfe sitzen. Wir sehen das von unseren Galerieplätzen dort oben ganz genau. Nicht wahr, mein Schatz?"

„Daran kann ich mich nicht erinnern", antwortete Frau Molnar. „Ich sitze im Übrigen gar nicht gern auf der Galerie, die Stühle im Parkett sind viel bequemer, aber du kaufst immer nur, was billig ist, Arthur."

Dr. Schwanz stierte mit hochgezogenen Augenbrauen in seine leere Kaffeetasse.

„Es ist schon was dran an den Glatzköpfen, meine Herren", sagte er. „Zumindest bis zu einem gewissen Grad. Insbesondere in den Großstädten und drum herum …"

Wir nickten beiläufig und teilten im Großen und Ganzen seine Meinung.

„Also, ich bekenne ganz offen", erhob Arthur die Stimme, „Kahlköpfigkeit ist in der Tat ein ungelöstes Problem."

Ich hatte bisher nichts gesagt, weil ich nicht sicher war, ob ich Opfer eines Missverständnisses oder einer optischen Täuschung war, aber eigentlich hatte der redselige Arthur Molnar doch selbst, wie soll ich nur sagen, nicht mehr allzu viel Haare auf dem Kopf. Genau genommen konnte man diesen Flaum auch gar nicht als Haar bezeichnen. Er sah eher aus wie das Model in einer Haarmittelwerbung „vor der Behandlung". Ich beherrschte mich noch ein Weilchen, doch dann brach es aus mir heraus:

„Arthur, mein Lieber", sagte ich, „auch Sie bekommen allmählich eine kleine Glatze, stimmt's?"

Gagay grinste über das ganze Gesicht, und Dr. Schwanz blickte verwundert auf Molnars Haupt. Arthur seinerseits wurde knallrot, und seine Gattin wand sich verlegen:

„Nein, nein, mein Arthur bekommt bestimmt keine Glatze. Er ist nur gerade in den Wechseljahren, sodass er jetzt auf ärztliches Anraten zur Haar-Regenerierung …"

Frau Molnar zeigte mit zitternden Fingern auf Arthurs Hinterkopf, den ein Restkranz säumte. Danach war die Stimmung zum Teufel.

„Meine Herren", beschwor uns Arthur, „ich verspreche Ihnen bei meiner Ehre, ich behalte unter allen Umständen meine Haare."

Wir zerstreuten uns rasch und unauffällig, jeder in seine Richtung.

„Verzeihen Sie, Herr Flinta", Gagay war mir nachgeschlurft. „Sie sind doch Friseur von Beruf?"

„Nein", antwortete ich, „ich lerne noch."

DER KORB, den mir Lizzi gegeben hatte, traf mich härter als ich mir eingestand. Bisher hatten mich die Frauen immer verwöhnt, hatten unter meiner ein wenig rauen Schale den nur allzu weichen Kern gespürt und waren meiner Neugier und meinem Liebesbedürfnis bereitwillig entgegengekommen. Ich griff dabei nicht etwa zu billigen Verführungsmethoden wie Blumen oder Parfüm, nein, ich schenkte mich selbst. Ein Gentleman vom Scheitel bis zur Sohle, der ganz genau weiß, wo die Grenzen des Anstands liegen und wann er sie überschritten hat.

Und jetzt wagte es diese Lizzi, mich abblitzen zu lassen. Diese Kaltschnäuzigkeit hatte ich ihr gar nicht zugetraut. Aufhängen sollte ich mich. Und gleich am nächsten Baum. Wir sind doch nicht mehr im Mittelalter, als fahrende Ritter sich für ihre angebeteten Damen mit Wonne entleibten.

Beim Stichwort „entleiben" fiel mir Politzers Klage ein, und dieser Gedanke brachte mich schlagartig in die raue Wirklichkeit zurück. Ich blickte aus dem Fenster und stellte fest, dass sich auch da oben ein Gewitter zusammenbraute, und so beeilte ich mich, noch trockenen Fußes ins Café Hopp zu kommen.

In einer Nische entdeckte ich Pepi, der sich hinter dickleibigen Lexika und historischen Wälzern verschanzt hatte und eifrig vor sich hin kritzelte. Ich eilte auf ihn zu, aber Eugen, der Oberkellner, versperrte mir würdevoll den Weg.

„Erlauben Sie, gnädiger Herr", sagte er höflich, aber bestimmt. „Ich habe strikte Anweisung, dass der Herr Chefredakteur nicht gestört werden darf. Von niemandem, und wenn es, so hat mir Herr Schomkuthy eingeschärft, der Papst höchstpersönlich wäre."

„Dann, lieber Freund", erwiderte ich ebenso bestimmt, „sagen Sie dem hochgeschätzten Herrn Chefredakteur, Rudolf Flinta wäre hier. Nicht der Papst, sondern einfach Flinta. Nicht mehr und nicht weniger."

Eugen schlich auf Zehenspitzen zu Pepis Nische. Ich setzte mich an einen Tisch beim Fenster, beobachtete friedvoll das geschäftige Treiben und wartete. Wenig später kam Eugen zurück und teilte mir höflich mit:

„Es bleibt dabei."

„Und was hat dieser Mistkerl gesagt?"

„Wenn Sie erlauben, würde ich das gerne für mich behalten. Herrn Chefredakteur Schomkuthys Reaktion war eher emotionaler Natur. Er empfiehlt Ihnen, sich im Sekretariat einen Termin geben zu lassen."

„Und wo, zum Teufel, ist dieses Sekretariat?"

„Sie sind an Ort und Stelle. Ich bin es."

Jetzt hatte ich endgültig die Nase voll. Wutentbrannt stieß ich Eugen zur Seite und baute mich vor Pepi auf.

„Was soll der Blödsinn?", fuhr ich ihn an. „Soll ich vielleicht untertänigst um Audienz bitten?"

Pepi legte den Kugelschreiber auf den Tisch und sah mich kühl an.

„Das ist nicht nötig", sagte er, „ich werde Sprechstunden einführen. Dann kann kommen, wer will. Im Übrigen bin ich derzeit wirklich unabkömmlich, ich verfasse gerade den Leitartikel des Jahrhunderts, einen offenen Brief an Professor Wind. Also, hau gefälligst ab."

Ich setzte mich Pepi gegenüber und bestellte mir einen Magenbitter.

„Jetzt reicht's mir aber", zischte ich ihn an. „Dir ist wohl diese alberne Glatzengeschichte zu Kopf gestiegen. Aber mich wirst du noch kennenlernen. Spätestens als Zeuge im Politzer-Prozess."

Pepi kippte meinen Magenbitter in einem Zug hinunter.

„Du hast recht", sagte er. „Ich war nüchtern, und du weißt ja, da rede ich allerlei dummes Zeug."

Wir verscheuchten den Oberkellner, der um unseren Tisch schlich, und ich malte Pepi in gräulichsten Farben den bevorstehenden Prozess aus. Dann hielt ich ihm Politzers Drohbrief unter die Nase. Es verschlug ihm den Atem. Er beschwor mich, die juristischen Angelegenheiten auf meine Kappe zu nehmen, damit er nicht am Höhepunkt seiner journalistischen Karriere im Gefängnis landete.

„Wie willst du mich für all diese Scherereien entschädigen", fragte ich ihn, „wenn ich tatsächlich, was ich noch nicht weiß, die Schuld auf mich nehme?"

Pepi suchte krampfhaft nach einem Ausweg. Schließlich fand er ihn:

„300 Kronen in zwei Raten."

„Wie du willst. Nichts liegt mir ferner als eine Erpressung", ich faltete Politzers Brief sorgfältig zusammen und steckte ihn in meine Tasche. „Aber wenn du als Chefredakteur nicht einmal 500 Kronen lockermachen kannst, dann lassen wir es lieber."

„Gut", lautete Pepis Antwort. „Dann entschuldige mich jetzt, ich habe zu tun."

Damit nahm er seinen Kugelschreiber wieder auf. Ich erhob

mich wortlos und ging in Richtung Ausgang. Da hatte ich plötzlich eine wunderbare Idee. Ich kehrte um.

„Du", sagte ich zu Pepi. „Ich nehme die 300 Kronen. Gib mir die erste Rate."

Pepi griff triumphierend nach seiner funkelnagelneuen Geldbörse und überreichte mir mit einem dreckigen Grinsen 150 Kronen. Schnell steckte ich die Scheine in meine Hosentasche, nicht ohne ihn daran zu erinnern, dass die Anwaltskosten seine Sache wären.

Als ich das Hopp endgültig verließ, sah ich noch, wie Pepi sich einen doppelten Kirsch bestellte und mit nichts als einem einzigen Kugelschreiber fortfuhr, sein epochales Jahrhundertwerk zu verfassen.

VON DEM hart verdienten Geld leistete ich mir ein paar Kleinigkeiten, die ich mir schon lange gewünscht hatte, eine Kiste kubanische Zigarren und acht Flaschen portugiesischen Rosé. Das war recht verwegen, da mir die Witwe Schick, als ich bei ihr meine Zelte aufschlug, kategorisch erklärt hatte, in meinem Untermieterzimmer duldete sie dreierlei auf keinen Fall: Alkohol, Zigarettenqualm und Personen weiblichen Geschlechts. Sie war ein wenig gekränkt, als ich sie daraufhin des Raumes verwies, um wenigstens einer der drei Forderungen nachzukommen.

Allerdings drohte von ihr augenblicklich keine Gefahr, denn sie befand sich seit Kurzem in einem Zustand religiöser Verzückung. Sogar ihr Kiosk blieb geschlossen, so sehr nahmen sie ihre inbrünstigen Gebete in Anspruch. Als ich mich erkundigte, was denn geschehen sei, murmelte sie nur verstört: „Ich habe schwer gesündigt, und der heilige Antonius erlegte mir eine Buße auf."

Weitere Einzelheiten verriet sie mir nicht. Das war aber auch nicht nötig. Sie hatte nämlich gestern einen Brief erhalten:

Gnädigste, hieß es in meinem Schreiben.

Gestatten Sie mir, Ihnen für die 100 Kronen, die Sie mir zukommen ließen, meinen innigsten Dank auszusprechen. Das Geld kam im letzten Augenblick und hat eine private Katastrophe verhindert. Hätte der Herr Ihnen gar eingegeben, mir sogar 200 Kronen zu überlassen, dann wäre Ihnen auch der Segen des heiligen Antonius gewiss gewesen.

Ihnen ein Leben lang ergeben, Ihr R.F.

P. S. Wichtig! Weitere mildtätige Zahlungen an den *Morgenstern* sind, um Gottes willen, nur an mich persönlich zu richten.

Schon immer hatte ich der moralischen Kraft überirdischer Mächte vertraut. Auch diesmal zweifelte ich nicht, bald in den Genuss von weiteren 100 Kronen, es war ja schließlich mein Geld, zu gelangen.

In dieser berechtigten Hoffnung begab ich mich noch am selben Nachmittag zu Dr. Eberhard Schwarzkopf, seines Zeichens Staranwalt in Strafsachen, um ihn um Rechtsbeistand gegen Politzer zu bitten. Geld spielte keine Rolle. Pepi hatte schließlich versprochen, die Anwaltskosten zu tragen.

Mein Schicksal hatte mir bisher den Umgang mit Gerichten erspart. Mit Bedacht und ohne unnötig aufzufallen war ich stets meinen Pflichten als Staatsbürger nachgekommen, sodass mich die Strenge des Gesetzes jetzt völlig unvorbereitet traf. Ein einziges Mal hatte ich mich für zwei Tage in Untersuchungshaft befunden. Das war aber bereits acht Jahre her und ein klassischer Fall von Justizirrtum, denn ich hatte das Fahrrad längst zurückgebracht.

Dr. Eberhard Schwarzkopf war mir von einem guten Bekannten empfohlen worden, der seinerseits ein pfiffiger Kerl war und mit dem renommierten Juristen die besten Erfahrungen gemacht hatte. Mein Gewährsmann hatte nämlich eines schönen Abends der ältlichen Inhaberin einer nahe gelegenen Tabak-Trafik eine Spielzeugpistole vor die Brust gehalten und sie höflich zur Herausgabe der Tageseinnahmen aufgefordert. Die furchtsame alte Jungfer verlor daraufhin die Nerven und alarmierte mit den Rufen „Räuber! Räuber!" die Polizei. Mein Bekannter beauftragte den legendären Dr. Schwarzkopf mit seiner Verteidigung und kam mit zwei Wochen Haft auf Bewährung wegen nächtlicher Ruhestörung davon, während die Trafikantin drei Monate Gefängnis wegen Rufmords erhielt. Schließlich hatte sie einen Mann als Räuber verleumdet, den sie noch nie zuvor gesehen hatte.

Dr. Schwarzkopf empfing mich zuvorkommend und bot mir Platz an. Er war gedrungen, hatte dichtes schwarzes Haar und trug eine Brille. Er wirkte kühl und berechnend, besonders wenn er lächelte.

Ich erzählte ihm meine Geschichte, von meiner gewaltsamen Entfernung aus der Firma bis hin zu Politzers niederträchtigem Drohbrief. Ohne überflüssiges Gerede vertiefte sich der gewiefte Jurist in meine Unterlagen. Er war so konzentriert, dass er mich kaum beachtete. Dann erklärte er kurz und bündig: „Der Kläger ist von allen guten Geistern verlassen, wenn er diesen Prozess zu gewinnen hofft. Das hat ihm sicherlich ein gewissenloser Advokat eingeredet. Das Ganze ist ein Kinderspiel für mich."

Ein Seufzer der Erleichterung entrang sich meiner Brust. Wirklich, was hatte sich dieser Glatzkopf Politzer nur dabei gedacht?

„Wenn Sie Vertrauen zu mir haben und mir das Mandat erteilen", fuhr Dr. Schwarzkopf fort, „dann können Sie ruhig schlafen. Zuallererst aber besprechen wir Schritt für Schritt, wie wir vorgehen wollen."

„Sehr gern."

„Der erste Schritt ist naturgemäß eine entsprechende Vorauszahlung. Nur so sehe ich, dass Sie mir vertrauen. Und Vertrauen ist die Grundlage meiner Geschäftspraxis."

Ich stimmte ihm zu und sagte ihm jegliches Akonto zu. Dann wollte ich nur noch wissen, wie er den Prozess gewinnen würde.

„Der sicherste Weg ist immer die Wahrheit", klärte mich Dr. Schwarzkopf auf. „Wir werden vor Gericht beweisen, dass die Behauptungen im gerichtsanhängigen Verfahren jeder Prüfung standhalten."

Mein Puls schlug schneller.

„Ja, denken Sie denn, dass sich das beweisen lässt?"

„Es lässt sich alles beweisen, mein Herr", Dr. Schwarzkopf wurde ein wenig herablassend, „man muss nur wollen. Uns Juristen obliegt lediglich die Aufgabe, die nackte Wahrheit mit dem trockenen Gesetz in Einklang zu bringen. Ich halte es für eine unglaubliche Niedertracht, Kahlköpfigkeit als Charakterschwäche zu bezeichnen. Das ist ja lächerlich, lieber Herr Politzer, eine ganz abstruse Beleidigung."

„Entschuldigen Sie", unterbrach ich ihn, „nicht ich bin Politzer. Der Glatzkopf ist mein Prozessgegner."

„Das überrascht mich nicht im Geringsten", entgegnete der Staranwalt lässig. „Jedes Ding hat zwei Seiten, wenn nicht mehr. Persönlich sehe ich die Schädlichkeit der Glatzköpfe genau wie Sie. Immer wieder frage ich mich, warum so viele etablierte Winkeladvokaten glatzköpfig sind."

Dr. Schwarzkopf fuhr sich durch seine dunkle Haarpracht und beendete die Audienz:

„Nach meiner privaten und beruflichen Einschätzung ist Politzers Lage aussichtslos. Mit wem habe ich übrigens die Ehre?"

„Rudolf Flinta. Die Ehre ist ganz meinerseits."

Auf dem Heimweg ließ ich mir Dr. Schwarzkopfs Argumente noch einmal durch den Kopf gehen. Ich kam zu der Überzeugung, dass er nicht völlig recht hatte. Ich kannte eine ganze Reihe von Glatzköpfen, die gar nicht schädlich, sondern durchaus rechtschaffene Bürger waren. Es gibt auch solche, ja, es gibt wirklich ein paar wenige unter ihnen.

Es war erst 10 Uhr morgens, und die Zeitungsjungen boten nun schon die dritte Ausgabe des *Morgenstern* an. „Schomkuthy antwortet den Glatzköpfen", riefen sie. „Schomkuthys offener Brief an Professor Wind."

Die Menschen auf der Straße rissen den Kolporteuren die Zeitung nur so aus den Händen. Auch Glatzköpfe waren darunter. Man sah ihnen deutlich an, wie unsicher sie waren, ob sie sich ärgern oder sich über den Quatsch lustig machen sollten.

Nichtsdestotrotz gab es den einen oder anderen erheiternden Zwischenfall. Als zum Beispiel ein soignierter älterer Herr, mit tief in die Stirn gedrücktem Hut, den *Morgenstern* erstand, rief ihm ein Student im Vorübereilen zu:

„Seht mal, der Opa hat bestimmt selber eine hübsche Glatze! Wie der wohl unter seinem Hut aussieht?"

Der alte Herr stieß seinen Stock auf das Trottoir.

„Unverschämter Flegel", rief er. „Ich verbitte mir diesen Ton."

„Schon gut, Alter", versetzte der junge Mann kichernd. „Polier deinen Schädel nächstens mit Sandpapier, dann brauchst du in der Nacht kein Licht."

Rasch hatte sich eine kleine Menschenansammlung gebildet, die das Schauspiel mit Pfeifen und Johlen begleitete, während sich der alte Herr auf die andere Straßenseite rettete. Dabei stolperte er über seinen Stock, schlug der Länge nach hin, sein Hut flog in hohem Bogen davon, und wir bogen uns vor Lachen.

Als ich wieder Luft bekam, holte ich mir am Kiosk den neuen *Morgenstern* und verzog mich mit dem Blatt in eine ruhige Ecke. Auf der Titelseite prangte in riesigen Lettern:

Ich nehme den Kampf an

Offener Brief an Professor Wind

Mein Leben als Journalist hat mir viele glückliche Stunden, aber auch manche herbe Enttäuschung bereitet.

Nie verlor ich jedoch meinen moralischen Grundsatz aus den Augen: „Diene der Wahrheit und dem Wohlergehen deiner Mitmenschen". Zwangsläufig war ich Intrigen ausgesetzt, offenen wie versteckten Angriffen, doch was ich in diesen Tagen erdulden muss, stellt alle Prüfungen in den Schatten. Ich meine die Rufmordkampagne des renommierten Professor Wind, in der ich zwar nicht namentlich erwähnt werde, die aber eindeutig auf meine Vernichtung als Mensch und Publizist abzielt.

Ich respektiere und schätze Professor Wind nach wie vor. Umso mehr erschüttert mich der moralische Verfall dieses bisher unantastbaren Wissenschaftlers, der noch dazu ein Revolverblatt wie die *Scheibe* benutzt, um mich mundtot zu machen. Mich, der mit seiner bahnbrechenden Arbeit über die Kahlköpfigkeit für das Wohl unserer Gesellschaft nur einen bescheidenen Beitrag leisten wollte, ja im Sinne seiner nationalen Verantwortung leisten musste.

Auf das kleinkarierte Niveau des Herrn Wind werde ich mich keinesfalls begeben, das ist nicht der Stil, in dem zwei Geistesgrößen miteinander verkehren sollten. Aber schweigen kann und darf ich nicht.

Denn ich, werter Herr Professor, ja, ich habe die Kühnheit, die Wahrheit ans Licht zu bringen: Sie sind befangen. Ich will damit nicht etwa andeuten, Sie wären bestochen worden, obwohl man schon von der einen oder anderen folgenschweren Verfehlung gehört hat und Interpol nach Ihrem Zwillingsbruder, Dr. Andreas Wind, seit zwei Jahren wegen Urkundenfälschung fahndet. Aber das hat mit unserer Sache nichts zu tun und soll deshalb hier auch gar nicht erörtert werden.

Ich behaupte hingegen, dass es sich bei Ihnen um eine ererbte Befangenheit handelt, denn, wie hinlänglich bekannt, hat Ihr seliger Vater so gut wie haarlos das Zeitliche gesegnet, und auch bei Ihnen kann man nicht umhin, einen galoppierenden Haarschwund zu diagnostizieren.

Das aber nur am Rande, bevor ich zum Kern der Sache, nämlich zu Ihren aus der Luft gegriffenen Thesen komme. Mein Kronzeuge ist niemand anders als die Geschichte der Menschheit selbst. Denn, hochverehrter Herr Professor, unsere Geschichte ist auch die Geschichte des Haarschutzes.

Lassen Sie uns zum Beispiel einen Blick zurückwerfen ins Jahr 1107 v. Chr., und zwar in die Maobiter Pergamenthandschriften. Darin haben die Annalen den grausamen assyrischen Tyrannen Tiglatpilesar I. als „haarlosen, hässlichen Barbaren" festgehalten.

Noch erhellender sind die vielfältigen Zeugnisse über die Sünden des Glatzentums in der Heiligen Schrift. Als Moses' hinterhältiger Neffe, Korah der Kahle, mit seinen Kriegern einen Aufruhr gegen Moses anzettelte, nur weil sein Onkel nicht bereit war, ihn als Hohepriester einzusetzen, griff der Allmächtige höchstpersönlich ein. Die ganze kahle Rotte wurde dem Erdboden gleichgemacht, und von da an ließ Moses kein gutes Haar mehr an irgendeinem Glatzkopf.

Das Kahlheitsverdikt der Bibel hatte naturgemäß tiefgreifende Auswirkungen auf die Ereignisse in der Antike. Obwohl Polydros, König von Sparta, das Söldnerheer von Argos in die Flucht schlug, war er zu einem jahrelangen Guerillakampf gegen die Einheimischen verdammt, einzig und allein, weil er seine Leibgarde kahl rasieren ließ und somit die behaarte Bevölkerung gegen sich aufbrachte.

Erst jüngste historische Forschungen haben zutage gebracht,

dass die nur spärlich behaarte menschliche Bestie Caligula im Jahre 41 n. Chr. vom geheimen Haarschutzverband des Prätorianertribuns Cassius Chaerea beseitigt wurde.

Die beiden Söhne Konstantins des Großen, Konstantin II. und Constans, führten nur deshalb einen erbitterten Bruderkrieg, weil der eine dichtes Kopfhaar hatte, während der andere im Winter des Jahres 341 n. Chr. zum Glatzkopf geworden war. Die Fehde endete übrigens mit dem Triumph des lockigen Constans.

Bereits in der Grundschule lernt jedes Kind, dass Yusuf Aba Jakob in der Schlacht bei Santarem dem späteren portugiesischen Kurfürsten Sancho I. nur deshalb unterlag, weil er in der Hitze des Kampfgetümmels seine lederne Kopfbedeckung abnahm, worauf seine Soldaten angesichts der Kahlköpfigkeit ihres Anführers augenblicklich die Flucht ergriffen.

Vor allem in der Geschichte gilt: Gut Ding braucht Weile. Was bis dahin nur spontane, menschliche Reaktion war, formierte sich gegen Mitte des 16. Jahrhunderts zur Volksbewegung. Als Erster erließ Papst Paul IV., der frühere Kardinal Caraffa, die schriftlichen Dekrete gegen das Glatzentum in der Toskana.

Zu Beginn des 18. Jahrhunderts schließlich erlebte die Bewegung ihren ersten Höhepunkt. Der gebürtige Thüringer Gustav von Ritterwald, Schatzmeister des letzten Dogen von Venedig, zog 1788 mit seinem Grundlagenwerk „In den Kanal mit den Glatzköpfen" gegen die „kahlen Blutegel" zu Felde. Die Schrift gilt bis heute als die Bibel des Haarschutzes.

Ja, Gustav von Ritterwald wies uns den Weg.

Erst danach erschienen in anderen europäischen Kulturnationen Broschüren und Streitschriften, die sich mit dem Problem befassten und für kompromisslose Enteignung und Inhaftierung aller haarlosen Parasiten eintraten.

Natürlich blieben auch die Glatzköpfe nicht untätig und versuchten, um jeden Preis ihre Haut zu retten. So führte der Dänenkönig Erich VIII. auf Drängen seiner unerbittlichen kahlen Steuereintreiber bereits 1318 an seinem Hof den Perückenzwang ein. Diese durchsichtige Maßnahme wurde von allen abendländischen Herrschern nachgeäfft. So musste Heinrich VIII. 1535 Thomas Morus köpfen lassen, weil der Lordkanzler sich weigerte, das Perückentragen zu legalisieren.

Die Kahlköpfe verkrochen sich aber nicht nur hinter Perücken, sie vermochten auch mit Beharrlichkeit und unter Einsatz aller Mittel den Volkszorn in andere Bahnen zu lenken. Und nur darum, verehrter Professor, einzig und allein darum hat man im Laufe der Geschichte Hugenotten, Indianer, Zigeuner und Juden erbarmungslos verfolgt und gejagt.

Warum, so frage ich, warum tragen heute noch englische Richter die altmodische Perücke. Warum hielt sich noch bis zu Beginn des 19. Jahrhunderts an allen Fürstenhöfen diese heiße und schwere Kopfbedeckung, ob als Allongeperücke, Staatsperücke oder Zopfperücke? Warum radierte der Feldherr der Bourbonen, der Herzog von Angoulême, die südspanische „Yoguch-mile-Bewegung" aus, die nichts anderes gefordert hatte, als das Vermögen kahlköpfiger Händler zu beschlagnahmen und untereinander zu teilen. Und zu guter Letzt, warum sind bis heute Toupets so begehrt?

Herr Professor, wenn Sie nur einen Funken Ehre im Leibe hätten, dann gäben Sie sich geschlagen. Ihre naiven Hirngespinste, wie brillant sie auch formuliert sind, vermögen nichts gegen nüchterne historische Fakten.

Die Geschichte lügt nicht, Herr Wind. Bis heute ließen sich die Menschen betrügen, jetzt aber lässt sich das Volk nicht länger an der Nase herumführen.

Der fortschrittliche Mensch des 20. Jahrhunderts erkennt, dass die existenzielle Frage für das weitere Bestehen unserer Demokratie die Lösung der Glatzenfrage ist.

Und so bekenne ich mich furchtlos zu meiner Verantwortung und öffne meinen Mitmenschen die Augen für die Tatsache, dass die Glatzköpfe arbeitsscheu sind. Ihr Gott ist und bleibt das Geld.

Denn wo finden wir sie, unsere Glatzköpfe? Unter den geschundenen, zu Tode erschöpften Fließbandkindern? Oder finden wir sie hinter dem Ladentisch oder gar bequem an ihrer gefüllten Kasse?

Ja, Professor, sollte ich auch in Acht und Bann fallen, für die Wahrheit bin ich bereit, alles zu opfern. Bis zum letzten Atemzug stehe ich zu meiner hohen Verantwortung.

An Sie, Herr Wind, ergeht die Warnung: Das Volk ist edel, aber wachsam, hüten Sie sich wohl vor seinem Zorn, denn wenn er einmal entfesselt ist, entgehen Sie ihm nicht. Ziehen Sie Ihr schütteres Haar aus der Schlinge, Wind, solange Sie noch können. Das Maß ist voll.

Mit vorzüglicher Hochachtung

Ihr Josef Schomkuthy jun.

Soweit war ich gekommen, als mir jemand die Hand auf die Schulter legte. Es war Arthur Molnar mit dem *Morgenstern* unter dem Arm.

„Na", sagte er strahlend, „habe ich es nicht gesagt? Ich predige doch seit Jahren, was Schomkuthy jetzt erst behauptet. Erinnern Sie sich, was ich Ihnen sagte, als wir uns das letzte Mal sahen?"

Ich erinnerte mich nicht.

„Ich sagte zu Ihnen, dass die Glatzköpfe der Fluch der Menschheit sind."

Ich blickte verwirrt, nicht, weil ich keine Ahnung mehr hatte, was mir Arthur Molnar angeblich gesagt hatte, sondern weil ich mich sehr wohl erinnerte, dass Arthur noch vor wenigen Tagen auf dem Wege war, ein klassischer Glatzkopf zu werden. Jetzt aber war sein Kopf recht ordentlich behaart, und ich wusste nicht, was ich davon halten sollte.

Während ich noch grübelte, stimmte Arthur bereits ein vollkommen überflüssiges Loblied auf Pepi an.

„Seine messerscharfe Logik hält jeder Prüfung stand", schwärmte der Schwachkopf. „Und einmal abgesehen von der Tatsache, dass er Professor Winds Argumentation bis ins Kleinste zerpflückt, beweist Schomkuthy bis zum Schluss bewundernswerte Haltung. Der Mann ist eine Geistesgröße."

Geistesgröße? Vor meinen Augen erschien der Pepi aus den guten alten Zeiten, wie er nach drei geleerten Weinflaschen unter den Tisch fällt und da unten meine beiden Schnürsenkel zu einer kunstvollen Schleife bindet. Wahrlich, ein großer Geist, ein Geistesfürst, ein Großfürstgeist ohne Beispiel.

„Schomkuthy hat internationales Format", steigerte sich Arthur

Molnar in seiner Begeisterung. „Er kann jederzeit mit mir rechnen. Sind Sie, Herr Flinta, Herrn Dr. Schomkuthy denn schon einmal begegnet?"

„Natürlich bin ich ihm begegnet", antwortete ich lässig. „Er ist doch mein bester Freund."

Molnar wankte kurz unter der Wucht dieser Mitteilung, doch dann hellte sein Gesicht sich auf.

„Jetzt begreife ich erst", seine Stimme überschlug sich. „Sie also sind der rätselhafte R.F. in seinem historischen Glatzenartikel. Mein Gott, ich war ja mit Blindheit geschlagen. Lassen Sie mich Ihnen von Herzen gratulieren."

Er schüttelte meine Hände, hielt sich dann an meinen Mantelaufschlägen fest und klammerte sich flehentlich an mich.

„Sie sind mein Zeuge, nicht wahr? Sie erinnern sich ganz bestimmt daran, auch Dr. Schwanz war dabei, als ich zum Besten gab, dass die Glatzköpfe im Theater immer nur in den ersten Reihen sitzen. Sie legen doch sicher ein paar gute Worte bei Schomkuthy für mich ein. Sie werden das doch tun, nicht wahr?"

Ich versprach ihm rasch, ein paar gute Worte für ihn einzulegen, und entfernte mich eilends. Seine schwärmerischen Blicke begleiteten mich noch bis zur nächsten Straßenecke, ich konnte sie kaum abschütteln.

INNERHALB von wenigen Stunden hatte Pepis offener Brief das ganze Land in einen Taumel versetzt. Überall auf der Straße bildeten sich kleinere und größere Menschengruppen, in Cafés und Restaurants wurde leidenschaftlich debattiert. Die Menschen hatten ein neues, hochbrisantes Thema. Viele gaben Pepi völlig recht, manche stimmten ihm nicht in allen Punkten zu, es gab sogar welche, die der Kahlkopffrage die Aktualität absprachen.

Das Glatzentum des Landes erholte sich nur langsam von seinem Schock. Einige hofften noch, das Ganze sei ein schlechter Scherz. In jedem Fall aber versuchten sie, die Reste ihrer Haare so kunstvoll wie möglich auf den Köpfen zu drapieren.

Auch der Generationskonflikt erhielt durch die Debatte neue Nahrung, denn die Jugend stellte sich geschlossen hinter Schomkuthy. In der älteren Generation herrschte nicht die gleiche Einmütigkeit. Doch auch die heftigsten Gegner der Glatzentheorie konnten Josef Schomkuthy den Rang eines bedeutenden Historikers und eine tiefe patriotische Gesinnung nicht absprechen. Sogar die Fachwelt zollte ihm Hochachtung, nicht mit billigen Phrasen hätte er überzeugt, sondern durch die Kraft seiner Argumente und den beeindruckenden ideologischen Gehalt.

Nicht so allerdings unser minderbemittelter Briefträger im Ruhestand.

„Wissen Sie, Herr Flinta", der alte Herr hielt mich im Treppenhaus auf. „Von mir aus sollen die Herrschaften schreiben, was sie wollen, aber mir kommt diese ganze Glatzensache spanisch vor. ‚Ist denn einer Schuld daran, wenn er als Glatzkopf zur Welt kommt?', sagte ich gestern Abend zu Herrn Dr. Schwanz. Er meinte zwar, nach dieser Logik könne selbst ein Mörder nicht verurteilt werden, weil auch er nichts dafürkann, wenn er als Mörder geboren wird. ‚Entschuldigen Sie, Herr Dr. Schwanz', sagte ich ihm, ‚das kann man doch gar nicht vergleichen, denn ein Mensch wird doch nicht als Mörder geboren, er wird doch erst später dazu. Ein Neugeborener hingegen ist meist völlig kahl, wenn er das Licht der Welt erblickt. Ist er denn schuld daran, bitte schön?' Da belehrte mich Dr. Schwanz, dass der Säugling sehr wohl das Böse des Glatzentums in sich trage, weil er schreit oder quietscht und greint, in die Windeln macht, spuckt, strampelt und Bauchweh hat. Ich frage Sie, Herr Flinta, ist denn das in Ordnung?"

Ich beruhigte Gagay mit einem klassischen „Wie man es nimmt", und er zog brabbelnd seines Weges. Ich aber eilte zu Pepi ins Café Hopp. Glücklicherweise saß der kleine Angeber in seiner gewohnten Ecke, doch der Oberkellner bewachte ihn auch diesmal wie ein Bluthund die Blutwurst. Als Eugen mich erkannte, gab er dann aber doch grünes Licht. „Ausnahmsweise", ergänzte er hochnäsig.

Unser Medienstar war völlig neu eingekleidet mit Maßhemd, modischer Krawatte, funkelnagelneuem Sakko und neuen, aber wenig einnehmenden Manieren. Er musterte mich von oben herab: „Nimm Platz, wenn es sein muss, aber, bitte, fasse dich kurz."

Ich schlug ihm auf die Hand, dass er mein Feuerzeug fallen ließ.

„Hör zu, du Erfolgsmensch", zischte ich ihn an, „spiel nicht den Helden, denn eh du dich versiehst, bist du wieder ein Pokerkiebitz."

Pepi fuhr empört auf, denn er wurde neuerdings nicht mehr gern an seine Vergangenheit erinnert. Als er sich wieder beruhigt hatte, erzählte er mir, dass er sich sein aristokratisches Gehabe von Staatssekretär Bernd Dorfhauser von und zu Dorfhauser abgeschaut hätte, der vor einer halben Stunde heimlich zu ihm in die Redaktion gekommen war.

Pepi sah um sich:

„Ich gab ihm mein Ehrenwort, die Angelegenheit vertraulich zu behandeln."

„In Ordnung", ich rückte meinen Stuhl näher, „schieß los."

Pepi bestellte eine halbe Tasse Rum.

„Staatssekretär Dorfhauser von und zu Dorfhauser kam wegen meines offenen Briefs, inkognito, damit nichts an die Öffentlichkeit dringt. Er teilte mir im Auftrag der Regierung mit, dass man höheren Orts die Glatzenfrage nicht gutheiße, zumal Funktionäre in höchster Position betroffen seien. Man ersuche mich also, meine Aktivitäten einzustellen."

„Und was hast du darauf geantwortet?"

„Das Einzige, was ein Mann von Charakter erwidern kann. Dass ich mich natürlich nicht davon abbringen lasse, um die Durchsetzung meiner Idee zu kämpfen. Und, lieber Rudolf, ganz unter uns, wenn die Herren so bescheuert sind, mir nicht wenigstens eine kleine Entschädigung anzubieten, dann sollen sie sich gefälligst nicht wundern, dass ich Rückgrat zeige."

„Und wie reagierte dieser von und zu auf dein Rückgrat?"

„Er ließ mich diskret wissen, dass er persönlich meine Meinung zur Glatzenfrage durchaus teile. Schon deshalb, weil ein gewissenloser Bankdirektor mit Vollglatze seine Villa am Rosenhügel mit 40 000 Kronen Hypothek belastet habe. Als Privatmann könnte ich jederzeit mit ihm rechnen."

Nachdenklich schlürfte ich Pepis Rum.

„Du", fragte ich ihn. „Stimmt es, dass man nach Professor Winds Zwillingsbruder wegen Urkundenfälschung fahndet?"

„Glaube ich nicht", meinte Pepi gleichgültig. „Der Professor ist ein Einzelkind."

„Aber er bekommt doch eine Glatze?"

„Woher soll ich das wissen", Pepi wischte sich ein Stäubchen vom Anzug, „ich hab ihn noch nie gesehen."

„Und diese Unmenge von historischen Daten?"

„Allgemeinbildung. Diabolische Intuition und ein Haufen Enzyklopädien."

Im Laufe des Abends plauderte er dann noch so allerhand aus, unter anderem dass die Auflage des *Morgenstern* die halbe Million überschritten habe. Er gestand mir unvorsichtigerweise, dass der alte Gonzalez sein Gehalt verdreifacht hätte, aus Angst, andere Zeitungen könnten ihn als den nationalen Glatzenexperten abwerben. Ich gratulierte Pepi und hatte den Eindruck, dass unsere Freundschaft noch nie zuvor so innig gewesen war.

Ich trat durch die Drehtür des Café Hopp ins Freie und machte mich fröhlich pfeifend auf den Weg, denn Pepi hatte mir brüderlich einen Teil seiner Gehaltserhöhung versprochen. Diese noble Geste ehrte ihn, wenn ich seinem Angebot auch durch einen symbolischen Würgegriff ein wenig auf die Sprünge helfen musste.

Ich schmiedete gerade Pläne, was ich von meinem neuerlichen Verdienst alles kaufen könnte, da merkte ich, dass man mich verfolgte. Schon im Café, während ich mit Pepi schwatzte, war mir ein Schnurrbärtiger aufgefallen, der mich so komisch anglotzte. Pepi, den ich darauf aufmerksam gemacht hatte, beruhigte mich, das sei jetzt an der Tagesordnung. Er werde neuerdings von begeisterten Anhängern direkt verfolgt.

Jetzt war der begeisterte Anhänger aber eindeutig hinter mir her. Ich durchforschte mein Gewissen: War ich vielleicht dem Auge des Gesetzes unangenehm aufgefallen? Das Ergebnis meiner Einkehr ließ mich schneller gehen. Immerhin hatte ich eine Zeit lang gewissermaßen ein Doppelleben als kleiner Hochstapler und großer Gauner geführt.

Von Zeit zu Zeit drehte ich mich unauffällig um, so, als schaute ich schönen Frauenbeinen nach, aber mein Verfolger rückte immer dichter auf. Ich bog in die nächste Seitengasse ein, aber auch spielerisch eingelegte Sprünge brachten mich nicht recht voran. Nun trennten uns nur noch ein paar Dutzend Schritte.

Mein Atem flog und mein Puls raste. Den Kerl niederschlagen, durchfuhr mich der rettende Gedanke. Über die Grenze, in Australien ein neues Leben beginnen, kleiner Bauernhof, Hühnerfarm, Bio-Gärtnerei …

Gerade als ich mich stellen wollte, hörte ich hinter mir eine Stimme:

„Halt, bleiben Sie stehen!"

Zu meinem Glück erinnerte ich mich der vielen Kriminalromane, die ich als Junge gelesen hatte, und der Verfolgungen, in denen immer wieder Durchgangshäuser die Rettung des Helden waren. Vor dem nächsten Häuserblock machte ich von meinem Wissen Gebrauch. Vorne hinein, den Hof entlang, erreichte ich schnaufend den hinteren Ausgang, wo mich mein Verfolger bereits erwartete.

„Ich gebe auf", keuchte ich, „machen Sie mit mir, was Sie wollen."

Der Schnurrbärtige zog den Hut:

„Habe die Ehre", stieß er schnaufend hervor, „gestatten Sie, dass ich mich vorstelle. Ich komme von der Genossenschaft der Perückenhersteller …"

DAS LEBEN überrascht uns immer wieder aufs Neue und geht dabei auch manchmal zu weit. Diesmal dauerte es ein Weilchen, bis ich die Sachlage begriffen hatte. Nachdem die Formalitäten geklärt waren, lud mich mein neuer Freund in ein nahe gelegenes Café ein, wo er sich als André Trowitsch, geschäftsführender Vorstand gleichnamiger Firma, zu erkennen gab.

Der aufmerksame Perückenmacher hatte Pepis Anti-Glatzenartikel im *Morgenstern* mit großer Anteilnahme gelesen, teils, weil das nationale Haarschutzproblem auch ihn seit Längerem beschäftigte, teils, weil die neue Ideologie sich äußerst wohltuend auf die Perückennachfrage auswirkte.

„So etwas ist noch nicht dagewesen", erklärte der Vorstand. „Früher wurden monatlich einige Dutzend Perücken bestellt, heute sind wir nicht mehr in der Lage, neue Bestellungen anzunehmen. Da meine Firma nur aus zwei Gesellschaftern besteht, dem Laufburschen und meiner Wenigkeit, weiß ich einfach nicht mehr ein noch aus."

Ich ahnte, worauf er hinauswollte.

„Sie würden staunen, mein Herr, wer alles zu uns kommt. Aus den höchsten Kreisen gibt es Aufträge", verriet Trowitsch. „Ich kann heute bereits jeden Preis für eine lebensechte grau melierte Perücke verlangen. Ein Riesengeschäft, denn es gibt zu viele erbärmliche Glatzköpfe in diesem unglücklichen Land."

Jetzt musste ich klug sein, denn eine solche Chance bietet sich nur zwei- oder dreimal im Leben. Mein Freund Trowitsch dürfte ähnliche Visionen gehabt haben, bevor er versuchte, mit Pepi Kontakt aufzunehmen. Bis ins Café Hopp, wo der Große Schomkuthy residierte, war er zwar vorgedrungen, doch dann war er vom unüberwindlichen Oberkellner gestoppt worden.

„Außerdem wagte ich nicht", gestand mir der Perückenmacher, „einen glühenden Idealisten wie den Herrn Chefredakteur mit Fragen des schnöden Mammons zu behelligen. Er hätte mich doch glatt vor die Tür gesetzt."

„Sie haben völlig richtig gehandelt", versicherte ich dem taktvollen Unternehmer. „Ein Schöngeist wie mein Freund hätte Sie ohne zu zögern aus dem Lokal werfen lassen. Der Mann schwebt in höheren Sphären."

„Gewiss", gab Trowitsch zu. „Aber Sie, Herr Flinta, Sie können mir in dieser heiklen Angelegenheit vielleicht helfen. Betrachten Sie das bitte, bei Gott, nicht als Bestechung."

Ich versuchte es, doch gelang es mir nicht so recht. Wie auch immer, ich hatte plötzlich das Gefühl, einen Freund gewonnen zu haben.

„Ich werde mit Schomkuthy sprechen, lieber André", sagte ich. „Aber ich kann dir noch gar nichts versprechen."

„Ich bitte dich", beschwichtigte Trowitsch. „Herr Chefredakteur Schomkuthy darf in seiner Kampagne gegen die glatzköpfigen Schufte nur ja nicht gestört werden. Solange jedoch die Konjunktur anhält, wird meine Firma sich für deine Hilfe erkenntlich zeigen."

Nach einer langwierigen, aber sehr offen geführten Verhandlung kamen wir dann überein, dass mir mit einer Probezeit von sechs Monaten 12,5 Prozent der Bruttoeinnahmen des Perückenunternehmens ausbezahlt würden, bar auf die Hand, auf Treu und Glauben und nach Steuern, versteht sich.

Vorstand Trowitsch war ein aufrechter und selbstloser Mann, es tat richtig gut, mit ihm Geschäfte zu machen. Wir besiegelten den Abschluss mit einem Handschlag und nahmen herzlich Abschied voneinander.

„Lass das alles nur meine Sorge sein", sagte ich, während ich den bescheidenen Vorschuss einsteckte. „Aber zu niemandem auch nur ein Wort über unsere Übereinkunft. Und schon gar nicht zu meinem Freund Schomkuthy. Sonst schlägt er dich kurz und klein mit seinen sauberen Händen."

Damit entließ ich ihn aus meiner väterlichen Obhut.

Es war ein besonders erfreuliches Rendezvous gewesen.

ALLMÄHLICH kam die Sache in Fahrt.

Mein grandioser Einfall, dass Pepi dem kahlen Politzer eins auswischen sollte, trug erste Früchte, finanzielle wie moralische.

In dieser Zeit reifte ich aber auch geistig. Ich hatte zwar wie das blinde Huhn mein Körnchen gefunden, aber ein Körnchen an Wahrheit steckte auch in der Glatzenfrage. Es gibt keinen blinden Zufall.

Die Faustregeln der Haarfrage beherrschten die meisten Bürger inzwischen im Schlaf, dank Pepi und dank der freien Presse. Ich aber hatte mir nach wie vor meine eigene Objektivität bewahrt. Nicht alle Glatzköpfe sind gleich widerwärtig, dachte ich, es gibt auch welche, die ganz in Ordnung sind, vor allem jene, die noch ein paar Haare auf dem Kopf hatten.

Trotz der glatzenfeindlichen Stimmung im Land waren insgeheim viele der gleichen objektiven Meinung wie ich, und nach dem ersten Sturm versiegten die endlosen Diskussionen allmählich. Es machte sich langsam eine gewisse Gleichgültigkeit breit.

Dann aber geschah etwas, das den Gegnern des Glatzentums in die Hände spielte.

Es war ein strahlend schöner Vormittag.

Ich war gerade fertig angezogen und sorgfältig gekämmt, als an der Wohnungstür Sturm geläutet wurde. Ich öffnete selbst, denn die Witwe sprach zurzeit nicht mit mir. Die Klatschbase Arthur Molnar hatte ihr nämlich im Hausflur gesteckt, dass der gefeuerte R. F. des denkwürdigen Feuilletons in Wahrheit ihr geschätzter Untermieter sei.

„So nicht, Herr Flinta", war Frau Schick daraufhin in meine schlichte Stube gestürzt. „Schämen Sie sich nicht, sich von einer Dame aushalten zu lassen? Warum haben Sie mir das nicht gesagt?"

„Weil Sie mich nicht danach gefragt haben, Gnädigste", antwortete ich wahrheitsgemäß. „Und eigentlich haben Sie mir ja mein eigenes Geld gespendet, und davon auch nur die Hälfte."

Die Witwe strafte mich mit einem verächtlichen Blick, war aber sichtlich erleichtert, dass sie ihren Konflikt mit dem heiligen Antonius friedlich beilegen und den Rest meiner Miete behalten konnte.

Inzwischen wurde die Eingangstür fast eingetreten. Ich öffnete und erstarrte vor Schreck. Vor mir stand ein junger Hüne mit dem Gesichtsausdruck eines Boxers, der gerade die zwölfte Runde erreicht hat.

„Sind Sie Rudolf Flinta?", erkundigte sich der junge Mann, was ich hilflos bejahte. Daraufhin bohrte er mir zwei Finger in die Brust und schubste mich in mein Zimmer, ohne dass ich ihn hereingebeten hätte.

Ich protestierte, so gut es ging.

„Schnauze", winkte der Eindringling ab. „Ich bin Lizzis großer Bruder."

Dass er groß war, hatte ich schon bemerkt, aber es freute mich ganz und gar nicht. In der Schule hatten wir einander zwar gern mit der Drohung geschreckt „Warte nur, ich sag's meinem großen Bruder", dass es diesen großen Bruder aber wirklich gab, darauf wäre ich nie gekommen.

„Hören Sie", sagte ich mannhaft, „Ihre Schwester hat mir immerhin empfohlen, mich am nächstbesten Baum aufzuhängen."

„Meine Schwester? Wann haben Sie denn mit ihr gesprochen?"

„Nicht mit ihr …"

„Mit wem dann?"

Ich Dummkopf! Natürlich, ich hatte mit dem hinterhältigen Glatzkopf gesprochen. Wie hatte ich nur annehmen können, dass die sanfte, reizende Schwester dieses aufrechten Jünglings …

Mir stockte der Atem. Das war gründlich danebengegangen. Nach dem denkwürdigen Telefongespräch hatte ich mich nämlich dermaßen über das Mädchen geärgert, dass ich ihr einen Brief zukommen ließ. „Meine Gute", hatte ich mir darin Luft gemacht, „ein verhungertes Suppenhuhn wie Sie bekomme ich noch alle Tage."

Noch ein Glück, dass das unschuldige Mädchen mir nur einen einzigen Bruder auf den Hals schickte.

Der junge Mann schüttelte mich aus meiner Jacke.

„Ich werde dir beibringen, Elender, wie man Briefe schreibt", schmetterte er mir entgegen und stemmte mich in die Höhe. „Niemand nennt meine Schwester ungestraft ein verhungertes Suppenhuhn!"

Ich nahm meinen ganzen Mut zusammen, entschlossen, meine Ehre bis zum letzten Atemzug zu verteidigen.

„Ich habe Ihrer verehrten Schwester nie im Leben auch nur eine Zeile geschrieben", behauptete ich kühn.

Ich dankte meinem Schutzengel, dass er mich davor bewahrt hatte, den Brief zu unterschreiben.

Der Bruder hob seine buschigen Brauen, ohne mich loszulassen.

„Du hast diesen Brief also nicht geschrieben. Wer dann?"

„Keine Ahnung."

Er schüttelte mich von Neuem.

„Der Pepi war es!", schrie es da aus mir heraus. „Er wollte Ihre reizende Schwester in den entzückenden Popo kneifen, da hat sie ihn natürlich abgewiesen, und nun wollte der Schuft sich rächen …"

Ich hatte nur Gerechtigkeit geübt. Auch Pepi hatte schließlich ganz schön gelogen, als er vor Gericht angab, ich hätte den Hetzartikel gegen Politzer verfasst. Er hat schließlich angefangen. Jetzt waren wir quitt.

Der junge Mann stellte mich langsam auf meine Füße.

„Pepi", wiederholte er nachdenklich. „Das könnte stimmen, Lizzi hat da irgendetwas erzählt …"

„Er hat sogar damit geprahlt, dass Lizzi sich den Brief nicht hinter den Spiegel stecken würde."

Jetzt konnte ich meinem Freund nicht mehr helfen. Jeder ist schließlich selbst seines Glückes Schmied. Und so einem großen Bruder muss man einfach die Wahrheit sagen.

„Und wo finde ich diesen Pepi?", insistierte der junge Hüne. „Raus mit der Sprache."

Er regte sich schon wieder so schrecklich auf. Ich ließ ihn aus sicherer Entfernung wissen, dass Pepi seine Vormittage als Josef Schomkuthy hinter einer Schnapsflasche im Café Hopp totzuschlagen pflege.

Der große Bruder bat mich noch um Verzeihung, die ich ihm gnädig gewährte, und zog ab wie eine Rakete.

Und so nahmen die Dinge ihren natürlichen Lauf.

Sobald dieser Albtraum auf zwei Beinen mein trautes Heim verlassen hatte, klaubte ich mich zusammen und eilte hinauf zum Molnarschen Telefon. Ich konnte doch meinen besten Freund nicht ins Unglück laufen lassen.

„Rasch, bring dich in Sicherheit", würde ich Pepi warnen. „Ein tobendes Ungeheuer ist dir auf den Fersen, er ist gerade aus dem Irrenhaus entkommen, redet wirres Zeug über irgendwelche Briefe, lauf, lieber Pepi, lauf …"

Natürlich telefonierte die alberne Frau Molnar. Während einer geschlagenen Viertelstunde schnatterte sie mit irgendeiner blöden Freundin, obwohl ich voll Verzweiflung mit den Händen fuchtelte. Die gefühllose Person merkte rein gar nichts von der herannahenden menschlichen Tragödie. Endlich legte sie auf. Mit zitternden Fingern wählte ich die Nummer des Café Hopp. Es schien mir wie eine Ewigkeit, bis jemand abhob.

„Hallo!", brüllte ich in den Hörer. „Den Schomkuthy, sofort!"

„Das geht leider nicht", antwortete man am anderen Ende. „Der Arzt ist bei ihm …"

Mein Gott, was war geschehen?

Nur mühsam vernahm ich den ganzen Sachverhalt, denn im Hopp war noch immer der Teufel los. Ungefähr drei Minuten vor meinem Anruf war ein hünenhafter junger Mann hereingestürmt, hatte vor dem Oberkellner haltgemacht und sich erkundigt, wo er einen gewissen Schomkuthy fände. Den nachfolgenden Wortwechsel beendete der junge Mann mit einem fulminanten Fausthieb, der den Oberkellner niederstreckte. Nun war der Weg zu Pepi frei. Mit dem Ausruf „Das für den Brief, du Perversling" versetzte besagter Hüne dem Chefredakteur rechts und links je zwei gewaltige Ohrfeigen und verließ das Café, ohne etwas konsumiert zu haben.

Pepi hatte zwei Zähne eingebüßt, die anderen wackelten ein wenig. Man lieferte ihn ins Sankt-Jolantha-Krankenhaus ein.

Ich bedankte mich erleichtert für die freundliche Auskunft. Immerhin war mein Freund wider Erwarten recht glimpflich davongekommen. Dass von dem jungen Hünen jede Spur fehlte, beruhigte mich außerordentlich.

NOCH am gleichen Nachmittag besuchte ich Pepi mit einem niedlichen kleinen Blumenstrauß. Den hatte er sich verdient. Im Nebenbett lag eine bandagierte Person, die sich bei meinem Eintritt mühevoll aufrichtete und mit ersterbender Stimme krächzte:

„Ich habe die Weisung … jeden vom Herrn Chefredakteur … fernzuhalten …"

Da es sich offenbar um den Oberkellner handelte, ging ich ruhig weiter, woran er wiederum mich erkannte.

Der arme Pepi lag in seinem Bett, eingegangen wie eine Mohnblume im Hochsommer, und schilderte mir immer wieder bis ins kleinste Detail, wie weh ihm alles täte, wie geschockt er wäre und um wie vieles größer, kräftiger und nüchterner sein Angreifer gewesen wäre. Er war mir sehr dankbar dafür, wie gut ich ihm seinen Leidensweg nachfühlen konnte.

„Das kann nur ein Racheakt gewesen sein", zischte der alte Junge geschickt durch seine Zahnlücke. „Mein einziger Trost ist, dass der kahle Gonzalez das Attentat morgen ganz groß bringen will. Ach", stöhnte mein Freund, „wenn ich bloß wüsste, wer dieses Miststück war …"

Ich sag's ihm sicher nicht, hatte ich längst beschlossen. Ich nahm mir stattdessen vor, gleich nach meinem rührenden Abschied von Pepi, die kleine Lizzi anzurufen. Natürlich war wieder Politzer dran, doch diesmal ließ ich mich nicht reinlegen. Ich verstellte meine Stimme, und er holte brav das Mädchen ans Telefon.

„Rudi, ach Rudi", schluchzte sie in den Hörer. „Gerade habe ich erfahren, was Micha, dieser wilde Junge, mit Ihrem ordinären Freund gemacht hat. Ich habe ja gleich gesagt, so einen gemeinen Brief hätte ein Rudolf Flinta niemals geschrieben. Aber Sie waren doch wie vom Erdboden verschwunden, und die Schrift war so täuschend ähnlich …"

„Lizzi", sagte ich leise, „liebe kleine Lizzi."

„Ich hätte Sie nicht im Traum verdächtigen dürfen", flüsterte das Mädchen. „Doch sagen Sie mir, Rudolf, was wird Ihr Freund jetzt tun?"

„Das ist ja das Problem. Pepi kann sehr böse werden, wenn man ihn reizt. Micha soll sich so lange nicht zeigen, bis Gras über die Sache gewachsen ist."

„Sie sind ein Schatz, Rudi", hauchte Lizzi in den Hörer. „Wie Sie sich um meinen Bruder sorgen, das werde ich Ihnen nie vergessen. Unter Ihrer rauen Schale steckt ein empfindsamer Kern."

Es lohnt sich, Gutes zu tun. Ein nie gekanntes Gefühl der Wärme durchströmte mich, ich hatte plötzlich das dringende Verlangen, der Energiequelle ganz nahezukommen.

„Liebe Lizzi", flötete ich. „Hätten Sie heute Abend Zeit, mit mir zu speisen?"

„Wenn es Ihr Terminkalender erlaubt, komme ich gern, lieber Rudi."

Dieses „lieber Rudi" klang in meinen Ohren wie Engelsmusik. Ich beschloss, mich sofort in sie zu verlieben und heute Abend noch den Generalangriff zu wagen. Ich würde sie an mich ziehen und mit meinem männlichen, vielfach erprobten Schlafzimmerblick … ach, was soll's, schließlich mache ich das nicht zum ersten Mal.

Gegen Abend zog ich mein schönstes Sakko an und band mir die preiswerte Krawatte um, die ich am Nachmittag von meinem ersten Perückengeld gekauft hatte. Mein Wohlstand hatte inzwischen solche Ausmaße angenommen, dass ich mir erlauben konnte, vier nagelneue Schuhspanner zu kaufen, sogar mit Schuhen.

Als ich vor das Haus trat, spürte ich, es lag etwas in der Luft. Sonst war es um diese Zeit bereits ruhig auf der Straße, Familien und Paare saßen gemütlich beim Abendbrot zusammen. Heute aber bot sich ein völlig ungewohntes Bild. Die Straßen waren voll, erregte Passanten debattierten, laute Stimmen waren zu hören, und kein einziger Glatzkopf war zu sehen. Zeitungsjungen flitzten durch die Straßen und boten die Sonderausgabe des *Morgenstern* an: „Riesenskandal! Heimtückischer Glatzenüberfall auf Schomkuthy im Café Hopp! Schomkuthy fiel Glatzenterror zum Opfer! Das Jahrhundertverbrechen!"

Der *Morgenstern* war in Sekundenschnelle ausverkauft. Ich hatte gerade noch eine Ausgabe ergattert und überflog die Titelseite.

„Heute Vormittag", stand unter einem 20 Jahre alten Foto von Pepi,

haben sich Dinge ereignet, die jeden verantwortungsbewussten Patrioten aufrütteln müssen. Noch hält die Bevölkerung still, doch ein Wutschrei liegt unseren Bürgern bereits auf den Lippen, und das Unheil braut sich über den Parasiten der Nation, den Glatzköpfen, zusammen.

Das Glatzentum, das bisher aus dem Hinterhalt listig beobachtet hat, wie unsere Kahlkopfforscher ihr wahres Gesicht enthüllten, hoffte auf die Gunst der Stunde. Jetzt meinten sie, jetzt sei der Zeitpunkt gekommen, den geistigen Führer einer haarreinen Gesellschaft, den Stolz unseres Landes und unserer Zeitung, die lebende Legende Josef Schomkuthy jun., kaltzustellen. Der Starjournalist, der landauf, landab zu einem Inbegriff geistiger Moral geworden ist, saß gerade über einen Artikel gebeugt bei seinem morgendlichen Fruchtsaft im Café Hopp, als aus einer geschlossenen Limousine fünf maskierte Banditen ins Café eindrangen. Das Glatzenkommando entdeckte Schomkuthy in einem Nebenraum und fiel über ihn her, ehe jemand zu Hilfe eilen konnte. Ein Koloss von einem Kahlkopf, offenbar der Boss der Bande, kreischte: „Los Jungs, machen wir kurzen Prozess mit dem buschigen Haarkünstler!"

Mit einem kühnen Satz versuchte Eugen, ein Oberkellner, sein Idol mit dem eigenen Leib zu schützen, doch er konnte gegen die Übermacht nichts ausrichten und wurde mit einem Totschläger zu Boden gestreckt.

Inzwischen kämpfte Schomkuthy heroisch mit dem bewaffneten Glatzkopfkommando. Mit einem einzigen Schlag streckte er den Boss nieder, packte ihn beim Fuß, und ihn über seinen Kopf schwingend, gelang es ihm für eine kurze Weile, dem Gesindel Einhalt zu gebieten. Dann aber stürzte sich die Meute auf ihn und schlug ihn mit den Kolben ihrer Maschinenpistolen bewusstlos.

Nach seiner feigen Tat flüchtete das Glatzenkommando spurlos in einem gepanzerten Wagen. Josef Schomkuthy jun. und der heldenhafte Oberkellner wurden sofort ins Krankenhaus gebracht. Schomkuthy befindet sich zwar noch in Lebensgefahr, doch es besteht kein Grund zur Besorgnis. Der Zustand des Oberkellners Eugen dagegen ist ernst. Wir werden, sollte das Schlimmste geschehen, einen Märtyrer der Haarschutzidee betrauern.

Die Ermittlungen laufen inzwischen auf Hochtouren, doch das allein wird nicht reichen, die erregten Gemüter zu beschwichtigen. Der *Morgenstern*, der immer für Recht und Wahrheit eintrat, fordert alle ehrlichen Bürger auf, weitere Anschläge des Glatzentums zu vereiteln und im Ernstfall erbarmungslos zurückzuschlagen. Heute war Dr. Schomkuthy an der Reihe, morgen können Sie, verehrte Leser, es sein, wenn Sie, wie die Opfer des heutigen Tages, zu den Behaarten zählen.

Wer sich um die eigene Sicherheit und die seiner Nächsten sorgt, sollte ständig auf dem Laufenden sein. Ein Abonnement des *Morgenstern*, des Zentralorgans der Haarschützer, macht es möglich. Das Abonnement kostet Sie nur 60 Kronen im Halbjahr, 118 Kronen im Jahr.

Wir fordern Rache für Schomkuthy!

Nieder mit dem verräterischen Glatzentum!

Ich las den Bericht schmunzelnd. Anderen Passanten war offenbar nicht zum Lachen zumute.

„Das letzte Wort in der Glatzenfrage ist noch nicht gesprochen", entrüstete sich ein blonder Jüngling neben mir. „Das Attentat hat mir die Augen geöffnet. Fünf gegen einen, das ist wirklich nicht fair."

„Was haben Sie von Glatzköpfen denn anderes erwartet", bemerkte ein Mann mit gerötetem Gesicht. „Anstatt still zu sein und sich zu verstecken, provozieren sie uns jetzt. Sind diese Leute noch zu retten?"

„Sie wagen sich gar nicht mehr auf die Straße", frohlockte eine Oma und hielt ihr Enkelkind fest an der Hand. „Das sind vielleicht Helden."

„Die sollen ja nicht aus ihren Löchern kriechen", drohte der Blonde, „sonst schlag ich sie windelweich."

Ich dachte an mein Perückenprojekt und dass ich endlich den Führerschein machen sollte, denn wenn sich die Dinge so weiter entwickelten, würde ich mir bald ein Auto leisten können. Ich beeilte mich, zur Straßenbahn zu kommen, um nicht das Rendezvous mit Lizzi zu versäumen, doch schon nach wenigen Schritten wurde ich von Dr. Schwanz aufgehalten. Mit Grabesstimme befand der Steuerexperte:

„Da hört jeder Spaß auf, Herr Flinta. Mein aufrichtiges Beileid zu dieser Tragödie, die Dr. Schomkuthy da widerfahren ist. Ich bin entrüstet."

Ich nahm Anteilnahme wie Entrüstung eilig entgegen.

„Arthur Molnar und ich machten gerade gemeinsam unseren Abendspaziergang", fuhr Dr. Schwanz fort, „um unsere erhitzten Köpfe ein wenig abzukühlen. Wir sprachen darüber, dass uns der Briefträger Sorgen macht. Stellen Sie sich nur vor, heute Nachmittag haben wir Gagay dabei erwischt, wie er für Hawlitschek einkaufen ging."

Hawlitschek, der von der Sozialhilfe lebte, war ein ausgedienter Unteroffizier, der im Dachgeschoss unseres Hauses ein Zimmer bewohnte. Er saß den ganzen Tag Pfeife rauchend vor seiner Fensterluke. Dass er überhaupt noch am Leben war, bemerkten wir nur, wenn er gegen Mittag zum Greißler trottete, um sich ein halbes Kilo Brot und ein viertel Kilo Paprika zu kaufen. Heute hatte er es offenbar wegen der Stimmung auf der Straße nicht gewagt, sein

Zimmer zu verlassen, schließlich besaß er fast kein Haar mehr. Vermutlich hatte er deswegen Gagay gebeten, die Besorgungen für ihn zu erledigen.

„Wir sahen also Gagay", fuhr Dr. Schwanz fort, „wie er ohne Bedenken die Taschen von Hawlitschek schleppte. Da konnte ich mich nicht mehr beherrschen. ‚Schämen Sie sich denn gar nicht, diese Glatzkopfterroristen auch noch zu bedienen?', rief ich ihm von der anderen Straßenseite her zu. Da grinste der alte Trottel und behauptete, gar nichts sei passiert, außer dass ein junger Mann dem Schomkuthy ein paar Ohrfeigen verpasst hätte. Ich will Sie nicht weiter mit den Lügenmärchen des Alten langweilen, Herr Flinta, aber jetzt treiben die Glatzköpfe schon ungeniert ihr Spiel mit uns und missbrauchen vor unseren Augen anständige Menschen für ihre schmutzigen Geschäfte."

WENIG SPÄTER ratterte die Straßenbahn mit mir und Lizzi zu einem kleinen Gasthaus im Grünen, das ich besonders gerne bei jedem ersten Rendezvous mit einer neuen Flamme aufsuchte. Die Straßenbahn war gesteckt voll, und so mussten wir uns dicht aneinanderdrängen, was mir angesichts meiner weiteren Pläne gar nicht unangenehm war. Lizzis strahlende Augen ruhten auf meiner männlichen Gestalt und meine Arme auf ihren weiblichen Hüften.

So eine Fahrt in der Straßenbahn kann die Lebensphilosophie eines Mannes binnen weniger Minuten völlig verändern. Ein Blick auf den Mund meines süßen Mädels machte mir schlagartig klar, wie schön das Leben manchmal sein konnte. Es ist alles nur eine Frage der geistigen Parameter, oder wie man das nennt.

Lizzi bemerkte sofort meine ungewohnte Eleganz und mein entschlossenes Auftreten. Ich deutete an, dass dies mit meiner wachsenden Bedeutung zusammenhing, zog ich doch aus dem Hintergrund die Fäden eines der größten Finanzunternehmen im Lande. Doch hütete ich mich, die Perückenbranche namentlich zu nennen, da ich nicht genau wusste, was sie von der Glatzenfrage hielt.

„Der Artikel über Politzer und Sie konnte noch als Dummerjungenstreich durchgehen", schnitt Lizzi das heikle Thema an, „seit Kurzem aber lügt der *Morgenstern* so frech, dass man sich als anständiger Bürger dafür schämen muss." Lizzi wurde plötzlich leiser. „Aus meinem Bruder macht Ihr lächerlicher Freund sogar fünf kahlköpfige Banditen. Ich sage Ihnen, Rudolf, die ganze Glatzenfrage ist ein großer Quatsch."

Da drehte sich ein dicker Mann mit Dreitagebart und in blauem Arbeitskittel zu uns herum: „Na, na, meine Liebe", zwinkerte er Lizzi zu, „nur kein leichtfertiges Vorurteil. So ein feines Fräulein wie Sie hat wahrscheinlich selten mit Glatzköpfen zu tun. Aber fragen Sie einmal jemanden, der sein täglich Brot mit seiner eigenen Hände Arbeit verdienen muss."

Es war ganz still geworden im Waggon. Wer konnte, blickte angelegentlich aus dem Fenster.

„Anscheinend gibt es zu viele Glatzköpfe in dieser Straßenbahn", der Stoppelbärtige blickte missbilligend um sich und fuhr fort: „Nehmen Sie mich, Fräulein. Ich habe eine Mechanikerwerkstatt am Heumarkt, im ersten Stock, weil ich keine Werkstatt im Erdgeschoss bekomme. Jedes verdammte Motorrad muss ich eigenhändig hinaufschleppen, wenn ich daran arbeiten will. Ist das vielleicht ein Leben?"

„Nein", antwortete ich, denn es schien mir nicht der rechte Moment, ihm zu widersprechen. „Gibt es denn keinen Aufzug im Haus?"

„Natürlich gibt es den, aber der Hausmeister verbietet mir, ihn zu benutzen", eiferte sich der Mechaniker. „Und warum? Weil er keine Haare hat."

„Entschuldigen Sie", sagte ich, „wir müssen aussteigen."

Wir bahnten uns den Weg zur Tür und beeilten uns, die Straßenbahn zu verlassen, da uns der Unrasierte folgte. Lizzi, mitleidig wie sie nun einmal war, hatte sich seine Worte zu Herzen genommen.

„Warum schenkt man den armen Leute nicht reinen Wein ein", fragte sie. „Gibt es denn niemanden, der endlich den Mund aufmacht und sagt, dass dieser Haarschutz der reine Schwachsinn ist?"

Darüber hatte ich mich auch schon gewundert. Bisher hatte nur der *Morgenstern* die Anti-Glatzenkampagne aufgegriffen, während die anderen Zeitungen sich nach wie vor in Schweigen hüllten. Nur in der *Scheibe* hatte Professor Wind von Neuem protestiert und

die Glatzenfrage als Ausgeburt der kranken Fantasie einer zerrüt-
teten Gesellschaft bezeichnet. Doch die Ausgabe wurde auf Anordnung des Innenministeriums beschlagnahmt und eingestampft,
angeblich weil ein anderer Artikel das harte Los der Landarbeiter
beklagte und die Regierung dahinter einen Akt der Volksverhetzung vermutete.

Mit Lizzi sprach ich nicht mehr über die Glatzenfrage, obwohl
mir klar war, dass ich sie eines Tages über meine Rolle würde auf-
klären müssen. Aber im Augenblick lief alles zu gut zwischen uns.
Im Garten der Wirtschaft hatte man uns ein lauschiges Plätz-
chen reserviert. Die dicht bewachsene Laube schützte uns wie ein
Chambre séparée vor neugierigen Augen und Ohren.

Schon nach dem ersten erfrischenden Bierchen löste sich Lizzis
Zunge, und sie erzählte mir dieses und jenes aus ihrem Alltag. Sie
beklagte sich über Politzer, der mit ihr nur das Nötigste spräche.
Vermutlich hätte der Glatzkopf mitbekommen, dass wir uns trafen.

Im Laufe des Gesprächs waren wir einander immer näher gekommen, und ich konnte es wagen, ihre niedlichen kleinen Ohren
zu küssen.

„Politzer kann uns den Buckel herunterrutschen", flüsterte ich
ihr zu. „Ich werde bald eine tüchtige Sekretärin brauchen …"

Kurz vor dem ersten richtigen Kuss wurden wir durch ein heftiges Getümmel aufgeschreckt. Unter dem schwachen Lichtbogen
einer der Laternen, die den Tanzboden in der Mitte des Gartens
beleuchteten, rangen zwei Gestalten miteinander. Die eine war
unser inzwischen volltrunkener Motorradmechaniker, die andere
ein eleganter älterer Herr mit Glatze.

„Denkst du vielleicht, du kannst deinen Kahlkopf in der Laube
verstecken!", brüllte der Mechaniker, während er dem alten Herrn
ein Bein stellte, dass er hinfiel. „Wenn's nach dir ginge, sollte ich
wohl mein Leben lang Motorräder hinaufschleppen, was?"

„Bitte", winselte der alte Herr, „ich habe Sie noch nie gesehen.
Zu Hilfe!"

„Ich soll Motorräder schleppen, nicht wahr?", steigerte sich
der Stoppelbärtige immer mehr in Rage. „Schleppen, nicht wahr?
Schleppen, schleppen, schleppen, nicht wahr?" Und jedes Mal,

wenn er „Schleppen, nicht wahr?" sagte, schlug er den kahlen Kopf des alten Herrn gegen das Tanzparkett.

Inzwischen hatte sich das ganze Lokal um die Raufenden geschart.

„Da hast du's", griff ein junger Mann in das Getümmel ein und stieß den Glatzköpfigen, dass er einem schmächtigen Herrn mit Jagdhut vor die Füße rollte.

„Holla, Glatzköpfchen", meckerte der Schmächtige. „Überfälle in Kaffeehäusern machen riesigen Spaß, was?"

Mit einem Stock versetzte er dem alten Herrn einen Hieb auf die Nase, worauf dieser mit einem heiseren Schrei nach der Polizei verlangte. In dieser Gegend gab es natürlich weit und breit keine Streife, und die Kellner hüteten sich einzugreifen. Und so verhallte das Gejammer ungestört in der lauen Sommernacht.

Lizzi schmiegte sich ängstlich an mich:

„Rudi", flehte sie mich an, „tu doch etwas, ich bitte dich …"

Auch ich hatte schon daran gedacht, mich an dem Spaß zu beteiligen, aber der alte Herr hatte auch so schon genug. Ich war schließlich kein Unmensch. Beschwichtigend streichelte ich Lizzis Locken:

„Keine Angst, meine Kleine, uns kann nichts passieren. Wir sind ja keine Glatzköpfe."

Doch das Mädchen weinte nur umso heftiger wie alle Frauen, wenn sie nicht weiterwissen. Vom Kampfplatz her ertönte ein letztes „Schleppen, nicht wahr?", und der Kopf des Alten fiel leblos nach hinten. Die Sieger verließen die Stätte ihres Triumphes und kehrten zufrieden an ihre Tische zurück. Ein Kellner und ein freiwilliger Helfer erbarmten sich des bewusstlosen Alten und betteten ihn in die Laube neben uns.

„Wir müssen seine Angehörigen benachrichtigen", hörten wir, „ein Arzt muss her. Wer ist denn eigentlich der Unglückliche?"

„Keine Ahnung", antwortete der Kellner. „Er trifft sich hier öfter mit einer jungen Schauspielerin. Wahrscheinlich hat er auch heute auf sie gewartet."

„Da ist ja seine Visitenkarte", erscholl es aus der Laube. „Da steht Hugo Gonzalez, Herausgeber des *Morgenstern*."

AM NÄCHSTEN VORMITTAG hatte ich mir eine Besichtigung der Trowitschschen Perückenbetriebe vorgenommen, um die Bruttoeinnahmen, von denen mir bescheidene 12,5 Prozent gehörten, persönlich zu kontrollieren.

Als ich aus meinem Zimmer trat, stellte sich mir meine Vermieterin in den Weg.

„Mit Ihnen rede ich kein Wort", sagte Frau Schick eisig. „Ich möchte nur wissen, wie es dem Herrn Chefredakteur geht. Ich habe die ganze Nacht für ihn gebetet. Dass ein Gelehrter so enden muss", schluchzte die gute Frau, „einer, der sich mit Leib und Seele für seine Nächsten eingesetzt hat. Unser Herr wird ihn dem Leben wiedergeben und nicht zulassen, dass die Schlechten recht bekommen. Ach, warum hat der Herr bloß die Glatzköpfe geschaffen."

Ich beruhigte die Witwe, ihre Gebete würden schon Gehör finden und Pepi das Krankenhaus so frisch und munter verlassen, als wäre nichts passiert. Frau Schick überreichte mir daraufhin eine Sankt-Livia-Medaille für Pepi, nickte kühl und ließ mich stehen.

Ich machte mich endlich auf den Weg und bog kurz darauf in die Mode-Passage ein, wo sich die Firma von Trowitsch befand. Zu meiner angenehmen Überraschung hatte sich der Betrieb inzwischen bis in die umliegenden Gebäude ausgebreitet. An der Häuserfront verkündeten frisch gedruckte Plakate: LEBENSECHTE PERÜCKEN IN NUR 24 STUNDEN! VÖLLIGE DISKRETION! FERTIGUNG AUCH AUS EIGENEM MATERIAL! DAS TRAGEN VON PERÜCKEN IST KEIN LUXUS MEHR, ES IST ERSTE BÜRGERPFLICHT!

Ich war gerade in die Bewunderung der Plakate versunken, als sich die Tür des Hauptgebäudes öffnete und mein lieber Nachbar Arthur Molnar heraustrat. Sein Kopfhaar war so üppig wie das der Loreley in ihrer Glanzzeit. Er wurde rot wie reifer Paprika.

„Wie geht es denn Schomkuthy?", fragte er im Vorbeieilen. „Ich mache mir große Sorgen um ihn, adieu."

Dabei rückte er seine Perücke zurecht, die offenbar noch nicht so ganz perfekt saß.

Vergnügt betrat ich die Firma.

Ich plauderte eine Weile mit Trowitsch, der mir voll Enthusiasmus erzählte, dass er zehnmal so viel Arbeiter beschäftige wie in den trostlosen alten Zeiten, als ein einsamer Laufbursche noch ganz allein alles erledigte. André wurde nicht müde, Pepis bewundernswertes Engagement, die Wahrheitsliebe und überzeugende Logik in seinen glatzenkritischen Artikeln zu preisen.

„Noch ein paar Enthüllungen dieser Art, Rudolf", versicherte er mir, „und wir sind am Ziel. Auch das schreckliche Attentat auf Herrn Schomkuthy kam uns wie gerufen. Und weißt du, was der neueste Schrei ist? Wir verkaufen jetzt nicht mehr eine Perücke allein, sondern gleich ganze Perückenfamilien mit spärlichem, dichterem und üppigem Haar. So erwecken unsere geschätzten Kunden den Eindruck, als wäre auf ihrem Kahlkopf neues Haar gewachsen." Und er flüsterte mir grinsend ins Ohr: „Dafür, dass die Perücken nach einem halben Jahr die Haare verlieren, kann ich nun wirklich nichts. Unter uns gesagt, eine Perücke ist doch der reine Schwindel. Betrug muss schließlich bestraft werden, nicht wahr?"

Voller Optimismus machte ich mich an die Prüfung der Bücher. Dank meiner buchhalterischen Kenntnisse, die ich mir bei dem Glatzkopf Politzer angeeignet hatte, konnte ich André auf mehrere bedauerliche Rechenfehler aufmerksam machen. Dann zeichnete ich das Ergebnis ab und entnahm meinen wohlverdienten Anteil.

Noch nie zuvor hatte ich so wenig gearbeitet und so viel Geld verdient. Ich war zufrieden mit mir und meiner Geschäftstüchtigkeit. Nach einigen aufmunternden Worten für den geknickten Trowitsch verließ ich die Stätte meines Wirkens und machte mich auf den Weg zu Dr. Schwarzkopf. Ich musste mit ihm das weitere Vorgehen im Politzer-Prozess besprechen und den Gewerbeschein für meinen Haarwasservertrieb abholen.

Auf der Ringstraße kam ich am Verlagshaus des *Morgenstern* vorbei. Eine große Menschenmenge hatte sich dort versammelt und drängte sich um eine überdimensionale schwarze Anschlagtafel. Ich stellte mich zu den Schaulustigen und las:

DER ZUSTAND VON DR. JOSEF SCHOMKUTHY GIBT NOCH IMMER ZU BESORGNIS ANLASS.
FIEBER DERZEIT 39,9°.
PULSSCHLAG SCHWACH.

UM DIE OFFENE WUNDE GANGRÄNÖSE MORTIFIKATION.
NIEDER MIT DEM VERRÄTERISCHEN GLATZENTUM!
ABONNIEREN SIE DEN *MORGENSTERN*!

Von den Umstehenden hörte ich, sie wären schon seit den frühen Morgenstunden hier und hätten auf das ärztliche Bulletin gewartet. Die Treue, die diese einfachen Menschen ihrem Haarschutz-Propheten bezeugten, rührte mich. Ihre Worte kamen von Herzen.

„Wenn der Typ im Spital abkratzt", bemerkte ein junger Offizier vor mir, „dann geht die Jagd auf die Scheißglatzen erst richtig los."

Jemand zog von hinten an meinem Mantel. Ich drehte mich um und erblickte den Haarschutzpropheten höchstpersönlich.

„Da schau her", begrüßte ich Pepi, „wie geht es deinem Gebiss?"

„Danke der Nachfrage", antwortete mein Freund. „Ich bekomme eine Porzellanbrücke auf Rechnung des Cafés. Was sagst du übrigens zu dem Menschenauflauf? Ich habe mich in das Herz des einfachen Mannes gestohlen."

Ich konnte Pepi schlecht widersprechen, wenn vom Stehlen die Rede war, außerdem war ich erschöpft und wollte endlich nach Hause. Er bat mich jedoch noch zu bleiben, ich würde sonst eine kleine Sensation verpassen.

„Den Gonzalez haben die Haarschützer gestern halbtot geschlagen", flüsterte Pepi mir zu, während ich auf die kleine Sensation wartete. „Als ich heute Morgen entlassen wurde, brachte man ihn gerade zum Röntgen. Er feuerte mich an Ort und Stelle. ‚Oh Gott, was habe ich nur getan', wimmerte der alte Glatzkopf. Ich tätschelte seine frischen Beulen. ‚Gonzalez', sagte ich zu ihm. ‚Zu spät. Das Rad der Geschichte ist nicht mehr zurückzudrehen.'"

Pepi verstummte, denn in diesem Augenblick öffneten sich die Verlagstore, und Männer in grauen Overalls traten heraus. Sie nahmen das Bulletin von der Wand und verschwanden damit. Die Menge verharrte in Schweigen. Die Luft vibrierte vor Nervosität. Endlich kamen die Overalls wieder und schlugen eine neue Mitteilung an:

An unsere Leser. Wir bedauern zutiefst, dass in der letzten Ausgabe unserer Zeitung eine Reihe verlogener Artikel abgedruckt wurde.

Diese unerträglichen Pamphlete haben einige Mitbürger aufgeschreckt. Wir sahen uns jedoch durch unaufschiebbare kommunal-
politische Gründe zur Veröffentlichung veranlasst. Dem Praktikanten
Josef Schomkuthy wurde in der Zwischenzeit fristlos gekündigt, da
seine Schmähschrift mit der Gesinnung dieses Blattes nicht verein-
bar ist.

So bleibt uns nur, unsere Leser und Abonnenten einmal mehr
um Verständnis und Nachsicht zu bitten.

Die Redaktion

Wenige Sekunden nur herrschte ratlose Stille. Dann aber erwachte das gesunde Volksempfinden, und ein kollektives Wutgeheul brach los. Die einfachen Leute fühlten sich getäuscht und verraten. Geballte Fäuste flogen in die Luft, und die Ringstraße hallte
von Buhgeheul wider.

„Nieder mit den Halunken!", brüllte jemand hinter mir. „Jetzt
lassen sie den schwerkranken Schomkuthy fallen. Nieder mit dem
Morgenstern!"

„Bestechung", schrillte eine mittelalterliche Dame. „Die sind von
den Glatzköpfen gekauft!"

Schon flog der erste Ziegelstein in Richtung Verlagsgebäude und
klirrte in ein Fenster. Aus allen Richtungen hagelte es schwere Ge-
genstände, und zu allem bereit strömte die aufgebrachte Menge
zum Portal.

Der Verkehr war völlig zusammengebrochen, die Menschen hingen in Trauben an der wartenden Straßenbahn und genossen das
kostenlose Schauspiel.

Ein junger Mann in kurzen Hosen löste sich aus der Menge,
sprang auf eine Bank und formte seine Hand zum Trichter:

„Zu Schomkuthy ins Krankenhaus! Lassen wir unseren Helden
in dieser schweren Stunde nicht allein! Nieder mit dem dreckigen
Glatzenblatt!"

„Zu Schomkuthy ins Krankenhaus!", skandierte die Menge. „Wir
zeigen es den Kahlköpfen. Ins Krankenhaus!"

Der junge Mann war inzwischen, ob vom Schnaps oder vor Begeisterung, von der Parkbank gefallen und blieb benommen auf

dem Rasen sitzen. Die Menge feuerte noch einen letzten Steinhagel in Richtung *Morgenstern* und machte sich dann auf den Weg, ihrem Helden beizustehen.

„So ein Pech", ärgerte sich Pepi. „Jetzt muss ich zurück ins Krankenhaus."

„Reg dich nicht auf", versuchte ich ihn zu beruhigen. „Lass doch diesen hysterischen Haufen tun, was er will."

Aber Pepi war bereits in ein Taxi gesprungen.

„Hör mal", rief er aus dem fahrenden Wagen, „sollten wir nicht vielleicht doch dieses Ding ins Leben rufen, von dem Professor Wind gesprochen hat?"

„Welches Ding?"

„Na, diese Vereinigung der Unbegabten oder so ähnlich. Auf Haarschützerbasis. Machst du mit?"

Ich zuckte die Achseln:

„Von mir aus."

Das Volk erwacht

Bevor ich von meinen weiteren politischen Aktivitäten berichte, möchte ich die damalige Lage in meinem Vaterland skizzieren. Nur so können künftige Generationen verstehen, warum der Haarschutzidee ein so überwältigender Erfolg beschieden war.

Meine geliebte Heimat wurde zu jener Zeit von einer Art Oligarchie regiert. Einfacher ausgedrückt, die korrupte Regierung wurde zwar alle vier Jahre in freier demokratischer Wahl bestätigt, die abgetakelten Aristokraten besaßen aber trotz ihres spektakulären Sturzes immer noch das letzte Wort. Diese herrschende Schicht hatte zwar all ihre schönen Titel eingebüßt, nicht aber ihre riesigen Ländereien, Gruben und Banken und war nach wie vor voll des Stolzes auf die Porträts ihrer siegreichen Feldherren in ihren ungeheizten Ahnengalerien.

Wir waren schließlich weltweit berühmt für unsere militärische Tradition. Darum haben wir auch, wie in einschlägigen Geschichtswerken nachzulesen, fast jede bedeutsame Schlacht gewonnen. Wenn wir fast alle Kriege dann doch verloren haben, so lag das einzig und allein daran, dass hinter der Front die Moral der Zivilbevölkerung infolge der katastrophalen Niederlagen regelmäßig zusammenbrach.

Man kennt uns aber nicht wirklich, wenn man nicht weiß, dass der offizielle Schutzpatron unserer geliebten Heimat der heilige Antonius ist. Er steht uns bei von der Wiege bis zur Bahre und wird bei jeder nur erdenklichen Gelegenheit zu Hilfe gerufen. Ob jemand Oberregierungsrat werden will, das erklärte Lebensziel eines jeden erwachsenen Bürgers, oder ob er eine Gehaltserhöhung möchte, der heilige Antonius muss herhalten. Darum füllen wir als gute Christen auch brav unsere zahlreichen Kirchen, schließen uns voll Inbrunst den weihrauchgeschwängerten Prozessionen an und sind insgesamt ein Muster an Frömmigkeit und Nächstenliebe. Nur in diesem Geiste vermochte nämlich das Volk des heiligen Antonius die bittere Armut zu ertragen, besonders seit das Betteln strengstens verboten worden war.

Die christliche Nächstenliebe machte aber an den Grenzen unseres Landes unvermittelt halt, denn Patrioten sind wir ebenso leidenschaftlich wie wir tapfere Soldaten sind.

Die Regierenden taten das Ihre dazu, uns in Schulbüchern und Leitartikeln unermüdlich daran zu erinnern, dass jeder Fremde ein potenzieller Feind war. Vor diesem Hintergrund war es kein Wunder, wenn die Fremden im In- und Ausland für alles herhalten mussten, was zu Hause schieflief.

Insgesamt ging es aber zu Hause ruhig und gemütlich zu, und wo man sich aufhielt, auf Galapartys, in den Spielkasinos oder auf den Golfplätzen, herrschte eitel Sonnenschein. Und woanders verkehrten ohnehin keine besseren Leute.

Dies war die Stimmung in meinem geliebten Heimatland am Morgen der siegreichen Haarschutzbewegung.

Wo waren wir stehen geblieben?

Richtig, im Krankenhaus. Die aufgebrachte Menge nahm, nachdem die *Morgenstern*-Fenster eingeschlagen waren, direkten Kurs

auf das Sankt-Jolantha-Krankenhaus, um dem schändlich verra-
tenen Josef Schomkuthy beizuspringen. Pepi selbst war inzwischen wieder wohlbehalten in seinem Krankenbett gelandet und in
höchster Alarmbereitschaft.

Ich hatte mich von dem Menschenstrom mittragen lassen. Unterwegs sprangen einige Mitstreiter ab, aber unzählige, die das
vielversprechende Spektakel nicht versäumen wollten, kamen hinzu. Die Polizei sah untätig zu und versuchte lediglich, die ärgsten
Schreihälse davon abzuhalten, sich wie Kindsköpfe aufzuführen.

Direkt vor dem Krankenhaus kam es dann doch noch zu einem
kleinen Zusammenstoß, als man einen Glatzkopf aus einer Toreinfahrt herauszerrte, in der er sich versteckt hielt. Man hörte noch
seine Schreie, doch dann trampelte die Menge über den Feigling
hinweg.

Der weitläufige Park des Krankenhauses war im Nu überfüllt.
Die Menschen waren sogar an den Zäunen des Parks hochgeklet-
tert, um besser zu sehen.

„Schomkuthy", ertönte es aus tausend Kehlen. „Wir wollen
Schomkuthy!"

Da trat Pepi auch schon auf den Balkon im ersten Stock, von
Kopf bis Fuß bandagiert und gestützt von zwei Krankenschwestern. In seinem bunten Pyjama, der offen an ihm herunterhing,
wirkte er so gebrechlich, dass ich zuerst glaubte, er hätte – Gott
weiß schließlich, was er tut – mit dem Taxi einen Unfall gehabt.

Pepi hob mühevoll einen bandagierten Arm. Die begeisterten
Hochrufe verstummten abrupt, und verzückte Blicke richteten
sich auf den neuen Volkshelden.

„Geliebte Landsleute", begann Pepi seine Ansprache mit kraftvoller Stimme, die nicht ganz zu seinem lädierten Äußeren passte.
„Ich danke euch, dass ihr mit eurem mutigen Aufmarsch ein Bekenntnis zur hohen Idee des Haarschutzes abgelegt habt. Sicher
gilt diese Demonstration nicht mir persönlich …"

Pepi verbeugte sich so lange, bis die Hochrufe von Neuem er-
schallten und erst wieder verebbten, als auch der Letzte genug davon hatte.

„Vielmehr", fuhr der Umjubelte fort, „vielmehr ist diese spontane Versammlung ein deutliches Zeichen dafür, dass die Vater-landstreuen statt des leeren Geredes endlich Taten sehen wollen. Das Maß ist voll. Wir fordern drakonische Maßnahmen gegen die glatzköpfigen Parasiten."

Spontaner Beifall begleitete die wegweisenden Worte.

„Nieder mit dem *Morgenstern*!", donnerte die Menge. „Nieder mit dem Herausgeber Gonzalez! Verrecken soll er! Wir fordern seine Auslieferung!"

Eine der Krankenschwestern flüsterte Pepi etwas ins Ohr. Er breitete feierlich die Arme aus, und die Menge verstummte. „Die Strafe des Allmächtigen hat den alten Lumpen bereits ereilt", verkündete Pepi. „In dem Augenblick, als ihr, meine braven Haarschützer, das Tor dieses Krankenhauses passiert habt, hat der glatzköpfige Herausgeber des Hetzblattes das Zeitliche gesegnet."

Ehrfürchtiger Schauer ergriff die Menge.

„Der Herr wirkt Wunder", hörte man murmeln. „Der heilige Antonius hat den Sündigen bestraft. So richtet Gott die Lakaien der Glatzköpfe. Wer weiß, was den verräterischen Glatzköpfen noch alles bevorsteht."

Pepi hob von Neuem die Arme.

„Bis hierher und keinen Schritt weiter", verkündete er. „Das Maß ist voll. Und so frage ich euch, geliebte Landsleute, gibt es einen größeren Fluch als das Glatzentum?"

„Ja, den gibt es!", rief ein Mann mit Lederkappe von weit hinten. „Und ob es den gibt! Es ist die verdammte Armut in diesem Land."

Sofort umringten ihn vier Zivilbeamte. Ein Polizist schlug mit dem Gummiknüppel auf den dreckigen Kommunisten ein, dann ergriffen ihn die Sicherheitskräfte, und er ward nicht mehr gesehen.

Pepi beschrieb den weiteren Weg des Glatzenfeldzuges, der zwar steinig sein würde, aber zum erhofften Ziel führen würde, wenn ihn alle Hand in Hand gingen.

„Wir werden dem Begehren des Volkes nachgeben und eine neue Partei gründen", kündigte er an. „Eine Partei, die das akute Glatzenproblem demokratisch, aber endgültig löst. Bis dahin sollte sich jeder, aber auch jeder mit der Materie vertraut machen. Mutige

Pioniere des Haarschutzes, das Maß ist voll! Vorwärts, die Zukunft gehört euch!"

Pepi beeilte sich jetzt, den Balkon zu verlassen, da sich die Bandagen durch das viele Herumfuchteln mit den Armen gelockert hatten und ihn bereits umflatterten.

Man hörte noch vereinzelte Hochrufe, dann brach die Menge zur Ringstraße auf, um dort Schaufenster einzuschlagen. Ich aber begab mich unverzüglich zu Pepi ins Krankenhaus, denn unsere Stunde, das spürte ich deutlich, war gekommen.

DAS KRANKENHAUS wimmelte bereits von Schomkuthy-Fans, die sehnsüchtig darauf warteten, ihr leidendes Idol zu erspähen. Doch unser treuer Oberkellner spielte nach wie vor den Zerberus und schirmte das Krankenzimmer ab. Nur mich ließ er ungehindert passieren. Die Menge murrte neiderfüllt.

Pepi wickelte gerade seine Bandagen ab. Er warf das lästige Zeug angeekelt in eine Ecke und schlüpfte erleichtert in seine Straßenkleidung.

„Hallo", begrüßte er mich. „Nett, dass du mitgejubelt hast."

„Ich habe mehr gelacht als gejubelt."

„Auf einen mehr oder weniger kommt es wirklich nicht an. Die Begeisterung kannte auch ohne dich keine Grenzen. Jetzt marschieren meine Leute zur Ringstraße, um den glatzköpfigen Kaufleuten eine Lektion zu erteilen, die sie so bald nicht vergessen werden. Ihre Schaufenster werden wohl daran glauben müssen."

„Allerdings. Die Glaser werden sich noch eine goldene Nase verdienen ..."

Ich biss mir auf die Zunge, aber es war zu spät. Pepi blickte mich prüfend an und bemerkte nach einem peinlichen Schweigen:

„Halt dich gefälligst da raus, verstanden? Mit den Glasern verhandle ich. Wenn ich schon für dieses Gesindel den Kasperl spiele, dann will ich auch das Eintrittsgeld kassieren. Morgen Nachmittag bin ich beim Verband der Glasgroßhändler."

„Und was ist mit mir?"

„Du? Du hast doch mit der Glatzenfrage gar nichts zu tun."

Erbost sprang ich auf.

„Fang doch nicht wieder damit an. Wie oft muss ich dich noch daran erinnern, dass ich und niemand anderer die ganze Glatzengeschichte erfunden hat. Gegen wen hat Politzer denn geklagt, gegen dich oder gegen mich? Und wer kennt all deine schmutzigen Geschäfte bis ins Detail und wird dich zu Kleinholz machen, Freundchen?"

Pepis Gesichtsfarbe zeigte mir, dass er sein taktloses Benehmen längst bereute. Ich regte mich aber noch so lange auf, bis er bereit war, mir beim Leben seiner seligen Tante die Hälfte der zu erwartenden Glaserprovisionen abzugeben. Wir überschlugen das Projekt und kamen, bei nur zwei Schaufenstern pro Tag und Straße, zu einem recht erfreulichen Ergebnis. Auch wenn die Glaser nur achteinhalb bis neuneinhalb Prozent pro Massenkundgebung herausrückten, wäre die Summe für den Anfang immer noch mehr als zufriedenstellend.

„Siehst du!", rief Pepi begeistert aus, „Politik ist eine feine Sache. Man weiß vorher nie, was dabei herausspringt. Und dabei haben wir gerade erst damit angefangen."

Ich teilte seinen Überschwang nicht ganz.

„Wollen wir denn wirklich eine Partei gründen?"

Pepi setzte sich mir gegenüber und beschrieb mit prophetischem Feuer unser künftiges Wirken für das Wohl der Nation.

„Die Idee des Haarschutzes ist nicht mehr aufzuhalten", beschwor er mich. „Die Massen warten nur darauf. Wir sind ihre ganze Hoffnung. Heute Morgen wurde wieder ein kahler Eierhändler auf dem Gemüsemarkt verprügelt.

„Und wer hat ihn verprügelt?"

„Eierhändler. Behaarte Eierhändler natürlich. Bei Gott, alter Kumpel, langsam glaube ich selbst, dass den Glatzköpfen ganz recht geschieht."

„Mir geht es genauso", bestätigte ich ihm. „In letzter Zeit ertappe ich mich immer wieder dabei, dass ich die Glatzköpfe gewissermaßen, na ja, für das halte, was sie sind."

„Das kann kein Zufall sein, das Maß ist voll", bestätigte Pepi. Dann fuhr er in seiner Vision fort: „Eine neue Partei hat mit der

Glatzenfrage alle Voraussetzungen für einen fulminanten Start. Wir haben die Regierung gegen uns, was nur von Nutzen sein kann, und wir tun so, als wären wir strikt gegen alle radikalen Bewegungen. Das zieht immer. Es verschafft uns mir nichts, dir nichts ein fortschrittliches Image, und wir riskieren gar nichts, denn mit Gottes Hilfe wird keiner radikaler sein als wir. Dabei werden wir uns auch noch christlich gebärden, um vom Nimbus des heiligen Antonius zu profitieren."

„Apropos, dabei fällt mir etwas ein", ich überreichte ihm das Sankt-Livia-Medaillon der Witwe Schick für seine Gesundung.

Pepi schnappte sich die Reliquie und bat mich, der braven Frau seinen innigen Dank zu übermitteln. Dann küsste er das Medaillon und steckte es in seine Hosentasche.

„Ist es echt?", fragte er.

„Natürlich. Echtes Kupfer."

„Überlassen wir solch billige Scherze lieber den Glatzköpfen", wies mich Pepi zurecht. „Wir haben andere Sorgen. Zum Beispiel die, dass wir beide, lieber Rudi, von Politik so gut wie nichts verstehen. Ein Parteiblatt könnte ich ja noch zusammenschustern, aber von Parteiorganisation habe ich keine Ahnung."

„Ich auch nicht", stellte ich fest. „Es fehlt uns leider eindeutig ein echter Polit-Profi als Dritter im Bunde."

Pepi hielt zwar wenig davon, die Beute zu dritteln, doch erkannte er schließlich auch, dass wir wohl in den sauren Apfel würden beißen und einen erfahrenen, nicht allzu teuren, aber integren politischen Berater auftreiben müssten. Danach riefen wir unseren Oberkellner und ließen uns von ihm durch den Hintereingang aus dem Krankenhaus schleusen, um den begeisterten Haarschützern zu entkommen, die noch bis zum Morgengrauen auf der Lauer lagen.

Zu Hause angekommen, versuchte ich mich sogleich als Meinungsforscher. Eine Parteigründung kann schließlich nicht sorgfältig genug geplant werden. Frau Schick war die Erste, die mir über den Weg lief.

„Ich lasse mich nur von meinem Glauben leiten", belehrte mich die Witwe. „Politik hat mich noch nie sonderlich interessiert. Ich würde allerdings keine Partei wählen, die gottesfürchtige und ungläubige Glatzköpfe in einen Topf wirft."

Ich gab ihr der Einfachheit halber recht.

„Ansonsten würde ich mich Ihrer Bewegung gerne anschließen, Herr Flinta. Hauptsächlich, um Herrn Chefredakteur Schomkuthy vor den heimtückischen Überfällen ungläubiger Glatzköpfe in Sicherheit zu wissen."

Bei der Erwähnung von Pepi errötete Frau Schick heftig. „Haben Sie ihm mein Medaillon gegeben?", fragte sie.

„Selbstverständlich, gnädige Frau."

„Und was hat er gesagt?"

„Er war außer sich vor Glück. Er trägt das Medaillon auf seinem Herzen. Von nun an, meinte er, könne er getrost ins Kaffeehaus gehen, denn das Medaillon würde mit Sicherheit jede Kugel abschmettern."

Die Witwe lächelte selig und bekreuzigte sich, da gerade die 52 vorbeikam, jene Linie, die täglich an sechs Kirchen vorbeifährt.

„Wie sieht denn der Herr Chefredakteur eigentlich aus?", fragte Frau Schick und senkte den Blick. „Ich würde ihn so gerne kennenlernen."

„Sie kennen ihn längst", bemerkte ich genüsslich. „Das ist doch der Zwerg, mit dem ich mich unlängst hier geprügelt habe."

Die Witwe Schick schlug die Hände über dem Kopf zusammen.

„Ich hab es geahnt! Er war es tatsächlich? Was für ein fescher junger Mann, und wie sympathisch er ist. Der hat es Ihnen aber gezeigt ..."

Der armen Frau hatte wohl die Leidenschaft das Gehirn verdreht. Ich ließ sie stehen und beschloss, auf einen Sprung bei Dr. Schwarzkopf vorbeizuschauen.

Der Anwalt war in Eile.

„Alles in bester Ordnung", sagte er und blickte von einem Berg Akten auf. „Ihr niederträchtiger Verleumder hat keine Chance, lieber Herr Politzer, dieser Flinta ist jetzt schon ein toter Mann."

„Dieser Flinta steht vor Ihnen", bemerkte ich. „Politzer ist unser Prozessgegner."

„Wie auch immer. Auf jeden Fall läuft alles bestens."

Dr. Schwarzkopf ließ keinen Zweifel daran, dass er jedes Detail genau kannte. Er erinnerte sich deutlich an den Vorschuss, mit dem ich ihm mein Vertrauen bezeugt hatte. Allerdings bekümmerte ihn, dass der gegnerische Anwalt zu Glatzköpfigkeit neigte. Den Rest könnte ich mir selbst zusammenreimen.

„Das kann doch nicht wahr sein?", brauste ich auf. „Kahlkopfkandidat und noch immer in Amt und Würden?"

„Sie leben wohl auf dem Mond", lachte Dr. Schwarzkopf. „Glatzköpfe sitzen nach wie vor in Schlüsselpositionen, und die Öffentlichkeit tut, als wäre nichts geschehen. Keiner unternimmt etwas", schloss er erbittert. „Bis es zu spät ist …"

„Ein Grund mehr, Schwarzkopf, eine Partei zu gründen", entfuhr es mir.

Der Anwalt rückte näher, und hinter seiner dicken Hornbrille blitzten neugierig seine Knopfaugen.

„Was haben Sie vor?"

„Wir wollen in die Politik, Schomkuthy und ich. Die Zeit ist reif für eine Haarschutzbewegung."

Dr. Schwarzkopf erregte sich so sehr, dass er mir eine Zigarre anbot. Er hätte ähnliche Gedanken, vertraute er mir an. Die Zukunft gehörte der Glatzenfrage. Er stünde mit Leib und Seele zur Verfügung. „Ist denn die Parteispitze schon komplett?" wollte er wissen.

„Ein Posten ist noch frei", beruhigte ich ihn. „Wir brauchen einen politischen Berater mit einschlägiger Erfahrung und größtmöglicher Flexibilität."

Dr. Schwarzkopf schluckte, rückte ganz nahe heran und überschüttete mich mit einem Redeschwall ohne Punkt und Komma. Er hätte seit Jahrzehnten bei allen bedeutenden politischen Bewegungen des Landes Einfluss genommen, er sei hochbezahlter Wahlkampfhelfer der Regierungspartei, und im Landesverband der Hausbesitzer wäre er Geschäftsführender Vizepräsident auf Lebenszeit, kurz und gut, er wäre der geborene alte Fuchs, den wir bräuchten.

„Angesehenste Parlamentarier bedienen sich meiner Erfahrung im öffentlichen Leben, um Schmiergelder für Regierungsaufträge einzutreiben", ergänzte er eifrig. „Ganz zu schweigen davon, dass ich erst vor wenigen Tagen einen Dreispalter mit dem Titel ‚Auf, mein Volk, gegen die Armut!' für das Regierungsblatt verfasst habe, was, Herr Politzer, doch gewiss für meine sozialpolitische Vision spricht."

Ich lächelte nur und fuhr nach einer eindrucksvollen Kunstpause fort:

„Sie wollen sich also für den Posten bewerben, Schwarzkopf?"

Der geborene alte Fuchs keuchte gierig:

„Nichts wäre mir lieber."

„Es geht Ihnen um nichts als um die Idee?"

„Ausschließlich."

„In Ordnung", sagte ich, „dann geben Sie mir einen entsprechenden Vorschuss. Nur so sehe ich, dass Sie uns vertrauen. Ich erwarte von Ihnen großes Vertrauen, Schwarzkopf. Das ist die Grundlage meiner politischen Praxis, alles Weitere kommt dann ganz von selbst."

Der Jurist zappelte hilflos wie eine Spinne im eigenen Netz, gab mir aber dann meine gesamte Vorauszahlung inklusive Zinsen zurück. Wir vereinbarten, dass er eine Chance in der Partei bekäme, bei einem angemessenen Gehalt und mit Probezeit bis zum Monatsende.

„Seien Sie stolz und glücklich", sagte ich, „dass Sie zu den Gründungsmitgliedern der Haarschutzbewegung gehören. Vielleicht wird man sich eines Tages daran erinnern, dass Sie die Gefahren des Glatzentums so früh durchschaut haben."

Dr. Schwarzkopf glühte förmlich vor Hass.

„Am liebsten würde ich jeden Glatzkopf eigenhändig erwürgen", stieß er hervor. „Und das ist keine leere Floskel, Herr Politzer, das ist meine volle Überzeugung."

Wir begeisterten uns noch eine Weile daran, wie sehr wir in allem, von meinem Namen einmal abgesehen, übereinstimmten. Das angenehme Gespräch endete mit der Abmachung, Dr. Schwarzkopf würde endlich einen Gewerbeschein beschaffen, und wir wären fifty-fifty an einer längst fälligen Haarwasserproduktion beteiligt.

Und kein Wort davon zu Pepi.

UNGEAHNTE PERSPEKTIVEN eröffneten sich mir. Mein Einstieg in die politische Arena markierte zweifellos einen Wendepunkt in meiner Laufbahn, wovon nicht nur meine Landsleute profitieren sollten, sondern auch ich.

Bisher hatte ich von der Politik so viel verstanden wie ein Känguru. Politik bedeutete in meiner geliebten Heimat damals, alle vier Jahre irgendeinen anderen abenteuerlustigen Haudegen zum Abgeordneten zu wählen, weil er in seinem Wahlkreis versprochen hatte, die Einkommensteuer abzuschaffen oder den Bodenbesitz des Bischofs sobald als möglich aufzuteilen. Danach tranken sich alle auf seine Kosten den obligaten Rausch an und waren sicher, ihre Stimmen einem korrupten Gauner gegeben zu haben, aber, mein Gott, so ist nun mal der Lauf der Welt.

Ich selbst hatte kaum jemals ein Stimmrecht erhalten, weil ich keinen festen Wohnsitz besaß. Ein einziges Mal hatte ich einen Politiker gewählt, weil er mit Vornamen Eugen hieß und mich an meine Lieblingstante Eugenie erinnerte.

Natürlich kamen auch mir immer wieder Gerüchte von öffentlichen Skandalen und Bestechungsaffären zu Ohren. Ich kümmerte mich jedoch herzlich wenig darum, weil ich es für nur natürlich hielt, dass Politiker Kasse machten. Warum sonst hätten sie diesen Beruf ergriffen? Zwar gab es auch in dieser Branche ein paar Träumer, welche die Verbreitung altruistischer Gedanken für Politik hielten, anstatt sich um ihre eigene zerrüttete Finanzlage zu kümmern, doch man machte zumeist nicht viel Federlesens um diese Sonderlinge, und so erledigte sich das Problem ganz von selbst.

Da ich extreme Ideologien jeglicher Couleur prinzipiell verabscheue, reizte mich also nur die andere Seite des Politikerberufes, der Zugang zu jenem Schlaraffenland, in dem einem die gebratenen Tauben freiwillig in den Mund fliegen. Allein beim Gedanken an die ungeahnten neuen Perspektiven wie Perückenproduktion, Schaufenster, Haarwasser wurde mir ganz schwindlig. Und noch war kein Ende jener Möglichkeiten abzusehen, die das nationale Glatzenprogramm eröffnete.

Nach diesem euphorischen Gedankenflug bereitete mir der nächste Nachmittag eine herbe Enttäuschung. Als ich Pepi auf seinem Heimweg vom Verband der Glasgroßhändler auf der Straße begegnete, gestand er mir, zu seinem großen Bedauern hätte der Vizepräsident sein großzügiges Angebot zur Zusammenarbeit kaltschnäuzig abgelehnt. Pepis Drohung, unsere haarschützenden Kämpfertrupps würden in diesem Fall kein einziges Schaufenster mehr einschlagen, beantwortete der Mann mit höhnischem Lachen. Keiner könnte die begeisterten Volksmassen mehr aufhalten, versicherte er dem enttäuschten Pepi.

„Verdammt", fluchte ich. „Jetzt sind wir um eine zuverlässige Einnahmequelle ärmer."

Um die Wahrheit zu sagen, ich tat betroffener, als ich tatsächlich war. Pepi sollte ganz sicher sein, dass ich jeden Heller dringend benötigte, und sich nicht etwa in seiner schmutzigen Fantasie zusammenreimen, ich wäre vor ihm bei den Glasgroßhändlern gewesen und hätte vielleicht eine geheime finanzielle Abmachung mit dem Vize getroffen, von der dieser versoffene Schomkuthy, um Gottes willen, niemals etwas erfahren dürfte. Im nächsten Punkt waren Pepi und ich uneins. Mein Freund hatte nämlich den fehlenden „Dritten", einen guten alten Bekannten gefunden, mit dem er seit einem gemeinsamen Gefängnisaufenthalt in Verbindung stand. Ich beharrte aber auf Dr. Schwarzkopf, mit dem ich in Sachen Haarwasser ja bereits eines Sinnes war.

„Dr. Schwarzkopf", klärte ich Pepi auf, „ist die Idealbesetzung schlechthin, ein erfahrener Politiker und im Haarschutz sehr engagiert. Wie viel verlangt dein Mann?"

„40 Prozent plus Spesen."

„Na bitte", triumphierte ich, „damit ist alles entschieden. Dr. Schwarzkopf ist bereits für ein lächerliches Fixum und wenige Prozente mit von der Partie."

„Ja, aber ich habe doch schon mein Wort gegeben."

Ich sah ihn stirnrunzelnd an.

„Sag mal, mein Guter, warum muss es denn unbedingt dein Zellengenosse sein? Du hast wohl gedacht, ich durchschaue dich nicht. Willst wohl ein kleines Geschäft an deinem treuen Partner vorbei machen, was?"

Pepi, der miese Kerl, wurde blass und gab nach. Also hatte die-

ser geldgierige Fiesling wieder heimlich in die eigene Tasche gearbeitet. Bevor ich ihn mir jedoch ordentlich vornehmen konnte,
schrie Pepi auf und zeigte auf einen kräftigen jungen Mann, der
in einiger Entfernung vor uns dahinschlenderte.

„Da … Da … Der hat mich im Café überfallen …"

Natürlich erkannte ich Micha sofort. Ich hatte inzwischen nicht
mehr an den Überfall gedacht, denn Pepi wirkte mit zwei pracht-
vollen neuen Porzellankronen wieder wie neu, aber jetzt schlug
mein Herz beim Anblick von Lizzis Bruder doch schneller.

„Bist du ganz sicher, dass er es ist?", insistierte ich. „Du irrst
dich nicht?"

„Bestimmt nicht. Dieser Kerl hat mir die Zähne ausgeschlagen."

„Ihm nach!", schrie ich. „Rasch!"

Und wir, wie aus der Pistole geschossen, hinterher. Leider trat
ich nach wenigen Schritten so unglücklich auf, dass ich mit meinem Fuß zwischen Pepis Beine geriet und der Arme der Länge
nach hinschlug, mit dem Gesicht direkt auf das Pflaster.

Was war ich doch für ein Tolpatsch. Natürlich half ich meinem
Freund sofort auf die Beine. Betrübt sah Pepi dem jungen Mann
nach, während er geräuschvoll ausspuckte. Vor uns auf den Gehsteig rollten zwei schöne neue Porzellankronen.

SEIT UNSEREM denkwürdigen Ausflug in das kleine Gasthaus wartete ich Abend für Abend, sorgfältig vor Politzers Augen verborgen, auf meine Lizzi. Wir erlebten eine herrliche Zeit miteinander,
schmiegten uns in kleinen, versteckten Konditoreien eng aneinander oder küssten uns leidenschaftlich, von allen anderen Wonnen
des Liebesglücks ganz zu schweigen. Lizzis sanfte Zärtlichkeit und
die wirtschaftlichen Annehmlichkeiten des Haarschutzes machten
aus mir beinahe einen besseren Menschen. Nach den Stunden mit
ihr erfasste mich jedes Mal das Verlangen nach einem geregelten
bürgerlichen Leben, in dem man sich ruhigen Gewissens nach jeder Gaunerei neben dem Mädchen seiner Wahl ins Bett legen kann
und alle seine Sorgen vergisst.

Auch Lizzi blühte auf und wurde schön wie eine exotische Blume,
die für ihre Wurzeln endlich den richtigen Boden gefunden hat. Wir

waren jung, das Leben lag vor uns, wir waren einander zugetan, und es sprach noch so einiges für unsere zauberhafte Verbindung, woran ich mich aber nicht mehr so deutlich erinnere.

Der einzige dunkle Punkt in unserer Beziehung war der Haarschutz. Störrisch blieb sie dabei, die Haarschützer wären Hochstapler und ausgemachte Halunken. Und so musste ich meine Kleine im Dunkeln darüber lassen, dass ausgerechnet ihr Angebeteter einer der Drahtzieher der Bewegung war.

An jenem Abend aber konnte ich ihr einen Vorwurf nicht ersparen.

„Ich habe dir doch dringend geraten, deinen Bruder in Sicherheit zu bringen. Er sollte doch für eine Weile vom Erdboden verschwinden. Möchtest du ihn etwa im Gefängnis besuchen?"

Lizzi verschloss meinen Mund mit einem Kuss und versprach hoch und heilig, Micha eigenhändig in die Speisekammer zu sperren. Dann aber erzählte sie mir das Neueste von Politzer. Er sei ein wenig nervös und wolle den Prozess rasch hinter sich bringen. Offenbar hatte der alte Glatzkopf begriffen, dass die Zeit gegen ihn arbeitete.

Auf dem Weg zu unserem Lieblingspark mit den lauschigen Bänken trafen wir auf eine kleine Menschenansammlung. Da Frauen von Natur aus neugierig sind, ging ich der Sache auf den Grund.

Hinter einem kleinen Klapptisch stand ein lebhaft gestikulierender junger Mann und erklärte seinen aufmerksamen Zuhörern mit der Ausdauer eines Leierkastens, er sei im Besitz einer Weltsensation. Die Entfernung von Tintenflecken sei dank einer genialen Erfindung von nun an ein Kinderspiel. Der Jüngling übergoss ein weißes Handtuch mit Tinte, dann schüttete er die Weltsensation darüber und husch, weg war der Fleck, der Fleck hatte sich einfach verputzt.

„Und jetzt, meine Damen und Herren", ließ der junge Mann uns flinkzüngig wissen, „jetzt kommt etwas noch nie Dagewesenes. Auch Ihre geliebten Enkelkinder werden diesen unvergesslichen Augenblick preisen, wenn ich mich nun an dieses reizende junge Ehepaar wende, nur einen Augenblick, verzeihen Sie, mein Herr, ich darf Ihren Arm nehmen, so, danke sehr ..."

Und der sympathische junge Mann übergoss den Ärmel meines Sakkos mit Tinte, worauf mein cremefarbener Anzug um einen schrillen Farbklecks reicher wurde. Lizzi und ich starrten mit glasigen Augen auf das azurblaue Ergebnis seines Attentats, doch der junge Mann nahm mit beruhigendem Lächeln den Ärmel meines Anzuges in die eine Hand, während er in der anderen die Flasche mit der Weltsensation hielt, um sie über den Fleck zu schütten.

„Und jetzt", verkündete er in die atemlose Stille, „bitte ich Sie um Ihre Aufmerksamkeit. Sehen Sie selbst, der Tintenfleck auf dem neuen Anzug verschwindet, er löst sich auf, existiert einfach nicht mehr …"

Wie auf Befehl ließ da aber ein anderer sympathischer junger Mann auf der gegenüberliegenden Straßenseite einen schrillen Pfiff ertönen, was den unseren dazu veranlasste, innerhalb weniger Sekunden sein Klapptischchen einzupacken und mit dem Warnruf „Achtung, Bullen" zu verschwinden, sich aufzulösen, zu verputzen. Im Gegensatz zu meinem Tintenfleck, der sehr wohl da war, einfach existierte und sich immer deutlicher auf dem Ärmel meines neuen Sakkos ausbreitete.

Ich sah offenbar so verblüfft drein, dass sich Lizzi vor lauter Lachen an einen Baum lehnen musste. Auch ich hatte mich an dem penetranten Tintenfleck noch nicht sattgesehen, als plötzlich ein grauhaariger Herr zu uns trat.

„Das ist ja eine schöne Bescherung", sagte er. „Wer war denn dieser Kerl?"

„Keine Ahnung", antwortete ich, „ich habe ihn nie vorher gesehen."

„Hatte er vielleicht eine Glatze?"

Jetzt waren auch andere Passanten stehen geblieben. Lizzi war abgedrängt worden und stand am Rande des Volksauflaufs.

„Ich glaube, er hatte keine Glatze", sagte ich, „aber ich weiß es nicht genau."

„Wieso wissen Sie das nicht?", erboste sich eine dickliche Dame. „Sie müssen doch gesehen haben, ob ein Glatzkopf Ihren Anzug ruiniert hat. Sie sind doch nicht blind, oder?"

„Typisch", hörte ich von rechts, „das ist ganz typisch für Glatzköpfe. Die sehen, dass ein Behaarter neu eingekleidet ist, und schon bekleckern sie ihn."

„Ja, die tragen neuerdings sogar Tintenfässer mit sich herum", versetzte ein Mann neben mir und sah mich scharf an. „Er war also doch kahl?"

„Ich denke schon, aber ich sagte ja, ganz sicher bin ich nicht ..." Empörte Rufe waren zu hören.

„Warum, um Gottes willen", röchelte eine Bassstimme, „nehmen Sie denn einen Dreckskerl von Kahlkopf in Schutz?"

„Sie sind doch verrückt", hörte ich Lizzis flehentliche Stimme aus dem Hintergrund. „Lassen Sie ihn doch in Ruhe, was wollen Sie denn von ihm?"

„Gar nichts, gutes Fräulein", antwortete der Grauhaarige. „Der Herr soll uns nur klipp und klar sagen, dass ihn ein Glatzkopf angegriffen hat."

„Ich sagte ja bereits", stotterte ich, „dass ich fast sicher bin ..."

„Er leugnet immer noch", regte sich die dicke Dame auf. „Solche Glatzenknechte wie der sind fast so schlimm wie Glatzköpfe."

Ich blickte mich um. Nichts als Gerechtigkeitsfanatiker weit und breit. Noch ein kleiner Funke und das Pulverfass würde explodieren.

„Er war ein Glatzkopf", sagte ich rasch. „Ich bin jetzt ganz sicher, dass er völlig kahl war."

„Endlich gibt er es zu", freute sich der Grauhaarige. „Die elenden Kahlköpfe sind schuld an der Inflation."

„Völlig richtig", stimmte die Dicke zu, „eine Hand wäscht die andere."

Ich nutzte die friedliche Pause und bahnte mir einen Weg durch die Menge. Lizzi zerrte ich hinter mir her. Das arme Mädchen stand unter Schock.

„Jetzt hast du mit eigenen Augen gesehen, mein Schatz", sagte ich zu ihr, „in welche Gefahr man durch deine geliebten Glatzköpfe kommen kann."

DER GROSSE TAG der Parteigründung war gekommen. Schauplatz des denkwürdigen Ereignisses war mein schlichtes Untermietzimmer. Ich bat die Witwe, den Staub diesmal besonders sorgfältig unter den Schrank zu kehren, Espresso zu servieren und den obligaten Marillenschnaps hinzustellen. Frau Schick verbat sich derlei niedrige Dienste. Als sie aber erfuhr, Josef Schomkuthy höchstpersönlich würde erwartet, machte sie sich mit Feuereifer an die Arbeit.

Pepi traf vor Dr. Schwarzkopf ein. Er war bester Stimmung, hochelegant angezogen und so beschwipst, dass er der Witwe die Hand küsste. Sie weinte fast vor Glück. Warum sie angesichts meiner charismatischen Ausstrahlung ausgerechnet diesen zahnlückigen Gnom anhimmelte, war mir ein Rätsel. Geschmack ist eben Geschmackssache.

Pepi und ich sondierten rasch die Lage. Mein Freund freute sich darauf, wieder als Journalist für unser geplantes Parteiblatt zu arbeiten, denn nachdem der *Morgenstern* das Handtuch geworfen hatte, gab es keine vernünftige Zeitung mehr, die sich ernsthaft mit der Glatzenfrage beschäftigte.

Gerührt gedachten wir der heroischen Vergangenheit unserer künftigen Bewegung.

„Erinnerst du dich", sagte Pepi, und sein Blick schweifte in die Ferne, „wie ich schon in meinem allerersten Politzer-Artikel den Kampf gegen die Glatzköpfe aufnahm? Ich wollte ihn bis zum siegreichen Ende führen, wenn es sein müsste, ich ganz allein, nur mit meinen bescheidenen Kräften. War ich mir etwa damals schon meiner großen gesellschaftspolitischen Verantwortung bewusst? Keineswegs, lieber Rudi, ich war noch nicht soweit. Und doch habe ich intuitiv alles vorausgeahnt."

Ich schob meinen Mietfauteuil näher.

„Ich muss dir etwas gestehen, mein guter Pepi", vertraute ich ihm an, während ich nachdenklich auf mein schäbiges Parkett sah. „Politzer war in Wirklichkeit nur ein Vorwand für mich, der allerletzte Anstoß, meine historische Vision zu verwirklichen. Das Schicksal hatte mich zum Führer bestimmt, glaubte ich damals, und dass niemand anderer der wahre Prophet der Glatzenfrage sein könne. Heute lache ich darüber. Ich glaube es nicht mehr. Ich weiß es."

Pepi kippte nervös zwei Gläschen Schnaps. Offenbar beantwortete er die Frage nach dem wahren Propheten etwas anders. Ich grinste in mich hinein. Fünfzehn Kilo mehr auf der Waage sind doch immer ein schlagkräftiges Argument. Aber noch gab Pepi nicht auf.

„Mein landesweiter Ruf verpflichtet mich", betonte er. „Ich brauche einen kräftigen Leibwächter und denke da an Eugen, unseren Oberkellner."

„Langsam, langsam", bremste ich den kleinen Opportunisten. „Du bist nicht allein in der Bewegung. Ohne die Zustimmung der Parteispitze kannst du niemanden einstellen."

Pepi schluckte und bat, Eugen aus der Parteikasse bezahlen zu dürfen. Ich stimmte zu. Ich wolle ihn ja wirklich nicht schikanieren, aber Dienstweg sei nun einmal Dienstweg. Auf diesem beschlossen wir dann noch gemeinsam, Dr. Schwarzkopf nicht in die finanziellen Belange der Partei einzuweihen. Zuviel Wissen würde ihn nur belasten und womöglich seine Tatkraft bremsen.

Da betrat Dr. Schwarzkopf auch schon das Zimmer, wohlbeleibt und federnden Schrittes, mit einer tragbaren Schreibmaschine, die er der Partei selbstlos zur Verfügung stellte. Ich machte Pepi mit dem Mann meiner Wahl bekannt, worauf dieser Schwachkopf sich eine halbe Stunde lang in Lobeshymnen über Pepis journalistische Virtuosität ergoss. Ich forderte die zukünftige Parteispitze auf, Platz zu nehmen, und wir machten uns an die Arbeit, das Schicksal der Nation in die richtigen Bahnen zu lenken.

Dr. Schwarzkopf rückte die Schreibmaschine zurecht und spannte ein blütenweißes Blatt ein. Uns war feierlich zumute. Einige Minuten verharrten wir in der andächtigen Stille unseres Gipfeltreffens. Ergriffen blickte ich aus meinem Mietfauteuil auf den Anwalt, der noch immer mit dämlichem Grinsen Chefredakteur Schomkuthy anhimmelte. Pepi räkelte sich auf meinem Bett und stierte die Zimmerdecke an.

Dann legten wir endlich los, um festzustellen, dass es genau genommen gar nichts zu lenken gab.

„Eigentlich", meinte Pepi nachdenklich, „haben wir bisher nur eine einzige Aufgabe, nämlich die Befreiung des Landes vom Glatzenjoch."

„Genau die ist es aber", bekräftigte ich, „welche die Nation zusammenschmiedet."

„Die Idee ist großartig, zweifellos", griff Dr. Schwarzkopf den Faden eilig auf. „Doch was machen wir, wenn wir den Endsieg über das Glatzentum errungen haben?"

Pepi und ich blickten uns ratlos an. Darüber hatten wir noch gar nicht nachgedacht.

„Glatzköpfe wird es immer geben", sagte ich hoffnungsvoll. „Es wird immer Menschen geben, die kahl werden. Auch uns können eines Tages die Haare … ich meine …"

Da hatte ich aber einen Blödsinn zusammengeredet. Pepi sah mich schief an, doch der Anwalt sprang mir zur Seite.

„Gerade deshalb sollten wir das Konzept erweitern", sagte er. „Das ist keine große Sache, ich habe für vier verschiedene Parteien gearbeitet und bin immer mit dem gleichen Programm ausgekommen."

„Dann schießen Sie los", sagte Pepi.

Dr. Schwarzkopf empfahl zunächst, ein Parteiemblem zu entwerfen, weil ohne so was gar nichts ginge. Jeder von uns sollte einen Vorschlag machen. Pepi schoss gleich beim ersten Versuch den Vogel ab, und wir entschieden uns einstimmig für seine zeichnerische Lösung: die unappetitlich gerundete Kontur eines kahlen Kopfes, durchbohrt von einer Art vierzackiger Harpune als Symbol unserer Kampfbereitschaft.

„Ein Kreis und ein Vierzack", murmelte Dr. Schwarzkopf vor sich hin. Er kostete den Namen der neuen Schöpfung wie einen edlen Wein auf der Zunge. „Kreiszack. Nicht schlecht", sagte er schließlich und nickte zufrieden. „Wir werden unsere Anhänger ‚Kreiszackler' nennen. Jetzt sind wir bereits einen großen Schritt weiter. Und wie soll unsere Partei heißen?"

Es fiel mir nichts ein. Ich war eben noch neu in dem Gewerbe.

„Den Begriff ‚Haarschützer' sollten wir unbedingt beibehalten", meinte Pepi.

„Das versteht sich doch von selbst", bestätigten Dr. Schwarzkopf und ich unisono. Es wurde langsam was draus. Zufrieden tippte Dr. Schwarzkopf in die Maschine:

Erste Nationale Haarschützerpartei und Kreiszacklerfront (NHPKF)

„So", sagte der Anwalt aufgeräumt, „jetzt fehlt nur noch das
Programm." Und er tippte auf das immer noch ziemlich jungfräuliche Papier:

Unser Programm

Dann sah er mich fragend an, als wäre ich der Fachmann und
nicht er. Auch den Gewerbeschein für das Haarwasser hatte er
noch immer nicht beschafft, der faule Hund.
Dr. Schwarzkopf murmelte etwas von Zeitdruck und hämmerte
ohne weiteren Aufschub in die Maschine:

Unser Ziel ist die völlige Gesundung unseres geliebten Vaterlandes
im Namen jedes behaarten Bürgers sowie eine eventuelle Erweiterung der Landesgrenzen und die Vermehrung des Volksvermögens
durch gesetzlichen Abbau des Glatzentumbesitzes bei strikter Wahrung von Rechtskontinuität.

Gespannt beugte ich mich mit Pepi über „Unser Ziel" und machte
Bekanntschaft mit unserer politischen Überzeugung. Ich war mit
meiner Analyse zwar noch nicht am Ende, doch klang es recht gut.
Dr. Schwarzkopf kam jetzt erst so richtig in Schwung:

Parteimitgliedschaft

Er grinste. „Jeder, der genug Kleingeld hat, kann problemlos bei-
treten."
„Was soll das", fuhr ich den Rechtsanwalt empört an, und das
Grinsen fiel von seinen fetten Backen. „Wenn Sie nur aus Habgier
Haarschützer geworden sind, können Sie sich zum Teufel scheren,
Schwarzkopf."
Das war auch dringend nötig gewesen. Der debile Anwalt sollte
nur ja nicht vor Pepi das Haarwasser erwähnen …

Pepi sah mich erstaunt an, dann pflichtete er mir bei:

„Wir müssen von Anfang an darauf achten, meine Herren, dass unsere Idee nicht für niedere materielle Zwecke missbraucht wird."

Dr. Schwarzkopf beteuerte, er hätte ja nur an die Parteispenden gedacht, ohne die schließlich noch keine bahnbrechende neue Bewegung etwas geworden wäre. Er formulierte noch einmal ins Reine:

Mitglied der Bewegung kann jeder Bürger werden, der Haare auf dem Kopf hat und regelmäßig Mitgliedsbeiträge zahlt.

Das war geschafft. Nun mussten wir noch die wirtschaftliche Zielsetzung der Partei ausfeilen. Dank Dr. Schwarzkopfs Routine stand rasch fest:

Das Bruttosozialprodukt muss in kürzester Frist verzehnfacht werden.

Ich hatte nicht viel Ahnung von alledem, aber ein Blick auf Pepis verdutztes Gesicht zeigte mir, dass ich mir eine Frage an ihn sparen konnte. So nickten wir beide zustimmend. Dr. Schwarzkopf formulierte aufgekratzt weiter:

DAS NEUE BÜRGERLICHE RECHT

§ 1 Dem als Glatzkopf registrierten Subjekt werden die staatsbürgerlichen Rechte für alle Zeiten aberkannt. Er kann sie auch nicht wieder erlangen, wenn er sich mit der Haarschutzidee restlos identifiziert, und auch dann nicht, wenn er neue Haare bekommt.

§ 2 Der patriotische Eid wird zum Schutz der nationalen Interessen innerhalb und außerhalb der Rahmenbedingungen der Schicksalsgemeinschaft eingeführt.

„Wozu brauchen wir denn diesen idiotischen Paragrafen?", raunzte Pepi.

„In jedem Parteiprogramm", belehrte ihn unser Fachmann, „müssen einige unverständliche Parolen stehen, sonst nimmt es niemand ernst."

„Wie soll man es denn ernst nehmen, wenn wir den einzigen wirklich wichtigen Begriff, nämlich ‚Glatze', bisher erst dreimal verwendet haben. Nennen Sie das etwa professionelle Arbeit?"

Schwarzkopf blinzelte verwirrt und schrieb als Nächstes:

Die politische Ideologie des Haarschutzes

Grundlegende Gesetzesnovelle aus Anlass der unerträglichen Ausbreitung des heimischen Glatzentums mit dem Ziel der radikalen Entfernung von Kahlköpfen und Personen mit Glatzkopfwurzeln aus den Schlüsselpositionen der Wirtschaft, aus den verantwortlichen Gremien des öffentlichen Lebens und allen sonstigen Tätigkeiten.

„Verzeihen Sie", unterbrach ich Schwarzkopfs emsiges Treiben, „was bedeutet ‚mit Glatzkopfwurzeln'?"

„So nennt man ein Subjekt, das einen Glatzkopf zum Vater hat", erläuterte der Anwalt. Pepi und ich nickten anerkennend. Der Kerl war lernfähig.

Ich schlug vor, den magischen Begriff „Soziales" einzubauen.

„Nichts leichter als das", meinte Dr. Schwarzkopf und schon schrieb er:

Sozialpolitik

§ 1 Gesetzesnovelle zur sozialen Zusatzrentenverordnung für Verdienste um soziales Gedankengut.

§ 2 Umgehende Aufhebung sämtlicher Zölle und Geldstrafen sowie der Vinkulationsgebühr, sofortiges Verbot jedweden Konkurses, Zwangsausgleichs und jeglicher Zwangsversteigerung als grundsätzliche Manifestation für den bedingungslosen sozialen Kampf gegen die drückenden Glatzwucherlasten.

„Wenn das kein Erfolg wird", bemerkte Pepi, „dann fresse ich einen Besen."

„Vielen Dank", unser Polit-Profi hielt an dieser Stelle inne. „Ich denke, meine Herren, fürs Erste sollte das genügen. Jetzt muss die Parteiführung festgelegt werden. Wer soll die Bewegung Ihrer Meinung nach in die Zukunft führen?"

Wir beäugten uns misstrauisch. Ich war nicht sonderlich scharf auf die Rolle des Parteichefs, denn als Schatzmeister würde ich meine vielfältigen Talente viel besser entfalten können.

„Ich bin sicher, Herr Flinta ist der richtige Mann dafür", unterbrach der Advokat die beredte Stille. „Ich selbst strebe nicht nach Höherem und werde mich wohl mit dem Schatzmeisterposten zufriedengeben müssen."

„Nicht so bescheiden, Herr Rechtsanwalt", munterte ihn Pepi auf. „Parteiorganisation ist doch bestimmt Ihre Sache. Wenn den Job keiner will, werde ich eben den Schatzmeister spielen."

Ich widersprach ihm ungern, aber meine intensive einmonatige buchhalterische Ausbildung sollte doch wohl nicht umsonst gewesen sein. So würde ich mich eben für diesen mühseligen Job opfern. Meine Parteifreunde wollten jedoch keinesfalls zulassen, dass ich mein Charisma an eine Verwaltungsaufgabe verschwendete. Nach einer guten halben Stunde stand dann der Parteivorstand endgültig fest:

Parteichef und Schatzmeister: Rudolf Flinta
Leiter der Propaganda- und Medienabteilung und
Schatzmeister: Josef von Schomkuthy
Referent für innere Angelegenheiten und
Vize-Schatzmeister: Dr. Eberhard Schwarzkopf

Nach der glücklichen Einigung wollte sich Pepi rasch verabschieden, weil nichts mehr zu trinken da war, aber ich bestand auf der feierlichen Angelobung meiner Mitarbeiter. Wenn schon, denn schon. Pepi sträubte sich heftig, weil er angeblich schon als Schulkind Feierlichkeiten gehasst hatte, doch Schwarzkopf unterstützte mich lebhaft, nicht zuletzt wegen des fehlenden Gewerbescheins.

Es wurde dann doch noch ein würdiger Akt. Als frisch gebackene Politiker stellten wir uns in Reih und Glied ans Tischende, hoben die Rechte und sprachen das Treuegelöbnis, das ich entworfen hatte:

„Ich schwöre der Haarschutzbewegung und meinem geliebten Führer unverbrüchliche Treue, selbstlose Loyalität und Verzicht auf jegliche persönliche Bereicherung."

Der Wortlaut war zwar noch nicht ganz ins Reine formuliert, aber meine beiden Mitarbeiter wussten schließlich, was gemeint war. Schwarzkopf hatte während des Festaktes feuchte Augen hinter seinen dicken Gläsern und Pepi einen ganz roten Kopf bekommen. Meinem Freund machte sichtlich zu schaffen, dass ich jetzt sein Führer war, sein geliebter noch dazu, aber, wie gesagt, 15 Kilo mehr auf der Waage sind kein Pappenstiel.

Jetzt musste ich als designierter Parteiführer noch die Arbeit verteilen. Dr. Schwarzkopf sollte sich schnellstens nach einem geeigneten Parteilokal im Zentrum eines Vorortes umsehen, und Pepi wies ich an, unser Parteiorgan auf die Beine zu stellen. Kraft meiner hohen Position bevollmächtigte ich beide, anfallende Kosten bis zur Öffnung der Parteikasse aus eigener Tasche begleichen zu dürfen. Soweit war also alles geregelt. Blieb noch die Witwe. Ich ließ sie rufen und trug ihr den Posten einer Frauenbeauftragten des Haarschutzes an. Frau Schick schluckte vor Aufregung. Sie fände es zwar großartig, wenn das Glatzkopfproblem endlich gelöst würde, aber sie würde viel lieber die armen Seelen bekehren und die verirrten Glatzenschafe im Zeichen des Kreuzes erlösen.

Der Parteivorstand trat zur Beratung zusammen und ermächtigte die Witwe auch zur Bekehrung, was die dumme Kuh so glücklich machte, dass sie Pepi sofort um den Hals fiel, wobei sie sich tief bücken musste.

Nun fehlten nur noch die Massen. Frau Schick trommelte alle Hausbewohner zusammen. Dr. Schwanz, Herr und Frau Molnar und Gagay wurden zur ersten Parteiversammlung gebeten.

Die künftigen Kreiszackler hatten sich dem Anlass entsprechend gekleidet und gedeckte Kleidung gewählt. Nur Gagay tanzte wieder einmal aus der Reihe und wollte tatsächlich in Hemdsärmeln Mitglied werden.

Da standen sie nun, voll Enthusiasmus und mit leuchtenden Augen, Schulter an Schulter in meinem Zimmer. Der Propagandachef der Partei begrüßte sie als jenes Samenkorn, dem in nicht allzu ferner Zukunft eine schönere, bessere und glatzenfreiere Welt entsprießen würde.

„Haarfrontgenossen", schloss Pepi seine Ausführungen. „Dies ist unsere Stunde, das Maß ist voll."

Ja, es war ein großer Tag gewesen.

Wir verteilten rasch noch die niedrigen Ämter. Dr. Schwanz wurde Verwaltungschef, Frau Molnar Stellvertretende Frauenbeauftragte, und Perückenträger Molnar erhielt den heiklen Auftrag, getarnte Glatzköpfe zu entlarven. Eugen, der Oberkellner, der vor dem Haus Wache stand, wurde in Abwesenheit offiziell als Gorilla bestätigt. Aber was sollte mit dem kümmerlichen Gagay geschehen, der in einem fort kicherte? Er wollte der Bewegung als einfacher Zuschauer dienen, schlug er vor, weil er „Kasperltheater schon als Kind so gern gehabt hätte". Frau Molnar bot sich an, den pensionierten Briefträger im Auge zu behalten.

Bei all dem Verwaltungsaufwand durfte ich aber nicht vergessen, die wirtschaftliche Basis unserer jungen Partei zu sichern. Die Resonanz auf meinen Spendenaufruf übertraf alle Erwartungen. Allein die von mir in Aussicht gestellte Summe betrug das Doppelte dessen, was Dr. Schwanz und die Molnars in bar hinblätterten.

Froh gestimmt verabschiedeten wir uns mit dem neuen Parteigruß:

„Geduld! Wir siegen!"

„Es lebe Flinta!"

Und da war er wieder, jener seltsame Wonneschauer, den ich zum ersten Mal gespürt hatte, als die Menge vor dem Krankenhaus jubelte. Ich ließ den Tag noch einmal Revue passieren und war recht zufrieden mit mir. Die Gründung der Haarschutzpartei wäre ein voller Erfolg gewesen, wenn nicht Pepi während der Vereidigung meinen·versilberten Flaschenöffner hätte mitgehen lassen.

DASS WIR erst am Anfang standen, zeigte der nächste Tag, denn wir mussten die Regierung davon in Kenntnis setzen, dass es eine neue Partei im Lande gab. Dr. Schwarzkopf übergab dem Innenminister zunächst ein entsprechendes Gesuch, das nicht gerade vor Bescheidenheit strotzte, aber immerhin erkennen ließ, wir Kreiszackler wären unter gewissen Umständen kooperationswillig. Wir ließen allerdings keinen Zweifel daran, dass wir den undankbaren, aber heroischen Kampf im Zeichen der großen Idee unerbittlich bis zum siegreichen Ende führen würden.

Die Bestätigung des Innenministeriums kam prompt und fiel überraschend freundlich aus, und im Leitartikel der „Staatszeitung" stand: „Wir hoffen, dass die sympathische junge Partei die gewählte Regierung respektieren und sich mit allen Kräften für die großen Ziele des haarschützenden Patriotismus einsetzen wird."

Nach Dr. Schwarzkopfs Erfahrung bedeutete das nicht mehr und nicht weniger, als dass der Staatsapparat Angst vor uns hatte. Tatsächlich arbeitete nicht nur die allgemeine Unzufriedenheit für uns, sondern auch das Chaos in der Außenpolitik. In den Nachbarländern waren nämlich fieberhafte militärische Vorbereitungen zu beobachten, und es sah nach Krieg aus. Die Regierung war in Panik, traf eine Fehlentscheidung nach der anderen und versuchte, durch vorgespiegelte Expansionsaussichten die schlechte Stimmung in der Bevölkerung zu heben.

Wir Haarschützer nutzten die Gunst der Stunde. Dr. Schwarzkopf stattete eine nette möblierte Mansarde als Parteizentrale aus, und ich überredete Trowitsch unter vier Augen, die Perückenproduktion von der Handarbeit auf Fließband umzustellen. Nur so wäre die eskalierende Nachfrage der kahlköpfigen Schwindler zu befriedigen.

Auch in der Öffentlichkeitsarbeit waren wir äußerst kreativ. Dr. Schwarzkopf setzte mit Recht voll und ganz auf den heiligen Antonius. Er gab genau vor, wer von uns welcher Messe beizuwohnen hatte, obwohl sich die Kirche bisher noch bedeckt hielt und einige hinterwäldlerische Dorfpfarrer sogar nachdrücklich vor unserem wachsenden Einfluss warnten. Mir hatte unsere Pressestelle die Betreuung der Synagogen übertragen, und so ging ich jeden Samstag in eine andere Sabbatandacht, solange das Oberrabbinat die haarschützende Idee auf ihre Übereinstimmung mit dem Alten Testament prüfte. Inzwischen enthielten sich die hartnäckigen Juden jeglichen Kommentars.

Unsere wirklichen Probleme waren aber ganz anderer Natur. Um ganz ehrlich zu sein, wir waren tief in den roten Zahlen. Es gab zwar eine Fülle hoffnungsvoller Ansätze und einige ernsthafte Versprechungen, aber noch kein festes Budget. Um Pepi nicht misstrauisch zu machen, konnte ich den warmen Perückenregen nicht in die Parteikasse fließen lassen, und mein Haarwasser war ja leider auch eine reine Privatangelegenheit.

Auf unseren Parteizusammenkünften beklagte sich Dr. Schwarzkopf, es sei schlichtweg unmöglich, mit den Spenden von fünf Mitgliedern eine Zeitung herauszugeben oder gar die Parteimansarde in der offiziellen Farbe unserer Bewegung, nämlich in Lila, streichen zu lassen. Also entschloss ich mich, mein stattliches Privatvermögen der Partei zu borgen. Um die Genossen aber nicht auf dumme Gedanken zu bringen, faselte ich etwas von einem elenden Wucherer, der anonym bleiben wollte. Die horrenden Zinsen müsste ich ihm also ganz persönlich aus der Parteikasse zur Verfügung stellen. Da kam zu meiner Verblüffung auch Pepi mit einem anonymen Wucherer daher, der nur ihm zuliebe der Partei zu Spottzinsen dienstbar wäre. Ich war empört. Wusste ich doch nur allzu gut, dass weit und breit kein einziger Mensch, geschweige denn ein Wucherer, Pepi auch nur eine müde Krone leihen würde. Pepi wollte offensichtlich sein eigenes schmutziges Geld gut anlegen. Das passte ins Bild. Schon seit geraumer Zeit nämlich führte mein guter Freund ein wahres Luxusleben und genierte sich nicht, sich recht häufig in Begleitung viel zu junger Damen mit kostspieligen Rundungen zu zeigen. Offenbar hatte der erbärmliche Kerl heimlich eine ergiebige Quelle angezapft, von der seine Partei nichts wusste. Sicherheitshalber beauftragte ich Dr. Schwarzkopf, beim Verband der Glasgroßhändler diskret zu ermitteln, ob Pepi nicht vielleicht doch eine kleine Unterstützung erhielte. Dr. Schwarzkopf ermittelte gewissenhaft, fand aber nichts heraus. Zu meiner völligen

Überraschung stellte er fest, Pepi sei „sauber", und das beunruhigte mich dann erst richtig.

Die Nachricht von unserer Parteigründung hatte natürlich auch alle unsere Feinde auf den Plan gerufen. Sie versuchten, uns zu schaden, wo sie konnten. Die wenigen noch übrig gebliebenen Konkurrenzzeitungen, auch wenn sie inzwischen allen Einfluss verloren hatten, entfesselten eine orgiastische Hetzkampagne, und so mancher glatzenfreundliche Schreiberling spuckte Gift und Galle, um unsere große Idee in den Schmutz zu ziehen.

„Der Wahnwitz des Haarschutzes", schrieb zum Beispiel wieder einmal der berüchtigte Professor Wind,

> mobilisiert die niedrigsten Instinkte und fördert jegliche Art von Sadismus. Er führt nicht nur die bürgerlichen Schichten auf Abwege, er bedient sich auch auf heimtückische Weise der sozial Schwachen, die sich an jeden Strohhalm klammern, der einen Ausweg verspricht. Der Haarschutz ist eine gefährliche Epidemie und verlangt das umgehende Einschreiten der Regierung.

Auf das Einschreiten der Regierung aber sollte Herr Wind vergeblich warten, denn die hatte größere Probleme als die Volksgesundheit. „Die drohende Glatzenfrage lässt sich nicht durch billigen Journalismus lösen", stand im Kommentar der *Staatszeitung*. „Machen wir nicht so viel Wind um die Sache."

Die Hetzartikel der Glatzenlager ließen uns kalt, waren wir doch überzeugt, auf dem richtigen Weg zu sein. Das Einzige, was mein angenehmes Leben ein wenig störte, war ein Zettel, den mir jemand eines Morgens durch den Briefschlitz geworfen hatte. Die Witwe Schick brachte mir den Wisch ins Zimmer und bemerkte mit einer Mischung aus Betroffenheit und Schadenfreude:

„Gott sieht eben alles."

Auf dem Zettel stand in ungelenken Blockbuchstaben: *Verrecke, du geldgieriges, korruptes Schwein!*

Das Verrecken konnte ich ja noch verschmerzen. Aber die Geldgier? Und das Schwein? Ein korruptes noch dazu. Da fiel mir Pepi ein. Ich fuhr in sein neues Nobelappartement und legte ihm die

Schmähschrift auf den Marmortisch. Er überflog sie und grinste frech.

„Mach dir nichts daraus", sagte er. „Rein biologisch bist du ein Mensch und kein Schwein, da bin ich ganz sicher. Was hat dich denn so erschreckt?"

„Ich und erschreckt?" Ich rang mir ein Lachen ab. „Da muss schon Ärgeres passieren, mein Lieber."

„Und was willst du dann von mir?"

„Eugen. Ab heute ist er mein Gorilla."

„Kommt nicht infrage", empörte sich Pepi. „Auch ich erwarte in Kürze Drohbriefe."

„Aber ich bin immerhin der Führer."

Nachdem ich dem korrupten Schwein gründlich die Meinung gesagt hatte, waren wir uns rasch einig. Eugen würde uns künftig abwechselnd beschützen.

INZWISCHEN lief alles genau nach Plan.

Schwarzkopf richtete das Parteilokal mit dem Geld von Pepis Schattenwucherer geschmackvoll ein. Man fühlte sich richtig behaglich in den vier Parteiwänden, die in milder Fliederfarbe erstrahlten. Über meinem repräsentativen Schreibtisch prangte das riesige Kreiszackler-Banner, das fröhlich flatterte, wenn wir die Räume durchlüfteten. Auch Dr. Schwarzkopf brachte gute Nachrichten. Es hätten sich bereits eine ganze Reihe von Bürgern gemeldet, die aktiv in der Haarschutzbewegung mitarbeiten wollten, und das obwohl unser Parteiblatt *Stimme des Volkes* noch gar nicht erschienen war. Die Menschen hatten lediglich durch die Hetzartikel des Glatzentums und durch unsere Flugblätter von der Existenz der neuen Partei erfahren.

Die Flugblätter hatte Pepi als Propagandachef persönlich verfasst und mit dem griffigen Slogan voll ins Schwarze getroffen:

ZUCHT UND GLÜCK DURCH UNSRE HAND –
GLATZENFREIES VATERLAND
NHPKF

Aber auch die lange Version konnte sich sehen lassen:

Stolzer behaarter Landsmann, Arbeitsloser und Arbeiter, Fabrikant
und Unternehmer, Großhändler und Kleingewerbetreibender, Klein-
händler und Großindustrieller, Beamter und Soldat, Kleinlandwirt
und Großgrundbesitzer, für Dein Wohlergehen kämpft die Nationale
Haarschützerpartei und Kreiszacklerfront
    NHPKF

DAS ERSCHEINEN der *Stimme des Volkes* stand nun kurz bevor.
Pepi hatte ein paar arbeitslose Journalisten angeheuert und sich mit
großem Elan ans Werk gemacht, um die Zeitung so rasch wie möglich druckreif zu bekommen. Ich hatte keine Ahnung, was drinstehen würde. Pepi wollte mich nämlich damit überraschen und ließ
mich keinen Fuß in die Redaktionsräume setzen.

Meine Freude über all diese Erfolge wurde nur durch meine
Sorge um Lizzi getrübt, die keine Ahnung von alldem hatte. Unsere Beziehung wurde immer inniger, und wir sahen uns nahezu
täglich, aber ich verstrickte mich tiefer und tiefer in meine Lügen.
Leider hatte ich die Sache von Anfang an falsch angepackt. Hätte
ich Lizzi während der Entstehung der Haarschutzbewegung anvertraut, dass mir nach Politzers Provokation gar nichts anderes
übrig blieb, so wäre alles gut geworden. Immer wieder war ich kurz
davor gewesen, Lizzi über meine Schlüsselrolle aufzuklären, aber
immer wieder zögerte ich auch. Ich befürchtete, das verblendete
Mädchen würde mich nach meinem Geständnis verlassen. So blieb
mir also im Augenblick nichts anderes, als ihr weiterhin mit meinen zärtlichen Küssen die Augen zu verschließen.

AN EINEM MONTAGMORGEN weckte mich heftiges Klingeln. Ver-
schlafen öffnete ich die Tür und wurde von Dr. Schwanz fast um-
gerannt. Sein dramatischer Auftritt ließ große Dinge ahnen.

Ich bot ihm, wie unter Haarfrontgenossen Usus, ein Glas Marillenschnaps an. Dr. Schwanz leerte es in einem Zug, dann blickte er
sich suchend um, als hätte er Angst, man könnte uns belauschen.
Seine Schafsnase bebte vor Ernst und tieferer Bedeutung.

„Ich bin nun einmal ein durch und durch ehrlicher Mensch", kam er endlich zur Sache, „und ich erfülle nur meine Pflicht als Kreiszackler, wenn ich Sie, meinen geliebten Führer, davon in Kenntnis setze, dass unser Propagandachef sich höchst verdächtig benimmt. Hinter Ihrem Rücken verhandelt er mit fragwürdigen Personen und führt konspirative Gespräche."

Hatte ich es doch geahnt. Ich fragte Schwanz, wie er denn darauf komme.

„Reiner Zufall, eine Laune des Schicksals. Als ich mich hinter einem Aktenschrank im Parteilokal versteckte, sah ich einen fülligen Herrn im Nadelstreif und Hut in die Propagandaabteilung schleichen. Nach zwei Stunden und elf Minuten kam er mit Herrn Schomkuthy wieder heraus. Es war wirklich nur ein Zufall, dass ich der Sache auf die Spur kam. Hätte ich mich nicht zufällig versteckt, wären die Machenschaften von Herrn Schomkuthy niemals aufgedeckt worden."

Jetzt saß Pepi endlich in der Falle. Die harmlose Schnüffelei von Verwaltungschef Schwanz würde mich zu seiner geheimen Geldquelle führen. Dem betrügerischen Fiesling sollte noch Hören und Sehen vergehen.

„Wer war denn der geheimnisvolle Besucher?", fragte ich meinen Schicksalsboten.

„Ich habe ihn gleich erkannt. Er war vor Kurzem wegen einer Steueraffäre im Gerede." Dr. Schwanz flüsterte geheimnisvoll. „Es war niemand Geringerer als Elmar Watzek, der Chef der Industriellenvereinigung."

„Danke", brachte ich mühsam hervor. „Sie werden nicht bereuen, dass Sie sich mir anvertraut haben."

„Ich habe doch nur meine Pflicht getan", antwortete Dr. Schwanz bescheiden. „So wie jeder künftige Finanzminister es getan hätte. Geduld! Wir siegen!"

„Es lebe Flinta!"

AM NÄCHSTEN ABEND verließ ich nicht wie üblich das Parteilokal, sondern tat, als hätte ich noch wichtige Geschäfte zu erledigen.

Ich hatte nämlich am Morgen auf unserem offiziellen Briefpapier an den ekelhaften Chef der Industriellenvereinigung, den mir wohlbekannten Direktor Watzek geschrieben, und ihn für den späten Nachmittag in die Parteizentrale gebeten. Der Einfachheit halber setzte ich Pepis unleserliche Unterschrift darunter.

Watzek war pünktlich zur Stelle und sichtlich erstaunt, mich vorzufinden.

„Treten Sie ruhig näher, Herr Generaldirektor", sagte ich verbindlich, „Schomkuthy musste leider kurzfristig einen anderen Termin wahrnehmen und bat mich, ihn zu vertreten."

Watzek blinzelte misstrauisch durch seine Brillengläser und zerbrach sich offenbar den Kopf, wo er mich schon gesehen hatte. Ungern folgte er mir in mein Büro. Ich bot ihm Platz an und wollte seinen Hut entgegennehmen. Zögernd setzte er sich schließlich auf die Stuhlkante, behielt den Hut aber auf. Ich wusste, warum.

Wir schwiegen ein Weilchen, dann begann er unsicher:

„Nehmen Sie mir mein Misstrauen nicht übel, doch Herr Chefredakteur Schomkuthy hat mich bisher immer beschworen, Ihnen, verehrter Herr Flinta, kein Wort von unseren, wie soll ich sagen, vertraulichen Gesprächen zu verraten."

„Mein lieber Herr Generaldirektor", beschwichtigte ich ihn, „Josef Schomkuthy ist nicht nur ein verlässlicher Haarfrontgenosse, er ist auch mein ältester und bester Freund. Selbstverständlich hat er Ihre vertraulichen Gespräche auf Heller und Krone mit mir abgerechnet. Heute bin eben ich an der Reihe."

Watzek tappte wie ein blindes Huhn in die Falle.

„Ich soll also schon wieder bezahlen", muckte er auf. „Woher soll ich denn das viele Geld nehmen?"

„Aus der Portokasse", erwiderte ich diplomatisch. „Die Haarschutzbewegung braucht viel Geld für den endgültigen Durchbruch. Der Kampf gegen die Gewerkschaften fordert auch seinen Tribut."

Ich hatte spontan ins Schwarze getroffen.

„Ich bitte Sie", klagte Watzek, „auch Schomkuthy weiß genau, wie gerne wir bereit sind, die Bewegung zu unterstützen. Erpressen aber lassen wir uns nicht."

Mit dem Hut auf dem Kopf konnte er leicht frech werden. Ich

schlug ihm also höflich vor, bei dieser Hitze endlich seinen Hut abzunehmen. Das wirkte. Der wackere Herr Direktor entblößte mit zitternden Händen seinen Kopf und saß wie ein Häufchen Elend mit seinem schütteren Haarkranz unter unserer martialischen Parteiparole KOMM ZUR HAARFRONT HEUTE NOCH, BEFREIE DICH VOM GLATZENJOCH.

„Ich weiß, wie sehr der Haarschutz die heimische Industrie fördert", sagte Watzek kleinlaut. „Unsere Arbeiter haben schon eine eigene Kreiszackler-Ortsgruppe gegründet."

Ich schwieg, um ihn ein wenig schmoren zu lassen.

„Wie viel brauchen Sie denn diesmal", fragte Watzek schließlich, und ich erwiderte kurz angebunden:

„Den gleichen Betrag wie immer."

Gequält zog Direktor Watzek sein Scheckheft heraus. Kalte Wut packte mich, als seine goldene Füllfeder die letzte Null der 20 000 Kronen rundete. Ich ballte die Faust in der Hosentasche, als ich an Pepi dachte.

Watzek legte diskret noch ein Dutzend Hundert-Dollar-Noten in bar drauf.

„Ich gebe es doch gerne", fügte er hinzu. „Ich habe schon gerne gegeben, als die Haarschutzbewegung noch in den Kinderschuhen steckte. Ich weiß noch ganz genau, wie glücklich Schomkuthy war, als ich ihm nach seinem mutigen offenen Brief an Professor Wind die Großzügigkeit der heimischen Industrie ankündigte."

Pepi hatte also von Anfang an abkassiert. Das war der Gipfel der Niedertracht. Wie konnte er mir, seinem Busenfreund, überhaupt noch in die Augen sehen …

Da erklangen Schritte im Parteiflur, die Tür öffnete sich, und Pepi trat in mein Büro.

Ein derart dummes Gesicht hatte ich bislang noch nie gesehen. Pepi stand jetzt in der offenen Tür und schaute erst zu mir, dann zu Watzek. Noch hatte er das ganze Ausmaß der Katastrophe nicht erfasst.

Ich ging ganz langsam zur Tür, sperrte sie sorgfältig ab und steckte den Schlüssel in die Tasche. Freundlich begrüßte Watzek den Propagandachef und Schatzmeister in einer Person.

„Ich habe Herrn Flinta den üblichen Betrag bereits überreicht", sagte er zuvorkommend. „Wie geht es Ihnen, lieber Schomkuthy?"

Pepi war nicht ganz so zuvorkommend. Er stieß ein heiseres Gebrüll aus und sprang mit einem Satz zur Tür, rüttelte vergeblich daran und flüchtete dann in Richtung Fenster. Ich packte ihn aber schon nach wenigen Schritten am Kragen.

„Jetzt werd ich dir zeigen", ich drückte die kleine Ratte an die Wand, „was es heißt, deinen besten Freund übers Ohr zu hauen."

Pepi heulte auf wie eine Polizeisirene und versuchte, zwischen meinen Beinen durchzuschlüpfen. Als ihm das nicht gelang, biss er mich in die linke Wade.

„Hast du vielleicht keine Geschäfte gemacht?", brüllte er. „Du willst mich wohl für dumm verkaufen, du Dreckskerl!"

„Und wer von uns, elender Schurke, hat der Partei sein eigenes Geld zu Wucherzinsen geliehen?"

Im Rhythmus dieser Worte schlug ich seinen Kopf auf die Kante meines Schreibtisches. Pepi lag zappelnd da und versuchte sich aufzurichten, um mir ins Gesicht zu spucken, traf aber daneben.

Watzek hatte sich inzwischen in meinen Lederfauteuil fallen lassen, schlug die Beine übereinander und verfolgte das Gerangel mit vornehmer Zurückhaltung.

„Entschuldigung, dass ich störe", unterbrach er uns. „Aber wollen die Herren diese Angelegenheit nicht unter sich regeln?"

Ungern nur ließen wir voneinander ab. Pepi erhob sich mühsam, warf mir tödliche Blicke zu und rückte die Reste seines Anzugs zurecht.

„Es freut mich, dass Sie gekommen sind, lieber Herr Watzek", stieß er atemlos hervor. „Verzeihen Sie, dass mein ungestümer Freund sein Fitnesstraining ausgerechnet vor Ihnen betreibt."

Watzek bedeckte rasch seine Glatze.

„Das geht mich gar nichts an, meine Herren. Als echte Gentlemen werden Sie das sicher fabelhaft regeln. Lassen Sie uns bitte die Angelegenheit besprechen, soweit sie die Wirtschaft betrifft."

Pepi und ich setzten uns auf die entferntesten Plätze.

„Watzek, fifty-fifty", zischte ich Pepi zu. „Abgemacht?"

„Abgemacht", flüsterte mein Freund zurück. „Aber kein Wort zu Schwarzkopf."

Und so erörterten wir drei in freundschaftlicher Atmosphäre die weiteren kostenintensiven Bemühungen der Industrie, um die Verschmelzung der nationalen und der haarschützenden Kräfte so rasch als möglich voranzubringen.

UM EIN HAAR hätte die Watzek-Affäre eine schwere Parteikrise heraufbeschworen. Der endgültige Bruch wurde nur durch meine geradezu sprichwörtliche Weitsicht verhindert, die dem versöhnlichen Motto folgte „Verdamme nicht, sondern zeige dem reuigen Sünder den richtigen Weg". Da Pepi letztlich bereit war, die Industriespenden künftig mit mir zu teilen und mir meinen silbernen Flaschenöffner, wenn auch ungern, zurückgab, waren die Wogen wieder geglättet. Wenige Tage später erinnerte nichts mehr an den peinlichen Zwischenfall, nur der stattliche Betrag, den Pepi mir von nun an griesgrämig hinblätterte.

Mein Kontostand hatte inzwischen eine Höhe erreicht, die mich zu weiteren Überlegungen verpflichtete. Ich spielte mit dem Gedanken, mein Untermietzimmer bei der Witwe Schick aufzugeben und ein bescheidenes kleines Schloss zu erwerben, verzichtete dann aber schweren Herzens darauf, um das Misstrauen meines kleinlichen Freundes nicht unnötig zu wecken. Pepi könnte eins und eins zusammenzählen und womöglich der blühenden Perückenproduktion und dem diskreten Haarwasser auf die Spur kommen. Das konnte ich nun wirklich nicht riskieren. So blieb ich eben Untermieter, kaufte mir stattdessen erstklassige Wertpapiere und tröstete mich damit, dass mir Dr. Schwarzkopf eine ehemalige Glatzenwohnung in der Innenstadt versprochen hatte, wenn unsere Mitgliederzahl sechsstellig geworden war.

Die Geschäfte mit dem Haarwasser florierten tatsächlich noch üppiger, als Dr. Schwarzkopf und ich es uns in den kühnsten Träumen erhofft hatten. Wir hatten gemeinsam einen bescheidenen, aber günstig gelegenen Kellerraum in einem der Außenbezirke angemietet und ihn zum Labor umfunktioniert. Die wissenschaftliche Arbeit übertrugen wir Dr. Schwarzkopfs hochbegabtem Neffen, einem Studenten der Philosophie. Der junge Philosoph entwickelte in sorgfältigen wissenschaftlichen Experimenten eine nahezu patentreife Haarwassersubstanz. Die geheime Formel dieser Revolution im einschlägigen Markt lautete: 98 Teile Wasser, 1 Teil Menthol und 1 Teil von noch irgendetwas.

Das hochwirksame Präparat erhielt den treffenden Namen „Antikahl", und vielleicht ist es nicht zuletzt diesem Umstand zuzuschreiben, dass unser junger Betrieb mit Aufträgen überhäuft wurde. Das Produkt erfreute sich aber auch wegen seiner einfachen Handhabung bald größter Beliebtheit: „Alle zwei Stunden einen gehäuften Esslöffel auf die Handfläche tröpfeln", hieß es im Beipackzettel, „das Antikahl in die angekahlten Hautpartien sanft einmassieren (nicht einreiben!) und den Vorgang so oft wiederholen, bis die gewünschte Haarmenge erreicht ist."

Den Preis der kleinen Flasche hatten wir mit Kr. 32,10 angesetzt, den der doppelten Sparpackung mit Kr. 64,20. In fetten Buchstaben stand auf der Verpackung: SCHÜTZE DICH UND DEINE FAMILIE VOR DEM GESPENST DER HAARLOSIGKEIT.

Um Antikahl endgültig im Markt zu etablieren, schaltete ich eine ganzseitige Anzeige in der ersten Nummer der *Stimme des Volkes*. Das brachte André auf den Gedanken, auch für unsere Perücken zu werben, aber ich redete es ihm geschwind aus, um Pepis Spürnase nicht auf eine neue Fährte zu führen. Mein Privatleben geht schließlich niemanden etwas an.

ICH ÜBERFLOG gerade die Tagesberichte der inzwischen recht zahlreichen Kreiszackler-Ortsgruppen, als ein kleiner weißhaariger Herr in mein Büro geführt wurde.

„Entschuldigen Sie bitte die Störung", sagte der Besucher leise. „Vielleicht erkennen Sie mich, mein Name ist Wind."

Ich war ratlos. Sollte ich ihn freundlich begrüßen oder ihn kurzerhand hinauswerfen? Ich murmelte irgendetwas und ließ schleunigst Pepi holen. Schließlich war er der Propagandachef und Professor Wind somit sein Problem.

Pepi wollte sich rasch wieder davonmachen, als er Professor Wind erblickte, setzte sich aber dann doch zu uns, als er meinen mahnenden Blick auffing. Der Professor kam zur Sache:

„Meine Herren, ich bin zwar kein eingefleischter Patriot, aber die Entwicklung in meinem Heimatland bereitet mir große Sorgen. Ich weiß heute, dass meine Artikel nichts gefruchtet haben, und so wagte ich mich in die Höhle des Löwen."

„Fassen Sie sich kurz", fuhr Pepi dazwischen. „Unsere Zeit ist knapp. Die Arbeit in der Bewegung fordert all unsere Kräfte."

Der Gelehrte atmete tief durch:

„Ich werde Sie nicht lange aufhalten. Ich will Sie nur fragen: Haben Sie denn keinerlei Skrupel, so schamlos zu lügen? Anständige Menschen würden bei einer solchen Unverfrorenheit in Grund und Boden versinken."

Er schaute mir jetzt direkt in die Augen. Ich blickte zu Boden, um ihn nicht in Verlegenheit zu bringen.

„Anständige Menschen?", ergriff Pepi das Wort. „Das ist ein dehnbarer Begriff, werter Professor. In meinen Augen ist ein anständiger Mensch jemand, der in einer öffentlichen Telefonzelle nicht versucht, Hosenknöpfe einzuwerfen. Ich habe das noch nie getan, und so halte ich mich durchaus für anständig."

„Sie sind ein Zyniker", fuhr der Professor auf. „Ich muss wohl deutlicher werden. Sie sind habgierig und machtbesessen, und zwar in dieser Reihenfolge."

„Machen Sie sich doch nicht lächerlich, guter Freund", entgegnete Pepi seelenruhig. „Zehntausende Anhänger werden sich doch wohl nicht irren."

Ich unterbrach den Dialog, weil ich es nicht leiden konnte, wenn Pepi mich nicht zu Wort kommen ließ.

„Die Idee des Haarschutzes", deklamierte ich den Text eines unserer Plakate, „leuchtet wie eine Fackel auf dem Weg in eine bessere Kreiszacklerzukunft."

„Unsinn", brauste der Professor auf. „Vielleicht sind die Menschen doch nicht so dumm, wie Sie meinen. Bilden Sie sich ja nicht ein, dass Sie mit Ihrer bodenlosen Niedertracht unschuldige Menschen ins Unglück stürzen können, während Sie sich selbst ein schönes Leben machen."

„Ihre Selbstlosigkeit rührt mich zu Tränen", bemerkte Pepi trocken. „Und jetzt werde ich deutlicher. Unserer Haarschutzbewegung wird längst die Welt gehören, wenn Sie Einfaltspinsel immer noch von Anständigkeit und ähnlichen Banalitäten faseln."

Keine Frage, Pepi war dem Professor intellektuell haushoch überlegen. Der eitle Wissenschaftler schäumte vor Wut:

„Und wenn die ganze Welt den Verstand verliert, eines Tages wird die Wahrheit siegen."

„Amen", sagte Pepi und rief unseren Oberkellner. „Eugen, führen Sie den Herrn samt seiner Wahrheit hinaus."

ES WAR gegen sieben Uhr, als ich wie jeden Abend auf Lizzi wartete. Der Sommer neigte sich langsam dem Ende zu, und es dämmerte bereits, aber die Straße war immer noch voller Menschen, die sich gegenseitig unser Parteiorgan aus den Händen rissen.

Unaufhörlich schleppten die Zeitungsjungen mit den lila Krawatten neue Stapel heran:

„Sensation", riefen sie. „Die mutige Tageszeitung der Kreiszacklerfront. Die erste Nummer der *Stimme des Volkes*. Die Haarfront schlägt zurück! Glatzen raus! …"

Mittags um zwei waren die ersten hunderttausend Exemplare ausgeliefert worden, und nun verkaufte man bereits die vierte Auflage. Das Blatt hatte auf Anhieb das kritische Hauptstadtpublikum erobert und Kreiszackler wie Glatzensympathisanten gleichermaßen gefesselt.

Unser neues Parteiorgan genügte aber auch den höchsten Ansprüchen. Auf der Titelseite prangte in riesigen lila Buchstaben das Parteistatut, und darunter stand mein persönlicher Appell, die Überraschung, die mir Pepi angekündigt hatte. Darin rief ich alle behaarten Bürger auf, den Kampf gegen das internationale Glatzentum Schulter an Schulter mit uns zu bestreiten. Aus der Mitte des Artikels ließ ich meinen sorgenvollen Blick in die Ferne schweifen, und darunter hatte Pepi „Es lebe Rudolf Flinta, der große Führer der NHPKF" gesetzt.

Auf der zweiten Seite aber kam Pepi selbst zu Wort. In einer wortgewaltigen Proklamation rief er alle Patrioten zum Kampf gegen das glatzköpfige Schmarotzertum auf. Er bezog sich dabei auf den historischen Hirtenbrief des großen Kirchenmannes und Türkenfressers Johannes von Capistrano, in dem der visionäre Priester „zum Kampf gegen die ungläubigen kahlgeschorenen Osmanen" aufgerufen hatte.

„Die leidenschaftlichen Worte des unsterblichen Geistlichen brennen mir in der Seele", schrieb Pepi. „In seinem Namen fordere ich: Auf mein Volk, gegen die Glatzköpfe, auf zum Heiligen Krieg! Folgen wir der Parole: Mit kreiszacklerischer Ehre für Vaterland und Gerechtigkeit."

Pepi war sich seiner Wirkung so sicher, dass er auch mit den „verantwortungslosen Regierenden" gnadenlos ins Gericht ging und sie in Bausch und Bogen als feige Hunde bezeichnete, obwohl wir bislang von offizieller Seite eigentlich nur freundliche Duldung erfahren hatten.

„Wir sind nicht käuflich", ließ von Schomkuthy seine Leser wissen. „Die Tage dieser Regierung sind gezählt. Das Maß ist voll!"

Auf den nächsten Seiten konnte ich dann meinen beispielhaften, wenn auch nicht ganz authentischen Lebenslauf nachlesen. Ich erfuhr daraus, ich hätte mich aus ärmlichen Verhältnissen emporgearbeitet, mein Universitätsstudium ungeachtet bitterster Armut mit eisernem Willen durchgezogen, ganz abgesehen davon, dass ich eine anerkannte politische Autorität und ein blendender Rhetoriker mit visionärem Konzept wäre. Mein fester Glaube und meine untadelige moralische Haltung wären die beste Gewähr für eine erfolgreiche Zukunft des Haarschützerkonzepts.

Verwaltungschef Dr. Schwanz untermauerte als innenpolitischer Sprecher ideologisch, warum das internationale Glatzentum sich die Unterwerfung der Menschheit zum Endziel gesetzt hatte und warum der Kampf dagegen „vorrangige Berufung, heilige Sendung und humanitäre Pflicht" sei.

Auch die übrigen Artikel befassten sich ausschließlich mit der Glatzenfrage, insbesondere die als „Haarnetz" überschriebene Kolumne, in der wir die Machenschaften jener prominenten Glatzenfirmen entlarvten, die die Wirkung von Zeitungsanzeigen unterschätzt hatten.

Aber Pepi hatte auch für die Unterhaltung unserer Leser gesorgt. Außer dem „Haarnetz" gab es noch eine bunte Palette für die ganze Familie, von amüsanten Glatzenwitzen bis zu spannenden Kreuzworträtseln. Der köstlichste Glatzenwitz dieser Nummer lautete:

Zwei Kahlgeschorene treffen sich auf der Straße:

„Hören Sie, Kohn, mir ist, als ob ich Sie gestern gesehen hätte."

„Wo denn, Schwarz?"

„Sie kamen gerade aus dem Schwimmbad."

„Aus dem Bad? Das kann nicht ich gewesen sein."

Dieser prachtvolle Witz gefiel mir sehr gut, denn er deutete geschmackvoll an, dass sich die Glatzköpfe nur ungern waschen. Hatte ich doch selbst als kleiner Junge im Strandbad häufig beobachtet, wie sich die kahlen Opas ärgerten, wenn man sie nass spritzte.

Die Auflösung des Kreuzworträtsels förderte einen berühmten Ausspruch Napoleons zutage. Waagerecht 1 und Senkrecht 18: „Schlimmer als ein zaudernder Feldherr ist nur ein kahler", wobei den Einsendern der richtigen Auflösung das bereits im Druck befindliche historische Werk „Protokolle weiser Glatzköpfe" von Prof. Dr. Josef von Schomkuthy jun. als Preis winkte.

Die erste Ausgabe der *Stimme des Volkes* war so schnell vergriffen, dass viele Interessierte leer ausgingen. Die Auflage der zweiten Ausgabe hatten wir verzehnfacht, aber zumindest brauchten wir uns um die Verteilung keine Sorgen mehr zu machen. Begeisterte Parteimitglieder betätigten sich unentgeltlich als Zeitungsjungen, um den Nachschub zu sichern. Die Meldungen über die Begeisterung, die das neue Blatt auslöste, rissen nicht ab. In der Zentrale liefen die Drähte heiß, spontan bildeten sich Freiwilligentrupps, die in den Straßen nach Glatzköpfen Ausschau hielten. Natürlich verkrochen sich diese Feiglinge lieber in ihren eigenen vier Wänden, anstatt sich der aufgeklärten Öffentlichkeit zu stellen.

Ich aber hatte noch immer nicht mit Lizzi gesprochen. Diesmal wollte ich ihr endlich reinen Wein einschenken, wenn sie durch die *Stimme des Volkes* nicht ohnehin schon im Bilde war. Ich hatte mir inzwischen einen genauen Plan zurechtgelegt, wie ich sie überzeugen wollte. „Meine kleine Lizzi", würde ich sie beschwören, „ja, ich will es gar nicht leugnen, ich bin nun einmal der Kopf der neuen Bewegung. Es war vielleicht unfair, es dir nicht sofort zu sagen, aber ich wollte dich nicht unnötig aufregen. Die Zukunft gehört uns, und das unauslöschbare Feuer unserer unsterblichen Liebe wird alles überwinden …"

Es schlug sieben, als Lizzi, wie verabredet, auftauchte. Ihr Mantel stand weit offen, der Wind hatte ihre prächtigen Locken zerzaust, und als sie näher kam, bemerkte ich auch die verweinten Augen im blassen Gesicht. Sonst fiel sie mir zur Begrüßung immer um den Hals, heute blieb sie stumm mit herunterhängenden Armen vor mir stehen.

„Rudi", begann Lizzi schließlich mit erstickter Stimme. „Bist du wirklich der Anführer dieser dreckigen Bande?"

„Ich kann doch nichts dafür", stammelte ich. „Der blöde Pepi ist schuld. Ich bin einfach nicht dazu gekommen, es dir zu erzählen. Immer wieder ist irgendetwas dazwischengekommen. Du kennst das ja."

Lizzi schluchzte so laut, dass ich sie in eine Toreinfahrt zog. Man drehte sich bereits nach uns um. Was sollte ich nur tun? Ich liebte sie doch so sehr. Ich beschloss, ohne Rücksicht auf Konsequenzen ihr alles der Reihe nach ganz ehrlich zu erzählen.

Zuerst suchte ich noch mühsam nach Worten, dann aber war es, als hätte sich in mir eine Schleuse geöffnet. Ich erzählte, wie es nach Politzers himmelschreiender Gemeinheit zu Pepis umstrittenem Artikel gekommen war und ich dann, das Wohl meines Freundes vor Augen, ganz unschuldig in die Sache hineingezogen worden war.

„Es muss sich doch um eine gerechte Sache handeln", versuchte ich sie zu überzeugen. „Hätten wir sonst so viele begeisterte Anhänger?

Lizzi sah mich fassungslos an.

„Ist das so schwer zu verstehen, meine Liebste. Bisher war ich wie ein streunender Hund, der von den Abfällen der Straße lebte", schloss ich mein Bekenntnis. „Ich besaß keinen roten Heller, ich wurde getreten und herumgeschubst. Zum ersten Mal in meinem Leben genieße ich Ansehen, die Menschen beten mich an, und ich habe ein eigenes Konto. Soll ich denn auf all das verzichten?"

„Und woher kommt dieses Geld?", insistierte das Mädchen. „Wer sind die, die dich so weit gebracht haben? Gauner, Irre, Schwächlinge."

„Mein Herz", tröstete ich sie. „Wenn du in Ruhe überlegst, wirst du einsehen, dass ich gar nicht so falsch liege. Du kannst doch Tatsachen nicht einfach leugnen. Warum gibt es denn viel mehr Glatzköpfe unter reichen Bankiers oder Börsenmaklern als unter mittellosen Laufburschen oder Studenten, warum?"

Lizzi riss sich los.

„Rudi", flüsterte sie. „Das kann doch nicht dein Ernst sein. Du machst dich doch lustig über mich."

Noch bevor ich antworten konnte, mussten wir einem grölenden Haufen ausweichen, der ganz nah an unserer Toreinfahrt vorbeizog. Acht fröhliche junge Leute trieben einen jungen Mann mit schütterem Haar vor sich her, der offenbar nicht ganz freiwillig auf allen vieren dahinkroch.

„Hü, hott", schrien die Burschen und traten auf ihn ein. „Zeig mal, wie ein Musterschüler wiehern kann!"

Der junge Mann versuchte sich aufzurichten, aber die acht drehten so lange an seinen großen, abstehenden Ohren, bis er tatsächlich zu wiehern anfing. Die Szene spielte sich auf offener Straße ab, aber niemand blieb stehen. Zwar schüttelte der eine oder andere Vorübergehende den Kopf, hütete sich aber, sich in fremde Angelegenheiten einzumischen.

Als der junge Mann wieherte und wieherte, schrie Lizzi auf. Da bemerkten uns die Studenten und zerrten mich aus der Einfahrt. Verzweifelt beteuerte ich, ich sei kein flüchtiger Glatzkopf, und schon riss einer der Studenten grölend an meinen Haaren. Dann stutzte er und fuhr erschrocken zurück:

„Verzeihen Sie tausendmal", stammelte er. „Geduld! Wir siegen! Es lebe Flinta!"

„Heiliger Strohsack, das ist ja der Führer", erkannten mich jetzt auch die anderen, und ich spürte wieder jenen wohligen Schauer in meinem Rücken. Ja, für die Jugend war ich ein Idol, ob ich nun wollte oder nicht.

Die jungen Kerle überschlugen sich dann vor Eifer, mir alles zu berichten. Sie wollten mit dem spärlich behaarten Kommilitonen nur ihren Spaß treiben, weil der Streber sich bei den Professoren immer so anbiederte, nur die besten Noten bekam und sich jetzt auch noch während einer Vorlesung unter die Behaarten gesetzt hatte. Das war dann doch zu viel gewesen."

Ich murmelte ein paar aufmunternde Worte. Die ungestüme Bande zog zufrieden von dannen, auf der Suche nach weiteren kahlen Zielen ihres Humors. Den Streber hatten sie auf meinen Wunsch entwischen lassen.

Lizzi hatte die Szene stumm beobachtet.

„Das also", sagte sie anklagend, „das sind deine Anhänger."

„Glaub mir, Lizzi, auch mir gefällt nicht alles. Aber weißt du, warum ich mich überhaupt darauf einließ, warum ich mich von ganz unten emporgearbeitet habe? Einzig und allein deinetwegen. Ich wollte mir eine Existenz aufbauen, um dich zur Frau zu nehmen."

Lizzi seufzte tief:

„Wie glücklich wäre ich noch vor wenigen Tagen über deinen Antrag gewesen. Seit heute aber ist alles anders. Rudi, ich kann einfach nicht die Frau eines Haarschützers werden."

„Warum nicht", bestürmte ich sie. „Was hat Politik mit Liebe zu tun?"

Lizzi schwieg.

„Ich habe Angst um dich", flüsterte sie dann, „glaubst du denn, dass ausgerechnet dich das Böse, das du ausgelöst hast, verschonen wird? Und ich muss dir etwas gestehen: Mein Vater ist völlig kahl."

Sie drehte sich auf dem Absatz um und lief davon. Ich blieb wie angewurzelt stehen und starrte ihr fassungslos nach.

Langsam ging ich nach Hause.

Dass Lizzi, dieses kluge, charmante und fröhliche Geschöpf, einen Glatzkopf zum Vater hatte. Nicht auszudenken. Wenn er zumindest schütteres Haar gehabt hätte, ein kleines Büschel irgendwo, aber vollkommen kahl? Ich, der Prophet des Haarschutzes, und ein Mädchen mit Glatzkopfwurzeln, mein Gott, was habe ich getan, dass du mich so strafst?

Je länger ich aber nachgrübelte, desto ärgerlicher wurde ich auf Lizzi. Wieso hatte mir dieses naive Ding nur den katastrophalen Zustand ihres Vaters verheimlicht? Wenn man jemanden wirklich liebt, dann darf man ihm nichts verheimlichen. Hätte sie mir früh genug ihre trostlosen Familienverhältnisse geschildert, so hätte ich mich bestimmt nicht in sie verliebt und schon gar nicht um ihre Hand angehalten.

Ich war des Lebens überdrüssig. Das erste Mal, seit ich die Haarschutzidee geboren hatte, überfielen mich böse Ahnungen, die sich leider nur allzu bald bewahrheiten sollten.

Es war völlig dunkel, als ich zu Hause ankam. Kein Mensch weit und breit, unsere kleine Straße war wie ausgestorben. Die Zeiten waren unsicher, und auch ich wäre unter normalen Umständen vor Einbruch der Nacht zu Hause gewesen, aber Lizzis Geständnis hatte mich unvorsichtig gemacht.

So zog ich den Hausschlüssel schnell aus der Tasche, als ich Schritte hörte. Zuerst glaubte ich, Eugen wartete auf mich, aber dann sah ich vier unbekannte Männer drohend vor mir stehen.

Fieberhaft suchte ich nach meinem Oberkellner, doch der hatte sich rechtzeitig hinter einer Litfaßsäule verkrochen. Von dort aus winkte er mir aufmunternd zu. Was sollte mir schließlich passieren, sagte ich mir, wahrscheinlich waren es wieder begeisterte Haarschützer, die mich für einen feigen Glatzkopf hielten.

„Ich bin ein Behaarter, meine Herren", sagte ich so laut und vernehmlich ich konnte. Eine Ohrfeige war die prompte Antwort, und dann ging es Schlag auf Schlag. Ein Tritt in den Bauch, und ich klappte zusammen wie ein Taschenmesser.

„Meine Herren", stammelte ich hastig, „wenn Sie Geld brauchen, kein Problem ..."

„Maul halten."

Ich wurde in die Höhe gerissen. Das war es dann wohl, meine letzte Stunde nahte. Ich würde nicht einmal mehr erfahren, welche Glatzköpfe mich ins Jenseits befördert hatten.

„Tun Sie mir nichts, bitte", flehte ich. „Ich bin doch nur Haar-schützer geworden, um das Ärgste zu verhindern. Jeder andere hätte viel ärger gewütet."

Einer lachte verächtlich auf, und ein anderer versuchte, aus mei-nen Rippen Kleinholz zu machen.

„Der Vater meiner Braut ist selbst ein Glatzkopf", ich spielte meine letzte Karte aus, aber nicht einmal das beeindruckte die An-greifer.

„Hör gut zu, du mieser Kerl", einer blies mir seinen feuchten Atem ins Gesicht. „Wenn dein Schundblatt noch einmal schreibt, dass die Regierung aus feigen Hunden besteht, deren Tage gezählt sind, dann schlagen wir dich das nächste Mal mausetot, verstan-den?"

Aus der Ferne waren Schritte zu vernehmen. Der Flüsterer ließ meine Gurgel los und warf mich zu Boden. Ich sah viele bunte Sterne und verlor das Bewusstsein.

ALS ICH wieder zu mir kam, lag ich auf meinem Bett. Vorsichtig öffnete ich ein Auge, schloss es aber gleich wieder, weil ein ste-chender Schmerz meine Brust durchbohrte. Schemenhaft hatte ich Frau Molnar erkannt, die versuchte, mir ein wenig Wasser einzu-flößen. Dann hielt sie mir etwas unter die Nase, das so bestialisch stank, dass ich in die Höhe schoss. Alles tat mir weh, ich konnte nur ganz flach atmen.

„Ist Pepi auch verdroschen worden?", fragte ich mit letzter Kraft. Frau Molnar hatte nichts davon gehört.

„Schade. Wie bin ich denn nach Hause gekommen?"

Frau Molnar deutete auf das Fußende meines Bettes. Da saß der alte Hawlitschek auf einer Stuhlkante und schob verstört sei-nen Hut hin und her. Frau Molnar erzählte in wenigen Worten die Geschichte meiner wundersamen Rettung. Ohne das unerwartete Auftauchen von Opa Hawlitschek wäre mein Leben keinen Pfiffer-ling mehr wert gewesen. Als der alte Herr mich am Gehsteig lie-gen sah, rief er laut um Hilfe. Der Schlägertrupp suchte daraufhin das Weite, Hawlitschek aber schleppte mich trotz seiner Gebrech-lichkeit bis in mein Zimmer. Im Treppenhaus war er dann auf Frau

Molnar und den verschreckten Oberkellner gestoßen, und jetzt warteten sie auf den Krankenwagen.

„Danke Hawlitschek", wandte ich mich herzlich an den Alten. „Ohne Sie, mein Lieber, wäre es mir an den Kragen gegangen. Nur einige Minuten später, und die Glatzköpfe hätten ein Freudenfeuer entzündet."

„Entschuldigen Sie, Herr Flinta", sagte der alte Herr, „nicht, dass es was ausmacht, aber ich bin doch auch ein Glatzkopf."

Tatsächlich, da fiel es mir wieder ein, Opa Hawlitschek war keiner von uns.

„Bei Ihnen ist das etwas anderes, Hawlitschek", beruhigte ich ihn. „Sie sind eine Ausnahme. Ihnen wird wegen dieser peinlichen Angelegenheit nichts geschehen, dafür sorge ich persönlich."

„Danke sehr, Herr Flinta."

Mühsam richtete ich mich auf und bemerkte erst jetzt, wie es in meinem Zimmer aussah. Es war völlig verwüstet, alle Möbel umgeworfen, die Schubladen herausgezogen, meine Sachen am Boden verstreut.

„Beruhigen Sie sich, Herr Flinta", sagte Frau Molnar munter. „Das war nur die Polizei."

Am frühen Nachmittag, berichtete sie, wären Beamte ins Haus eingedrungen und hätten „wegen Verdachts auf Verbreitung illegaler Flugblätter" nicht nur mein Zimmer, sondern auch das von Frau Schick durchstöbert. Beweise waren zwar nicht zu finden, denn die lagen gut versteckt im Keller der Parteizentrale, aber die Witwe hatten sie mitgenommen.

„Was hat denn die arme Frau getan?"

„Sie hatte Dollar in ihrem Wäscheschrank verborgen", berichtete Frau Molnar aufgeregt. „Sie wissen ja, welche Strafe auf unerlaubten Devisenbesitz steht."

Ich wollte mich gleich in die nächste Ohnmacht retten, denn die 1200 Dollar kannte ich seit dem unvergesslichen Treffen mit Direktor Watzek nur zu gut. Ich selbst hatte sie der Witwe gegeben, in der Hoffnung, bei ihr wäre das Geld sicher. Jetzt endete dieser Tag auch noch hinter Schloss und Riegel. Im Geiste hörte ich bereits die Polizeisirenen …

Das Leben ist kein Picknick, das begann ich langsam zu begreifen.

Zwei volle Tage lag ich bereits im Sankt-Jolantha-Krankenhaus. Mir war elend zumute, obwohl meine gebrochenen Rippen fest bandagiert waren und der Oberarzt sich rührend um seinen Ehrengast kümmerte. Ich aber litt an Verfolgungswahn, und das nicht ohne Grund, denn die Zeitungen hatten nämlich berichtet, die Regierung würde mit den Kreiszacklern kurzen Prozess machen.

„In diesen schweren Zeiten", meldete die Staatspostille,

da überall auf dem Kontinent Kriege ausbrechen und nur ein paar Hundert Kilometer von uns entfernt Millionenheere aufeinandergehetzt werden, muss die Regierung selbst für das Wohl der Nation sorgen und die brennende Glatzenfrage ohne fremde Hilfe lösen. Die Haarschutzextremisten, die sich mittlerweile Kreiszackler nennen, haben versucht, die Führung im gerechten Kampf gegen das rachsüchtige Glatzentum an sich zu reißen. Als ob die vom Volk gewählte Regierung im Land des heiligen Antonius nicht imstande wäre, selbst ihre heilige vaterländische Pflicht zu erfüllen. Vor allem in Kriegszeiten müssen historische Missionen in einer Hand bleiben. Das defätistische kosmopolitische Glatzentum kann zweifellos nur von einem tadellos funktionierenden Staatsapparat in Schach gehalten werden.

Die Absicht der regierenden Schwachköpfe war leicht zu durchschauen. Unser zunehmender Einfluss hatte sie neidisch gemacht, und jetzt wollten sie die überraschende Popularität der Glatzenfrage für sich vereinnahmen. Auf schamlose Weise kopierte die Regierung unsere Idee und schickte uns zudem noch die Geheimpolizei auf den Hals, die mir ohne zu Zögern drei Rippen brach.

Am meisten jedoch ärgerte mich, dass sich Pepi nach dem Überfall eiligst aus dem Staub gemacht hatte, während ich ans Krankenbett gefesselt war. Außerdem erwartete mich ein Verfahren wegen illegalen Devisenbesitzes, wenn Frau Schick ihr Geständnis abgeliefert hatte.

Von all meinen Anhängern war Dr. Schwarzkopf der Einzige, der mir in diesen schweren Tagen zur Seite stand. Er wachte auch an jenem Nachmittag an meinem Bett, als mir eine neue Hiobsbotschaft überbracht wurde.

Unter dem Namen „Glatzenschreck N" wurde nämlich seit Kurzem ein neues Haarwasser verkauft, das zwar um einiges billiger, aber ebenso wirkungslos war wie unseres. Die Produzenten von Glatzenschreck N waren leider nicht zu ermitteln gewesen. Es schien sie einfach nicht zu geben. So konnten wir nicht einmal Preisabsprachen treffen, und es blieb nichts anderes, als unser Haarwasser unter dem Preis des neuen zu verkaufen, auch wenn wir draufzahlen würden, was aber gar nicht möglich war.

Schwarzkopf brachte mir endlich auch eine Nachricht von Pepi.

„Von unserem gemeinsamen Oberkellner", schrieb er, „habe ich erfahren, dass du trotz seiner tatkräftigen Hilfe verprügelt wurdest. Du bist eben nicht zum Helden geboren, lieber Rudi. Mir geht es so leidlich, allerdings schmerzen in letzter Zeit meine Knie. Der Arzt hat mir dringend eine Schlammkur empfohlen, deshalb tauche ich einige Tage unter. Mach dir keine Sorgen um mich, man wird mich nicht finden. Du wirst es schon irgendwie schaffen. Viele Grüße von deinem Freund Pepi."

So viel Anteilnahme hatte ich gar nicht erwartet.

„Warum hat man in der *Stimme des Volkes* eigentlich nicht über das heimtückische Attentat auf mich berichtet?", beschwerte ich mich bei Dr. Schwarzkopf. „Als Pepi damals seine lächerlichen zwei Zähne verlor, gab es jede Menge Geschrei."

„Das fällt allein in Schomkuthys Ressort", wandte sich Dr. Schwarzkopf. „Der Herr Chefredakteur will unsere Leser vermutlich nicht auf die gute Idee bringen, man könnte uns auf offener Straße verprügeln. Im Übrigen wurde die *Stimme des Volkes* ohnedies vor zwei Tagen auf Anordnung der Regierung eingestellt. Ein Skandal. Dabei hat alles so hoffnungsvoll begonnen ..."

DA DURCHZUCKTE MICH plötzlich ein absurder Gedanke. Was wäre, wenn, ja, wenn wir die ganze Kreiszacklerei bleiben ließen. Geld hatte ich schließlich genug auf der hohen Kante, das Perückengeschäft würde noch eine Weile weiterlaufen und das Haarwasser sich zum Dumpingpreis ein paar Monate im Markt behaupten. Das Wichtigste aber war, dass Lizzi und ich uns ganz ohne das Glatzentheater auf eine unbeschwerte Zukunft freuen könnten.

Sogar jetzt, da die Idee auf dem Spiel stand, konnte ich an nichts anderes denken als an Lizzi. Ihr überstürzter Abgang betrübte mich. In meinem Kummer wäre ich sogar bereit gewesen, die Kahlköpfigkeit ihres Vaters zu ignorieren. Hätte Politzer Haare gehabt, wäre ihr Vater heute noch ein anständiger Bürger, und ich könnte seine Tochter ungehindert zum Altar führen.

Gleich darauf schämte ich mich aber meiner engherzigen Gedanken und beschloss, der schadenfrohen kahlen Bande meine geprellten Rippen auf Heller und Pfennig heimzuzahlen.

Es kam aber nicht dazu.

Der dritte Tag im Krankenhaus brachte endlich die Wende, als ich eine gute Nachricht nach der anderen erhielt.

Zunächst war das Seitenstechen so weit zurückgegangen, dass ich bereits über den Gang humpeln konnte, und der reizende Oberarzt versprach, mich am Wochenende aus dem Krankenhaus zu entlassen. Gleichzeitig erfuhr ich, dass die *Stimme des Volkes* wieder ausgetragen wurde und die Regierung ihre Hetzkampagne gegen uns wider Erwarten eingestellt hatte. Ich schöpfte neue Hoffnung für unsere junge Bewegung.

Die größte Überraschung aber bereitete mir die Witwe. Die Lokalnachrichten meldeten nämlich, dass eine gewisse Frau Elvira Schick, die in ihrer Wohnung eine größere Summe US-Dollar versteckt hatte, im Zuge eines bravourösen Polizeimanövers verhaftet worden war. Im Gefängnis habe die Inhaftierte dann gestanden, „Besitzerin illegaler Auslandsdevisen gewesen zu sein".

Die selbstlose Geste der Witwe rührte mich tief. Sie hatte sich für mich, den unersetzlichen Führer, geopfert. Das sollte sie nicht bereuen. Noch vom Krankenbett aus ließ ich der mutigen Frau erlesene Delikatessen, ein Heizkissen und die neuesten Gebetbücher ins Zuchthaus schicken.

So hätte ich allen Grund gehabt, zufrieden zu sein, wäre da

nicht meine Sehnsucht nach Lizzi gewesen. Ich musste sie unbedingt wiedersehen. Ich hatte sie inständig gebeten, mich zu besuchen, und hoffte auf eine stürmische Versöhnung, schien es mir doch, als stünde ich plötzlich unter dem Schutz einer geheimnisvollen höheren Macht. Bereits kurz darauf entpuppte sich diese Macht als Dr. Carl-Pierre Zenmayer.

AN MEINEM VIERTEN TAG im Krankenhaus standen bereits wieder zwei grimmige Kreiszackler mit lila Krawatten vor meinem Zimmer postiert. Alle Haarfrontgenossen, die in der Partei etwas zu sagen hatten, waren inzwischen an meinem Krankenbett erschienen. Nur der feigste aller Gorillas wagte nicht, mir unter die Augen zu kommen.

Auch Dr. Schwanz machte mir gegen Abend seine Aufwartung, womit er große Zivilcourage bewies. Hatte die Regierung doch allen Akademikern die Mitgliedschaft in der Front strengstens verboten. Für diese klare Haltung waren wir dem Staat sehr dankbar, denn bereits kurz nach dem Erlass traten die Akademiker scharenweise bei uns ein.

Mit Kreiszacklergruß überreichte mir Verwaltungschef Dr. Schwanz die jüngste Nummer des Revolverblatts *Scheibe*, in der Professor Wind unseren neuerlichen Aufschwung als den finsteren Wahnsinn von kleinkarierten Schwindlern bezeichnete, „der wie Opium auf die Massen wirkt und jedem Menschenrecht spottet".

Angeekelt legte ich die Zeitschrift zur Seite. Für solch primitive Argumentationen war mir meine Zeit zu kostbar.

„Unerhört", bekräftigte auch Dr. Schwanz. „Eine Orgie der Dummheit. Was hat Wind dagegen, dass unsere Idee wie Opium wirkt? Opium ist nicht nur eine Droge, sondern auch ein bekanntes Heilmittel, das von der modernen Pharmazie mit beachtlichem Erfolg eingesetzt wird. Wichtige Medikamente werden aus Opium hergestellt wie Morphium, Kodein, von den Alkaloiden ganz zu schweigen …"

Wahrscheinlich hätte der gute Mann seine geliebten Wortkaskaden endlos weitergeführt, wäre nicht plötzlich Pepi aufgetaucht.

Ich hatte ihn noch nie so aufgeregt gesehen. Er warf Dr. Schwanz aus dem Zimmer, stopfte meinen umherliegenden Krimskrams in den Schrank, fegte den Nachttisch leer und stellte eine Flasche französischen Cognac darauf.

„Lass das doch", sagte ich. „Ich rufe lieber die Krankenschwester."

„Um Gottes willen, nein. Niemand darf erfahren, dass du Besuch bekommst. Und ich flehe dich an, versuche ausnahmsweise einmal einen guten Eindruck zu machen. Dr. Zenmayer wird gleich hier sein."

Ich ärgerte mich über Pepis Geheimniskrämerei. Das alles für einen Herrn Zenmayer. Wenn man schon so heißt. Pepi belehrte mich jedoch rasch eines Besseren. Dr. Zenmayer sei im Auftrag der Regierung unseres mächtigen Nachbarlandes unterwegs, das derzeit einen blutigen Krieg führte. Dr. Zenmayer sollte Kontakt mit der Führung der Haarschutzbewegung aufnehmen. Pepi war ihm bereits vor einiger Zeit begegnet und hatte versprochen, ein Treffen auf neutralem Boden unter Wahrung höchster Diskretion zu arrangieren. Und da kam mein Krankenzimmer wie gerufen.

Etwa eine halbe Stunde später hörten wir ein leises Klopfen an der Tür, und ein hochgewachsener, elegant gekleideter Herr undefinierbaren Alters trat ein. Ich wusste gleich, dass es sich nur um Dr. Carl-Pierre Zenmayer handeln konnte, denn Pepi führte sich auf, als erblicke er den Erzengel Michael.

Dr. Carl-Pierre Zenmayer hatte kurz geschorene blonde Haare, und hinter seiner randlosen Brille blitzten eisblaue Augen. Wir nannten formvollendet unsere Namen, und ich entschuldigte mich für mein Krankenlager: „Dennoch stehe ich als Chef meines Freundes ganz zu Ihrer Verfügung, mein Herr."

„*Ça ne joue aucun rôle, Messieurs*", erwiderte Dr. Zenmayer, „*enchanté de faire votre connaissance.*"

„*Oh yes*", antwortete ich. „Wie Sie meinen."

Nach meiner Überzeugung war jetzt Pepi an der Reihe, das Gespräch in die richtigen Bahnen zu lenken. Immerhin war das Gipfeltreffen seine Idee gewesen, aber sein ratloses Gesicht sprach

Bände. Offensichtlich war er im Französischen gar nicht zu Hause. Natürlich wollte ich ihn vor unserem hochkarätigen Besucher nicht mit meinen Sprachkenntnissen blamieren. Da ich aber eigentlich auch kein Wort Französisch spreche, bat ich Dr. Zenmayer, meinem Freund zuliebe in Pepis Muttersprache zu verhandeln. Zu unserer Freude entpuppte sich Dr. Zenmayer als gewiefter Diplomat mit polyglotter Vergangenheit.

„*Alors, Messieurs*", begann er das Gespräch. „Sind Sie zufrieden mit *le développement* der Kreiszackler? Wie viele Anhänger haben Sie *au moment?*"

Ich artikulierte langsam und deutlich.

„Unsere Glaubensgenossen vermehren sich wie die Kaninchen, *Mylord.*"

Pepi warf mir einen bösen Blick zu und ratterte seine Verdienste um die Haarschutzidee herunter, wie dank seines brillanten Feuilletons die Massen aufgewacht waren, wie er seine legendäre Balkonansprache gehalten und die Partei eigenhändig gegründet hatte …

Dr. Zenmayer fiel ihm ins Wort:

„*Pardon*, dass ich Ihre höchst aufschlussreiche Rede unterbreche, aber *les Messieurs* werden doch nicht wirklich annehmen, Ihr Erfolg käme von *rien du tout.*"

Pepi und ich rochen allmählich den Braten, den Monsieur ins Rohr geschoben hatte. Um Zeit zu gewinnen, hoben wir die Cognacschwenker auf unseren Besucher.

„Prost", sagte Pepi, „Idee gut, alles gut."

Wir setzten uns.

„*Santé*", Dr. Zenmayer sah stirnrunzelnd auf sein Getränk. Dann fuhr er fort. „Wundern Sie sich nicht, *Messieurs*, warum alles so glattgeht? Warum *le gouvernement* den Herren nicht in die Parade fährt? *Et pourquoi* Ihr Parteijournal noch nicht ganz eingestellt ist? Das halten die Herren alles nur für *fortune?*"

Wir sahen ihn bestürzt an.

„Noch ein Gläschen Cognac, *Excellence?*", fragte ich vorsichtig.
„Ist *very good.*"

„*Merci, Messieurs.* Sie merken also, dass Sie unter allerhöchster *protection* stehen. *Mon gouvernement* ist nämlich der geheime Schutzpatron der braven Haarschützer. Nur durch diese *assistance* sind die Herren noch nicht im Gefängnis oder *tout à fait* mausetot geprügelt."

So kam es an den Tag. Wir waren ahnungslos gewesen wie junge Schafe. Nicht der Allmächtige hatte uns Beistand geleistet, sondern die sympathische Regierung von Dr. Zenmayer oder ihr Geheimdienst, was vielleicht auf dasselbe herauskam.

Tiefe Dankbarkeit erfüllte mich für den brillanten Diplomaten, nur Pepi wollte wieder einmal gescheiter sein und wissen, was denn Dr. Zenmayers Regierung von ihrer Großmut habe. Dr. Zenmayer parierte die taktlose Bemerkung mit diplomatischer Finesse. Wir konnten es uns ungefähr so zusammenreimen, dass sich die Großmacht unseres Schutzengels im Kriegszustand befand und deshalb ungern eine starke, neutrale Regierung im Rücken hatte. Deshalb käme seiner Regierung der Aufstand der Haarschützer wie gerufen, denn so wäre unsere *grande nation* vollauf mit ihren inneren Angelegenheiten beschäftigt und könnte im Notfall in Dr. Zenmayers freundliches Imperium eingegliedert werden.

„Das ist ja alles recht schön und gut, *Excellence*", bemerkte ich, „aber wie sollen wir uns denn auf diesen ehrenvollen Auftrag vorbereiten?"

„*Pas du tout*", beruhigte mich Dr. Zenmayer. „Tun Sie, Messieurs, weiterhin, als gäbe es uns nicht. Wir sind gar nicht da. Treiben Sie nur Ihre *grande idée* voran, bekämpfen Sie einfach als *patriotes véritables* die impertinenten Glatzköpfe."

„Einverstanden", Pepi hielt ihm unsere Rechte entgegen. „Wir sind nämlich nicht käuflich, Dr. Zenmayer. Wir leben und sterben nun einmal für die Kreiszackleridee."

Dr. Zenmayer schlug ein und rieb sich anschließend seine Diplomatenhände. Dann besprachen wir die Einzelheiten. Dr. Zenmayer würde uns mit seinen außerordentlichen Beziehungen auch weiterhin tatkräftig zur Seite stehen. Als ich ihn aber darum bat, die Witwe Schick aus dem Gefängnis zu holen, antwortete er, es ginge jetzt um Höheres.

Das verstanden wir nur zu gut, aber leider beging ich danach

einen unverzeihlichen Fauxpas. Durch die freundschaftliche Atmosphäre übermütig geworden, wies ich diskret darauf hin, dass
eine Partei ohne Geldspenden nicht existieren könne.

Dr. Zenmayer lehnte sich lachend im Sessel zurück.

„*Ça suffit, Messieurs*", sagte er. „Sie haben doch das *portefeuille*
voller Geld. Wir kennen alle Ihre *promoteurs*, die Industrie, die
Perückenproduzenten, etcetera etcetera …"

Das hatte ich nun davon. Die Perücken! Pepi horchte auf. Die
Adern auf seiner Stirn traten hervor, als wollten sie bersten. Ich
rutschte unter die Decke und stöhnte:

„Meine Rippen. Ich brauche mein Medikament. Die Schwester
soll kommen …"

Pepi achtete nicht auf mein Gejammer. Gefährlich ruhig wandte
er sich an Dr. Zenmayer:

„Wie war das mit den Perücken? Darf ich fragen, was Sie meinen?"

„Das wissen Sie doch *exactement*", grinste der widerliche blonde
Spion. „Monsieur Flinta empfängt Monat für Monat vom Perü-
cken-Trowitsch Summen, mit denen noch drei weitere *grandes
idées* zu fördern wären."

Ich tat, als ob ich nichts gehört hätte, und wimmerte leise vor
mich hin. Nur Pepi nicht in die Augen sehen, nur das nicht …

Glücklicherweise konnte mir nichts geschehen, solange Dr. Zen-
mayer mit seiner charismatischen Ausstrahlung im Zimmer war.
Leider ging er bald darauf. Und dann explodierte Pepi so richtig.
Mit einer Szene wie aus einem Bilderbuch für Kampfhähne.

„Hochverrat", brüllte mein Freund. „Eine bodenlose Gemeinheit!"

Es dauerte geschlagene zwei Stunden, bis er sich wieder beruhigt hatte. Dieser kleinkarierte Gauner zeigte endlich sein wahres
Gesicht. Er überhäufte mich mit Vorwürfen, tobte, als wäre weiß
Gott was geschehen, und wollte mir um nichts auf der Welt glauben, dass ich lediglich vergessen hatte, mein Perückengeschäft zu
erwähnen. So etwas kann schließlich jedem passieren. Niemand
ist perfekt, nicht einmal ein Führer.

„Erst heute habe ich daran gedacht", gestand ich ihm, „dir, lieber Pepi, davon zu erzählen, aber dann fand ich die Sache zu belanglos."

„Ach so!", kreischte Pepi. „Und wieso waren die Gelder, die ich von Watzek kassiert habe, nicht belanglos?"

„Das lässt sich überhaupt nicht vergleichen", erwiderte ich ruhig, aber bestimmt. „Bei dir war es Böswilligkeit. Du hattest schließlich nicht die geringste Absicht, mir deine geheime Industriequelle zu verraten."

„Aber natürlich." Pepi stutzte nur einen kleinen Augenblick. „Du hast mich damals einfach nicht zu Wort kommen lassen."

Ich griff mir an die Stirn.

„Wie schade, Pepi!", rief ich aus. „Wenn ich das gewusst hätte ..."

Pepi zierte sich noch ein wenig, doch schließlich zog ich ihm den Giftzahn. Und da er mich so herzlich darum bat, erklärte ich mich damit einverstanden, die Perücken fifty-fifty zu teilen und die Bücher bei Trowitsch gemeinsam mit ihm zu prüfen. Dr. Schwarzkopf aber sollte nun wirklich nicht damit behelligt werden. Dazu war die Sache zu belanglos.

Ich kann nicht behaupten, dass mich diese überstürzte Lösung besonders glücklich machte, aber ich hatte wohl keine andere Wahl. Es gibt bessere und schlechtere Tage. Ich tröstete mich mit dem Gedanken, dass ich von nun an meinen besten Freund nicht mehr anlügen musste.

Was mich aber weit mehr beschäftigte, war die Frage, wo eigentlich Lizzi blieb. Jeden Abend grübelte ich darüber nach, wie ich das Mädchen halten könnte, ohne mein hohes politisches Amt zu verlieren. Es war späte Nacht, als mein Entschluss endlich feststand, ein Entschluss, der ehrlich und human zugleich war. Lizzi würde ihrem Vater eine Perücke aufsetzen, und ich würde so tun, als bemerkte ich es nicht.

ALS HÄTTE sie alles geahnt, besuchte mich Lizzi am nächsten Vormittag. Einige Augenblicke lang sahen wir einander an, dann warf sich das Mädchen auf mein Bett und streichelte mein Gesicht.

„Wie schön, dass ich dich wiederhabe."

Auch ich war gerührt und nicht wenig stolz, als ich in Lizzis schöne, gerötete Augen sah. Das Leben war ihr seit unserer Trennung offenbar nicht mehr lebenswert erschienen. Ich verstand sie nur zu gut.

„Mein Schatz", flüsterte ich ihr ins Ohr. „Es gelingt dir nicht mehr, ohne mich zu leben, gib es zu. Dein Platz ist an meiner Seite, wer immer auch dein Vater ist."

Ich verriet ihr, was ich mir in der Nacht ausgedacht hatte und dass die Perücke mein persönliches Geschenk an ihren Vater wäre, doch Lizzi schüttelte energisch den Kopf.

„Eine Ehe lässt sich doch nicht auf einer Perücke aufbauen, Liebster. Außerdem würde Papi nie und nimmer so etwas aufsetzen."

Ich legte ihren hübschen Kopf auf meine bandagierten Rippen und dachte nach. Wie kann man einen vollkommen kahlen Kerl nur Papi nennen?

„Ist dein Vater denn so stolz auf seine Glatze?"

„Natürlich nicht, das wäre doch Unsinn. Aber er meint, es sei reiner Zufall, ob jemandem die Haare ausfallen oder nicht."

„Natürlich. Sicher. Reiner Zufall."

Meine Stimmung war wieder beim Teufel, aber trotzdem tat sie mir leid. Man hat schließlich nur einen Vater, oder?

Das Mädchen unterbrach meine Gedanken.

„Mach Schluss damit", beschwor sie mich. „Wir könnten das glücklichste Ehepaar auf Erden sein, stünde nicht dieser Schwachsinn zwischen uns."

Ich nahm ihr Gesicht in meine Hände.

„Vielleicht hast du recht, Lizzi", sagte ich leise, „aber bedenke doch, selbst wenn ich nicht mitmache, der Haarschutz ist nicht mehr aufzuhalten. Und ist es für deinen Vater nicht viel besser, wenn sein Schwiegersohn an den Schalthebeln der Macht sitzt und er keine Angst mehr haben muss?"

Das Argument leuchtete Lizzi ein, dann aber brach das ganze Elend wieder über sie herein. Sie wüsste nicht mehr, was sie tun sollte, klagte sie. Sie war ohne Mutter aufgewachsen, darum hatte sie ein besonders inniges Verhältnis zu ihrem Vater. Unsere Beziehung war das erste große Ereignis in ihrem Leben, von dem er nichts wusste. Und jetzt sei auch noch ihr Bruder zu den Gebirgsjägern einberufen worden.

Da wuchs ich über mich hinaus und versprach ihr, nach unserer Hochzeit den Begriff Haarschutz zu Hause nicht mehr in den Mund zu nehmen. Ja, ich würde so tun, als wäre ich Führer von irgendetwas ganz anderem, wir würden Politik und Privatleben peinlichst trennen.

Zuerst schüttelte Lizzi noch ihr hübsches Köpfchen und meinte skeptisch, das würde nie funktionieren. Schließlich gab sie nach. Sie war bereit, ihren Vater vorsichtig einzuweihen und ihm mein großzügiges Angebot zu unterbreiten. Ein inniger Kuss überzeugte mich davon, dass ihre Liebe stärker war als ihre lächerliche Abneigung gegen die siegreiche Haarschutzidee.

Nahezu völlig wiederhergestellt wurde ich am nächsten Tag aus dem Sankt-Jolantha-Krankenhaus entlassen. Der lockige Oberarzt war im Gegensatz zum kahlen Primarius der Klinik besonders aufmerksam gewesen. Er verabschiedete mich mit einer kurzen, aber umso herzlicheren Ansprache. „Wir Ärzte kümmern uns nicht um Politik", erklärte er und schloss schelmisch lächelnd: „Es lebe Flinta!"

Als ich ins Freie trat, begrüßten mich ein paar begeisterte Anhänger mit Hochrufen. Als ich meine neue, mit lila Kreiszacklerfähnchen geschmückte Limousine bestieg, scholl es von allen Seiten:

„Geduld! Wir siegen!"

Unter den vielen unbekannten Gesichtern hatte ich Arthur Molnar, Dr. Schwanz und Eugen entdeckt. Man sah ihm die Erleichterung deutlich an, dass ich vor seinen Augen nicht zu Tode geprügelt worden war. Ich wusste zwar, dass Dr. Schwarzkopf den spontanen Empfang organisiert hatte, freute mich aber trotzdem und wollte mich mit einer kleinen Ansprache bedanken.

„Haarfrontgenossen und Haarfrontgenossinnen! Man weiß, dass ich kein Mann großer Worte bin. Also fasse ich mich kurz: Der Kahlkopf greift an, der Kahlkopf wird geschlagen!"

Einhelliger Jubel beantwortete meine pragmatische Rede, und wie auf Kommando reckten sich die Köpfe und suchten, ob sich irgendwo ein frecher Glatziger versteckt hielte. Dass der kahle Primarius gerade in diesem Augenblick das Krankenhaus verließ, war nun wirklich nicht meine Schuld. Aber da war mein Wagen auch schon angefahren, und ich freute mich auf zu Hause.

MEIN SCHLICHTES ZIMMER erglänzte im Sonntagsstaat. Trotz ihrer neuen Aufgabe als provisorische Frauenbeauftragte hatte Frau Molnar meine Wohnung auf Hochglanz gebracht. Die tüchtige Haarschützerin hatte auch weiterhin für die Witwe Schick gesorgt. Die paar Kronen mussten der Partei mein schlechtes Gewissen schon wert sein, hatte ich einstimmig beschlossen. Frau Molnar war es gelungen, bei einem ihrer Besuche der großmütigen Witwe zuzuraunen, sie solle sich auch weiterhin klug verhalten, Herr Flinta würde sie bald befreien und fürstlich entlohnen …

Nach ein paar Tagen Rekonvaleszenz trat ich in alter Frische mein Parteiamt wieder an. Zuallererst widmete ich mich den Aktennotizen und internen Hausmitteilungen, die Dr. Schwarzkopf mit großer Umsicht zusammengestellt hatte. Die Haarschutzidee hatte sich inzwischen wie ein Lauffeuer im Land verbreitet, und unsere gut bezahlten Freiwilligen hatten ausgezeichnet akquiriert. Auch in den kleinsten Provinznestern hatten sie ganze Arbeit geleistet, und die Leute traten scharenweise in die neue Partei ein.

Wir hatten unsere Männer allerdings mit Bedacht gewählt und nicht etwa Grünschnäbel zugelassen. Es waren fundiert geschulte Agenten, die schon vielen Parteien gute Dienste geleistet hatten und die wussten, mit welchen Argumenten man Wähler überzeugt. Und wo das Pro nichts half, da bedienten wir uns des Kontra. Wer nicht für unsere Sache war, dem führten wir die künftigen Schrecken des Bolschewismus vor Augen. Zuletzt kamen wir den Leuten dann noch mit Ethik und Religion und anderen menschlichen Tugenden, denen ohnehin niemand zu widersprechen wagt.

Die lila Krawatten unserer siegreichen Propagandisten waren inzwischen zum Markenzeichen geworden. Wo sie auftauchten, wusste man, was die Stunde geschlagen hatte. Auch unsere Flugblätter und Plakate wurden immer raffinierter. Ein besonderer Hit war das „Plakat mit dem Zeigefinger". Es zeigte ein dicht behaartes jugendliches Model, das mit erhobenem Finger auf unsere Leitsätze hinwies.

FÜR NATIONALE EIGENSTÄNDIGKEIT
FÜR EINE SELBSTBEWUSSTE GESELLSCHAFTSORDNUNG
FÜR GLATZENFREIE MORAL IM KOMMUNALWESEN
KÄMPFT IHRE KREISZACKLERFRONT

Die dicht behaarten jungen Männer begeisterten sich aber nicht nur auf den Plakaten für die haarige Reinheit, unsere tatkräftigsten Anhänger waren auch im wahren Leben die jungen Leute. Sie verschlangen jeden Enthüllungsartikel in der *Stimme des Volkes* und beteten Schomkuthy geradezu an. Studenten organisierten sich in einem akademischen Haarschutzbund und trainierten Schlägertrupps, um ihren kahlen Kommilitonen, unter stillschweigender Duldung der Professoren, den Spaß am Studium zu verderben. Auch junge Offiziere gab es zuhauf in der Partei. Diese jungen Kadetten, die in Eliteakademien auf ihre vaterländische Mission vorbereitet und von der Regierung als die große Hoffnung der Nation gepriesen wurden, trugen bei feierlichen Anlässen die geflochtene Peitsche mit der treffenden H.H.H.-Widmung: ALLEN HUREN, HUNDEN UND HAARLOSEN.

Die Statistik zeigte, dass in der älteren Generation die Begeisterung für unsere Bewegung nicht ganz so groß war. Es gab in dieser Altersgruppe auch weit mehr Glatzköpfe als unter den jungen. In sogenannten humanitären Vereinen protestierten vor allem Greise gegen die „Verfolgung von Haarlosen". Doch wen kümmerte das schon, hatten diese Vereine doch kaum behaarte Mitglieder. Um Professor Wind hatten sich zwar einige sogenannte Intellektuelle geschart, aber die läppischen Angriffe in der *Scheibe* las ohnehin keiner mehr. Die Auflage des Schundblattes sank ständig und wurde nur durch geheime Glatzenspenden künstlich am Leben erhalten.

Die Regierung des heiligen Antonius lavierte sich mühselig

durch. Sie steckte zwar unsere Gegner immer wieder ins Gefängnis, uns ignorierte sie jedoch und fuhr immer offener einen glatzenkritischen Kurs, um uns den Wind aus den Segeln zu nehmen. Aber unsere Dreimaster waren längst in voller Fahrt.

Wir waren inzwischen auch nicht untätig gewesen und hatten das Netz dicht geknüpft. Unsere Ortsgruppen überzogen fast lückenlos das Land. Erst jetzt meldeten sich die einzelnen Glaubensgemeinschaften zu Wort, die sich bisher, warum auch immer, bedeckt gehalten hatten.

Der Bischof der Reformierten zum Beispiel gab diskret zu erkennen, dass doch so manches gegen das Glatzentum spreche und man einem bedrängten Volk nicht übel nehmen könne, wenn es in der Stunde der Not zur Selbsthilfe greife. Gleichzeitig zeigte das kirchliche Oberhaupt sich aber besorgt, wie wenig Toleranz und Verständnis füreinander die gegnerischen Parteien in dieser komplexen Frage zeigten.

„Das Glatzentum glaubt fest", lautete die Meinung des ehrenwerten Bischofs, „an einen esoterischen Prozess, der allein durch glänzende Rhetorik zu gewinnen sei. Die behaarte Gesellschaft wiederum sucht nach der pseudopatriarchalischen Wahrheit, und beide erkennen nicht, dass die schleichende Erosion der ethnologischen Entwicklung nicht mehr aufzuhalten ist, wenn auch ihre Zeit noch nicht wirklich gekommen ist."

Wenige Tage nach dieser etwas schleierhaften Bergpredigt erließ auch das katholische Kirchenoberhaupt einen spektakulären Hirtenbrief. Darin nannte er das Glatzentum ein Klettergewächs, das in den Fugen der historischen Struktur seine Ankerplätze suche, wie die Ampelopsis, der Efeu oder andere Schlingpflanzen, die ohne fremde Hilfe nicht gedeihen können. Das Kirchenoberhaupt warnte gleichzeitig davor, römisch-katholische Nicht-Behaarte mit Glatzköpfen zu verwechseln. Er zitierte aus dem Lukas-Evangelium: „… und ich sage euch, also wird mehr Freude sein im Himmel über einen Sünder, der Buße tut als über neunundneunzig Gerechte, die der Buße nicht bedürfen" und fügte hinzu, dass ein Glatzkopf, der sich des Erlösers zur rechten Zeit besinne, dem reuigen Sünder vergleichbar sei, der im Fegefeuer des wahren Glaubens, *manus manum lavat*, den himmlischen Segen erwarte.

Die mutigen Stellungnahmen zerstreuten endgültig noch vorhandene Zweifel im Volk des heiligen Antonius. Sie zeigten auch ideologische Wirkung. So waren vor allem die Konservativen meiner Heimat von den klerikalen Offenbarungen über das Glatzentum beeindruckt. Als sich dann auch noch das Oberrabbinat mit Bezug auf das dritte Buch Moses äußerte, in dem „der Diener des Herrn" den Hohepriestern vorschreibt, alle Glatzköpfe regelmäßigen Gesundheitstests zu unterziehen, schritt die Aufklärung in der Bevölkerung munter voran.

Immer häufiger erkannten nun anständige Bürger das wahre Gesicht ihrer kahlen Freunde. Auch die Naivsten unter den Behaarten mieden allmählich jede kahle Gesellschaft, da der Verkehr mit ihnen einen üblen Nachgeschmack erzeugte. Dieser Trend setzte sich auch im Wirtschaftsleben fort. Man sprach mit seinem spärlich behaarten oder gar glatzigen Kollegen nur das Allernötigste, und mancher erkannte erst jetzt, was ihn an seinem Arbeitsplatz schon so lange bedrückt hatte.

In den Familien brachen schwelende Generationskonflikte auf. Es war erfrischend zu beobachten, wie sich enttäuschte Halbwüchsige nun endlich von ihren kahlen Vätern oder Großvätern lossagten und ganz offen ein gesundes Schamgefühl bewiesen.

Das war eindeutig unser Verdienst, und sicherlich trug auch der neue Dauerslogan auf der Titelseite der *Stimme des Volkes*, Ein selbstbewusster Behaarter kauft nicht bei einem Glatzkopf, wesentlich zur Aufklärung bei.

Der gesellschaftliche Wandel führte zu mancher köstlichen Episode, wie ja überhaupt gesunder Humor eine unserer bekanntesten Nationaleigenschaften ist. So führte der Sportlehrer der städtischen Handelsakademie ein, dass die Schüler der Oberstufe nach Haarwuchs getrennt zu turnen hätten. Dadurch wollte er aber keineswegs eine der beiden Gruppen diskriminieren, betonte er ausdrücklich.

So wurde ganz zufällig ein Ausdruck geboren, der in den völkischen Wortschatz einging. Als nämlich ein Schüler mit spärlichem

Schläfenhaar sich nicht entscheiden konnte, mit welcher Gruppe er turnen sollte, half ihm der humorvolle Pädagoge mit den Worten auf die Sprünge:

„Du gehörst hinüber in die kahle Gruppe, du Glatzfink."

Die behaarten Mitschüler johlten vor Vergnügen, und der köstliche Spitzname verbreitete sich in Windeseile.

Es gab aber auch manch herbe Enttäuschung. So hatte Pepi ein neues lila Flugblatt in Umlauf gesetzt, das zwei ekelhafte Glatzköpfe unter der Titelzeile „Sie bekommen von uns keinen roten Heller" zeigte. Noch am gleichen Tag geriet eines von Dr. Schwarzkopfs erfolgreichsten Kommandos außer Kontrolle. In ihrer Begeisterung beschmierten die tüchtigen jungen Haarschützer die Auslagen glatzenverdächtiger Luxusgeschäfte mit der Parole „Vorsicht Glatzfink", und beim nächsten Einsatz gingen alle Schaufensterscheiben zu Bruch.

Das wäre ja nicht weiter schlimm gewesen, wenn nicht drei der insgesamt 84 Schaufenster gar nicht in Glatzenhand gewesen wären. Die Versicherung zahlte daraufhin keinen Heller für die drei sinnlos eingeschlagenen Scheiben, und die Partei musste tief in die Tasche greifen.

Dr. Schwarzkopf wusch dem Anführer des Glaskommandos ordentlich den Kopf und appellierte an seine kreiszacklerische Wachsamkeit, aber der eifrige Freiwillige verteidigte sich vehement:

„Woher hätte ich wissen sollen, dass drei Glatzköpfe ihre Geschäfte heimlich auf den Namen ihrer Gattinnen umgemeldet hatten?"

Wieder einmal hatten wir nicht mit der Tücke des Glatzentums gerechnet. Es sollte uns eine Lehre sein. Man kann die Niedertracht des Gegners nicht hoch genug einschätzen.

Die Haarschutzidee hatte sich nun in allen Lebensbereichen durchgesetzt. Die Perückenindustrie rückte innerhalb weniger Monate zum technologisch fortschrittlichsten Wirtschaftszweig des Landes auf. Die Trowitschen Rechnungsbücher waren richtige Wälzer geworden. Pepi und ich prüften sie gemeinsam zweimal im Monat und ermunterten den erfolgreichen Unternehmer, in seinen Innovationen nicht nachzulassen.

„Überlege, lieber André", gab Pepi zu bedenken, „dass die weltweite Verbreitung der Haarschutzidee in der Zukunft exzellente Exportchancen eröffnet."

Dem Haarwasser ging es leider nicht so gut wie den Perücken. Die Konkurrenz hatte in der Zwischenzeit auch nicht geschlafen, sondern ihren Glatzenschreck N auf Kr. 10,30 heruntergesetzt und uns damit unterboten. Dr. Schwarzkopf und ich beschlossen, Antikahl ab sofort für Kr. 8,95 anzubieten und somit auch ärmeren Schichten ein Schnäppchen zu bescheren.

Natürlich gibt es auch in einer Hochkonjunktur Verlierer. So waren die Erträge im Friseurgewerbe miserabel, und eine Abordnung der Geschäftsleute veranstaltete in unserer Parteizentrale sogar einen kleinen Hungerstreik gegen die Haarschutzidee. Die Diskriminierung einzelner Menschengruppen widerspräche ihrer Berufsehre, protestierten sie.

„Seit Monaten lässt sich niemand mehr die Haare schneiden", beklagte sich der Verbandssprecher. „Jeder trägt die Haare so lang wie nur möglich. Wo bleibt da die soziale Gerechtigkeit?"

Ich bewahrte ruhig Blut, vernünftigen Argumenten bin ich schließlich jederzeit zugänglich, und kündigte eine schon länger geplante Erweiterung unseres Parteiprogramms an. Für die Endlösung der Glatzenfrage würden wir nämlich bald Haartracht-Experten brauchen, und wer wäre dazu besser geeignet als die Friseure, die somit auch in den Genuss des Beamtenstatus kämen.

Mit dieser guten Aussicht zogen die Streikenden zufrieden ab, nicht ohne vorher vollzählig der Partei beigetreten zu sein.

MIT 120 STUNDENKILOMETERN entführte uns meine Führerlimousine Richtung Groß-Karlowitz. Eng umschlungen saßen wir auf den ledergepolsterten Rücksitzen, meine Gattin Lizzi und ich. Am Vormittag hatte die kirchliche Trauung im Dom stattgefunden, unmittelbar danach hatten wir unsere Hochzeitsreise angetreten.

Mit Rücksicht auf meine hohe Position in der Partei hatten wir den feierlichsten Rahmen gewählt. Die Ehrenbrigade der Kreiszacklerfront mit ihren lila Halstüchern stand am Domplatz Spalier, als wir die Kirche verließen. Gerührt nahmen Lizzi und ich die Glückwünsche entgegen.

„Unserem Führer alles Glück der Welt", schallte es uns entgegen. „Der Himmel schenke euch viele behaarte Kinder! Gottes Segen für die schöne Braut. Es lebe Flinta!"

Die Parteiführung war komplett zur Gratulation angetreten. Pepi bemühte sich, die denkwürdige Popo-Affäre wiedergutzumachen, und überraschte Lizzi mit einem signierten Selbstporträt in echtem Naturholzrahmen. Zum sechsgängigen Hochzeitsessen war die *Crème de la Crème* der Gesellschaft geladen. Nur der Vater meiner kleinen Frau fehlte, aber das war auch besser so.

Während des abschließenden Festaktes überreichte uns ein kleines blondes Mädchen im lila Kleid einen Wiesenblumenstrauß und deklamierte allerliebst:

„Die Engelchen im Himmelreich
frohlocken an diesem Tage,
wir auf Erden erwarten gleich
das Ende der Glatzenplage."

Ich hob die Kleine hoch und küsste sie auf beide Wangen, während meine Gattin etwas reserviert wirkte.

Lizzis Vater hatte uns übrigens keine allzu großen Steine in den Weg gelegt. Als er sah, wie sehr mich seine Tochter liebte, erklärte er sich mit unserer Ehe einverstanden, auch wenn er vermutlich einen anderen, vielleicht sogar kahlköpfigen Schwiegersohn vorgezogen hätte. Der kluge Mann dachte jedoch an die Zukunft seiner Tochter. Ich für meinen Teil hatte meiner kleinen Lizzi die Ungehörigkeit längst verziehen, was konnte sie schließlich für ihre Eltern.

Meinem Schwiegervater war ich vor unserer Hochzeit zum ersten und letzten Mal begegnet und war überrascht gewesen, einen recht sympathischen älteren Herrn kennenzulernen. Er war so gar nicht der Glatzkopf, wie man ihn gemeinhin kannte. Es fehlten ihm die typischen kahlen Charaktereigenschaften wie Geldgier, Präpotenz und Feigheit.

Er gestand mir offen, dass er die Glatzenfrage für ein bedauerliches Missverständnis hielte. Er sei eine Ausnahme, widersprach ich ihm, die alle glatzenfeindlichen Maßnahmen nur bestätige. Ich bat ihn ganz nebenbei, unsere Verwandtschaft aus naheliegenden Gründen für sich zu behalten. Das versprach mein Schwiegervater mir ohne zu Zögern, und wir verabschiedeten uns in gedrückter Stimmung.

In der komfortablen Limousine, unterwegs in die Flitterwochen, hatte meine Frau ihre Kümmernisse aber längst vergessen. Die liebliche Landschaft huschte an uns vorbei, wir waren in fröhlicher Stimmung und schmiedeten ausgelassen Pläne, wie wir unsere Flitterwochen verbringen würden. Ich hatte vorher alles geregelt, um endlich einmal ungestört vom Berufsalltag auszuspannen. Auch Pepi hatte ich darum gebeten, mich nur zu behelligen, wenn er allein nicht mehr weiter wüsste. Der Fall würde sicher nicht eintreten, beruhigte mich der impertinente Kerl.

Unser Reiseziel hatte ich nicht von ungefähr gewählt. Groß-Karlowitz hat eine bedeutende historische Vergangenheit, auch wenn es heute nur noch ein kleines Dorf mit wenigen Häusern und zwei Barockkirchen ist. Es gehört mit 184 anderen Dörfern zum Besitz des Grafen Fedelius Bonifatius Maria Peterffy, mit 80 000 Morgen Land der reichste Großgrundbesitzer weit und breit. Der junge Aristokrat besaß eine ganz niedrige Parteimitgliedsnummer, da er sich schon früh dem Haarschutz angeschlossen hatte. Er hatte die Idee von Anfang an sehr ernst genommen, und erst als sich kein Glatzkopf mehr unter seinen Leibeigenen befand, war er mit der gesamten Mannschaft der Front beigetreten.

Unvergesslich bleibt seine Weisung an die Landarbeiter, nur mit lila Krawatten zur Arbeit zu erscheinen. Er überprüfte bei seinen Ausritten höchstpersönlich, ob auch bei Wind und Wetter und sengender Hitze sein Aufruf befolgt wurde. Wir konnten uns dann auf den Feldern persönlich davon überzeugen, wie gut die lila Krawatten auf der gebräunten Bauernhaut aussahen.

Als seine Durchlaucht von unserer Eheschließung erfahren hatte, bot er mir großzügig eines seiner Schlösser für die Flitterwochen an, ja, er beschwor mich geradezu, ihm diese Bitte zu erfüllen. „Ein

Freund von Josef von Schomkuthy ist auch mein Freund", beleidigte er mich.

Während der erholsamen zwei Wochen auf seinem Landgut lernten wir den Grafen als selbstlosen und freizügigen, aber auch als taktvollen Freund kennen. Wenn irgend möglich respektierte er unsere Intimsphäre, aber wir freuten uns immer, wenn wir sein markantes Profil erblickten, dem das blitzende Monokel die besondere adlige Note gab. Wir wurden verwöhnt wie Staatsgäste. Ein Lustschloss mit 67 Gemächern, acht Küchen und 15 Bädern samt den dazugehörigen Lakaien, Gärtnern, Köchen und Dienstmädchen stand zu unserer Verfügung.

Natürlich pflegt ein Aristokrat dieses Kalibers auch so seine kleinen Marotten. Peterffy zum Beispiel hatte vor seiner Residenz einen 18 Meter hohen Berg aufschütten lassen, um einen Tunnel hineinlegen zu können. Nun konnte er, wann immer er Lust dazu verspürte, unter Tage mit seiner Liliput-Bahn spazieren fahren. Köstlich fand ich auch, dass er mit seinen Jagdhunden per Sie verkehrte. Er war zweifellos der würdige Nachkomme eines hochnoblen Grafengeschlechts.

Ging es aber um den Haarschutz, wurde der Graf schlagartig zum feurigen Kämpfer und beschwor mich, nicht eher zu ruhen, bis die Bewegung den Erdball erobert hätte. Ich hätte der Menschheit die erste wirklich neue Heilsidee seit dem Christentum beschert, betonte er gerne und oft. Das Kompliment wog umso schwerer, als der Graf tiefreligiös war und seine Bauern mit einer ganzen Armada von Seelsorgern auf das Jenseits vorbereiten ließ.

Natürlich verehrten und liebten ihn seine Untertanen. Aber wie überall gab es auch unter ihnen schwarze Schafe, die durch revolutionäre Gedanken infiziert waren und versuchten, seine Bemühungen um eine gerechte gesellschaftliche Ordnung zu torpedieren. Eines Morgens hatte ich Gelegenheit, mit einigen dieser Irregeleiteten zu sprechen.

Lizzi schlief noch fest im Himmelbett des Wallenstein-Zimmers. Es war am Abend zuvor spät geworden, da der Graf uns zu Ehren einen Maskenball gegeben hatte und das Vergnügen durch ein prächtiges Feuerwerk krönen ließ. Ich war trotz der kurzen Nacht recht früh in meinem offenen Geländewagen aufgebrochen, um die riesigen Güter zu inspizieren.

In der frischen Morgenbrise eilten die Arbeiter zu ihren Feldern. Wer mich erkannte, zog seine Mütze oder zupfte verlegen an seiner lila Krawatte. Ich machte den Männern die Freude und rief ihnen schon von Weitem zu:

„Na, Leute, zufrieden mit dem Haarschutz?"

Die Bauern blieben stehen, schwiegen und sahen einander fragend an. Keiner traute sich zu antworten.

„Wirklich prima", ergriff endlich einer das Wort, den die anderen nach vorne geschubst hatten. „Der gnädige Herr Graf selbst hat es ja angeordnet."

Hier wurde ich gebraucht, das war mir schnell klar geworden. Auf die paar Minuten sollte es mir nicht ankommen, wenn ich meinem Volk dienen konnte, vor allem, wenn Lizzi nicht dabei war. Aus berufenstem Munde sollten die einfachen Menschen erfahren, was es mit den dunklen Machenschaften des Glatzentums auf sich hatte. Beglückt stellte ich ganz nebenbei fest, was für ein brillanter Rhetoriker ich doch war. Meine Rede ging in die Tiefe und verlor sich nicht in der Breite.

„Kein Glatzfink mehr auf dem freien Land", schloss ich mit Nachdruck. „Erst dann erwartet euch und eure Familien immerwährender Wohlstand. Unser Motto heißt: Jedem Bürger seine Burg. Was braucht man noch mehr, Freunde?"

Meine Rede hatte die Bauern beeindruckt. Alles schwieg, dann meldete sich einer der robusten Männer zu Wort.

„Wir brauchen Land, gnädiger Herr", sagte er und spuckte aus. „Nichts anderes."

„Was für ein Land?"

„Land, um es zu bebauen, Land für uns und unsere Kinder."

Es war wirklich nicht einfach, diese dumpfen Gemüter zu begeistern.

„Ihr habt doch das Land des Grafen", sagte ich, „das könnt ihr doch bebauen, soviel ihr wollt. Mit oder ohne Kinder. Oder seid ihr dem Grafen etwa nicht dankbar, dessen Familie euch seit Generationen hier arbeiten lässt?"

Die Bauern brummelten etwas in sich hinein. Schon meinem gräflichen Freund zuliebe durfte ich mit meiner Entrüstung nicht hinter dem Berg halten. Bolschewistisches Gedankengut, dahinter steckte doch wieder nur der Glatzenteufel.

„Wer, wenn nicht wir Kreiszackler, kennt die mannigfaltigen Sorgen und Probleme der Landbevölkerung!", rief ich die rebellischen Männer zur Ordnung. „Das Programm der Bewegung sieht schließlich auch eine Neuverteilung von Grund und Boden vor."

Es dauert eben immer ein Weilchen, bis der Groschen fällt. Erst jetzt hatten die Bauern die grundlegende Bedeutung der Haarschutzidee wirklich verstanden. Ganz plötzlich war reges Interesse in den markigen Gesichtern zu lesen, und sie überhäuften mich mit Fragen, wollten ihre Zukunft kennenlernen.

„Nun, das wird sich so abspielen", klärte ich sie bereitwillig auf. „Die kahlen Schmarotzer werden enteignet, der Bodenbesitz wird ihnen per Gesetz weggenommen, und dann verteilen wir ihn unter euch, liebe Freunde. Da gibt es doch zum Beispiel, der Herr Graf hat mir von ihm erzählt, den kahlen Wirt am Kirchplatz. Er wird der Erste sein, der sein Land hergeben muss."

„Oje!" Die Bauern waren enttäuscht. „Der hat ja nur sechs Morgen Land."

„Seid nicht undankbar, meine Freunde, sechs Morgen sind ein schöner Anfang. Wie viele seid ihr denn alle zusammen?"

„So an die dreitausend hier und in der Umgebung, gnädiger Herr."

„Na ja", sagte ich nachdenklich, als ich sechs durch dreitausend geteilt hatte. „Von zwei Quadratmetern Acker kann man nicht satt werden, vor allem nicht mit einer größeren Familie. Gibt es denn keine anderen Glatzköpfe in eurer Gegend?"

„Jede Menge, es gibt eine Unzahl von Glatzköpfen."

„Na also", stellte ich fest, „dann ist ja alles in Ordnung. Wie viel Land besitzen denn diese Leuteschinder?"

„Gar keins, Herr. Die sind selber Habenichtse wie wir, bitten gehorsamst."

Keine Perspektive, kein Verstand. Mit diesem ungebildeten Gesindel war einfach nichts anzufangen. Arbeitsscheu waren sie, so
war das, nicht viel besser als die Glatzköpfe in der Stadt. Meine
gute Laune hatten sie mir auch noch verdorben. Grußlos setzte
ich mich hinters Steuer und drückte das Gaspedal durch.

Es waren, wie gesagt, zwei unvergessliche Wochen in Groß-Karlowitz gewesen. Ich kutschierte mit meiner Lizzi durch die liebliche Gegend, an wärmeren Tagen badeten wir sogar in den Fisch-
teichen des Grafen. Ich lernte, wie man auf einem Pferd eine gute
Figur macht, und wurde dabei vom Schlossarchivar verewigt. So
entstand auch das offizielle Porträt für die Parteiarbeit. Genug
mit der Reiterei, dachte ich danach und stieg ab, weil ich fürchtete, das Pferd würde sich in Bewegung setzen. Als Führer durfte
ich mich schließlich keiner unnötigen Gefahr aussetzen.

Ich genoss auch zum ersten Mal die Annehmlichkeiten eines
herrschaftlichen Lebens, in das mich Fedelius mit viel Delikatesse
einführte. Auf dem grünen Rasen lernte ich geschickt mit dem
Golfschläger zu hantieren, und wir vergnügten uns beim Kricket.
Ein sehr intelligenter Sport, den ich sicher bald begreifen würde.
Die königliche Jagd geriet jedes Mal zum gesellschaftlichen Ereignis. Auch da zeigte sich meine rasche Auffassungsgabe, und
gleich mit dem ersten Schuss traf ich einen Steinadler hoch in
den Lüften. Dass es ein Storch gewesen war, stellte sich erst später heraus. Schließlich bin ich kein Zoologe.

Lizzi und ich verstanden uns fernab vom politischen Leben
prächtig. Hier waren wir einfach nur Mann und Frau, und kein
Schatten fiel auf unsere innige Liebe. Lizzi schrieb täglich an ihren Vater, von dem sie zum ersten Mal so lange getrennt war, und
schwärmte von unserer Idylle. Schon wollte ich ihrer Bitte nachgeben und unseren Aufenthalt um zwei weitere Wochen verlängern, da machte uns die Regierung einen dicken Strich durch die
Rechnung und schrieb, offenbar weil ich in Urlaub war, landes-
weite Neuwahlen aus. Ich wusste jedoch sofort, wo mein Platz in
diesem historischen Augenblick war, nirgendwo anders als an der
Spitze der Bewegung.

Wir nahmen von Fedelius herzlichen Abschied, aber meine Gedanken galten bereits der Partei. Ich erinnerte unseren Wohltäter daran, dass wir nur durchhalten könnten, wenn wir genügend finanzielle Mittel besäßen, es unsere Ehre aber nicht zuließe, auch nur um einen einzigen Heller zu bitten. Der Graf verstand mich sofort, und beschämt nahm ich die stattliche Summe entgegen. Er versprach mir, völliges Stillschweigen über die Spende zu bewahren, da sie, wie ich ihm anvertraute, in einen geheimen Kreiszacklerfonds zur besonderen Verwendung fließen sollte.

DIE NACHRICHT von den Neuwahlen hatte zwar wie eine Bombe eingeschlagen, aber die verunsicherte Regierung machte Fehler über Fehler. Bald stellten die verantwortlichen Politiker eine gesetzliche Lösung der Glatzenfrage in Aussicht, dann wieder ritten sie scharfe Attacken gegen uns, obwohl wir doch die Vordenker des Haarschutzes waren. Die Neuwahlen waren nur noch das Tüpfelchen auf dem i ihrer Hilflosigkeit. Eine einzige staatliche Maßnahme hatte bisher gegriffen, nämlich die Zerschlagung einer konspirativen Freimaurergruppe durch die Staatspolizei, womit wir durchaus einverstanden waren. Und wie recht wir gehabt hatten, zeigte sich, als der spärlich behaarte Anführer der Freimaurer vor dem Standgericht auf die Frage nach seinem letzten Wunsch nur höhnte: „Für eine Regierung, die sich sogar mit dem Teufel verbündet, habe ich keine Worte. Ich freue mich aber darauf, euch alle in der Hölle wiederzusehen."

Gleich nach den Flitterwochen zogen wir um. Abgesehen davon, dass Lizzi und ich in meinem schäbigen kleinen Zimmer nicht genügend Platz gehabt hätten, war diese Bleibe nun wirklich nicht mehr angemessen. Dr. Schwarzkopf hatte die versprochene Acht-Zimmer-Wohnung standesgemäß hergerichtet. Ich glaube mich zu erinnern, dass sie vor uns einem reichen Glatzfink gehörte, der aus unbekannten Gründen Hals über Kopf ins Ausland geflüchtet war.

Die eleganten Stilmöbel beeindruckten sogar unsere zahlreichen hochrangigen Gäste, und die weichen Teppiche verschluckten jedes Geräusch herannahender Schritte. Wenn ich meinen Blick durch die Zimmerflut streifen ließ, dachte ich voller Genugtuung daran, dass ich meine Nation nicht umsonst gerettet hatte. Selbstlosigkeit macht sich manchmal doch bezahlt.

Inzwischen war auch die Ladung zum Prozess „Politzer gegen Flinta" eingetroffen. Die Verhandlung war für den nächsten Monat anberaumt. Ich freute mich schon darauf, das Ansehen der Front in der Öffentlichkeit zu festigen.

Sorgen hingegen bereitete mir die inhaftierte Witwe Schick, deren Loyalität langsam lästig wurde. Ich wusste, dass ich ihr in gewisser Weise verpflichtet war, aber mich mit der Warnung „Ich halte das nicht mehr lange aus" zu erpressen, fand ich dann doch ungehörig. Ein Gericht ist schließlich keine Freihandelszone.

Dr. Schwarzkopf hatte inzwischen längst in Erfahrung gebracht, was es kosten würde, die Angelegenheit unter den Teppich zu kehren, aber die vom Staatsanwalt geforderte Summe war eine Zumutung. Für den Betrag hätte man einen Serienmörder vor dem elektrischen Stuhl bewahrt. Die Witwe musste also noch so lange sitzen, bis eine preiswertere Lösung gefunden war.

Die Zeit bis zu den Wahlen ließ sich strategisch gut nutzen. Pepi hatte sich als Propagandachef endlich etwas einfallen lassen und eine Massenkundgebung vorgeschlagen. Nach eingehender Analyse, Diskussion und meiner einstimmigen Entscheidung nannten wir das epochale Ereignis „Erster Nationaler Haarschützerkongress".

Die große Markthalle schien uns ausreichend, zehntausend begeisterte Kreiszackler bequem unterzubringen. Schließlich hatten wir durchsickern lassen, dass es nach der Veranstaltung Ochsenbraten vom Spieß und Bier vom Fass gäbe und wir von Zeit zu Zeit kleine, aber massive Goldmünzen unter das Volk streuen würden.

Die Verkaufsstände in der Markthalle wurden geräumt, mit lila Folie ausgeschlagen, und eine haarschutzfreundliche Firma hatte eine solide Holztribüne gestiftet, die den Abschluss der Halle bildete. Aus dem Gestänge der Stahlkonstruktion würden unzählige lila Kreiszacklerfahnen flattern, und von der einen Hallenseite zur andern sollte sich ein Transparent mit der Parteiparole spannen:

STATT GESCHWÄTZ DEN SCHLAGSTOCK HEBE, NIEMALS DER GLATZ-
KOPF, NUR FLINTA LEBE!

Die Parteispitze, also Schwarzkopf, Pepi und ich, hatte sich neue
Galauniformen zugelegt. Ein Nobeldesigner hatte uns auf Empfehlung von Fedelius lila Anzüge mit passendem lila Hemd und
Strümpfen spendiert. Maßstiefel aus violettem Saffianleder ver-
vollständigten das eindrucksvolle Outfit.

Während der Fahrt zur Markthalle sprachen wir alles noch einmal Punkt für Punkt durch. Pepi erkundigte sich besorgt, ob ich
den Text meiner Rede, die Dr. Schwarzkopf für mich geschrieben
hatte, auswendig könnte. Ich beruhigte meinen Freund, Lizzi hätte
mich vor dem Spiegel abgehört, und ich würde auch ein paar auf-
lockernde Ergänzungen während der Rede hinzufügen. Da wurde
dieses Nervenbündel Pepi hysterisch. Als ich ihn nachdrücklich
daran erinnerte, dass ich der Führer sei, wurde er plötzlich handgreiflich. Natürlich musste ich mich wehren und packte ihn schon
beim Kragen, aber inzwischen waren wir angekommen und wurden mit tosendem Beifall empfangen, als wir mit jovialem Lächeln
und in jugendlicher Frische unserer fliederfarbenen Limousine ent-
stiegen und durch das Spalier der kreiszacklerischen Ehrengarde
schritten.

Ein Blitzlichtfeuerwerk entlud sich über uns und ließ den penetranten Geruch der fauligen Marktabfälle ein wenig vergessen.
Leider war die riesige Halle halbleer, und ich machte Dr. Schwarzkopf schwere Vorhaltungen wegen der schwachen Teilnahme.

„Jeder im Land ist Haarschützer, aber nicht jeder auch Kreiszackler", stotterte der Anwalt. „Daran ist nichts zu ändern."

„Schwarzkopf", rügte ich ihn, „das Wort ‚nicht' steht nicht in
meinem Wörterbuch."

Die Regierung hatte ohne unser Wissen einige Polizisten in
der Halle postiert, was aber nicht schlimm war, denn die meisten
applaudierten freundlich, als wir vorbeigingen. Es gab lediglich
einen kleinen Zwischenfall, als einem älteren Polizeioffizier von
drei Kreiszacklern plötzlich die Kappe vom Kopf gerissen wurde,
unter der er fast völlig kahl war. Mit dem Ausruf: „Da hast du's,
dreckiger Glatzenbulle!" traten sie den Polizisten in den Bauch,

aber nachdem er sich entschuldigt hatte, entspannte sich die Lage rasch wieder.

Nach einer Trompetenfanfare, die eigens für den großen Anlass komponiert worden war, schritt Pepi unter frenetischem Jubel an das Rednerpult.

„Haarschutzgenossen", begann er sichtlich bewegt. „Im Namen der internationalen Haarunion begrüße ich unseren Anführer, den Helden der Kreiszacklerbewegung, Rudolf Flinta."

Die Wirkung war phänomenal. Fremde Menschen fielen sich in die Arme, Jacken wurden geschwenkt, Krawatten flatterten, und immer wieder erscholl mein Name, bis er schließlich im Chor skandiert wurde.

„Flinta, Flinta, Flinta!"

Eine bildschöne Frau in der ersten Reihe war vor Begeisterung in Ohnmacht gefallen und wurde hinausgetragen. Ein Mann riss sich das Hemd vom Leib und forderte mich auf, ihm mein Messer in die Brust zu stoßen, wenn ich an seiner Parteitreue zweifelte. Ich konnte seine Bitte nicht erfüllen, ich habe prinzipiell kein Messer bei mir.

Als Pepi die Masse endlich beruhigt hatte, bedankte er sich für die Ovationen, die mir bereitet wurden, und fuhr fort.

„Haarfrontgenossen! Das Maß ist voll ..."

Pepi stockte, denn vom Eingang her erklangen plötzlich laute Schreie, und maskierte Männer stürmten in die Halle. Sie waren mit Schlagstöcken bewaffnet und kamen direkt auf uns zu.

In den Reihen der Kreiszackler-Ehrengarde verbreitete sich in Windeseile die Schreckensbotschaft: „Glatzensturm", und die Gardisten versuchten Hals über Kopf ins Freie zu gelangen. Wortlos fielen die heimtückischen Angreifer über das Publikum her, und es gab ein Chaos ohnegleichen. Die Parteispitze gaffte von der Tribüne aus mit offenem Mund auf das Durcheinander, zumal kein einziger der Angreifer eine Glatze hatte. Die geheimnisvollen Maskierten schlugen sich rasch bis zum Podium durch, aber meine Geistesgegenwart rettete wieder einmal die Situation.

„Mein Gott", rief ich. „Gibt es denn hier keinen Hinterausgang?"

Vor unserer Rettung in letzter Minute drangen jedoch vier Einsatztrupps der Polizei in die Versammlung und umzingelten die feige Bande, bis alle drei Angreifer kampfunfähig waren und ohne viel Aufsehen abtransportiert werden konnten. Meinen offiziellen Dank nahm der Einsatzleiter des vielköpfigen Polizeikommandos bescheiden entgegen.

„Wir haben nur unsere Pflicht getan", meinte der Oberinspektor, nachdem er sich für die Ruhestörung entschuldigt hatte. „Die Kollegen haben sich lediglich in der Adresse geirrt. Sie sollten eigentlich zwei Straßen weiter eine Protestversammlung von streikenden Zollbeamten auseinandertreiben. Ein kleines Missverständnis. Ansonsten immer zu Diensten. Ich empfehle mich."

Und so nahm der Parteitag seinen feierlichen Fortgang. Die lila Kreiszackler stellten sich wieder in Reih und Glied, und Pepi improvisierte frisch drauflos.

„Jetzt hat das Glatzentum uns sein wahres Gesicht gezeigt", fasste er die Ereignisse zusammen. „Doch gegen uns Kreiszackler hat ihr Terror keine Chance. Heute konnte die Polizei die feigen, maskierten Glatzenratten noch vor unserem Zorn schützen. Das nächste Mal aber gibt es kein Erbarmen mehr. Die eiserne Faust der Kreiszacklerfront schlägt zu, wo sie gebraucht wird. Haarfrontgenossen, lasst uns die Hymne anstimmen."

Für Augenblicke trat andachtsvolle Stille ein, danach klang umso kraftvoller das stolze Lied, dessen Melodie sich im Rund der Glaskuppel vielstimmig brach:

„Reißt nieder alle Schranken,
ihr Helden der Gedanken.
Befreit von allen Sorgen
leuchtet ein neuer Morgen.
Leidenschaft und Mut
tut den Behaarten gut,
wenn ein Glatzkopf
brodelt im Kochtopf.
Und im Namen der lockigen Väter
zwingen wir nieder unsre Verräter."

AUSGERECHNET während der erhabenen Verse flog mir ein Staubkörnchen ins Auge, und ich versuchte es wegzuwischen. Als die letzten Töne der hehren Melodie verklungen waren, sah ich verwundert, dass sich auch viele Haarschützer im Publikum verstohlen über die Augen fuhren und lautes Schluchzen zu hören war. Das war meine Stunde. Ich trat an das Rednerpult und bat um Ruhe.

„Haarfrontgenossen und Haarfrontgenossinnen der Welt, vereinigt euch!"

Ein wenig zitterten mir zwar die Knie, nicht wegen der Ovationen, sondern weil es mein erster öffentlicher Auftritt war, aber dann erfreute ich mich an der bunten Menschenmenge, die wie ein riesiger lila Blumenstrauß hin- und herwogte, über ihren Köpfen die schwebenden Transparente DER GLATZKOPF IST AN ALLEM SCHULD und NIMM DEM GLATZKOPF, WAS DIR FEHLT.

Es war einfach überwältigend.

„Haarfrontgenossen und Haarfrontgenossinnen", tönte aus meiner Kehle der Text von Dr. Schwarzkopf. „In dieser Weihestunde horcht das Volk auf und erhebt sich wie ein Mann, denn alle wissen, alle spüren, alle erkennen, hier geht es längst nicht mehr um die Verfolgung von Eigeninteressen. Hier führt eine behaarte Nation ihren Überlebenskampf gegen das verräterische Glatzentum."

„So ist es", fielen die Kreiszackler ein. „Her mit dem Glatzengut!"

„So wird es sein, Haarfrontgenossen", versprach ich und schlug rhythmisch auf das Pult vor mir, wie ich es bei Profipolitikern gesehen hatte. „Von dieser Stelle fordere ich die Regierung auf, mit der Verschleierungstaktik Schluss zu machen und endlich zu handeln. Wenn die Herrschaften da oben nicht unverzüglich mit den kahlen Brunnenvergiftern abrechnen, werden wir es tun. Diese bis auf den letzten Platz gefüllte Halle beweist, dass wir es gemeinsam schaffen werden."

„Nieder mit der Regierung", grölte die Menge die allerdings recht halbherzigen Beschwichtigungsversuche der Polizei nieder. „Schluss mit der feigen Verschleierungstaktik! Es lebe Flinta!"

„Denn ich frage euch, Haarfrontgenossen und Haarfrontgenossinnen, wer stürzt die Welt ins Verderben?"

„Der Glatzkopf", scholl es aus der Halle wider, „der Glatzkopf!"
„Wer beutet die Armen aus?"
„Der Glatzkopf!"
„Wer schändet unsere unschuldigen Kinder?"
„Der Glatzkopf!"
„Wer hat seine Seele dem Satan verkauft?"
„Der Glatzkopf!"
„Wer lebt in Saus und Braus von Waffengeschäften, Rauschgift, Schmuggel und illegalem Devisenhandel?"
„Der Glatzkopf!"
„Wer ist ein Betrüger, Vaterlandsverräter und Mörder?"
„Der Glatzkopf!"
„Und ich frage euch, wer wird das Land retten?"
„Der Glatzkopf!"

Das stimmte zwar nicht ganz, aber wer hätte die Begeisterung jetzt noch zu bremsen vermocht? Nein, nicht einmal ich, der Volksheld.

„Haarfrontgenossen", fuhr ich daher ungerührt fort, jetzt mit meinen eigenen Worten. „Die ruchlose Regierung verfolgt die Kreiszackler und wirft unsere treuesten Anhänger in den Kerker. Menschen wie die Witwe Schick …"

„Nieder mit ihr!", schrie die Menge. „Nieder mit der Hexe!"

„… die Witwe Schick schmachtet unschuldig, einzig und allein wegen ihrer haarschützenden Überzeugung im Gefängnis."

„Es lebe Frau Schick! Sie lebe hoch!"

In meinem Siegesrausch nahm ich nicht wahr, dass Pepi verzweifelt an meiner lila Jacke zerrte. Auch Dr. Schwarzkopf machte mir von unten her heftige Handzeichen, aber ich war nicht mehr aufzuhalten. Auf der Woge des Jubels ließ ich mich forttragen und fühlte mich mächtig wie nie zuvor.

„Haarfrontgenossen", rief ich meinem Volk zu, „ich appelliere an eure Kreiszacklerehre! Machen wir uns auf zum Marsch ins Gefängnis. Freiheit für Frau Schick! Geduld! Wir siegen! Es lebe Flinta! Es lebe unser geliebter Führer Flinta!"

Ich ertappte mich dabei, wie ich inmitten der donnernden Rufe tatsächlich vergessen hatte, dass doch ich jener Flinta war, dem ich gerade zujubelte. Wie auch immer, dieses Hochgefühl wollte ich nie mehr missen.

Pepi war es nun endlich gelungen, mich vom Mikrophon wegzuzerren, aber es war zu spät. Die Kreiszackler hatten bereits die Markthalle verlassen und wälzten sich wie eine ferngesteuerte Lawine in Richtung Innenstadt.

DAS HEER der Haarschützer zog in musterhafter Disziplin die Ringstraße entlang, schlug mit gezielten Treffern nur hier und da ein besonders verdächtiges Schaufenster ein und stellte den Warenbestand der Glatzkopfgeschäfte sicher. Sie verprügelten dabei ohne großes Aufsehen den einen oder anderen herumschleichenden Glatzfinken, um ihm ein für alle Mal klarzumachen, dass es sich nicht lohnte, unschuldige Haarschützerinnen ins Gefängnis zu stecken.

Anschließend wurden einige beschlagnahmte Verkaufsregale zu einem Scheiterhaufen aufgeschichtet, ein paar Autos, die im Wege standen, umgeworfen, eine unterirdische Gasleitung angezapft, das ausströmende Gas zum Scheiterhaufen gelenkt und angezündet, bis dieser lustig zu lodern begann. Zu nennenswerten Ausschreitungen kam es jedoch nicht.

Auch die Polizei verlor keinen Augenblick die Kontrolle über den ruhigen Verlauf. Wir aber folgten den vergnügten Kreiszacklern in sicherem Abstand und fanden uns alle gemeinsam vor dem Gefängnis wieder.

„Freiheit für Witwe Schick", entlud sich der Volkszorn jetzt hinter den umgestürzten Litfaßsäulen. „Alle kahlen Gefängniswärter raus! Freiheit für die Haarschützer-Witwe! Es lebe Frau Schick!"

Ich konzentrierte mich auf die dramatischen Ereignisse. Die Polizei hatte, wohl unter dem Einfluss einiger Glatzkopfknechte in der Gefängnisleitung, den Eingang mit einem Panzerwagen verbarrikadiert. Die Kreiszackler aber glühten vor Eifer, Frau Schick zu befreien. Die Spannung drohte zu zerreißen, als ein paar Wachbeamte die Nerven verloren und unvermittelt auf die Demonstranten losgingen. Eine Prügelei wurde nur verhindert, weil sich plötzlich das Gefängnistor öffnete und ein Gefängnisbeamter heraustrat. Er bat um eine Unterredung mit den Verantwortlichen.

Man führte ihn zu mir. Als er die lila Galauniformen sah, salutierte er und stieß hervor:

„Ich entschuldige mich im Namen meines Vorgesetzten, der aus haarigen Gründen besser daran tut, sich nicht zu zeigen. Ich möchte gern Aufsehen vermeiden. Wenn Sie mir garantieren, dass die Menge in Ruhe abzieht, so lasse ich Ihre Witwe frei."

„In Ordnung", antwortete ich. „Es wird Ihr Schaden nicht sein."

„Ich erfülle nur meine Pflicht", versetzte der Gefängnisbeamte. „Mein Chef wird schließlich bald im Besitz einer Vollglatze sein."

Pepi hatte es übernommen, die Leute zum friedlichen Abzug zu bewegen.

„Haarfrontkämpfer!", rief er. „Auch anderswo sind Missstände aufzudecken. Das Klirren der Schaufenster soll euer Marschlied sein. Vorwärts, Söhne des Kreiszack!"

Was er nur immer mit den Schaufenstern hatte! Ich blickte voller Sorge zu Dr. Schwarzkopf, doch der winkte ab. Pepi hätte bestimmt keine finanzielle Verbindung zu den Glasproduzenten, er lege dafür die Hand ins Feuer.

Während wir auf Frau Schick warteten, gab Pepi widerwillig zu, dass ich meine Sache großartig gemacht hätte, denn billiger hätte niemand die Witwe aus dem Gefängnis holen können.

Bald erschien die gebrechliche Gestalt der Witwe im Gefängnistor. Die Kreiszackler hoben sie auf ihre Schultern und trugen sie zum Auto. Für die Koffer und Reisetaschen, in denen meine Geschenke waren, hatten ein paar Umsichtige einen Gepäckwagen organisiert.

Vor Glück schluchzend saß Frau Schick kurze Zeit später zwischen uns im Auto.

„Danke", sagte sie sanft zu Pepi und drückte sich an ihn. „Ich weiß, was ich dem Herrgott und Ihnen verdanke."

„Ich habe Sie da herausgebracht, Gnädigste", zischte ich verärgert. „Ich allein und niemand anderer. Und damit ich es nicht vergesse, haben Sie meine 1200 Dollar zurückbekommen?"

Die Witwe sah mich verständnislos an.

„Wieso Ihre Dollar?"

„Das Geld, für das Sie ins Gefängnis gingen", erinnerte ich sie geduldig. „Ihre Loyalität werde ich Ihnen nie vergessen, gnädige Frau."

„Aber Herr Flinta", versetzte Frau Schick trocken. „Ihre 1200 Dollar stecken nach wie vor hinter dem Porträt meines seligen Gregor. Man hat leider mein eigenes Geld gefunden."

Ich war sprachlos. Was hatte dieses skrupellose Weib die Partei an Lebensmitteln und Luxusartikeln gekostet. Von meinen Dollars ganz abgesehen, die sie für sich behielt, unter dem Vorwand, es sei illegales Geld.

Ich erinnerte die Schlampe daran, dass sie noch immer die Frauenbeauftragte und als solche verpflichtet wäre, auch die Führung meines jungen Haushalts zu übernehmen. Ich wollte damit nicht nur Lizzi das Leben erleichtern, sondern mir auch die Möglichkeit offen halten, bei passender Gelegenheit einen Blick hinter das Porträt des seligen Gregor zu werfen.

Meine Ex-Vermieterin zog schließlich nach zwei Tagen Bedenkzeit mitsamt ihren Heiligenfiguren in eines unserer acht Zimmer. Zu diesem Zeitpunkt konnte jedoch noch niemand ahnen, dass die Witwe Schick einmal als Jeanne d'Arc der Bewegung gelten sollte.

Unsere Propagandaabteilung hatte nämlich in der Zwischenzeit das Zaubermittel Kampflied entdeckt, und als eine der Maßnahmen für Wählerbindung hatte Pepi einen Komponisten beauftragt, das Martyrium der Witwe und ihre legendäre Befreiung durch unsere furchtlosen Haarschützer in einem „Elvira-Schick-Marsch" zu verewigen. Der schon lange mit uns sympathisierende Musiker komponierte noch am selben Wochenende das bewegende Musikstück *„Don't cry for me, Elvira"*, das noch um die Welt gehen sollte, als längst schon alles vorbei war.

Die Parteikasse war inzwischen wohlgefüllt, denn unsere Gönner in der Industrie wussten sehr genau, was bei den bevorstehenden Wahlen auf dem Spiel stand. Generaldirektor Watzek überreichte uns, wie üblich mit Hut, bei einem unserer abendlichen

Dreiergespräche das Vierfache der üblichen monatlichen Unterstützung.

„Wir spenden aus vollem Herzen", sagte er herzlich, „weil wir wissen, dass unser Geld die edlen Gedanken des Haarschutzes bis in die Gewerkschaften verbreitet."

Auch Dr. Carl-Pierre Zenmayer begrüßte die Entwicklung.

„*Messieurs*, wir werden reüssieren", meinte er. „Ich ahne, dass *ein changement de gouvernement* kurz bevorsteht und nach den *élections* alles neu geordnet werden wird."

„Wir stehen also vor der Machtübernahme", strahlte Pepi, doch Dr. Zenmayer winkte ab: „Quatsch, Ihre einzige Aufgabe, *mon ami*, ist es, die Glatzköpfe zu jagen."

PEPI, Schwarzkopf und ich erwarteten voll Ungeduld den Tag der Wahl, denn alle Zeichen standen auf Sieg. Die Propagandamaschinerie arbeitete auf Hochtouren, und insbesondere die *Stimme des Volkes* hatte wahre Kärrnerarbeit geleistet. Schwelenden Gerüchten, die Kreiszackler arbeiteten mit Unterstützung einer fremden Großmacht, trat Pepi in seinen Artikeln entrüstet entgegen. „Glatzenlügen", schrieb von Schomkuthy jun., „haben gar keine Beine."

Auch die Regierung zog alle Register, den gewohnten Wahlerfolg herbeizuführen, aber es fehlte ihr diesmal jegliche Überzeugungskraft in der Innenpolitik. Ihr Schachzug schlug fehl, uns in unserer ureigensten Domäne, nämlich im Kampf gegen das Glatzentum, zu übertreffen. Unsere Wahlkampfparolen, dialektisch bis ins Detail ausgefeilt, inhaltlich stimmig und glaubhaft, wirkten wie die Predigten des Abraham Santa Clara gegen einen abgetakelten Marktschreier. So fantasielose Beleidigungen wie „Parasiten" oder „Schmarotzer" konterte Pepi mühelos mit dem Bild von der vielarmigen Krake oder mit dem vom Schlangenhaupt der Medusa. Sprach die Regierung schlicht von einer gesetzlichen Lösung der Glatzenfrage, so forderten wir standrechtliche Maßnahmen. Je vehementer diese schamlosen Epigonen sich unserer haarschützenden Ideen bedienten, desto glaubwürdiger wurden wir, weil wir doch als Erste den Finger in die Glatzenwunde gelegt hatten.

Ein Fiasko wurde auch die pathetische Rundfunkansprache des Staatspräsidenten. Der erste Bürger unseres Landes machte seinem landesweiten Ruf als Hohlkopf einmal mehr alle Ehre. Seinem unpolitischen Geschwafel konnte man auch ohne viel Scharfsinn entnehmen, dass er die Regierungspartei, allen voran sich selbst, dem Wähler empfahl und vor unheilvollen Extremen und einem verfrühten Regimewechsel warnte. Selbstbewusste behaarte Bürger sollten in diesen schweren Zeiten keine überstürzten Entscheidungen treffen, meinte das Staatsoberhaupt, sondern das Vertrauen der Nation suchen.

Gefunden haben es die Wähler dann doch bei uns. Unter diesen günstigen Aussichten konnte die Front in aller Stille abschließende Feinarbeit leisten. Penibel teilten wir die Wahlbezirke untereinander auf und setzten strategisch vor allem dort an, wo wir kahle oder spärlich behaarte Gegenkandidaten zu erwarten hatten.

Ich erfüllte mir bei dieser Gelegenheit einen nostalgischen Wunsch und kandidierte in der Großgemeinde Wurmthal, wo ich geboren worden war und bis zu meinem siebten Lebensjahr gelebt hatte. Als ich in diesem zarten Alter die Gemeindekuh an meine Lehrerin verkaufte, war mein Abschied von der Heimat etwas überstürzt. Seither war ich nicht mehr in meinem geliebten Geburtsort gewesen.

Umso größer war meine Freude, dass die Gemeinde Wurmthal bestrebt war, mir nachträglich Gerechtigkeit widerfahren zu lassen. Bei meiner Ankunft am Bahnhof empfing mich die Feuerwehrkapelle mit einem Ständchen, und die Dorfältesten begrüßten mich unter einem Triumphbogen mit der lila Aufschrift: Es LEBE DER GROSSE HAARSCHÜTZER UNSERER GEMEINDE.

Die Dorfgemeinde ersparte mir auch weiterhin keinerlei Huldigung.

„Seine Zukunft war ihm schon in die Wiege gelegt. Bereits im Kindergarten war er Mittelpunkt unserer Aufmerksamkeit, und sein genialer Coup mit dem Rinderhandel bewies uns endgültig seine unzweifelhafte Begabung", so beschrieb der Bürgermeister meinen dörflichen Werdegang. „Nach Missernten und Dürreperioden machte uns die Gewissheit Mut, dass eines schönen Tages unser geliebter Rudi wiederkommen und die Glatzköpfe aus dem Dorf vertreiben würde."

Ich wollte gerade höflich Dank sagen, als mich plötzlich ein Bär von einem Glatzfinken von hinten anfiel.

„In Wurmthal wird keiner Glatzköpfe vertreiben!", brüllte er, während die Gemeindevertreter starr vor Schreck das Geschehen verfolgten. Der Koloss hob seine riesigen Fäuste, um sie auf mich niedersausen zu lassen. Da schlug ich ihn in perfekter Körperbeherrschung mit der Handkante in die Magengrube, sodass er lautlos zusammenklappte.

Die bewundernden Ausrufe missachtend rief ich, über den kahlen Riesen gebeugt, der staunenden Menge zu:

„Helft dem armen Verirrten. Schnell, einen Arzt!"

Meine noble Geste verfehlte ihre Wirkung nicht, und wie ein Lauffeuer verbreitete sich die erstaunliche Geschichte. Sie ist heute noch als leuchtendes Beispiel für Großmut gegenüber dem Feind in den regionalen Schulbüchern nachzulesen. Umso mehr, als ich während meiner Wahlkampfreise durch die Umgebung den kahlen Riesen noch ein rundes Dutzend Mal mit meinem einzigen Handkantenschlag niederstreckte.

In meinem Wahlbezirk sorgte ich umgehend für Recht und Ordnung. Zunächst erbat ich einen detaillierten Registerauszug über das Kapital- und Immobilienvermögen der Glatzköpfe, dann ließ ich die Listen vervielfältigen und sie den behaarten Einwohnern mit der Aufforderung zugehen, ihre Ansprüche auf Kapitalvermögen und Glatzenboden unter Wahrung selbstloser Gesichtspunkte anzumelden.

Meine potenziellen Wähler reagierten demokratisch und verantwortungsvoll. Kein einziger entzog sich seiner patriotischen Pflicht oder versäumte gar die Rücksendung des Fragebogens.

„Diese Stunde der Gerechtigkeit verdanken wir der Kreiszacklerfront", schrieb ein kaufmännischer Angestellter, der sich um das Ladenlokal, die Wohnung, 300 Quadratmeter Obstgarten, Lebensversicherung und das Motorrad seines kahlen Chefs bewarb. „Endlich werden die Ideale unserer Jugend verwirklicht. Geduld! Wir leben! Es siege Flinta!"

Ich wurde von Tag zu Tag beliebter. Der chancenlose Gegenkandidat der Regierungspartei, ein spindeldürrer Schulbezirksdirektor, traf verzweifelte Gegenmaßnahmen. Er schreckte, obwohl er selbst behaart war, nicht einmal davor zurück, um kahle Wähler zu buhlen, und versprach, im Falle seines Sieges für die persönliche Sicherheit aller Glatzfinken zu sorgen.

Auch ein Angriff des tadellos behaarten Dorfpfarrers ging daneben, der uns in seiner Predigt „das neue Heer der Antichristen" nannte, „das alle Sittengesetze mit Füßen trete". Der verirrte Kirchendiener scheiterte nicht nur, weil der reichste Mühlen- und Wirtshausbesitzer der Ortschaft ein Glatzkopf war, sondern auch, weil er kurz danach von höchster Stelle in eine einsame Waldgegend versetzt wurde.

Während all dieser kindischen Angriffe begnügte ich mich, Dr. Schwarzkopfs Anregungen zu befolgen und jedem dahergelaufenen Lausbuben ein paar Kronen in die Hand zu drücken mit der ausdrücklichen Bitte, nur ja niemandem zu verraten, dass er das Geld vom gutherzigen Führer der Kreiszacklerfront Rudolf Flinta, richtig, mein Kleiner, von Rudolf Flinta bekommen hätte.

Auch ein spaßiges Preisausschreiben, das ich mir ausgedacht hatte, hob die Stimmung kräftig. Darin stellte ich zwölf Flaschen erstklassigen Tokaier jenem Wähler in Aussicht, der durch zwei Zeugen belegen konnte, mindestens einen von den frechen Wurmthaler Haarschlöchern mindestens dreimal geohrfeigt zu haben. Das Quiz gefiel vor allem der sportlichen Jugend sehr gut, und auch die Polizisten beteiligten sich in ihrer Freizeit an dem kleinen Vergnügen. Todesfälle gab es jedoch keine zu beklagen.

Am Vorabend der Wahl herrschte schließlich kein Zweifel mehr, wer die Sieger sein würden. Keine geringe Rolle spielte dabei, dass mein Gegenkandidat seine groß angekündigte Wahlkampfrede kurzfristig abgesagt hatte. Angeblich hatten ihn maskierte Täter auf dem Weg zum Veranstaltungsort überfallen und völlig kahl geschoren.

Pepi verurteilte in der *Stimme des Volkes* das heimtückische Attentat vehement: „Was wollten die Glatzköpfe damit nur erreichen?", fragte er seine Leser.

Mein letzter Auftritt hingegen war ein durchschlagender Erfolg.

Ich gewann weitere Wähler mit der subtilen Argumentation, wer nicht für mich stimme, entlarve sich als Glatzkopf, aber ebenso gut kam an, dass ich auch den nicht behaarten Mitbürgern eine Chance ließ. „Wer sich für mich entscheidet", deutete ich an, „ist für die Menschheit noch nicht völlig verloren."

Auch die Tatsache, dass es sich um eine geheime und demokratische Wahl handelte, bei der nichts zu verbergen war, machte entsprechenden Eindruck. So erübrigte sich der beschämende Gang in die Kabine, und nur die Kahlköpfe setzten ihr Listenkreuz hinter zugezogenem Vorhang auf die Wahlzettel.

Als die Schlacht geschlagen war, ging mein erstes Telegramm an Pepi:

WAHL IN WURMTHAL ÜBERLEGEN GEWONNEN, ERWARTE DEINE HERZLICHE GRATULATION. GEDULD! WIR SIEGEN! ES LEBE ICH!

Die Wahlbeteiligung hatte mit 38 Prozent weit über dem Vorjahresdurchschnitt gelegen, und unser Einzug ins Parlament war somit geschafft. Die Regierungspartei verfügte noch über eine hauchdünne Mehrheit, aber 46 abgeordnete Kreiszackler würden ihr künftig das Leben schwermachen. Trotzdem hatten wir ein Problem, denn es gab in unseren Reihen nicht genug Kandidaten, die alle Voraussetzungen für einen Parlamentssitz erfüllten, und so mussten wir außer den bewährten Mitstreitern jeden Behaarten nehmen, der uns unter die Finger kam.

Pepi holte natürlich seine eigenen Leute ins Parlament, wie seine Maniküre samt Zwillingsbruder, und um seine Lobby zu verstärken, schreckte er auch vor den läppischsten Maßnahmen nicht zurück. So konnte mich, als ich eines Morgens die *Stimme des Volkes* aufschlug, auch folgender Aufruf nicht mehr überraschen:

DICHT BEHAARTE MÄNNER ZWISCHEN 17 UND 71 JAHREN, DIE DES LESENS UND SCHREIBENS KUNDIG SIND UND DEN NAMEN SCHOMKUTHY FÜHREN, FÜR KARRIERE IM ÖFFENTLICHEN LEBEN GESUCHT.

Immerhin meldeten sich neunzig Schomkuthys, wenn auch nur elf mit Ypsilon am Ende. Pepi fand es gar nicht komisch, dass ich mich über sein plötzliches Traditionsbewusstsein lustig machte.

„Was hast du gegen meine entfernten Verwandten?", fragte er beleidigt.

„Seit wann", entgegnete ich grinsend, „bist du denn ein echter Schomkuthy?"

„Namen sind Schall und Rauch", schloss Pepi würdevoll das heikle Kapitel, „nur Blut ist ein ganz besonderer Saft."

Ich ließ es dabei bewenden, schließlich hatten wir jeden Behaarten bitter nötig. Was mich aber wirklich schmerzte, war, dass Arthur Molnar, einer meiner treuesten Anhänger, kein Mandat erhielt. Arthur hatte zwar in den Außenbezirken vorzügliche Aufklärungsarbeit geleistet, dabei aber sein haariges Handicap völlig vergessen. Bei seiner rhetorisch brillanten Rede: „Gibt es ein Leben mit dem Glatzkopf? Nein, das gibt es nicht! Wird der Glatzkopf jemals Ruhe geben? Nein, er wird keine Ruhe geben!", bei dieser Rede hatte er beim letzten Nein zu heftig den Kopf geschüttelt, und dabei war seine Perücke in hohem Bogen ins Publikum geflogen. Die Menge, gewohnt beim Anblick eines Glatzkopfes sofort zu handeln, fiel in Sekundenschnelle über ihn her. Arthurs Standfestigkeit aber war beispielhaft.

„Ich bin der beste Beweis dafür, dass man auch ohne Haare mit Leib und Seele Haarschützer sein kann", stöhnte er, als er blutüberströmt liegen blieb. „Seit wann ist es denn verboten, Selbstkritik zu üben?"

Treue gegen Treue schwor ich mir und brachte ihm einen Blumenstrauß und drei neue Trowitsch-Perücken ins Krankenhaus. Da lag Arthur in seiner ganzen erbärmlichen Kahlheit ohne jeden Haarschmuck im Bett, weil der Pöbel seine Perücke zertrampelt hatte.

„Welche Ehre, mein Führer", weinte er vor Freude. „Ich habe mir so sehr gewünscht, Abgeordneter zu werden. Im Parlament werde ich nie mehr den Kopf schütteln, das verspreche ich."

Ich streichelte seinen Schädel.

„So wahr ich selber noch alle Haare auf dem Kopf habe, Arthur", sagte ich ihm fest zu, „Sie kommen ins Parlament."

Das war freilich leichter gesagt als getan. Als Dr. Schwanz von meinem Entschluss hörte, erklärte er umgehend seinen Rücktritt, den ich ebenso umgehend annahm. Daraufhin lenkte der Steuerexperte natürlich sofort ein und meinte nur:

„Ein Glatzkopf im Parlament, mitten unter uns, verzeihen Sie, mein Führer …"

Ich warf ihm einen meiner stählernen Blicke zu.

„Schwanz, wer ein Glatzkopf ist und wer nicht, bestimme ich ganz allein."

Erst viel später erfuhr ich, dass meine menschliche Geste eine private Tragödie gerade noch verhindern konnte. Frau Molnar hatte nämlich bereits ganz im Sinne der neuen gesellschaftlichen Gepflogenheiten wegen „unvereinbarer haariger Verschiedenheit" die Scheidung eingereicht. Offenbar fürchtete sie um ihre Position als Frauenbeauftragte. Erst nach meiner haarführerischen Anweisung, Arthur Molnar wäre kein Glatzkopf, war die Familienidylle wiederhergestellt.

Zur echten Gefahr aber war inzwischen Gagay geworden. Der Postrentner war mir nämlich keineswegs dankbar dafür, dass ich ihm mit einem Mandat den Weg ins öffentliche Leben ebnen wollte. Anstatt vor Freude Purzelbäume zu schlagen, erklärte er mir, Parlamentarier sei das Letzte, was er hätte werden wollen, denn „Beamte sind schlechte Menschen".

„Na, dann helfen Sie ihnen kraft Ihrer neuen Position, bessere Menschen zu werden", redete ich dem Tölpel gut zu. „Es gibt doch nichts Schöneres, als seinen Nächsten auf den rechten Weg zu führen."

Aber Gagay war eben Gagay.

„Ich möchte lieber mit Pferden zu tun haben", sagte er. „Die sind von Haus aus gut. Die muss man nicht erst auf den rechten Weg führen, die finden von ganz allein in den Stall."

Ich warf ihn hinaus. Diesen senilen Unsinn wollte ich mir wirklich nicht länger anhören. Er und Opa Hawlitschek waren und blieben unbelehrbar, und ich würde sie nicht ewig schützen können, auch wenn Lizzi die beiden noch so gerne mochte.

Lizzi war mein ganzes Glück, denn sie hielt sich an unsere

Vereinbarung, hier Privatleben, dort mein Beruf. Sie hütete sich, meiner Karriere zu schaden, diskutierte und argumentierte nicht, wie es andere Frauen gerne tun. Ja, ich wusste nicht einmal, wo sich ihr Vater versteckt hielt. Auch diese Sorge ersparte sie mir.

„Papi ist in Sicherheit", verriet mir Lizzi lächelnd. „Es lebe Flinta!"

Es war mir ganz recht so, zumal sich nach den Wahlen immer weniger Glatzköpfe als Märtyrer aufspielten und die kahlen Lumpen inzwischen fast völlig aus dem Straßenbild verschwunden waren. Der Perückenbetrieb Trowitsch & Co. aber florierte, und wenn ich nicht mit dem blöden Pepi hätte teilen müssen, wäre ich längst steinreich gewesen. Aber wie sagte Kollege Churchill so richtig? „Im Leben eines Staatsmannes gibt es manchmal auch schmerzliche Kompromisse."

DIE REGIERUNG hatte klugerweise die nötigen Konsequenzen aus dem spektakulären Erfolg der Kreiszackler gezogen und war geschlossen zurückgetreten. Im neuen Kabinett saßen ein paar gute alte Bekannte. Der neue Ministerpräsident zum Beispiel, Eberhard Titus Dugowitsch, war zufällig Dr. Zenmayers Adoptivsohn. Er versprach in seiner Regierungserklärung, er werde die alte politische Linie genauso fortführen, nur in umgekehrter Richtung.

Er ließ seinen Worten auch die Tat folgen, davon konnten wir uns sehr rasch überzeugen. Gerade als ich mit meiner Frau zum Wochenausklang ein entspannendes Damespiel begonnen hatte, meldete unsere erste Wirtschafterin, Herr Chefredakteur Schomkuthy wünsche unverzüglich den Führer zu sprechen.

Ich hatte noch nicht einmal hereingebeten, da stürzte Pepi bereits durch die Flügeltüren in unseren Spielsalon.

„Alter Junge", sagte er feierlich und legte mir den Arm um die Schultern, als wir nach Lizzis überstürztem Abgang unter vier Augen waren, „ich war soeben beim Presseempfang des Ministerpräsidenten. Lauter neue Leute, lauter neue Gesichter, Begeisterung und Tatkraft sind an der Tagesordnung. In Kriegszeiten, so war zu hören, wäre der aktive Haarschutz die wirksamste Waffe zur Selbstverteidigung. Der neue Innenminister Dorfhauser von und zu Dorfhauser bestätigte mir persönlich, dass eine staatliche Institution zur Untersuchung der Glatzenfrage vor der Gründung stünde."

Pepi sah mich bedeutungsvoll an.

„Rudi", sagte er nach einer Pause, „ich glaube, wir haben's geschafft. Wir sind Staatssekretäre."

Ich zuckte mit den Achseln:

„Von mir aus. Aber kein Wort zu Schwarzkopf."

Glanz und Untergang eines Albtraums

Wenige Tage später wurden Pepi und ich als Staatssekretäre vereidigt. Seine Exzellenz der Staatspräsident hatte uns aus diesem Anlass in einer Privataudienz empfangen. Der so überaus sympathische höchste Mann im Staate sprach uns sein Vertrauen aus, dankte für unsere unbestreitbaren Verdienste auf dem Gebiet des Haarschutzes und wollte unsere Aufmerksamkeit nur noch auf eine äußerst delikate Kleinigkeit lenken. Im Hinblick auf die steigende Arbeitslosigkeit sollten nämlich vermögende Glatzköpfe unter bestimmten Voraussetzungen einen Sonderstatuts beanspruchen können.

„Eure Exzellenz", antwortete Pepi untertänig, „diese Maßnahme wird durch unsere eingehenden Glatzenforschungen auf das Vorzüglichste belegt. Die wissenschaftlichen Ergebnisse berichten von recht Erfolg versprechenden Ansätzen beim wohlhabenden Glatzentum. Wir werden diese Kreise wohlwollend im Auge behalten, aber den kahlen Pöbel wird die wachsame Kreiszacklerfront für seine Sünden umso härter büßen lassen."

Leutselig entließ uns der weitblickende Staatchef, und seine große rotblonde Sekretärin brachte uns hinaus.

DEM NEUEN INSTITUT zur staatlichen Untersuchung der Glatzenfrage wurden im Innenministerium zunächst 52 Räumlichkeiten und 38 haarig einwandfreie Beamte zugewiesen. Am Tag unseres Amtsantritts stattete uns Ministerpräsident Eberhard Titus Dugowitsch mit seinem Stiefvater einen Besuch ab, und wir vertieften uns umgehend in die aktuelle politische Lage.

„Meine Herren", sagte der neue Regierungschef, „wir bitten Sie, in jedem Fall das Grundgesetz zu beachten, auf dem unsere Rechtsstaatlichkeit beruht. Wir sind, wenn Sie erlauben, stolz auf unsere demokratische Verfassung, die an das vom Volk gesetzte Recht gebunden ist. Ohne das Volk und dessen freien Willen sind wir nichts."

„*Et surtout* ohne meinen Willen", warf Dr. Zenmayer trocken ein und ergänzte süffisant: „Natürlich auch in demokratischer Abstimmung."

„Es muss also diesem Willen Folge geleistet werden, wenn Sie erlauben", fuhr der Ministerpräsident unbeirrt vom stiefväterlichen Einwurf fort. „In Eilfrist sollte ein ebenso radikaler wie gerechter Glatzengesetzesentwurf verabschiedet werden. Ihnen, meine Freunde, obliegt es, den sozialen und finanziellen Übergriffen des Glatzentums ein spektakuläres Ende zu bereiten."

„Eure Exzellenz werden Ihr Vertrauen in uns nicht bereuen", kam ich Pepi zuvor. „Dafür bürge ich persönlich."

Danach gingen wir ins Detail, klopften die einzelnen Punkte ab und zogen für die Ausarbeitung Innenminister Dorfhauser von und zu Dorfhauser heran. Der Minister machte die Entwürfe an praktischen Beispielen fest, was uns auch lieber war. So sollte zum Beispiel eine Hypothek von etwa 40 000 Kronen auf die Villa eines Behaarten umgehend und ersatzlos gestrichen werden, wenn der Bankier ein Glatzkopf ist.

Hinderlich dabei war nur, dass nicht alle Glatzfinken, ob Bankier oder nicht, als solche registriert waren. Vordringlichste Maßnahme war daher, dem Statistischen Zentralamt per Gesetz die Erfassung aller spärlich Behaarten und jedes einzelnen Glatzkopfs zu verordnen. Und da die haarige Einstufung nur auf fachmännischer Basis erfolgen konnte, ordnete der Innenminister auf unser Anraten die Errichtung eines landesweiten Netzes von Haarprüfstellen und den Aufbau eines entsprechenden Beamtenapparates an. Bewerben konnten sich nach Absolvierung eines Schnellkurses staatlich geprüfte, unbescholtene Friseure, die das 21. Lebensjahr bereits vollendet hatten. Pepi und ich erbaten von Dr. Zenmayer für die Ausarbeitung der Gesetzesvorlage die Hilfe von sechs Professoren der juristischen Fakultät.

„*Légalité et fraternité* schlägt *chauveté*", stimmte Dr. Zenmayer zu. „Die *constitution* darf nicht verletzt werden."

Am nächsten Tag war es dann soweit, und die Front nahm erstmals ihre Plätze im Plenarsaal des Parlaments ein. Als wir uns, wie vorgesehen, rechts außen niedergelassen hatten, spendete uns die gesamte Legislative spontanen Beifall. Obwohl wir ja inzwischen so manche Sympathiebezeugung erlebt hatten, erschien uns dies doch als ein Meilenstein in der Geschichte der Bewegung. Es war ergreifend. Mit leisem Schluchzen lehnte die Abgeordnete Elvira Schick sich an ihren Nachbarn und merkte zu spät, dass Pepi inzwischen mit dem Zwillingsbruder seiner Maniküre den Platz getauscht hatte.

Vereinzelte Buhrufe verstockter Altpolitiker ignorierten wir geflissentlich, nur der frühere Gehilfe unseres Gemüsehändlers in der zweiten Reihe streckte ihnen die Zunge heraus.

Dr. Schwanz, der zum stellvertretenden Parlamentspräsidenten gewählt worden war, eröffnete die erste Sitzung des Hohen Hauses und übergab feierlich dem Hauptredner von Schomkuthy das Wort. Pepi erläuterte das Programm der Partei für nationalen Haarschutz und deutete geschickt an, wie viel politisches Potenzial die Bewegung nach den zwei bereits amtierenden Staatssekretären noch stellen könnte.

„Kampf der ägyptischen Glatzenplage, Kampf bis zum Endsieg", beendete er seine eindrucksvolle Rede. „Noch sind wir eine kleine Partei, aber wir werden mit Gottes Segen erstarken, um uns mit ganzer Kraft für das Heil der haarreinen Nation einzusetzen."

Wenn mich nicht alles täuscht, erwähnte Pepi nebenbei auch, dass das Maß voll wäre und man sollte daraus endlich die Konsequenzen ziehen.

Mit der Rede des Ministerpräsidenten ging der erste Tag der Kreiszackler im Parlament zu Ende. Glockenklang untermalte E.T.

Dugowitschs Ankündigung, die neue Regierung hätte die Glatzenfrage einer rechtsstaatlichen Lösung zugeführt und würde, „wenn Sie erlauben", Hand in Hand mit der loyalen haarschützerischen Opposition unverzüglich eine entsprechende Gesetzesvorlage verabschieden.

Frenetischer Beifall brach los. Bereits verbrüderte wie auch einander völlig fremde Parlamentarier umarmten sich, einige sprangen sogar auf ihre Sitze, und Pepi und ich konnten uns der Glückwünsche und der Adressen vermögender Glatzköpfe kaum erwehren.

Da bat Ministerpräsident Dugowitsch die Abgeordneten, noch einmal Platz zu nehmen, er hätte eine kurze Mitteilung zu machen.

„Unsere soldatische Nation ist eben an der Seite von Dr. Zenmayers sieghaftem Reich in den Krieg eingetreten", verkündete er feierlich und erbat nachträglich die Zustimmung des Parlaments dafür, dass er bereits der halben Welt den Krieg erklärt hatte.

DIE NACHRICHT, dass wir uns im Kriegszustand befanden, löste zunächst Befremden in der Bevölkerung aus, doch bald freundeten sich die Menschen mit dem Gedanken an. Neue, an Bodenschätzen reiche Provinzen kämen durch die Eroberungen in den Besitz des Volkes, der Nachrichten über große Siege war kein Ende, und die Soldaten kamen bepackt mit kleinen, aber wertvollen Geschenken zu ihren Familien heim.

Doch schon nach kurzer Zeit verließ uns das Kriegsglück, und der siegreiche Feldzug geriet ins Stocken. Größte Probleme bereitete der militärischen Führung nämlich die seit Kurzem vorgeschriebene Registrierung der örtlichen Glatzköpfe. Zwar konnte manch feindliche Stadt im Osten rasch eingenommen werden, aber bevor alle Ostglatzköpfe registriert waren, wurden die Truppen verschoben, die Zählung wurde unterbrochen und musste später wieder völlig neu begonnen werden. So wurde unter Umständen in einem rückeroberten Gebiet das ansässige Glatzentum vier bis fünf Mal gezählt. Die Glatzenregister waren jedoch militärstrategisch unverzichtbar, weil sich die Kahlköpfe überall mit unserem hinterhältigen Feind zusammentaten.

In seiner Parlamentsansprache klärte denn auch Ministerpräsident Dugowitsch über die tatsächlichen Gründe für die noch nicht ganz zufriedenstellenden militärischen Erfolge auf.

„Wir hätten längst gesiegt, wenn Sie erlauben", sagte der Staatsmann, „hätte das Glatzentum nicht im entscheidenden Moment das Vaterland verraten, wie sich bei den wöchentlichen Kaffeehaus-Razzien deutlich zeigte. Fast 35 Prozent der aufgegriffenen Kahlköpfe trugen Streichhölzer bei sich, um den feindlichen Flugzeugen Lichtsignale zu geben. Der Glatzkopf ist also nicht nur Kriegsanlass, wenn Sie erlauben, sondern verhindert auch hartnäckig den totalen Sieg."

Seine Rede wurde in der *Stimme des Volkes* veröffentlicht und war für die Patrioten des Landes ein deutliches Zeichen dafür, ihr Schicksal in die eigene Hand zu nehmen und das kollaborierende Glatzenungeziefer endgültig unschädlich zu machen. Unsere Mitbürger verhielten sich mustergültig. So wurde uns berichtet, dass man während eines Luftangriffes in einem Park einen Glatzkopf bemerkt hatte, der auffallend oft auf das leuchtende Ziffernblatt seiner Uhr geblickt hatte, offenbar um den feindlichen Terrorbombern Leuchtzeichen zu geben. Der Glatzkopf wurde nach Sicherstellung seiner Uhr festgenommen, mit Benzin überschüttet und angezündet. Der Vaterlandsverräter rannte davon und erhellte wie eine Fackel die Nacht, während der Luftangriff tobte.

Die beunruhigenden Vorfälle beschleunigten unsere Vorbereitungen für das Glatzengesetz. Fast täglich arbeiteten wir oft den ganzen Vormittag daran.

Durch die innovative Arbeit der Friseurämter konnten wir endlich ein klares Bild über das heimische Glatzentum gewinnen. Es stellte sich heraus, dass tatsächlich elf Prozent der gesamten Bevölkerung über drei Jahre irgendeiner Kategorie von Glatzköpfen angehörten. Derselben Statistik zufolge bekam nach und nach jeder dritte Insasse eines Altersheims in der Metropole eine Glatze, und ein Großteil der männlichen Rentner waren bereits Vollglatzfinken.

Unser Glatzengesetz sollte dieser beunruhigenden Entwicklung endgültig den Riegel vorschieben und die Bevölkerung beschwichtigen, die wegen neuer militärischer Niederlagen bereits unruhig geworden war. Wir kündigten also die Verabschiedung des radikalen Glatzengesetzes für einen der nächsten Tage an. Die Regierung bat alle patriotisch Gesinnten, sich bis dahin in Geduld zu üben.

Die Vorbereitungen dafür hatten mich so sehr beansprucht, dass ich mehr in der Parteizentrale als zu Hause war und Lizzi sträflich vernachlässigte. Das wirkte sich natürlich nicht günstig auf unser Eheleben aus, denn es gelang mir immer seltener, Privatleben und Politik so voneinander zu trennen, wie wir einander versprochen hatten. Mein kometenhafter Aufstieg und meine wachsende Popularität forderten ihr Opfer, wie Lizzi es vorausgesehen hatte. Wenn ich von einer Haarschutzversammlung spätabends nach Hause kam, enthielt sich Lizzi jeden Kommentars und sah mich nur vorwurfsvoll an. Es wäre mir lieber gewesen, sie hätte geschimpft und gejammert. Dann hätte ich mich ein wenig besser gefühlt.

Immer öfter ertappte ich meine Frau dabei, während sie heimlich die *Stimme des Volkes* las, die sie vorher gemieden hatte, wo sie konnte.

Als ich nach einer abendlichen Massenkundgebung, vom überlangen Text aus der Feder Dr. Schwarzkopfs heiser geworden, früher als vorgesehen nach Hause kam, öffnete mir unsere Frauenbeauftragte mit vielsagender Miene die Tür.

„Herr Flinta", flüsterte Frau Schick mir zu und bekreuzigte sich. „Der Gagay ist bei ihr."

Und tatsächlich, da hockte der Alte, Lizzi direkt gegenüber. Als er mich sah, verschwand er blitzschnell.

„Was wollte er denn?", fragte ich meine Gattin. „Gibt er dir etwa Nachhilfestunden in Senilität?"

„Gagay ist der einzige normale Mensch in unserer Umgebung", sagte sie trotzig.

Ich ahnte, woher der Wind wehte.

„Wo ist denn eigentlich dein Vater, mein Engelchen?"

Lizzi senkte den Blick.

„An einem sicheren Ort."

„Er muss sich nicht verstecken", beruhigte ich sie. „Ich kann ihn jederzeit zum Ehrenbehaarten erklären."

Lizzi drehte sich weg. Sie machte einen völlig verzweifelten Eindruck auf mich. Insgeheim fühlte ich mich auch nicht viel besser.

„Was spielt es denn für eine Rolle, ob ich an den Haarschutz glaube oder nicht?", bekannte ich zum ersten Mal ganz offen. „Ich muss doch gar nicht daran glauben. Gesetzt den Fall, die Politzers hätten recht und niemand könnte etwas dafür, dass er als Glatzkopf geboren wird, was bedeutet das schon? Es gibt so oder so kein Zurück, die Glatzköpfe sind unsere erbitterten Feinde, sie beten für unseren Untergang, nur weil wir zufällig oder auch wegen der Gene einer edleren Rasse behaart sind. Wir handeln einzig und allein aus Notwehr, meine Liebste, um uns vor ihren Rachegelüsten zu schützen. Soll ich vielleicht in dieser heiklen Lage alles hinwerfen und die Bewegung Pepi, diesem elenden Schuft, überlassen?"

Lizzi antwortete nicht, sie schlug nur die Hände vors Gesicht. Frauen können eben nicht logisch denken. Ich ging ins Bad, in der Hoffnung, wenn ich heiß geduscht hätte, würde sie sich besser fühlen. Unter dem starken Wasserstrahl ging mir plötzlich auf, warum ich Politik und Privatleben nicht mehr auseinanderhalten konnte. Weil ich kein Privatleben mehr hatte, zumindest nicht mehr seit ich Haarschutzführer geworden war.

Beim Stichwort Privatleben fiel mir Professor Wind ein, der nach Bekanntwerden der Wahlergebnisse seine Heimat fluchtartig verlassen hatte. Einem Blatt, das noch in Glatzenhand war, hatte er ein Telefoninterview gegeben und gefaselt, dass „ein vernünftig denkender Mensch nichts in einem Land zu suchen hätte, das Haarschützer wählt statt sie auszulachen".

Die feige Flucht des „Lakaien der Glatzköpfe" behandelte Pepi ausführlich in einem Leitartikel mit der Überschrift „Wer Wind sät, wird Sturm ernten". Er verglich den charakterlosen Wissenschaftler mit einer Ratte, die das sinkende Glatzenschiff verlässt.

„Es ist wirklich nicht schade um dieses scheinheilige Genie", schloss Pepi die längst fällige Abrechnung. „Mit seiner glatzenfreundlichen Demagogie hat er sich ein Vermögen ergaunert, um sich bei Nacht und Nebel mit seiner billigen Mätresse und unter Hinterlassung unbezahlter Rechnungen aus dem Staub zu machen. Das ausländische Glatzentum soll mit Wind glücklich werden. Sie werden das steckbrieflich gesuchte Stinktier sicherlich nicht ausliefern. Aber so verpestet er wenigstens hierzulande die Luft nicht mehr."

INZWISCHEN fieberten die fortschrittlichen Kreise des Landes dem Glatzengesetz entgegen, das in einer feierlichen Parlamentssitzung verlesen werden sollte. Führende Persönlichkeiten aus Wissenschaft und Kunst waren zu diesem historischen Akt eingeladen worden, doch so mancher Stuhl auf der Abgeordnetengalerie blieb leer. Die sogenannten Menschenfreunde wollten wohl wieder einmal Flagge zeigen.

Ministerpräsident Eberhard T. Dugowitsch eröffnete die Sitzung, begrüßte zunächst seinen freundlich aus einer Loge winkenden Stiefvater, dann die Abgeordneten und die Gäste. Gleich danach trat Dr. Schwarzkopf vor und erläuterte in die gespannte Stille die Notwendigkeit der neuen Verordnung.

„Die charakteristische Absonderung des Glatzentums von seiner jeweiligen Umgebung sowie ihre haar- und gefühlsmäßige, ja sogar geistesbedingte Entwicklung, die jeglichen artfremden Einfluss ausschließt, ist der Grund dafür, dass der Glatzkopf ein Fremdkörper in der Gesamtheit des Volkes ist und dass ihm der Instinkt angeboren ist, sein haarloses Wesen, wenn nötig mit brutaler Gewalt, zu bewahren."

Der spontane Beifall, der dieser Einführung folgte, bewies, dass es uns gelungen war, Verstand und Gefühl in gleicher Weise anzusprechen. Rasch erhob ich mich, um die Beifallskundgebungen entgegenzunehmen, was Pepi offensichtlich gar nicht gefiel, mir hingegen wieder einmal das nun schon vertraute wohlige Kribbeln im Rücken bescherte.

Dann bat ich das Hohe Haus darum, sich die Definition des Glatzkopfes an sich in stark gekürzter Fassung vortragen zu lassen. Die Abgeordneten nahmen per Handzeichen meinen Antrag an, und so stellte Dr. Schwarzkopf den komprimierten Wortlaut vor:

1. Vollglatzkopf ist jemand, auf dessen Kopfhaut die haarige Beschaffenheit mangelhaft in Erscheinung tritt. Er gehört zur Kategorie „A".

2. Halbglatzkopf ist jemand, dessen hintere Kopfhaut von einer weniger als sechs Zentimeter schmalen, jedoch mindestens dreieinhalb Zentimeter breiten Haarschicht von Ohr zu Ohr bedeckt wird. Er gehört zur Kategorie „B" mit folgenden Untergruppen:
„Bh" / hell / blond, brünett, rötlich behaart
„Bd" / dunkel / kastanienbraun, schwarz behaart
„Bg" / grau / grauhaarig, hat mittels friseuramtlicher Beglaubigung nachzuweisen, ob er vor Verfärbung der Haare der Unterklasse „Bh" oder „Bd" angehörte. Danach erhält er erst die endgültige Gruppenbezeichnung, nämlich „Bgh" beziehungsweise „Bgd".

3. Viertelglatzkopf ist jemand, bei dem über Stirn und Schläfe ein drei bis dreieinhalb Zentimeter nicht übersteigender, akuter haariger Mangel auftritt. Er gehört zur Kategorie „C". Wenn er nachweisen kann, dass seine direkten Vorfahren den Kategorien „Bh", „Bd", „Bgh", „Bgd" zugeordnet waren, darf er eine friseuramtliche Urkunde beantragen und gilt als „CBgh", „CBgd", „CBh" und „CBd" und ist somit berechtigt, als Studienrat bis zur Gehaltsstufe 3 zu gelangen.

4. Glatzenstämmiger ist jemand, an dessen haariger Beschaffenheit nichts auszusetzen ist, der jedoch direkte Vorfahren der Kategorien „A", „Bh", „Bd", „Bgh", „Bgd", „CBd", „CBgd" hat. Dieser gehört der Kategorie „D" an, ist von der Offizierslaufbahn ausgeschlossen und kann keine Todesurkunden ausstellen.

Des Weiteren ging die Glatzenverordnung auf die haarige Bewertung weiblicher Fälle ein, was den Gesetzgeber zweifellos vor eine äußerst komplexe Aufgabe stellte, da, wie allgemein bekannt, die haarige Einstufung der Frau nicht so problemlos durchzuführen ist wie die des Mannes. Deshalb wird im Sinne des Beschlusses des Staatlichen Institutes zur Überprüfung der Glatzenfrage der haarschützerische Status der Frauen nach dem haarigen Zustand der väterlichen Linie, in Ausnahmefällen nach dem der mütterlichen Linie festgestellt.

Nun folgte die erste Lesung eines Auszugs der Glatzenverordnung hinsichtlich der glatzenstämmigen Frau, die unter aktiver Mitwirkung unserer Frauenbeauftragten erarbeitet worden war.

1. Vollglatzenstämmige ist eine Frau, deren Vater der Kategorie „A" angehört. Sie wird als „FA" bezeichnet.

2. Halbglatzenstämmige ist eine Frau dann, wenn ihr Vater der Kategorie „B" angehört. Sie ist demnach zum Beispiel die als „FBgd", „FBgh" zu bezeichnende Tochter eines Vaters mit der Untergruppenbezeichnung „Bgd" und „Bgh".

3. Viertelglatzenstämmige ist eine Frau, deren Vater der Kategorie „C" angehört. Sie ist demnach „CF" mit den Untergruppen „FCBh", „FCBd", „FCBgh" und „FCBgd".

Diese Gruppen sind im Grunde gleichgestellt mit dem einen Unterschied, dass sie bei der Immatrikulation an der Musikakademie unterschiedlichen Bestimmungen unterworfen sind und keine Anstellung als Hausbesorgerin in einem haarigen Haushalt antreten können.

Die Verordnung enthielt des Weiteren eine ausführliche Liste der Positionen im öffentlichen Dienst und in der Privatwirtschaft, um die nur zu gut bekannte pathologische Expansionslust des Glatzentums ganz oder zumindest teilweise zu beschneiden. Freilich gab es für die einzelnen Glatzkopfgruppen auch unterschiedliche Beschäftigungsanordnungen. Männer aus der Gruppe „DBd" oder Frauen aus „FCBh" waren, wenn auch nur bis zum Dienstgrad eines Schlauchträgers, gesetzlich zur Feuerwehr zugelassen und konnten sich sogar um einen Posten der Gehaltsstufe 3 als Studienrat bewerben, wenn ihnen eine friseuramtliche Urkunde Vorfahren einer höheren Kategorie mütterlicherseits bescheinigte. Hingegen durfte sich kein Glatzkopf der Gruppen „CBd" und „CBgd" als Nachtwächter bewerben und erhielt auch keinen Gewerbeschein für einen Tabakladen auf dem Lande, es sei denn, dass der Großvater mütterlicherseits in der väterlichen Linie eine höhere friseuramtliche Einstufung als „Bgh" oder „Bgd" vorweisen kann.

Unsere Glatzkopfverordnung habe ich hier nur auszugsweise als kleine Kostprobe wiedergegeben, während die gesamte Lesung im Parlament achtzehn Stunden dauerte. Die Abgeordneten zeigten ungefähr nach der Hälfte der Zeit gewisse Ermüdungserscheinungen, da Dr. Schwarzkopf meines Erachtens den durchaus packenden Wortlaut rhetorisch nicht herüberbrachte und den Gruppenkatalog schließlich nur noch herunterleierte.

Zu guter Letzt kam der Anwalt auf die als „A" eingestuften Personen zu sprechen. Dieser Vollglatzkopf darf weder in öffentlichen Ämtern noch in der städtischen Verwaltung, in Behörden oder in der Privatwirtschaft beschäftigt sein, noch darf ihm ein Gewerbeschein als Versicherungsmakler ausgestellt werden. Auch von allen freien Berufen ist er ausgeschlossen. Er darf über keinerlei Landbesitz verfügen, nicht Soldat werden, und die Bereiche Sport und Kunst sind ihm verwehrt. Außerdem gab es eine ganze Reihe weiterer strikter Beschränkungen, auf deren kompletter Aufzählung aus Zeitmangel verzichtet wurde.

„Mein Führer", stupste mich Eugen der Oberkellner von hinten an, sodass ich aus einem kleinen Nickerchen hochschreckte, „womit kann sich ein Vollglatzkopf dann überhaupt noch seinen Lebensunterhalt verdienen?"

„Ganz einfach", erwiderte ich. „Er kann jederzeit betteln. Diese Existenzmöglichkeit haben wir ihm offen gelassen."

Unsere Haarschutzverordnung zeugte aber auch insgesamt von großer Menschlichkeit, denn sie enthielt eine Reihe konkreter Fälle, die Glatzköpfe, und sogar Vollglatzköpfe, vom Gesetz freistellten. Dies sind Glatzköpfe

a) die im Ersten Weltkrieg den Hosenbandorden verliehen be-
kamen und deren Angehörige keine niedrigere Einstufung als
„Bh/Bd" haben;
b) mit ausländischer Staatsangehörigkeit, wenn sie sich im Ausland befinden;
c) die im Ersten Weltkrieg den Heldentod gefunden haben (die Befreiung gilt aber nicht für ihre Angehörigen).

Mit diesem Paragrafen war die Lesung zu Ende, und die Abgeordneten begrüßten ermattet in ihren Stühlen die „juristische
und öffentlich-rechtliche Glanzleistung", wie Seine Exzellenz der
Ministerpräsident zwar ein wenig schläfrig, doch mit Nachdruck
feststellte.

Das Gesetz wurde mit überwältigender Mehrheit in allen Punkten verabschiedet, es gab nur ein paar unwesentliche Änderungen.
So bat uns ein Minister um die Befreiung der Geistlichen und
machte uns dankenswerterweise darauf aufmerksam, dass der Vatikan die kreisförmige Entfernung der hinteren Kopfbehaarung,
allgemein Tonsur genannt, vorschreibe. Folglich sei für Mitglieder
des Klerus die Kahlköpfigkeit keine haarige Eigenart, sondern heiliges Gebot, das zu befolgen sei.

Den intelligenten Zwischenruf parierte Pepi mit der spontanen
Erklärung, er würde den Vorschlag begrüßen, zumal er selbst „als
Initiator der Kreiszacklerfront im Geist der wahren Kirchen lebe
und handle".

Aus Gründen der Parteidisziplin unterbrach ich Pepis Selbstver-
herrlichung mit der Bemerkung, ich würde mich der subjektiven
Beurteilung meines geschätzten Mitarbeiters im Namen der Bewegung zwar offiziell anschließen, nicht ohne – ich machte eine
Pause und sah aus den Augenwinkeln Pepis wutverzerrtes Gesicht – eine staatliche Kontrollstelle zu etablieren, die überwacht,
dass die auch von mir hochgeehrte Kirche nicht zum Schlupfloch
des Glatzentums werde.

„Die Absichten meines Haarfrontgenossen sind gewiss löblich",
schloss ich mit Bedacht, „doch sollte man gerade in so heiklen Fragen die möglichen Folgen erwägen."

Die Abgeordneten applaudierten geschlossen, soweit sie dazu noch fähig waren.

Leider erhielt die allgemeine Euphorie einen empfindlichen Dämpfer, als ein halbes Dutzend Abgeordneter israelitischen Glaubens nach einer kurzen Beratung gegen die „antisemitische Ausgrenzung" protestierte.

„Die bedeckte Tonsur wird genehmigt", nörgelte ihr bärtiger Wortführer vom Rednerpult aus, „aber der Schabbesdeckel, die religiöse Kopfbedeckung der Bürger mosaischen Glaubens, wird nicht genehmigt. Das ist eine glatte Diskriminierung."

„Nichts liegt uns ferner, liebe Freunde, als eine Missachtung des heiligen Bibelvolkes", meldete ich mich zu Wort. „Die Kreiszacklerfront unterscheidet doch lediglich nach haarschützender Maßgabe zwischen Menschen und Menschen."

Meine versöhnlichen Worte besänftigten die erregten Gemüter, und so gab es keinen Zores mehr mit den jüdischen Großmäulern.

Danach versuchten einige Oppositionelle einen matten Kommentar. Einer der Erschöpften fand die Eingabe übereilt, ein anderer Halbtoter die Verordnungen zu streng. Ein spärlich behaarter Abgeordneter, vermutlich ein „Bgd", nannte sie sogar ungerecht. Wir Kreiszackler aber waren zu müde, um uns noch mit solchem Unsinn abzuplagen.

Nur einmal kam noch eine gewisse Stimmung auf, als ein Abgeordneter von links außen etwas von mittelalterlichen Methoden vor sich hinmurmelte und meinte, dieses Gesetz werde das Land noch in den Abgrund stürzen. Dieses Gestammel durfte, auch wenn wohl kaum einer zugehört hatte, nicht unwidersprochen bleiben.

„Glatzenlakai!", grölte Dr. Schwarzkopf zur anderen Seite hinüber, und Pepi, der sich ein wenig ausgeschlafen hatte, rief im besten parlamentarischen Stil seinem geschätzten Kollegen zu: „Setz dich, du Dusselsau! (Heiterkeit im Regierungslager) Halt's Maul, sonst treten wir dich in den Hintern!" (Applaus)

Die letzte Anfrage kam von einem parteilosen Abgeordneten, der sich für jene Glatzköpfe starkmachte, die in Folge einer Krankheit oder eines ärztlichen Eingriffes ihre Haare verloren hatten. Ich wies Dr. Schwarzkopf an, sich positiv zu äußern.

„Die Front befürwortet Ihre Eingabe", ermannte sich der Vortragende. „Derartige Glatzköpfe erhalten einen Freibrief, wenn sie nachweisen können, dass ihr Haarmangel temporärer Natur ist."

„Und wie soll der Betreffende das nachweisen?"

„Durch neues Kopfhaar, wenn es nachwächst."

„Bravo!" (Applaus in der Regierungspartei und von rechts außen)

„Und bis dahin?"

Der Nörgler ließ nicht locker. Da sprang Pepi von seinem Sitz auf und tat einen salomonischen Ausspruch, dessen die Kreiszackler sich noch oft bedienen sollten.

„Individuelle Glatzentragödien werden niemals auszuschließen sein. Wenn man hobelt, meine Herren, fallen Späne."

DIE NACHRICHT über die Verabschiedung des Glatzengesetzes ging durch die Weltpresse und trieb auch die eine oder andere spießige Organisation auf die Barrikaden. Die Proteste galten den angeblich wahnwitzigen Verordnungen, „die jedem Menschenrecht spotteten". Gezielte Aktionen zum Schutz des heimischen Glatzentums versandeten aber rasch, da die westliche Welt dadurch abgelenkt wurde, dass der Herzog von Wales mit seiner blutjungen Geliebten gerade nackt von Fotografen auf seiner Mittelmeeryacht aufgestöbert wurde.

Mein Schützling Arthur Molnar, der sich auf meine Anweisung mit geheimen Forschungsarbeiten im Innendienst befasste, damit er sich nicht in die Öffentlichkeit wagen musste, hielt mich über die internationalen Pressestimmen auf dem Laufenden. Am verständnisvollsten reagierten die Deutschen. Die Franzosen zeigten sich wegen der vielen Kahlen im Land, die sich ihrer Glatzen noch nie geschämt hatten, eher amüsiert. Die Amerikaner ignorierten die Ereignisse, da jeder zweite US-Bürger ein Toupetträger war. Uns aber ließ das alles mehr oder weniger kalt, denn wir hatten ganz andere Sorgen. Wir hatten nämlich nicht bedacht, welchen gewaltigen Aufwand die Erfassung jedes einzelnen Bürgers erforderte. Voll- und Halbglatzköpfe machten wegen des Augenscheins keinerlei Probleme. Es bedurfte aber eines gigantischen Einsatzes, um jeden einzelnen Glatzenstämmigen, und vor allem die Frauen, zu registrieren.

Als kurzfristige Maßnahme wurde daher vom Staatlichen Institut für die Prüfung der Glatzenfrage und im Einvernehmen mit dem Kultusministerium der Unterricht an allen Grund- und Mittelschulen des Landes mit sofortiger Wirkung eingestellt. Die Lehrkräfte wurden zum Haarschutzdienst einberufen und im Zuge einer dreimonatigen nationalen Hilfsaktion den Friseurämtern in den Städten und auf dem Lande zugeteilt. Um die Erziehung der Jugend nicht zu gefährden, lief der Betrieb in den Kindergärten ungestört weiter.

Den 2380 staatlichen Friseurbeamten oblag aber nicht nur die Registrierung von Glatzköpfen. Zu ihren patriotischen Pflichten gehörte es auch, die mit Perücken getarnten Glatzköpfe auszukundschaften. Nach Inkrafttreten des Gesetzes stellte sich nämlich sehr bald heraus, dass die hinterlistigen Glatzfinken nichts anderes zu tun hatten, als die staatlichen Anordnungen auf möglichst heimtückische Weise zu umgehen. Viele, die genug Geld ergaunert hatten, um sich die sündhaft teuren Perücken zu leisten, siedelten sich, ehe man sich's versah, unter falschem Namen an einem anderen Ort an, um dort als Behaarte ein behagliches Dasein zu führen. Die Enttarnung der schleimigen Glatzfinken wurde dankenswerterweise durch die zahlreichen anonymen Hinweise patriotischer Bürger erleichtert.

In meiner Personalnot wies ich das Innenministerium an, den Polizeiapparat dem Friseuramt zu unterstellen. Innenminister Dorfhauser von und zu Dorfhauser entsprach meiner Bitte ohne zu zögern, da auch ihm bewusst war, dass die Arbeit des Staatlichen Instituts für die Überprüfung der Glatzenfrage absoluten Vorrang hatte. Das Überborden der Verwaltungsaufgaben zwang mich sogar dazu, das Gebäude des Nationalmuseums zu requirieren und innerhalb von nur zwei Wochen räumen und bezugsfertig machen zu lassen.

Hervorragend organisiert waren inzwischen auch unsere Haarschutzdetekteien. Ihre spontanen Perückenrazzien mit der erfolgreichen Haarzupf-Methode waren in den Städten und in der Provinz gefürchtet. Auch die Kriminalbeamten zeigten sich ihren neuen Aufgaben durchaus gewachsen, und 810 von ihnen erhielten auf meinen Vorschlag hin von Ministerpräsident E. T. Dugowitsch die neue Auszeichnung „Für Haarfrontkameradschaft und Tapferkeit" persönlich überreicht.

Pepi und ich waren inzwischen Träger unseres höchsten Verdienstordens „Kämpfer für Gerechtigkeit mit dem Goldenen Kreuz für Gesellschaftliche Versöhnung", und Dr. Zenmayer übergab mir im Namen seines Reiches den „Silbernen Geier-Orden" für die brüderlichen Dienste, die ich seiner Heimat erwiesen hatte.

Das Glatzentum in seiner angeborenen Renitenz war aber nicht im Mindesten der neuen Ordnung gewachsen, und statt seine Lage durch nationale Haltung zu verbessern, trieb es das Perückenkombinat Trowitsch & Co. zu Rekordproduktionen und Rekordeinnahmen für mich und meinen ungebetenen Geschäftspartner Pepi an. Mein Freund konnte aber wie immer nicht genug bekommen und sann nach weiteren Möglichkeiten, die Perückennachfrage anzukurbeln.

An einem verregneten Nachmittag saßen wir in meinem Büro, als Pepi plötzlich ausrief:

„Ich hab's! Wir schaffen einen Schwarzmarkt. Das Tragen von Perücken steht von nun an unter Strafe."

„Warum nicht", ich zuckte mit den Achseln. „Aber kein Wort zu Schwarzkopf."

Das Perückenverbot ließen wir zum Schutz der nationalen Moral durch das Innenministerium ergehen. Die nächste Buchprüfung bei Trowitsch ließ an Pepis Geschäftstüchtigkeit keinerlei Zweifel. Noch am gleichen Tag überraschte ich meine kleine Lizzi mit dem berühmten Smaragdring von Marie Antoinette, während man munkelte, Pepi hätte sich Sues-Kanal-Aktien gekauft. Aber nicht nur der Schwarzmarkt funktionierte makellos, auch der neueste Modeschrei ließ unsere Kasse klingeln: Miniperücken für Neugeborene.

Das Staatliche Institut für Glatzenüberprüfung arbeitete indessen auf Hochtouren für die Errettung der Nation. Das Glatzentum wurde nach Geschlecht, Alter, Qualifikation, Religion, Beruf, Vermögenslage und Gesundheitszustand systematisch eingeteilt, wobei elf Sonderabteilungen nur damit beschäftigt waren, bei Vollglatzköpfen festzustellen, welche Haarfarbe sie hätten, wären sie zufälligerweise keine Glatzköpfe.

Diese detaillierte Bestandsaufnahme ermöglichte mir auch einen exakten Überblick über die geografische Verteilung des Glatzentums im Lande. So konnte ich zum Beispiel Dr. Schwarzkopf beauftragen, in den von Kahlköpfen dicht besiedelten Gebieten neue Antikahl XN-Filialen zu eröffnen, obwohl die Konkurrenz den Preis ihres Glatzenschrecks N nunmehr auf 30 Heller gesenkt hatte. Nach Meinung Dr. Schwarzkopfs würden wir, wenn das so weiterginge, unseren Markenartikel bald zum Selbstkostenpreis, das heißt umsonst, auf den Markt bringen müssen.

Auch die neuen Haarschutzformulare, die unter meiner persönlichen Verantwortung standen, bereiteten mir Kopfschmerzen. Zunächst konfiszierte ich den Papiervorrat des ganzen Landes bei vorübergehender Limitierung der Buchauflagen in den Verlagen. Gleichzeitig ließ ich die veralteten Fragebogen mit „Schulbildung, Sprachkenntnisse" durch Rubriken wie „Sind Sie ein Glatzkopf und wenn ja, welcher Kategorie" ersetzen. So wurde zum Beispiel auch die Frage „Sind Sie verheiratet oder ledig" zeitgemäß abgeändert in „Sind Sie ledig oder haarlos" aufgrund der einschlägigen Erfahrung, dass Ehemänner schneller Glatzen bekommen.

Unser findiger Dr. Schwarzkopf vereinfachte die neue Verfahrensweise durch die Einführung eines großen roten „G" auf allen Glatzkopfurkunden, um eine ordnungsgemäße Behandlung der Betreffenden zu gewährleisten.

Da die Untergeschosse des Nationalmuseums inzwischen restlos überfüllt waren, mussten zusätzlich Räume gefunden werden. Das Institut für Glatzenüberprüfung, vom einfachen Volk nur noch „IFGLATZ" genannt, konnte den Bedarf glücklicherweise mit dem Gebäude der Staatsoper decken, das wenig später in „Nationales Haardokumentationszentrum" umbenannt wurde. Fünfundvierzig Eisenbahnwaggons transportierten die Glatzendokumentation in das ehemalige Opernhaus, wo die Akten auf den Sitzen verteilt wurden. So konnte durch die Nummerierung der Plätze spielend jede Unterlage aufgefunden werden. Die Grundbuchauszüge der farbenblinden Glatzköpfe lagen zum Beispiel im Parterre, 2. Reihe, Sitz Nummer 6, 7, 8 oder Seitenloge Nummer 3, Platz 1, 2. Nichts zeigt die imponierende Größe unseres Archivs besser als die Tatsache, dass wir vom ersten Tag an Ersatzklappstühle zustellen mussten.

EINE WEITERE ERFINDUNG, ein Meilenstein in der Haarschutzbewegung, wurde auf einer Sitzung des IFGLATZ nach einem dramatischen Bericht von Dr. Schwarzkopf der Öffentlichkeit übergeben.

„Schulter an Schulter mit den staatlichen Stellen betreiben wir die radikale Entfernung der Glatzköpfe aus allen Schlüsselpositionen", begann unser innenpolitischer Referent. „Um nur ein Beispiel zu nennen: In der haarschützenden Regierungsverordnung Nummer 8207 wird verfügt, dass der als ‚Bh' und ‚CBgd' qualifizierte Glatzkopf weder Zeitungsjunge, Gepäckträger noch Fahrradlaufbote werden darf, es sei denn, er ist 75-prozentiger Kriegsinvalide oder im Besitz eines gültigen Befreiungsscheins des Haarschutzführers."

Dr. Schwarzkopf spielte hier auf ein Privileg an, das gegen Pepis heftigen Widerstand nur mich mit der Vollmacht ausstattete, in außerordentlichen Fällen Vertretern des Glatzentums einen achtmonatigen Behaartenstatus zu verleihen und dem begünstigten Individuum das Tragen der verbotenen Perücke über einen Zeitraum von 22 Wochen zu gestatten. Diese Amnestieverordnung bedurfte zwar der Zustimmung des Staatspräsidenten, aber darum brauchte ich mir keine Sorgen zu machen. Der Onkel seines Schwiegersohnes mütterlicherseits, das hatte das IFGLATZ herausgebracht, war ein Glatzenstämmiger.

„Die Lage an der Perückenfront ist zur Zeit etwas unübersichtlich", fuhr Dr. Schwarzkopf in seinem Bericht fort. „Offenbar floriert ein lebhafter Perückenschwarzhandel, der die erfolgreiche Überprüfung der Bevölkerung beträchtlich behindert."

„Das ist eben nicht zu ändern, Schwarzkopf", fiel Pepi, unsere Trowitsch-Gelder im Kopf, dem Referenten ins Wort. „Jeder halbwegs vernünftige Glatzfink wird es sich zweimal überlegen, wegen einer Perücke eine Verhaftung und die Konfiszierung seines Vermögens zu riskieren. Ganz zu schweigen davon, dass die meisten ohnedies, hinterhältig wie sie sind, einen Hut tragen."

„Darum geht es ja", sagte Schwarzkopf beflissen. „Ich beantrage daher, allen Glatzköpfen das Tragen von Glashüten von Staats wegen zu verordnen."

„Das ist eine Schnapsidee, geschätzter Haarfrontgenosse", rügte ich den Ex-Anwalt. „Sie werden doch nicht wollen, dass Glatzköpfe besser dran sind als ehrliche, behaarte Bürger."

„Wie meinen Sie das, mein Führer?"

„Das liegt doch auf der Hand, Schwarzkopf. Wenn der Wind uns den Hut vom Kopf bläst, so müssen wir uns bücken. Der Glatzkopf hingegen braucht sich um seinen Glashut nicht mehr zu kümmern, wenn er ihm vom Kopf fliegt."

Unser innenpolitischer Referent zeigte sich beeindruckt von meiner bestechenden Logik, und Pepi schenkte mir zum ersten Mal seit langer Zeit wieder einen anerkennenden Blick.

Dr. Schwarzkopf bemühte sich nichtsdestotrotz um Alternativlösungen und schlug vor, dem Glatzentum aufzuerlegen, beim Verlassen ihrer Wohnungen, auf den Straßen und an allen öffentlichen Orten eine kleine Handglocke zu betätigen, doch wir kamen wieder davon ab, weil dies eine Ruhestörung der behaarten Bürger bedeutet hätte.

Pepi legte schließlich eine visuelle Lösung auf den Tisch, und wir einigten uns auf einen längst fälligen Gesetzesentwurf, der Glatzköpfen das Tragen eines 8,3 Zentimeter breiten, zur Schleife geschlungenen Bandes unterhalb des linken Knies vorschrieb, in den entsprechenden Abstufungen der Farbe Weinrot nach der jeweiligen Gruppenzugehörigkeit. Das Tragen des Kniebandes war auch für jene Glatzköpfe Pflicht, die an den Rollstuhl gefesselt waren. Nur linksseitig Einbeinige waren bis auf Weiteres von der Anordnung befreit.

Dr. Schwarzkopf war sichtlich gekränkt, dass sein Glashut abgeschmettert worden war. Um ihn zu trösten, beschlossen wir eine zusätzliche Überprüfungsvariante, welche die bereits registrierten Kahlköpfe verpflichtete, innerhalb von 20 Tagen einen zusätzlichen Glatzennamen, bei Männern „Kahlmann", bei Frauen „Kahlmina", beim Standesamt eintragen zu lassen.

„Eine brillante Idee", stellte ich anerkennend fest und probierte sie spaßeshalber an meinem impertinenten Ex-Chef aus. Das gefiel mir schon wegen meines bevorstehenden Prozesses gegen Politzer-Kahlmann ganz ausgezeichnet.

Die erfolgreiche Sitzung fand mit einer hübschen Überraschung ihren Abschluss. Pepi überreichte jedem von uns ein persönlich signiertes Exemplar seines lange erwarteten historischen Werkes, das er endlich unter tatkräftiger Mitarbeit der Fachleute unseres Instituts vollendet hatte.

Der stattliche Band „Protokolle weiser Glatzköpfe" enthielt eine Dokumentation des internationalen Glatzentums durch die Geschichte der Menschheit mit reichem Bildmaterial und einer Einführung von Innenminister Dorfhauser von und zu Dorfhauser. Den eindrucksvollen Umschlag schmückte eine riesige Billardkugel mit Satansgesicht, eine gelungene Assoziation. Ich gratulierte Pepi zu seinen begabten Mitarbeitern und erkundigte mich nach der Resonanz.

„Einige Literaturwissenschaftler haben das Thema bisher vorsichtig aufgegriffen", meinte Pepi. „Der eine oder andere bezweifelt, das internationale Glatzentum trachte tatsächlich nach der Zerstörung der Welt. Ein evangelischer Frauenverein versuchte sogar eine einstweilige Verfügung gegen meine Enthüllung zu erwirken, dass 23,7 Prozent der aktiven Sadomasochisten der Kategorie ‚Bgh' angehören."

Immerhin gab es aber bereits eine überschwängliche Kritik in der *Stimme des Volkes* aus der Feder von P. Epi.

Wir erließen dann noch rasch eine Verordnung, die Apothekern den Verkauf von Vitaminen zur Stärkung der Haarwurzeln untersagte, und beendeten die Sitzung mit den zündenden Klängen des „Don't cry for me, Elvira"-Marsches.

ZU HAUSE erwartete mich gedrückte Stimmung. Lizzi wollte trotz meines Versprechens, ihrem Vater einen doppelten haarschützerischen Befreiungsschein auszustellen, sein Versteck nicht preisgeben. Ärgerlich wies ich mein störrisches Weib darauf hin, dass sie dann selbst unter „FA" eingestuft bliebe und unsere zukünftigen Söhne ohne meine Ausnahmegenehmigung „DBgh" oder bestenfalls „DCBgd" wären, was ihre Rente um 27,3 Prozent mindern würde und bedeutete, dass sie in der Fußballnationalmannschaft nur als Ersatzspieler zugelassen würden.

„Und wenn schon", entgegnete meine Angetraute, „der Spuk ist ohnehin bald vorbei."

Ich versuchte, ihre Bemerkung auf die leichte Schulter zu nehmen, obwohl auch mich inzwischen die Nachrichten von der Front beunruhigten. Unsere Hoffnung, die rasche und energische Lösung der Glatzenfrage würde den Kampfwillen unserer Truppen stärken, nun, diese Hoffnung war wie eine Seifenblase zerplatzt. Aus streng geheimen Generalstabsberichten ging nämlich hervor, dass die meisten unserer Wehrpflichtigen sich nicht mehr zum freiwilligen Dienst an die Front meldeten, weil sie sich von einem Wächterposten in den geplanten Glatzenlagern mehr erhofften. So befanden sich unsere siegreichen Truppen gemeinsam mit der verbündeten Reichsarmee zur unverhohlenen Freude der Glatzenbagage auf dem ständigen Rückzug, was Dr. Zenmayer zur Beruhigung der Gemüter gern als „Frontbegradigung" bezeichnete.

Das half allerdings nicht viel, denn die gegnerischen Armeen rückten immer näher an die Grenzen unserer geliebten Heimat, und wir gerieten vermutlich auf Drängen der kahlen Weltverschwörung und etlicher scheinheiliger Menschenrechtsorganisationen wegen der Haarschutzgesetze weltweit in Verruf.

Ministerpräsident Eberhard T. Dugowitsch verurteilte die verlogene Argumentation aufs Schärfste.

„Niemand hat das Recht, sich in die inneren Angelegenheiten unseres Landes einzumischen", erklärte der Regierungschef auf einer Haarschutz-Massenkundgebung. „Wir wissen, dass wir noch einen steinigen Weg bis zur glatzenfreien Gesellschaft vor uns

haben, aber wir werden getragen von der Kraft unserer Solda-
tennation und vom unerschütterlichen Willen, unser Vaterland,
gesäubert von allen defätistischen Elementen, wenn Sie erlauben,
in eine neue, friedvolle und haarreine Ära zu führen."

Die erhebenden Worte des Regierungschefs verwiesen also ohne
Umschweife auf die Tatsache, dass das verräterische Glatzentum
seine Maske endgültig hatte fallen lassen und offen mit dem Feind
paktierte.

Zu Hause fand ich auch diesmal nicht die wohlverdiente Ent-
spannung. Am gleichen Abend des Tages, als die geplante Gesetzesnovelle für die Kniebandpflicht im Regierungsblatt veröffentlicht wurde, überraschte mich meine Gemahlin mit einem roten
Baumwollschal unterhalb ihres linken Knies.

„Was soll denn das?", fragte ich sie verdrossen. „Musst du dich
denn über alles lustig machen?"

„Ich mache mich über gar nichts lustig", erwiderte Lizzi. „Ich
übe nur."

Den ganzen Abend lief sie mit diesem roten Fetzen unterm Knie
in der Wohnung herum, bis sich auch Frau Schick provoziert fühlte.

„Das ist aber nicht recht, was die gnädige Frau da macht", bemerkte die Witwe. „Oder will sie vielleicht andeuten …"

Ich rief die freche Person zur Ordnung, sie sollte sich gut überlegen, mit wem sie es zu tun hätte.

„Ich weiß sehr wohl, wer Sie sind, Herr Flinta", sagte Frau Schick
pikiert. „Aber ich bin schließlich auch keine Dahergelaufene, sondern die Frauenbeauftragte der Partei."

„Bei mir sind Sie Haushälterin. Und vergessen Sie ja nicht, wer
Sie aus dem Knast geholt hat."

„Ich vergesse gar nichts. Sie wollten ja doch nur Ihre Dollar zurück."

Es gibt keinen Dank mehr auf der Welt. Eines aber hatte die alte
Schachtel nicht bedacht. Dass ich als ehemaliger Untermieter noch
immer einen Schlüssel zu ihrer früheren Wohnung besaß …

WIE EIN DIEB der Meisterklasse schlich ich unbemerkt in ihre Wohnung, und schon stand ich vor dem Bild des seligen Gregor, hin-

ter dem, nach der unvorsichtigen Äußerung der Witwe, meine 1200 Dollar stecken sollten.

Das Geld interessierte mich dabei am wenigsten, denn meine Einkünfte aus der Haarschutzidee übertrafen längst auch meine kühnsten Erwartungen. Aber ich wollte dem impertinenten Weib zeigen, was rechtmäßiges Eigentum bedeutet. Das war ich mir einfach schuldig.

Ich nahm also Gregor Schick von der Wand und staunte nicht schlecht. Es befand sich nämlich nicht ein einfaches Loch in der Wand, wie ich vermutet hatte, sondern ein massiv gemauerter Tresor.

Ein gewöhnlicher Einbrecher hätte den Tatort jetzt wahrscheinlich fluchend geräumt. Ich aber war aus anderem Holz geschnitzt. Ich machte mich an die Öffnung des Safes.

Ich will nicht leugnen, dass ich in diesen Minuten von einschlägigen Erfahrungen aus meiner Jugend profitierte. Mit vierzehn Jahren dachte ich nämlich noch, in unserer Gesellschaft käme man nur mit einer exzellenten Schulbildung voran. So beschloss ich, mir die Prüfungsfragen aus dem Schulsafe zu holen. Wie es der Zufall und mein Schicksal wollten, war der Vater eines meiner Schulfreunde von Beruf Einbrecher, und so gab mir Vati einen Schnellkurs unter der Bedingung, auch seinen Sohn in den Genuss der Prüfungsaufgaben kommen zu lassen. Wir bestanden beide mit Auszeichnung. Heute ist der Sohn Universitätsdozent und ich bekanntlich Führer und Staatssekretär.

Da ich im Laufe der Jahre meine einschlägigen Kenntnisse, außer bei Politzers Safe, mehrfach erfolgreich genutzt hatte, leistete mir auch der Schicksche Tresor keinen nennenswerten Widerstand.

Was ich darin entdeckte, spottete jedoch jeder Beschreibung. Ich begnüge mich mit der nüchternen Aufzählung der Kleinigkeiten, die Gregors Bild schamhaft verborgen hatte:

- 9200 US Dollar in bar.
- Eine auf dem offiziellen Briefpapier des Landesverbandes der Glasfabrikanten verfasste Vereinbarung, nach der Herr Josef Schomkuthy sowie Herr Dr. Schwarzkopf am Nettogewinn

der heimischen Glasindustrie mit 9,3 Prozent beziehungsweise 5,7 Prozent beteiligt sind. Mit Datum und beglaubigten Unterschriften.

– Die handgeschriebene Verpflichtung Josef Schomkuthys gegenüber der Witwe Frau Elvira Schick, ihr alle drei Monate 6 Prozent der Bruttoeinnahmen als geheime Safegebühr in bar auszubezahlen.

– Mein versilberter Flaschenöffner, den mir Pepi seinerzeit zurückgegeben hatte.

– 137 Liebesbriefe Gregors an ein Schulmädchen namens Amanda, chronologisch geordnet.

– Ein Privatfoto, den feschen Pepi zeigend, mit der Widmung *In ewiger Liebe, Dein Josef.*

– Mein offizielles Foto, die Augen ausgestochen.

Mit einem Schlag war mir alles klar, Pepis schändlicher Verrat, die Doppelrolle des niederträchtigen Dr. Schwarzkopf und der Betrug der Frauenbeauftragten unserer Partei.

Man kann wirklich niemandem mehr vertrauen.

Ich legte die Beweisgegenstände, ausgenommen meine 1200 Dollar, sorgsam in den Safe zurück und machte mich aus dem Staub. In der Tür kehrte ich aber noch einmal um, weil ich inzwischen ausgerechnet hatte, dass, wenn 6 Prozent allein für die Hexe insgesamt 8000 Dollar ausmachten, die beiden Gangster hinter meinem Rücken nicht mehr und nicht weniger als satte 133 333,33 Dollar von den Glasherstellern eingesteckt hatten. Ich entnahm dem Safe also noch 8000 Dollar als Zinsen für meine 1200 Dollar, dann malte ich auf Pepis Paradefoto einen Schnurrbart, schloss den Safe behutsam und holte mir von zu Hause einen Golfschläger.

ALS ICH in Pepis Büro stürmte, wusste er sofort, was ihn erwartete, und wich bis an den großen Aktenschrank zurück, in dem seine Spirituosen standen.

Ich schwang meinen Golfschläger mit voller Wucht in die Flaschen und Gläser, dass es nur so klirrte. Pepi drückte sich an die Wand und jammerte:

„Bist du verrückt geworden? Was machst du denn da?"

„Ich schaffe Arbeit für die Glasindustrie!", brüllte ich und schlug die Glasplatte seines Schreibtisches entzwei. „Damit ihr eure Prozente bekommt."

„Was redest du da für einen Unsinn?"

Jetzt musste eine Fensterscheibe daran glauben.

„Wieso bekommt Schwarzkopf nur 5,7 Prozent, du Dreckskerl? Ich werde dir zeigen, wie man seinen besten Freund behandelt!"

Pepi hatte inzwischen den Ernst der Lage erfasst und tastete mit zitternden Händen nach dem Telefonhörer, doch ich schlug den Apparat in Stücke. Da geriet der Gute in Panik.

„Hilfe!", schrie der Propagandachef durch die eingeschlagene Glastür. „Eugen! Zu Hilfe!"

Der Oberkellner, der an geraden Tagen, wie heute einer war, für Pepis Sicherheit haftete, betrat das Schlachtfeld.

„Womit kann ich dienen, Herr Staatssekretär?"

„Um Gottes willen", röchelte Pepi, „entwaffnen Sie diesen Wahnsinnigen."

Mit einem kurz angebundenen „Pardon" entwand mir Eugen den Golfschläger. Ich verpasste dem frechen Hund einen Tritt, worauf er zurückschlug, dass ich die Engel singen hörte.

„Sie schlagen Ihren Führer?", schrie ich ihn an. „Sind Sie verrückt geworden?"

Eugen lächelte dämlich und beteuerte, Herr Schomkuthy hätte es ihm befohlen, und schließlich wäre es sein Tag.

„Außer mir gibt hier keiner Befehle!", schrie ich ihn an. „Sie sollen den Kerl sofort zum Schweigen bringen, sonst werfe ich Sie aus der Partei!"

„Tun Sie mir das nicht an, Herr Flinta", jammerte unser Gorilla und schlug Pepi nieder. Mein Freund blieb mit glasigen Augen liegen, dann erhob er sich taumelnd und sah mich nachdenklich an.

„Sag mal, Rudolf, warum schlägt uns dieser Kerl eigentlich?"

Gemeinsam fielen wir über den impertinenten Oberkellner her und warfen ihn aus dem Büro. Das versöhnte uns ein wenig miteinander.

„Alter Kumpel", wandte sich Pepi mir zu, nachdem er sich zusammengeklaubt hatte, „dir ist doch klar, dass die Sache mit den Glasfabrikanten nicht meine Idee war. Aber was hast du denn anderes von diesem widerwärtigen Schwarzkopf erwartet? Ein dreckiger Lügner, man sollte ihn glatt aus der Partei werfen."

Ich dachte im Stillen an das heimliche Haarwasser.

„Die Zeit ist noch nicht reif für derart grundlegende Säuberungen", besänftigte ich Pepi. „Warten wir auf einen günstigeren Augenblick, lieber Freund. Immer mit der Ruhe, eins nach dem andern. Es sieht doch ganz so aus, als bekäme Schwarzkopf bald eine Glatze."

„Gut", sagte Pepi, „du bist schließlich nicht nur mein bester Freund, sondern auch mein Führer."

„Fifty-fifty? Auch beim Glasgeschäft?"

„Okay, darauf soll's mir nicht ankommen."

Wieder einmal hatten wir eine Krise in alter Verbundenheit beigelegt. Ich nahm meinen Golfschläger und verließ zufrieden den Kampfplatz. Die Mächte des Friedenslagers sind gewaltig, sagte schon Genosse Stalin vor mir.

Tags darauf gab es jedoch, für mich nicht ganz unerwartet, wieder Radau im Hauptquartier. Ich kam gerade am Büro der Frauenfraktion vorbei, als ich hysterisches Gezeter hörte. Die Tür flog auf, und die stellvertretende Frauenbeauftragte, Frau Molnar, stürzte auf mich zu.

„Herr Flinta, bitte, schreiten Sie ein, Frau Schick muss sofort abgelöst werden …"

Wortlos betrat ich das Büro. Die Witwe kniete auf dem Boden vor dem Bild des heiligen Antonius und plärrte wie ein kleines Kind. Da tat sie mir leid, die arme Seele.

„Was ist geschehen, liebe Elvira, was haben Sie denn?"

„Ich habe gesündigt", heulte die Witwe. „Das kann nur die Vorsehung sein … Nicht einmal mein armer Gregor hat es gewusst … Schnurrbart … Alles ist weg … Und ihr Bild, zum Teufel, das Foto von Ihnen, Herr Flinta…"

„Mein Foto? Vielleicht stach es dem Teufel ins Auge?"

Die Witwe starrte ins Leere.

„Stach … ins Auge …"

Dann fiel sie in Ohnmacht. Der heilige Antonius bestraft die Sünder. Ich auch, gelegentlich.

DER NÄCHSTE TAG stand ganz im Zeichen Frau Molnars. Kaum hatte sie für die Zeit der psychiatrischen Behandlung von Frau Schick die provisorische Vertretung der Frauenbeauftragten übernommen, da bat sie auch schon um ein vertrauliches Gespräch mit der Parteiführung, und zwar um eine Aussprache unter sechs Augen. Außer Schomkuthy und mir dürfe niemand dabei sein, es ginge um eine höchst private Angelegenheit.

Wir führten die Unterredung gegen Mittag in meinem Büro bei einem Gläschen Schnaps. Allmählich löste sich Frau Molnars Zunge, und sie wurde gesprächig.

„Glauben Sie mir, ich liebe meinen Mann von Herzen. Ich weiß zwar genau, dass Arthur eines Tages ein Vollglatzkopf sein wird, aber das ist mir gleichgültig. Schließlich hat er ja bis zum Jahresende den Befreiungsschein des Führers. Der Hase liegt woanders im Pfeffer. Arthur will, wie soll ich mich bloß ausdrücken, viel zu oft mit mir, na ja, Sie wissen schon, was ich meine. Ich bringe es aber einfach nicht über mich, ich bin seinem sexuellen Überdruck nicht gewachsen. Nicht deswegen, weil er trotz Urkunde schließlich ein Glatzkopf bleibt, sondern weil ich mich als stellvertretende Frauenbeauftragte mehr denn je unseren Idealen verpflichtet fühle. Sie können sagen, was sie wollen, ich kann einfach nicht über meinen Schatten springen, auch wenn Sie mir noch so gut zureden."

Wir redeten ihr nicht zu. Schließlich brach ich das bedrückte Schweigen.

„Haben Sie es schon einmal mit geschlossenen Augen versucht?"

„Schon oft, Herr Flinta. Das war aber noch ekelhafter, weil ich merkte, dass Arthur dann seine Perücke abnahm."

„Pfui", entfuhr es Pepi. „Vielleicht noch ein Gläschen zur Beruhigung?"

„Mir graust richtig davor."

Ich fühlte, dass jetzt kreiszacklerische Ehrlichkeit am Platze war.

„Haarfrontgenossin Molnar", tastete ich mich an den Kern des Problems heran, „haben Sie selbst vielleicht Probleme mit dem Sex?"

„Nicht die Spur. Mit anderen Männern klappt es wunderbar."

Pepi und ich sahen uns ratlos an.

„Ich kann Ihnen sagen, meine Herren, was die Lösung wäre." Frau Molnar trank aus und erhob sich leicht schwankend. „Es muss gesetzlich verboten werden."

„Was?"

„Das. Na, die Sache halt."

„Aber das ist doch Unsinn", fuhr ich auf, aber Pepi winkte sofort ab. „Die Frage beschäftigt mich schon seit geraumer Weile", meinte er nachdenklich. „Es wird höchste Zeit, Generationen vom angeborenen Fluch des Glatzentums zu bewahren, um die Erbgesundheit zu sichern. Was meinst du, Rudolf?"

Mir fiel mein Schwiegervater ein, und so hielt ich lieber den Mund. Pepi küsste Frau Molnar die Hand.

„Gnädige Frau", sagte er feierlich, „Sie haben heute Kreiszacklergeschichte gemacht. Eine neue Ära hat begonnen."

„Ich danke Ihnen", piepste Frau Molnar sichtlich erleichtert, „das bedeutet also, dass ich es mit Arthur ab sofort nicht mehr treiben muss. Es lebe Flinta!"

Bis zum „Gesetz zur Wahrung der haarigen Reinheit" war es dann nur noch ein kleiner Schritt. Nach der neuen Verordnung durften Männer, die als Glatzköpfe eingestuft waren, ab sofort nur noch glatzenstämmige Frauen infizieren. Konsequenterweise wurde eine Zusatzregelung verabschiedet für den Fall, dass eine der miteinander in Geschlechtskontakt tretenden Personen eines Glatzenpaares niedriger eingestuft war als die andere. Es wurde dann die am Geschlechtsakt beteiligte höher eingestufte Person automatisch degradiert. Das galt ab sofort auch für Mischehen.

Dieser fortschrittliche Erlass wurde sogar von der Opposition mit Begeisterung aufgenommen. Die epochalen Schlussworte des Innenministers Dorfhauser von und zu Dorfhauser: „Die neu erwachte Nation mit ihrem ehernen Willen zur Verteidigung der Reinheit des haarigen Blutes hat bewiesen, dass sie leben will, weil sie leben kann", wurden von den Abgeordneten des Hohen Hauses mit tosendem Applaus beantwortet.

Pepis Leitartikel vom darauffolgenden Tag in der *Stimme des Volkes* enthüllte mit visionärem Blick des Pudels Kern: „Der Wille der Nation wurde durch die Sanktion des Gesetzes zur völkischen Wirklichkeit. Erst jetzt müssen wir nicht mehr befürchten, dass der kriecherische Glatzfink mit seinen geilen Lippen und seiner bestialischen Glatzensexualität die jungfräuliche Reinheit unser Töchter befleckt."

INZWISCHEN fieberten die Medien dem Verleumdungsprozess meines kahlen Ex-Chefs gegen mich entgegen. Seit Politzers Klage hatte sich das Kräfteverhältnis zwar komplett umgekehrt, doch schien der Glatzfink der Gruppe „A" diese Tatsache zu ignorieren. Vielleicht hoffte Politzer-Kahlmann wider besseres Wissen auf einen Glatzenknecht von Richter. Er war bei Gott nicht zu beneiden, auch wenn ein halbkahler Journalist eines Revolverblattes den Prozess mit der reißerischen Überschrift DER ANONYME GLATZKOPF GREIFT AN ankündigte und Politzer und mich mit David und Goliath verglich. Wie die Stimmung im Lande tatsächlich war, zeigte umso deutlicher ein Inserat, das unter diesem lächerlichen Hetzartikelchen stand:

Zwanzigjähriger bis zu den Großeltern mütterlicher- und väterlicherseits reinhaarig, mit drei Klassen Mittelschule und ausbaufähigen Sprach- und Fachkenntnissen, nimmt gegen Spitzengehalt Angebote für Direktionsposten in ausgewählten Großbetrieben entgegen. Nur handschriftliche Offerten erbeten. Kennwort: Dichtes, gewelltes Haar.

Diese strebsamen jungen Leute sind die vollhaarigen Politzers der Zukunft, stellte ich zufrieden fest, als ich den überfüllten Verhandlungssaal betrat. Ich erwiderte den aufbrausenden Beifall mit dem traditionellen Gruß der Haarschutzbewegung, den zum Kreis geformten Zeigefinger und Daumen der erhobenen Rechten.

„Geduld! Wir siegen!", rief man mir von allen Seiten zu. „Es lebe Flinta!"

Wie gewohnt, verneigte ich mich nach rechts und nach links. Dr. Schwarzkopf, mein hinterhältiger Partner, der mich bei Gericht vertreten sollte, war noch nicht da.

„Verzeihung, mein Führer", keuchte er, als er endlich hereinstürzte, „ich war mit Haarfrontgenosse Schomkuthy in der Universität bei einer Sokrates-Verbrennung."

Das war natürlich wieder eine Bosheit von Pepi, der Angst hatte, persönlich beim Prozess zu erscheinen. Hatte ich doch bekanntlich ihm den legendären Artikel Über die Kahlheit in die Feder diktiert. Er entschuldigte seine Abwesenheit damit, er hätte den Scheiterhaufen für die Werke des halbkahlen Sokrates bereits in Auftrag gegeben und wollte die Philosophiestudenten nicht enttäuschen, die sich bereits auf das Spektakel freuten. Von mir aus konnte er bleiben, wo der Pfeffer wächst.

Als Politzer mit seinen Anwälten hereintrottete, wurde ihm ein herzlicher Empfang bereitet. „Hallo Glatzköpfchen! Gut poliert heute Morgen?" war noch der freundlichste Zuruf.

Es war aber auch wirklich der Gipfel der Unverfrorenheit, dass ein Glatzkopf es wagte, eine Persönlichkeit von meinem Rang und Namen der „Volksverhetzung" zu bezichtigen. Dr. Schwarzkopf schlug dem Hohen Gericht eine rasche Verurteilung Politzers vor, aber da hatte er die Rechnung ohne den Richter gemacht.

„Wir werden den Tatbestand in aller Ruhe untersuchen", erklärte der kategorisch. „Vor dem Gesetz sind noch immer alle Menschen gleich."

Dr. Schwarzkopf konterte:

„Nach dem Haarschutzgesetz, Euer Ehren, ist der Kläger ein Vollglatzkopf der Kategorie ‚A'."

„Deshalb kann er trotzdem im Recht sein."

In dieser prekären Lage musste ich mein ganzes politisches Gewicht in die Waagschale werfen, soviel war mir klar. Ich sprang auf:

„Hohes Gericht! Aufgrund des Haarschutzprogrammes ist meine Partei immerhin mit 46 Abgeordneten ins Parlament eingezogen!"

Der Richter sah mich scharf an.

„Das beweist noch lange nicht, dass Sie recht haben, sondern nur, dass man Ihnen glaubt. Dreyfus zum Beispiel hat zu seiner Zeit niemand Glauben geschenkt, und doch hat er recht behalten."

„Tut mir leid, ich kenne mich in der Antike nicht aus", entgegnete ich aus dem Stegreif. „Ich glaube nur an Fakten, Fakten, Fakten. Ich bitte daher das Hohe Gericht um Anhörung unseres ärztlichen Gutachters."

Professor Dr. med. Kummerheld war uns von Dr. Zenmayer empfohlen worden. Der Professor galt als hervorragende Kapazität, allerdings war sein Stundensatz horrend. Nun, die Parteikasse war schließlich gut gefüllt. Inzwischen sah ich mir den Richter genauer an. Er hatte leider viel zu dichtes Haar. Die Stimmung im Saal war hochexplosiv.

Prof. Dr. Kummerheld trat in den Zeugenstand und legte seinen Eid ab.

„Der derzeitige Forschungsstand in der Medizin nennt zwei Krankheiten, die von Generation zu Generation unvermeidlich weitervererbt werden: Syphilis und Kahlheit", dozierte der Professor. „Die Syphilis überträgt die körperliche Sünde der Urahnen auf ihre Nachkommen, während die Kahlheit eine Erbfolge der seelischen Verkommenheit ist.

Die moderne Medizin hat herausgefunden, dass die Natur in ihrer grenzenlosen Weisheit minderwertige Individuen mit dem Zeichen der Kahlheit brandmarkt. Die menschliche Seele steht nämlich im engsten anthropologischen Zusammenhang mit der Kopfbehaarung.

Unter dem Pericranium liegt das Geflecht des zentralen Nervensystems, das unter anderem Charakter und Moral eines Menschen bestimmt. Die Lage und Größe des Geflechts wirkt unmittelbar auf die Laminaldrüsen, verursacht Kahlheit durch die keratolinhaltigen Kerne der polygonalen Zellen und ist somit das unverkennbare Zeichen von biologischer Minderwertigkeit."

Ein ohrenbetäubender Aufschrei von der Klägerbank unterbrach die fesselnde Expertise.

„Himmelherrgott, das ist ja nicht auszuhalten!", brüllte Politzer-Kahlmann und hätte sich, wäre er von seinen Anwälten nicht zurückgehalten worden, auf den Professor gestürzt. „Will uns dieser Kerl mit seinen idiotischen Fachausdrücken denn zum Narren halten?"

Unter Lachsalven des Publikums verwarnte ihn der Richter, und auch Dr. Schwarzkopf blieb dem hysterischen Kläger nichts schuldig.

„Maul halten, Politzer-Kahlmann", sagte er eisig. „Ein Vollglatzkopf sollte den Namen des Herrn nicht in den Mund nehmen. Hohes Gericht, ich bitte Pfarrer Zendl als Sachverständigen für Religionsethik in den Zeugenstand."

Der Pfarrer, einer unserer ältesten Parteigänger, inzwischen Abgeordneter und mit bedeutenden finanziellen Mitteln gesegnet, war überzeugter Anhänger des Haarschutzes.

„Man tut uns Kreiszacklern wahrlich unrecht", begann der Pfarrer seine Zeugenaussage, „wenn man unterstellt, unsere Ideen stünden zu Christi Lehren im Widerspruch. Dieser Irrglaube entbehrt jeder Grundlage. Wenn wir die Endlösung der Glatzenfrage fordern, so tun wir das einzig und allein im Geiste Christi."

In den hinteren Reihen kicherte jemand, was kaum störte, weil er auf der Stelle niedergezischt wurde.

„Wie allgemein bekannt", fuhr der Diener der Kirche fort, „war Judas Ischariot, in den der Satan gefahren war, nach verlässlichen historischen Quellen ein Glatzkopf, der zur Kategorie ‚Bgd' gehörte. Das ist nicht zuletzt dadurch erwiesen, dass auf Giottos Gemälde ‚Judas Kuss' und auf Leonardo da Vincis ‚Das letzte Abendmahl' Judas mit einer meisterhaft echt gezeichneten Perücke zu erkennen ist.

Paulus spricht im dritten Kapitel seines zweiten Briefes an Timotheus von Lystra klare Worte über die Glatzköpfe als diejenigen, ‚die in die Häuser schleichen und die losen Weiber umgarnen, von mancherlei Lüsten heimgesucht und mit Sünden beladen'. Der Prophet ist somit der geistige Vater der konstitutionellen Haarschutzverordnung."

Der Pfarrer führte noch eine ganze Reihe weiterer Beweise an und beendete seine Aussage mit den Worten: „Es ist meine Überzeugung, dass Jesus an unseren Taten Gefallen findet, jener Christus, der die kahlen Verkäufer mit der Peitsche aus dem Tempel trieb."

„Das glaube ich aber ganz und gar nicht, Hochwürden", meinte der Richter. „Sie werden wohl am besten wissen, dass auch Christus heutzutage unter die Glatzenverordnung fiele."

Pfarrer Zendl war auf den billigen Einwurf gut vorbereitet. Er holte ein mittelalterliches Jesusporträt aus seiner Soutane, auf dem die berühmten schulterlangen, blonden Haare des Erlösers zu erkennen waren.

„Sehen Sie", sagte er würdevoll, „das authentischste Porträt unseres Herrn."

„Das mag schon sein", antwortete genüsslich der Richter, „doch wird Josef, sein Stiefvater, auf den gleichfalls authentischen und vom Heiligen Stuhl anerkannten Gemälden des Malers Ghirlandaio völlig kahl dargestellt."

Der Pfarrer drehte sich Hilfe suchend nach uns um.

„Ich versichere Ihnen unter Eid", sprang ihm Dr. Schwarzkopf geistesgegenwärtig zur Seite, „dass Jesus Christus in jedem Fall einen Befreiungsschein von Herrn Rudolf Flinta erhalten hätte."

Es gab anerkennenden Beifall, den der Richter aber energisch abklopfte.

„Wenn ich mich nicht irre", bemerkte er sarkastisch, „gilt die heutige Verhandlung nicht der Klärung, zu welcher Glatzenkategorie der Sohn des Herrn gehört, sondern der Klage des Herrn Alexander Politzer-Kahlmann, der einen Hetzartikel gegen kahle Bürger als Verstoß gegen die Menschenrechte bezeichnet."

Dr. Schwarzkopf stieß mich in die Seite.

„Es läuft schlecht", flüsterte er mir zu, „aber keine Angst …"

Mein Rechtsberater erhob sich gemächlich.

„Ich verlange die vorläufige Einstellung des Verfahrens wegen Befangenheit des Richters!", rief er und schlug mit der Faust auf den Tisch. „Exzellenz, Ihre Frau ist eine ‚FCBgd'!"

Ein Sturm brach im Gerichtssaal los, aufgeregtes Gemurmel ging durch die Reihen.

„‚F', also eine Frau", hörte ich hinter mir. ‚C', das heißt, dass ihr

Vater eine friseuramtliche Urkunde hatte und somit automatisch in die Gruppe ‚Bgd' gehörte."

Die Sympathie der Hörerschaft war wieder auf meiner Seite. Der fulminante Auftritt von Dr. Schwarzkopf hatte die erhoffte Wendung gebracht.

„Haben Sie vielleicht einen Befreiungsschein für sie?", legte Dr. Schwarzkopf nach. „Na, sagen Sie's uns nur, Euer Ehren."

„Ich habe keinen Befreiungsschein für meine Frau", gestand der Richter, worauf eine neue Welle der Empörung durch den Saal ging. Da fragte ich höhnisch:

„Und warum haben Sie keinen Schein?"

„Weil ich keine Frau habe", antwortete der Richter. „Ich bin Junggeselle."

Zu dumm, mein Magen rotierte. Das würde mir der schlampige Schwarzkopf noch büßen.

„Die Verhandlung wird vertagt", verkündete der Richter. „Ich gebe gerne zu, dass ich tatsächlich befangen bin. Herr Flinta hat meine volle Antipathie."

Wir schlichen aus dem Gerichtssaal, und meinen Ärger vertrieb auch nicht der Anblick meiner mutigen Leute, die Politzer-Kahlmann und seine Gefolgschaft an der nächsten Ecke verprügelten.

Ich hatte Dr. Schwarzkopf keineswegs verziehen, dass er gemeinsam mit Pepi und den Glashändlern hinter meinem Rücken krumme Geschäfte machte. Jedes Mal, wenn ich daran dachte, wie er mir mit unschuldiger Miene anvertraut hatte, Pepi sei „sauber", kam mir die Galle hoch. Ich hatte ihn nur geschont, weil ich befürchtete, er würde Pepi unser geheimes Antikahl-Geschäft ausplaudern.

Nach dem ärgerlichen Flop vor Gericht konnte ich mich aber nicht mehr beherrschen. Kaum saßen wir in unserer Dienstlimousine, fiel ich über meinen Anwalt her.

„Da haben Sie sich aber was zusammengestümpert, Schwarzkopf! Eine solche Blamage ist in der großartigen Geschichte der Bewegung noch nicht vorgekommen! Warum haben Sie sich denn nicht erkundigt, ob der Richter eine Frau hat?"

Der Rechtsanwalt verteidigte sich vehement.

„Ich konnte ja nicht ahnen, dass der Typ schwul ist. Und Sie, verehrter Führer, hätten lieber den Mund gehalten."

„Jetzt reicht es aber, Schwarzkopf, das muss ich mir von Ihnen nicht bieten lassen. Sonst unterhalten wir uns gleich einmal über Ihre Gaunereien mit den Glasern."

Mit offenem Mund starrte er mich an, fasste sich aber erstaunlich schnell wieder.

„Wenn das so ist, Rudolf Flinta", zischte er, „dann reden wir auch über Ihre Perückengaunereien."

„Von Ihnen lasse ich mir nicht vorschreiben, worüber ich rede."

„Das meinen Sie doch nicht im Ernst. Wer kaut Ihnen denn jedes Ihrer Worte vor? Ohne mich können Sie doch nicht einmal denken."

„Werden Sie nicht frech!"

„Wenn Sie es genau wissen wollen", ließ mein ehemaliger innenpolitischer Referent die Katze bei der nächsten roten Ampel aus dem Sack. „Ich pfeife auch auf Ihr blödes Haarwasser."

„Wunderbar! Dann kann ich ja die Watzek-Gelder getrost für mich allein behalten."

„Wer ist Watzek?"

Hoppla, das war danebengegangen. In der Hitze unseres politischen Gefechts hatte ich vergessen, dass nicht er, sondern Pepi mein stiller Partner im Industriegeschäft war. Was soll's, ich bin einem Untergebenen keinerlei Rechenschaft schuldig.

„Schwarzkopf", sagte ich kühl. „Ich gebe Ihnen genau sechs Sekunden Zeit zum Aussteigen."

„Das ist mehr als genug. Im Übrigen, ich steige gleich ganz aus", mein Ex-Referent sprang aus dem Wagen. „Ich gründe einfach eine Gegenpartei. Wir werden ja sehen, wie weit Sie ohne mich kommen."

„Soweit immerhin", entgegnete ich, schlug ihm die Autotür in die Kniekehlen und gab ihm aus dem davonflitzenden Wagen noch ein gefühlvolles „Es lebe Flinta!" mit auf seinen weiteren Lebensweg.

PEPI REAGIERTE auf das Ausscheiden unseres dritten Mannes erstaunlich gelassen.

„Mach dir nichts daraus", sagte er. „So sparen wir einen Haufen Geld. Für ein Triumvirat sind zwei schon genug."

„Und die Gegenpartei?"

„Das lass nur meine Sorge sein."

„EIN HAARSCHÜTZER der ersten Stunde ist soeben von uns gegangen", hieß es tags darauf in Pepis Leitartikel.

Mit ungebrochenem Glauben an die Idee kämpfte Dr. Eberhard Schwarzkopf für unsere Bewegung in seinem unverzichtbaren Einsatz als innenpolitischer Referent.

Jetzt, da er in geistige Umnachtung gefallen ist und ewige Dunkelheit seinen Verstand trübt, setzen wir die lila Parteiflagge auf Halbmast und gedenken seiner mit Inbrunst.

In tiefer Dankbarkeit nehmen wir Abschied von unserem treuen Haarfrontgenossen und rufen dem Unvergesslichen nach: Es ist vollbracht. Das Schicksal hat es so gewollt.

Der schwarz umrandete Artikel in der *Stimme des Volkes* brachte jedoch nicht die erwartete Wirkung. Das haarige Volk war weniger am geistigen Zustand der Parteibonzen interessiert als am Vermögen des sündigen Glatzentums. Dr. Schwarzkopf gründete seine Gegenpartei unter dem Namen „Landesliga für Haarrettung". Sein Programm war haargenau das unsere, es zeichnete sich lediglich durch größere Radikalität in der Lösung der Glatzenfrage aus.

Dies ließ sich auch im Refrain der Hymne der neuen Liga nachlesen:

Wetzt die langen Messer
auf dem Bürgersteig,
lasst die Messer flutschen
in den Glatzenleib,
Blut muss fließen wie roter Wein,
und dann ist seine Habe dein.

Die Jugend liebte das Lied, und oft marschierten die Kinder der „Jungen Haarrettung" in ihren fliederfarbenen kurzen Hosen nach ihrem Takt durch die Straßen. Kurz darauf brachte Schwarzkopf auch die erste Nummer seiner eigenen Zeitung heraus. Der Verräter kündigte gleich darin an, dass er gezwungen sei, zum Wohle der Nation eine neue, nämlich die echte Haarschützer-Partei zu gründen, weil ich, nämlich R. Flinta, völlig unerwartet in schwere Depressionen verfallen wäre und man mich wegen gewalttätiger Ausbrüche in eine geschlossene Anstalt hatte verbringen müssen.

Damit begann der unselige Bruderzwist der beiden nationalen Bewegungen. Natürlich führte jede Partei für sich den Kampf gegen das Glatzentum noch erbitterter, als wir es vorher allein getan hatten. Das Staatliche Institut für Glatzenüberprüfung aber, das noch fest in Kreiszacklerhand war, versuchte der Liga mit neuen Verordnungen Prügel zwischen die Füße zu werfen, und etliche Male gelang es uns auch zu beweisen, dass die „Haarretter" keine echte Alternative zu bieten hatten.

Großen Zuspruch fand zum Beispiel die von uns eingebrachte Regierungsverordnung Nummer 11 703, die Voll- und Halbglatzköpfen die Haltung von behaarten Haustieren verbot. Auch das lila Plakat kam sehr gut an, welches dem verräterischen Glatzentum bei Todesstrafe untersagte, an öffentlichen Orten Schuhe zu tragen, die nicht mindestens drei Jahre alt waren.

Männern der Kategorie „C" sowie Frauen der Kategorie „FBgh" war der Zutritt zu Kaffeehäusern zwischen 11.30 Uhr und 14.05 Uhr nur unter der Bedingung gestattet, dass sie keinen Kaffee konsumierten. Nur die Kategorie „D" durfte von 14.05 Uhr bis 14.30 Uhr einen einfachen, aber keinen doppelten Espresso bestellen.

Die Forderung der Haarrettungsliga, wonach Vollglatzköpfe sich in Fußgängerzonen nur auf allen vieren bewegen dürften, lehnte die parlamentarische Mehrheit auf Drängen der Kirche ab. Wir gingen in unserem Liberalismus aber noch einen Schritt weiter als die Kirche und gestatteten glatzenstämmigen Frauen der Kategorie „B", öffentliche Parkanlagen aufzusuchen, wo sie sich montags auch auf den Haarigen-Bänken ohne die Aufschrift Nur für Glatzköpfe niederlassen durften.

Inzwischen plagte sich die Stadtverwaltung mit der Umstellung der Verkehrsampeln im Geiste des kompromisslosen Haarschutzes. Zur bekannten Drei-Farben-Ampel wurde schließlich ein zusätzliches lila Blinklicht installiert, das alle 43 Minuten aufleuchtete und kahlen Bürgern 22 Sekunden lang ermöglichte, die Straße in aller Ruhe zu überqueren.

Ein Problem ganz anderer Art brachte der Winter an den Tag. Täglich gab es neue Grippeopfer zu beklagen, weil die behaarten Bürger wegen der häufigen Glatzenrazzien keine Kopfbedeckung mehr trugen. Die Krankenhäuser waren auch deshalb restlos überfüllt, weil unzählige Behaarte, um den Ausweiskontrollen vorzubeugen, nur noch in Begleitung ihrer haarreinen Großeltern das Haus verließen, deren Knochen dem Glatteis nicht gewachsen waren.

Das Haarschutzgesetz brachte auch an der Kriegsfront so manchen Nachteil mit sich. Um die Unterwanderung der Armee durch Glatzköpfe zu verhindern, verbot der Generalstab das Tragen von Helmen. Diese an sich richtige politische Maßnahme kostete aber unzählige Soldaten das Leben, und die legendäre Schlagkraft unserer Armee ließ nach. „Die Revolution frisst ihre Kinder", war dazu der Kommentar unseres hochgebildeten Verbündeten Dr. Zenmayer.

Die feindlichen Streitkräfte hatten jetzt in einigen Landstrichen unsere Grenzen bereits überschritten und nahmen im Durchschnitt ein bis zwei Provinzen pro Woche ein. Ein Grund mehr, alle nationalen Kräfte zu sammeln, um die vollkommene Haarhygiene der Heimatfront zu sichern.

INNENPOLITISCHE WACHSAMKEIT war in diesen Krisentagen geboten, denn das defätistische Glatzentum des Landes glaubte sich, verleitet durch gezielte Falschmeldungen von den Schlachtfeldern, schon in Sicherheit und kollaborierte nun ganz ungeniert mit den feindlichen Streitkräften. Natürlich musste dieser Hochverrat mit einer Fülle strikter Gesetzesverordnungen geahndet werden. Kurz und gut, die beste Gegenmaßnahme schien, die männlichen Glatzenverräter zu „nationalem Kanonenfutter" zu erklären und sie so oft wie möglich als Schilder für unsere tapferen Helden an die vorderste Feuerlinie abzukommandieren. Zweifelsohne kein ganz bequemer Job für die feigen Kahlköpfe, aber sie hatten sich ihr Schicksal schließlich selbst zuzuschreiben.

Wie richtig diese Anordnung gewesen war, zeigte sich, als Schreckensnachrichten aus den vorübergehend besetzten Gebieten über haarsträubende Racheaktionen „befreiter" Glatzköpfe an unseren tapferen Kreiszackler-Veteranen berichteten.

„Die Würfel sind gefallen", schrieb Pepi im *Morgenstern*, den er übernommen und dem er zu neuem Glanz verholfen hatte, nachdem der alte Gonzales im Krankenhaus erhängt aufgefunden worden war. „Entscheidet, Haarfrontgenossen, das Glatzentum oder wir. Diese schicksalhafte Frage richtig zu beantworten, ist das Gebot der Stunde. Das Maß ist voll."

Die Leitartikel meines Freundes hatten leider nicht mehr die alte Durchschlagskraft, weil das Schmutzblatt von Schwarzkopf, die *Morgenröte*, mit einer widerwärtigen Vulgärsprache an die niedrigsten Instinkte appellierte. So traf zum Beispiel die letzte Schlagzeile, HOCHVERRAT DER EKLIGEN SAUGLATZEN, allem Anschein nach auch bei Jungakademikern und Reserveoffizieren ins Ziel.

Der sich nähernde Kanonendonner entmutigte glücklicherweise nur jene opportunistischen Behaartengruppierungen, auf die wir leichter Hand verzichten konnten. Unangenehm war allerdings, dass unser wankelmütiges Staatsoberhaupt überraschend eine „ritterliche Lösung der Glatzenfrage" predigte und ein mittelmäßiges Provinzblatt sich nicht entblödete, einen läppischen Aufruf des schmierigen Dissidenten Professor Wind zu veröffentlichen.

„Landsleute, was ist los mit euch?", fragte dieser Hohlkopf, der, nachdem er den Friedensnobelpreis eingeheimst hatte, offenbar größenwahnsinnig geworden war. „Bis über den Ozean höre ich das Stampfen eures aberwitzigen Totentanzes."

Dass dieser Niemand es noch wagte, sich als unser Landsmann zu bezeichnen, verärgerte mich zutiefst. Mir blieb also nichts anderes, als ihm kurzerhand seine Staatsbürgerschaft abzuerkennen.

Bei dieser Gelegenheit erweiterte ich kurzerhand meine Kompetenzen als Oberhaarschützer dahingehend, jeden aus der Reihe tanzenden Behaarten zum „Zwangsglatzkopf" mit allen Konsequenzen der strengen, aber gerechten Haarschutzverordnung zu erklären.

Eine herbe Enttäuschung bereitete mir in dieser angespannten Situation der Freund aus glücklicheren Tagen, Graf Fedelius Peterffy. Seine Besitzungen waren durch Machenschaften glatzköpfiger Agenten in Feindeshand gefallen, und er selbst wechselte gerade zur Haarrettungsliga über, angeblich weil „die Endlösung der Glatzenfrage nur mit einem kompetenten Partner zu erreichen ist".

Ich schüttete Lizzi mein Herz aus.

„Erinnerst du dich, wie er sich angebiedert hat und uns seine Freundschaft auf primitivste Weise aufdrängte? Nun macht er mit diesen Schweinen gemeinsame Sache, der typische degenerierte Kleinadelige."

Lizzi tätschelte beruhigend meine Hand.

„Keine Angst, lieber Rudi, eines Tages wirst du aus diesem Albtraum aufwachen."

Als ob ich noch hätte schlafen können. Manchmal schien mir, dass, abgesehen vom aufrechten Dr. Zenmayer, keiner mehr wirklich und wahrhaftig an unsere Idee glaubte. Außerdem sorgte ich mich um unsere Finanzen. Das Perückenverbot, das der Wichtigtuer Pepi vorgeschlagen hatte, um die Preise hochzutreiben, nahmen diese Feiglinge von Glatzköpfen tatsächlich ernst und trieben somit die Firma Trowitsch an den Rand des Ruins. Arthur Molnar war dem Verhängnis auf die Spur gekommen, als er André beim Kauf eines Überseekoffers in einem haarigen Großhandel für Reiseartikel gesehen hatte. Ich trug ihm auf, dem potenziellen Verräter auf der Spur zu bleiben.

Auch unser Antikahl XN war kein Geschäft mehr, nicht nur weil Schwarzkopf ausgestiegen war, sondern auch, weil die Konkurrenz jedem Kunden, der ihr gepantschtes Glatzenschreck N haben wollte, einen Wochenendausflug in eine noch kampffreie Provinz für zwei Personen aufdrängte.

Die Zeit der zerschlagenen Schaufenster schien ebenfalls wegen zahlreicher Geschäftsaufgaben und der vorangegangenen sorgfältigen Plünderungen vorbei zu sein, sodass die Glashersteller keinen Sinn mehr in der Fortführung einer wirtschaftlichen Zusammenarbeit sahen.

Und als ob mir das Schicksal noch mehr aufbürden wollte, war auch die Quelle der Watzek-Gelder plötzlich versiegt, denn der Kahlkopf war wie vom Erdboden verschwunden. Schließlich meldete auch noch unser neuer innenpolitischer Referent und Nachfolger des abtrünnigen Schwarzkopf, Dr. Robert Schwanz, wutentbrannt, dass sich Politzer-Kahlmann nach seinem Prozess mit falschen Papieren ins Ausland abgesetzt hatte. Das sah diesem Vollglatzkopf ähnlich, der, seit ich mein Amt bei ihm niedergelegt hatte, nur Unheil über uns brachte. Leider war er nur einer von vielen, denn nach Berichten unserer Geheimpolizei schlugen sich Tag für Tag Kahlköpfe in Hülle und Fülle auf die Seite unserer niederträchtigen Feinde.

Die skandalösen Vorgänge veranlassten das Institut für Glatzenüberprüfung, eine nächtliche Vorstandssitzung einzuberufen, an der sowohl Dr. Schwanz wie auch die allmählich wieder genesende Witwe Schick teilnahmen.

„Wenn das so weitergeht, geliebte Haarfrontgenossen", eröffnete ich die Sitzung, „dann steht die Bewegung eines schönen Tages ohne Glatzköpfe da."

Panik brach im Auditorium aus.

„Was sollen wir nur tun", beklagte sich Dr. Schwanz. „Der Feind steht vor den Toren, nur noch 15 Kilometer von uns entfernt, morgen können es 14 sein, übermorgen nur noch 12,5 und in fünf Tagen …"

„Wir haben keine Zeit zu verlieren", unterbrach Pepi die wehleidige Hochrechnung. „Wir müssen mit allen Mitteln verhindern, dass die Glatzenbevölkerung klammheimlich abhaut. Wie sehen wir denn dann aus, wir machen uns ja lächerlich. Ohne Glatzköpfe stehen wir auf tönernen Füßen."

Wir mussten ihm schweren Herzens recht geben.

„Josef", sagte Frau Schick nachdenklich zu Pepi, „wahrscheinlich bleibt uns nichts übrig, als die fahnenflüchtigen Schufte einzusperren."

„Nichts leichter als das", fiel Dr. Schwanz dazwischen, „wir treiben die Glatzköpfe in den Elendsvierteln der Stadt zusammen und ziehen ganz einfach einen Stacheldraht drum herum. Ein Kinderspiel. Wenn Sie erlauben, fange ich gleich heute noch damit an."

„Nicht so hastig, Schwanz", bremste ihn Pepi. „Es will alles genau durchdacht sein. Was soll denn dann zum Beispiel mit den Wohnungen der Verräter geschehen? Lassen wir sie einfach leerstehen?"

„Auch dazu habe ich einen Vorschlag", entgegnete Dr. Schwanz. „Wir werden Recht und Ordnung walten lassen und das unrechtmäßige Eigentum an verdiente Kreiszackler, wie etwa an uns, verteilen."

„Vergessen Sie nicht, Schwanz, dass Sie erst seit Kurzem innenpolitischer Mitarbeiter sind", wies ihn Pepi zurecht. „Die historische Führung hat in jedem Fall politische Priorität."

„Zweifellos, Haarfrontgenosse Schomkuthy, zweifellos."

Frau Schick meldete daraufhin den Bedarf an einer Nähmaschine an. Pepi träumte von wohlgefüllten Weinkellern, und ich brauchte dringend ein paar neue Perserteppiche. Der unverschämte Schwanz faselte etwas von einem roten Sportwagen, aber ich rief ihn zur Ordnung.

„Seien Sie nicht kindisch, Schwanz. Sie werden die Farbe nehmen, die Sie kriegen."

Als wir mit unseren Beratungen zu Ende waren, stand der Feind elf Kilometer vor der Hauptstadt und es war fast heller Morgen. Das Schicksal war uns auf den Fersen, und wir spürten, dass die Stunde wichtiger Entscheidungen gekommen war.

Dr. Schwanz empfahl daher, in den geplanten Glatzenreservaten verschärfte Kontrollen zur genaueren Gruppeneinteilung urgroßelterlicherseits durchzuführen. Aber wir waren einfach zu erschöpft, und die Verständigung wurde wegen des feindlichen Kanonendonners fast unmöglich.

DIE INSTALLIERUNG der Glatzenbezirke in der belagerten Hauptstadt fand die volle Sympathie der behaarten Bevölkerung. Ja, die Zivilisten halfen den Behörden, wo sie nur konnten, vom Zusammentreiben der Verräter bis zur Auslieferung der untergetauchten Glatzfinken. Wir wollten aber unsere Getreuen nicht überfordern, und so zogen wir im nationalen Interesse die Elitetruppen von der Front ab und mobilisierten auch die Pfadfinder. Diese durchtrainierten jungen Sportler waren es auch, die in einer Blitzaktion das Elendsviertel der Vorstadt mit Stacheldraht umzäunten.

Da wir unsere ganze Kraft auf diese innenpolitischen Maßnahmen konzentrierten, wurde die Lage an der Front natürlich nicht besser. Aber man kann im Leben nicht alles haben, und die haarige Reinheit der Nation hatte in jedem Fall Vorrang.

Der Zusammenbruch der Front behinderte allerdings die reibungslose Vertreibung des Glatzenpacks aus ihren Behausungen, und durch die häufigen Bombenangriffe mussten die Glatzenkolonnen ihren Marsch in die neuen Unterkünfte immer wieder unterbrechen. Zu tragen hatten sie allerdings nicht allzu schwer. So wurde jedem Kahlkopf die Mitnahme von jeweils einem Nachttopf, einer Zahnbürste und von zwei Secondhand-Unterhosen freigestellt. Wer Kamm und Haarbürste sowie Seifen von mehr als 140 Gramm besaß, wurde sofort aufgehängt. Angesichts der drohenden Hungersnot in der Zivilbevölkerung sah sich die Regierung auch veranlasst, ein neues Dekret zu erlassen, das Glatzköpfen das Kaufen, Lagern und den Verzehr von Lebensmitteln untersagte.

Nicht einmal 48 Stunden später meldete mir der amtierende Polizeioberst:

„Die Hauptstadt ist glatzenfrei. Es lebe Flinta!"

Die mustergültig durchgeführte Aktion „Stachelbeere" warf die Haarrettungsliga weit zurück. Zwar hatte Dr. Schwarzkopf der Regierung, wenn auch gelb vor Neid, ein Glückwunschtelegramm geschickt, doch da das zuständige Postamt von einer Druckmine getroffen worden war, erfuhren wir nicht einmal, was uns dieser Schuft tatsächlich geschrieben hatte.

Aus unserem ehemaligen Wohnhaus war Opa Hawlitschek abtransportiert worden. Ich gab umgehend Anweisung, ihn mit nur vier anderen Glatzköpfen in einem Sonderverschlag unterzubringen, und ließ ihm ein signiertes Foto mit der Widmung *Meinem Retter, in aufrichtiger Freundschaft, Rudi* überbringen. Leider ist er dann doch verhungert, und das tat mir wirklich leid.

In meiner Familie gab es dramatische Zwischenfälle, als Micha, Lizzis Bruder, eines Morgens in den Luftschutzkeller des Parlaments stürmte, wo aus Sicherheitsgründen gerade der gesamte Führungsstab residierte. Er sorgte sich um seine Schwester. Der ungestüme Trotzkopf war desertiert, da er keinen friseuramtlichen Nachweis seines Vaters erbringen konnte und somit in Gefahr war, als „Cbgd" hinter Stacheldraht zu kommen.

„Rudolf", flehte mich Lizzi an, „du wirst ihn doch beschützen."

„Tut mir leid, meine Liebe, das hast du von deinem Misstrauen", diesen Vorwurf konnte ich ihr nun wirklich nicht ersparen, so sehr ich es auch bedauerte. „An allem ist nur dein Vater schuld. Hätte er seinerzeit sein illegales Versteck rechtzeitig verlassen und meinen Befreiungsschein angenommen, wäre alles anders gekommen."

Lizzi sah mich traurig an.

„Gott segne dich, Rudi", flüsterte sie.

Sie nahm ihren Bruder beim Arm, und beide verließen den Luftschutzkeller. Erst geraume Zeit später erfuhr ich, dass sie zu Gagay, dem Briefträger, gezogen waren. Ich konnte mich aber wirklich nicht darum kümmern, denn der niederträchtige Feind hatte nichts Besseres zu tun gehabt, als die Hauptstadt zu stürmen und dabei die Zentralanstalt für das Glatzenvermögen in Schutt und Asche zu legen. So mussten wir mitten in der Nacht das gesamte Archiv mit Abertausenden von ausgefüllten Formularen in den Keller der nahegelegenen psychiatrischen Klinik retten.

Die folgende Begegnung hätte ich mir gerne erspart, aber in diesen Tagen war man vor keiner Überraschung mehr sicher. Eines Nachts erschien eine Kreiszacklerpatrouille in der Luftschutzzentrale, die einen verdächtigen Mann aufgegriffen hatte. Er trug einen dicken Mantel und hatte den Hut tief ins Gesicht gezogen.

„Runter", brüllten sie ihn an. „Auf die Knie vor unserem Haarschutzführer!"

Der Unglückselige wurde mit einigen Tritten auf den Betonboden befördert, und erst da, im flackernden Kerzenlicht, sah ich, dass niemand anderer als Innenminister Dorfhauser von und zu Dorfhauser persönlich vor mir kniete.

„Servus", ächzte der ehemalige Spitzenpolitiker. Da schlug ihm der Kommandochef den Hut vom Kopf, und wir schrien vor Erstaunen auf. Zum Teufel, Dorfhauser von und zu Dorfhausers Kopf war glatt wie eine Billardkugel, seine Haare waren ratzekahl wegrasiert.

„Wir haben ihn nur wenige Meter vor der Front erwischt", meldete der Offizier. „Der Schweinehund wollte zum Feind überlaufen, um als Glatzkopf Asyl zu beantragen."

Soweit waren wir also schon.

„Schämen Sie sich denn nicht", herrschte ich den jämmerlichen Kerl an. „Wie sehen Sie denn aus?"

„Gnade", wimmerte der Minister. „Ich habe Familie. Ich wollte sie retten. Der Haarschutz ist doch am Ende ..."

„Dreckiger Verräter." Der Offizier drosch auf ihn ein und sah dann fragend zu mir hin. Die Strafe musste wirklich gut überlegt sein.

„Dorfhauser", kündigte ich ihm an. „Kraft meiner Vollmacht erkläre ich Sie zum vollberechtigten Behaarten. Und nun", wandte ich mich an den Offizier, „werft ihn als Haarigen über die Frontlinie!"

IN NORMALEN ZEITEN hätte ich mich sicherlich ausführlich mit dem Fall Dorfhauser beschäftigt, aber nun überstürzten sich die Ereignisse und forderten meine volle Konzentration. Bis an den Rand der Vorstadt, kurz vor das umzäunte Glatzenreservat, war der Feind inzwischen vorgedrungen. So brachten wir unsere Kahlköpfe vor der feindlichen Übermacht in Sicherheit und trieben sie in der Aktion „Stachelbeere zwei" mit dem Einsatz aller verfügbaren Kräfte in das noch unbesetzte Regierungsviertel. Rund um das Parlament gab es da für den Notfall noch einige freie Wohnblöcke, eine Apotheke und die unversehrt gebliebene Irrenanstalt.

Die Übersiedlung des gesamten Reservats mit mehreren Tausend Glatzkopffamilien hatte die Behörden tatsächlich vor eine fast unlösbare Aufgabe gestellt. Nichts unterstrich jedoch die ideologische Überlegenheit der Kreiszackler mehr als der Bericht der Gendarmerie, dass ungeachtet des dichten Granateneinschlags und der Luftangriffe die Rettungsaktion nach knapp 16 Stunden abgeschlossen war. Fünf gewissenlose Glatzköpfe versuchten noch zu fliehen, drei davon konnten rechtzeitig gefasst und zu 14 Jahren Kanonenfutterdienst und Degradierung auf Stufe „A" verurteilt werden. Ein einziger Glatzkopf entkam, wenn auch schwer verwundet, die Polizei blieb ihm aber auf der Spur. Bis zur Dämmerung wurden dann neue, doppelt so starke Stacheldrahtzäune um das neue Glatzenreservat gezogen.

Von den ehemals 140 Abgeordneten befanden sich noch 19 im Parlamentsgebäude. Dr. Schwanz berief als Vizepräsident des Hohen Hauses eine Sondersitzung im Plenarsaal ein und unterbreitete uns im Halbdunkel seinen bereits bekannten Gesetzesentwurf, der die amtsfriseurliche Überprüfung der Glatzköpfe bis auf die Urgroßväter erweiterte. Der Vorschlag wurde mit einer Mehrheit von 18 Stimmen angenommen, ein Abgeordneter enthielt sich der Stimme, da er beim Fenster einen Bauchschuss erlitt.

Pepi besprach mit dem Sektionschef der Friseurbeamten, der sich im Weinkeller verbarrikadiert hatte, das weitere Vorgehen.

„Wir müssen davon ausgehen, dass nicht alle Glatzköpfe die alten Familienfotos lückenlos mit sich führen", erklärte ihm Pepi. „Deshalb müssen wir uns, bis der letzte Feind aus der Hauptstadt vertrieben ist, mit einer Schätzung des haarigen Zustandes der jeweiligen Vorfahren begnügen. Die benötigten Formulare werden in der Portiersloge soeben vervielfältigt. Morgen werden wir sie in aller Herrgottsfrühe im Glatzenreservat verteilen."

Der Sektionschef schwor bei seiner kreiszacklerischen Ehre, alles wie gewünscht zu erledigen, es kam aber nicht einmal mehr zur Verteilung der Formulare.

Das Kleinradio, über das wir zurzeit noch verfügten, meldete nämlich um 7.45 Uhr, dass um 8 Uhr Ortszeit „der Führer der Haarschutzliga zu seinem Volk sprechen werde".

„Geliebte Landsleute", übertrug, wie gemeldet, dann um Punkt 8 Uhr der Apparat Dr. Schwarzkopfs Stimme, „die glatzenhörige Regierung und ihre kreiszacklerischen Komplizen haben die Nation verraten. Ihr aber seid in Sicherheit. Die Kämpfer der Liga haben unter Führung von Marschall Graf Fedelius Peterffy die Stadt besetzt und die Führung im Geiste der wahren Haarrettung übernommen. Es lebe Schwarzkopf!"

DER PUTSCH war ihnen also geglückt.

Die Legionäre der Liga waren auf keinerlei ernsthaften Widerstand gestoßen, teils weil die Hauptstadt zum Großteil in den Händen des niederträchtigen Feindes war, teils weil das Militär die Rache der Revierbewohner befürchtete und durch die Jagd auf die untergetauchten Glatzköpfe völlig abgelenkt war. Die Mitglieder der verkommenen Regierung, den Geist der neuen Zeit witternd, flohen in alle Himmelsrichtungen. Der Staatspräsident versuchte, in Frauenkleidern aus seinem Amtssitz zu entkommen, doch wurde er von Fedelius' Söldnern festgenommen, vor das Kriegsgericht gestellt und verbrachte die Zeit bis zur Vollstreckung des Urteils in der psychiatrischen Anstalt. Sicherheitshalber erklärte ich das gescheiterte Staatsoberhaupt in seiner Abwesenheit zum „Zwangsglatzkopf", was nach dem Gesetz die gewaltsame Entfernung seiner Haupt- und Brustbehaarung bedeutet hätte. Das wollten wir aber erst nach unserem Endsieg erledigen.

Nach dem Eindringen der Vorhut der Liga in unser Hauptquartier kam es vor dem Parlament zu einem verzweifelten Feuergefecht zwischen Kreiszacklern und Putschisten. Wäre uns die Heimwehr aus dem Glatzenrevier noch rechtzeitig zu Hilfe geeilt, hätten wir sicherlich länger standgehalten. Aber das Letzte, was wir riskieren durften, war, dass irgendein kahles Schlitzohr entkam.

Der letzte entscheidende Abwehrkampf dauerte nicht lange.

Pepi verbarrikadierte sich sehr bald mit der Witwe Schick in einem Zimmer des Seitenflügels, weil er nicht bereit war, „gegen seine Haarschützer-Brüder zu kämpfen".

Ich hatte weniger brüderliche Gefühle bei dem Gedanken an das unverfrorene Doppelspiel des geldgierigen Schwarzkopf und verdrückte mich hinter ein Bürofenster im Hauptgebäude. Die heranstürmenden Putschisten versuchte ich mit allen mir zur Verfügung stehenden Büroartikeln wie Aschenbechern, Aktenordnern und Schreibmaschinen mehr oder weniger in Schach zu halten. Sie beantworteten meine massive Verteidigung mit scharfer Munition. Ich war wirklich nicht zu beneiden.

„Verdammt noch mal!", rief ich meinem Oberkellner zu, der sich in der Ecke einen Schutzwall aus Schreibtischen gebaut hatte. „Wo sind denn die Kinder hin?"

„Die sind zur Liga übergelaufen."

Das hatte uns gerade noch gefehlt. Die im Geiste des Haarschutzes aufgewachsenen Kinder waren vom Generalstab dazu ausersehen worden, den feindlichen Vorstoß heldenhaft zu stoppen. Auf lila Plakaten hatten wir die begeisterten kleinen Patrioten zu den Fahnen gerufen:

Schulkinder! Meldet euch im Panzerkommando der Kreiszacklerfront! Wir versprechen, euch ohne zeitraubende Ausbildung in das aufregende Abenteuer der feuerstärksten Frontlinie zu schicken. Nieder mit dem verräterischen Glatzentum! Es lebe Flinta!

Zahlreiche Gymnasiasten hatten sich zwar gemeldet, doch jetzt marschierten sie an der Seite der Putschisten nicht gegen den Feind, sondern gegen uns.

Eine feine Jugend, die da heranwächst.

Da standen wir nun unseren Mann, aufrecht, aber ganz allein. Während mir die Kugeln nur so um die Ohren pfiffen, hörte ich plötzlich Arthur Molnars Stimme hinter mir.

„Herr Flinta", flüsterte mir der tapfere Mann ins Ohr, „ich brauche Ihren Rat. Ich möchte mich von meiner Frau scheiden lassen. Es hat sich herausgestellt, dass sie viertelglatzenstämmig ist, eine ‚Fcn'. Was meinen Sie dazu?"

„Arthur", antwortete ich, während ich meine Position unter dem Fenstersims überprüfte, „das Gesetz hat dazu ganz klare Richtlinien. Ist Ihre Frau mütterlicher- oder väterlicherseits eingestuft?"

„Mütterlicherseits, mein Führer."

„Dann besteht die Möglichkeit, dass ich ihr einen Befreiungsschein ausstelle."

„Ich danke Ihnen von ganzem Herzen."

Molnar hockte sich neben mich und rückte seine Perücke zurecht. Sein eigener Befreiungsschein war noch gültig, und seine nachrichtendienstliche Tätigkeit mir hochwillkommen.

„Es ist meine allerletzte Perücke", entschuldigte sich Arthur, „Meister Trowitsch hat sich nach Liechtenstein abgesetzt."

„Habe ich es doch geahnt."

„Ich habe noch eine zweite hochbrisante Information für Sie", fuhr Arthur fort, während ich die zwei letzten Briefbeschwerer gegen die Angreifer schleuderte. „Wir haben Dr. Schwarzkopfs Neffen, den Philosophen, festgenommen. Er hatte sich in den 9. Bezirk abgesetzt und die gesamte Glatzenschreck N-Produktion zum Spottpreis an einen feindlichen Abwehroffizier verschleudert."

„Wieso?", fuhr ich auf. „Heißt das, dass Dr. Schwarzkopf Antikahl für mich und Glatzenschreck N für die Konkurrenz produziert hat?"

„Scheint so", stammelte Arthur verwirrt. „Ich wusste ja gar nicht, mein Führer, dass Sie mit Haarwasser zu tun hatten."

Da hatte ich mich wieder verplappert. Aber was spielte das jetzt noch für eine Rolle?

„Das Antikahl war viel besser", meinte Arthur nachdenklich. „Zumindest im Geschmack …"

„Still! Da unten tut sich etwas!"

Und wirklich, die Männer von Fedelius stellten das Feuer ein und machten den Weg frei für drei Gestalten. Ich sah genauer hin und erkannte Dr. Zenmayer mit seinem Adoptivsohn und ein wenig dahinter Dr. Schwarzkopf in seiner fliederfarbenen Uniform. Sie nahmen direkten Kurs auf das Hauptquartier.

Dr. Zenmayer verlor keine Zeit. Er rief unverzüglich Kreiszackler und Liga-Vertreter zur Beratung an einen Tisch.

„Vite, vite", erklärte er ungeduldig. „Sie müssen ohne Ressentiments an einem Strang ziehen, sonst werden Sie von den Kahlköpfen noch alle aufgehängt."

„Als Regierungschef bin ich ganz deiner Meinung", stimmte sein Adoptivsohn zu. „Wie groß ist, wenn Sie erlauben, meine Herren, zum gegenwärtigen Zeitpunkt der Glatzenbestand?"

„8372 Vollglatzköpfe", las Dr. Schwanz den IFGLATZ-Tagesbericht vor, „3002 Halbglatzköpfe und 815 Viertelglatzköpfe, darunter 33 Juden. Das ist nach dem Morgenrapport der heutige Bestand im Revier, Exzellenz."

Seine Worte wurden vom Lärm einschlagender Granaten übertönt. Der hintere Flügel des Parlaments stürzte krachend ein.

„Nun, *Messieurs*, beeilen Sie sich", sagte Dr. Zenmayer. *„Un, deux, trois,* umarmen."

Dr. Schwarzkopf kam auf mich zu und zog mich herzlich an seine Brust.

„Mein lieber Rudolf", sagte er, „ich habe nie aufgehört, Sie zu schätzen, das müssen Sie mir glauben."

„Du Ratte", flüsterte ich ihm zu. „Und was ist mit dem Glatzenschreck N?"

„Aber ich bitte dich", flüsterte der Ligaboss zurück. „Ich habe nichts als draufgezahlt …"

Draußen wurde der Waffenlärm immer lauter. Der höchste Friseurbeamte stürzte in den Saal.

„Der Feind", stöhnte er. „Der Feind steht vor dem Tor!"

Dr. Zenmayer und sein Adoptivsohn brachten sich durch einen Helikopter auf dem Dach rasch in Sicherheit. Die Führung der Front und Dr. Schwarzkopf verhielten sich jedoch ehrenhaft und analysierten unter dem großen Verhandlungstisch die Lage.

„Was ist im Revier los?", überschrie Dr. Schwarzkopf den Kanonendonner. „Was machen die Glatzköpfe?"

„Wir haben keinerlei Nachricht!", schrie Dr. Schwanz zurück.

„Beim Morgenappell gab es noch Ausweiskontrollen. 112 Glatzen-schwindler kamen vor das Standgericht."

„Und", brüllte Dr. Schwarzkopf, „wurden die Urteile vollzogen?"

„Wie bitte?"

„Urteile."

„Ich verstehe Sie nicht …"

Dr. Schwarzkopf bedeutete uns durch Zeichensprache, ob wir das Glatzenreservat im Rahmen einer Aktion „Stachelbeere drei" nicht in die noch freie Quergasse zwischen Apotheke und Irren-haus übersiedeln sollten, aber dann stürzte unter ohrenbetäuben-dem Getöse das eiserne Parlamentsportal um, und das Kampfge-schehen verlagerte sich ins Treppenhaus. Eine Granate flog in den Saal, doch zum Glück explodierte sie in einer entfernten Ecke.

Pepi und Frau Schick schmiegten sich unter dem Tisch, zwischen den Beinen von Eugen, eng aneinander. Mit trockenen Lippen wis-perte die Witwe ein Gebet:

„Gnädiger Sankt Antonius, du Heiliger der behaarten Gläubigen, beschütze uns vor der Rache der Glatzköpfe. Der Wille der Bewe-gung geschehe, wenn irgend möglich. In Gottes Namen, Amen."

Dr. Schwanz kroch zu mir herüber.

„Herr Flinta!", brüllte er mir ins Ohr, „Ihre Frau ist eine der Kategorie ‚FA' angehörende Glatzenstämmige."

„Woher wissen Sie denn das?"

„Die ganze Familie wurde beim Glatzenlakaien Gagay geschnappt. Eine Untersuchung ist bereits im Gange. Ihr Schwiegervater ist Vollglatzkopf. Der Bruder Ihrer Gattin leistete Widerstand."

Dr. Schwarzkopf hatte offenbar trotz des Kampflärms vor der Tür des Saales etwas mitbekommen.

„Sieh einer an", grinste er. „Der Herr Haarschutzführer lebt mit einer ‚FA' in Mischehe. Wer hätte das gedacht …"

„Die Sache lässt sich sofort aus der Welt schaffen", eilte mir Dr. Schwanz zu Hilfe und zog aus seiner Westentasche ein zu-sammengefaltetes Stück Papier hervor. „Ich habe heute Morgen bereits eine Erklärung für Herrn Flinta vorformuliert, in der er die Scheidung von seiner glatzenstämmigen Frau einreicht."

Die feindlichen Soldaten hämmerten mit ihren Gewehrkolben

gegen die massive Eichentür des Saales. Ich warf einen Blick auf den in Blockbuchstaben verfassten Entwurf, den Schwanz zu Papier gebracht hatte.

Blockbuchstaben?

Ich fiel über Schwanz her und würgte ihn:

„Du dreckiger Kerl! Du hast mir also seinerzeit den Drohbrief geschickt, ich war also ein ‚korruptes Schwein‘ für dich?"

Dr. Schwarzkopf und Pepi versuchten, den zu Tode erschrockenen Referenten und mich zu trennen.

„Rudi, mach doch jetzt keinen Skandal!", rief Pepi. „Bist du verrückt geworden?"

Ich löste meine Hände von Schwanz' Hals und stürzte mich auf Pepi:

„Ich und verrückt? Und wer hat den blödsinnigen Artikel über die Kahlköpfigkeit verfasst?"

Pepi hielt sich am Tischbein fest.

„Du hast mich gegen Politzer-Kahlmann aufgehetzt", röchelte er. „Mir wäre so etwas Dummes nie im Leben eingefallen."

„Nein? Und wer wollte diese idiotische Partei", ich drückte Pepis Kopf gegen das Fußbodenmosaik, „du oder ich?"

Die Witwe Schick versuchte, mich von ihrem Herzallerliebsten wegzuzerren.

„Lassen Sie Josef in Frieden", trommelte sie auf meinem Rücken. „Sie Tresorknacker!"

„Halten Sie die Klappe, Sie Schwindlerin. Sie haben auch den heiligen Antonius betrogen!"

„Und Sie die ganze Welt", mischte sich Dr. Schwarzkopf ein und zerrte an meinen Haaren. Die Saaltür fiel dröhnend aus den Angeln. Die feindlichen Flaksoldaten stürzten in den Saal und holten die Führer der Bewegung unter dem Tisch hervor.

„Achtung", rief Pepi, „der Leutnant ist ein Halbglatzkopf!"

„Wieso halb?" Dr. Schwanz zappelte im Griff eines Soldaten. „Mindestens ‚Bgh‘ oder … bestenfalls ‚CBgh‘…"

Jemand packte mich beim Fuß. Es war der Oberkellner Eugen.

„Schnell", sagte er, „es gibt eine Geheimtür zur Irrenanstalt."

Das ist das Letzte, woran ich mich erinnern kann.

DER REST ist Schweigen.

Dort, wo mich Eugen in den letzten Stunden des Krieges hingebracht hat, sitze ich nun schon seit vielen Jahren. Wenige Tage nach der Kapitulation untersuchte mich der letzte noch amtierende Anstaltsarzt und erklärte mich für haftunfähig. Es war mir egal. Eigentlich fühle ich mich ganz wohl hier. Mein geliebter Schwiegervater und meine kleine Lizzi besuchen mich fast jedes Wochenende, und Frau Molnar brachte mir zu Ostern einen Schokoladenhasen. Sie lebt übrigens wieder mit Arthur zusammen, der auf seine Kahlköpfigkeit seither besonders stolz ist. Pepi ist mit der Witwe Schick ins Ausland geflohen. Zuletzt erhielt ich eine Ansichtskarte aus Argentinien.

„Der moralische Sieg ist unser, nur die brutale militärische Übermacht hat uns überwältigt", schrieb Pepi. „Die Idee des Haarschutzes lebt und wird leben, solange es auch nur einen Glatzkopf auf dieser Erde gibt."

Die Witwe sandte mir den Segen des heiligen Antonius. Wahrscheinlich werden sie heiraten, Frau Schick hat ja den Inhalt ihres Panzerschrankes mitgenommen.

Micha kommt auch manchmal vorbei, und dann spielen wir zwei Backgammon.

Dr. Zenmayer steht, so hört man, als Fachmann für militärische Invasionen im Dienste der Regierung der Vereinigten Staaten. Graf Peterffy hat seine Ländereien wiederbekommen, und Professor Wind ist heimgekehrt, aber er gilt als Verräter, weil er während des Krieges im Ausland war. Ich habe ihm vor drei Jahren ein paar aufmunternde Zeilen geschrieben. Er hat mir noch nicht geantwortet.

Doch nicht alle sind so glimpflich davongekommen. Dr. Schwanz wurde vom Obersten Gericht zu sechs Monaten Haft auf Bewährung verurteilt. Eugen hat 18 Jahre bekommen.

Mir hat die Staatsanwaltschaft erst vor Kurzem neuerlich den Prozess gemacht. Dabei hat es mir wenig genützt, dass ich in der Zwischenzeit fast alle Haare verloren habe und dass niemand Geringerer als der Vorsitzende der Rechtsanwaltskammer, Dr. Eberhard Schwarzkopf, höchstpersönlich meine Verteidigung übernommen hat.

Vor der Verhandlung schrieb ich noch rasch meine Erinnerungen unter dem Titel „Mein Kamm" nieder. Das Gericht las das Manuskript, sprach mich frei und schickte mich zurück ins Irrenhaus.

„Eine so aberwitzige Geschichte", begründete das dreiköpfige Gremium sein Urteil, „eine derart hirnverbrannte Absurdität, die besten Bürger eines Landes nur wegen mangelhafter Behaarung zu diskriminieren, zu verfolgen und zu Tode zu quälen, so etwas kann nur jemand erfinden, der ein gemeingefährlicher Irrer ist."

20. Jahrhundert. Irgendwo in Europa

Der Glückspilz

Inhalt

Der Tiefpunkt

Ich glaube, es ist Zeit, dass ich mich vorstelle: Mein Name ist Karl Müller, zumindest kam ich vor fünfundfünfzig Jahren mit diesem Namen zur Welt. Seit zweiundzwanzig Jahren bin ich mit Hilde Müller verheiratet, die seit dreißig Jahren als Lehrerin für Sozialkunde am Alois-Lüstenauer-Privatgymnasium beschäftigt ist. Gemeinsam sind wir beide seit dreiundzwanzig Jahren die Eltern unserer dreiundzwanzigjährigen Tochter Benedictina.

Das sind die wesentlichen Fakten meines Lebens. Als Beruf könnte ich noch drittklassiger Schauspieler angeben, wobei ich mich einmal sogar internationalen Ansehens erfreute, zu meinem großen Bedauern allerdings nur in meinem eigenen Land. Ja, so etwas kommt vor.

Vielleicht schieße ich jetzt ein weiteres Eigentor, wenn ich nun anfange, mit meiner ganzen Unerfahrenheit meine wahnwitzige Geschichte zu erzählen. Zwar hatte ich schon von klein auf eine besondere Neigung zum Schreiben, wahrscheinlich auch ein wenig Talent, aber dabei blieb's dann auch. Schließlich war über mich bis vor Kurzem nicht viel mehr zu berichten als die oben erwähnten bescheidenen Meilensteine. Ich galt als farblose Person, weder gut noch schlecht, nicht zuletzt in meiner Eigenschaft als aktiver Ehemann. Ich weiß nicht einmal, warum ich Schauspieler wurde und warum ich verheiratet bin. Dennoch wollte auch ich immer jemand sein, aber welche Art von jemand hätte ich eben genauer festlegen müssen. Als mein Vater Gustav Müller noch väterlich war, sagte er einmal zu mir:

„Vergiss nie, mein Junge, dass die Gegenwart nichts weiter ist als die Vergangenheit der Zukunft."

Ich weiß nicht genau, was er damit sagen wollte, und ich glaube, auch er wusste es nicht, sondern hatte es irgendwann in der Stadtbücherei gelesen, in der er jeden Morgen für Reinlichkeit sorgte. Vermutlich meinte er, man sollte die Dinge nicht allzu ernst nehmen. Er selbst brachte dieses Prinzip zur praktischen Anwendung, als ihn meine Mutter vor fünfundfünfzig Jahren verließ. Damals begann mein Vater zu trinken, was ihm ungemein half, sich nicht mehr mit der Gegenwart auseinandersetzen zu müssen. Bis zum heutigen Tag behauptet er, die Probleme im Leben entstehen aufgrund von Mangel an Alkohol.

Auch ich litt unter den Umständen, die meine Jugend prägten. Dennoch verbrachte ich die zwei schönsten Jahre meines Lebens in der fünften Klasse des Gymnasiums, das ich beinahe abgeschlossen habe. Meine Lehrer ermunterten mich, nicht aufzugeben, und ich machte meine ersten Schritte auf die Bretter der Schülerbühne, die mir die Welt bedeuteten. Einmal probte ich sogar den König Lear, doch dann ersetzte man mich durch einen anderen talentlosen Schüler, mit der fadenscheinigen Ausrede, ich würde stottern, wenn ich aufgeregt bin. Dabei hatte mir der König Lear sehr gut gefallen, nicht zuletzt wegen der vielen Töchter, die sich an meinem Hof tummelten.

Ich gebe zu, schon seit früher Jugend verspürte ich ein bemerkenswertes Interesse an Mädchen, vor allem an den flotten Bienen, wie die Halbstarken sagen. Aufgrund meiner nicht sehr eindrucksvollen Größe und meiner eher unmarkanten Gesichtszüge fehlten mir zunächst die Gelegenheiten, mich diesen bewundernswerten Kreaturen des anderen Geschlechts zu nähern. Ich musste mich damit begnügen, jene Magazine durchzublättern, die die schönen Modelle aus allen Blickwinkeln in Hochglanz abbilden, lustvoll für den minderbemittelten Mann, dem solch feine Unzüchtigkeiten wohl versagt bleiben. Auch die Tatsache, dass ich mangels anderer Alternativen Schauspieler blieb und winzige Nebenrollen auf Nebenbühnen spielte, trug nicht unbedingt zur Verbesserung meiner beklagenswerten Lage bei. Die jungen Schauspielerinnen, die meine Fantasie entfachten, schwärmten bis zur Besinnungslosigkeit für die großen Stars und die kleinen Regisseure, was ich als empörende Ungerechtigkeit empfand.

Unter diesen Umständen war eine diplomierte Lehrerin der Rettungsanker für mich, vor allem in finanzieller Hinsicht. Mit dem Bettellohn, der mir von Zeit zu Zeit als Statist oder Bühnenarbeiter in den Schoß fiel, konnte ich mich kaum über Wasser halten. Sie,

Hilde, war in meinem Alter oder ein wenig darüber, machte jedoch kein Geheimnis daraus, dass sie das völlig gleichgültig ließ. Trotz ihrer äußeren Erscheinung, die nicht ganz der meiner Models in den Magazinen entsprach, brachten wir eine ganz passable Tochter zur Welt und galten gemeinsam mit Benedictina lange Zeit als eine fast normale Familie. Da sich meine Gattin schon frühmorgens auf den Weg machte, um ihre wichtigen pädagogischen Pflichten im Lüstenauer zu erfüllen, blieb uns erfreulicherweise gar keine Zeit für Meinungsverschiedenheiten. Mit Ausnahme der Magazine, auf die ich taktvoll verzichtete. Ich begnügte mich mit Prospekten für Damenmode, in denen sich immer wieder ein paar Mädels in sparsamen Bikinis oder durchsichtigen Nachthemden finden ließen. Diese Prospekte werden bekanntlich in jedes Haus geschickt. Ich sammelte sie in meinem Kleiderschrank, bis meine Frau sie eines Tages entdeckte und in den Papierkorb warf.

„Billigmode", bemerkte Hilde. „Unter deinem Niveau."

Ich stimmte ihr zu. „Hildelein", sagte ich, „du hast vollkommen recht", und versteckte die Prospekte im hintersten Winkel unserer, genauer gesagt ihrer Wohnung.

So war alles in schönster Ordnung, legal und ohne jede Hoffnung auf Änderung. In jener Zeit, in der ich mich mit dieser biederen Routine, die man vornehmerweise das geringere Übel nennt, abzufinden versuchte, traf ich zum ersten Mal den Psychotherapeuten Leonard Böhm vom vierten Stock unseres Hauses.

Ich saß an jenem Vormittag im Treppenhaus auf einer Stufe und weinte. Böhm war auf dem Weg nach unten, als er mich in diesem Zustand vorfand. Er fragte:

„Ist Ihnen nicht gut, mein Herr?"

„Doch", antwortete ich. „Ich grüble nur."

„Ein sehr emotionelles Grübeln", urteilte der Mann, der sich auf die Seele der Menschen spezialisiert hatte. „Sie wohnen bei Frau Müller, wenn ich mich nicht irre."

„Ich wohne nicht. Ich bin der Müller."

Wir machten uns miteinander bekannt. Er fragte, ob er sich neben mich auf die Stufe setzen dürfe. Vermutlich hatte ich sein professionelles Interesse geweckt. Leider konnte ich es nicht befriedigen. Ich war an diesem Morgen mit dem linken Fuß aufgestanden. Hilde hatte im Tageslicht besonders reizlos ausgesehen und wirkte auch ziemlich dick. Am Abend zuvor hatte ich mir noch schnell einen Film mit Jugendverbot reingezogen, in dem eine Amanda ihren Mann nach Strich und Faden betrog. Amanda hatte ein Paar prachtvoller Schenkel, sodass ich mich fragen musste, warum sich eine solch bewundernswerte Frau in aller Öffentlichkeit filmen lässt, anstatt einer ordentlichen und respektvollen Arbeit nachzugehen, sagen wir im Rahmen einer Privatschule, um nur eine Möglichkeit zu nennen.

„Erlauben Sie mir die Frage als Diplompsychotherapeut", wandte sich mein Nachbar an mich. „Worüber haben Sie vorhin gegrübelt?"

„Über Schenkel."

„Amanda."

„Genau."

Es hat gefunkt zwischen uns. Obwohl Böhm stark kurzsichtig war und ziemlich kahlköpfig, eigentlich der Typ Mann, der aufs Klo geht, wenn er beim Duschen pinkeln muss. Im düsteren Treppenhaus machte er mir den Vorschlag, mich für die nächsten fünf Monate in seine Behandlung zu begeben. Seine Begeisterung ließ jedoch deutlich nach, als ich ihm klar machte, ich sitze hier herum, weil ich nichts Besseres zu tun habe. Ich war arbeitslos, im wahrsten Sinne des Wortes.

„Und wovon leben Sie, Herr Müller?"

„Ich bin der Gigolo meiner Frau."

Drei Monate zuvor hatte ich noch einen Job in einem Kindertheater gehabt, wo ich den klugen Esel spielte. Danach hatte mir Sascha keine neuen Angebote mehr gebracht. Sascha arbeitete als Tischlergehilfe bei einem Bühnenbildner und fungierte aus Mitleid als mein Manager in der Theaterwelt. Erst vor einer Woche sagte er zu mir:

„Karlo, leider will dich niemand, auch umsonst nicht."

Und da wunderte sich dieser Psycho neben mir, dass ich heulte.

„Beruhigen Sie sich", beruhigte er mich. „Ich werde Ihnen helfen, Ihre Komplexe loszuwerden. Ich borge Ihnen das Buch des Gelehrten Dr. Spock, in dem er den verheirateten Mann darauf vorbereitet, was er Monat für Monat zu erwarten hat. Kennen Sie Dr. Spock?"

„Von ‚Raumschiff Enterprise'?"

Ehrlich gesagt war ich in jener Zeit kein leidenschaftlicher Leser. Es erforderte zu viel Konzentration. Böhm eilte jedoch in seine Wohnung und brachte mir ein kleines Büchlein. Er las mir sogar den englischen Originaltitel vor: *„The Common Sense of Husbands and Men".*

„Das wird Ihnen helfen", verabschiedete sich der Psycho und fügte hinzu: „Man darf die Hoffnung niemals aufgeben, mein Freund."

„He", rief ich ihm nach, „sind Sie verheiratet?"

„Geschieden."

„Was wollen Sie dann von mir?"

Ich blieb allein mit Dr. Spock. Ich öffnete ihn einfach in der Mitte, wo ich auf Seite 101 die fett gedruckte Überschrift las: Einhundertacht Monate nach der Hochzeit treten für den Ehemann unlösbare Probleme auf. Wie können sie gelöst werden?

Ich schlug das Buch wieder zu. Wahrscheinlich auch geschieden, dieser Spock. Für mich gibt es keine Lösung, fasste ich meine Situation zusammen. Ich bin verdammt in alle Ewigkeit, wie schon ein Filmtitel einst prophezeite.

Dann aber trat die Brille in Erscheinung.

Es war nicht meine Brille, sondern die von Carla Weinstock. Das Besondere daran ist, dass Carla eigentlich keine Brille trug, weil es nicht zu ihrem Image als offizielle Traumfrau passte. Carla war ein blondes Nationaldenkmal und hatte einen Hüftschwung, der für arbeitslose Fernsehzuschauer eine wahre Herausforderung bedeutete. Bis heute ist es nicht klar, wer Carla Weinstock zu ihrer Zeit eigentlich war. In ihrer Freizeit betrieb sie allerdings so etwas wie Synchronschwimmen. Wie auch immer, sie war ganz einfach Carla, ein lebender Beweis dafür, dass Gott ein ausgezeichneter Bildhauer ist. Die Klatschspalten erzählten, sie habe in ihrem kurzen Leben einige Ehemänner gehabt, einer davon soll sogar ihr eigener gewesen sein. Nach den Pressefotos zu urteilen, trug Carla prinzipiell zu hohe Absätze und zog nur an, was ihr als das erforderliche Minimum erschien.

Und jetzt muss der Schauplatz gewechselt werden. Ich habe nämlich etwas zu berichten, das ich erst später, also im Nachhinein erfuhr.

Die Schlüsselfigur der Geschichte ist der bekannte Film-Producer Martin Sulz, auch heute noch unangefochtener Herrscher in seiner Zunft. Niemand weiß genau, warum er sie beherrscht, aber das tut nichts zur Sache. Sulz hat seine Finger so gut wie in jedem billigen Filmprojekt, und Gerüchten zufolge hat er eine halbe Milliarde auf der Bank, sowohl auf seinem Privatkonto wie auch als Schulden. Seine wirtschaftliche Lage ist somit durchaus stabil. Erwartungsgemäß hat er einen Bauch, raucht teure Zigarren und ebnet weiblichen Starlets den Weg zum Ruhm. Die kleinen Fische in der Branche lästern, es gebe nur drei Dinge, die ihn wirklich interessieren: Geld, Sex und beides zusammen. Sulz selbst stört diese Nachrede nicht im Geringsten. Er hat in seinem Leben schon viel mitgemacht. In seiner Jugend, als er noch Koffer in den Hotels schleppte, träumte er davon, „Hilton" zu heißen, um seinen Namen auf den geklauten Handtüchern zu lesen. So jedenfalls erzählt man sich.

Eines sonnigen Tages hatte also Sulz der Große Carla von seiner Sekretärin zu einem kurzen Treffen in ein kleines griechisches Restaurant bitten lassen. Bei dieser Gelegenheit erwähnte er beiläufig, er spiele gerade mit dem Gedanken an einen neuen Film. Carla war im mörderischen Minirock erschienen und machte kein Geheimnis aus ihrem persönlichen Interesse an dem faszinierenden Projekt. Ihre kurzsichtigen, grünen Augen strahlten Wärme aus und Producer Sulz zerschmolz in den Flammen.

„Ich habe mich Hals über Kopf in Sie verliebt, Carla", erklärte er heiser. „Aber vielleicht ist dies nicht der geeignete Ort, die Möglichkeit einer engeren Zusammenarbeit auf verschiedenen Gebieten zu erörtern."

„Sie haben völlig recht, Darling", antwortete die Traumfrau. „Ich schlage vor, dass wir uns morgen wieder hier treffen und uns dann an einen ruhigeren Ort zurückziehen. Vielleicht in Ihre Wohnung, Martin."

Sulz murmelte, es werde sich gewiss eine Lösung finden, und Carla stolzierte hüftenschwingend davon, schnurgerade in eine glänzende Zukunft im Filmbusiness.

Am nächsten Tag war die Suite im nahe liegenden Hotel bereits reserviert und die blaue Pille in Sulzens Hosentasche stand auf Abruf bereit. Alles schien den Spielregeln zu entsprechen, doch plötzlich entwickelten die Ereignisse eine für Sulz ärgerliche Eigendynamik.

Auf Carlas süßer Nase saß diesmal nämlich eine Brille. Und so sah sie zum ersten Mal, dass Sulz verheiratet war.

Diese Entdeckung veränderte zwangsläufig die strategische Lage. Der geplante Film rückte in den Mittelpunkt des Treffens, er erhielt von der Traumfrau so etwas wie ein Upgrading im Sinne von „Zuerst die Rolle, dann die Belohnung".

„Mein Schatz", flüsterte Sulz und sein Blick verhieß Glaubwürdigkeit, „ich bin verrückt nach dir, du wirst in meinem Fernsehfilm die Hauptrolle spielen, so wahr ich hier sitze."

„Film, welcher Film? Ich dachte eher an eine Serie."

„Alles ist möglich, meine Süße, aber erst müssen wir uns näher kennenlernen", erklärte der Producer und schoss gleich nach: „Oder träumst du etwa nicht von einer rauschenden Blitzkarriere in der Welt der Kinematografie?"

„Zuallererst träume ich von Ihnen, Martin. Aber bevor ich völlig den Kopf verliere, muss ich sicherstellen, dass ich mit meiner Liebe nicht allein dastehe. Drei Folgen im Fernsehen, von je einer halben Stunde. Das könnte mein Gewissen wegen einer Affäre mit einem verheirateten Mann eventuell beruhigen."

Carla war hinreißend, vor allem als sie langsam ihre Brille abnahm und Sulz unter dem Tisch gefühlvoll auf den Fuß trat. Die Suite jedoch musste vorübergehend storniert werden und Sulz schickte Carla zum Teufel. So eine wie die finde ich an jeder Ecke, murmelte er vor sich hin, und fast einen ganzen Tag blieb er dabei. Bis er herausfand, dass niemand auf der Erde an irgendeiner Ecke auf ihn wartete. Da wuchs in seinem Herzen der Entschluss, die beschissene Serie doch zu produzieren, so billig wie möglich.

Carla übersandte ihm die besten Glückwünsche, begleitet von einem Foto, das in den Tagen aufgenommen worden war, als sie noch dringend Kohle benötigte. Mit verhaltenem Zorn rief Schulz das Team seiner Nullen zusammen und verhängte ein Arbeitsprogramm für die nächsten achtundvierzig Stunden. Der ausgemergelte Produktionsleiter bat um das Drehbuch, dessen Existenz in den Lustwogen seines Chefs völlig untergegangen war.

„Zerbrich dir nicht den Kopf, du Zahnstocher", hüstelte Sulz und knallte seine Faust auf den Tisch. „Ums Drehbuch kümmere ich mich selbst. Das Einzige, was zählt, ist sparen, sparen und noch mal sparen."

„Herr Sulz", warf ein besonders Mutiger dazwischen, „kann man denn auf diese Weise eine gute Serie drehen?"

„Wer hat denn gesagt, dass sie gut sein soll?"

Sulz hatte es satt, noch mehr seiner wertvollen Zeit zu verplempern, und wandte sich an seinen Haus- und Hofagenten, der in Windeseile alle Versager des Metiers herbeischaffen sollte, um mit ihnen die drei halben Stunden für die begehrte Schlampe zu besetzen.

An jenem Morgen klingelte dann auch bei Hilde das Telefon. Sie reichte mir den Hörer:

„Ich glaube, es ist ein Scherz. Irgendein Idiot faselt etwas von einer Rolle."

Es war kein Scherz, es war Sascha. Sulzens Haus- und Hofagent hatte mich im hintersten Winkel der Branche aufgestöbert.

„Hör mal, Karlo", sagte Sascha. „Sulz bietet dir eine Rolle mit Text in einer kleinen Serie an, ist aber nicht bereit, dir auch nur einen müden Pfennig zu bezahlen."

Das traf mich:

„Sascha, das muss ich mir noch überlegen."

„Ich habe bereits für dich unterschrieben."

Am Abend streichelte mir Hildchen sanft übers Haar:

„Nimm die Rolle an", meinte sie, „vielleicht wirst du dabei entdeckt. Und unter uns, vielleicht hockst du dann nicht den ganzen Tag sinnlos zu Hause."

Hilde war klüger als ich, auch wenn sie ständig zunahm. Mit einem mulmigen Gefühl im Bauch rief ich Sascha zurück und teilte ihm mit, ich sei einverstanden, aber ein paar Kreuzer müssten dabei doch herausspringen.

Sascha gelang es, ein persönliches Treffen mit Sulz für mich zu arrangieren, noch dazu im Büro des Producers. „Und das ist noch nicht alles", resümierte er seine erfolgreiche Vermittlung, „ich habe dem Kerl fünfzehn Dollar pro Tag abgeknöpft."

„Sascha, du bist der Größte, ein geborener Agent."

„Wem sagst du das."

Das Gespräch mit Sulz war kurz und lief nach Plan. Wie zwischen meinem Agenten und der Sekretärin des Producers vereinbart, traf ich auf die Minute genau um 11.15 Uhr in seinem Büro in der Stadtmitte ein. Sulz war beschäftigt und man bat mich, ein wenig zu warten. Um 13.45 Uhr öffnete sich die Tür und seine rothaarige Assistentin trat aus seinem Zimmer. Ich wurde eingelassen.

Sulz saß vor einem überladenen Schreibtisch und notierte etwas. Er schaute auch nicht auf, als er mich begrüßte.

„Müller?"

Dann sagte er: „Nehmen Sie Platz" und schrieb weiter. Stumm setzte ich mich auf einen freien Stuhl. Immerhin handelte es sich hier um Martin Sulz persönlich. Nach einer Viertelstunde hob der Producer erstmals den Blick und musterte mich mit stechenden Augen vom Scheitel bis zur Sohle. In diesem Augenblick dachte ich voll Dankbarkeit an meine Hilde, die nicht nur meine Hosen bügelte, sondern eigenhändig auch meine seit Monaten verwahrlosten Haare getrimmt hatte. „Hab keine Angst vor diesem Mann", munterte sie mich auf. „Vielleicht bist du nicht ganz so wichtig wie er, aber du bist in jedem Fall anständiger. Bewahr dir deine Würde."

Als diplomierte Pädagogin war Hilde natürlich sehr eloquent und fast war ich in Versuchung geraten, sie zu bitten, an meiner Stelle zum Treffen zu gehen. Mein gesunder Menschenverstand riet mir jedoch, dass der Producer wahrscheinlich vor allem mich sehen wollte.

„Müller", beendete Sulz unsere Audition. „Sie spielen den Arzt."

Ich fragte leicht stotternd, was ich als Arzt zu tun hätte. Sulz lehnte sich in seinem schwarzen Sessel zurück und zündete eine Zigarre an:

„Ich habe die Inspiration, einen neuartigen Konflikt zu kreieren", erklärte er. „Sie, Müller, sind als Chirurg in eine Krankenschwester verliebt, die von Carla Weinstock verkörpert wird. Sie tätscheln sie bei allen Operationen, doch Carla hängt an ihrem Mann, einem gewalttätigen Typen, gemimt von unserem führenden Schauspieler, Giorgio Ramasury selbst."

Hier hielt der Producer inne, um meine Reaktion auf diese überwältigende Starparade abzuwarten. Vor lauter Aufregung brachte ich keine einzige Silbe hervor. Was um Gottes willen hatte ich unter all diesen Giganten zu suchen?

„Der Ehemann, also Ramasury, tobt natürlich wegen Ihrer perversen Versuche, Carla auf dem Operationstisch zu überfallen", fuhr Sulz genüsslich fort. „Zum Schluss ermordet er Sie auf bestialische Weise mit dem Skalpell. Hinter dieser grausamen Tat steht Ramasurys unerträgliche Schwiegermutter, die ich mit meiner Frau besetze. Sie hatte in jungen Jahren Gesangsunterricht."

Er wies auf ihr silbergerahmtes Foto auf seinem Schreibtisch. In meinem ganzen Leben hatte ich noch kein hässlicheres Weib gesehen. Ein Gesicht wie ein Minenfeld. Zum Glück war sie nicht meine Schwiegermutter.

„Verzeihen Sie bitte, Herr Sulz", stammelte ich, „ich verstehe überhaupt nichts von Medizin, ich bin ein gesunder Mensch, wenn Sie wissen, was ich meine …"

„Hören Sie, Müller", unterbrach mich der Producer, „Sie haben einen Vertrag mit mir. Ihre Agentur hat unterschrieben."

Er zeigte mir ein eng beschriebenes Blatt, das mit dem Stempel von „Sascha & Sohn, Theateragentur GmbH" versehen war, dann vertiefte er sich wieder in seine Notizen.

Mir wurde klar, ich durfte bei dieser Serie auf keinen Fall mitmachen. Giorgio Ramasury war ein fast zwei Meter großer Karatekämpfer, der sich auf dem Bildschirm nach jedem Sieg mit seinen hundert Kilos auf seinen geschlagenen Gegner setzte. Nein, soll dieser Ramasury nicht mich, sondern seine Großmutter auf bestialische Weise mit dem Skalpell abschlachten, ich lehne dankend ab.

Sulzens stechender Blick wirkte ein wenig genervt.

„Müller, Sie stehen unter Vertrag bei mir", erinnerte er mich und fragte, ob ich denn nicht von einer rauschenden Blitzkarriere in der kinematografischen Welt träume.

Ich träumte hauptsächlich von den fünfzehn Dollar pro Tag und irgendwie auch von einem Operationstisch mit Carla Weinstock darauf.

„Ich bin kein besonders erfahrener Schauspieler, Herr Sulz", versuchte ich meine prekäre Situation zu erklären. „Einmal war ich der alte Posaunenbläser des Bataillons, aber meistens spielte ich den klugen Esel. Richtige Texte musste ich eigentlich noch nie sprechen."

„Sie müssen nicht viel sprechen, Müller Sie sind ein respektabler Chirurg. Sie haben eine Maske vor dem Mund und man sieht nur Ihre Augen. Die männliche Hauptrolle spielt wie gesagt sowieso Giorgio Ramasury. Und jetzt bitte ich Sie zu gehen. Meine Assistentin Ursula-Mary-Lou wird Ihnen das Drehbuch und einen Vorschuss in bar auf die ersten drei Drehtage geben. Lernen Sie Ihre Rolle. Bye."

„Wiedersehen, Herr Sulz", stotterte ich. „Vielen Dank für alles … Wenn ich zu Hause erzähle, dass eine solche Persönlichkeit … Pardon …"

Ich fuhr mit einem Taxi nach Hause. Das Geld brannte in meiner Tasche, die Schwärze vor meinen Augen. Warum hat Sulz mich genommen, warum ausgerechnet mich?

Noch nie war Hilde so nett zu mir gewesen.

„Siehst du, du bist ein Schauspieler wie jeder andere", schmeichelte sie. „Du wirst als Chirurg großartig aussehen. Wir kaufen dir einen weißen Kittel, damit du zu Hause üben kannst. Und ich borge dir meine Brille mit dem schwarzen Rahmen."

Schon am nächsten Tag brachte sie einen weißen Kittel. Er machte aus mir keinen Arzt, eher einen respektablen Damenfrisör vom Land. Danach schleppte mich Hilde ins Bezirkskrankenhaus am anderen Ende der Stadt, um mich mit der sterilen Atmosphäre vertraut zu machen. Es roch sehr schlecht und die Chirurgen kamen mir mit ihren Gesichtsmasken wie Terroristen vor.

„Das ist leider nichts für mich", flüsterte ich meiner lieben Frau ins Ohr. „Ich wäre viel besser zum Patienten geeignet."

Auch das Drehbuch von Sulz unter dem vorläufigen Titel „Das Brennen im Herzen" beunruhigte mich. Zunächst weil es in der Handschrift eines zurückgebliebenen Kindes hingekritzelt war, aber auch, weil sich mein Text als Chirurg auf das Mantra „Skalpell bitte" beschränkte, das ich Schwester Carla während der Operationen alle zwei Minuten zuraunen sollte. Gleichzeitig sollte ich Carla mit animalischen Lustlauten serienweise überfallen, was für mich weder menschlich noch finanziell zu rechtfertigen war. Aber, wie gesagt, Sascha hatte bereits unterschrieben und ich den Vorschuss kassiert.

Eine Woche vor Drehbeginn versammelten wir uns alle im Büro des Producers zu einem operativen Briefing. Ursula-Mary-Lou servierte sogar Gebäck und Cola. Es war die erste Gelegenheit, meine Kollegen kennenzulernen. Sie benahmen sich ein wenig seltsam. Frau Sulz, die Schwiegermutter in der Serie, tat mich mit einer Handbewegung ab und die bezaubernde Carla behandelte mich, als sei ich Luft. Giorgio Ramasury hingegen brach in schallendes Gelächter aus, als er mich erblickte:

„Das soll der Arzt sein?", brüllte der Riese. „Auf diesen Pimpf bin ich eifersüchtig?"

Sulz kicherte zustimmend und bat mich, ihm ins Nebenzimmer zu folgen.

„Frau Weinstock hat eine Bitte an Sie", teilte er mir vertraulich mit. „Aus persönlichen Gründen möchte sie von Ihnen nicht angefasst werden, nicht einmal von Ihrem kleinen Finger."

„Aber, Herr Sulz, im Drehbuch steht doch, dass ich sie tätscheln soll."

„Deshalb werden Sie ja rechtzeitig abgeschlachtet. Also, halten Sie sich im Zaum."

Frau Sulz, in Wirklichkeit noch abstoßender als auf dem Schreibtisch, holte uns zurück. Der ausgemergelte Produktionsleiter gab ein paar technische Fakten bekannt, wie zum Beispiel die Dauer der Dreharbeiten, nämlich eineinhalb Tage für eine halbstündige Folge. Zunächst würden nur die beiden ersten Folgen gedreht, eine

davon als „Pilot", wie es in unserem Gewerbe heißt, also eine Art
Visitenkarte, mit der wir uns dem breiten Publikum vorstellen. Für
die Dreharbeiten waren eigens zwei Schauplätze vorbereitet worden, das Schlafzimmer der Sulzens sowie das Gästezimmer, das mit
einer Bahre versehen und somit zu meiner Klinik umfunktioniert
worden war.

„Die Serie wird mit einer kleinen Sechzehn-Millimeter-Kamera
gedreht", beendete der Produktionsleiter das operative Briefing.
„Die Regie übernimmt Martin Sulz. Kostüme und Requisiten
bringt jeder selbst von zu Hause mit. Das wäre alles. Auf Wiedersehen in einer Woche, sechs Uhr früh."

Ich fühlte mich wie ein Zwerg im Land der Gullivers. Ich suchte
Sulz, um ihn zu überreden, eventuell doch auf meine Teilnahme
zu verzichten, aber er war bereits verschwunden. Ich erwischte
nur noch seine Gattin an der Tür.

„Bitte gnädige Frau, helfen Sie mir", kam ich ihr, „ich werde
ein miserabler Arzt sein."

„Das müssen Sie mit Sulz regeln, ich spreche nicht mit diesem
Deppen", antwortete das Weib. „Ohnedies werden Sie von Ramasury zerfleischt."

„Vielleicht könnte er mich gleich am Anfang beseitigen?"

„Sprechen Sie mit ihm. Schließlich kriegt er sechshundert-
fünfzig Dollar am Tag."

Sie war nervös, die Hexe, sehr nervös. Wahrscheinlich wegen
des tiefen Dekolletés Carlas, oder wegen des vielsagenden Lä-
chelns der rothaarigen Ursula-Mary-Lou im Hintergrund.

Ich flüchtete in den Schoß meiner Hilde und begann zu begreifen, warum sich Menschen unter dem Einfluss persönlicher
Katastrophen dem Glauben zuwenden. Und etwas anderes hatte
ich auch verstanden, nämlich, warum Sulz mich genommen hat.
Weil ich nichts kostete. Weil ich der billigste Schmierer auf dem
Markt war. Sonnenklar. Und das hatte Sascha für mich unterschrieben.

Wie auch immer, ich versuchte, die Woche bis zu Beginn der
Dreharbeiten zu nützen. Ich band mir ein weißes Tuch vor das
Gesicht und probte „Skalpell bitte" vor dem Badezimmerspie-

gel. Dabei dämmerte mir, wie selbstverständlich es doch war, dass eine bezaubernde Schönheit wie Carla einen Niemand im Kittel wie mich abblitzen lässt. Umso weniger verstand ich, warum dieser blöde Klotz Ramasury mich unbedingt abmurksen muss. Hilde erklärte mir, dass Unlogik manchmal logischer sei als Logik, und ich begriff überhaupt nichts mehr. Um mich abzulenken, beschloss ich, das Buch von Dr. Spock, das mir der Psycho gegeben hatte, doch wieder in die Hand zu nehmen.

„Die exzentrische Verhaltensweise des verheirateten Mannes im Alter von vierundfünfzig Jahren", stand auf Seite 70 fett gedruckt. Und der erste Absatz darunter: „Der verheiratete Mann gerät in den ersten drei Monaten seines vierundfünfzigsten Jahres in eine psychische Blockade bezüglich seiner Zukunft. Im fünften Monat tritt er in den leidgeprägten Höhepunkt der Krise ein, sowohl was die Unfähigkeit betrifft, seine existenziellen Ziele zu verwirklichen, als auch im Zusammenhang mit der unerfüllten sexuellen Beziehung zu seiner immer dicker werdenden Ehefrau. In den meisten Fällen nehmen die Aussichten des verheirateten Mannes auf eine unerwartete Erfüllung seiner geheimen Wünsche im siebten bis achten Monat dieses kritischen Jahres zu, wobei er jedoch Gefahr läuft, sich für mindestens zwei Jahre und vier Monate in die Komplikation eines befriedigenden, jedoch riskanten Doppellebens zu verstricken."

Stuss, dachte ich. Aber irgendwie beunruhigte mich Dr. Spocks Diagnose, vor allem wegen der Tatsache, dass ich damals genau vierundfünfzig Jahre und vier Monate alt war. Und woher wusste er bitte schön, dass Hilde von Tag zu Tag runder wurde?

DIE NACHT vor dem Jüngsten Gericht verbrachte ich schlaflos. Am Abend zuvor war mir plötzlich eingefallen, dass ich noch nie in einem Film mitgespielt hatte. Als ich vor einigen Jahren in den Weihnachtsferien erfolgreich den klugen Esel gab, hatte mich die Werbeagentur einer bekannten Brauerei für einen Spot engagiert. Meine Rolle war, mit großem Durst eine ganze Maß Weißbier aus dem Ort Geilingen zu trinken und zwischen zwei Schlucken und einem kräftigen Rülpser zu sagen: „Oh ja, Weißbier aus Geilingen macht den müden Mann wieder munter." Leider schaffte ich es nicht, den Satz zu beenden, und manchmal rülpste ich auch an falscher Stelle. Als ich beim zehnten Take sagte, „Das Bier aus Weißlingen macht den Mann wieder geil", wurde ich ohne Gage gefeuert. Und jetzt sollte ich plötzlich in Martin Sulzens Klinik operieren? Wo ich doch nicht einmal Mitglied in der Schauspieler-gewerkschaft war.

Diese düsteren Gedanken bescherten mir übelste Laune. Doch Hilde bestand darauf, dass ich am ersten Aufnahmetag in meiner ganzen Pracht als Arzt am Drehort erscheine, und steckte mich wieder in den weißen Kittel und in ihre schwarz gerahmte Brille. Ich sah durch ihre Gläser ein wenig verschwommen, doch Hilde fand, ich erwecke Respekt. Mütterlich drückte sie mir einen feuch-ten Kuss auf die Stirn, schob mich zur Tür hinaus und wünschte mir viel Erfolg.

Mir war schon alles egal. Vor allem, da ich bereits um vier Uhr nachts aufgestanden war, denn Ursula-Mary-Lou hatte mich tele-fonisch eine Stunde vor Drehbeginn bestellt. Im Studio, das heißt in Sulzens Wohnung, war es ganz still. Nur mithilfe des Dienst-mädchens konnte ich Sulz ausfindig machen, und zwar im Bett, wo er neben seiner schnarchenden Ehefrau lag.

Der Producer, im roten Seidenschlafanzug, war eigentlich recht freundlich und bedankte sich für mein Kommen. Nachdem er wa-cher geworden war und sich in seinem Bett aufgesetzt hatte, fragte er mich sogar, ob ich vielleicht Lust auf ein Glas Weißwein hätte.

„Karl", sagte er herzlich, „ich habe das Gefühl, dies ist der Be-ginn einer langen und fruchtbaren Zusammenarbeit."

Das herzliche „Karl" erschreckte mich. Seit meinem Eindringen in sein Schlafzimmer hatte mich das untrügliche Gefühl beschli-chen, etwas Fürchterliches werde geschehen. Und ich weiß auch nicht warum, aber ich musste ständig an Dr. Spocks fünften Monat mit dem leidgeprägten Höhepunkt auf Seite 70 denken.

Sulz zündete eine Zigarre an, lehnte sich zurück und betrachtete ausdauernd die Zimmerdecke.

„Übrigens", summte er. „Sie spielen nicht den Arzt."

Ich sagte gar nichts, nahm nur die schwarz gerahmte Brille ab.

„Sie spielen Carlas brutalen Ehemann."

Das war es also. Das Jüngste Gericht. Mit den letzten Überresten meiner geistigen Kräfte versuchte ich, hinter das Geheimnis dieses plötzlichen Wandels zu kommen, die Erleuchtung blieb jedoch aus. Erst nach Monaten wurde mir der wahre Hintergrund dieses irrwitzigen Ereignisses bekannt.

Die Wende war nur einen Tag vor meinem frühzeitigen Erscheinen im Studio ins Rollen gekommen. Giorgio Ramasury soll plötzlich im Büro des Producers aufgetaucht sein, hatte sich auf dessen Schreibtischrand platziert und zwischen seinen berühmten Zähnen hervorgezischt:

„Sulz, ich spiele den Arzt!"

Der Producer war wie vom Blitz getroffen. Klar, die bezaubernde Carla Weinstock hatte ihn dazu veranlasst, die beschissene Serie zu drehen, doch keine Station würde sie ohne den Megastar Ramasury senden.

„Giorgio, sind Sie denn völlig übergeschnappt?", soll Sulz gebrüllt haben. „Der Arzt ist doch eine jämmerliche Rolle, er macht kaum den Mund auf und operiert nur unentwegt. Ihr Image als Superstar wäre ruiniert."

„Mein Herr", sagte der Star, „Giorgio Ramasury ist unantastbar."

„Zweifellos, keine Frage. Aber waren Sie nicht von der Rolle des gewalttätigen Ehemannes hingerissen, als Sie das Drehbuch lasen?"

„Ich habe es nicht gelesen. Ich brauche es nicht zu lesen. Ich bin beim Publikum als erbarmungsloser Kämpfer bekannt, aber ich kämpfe stets für das Noble. Und jetzt soll ich plötzlich einen eifersüchtigen Zwerg spielen, der auch noch zum Mörder wird?"

„Na gut, dann werden eben nicht Sie ihn, sondern umgekehrt, der Arzt wird Sie ermorden."

„Niemand ermordet Ramasury, mein Freund. Entweder spiele ich den Oberarzt, den alle Schwestern vergöttern, oder Sie können mich vergessen."

„Lieber Ramasury, wenn ich mich nicht irre, stehen Sie bei mir unter Vertrag, nicht wahr?"

„Sie können sich Ihren Vertrag in die Haare schmieren."

„Giorgio, Giorgio, um Gottes willen, wir sind doch Freunde. Denken Sie an unsere wunderbare Produktion. Wer soll denn dann den Ehemann spielen?"

„Der Pimpf."

Ich kam also zu meiner neuen Hauptrolle wie die Jungfrau zum Kind. Die bezaubernde Carla hatte keine besonderen Einwände gegen die Umbesetzung. Sie stellte lediglich zur Bedingung, in der ganzen Serie ausschließlich mit Ramasury zu turteln, worauf ihr Sulz sein Ehrenwort gab. Und ein armes Würstchen wie mich konnte er noch schneller überreden.

„Lieber Herr Sulz", stellte ich die letzte Frage, „darf ich Frau Weinstock auch als ihr Ehemann nicht anrühren?"

„Ich fürchte, nicht."

„Warum nicht?"

„Was weiß ich? Vielleicht sind Sie schwul."

„Warum hat sie mich dann geheiratet?"

„Ein bedauerliches Versehen. Vergessen Sie nicht, Müller, Sie haben es mit einem verantwortungsvollen Regisseur zu tun, der auch das kleinste Detail bedenkt. Und immerhin hat Ramasury für Sie auf seine Rolle verzichtet. Also, legen Sie jetzt endlich Ihren lächerlichen weißen Kittel ab und lernen Sie den Text des brutalen Ehemannes."

„Jetzt, so plötzlich … lernen …"

„Glauben Sie, Müller, nicht umsonst ist Martin Sulz der bedeutendste zeitgenössische Filmemacher. Während Sie die letzte Nacht lustig geschlummert haben, warf er den Drehplan um. Heute Morgen werden nur die Szenen in Ramasurys Klinik gedreht. Sie haben also bis heute Mittag Zeit, in die Rolle des Ehemannes zu schlüpfen."

Ich stand auf und zog von dannen. An der Tür blieb ich stehen, um Sulz, der inzwischen wieder ein kleines Nickerchen hielt, eine allerletzte Frage zu stellen.

„Warum eigentlich hat Ramasury auf seine Rolle für mich verzichtet?"

„Warum, fragen Sie", war plötzlich die Stimme von Frau Sulz aus den weichen Federkissen zu hören. „Ich werde Ihnen sagen, warum. Weil in unserem Klinikzimmer ein sehr weiches Sofa steht …"

„Genau", murmelte Sulz unter der Decke. „Das ist alles, was sie im Kopf haben. Carla, Carla, Carla …"

Die Dreharbeiten brachten mich um.

Alles, was ich befürchtet hatte, trat ein, mit voller Wucht. Schrecken dieser Art findet man sonst nur im „Inferno" von Dante, falls jemand heutzutage überhaupt noch so viele Wörter lesen kann.

Der Albtraum begann pünktlich zu Mittag, wie es der schlaftrunkene Producer vorgesehen hatte. Ich war nach Hause getaumelt, um mich in den wenigen verbleibenden Stunden auf die neue Rolle zu konzentrieren, aber das Trauma des Geilinger Weißbiers kam wieder hoch. Ich war nicht nur außerstande, den Schwall von Worten zu verdauen, die mir in den Mund gelegt werden sollten, sondern, noch schlimmer, ich verstand ganz einfach nicht, was der brutale Ehemann von seiner, das heißt meiner Frau, also Frau Weinstock, überhaupt wollte.

Ich flehte Hilde an, sie möge von ihrem Lüstenauer nach Hause kommen, um mich mit ihrem überlegenen Intellekt zu retten. Sie kam, doch auch sie ging im sinnlosen Wortsalat des Drehbuches unter. Letztlich riet sie mir, mehr mich selbst einzubringen und Sulzens Schmarren situationsbedingt durch eigene Worte zu ersetzen. Den Direktoren vom Lüstenauer teilte Hilde mit, sie leide an starken Kopfschmerzen, was von der Wahrheit gar nicht so weit entfernt war, und begleitete mich zur Hinrichtung im Studio Sulz.

„Ich lass dich nicht allein", versprach sie. „Schau bei den Aufnahmen einfach immer zu mir."

Mit ihrer gewohnten Gelassenheit nahm sie in einer Ecke des Zimmers Platz, in dem ich laut Regieanweisung mit der Sexbombe der Nation, beziehungsweise der Krankenschwester in der Serie, das tägliche Leben teilte. Carla, im lilafarbenen Negligé, ignorierte mich nach wie vor. Deutlich vermied sie es, sich in meiner Nähe aufzuhalten, wohl aus Angst, ich könnte sie zufällig berühren. Nicht gerade die ideale Voraussetzung für eine bittersüße Liebesszene, die der Producer und Regisseur Sulz von uns erwartete. Mit

Müh und Not begab ich mich in die Rolle des brutalen und schwulen Ehemannes, der noch dazu Manfred hieß, und Carla musste ich als mein untreues Weib ausgerechnet Gloria nennen. Meine Eifersucht laut Script auf den feschen Oberarzt, verkörpert von Ramasury, fiel mir schon leichter. Besonders da Carla zu Beginn der Proben darauf bestand, vor ihrem kleinen Schminktisch mit dem Rücken zu mir zu sitzen, damit sie mich nicht sehen musste.

Sulz brüllte „Action!" und jemand machte mit einem kleinen Holzstück „klick". Ich wanderte hin und her, ohne zu wissen, was ich tun sollte. Hilde konnte mir nichts zuflüstern, zog in ihrer Ecke nur immer wieder mit den Fingern ihre Mundwinkel nach oben, offenbar wegen meines jämmerlichen Gesichtsausdruckes. Carla malte ihre perfekten Lippen knallrot und deklamierte ihren ersten Satz:

„Manfred, du nervst mich, vor allem mit deiner krankhaften Eifersucht. Du weißt genau, warum zwischen uns nichts läuft. Dennoch bin ich bereit zu schwören, dass zwischen mir und meinem hinreißenden Oberarzt reinste Unschuld herrscht."

Schwindlig von der Anstrengung, mich an irgendetwas aus dem Drehbuch zu erinnern, setzte ich meine Wanderung Richtung Hilde fort und schwieg weiterhin wie ein Fisch. Sulz stoppte wütend die Aufnahmen:

„Müller, schauen Sie nicht dauernd in die Kamera und zu Ihrer Frau, Sie Vollidiot. Mein Budget reicht für einen Take pro Szene. Und Sie, Frau Müller, hören Sie auf, Ihrem Mann Zeichen zu geben, sonst schmeiß ich Sie raus. Action, Wiederholung!"

Ich blieb wie der besagte Fisch. Jetzt sprang Sulz aus seinem Regiestuhl auf und brüllte mich an, ich solle endlich meine Liebe beteuern, ganz egal wie, Hauptsache, ich schweige nicht, wenn die Kamera läuft. Ich fiel auf einen Stuhl und brach in bitterliches Schluchzen aus.

„Ich wusste, dass es so kommen wird, ich hab es ja gleich gesagt ...", heulte ich. „Natürlich kann man Fräulein Weinstock lieben ... Solche Schenkel und alles ... aber mir fällt kein Wort mehr ein ... da heule ich wie ein Kind ... Womit habe ich das verdient ... Ich hab Sie gewarnt, Herr Sulz, ich bin kein Schauspieler ..."

Sulz schrie „Cut" und verließ eilig den Raum, begleitet von seinen Assistenten. Ich vergrub mich in Hildes Schoß, die sich mit meiner Krawatte die Tränen aus ihren Augen wischte. Der dürre Produktionsleiter erschien in der Tür und bat Carla hinaus.

„Gott sei Dank, Hilde", seufzte ich erleichtert, „der Albtraum ist vorbei."

Nichts war vorbei. Die ganze Bagage kehrte zurück, und Regisseur Sulz erklärte unerwartet ruhig, eine solche Panne könne am ersten Drehtag jedem erfahrenen Schauspieler passieren.

„Ich habe mit Fräulein Weinstock vereinbart, weiterzumachen."

Danach legte mir Sulz die Hand auf die Schulter und sagte verständnisvoll:

„Gehen Sie heim, Müller, und verinnerlichen Sie Ihre neue Rolle. Hier geht alles seinen Weg. Wir drehen mit Ramasury in der Klinik weiter …"

DAHEIM legte mir Hilde ein nasses Handtuch auf die Stirn und empfahl mir, mich ein wenig auszuruhen. Aber ich mit meinem Verantwortungsbewusstsein konnte mich nicht zurückhalten, und schon um neun Uhr abends nahm ich das Drehbuch zur Hand. Um halb zehn legte ich es wieder weg. Mein Gedächtnis war den dümmlichen Dialogen nicht gewachsen, am allerwenigsten den Debatten mit Frau Sulz in ihrer Lieblingsrolle als böse Schwiegermutter. Außerdem wurde ich unfreiwilliger Ohrenzeuge eines Telefonats zwischen meiner Frau und ihrer Tochter, nachdem ich in meinem Zimmer vorsichtig den Hörer abgehoben hatte.

„Was für ein Versager", äußerte sich Benedictina, „nur einen Trottel wie Papa kann es so hinblättern. Was wird er jetzt tun, Mutti?"

„Ich weiß es nicht, mein Schatz. Manchmal bin ich richtig froh, dass wenigstens du normal bist. Dein Vater ist nicht einmal imstande, auch nur einen einzigen Satz seiner Rolle herauszukriegen. Aber er war schon immer so."

„Warum hast du ihn dann geheiratet?"

„Ich hab mich in den armen Kerl verliebt."

„Wie denn?"

„Kann passieren."

Ich ging ins Bett. Konnte es sein, dass Hilde mich einmal wirklich geliebt hatte? Wird sie vielleicht deswegen immer dicker? Wie auch immer, das Nachdenken machte mich müde und ich verfiel sofort in einen tiefen und ruhigen Schlaf. Bis halb drei in der Nacht, als ich schweißgebadet aufwachte. Es wurde mir nämlich schlagartig bewusst, dass ich in wenigen Stunden wieder vor der Kamera stehen würde, in die man nicht hineinschauen darf. Mühsam quälte ich mich aus dem Bett und wollte nicht einmal den Kaffee trinken, den Hilde ausnahmsweise für mich kochte.

„Ich muss da aussteigen, meine Liebe", sagte ich. „Auch wenn Sascha für mich unterschrieben hat."

Im Studio erwartete uns ein freundlich blinzelnder Producer.

„Ich habe über den spontanen Ausbruch Herrn Müllers von gestern Mittag nachgedacht, Gnädigste", wandte sich Sulz an meine Frau. „Herr Müller hat instinktiv den Stil des unsterblichen Regisseurs Federico Fellini übernommen, der seinerzeit systematisch vermied, seinen Akteuren vorzuschreiben, was sie zu sagen haben und was nicht. Der italienische Gigant hat sich ganz auf ihre Intuition verlassen. Dasselbe gilt von nun an auch für Ihren hochbegabten Mann, Gnädigste. Soll er sagen, was ihm in den Sinn kommt. Mein Team hat entsprechende Anweisungen erhalten."

Sulzens menschliche Sicht der Dinge berührte mich nicht unangenehm. In der Tat befreite mich der freundliche Fettwanst von allen Zukunftsängsten, an denen ich litt, seitdem mein Vertrag mit ihm von Sascha unterschrieben worden war.

Was ich aber noch erzählen möchte, ist das entscheidende Vieraugengespräch zwischen Sulz und dem Star Weinstock. Dank meiner reichen Erfahrung mit dem Charakter der Beteiligten kann ich diesmal für die Authentizität meiner freien Rekonstruktion bürgen.

„Sie wissen, meine Carla, wie sehr ich Sie als Schauspielerin schätze", begann Sulz sich herauszureden und ließ seinen Blick in ihre schönen Augen sinken. „Das Letzte, was Martin tun würde, wäre, dir die Rolle deines Lebens zu versauen. Die Produktion steht fest, trotz aller Probleme mit der männlichen Besetzung, du weißt schon …"

„Gut", nickte Carla, „und was wird aus dem Pimpf?"

„Nichts. Müller soll schwatzen, was er will. Ich werde das Gestottere dieses Idioten mitdrehen und dann von einem brillanten und preisgünstigen Schauspieler den Originaltext sprechen lassen. Das ist Fellinis bekanntes Präsublimatives Audiosynchronsystem, von dem Sie sicherlich schon gehört haben."

„Natürlich", antwortete Carla, „Hauptsache, er rührt mich nicht an."

„Auf gar keinen Fall. Ich zeichne mit dem Pimpf sowieso nur den Piloten auf, eventuell noch eine zweite Folge, danach schmeiß ich ihn raus. Hätte ich ihm nicht schon zwei Drittel seiner Gage bezahlt, er wäre schon geflogen."

„Was soll das heißen, Pilot und zweite Folge, Martin. Wir haben uns doch auf mindestens drei Folgen geeinigt, oder?"

„Was Sulz verspricht, mein Täubchen, dafür kannst du deine Hand ins Feuer legen. Der Anfang ist lediglich der Anfang, damit ich die Fortsetzung der Serie endlos für dich fortsetzen kann. Du könntest mich natürlich inspirieren, wenn wir schon in den nächsten Tagen, du weißt schon …"

„Nichts da, mein Herr. Das kriegen Sie erst dann von mir, wenn dieser Pilot ausgestrahlt wird."

„Haben Sie kein Vertrauen zu mir?"

„Vollstes Vertrauen, Martin. Aber aus Prinzip steige ich niemals vor Piloten ins Bett."

Ungefähr so muss es gelaufen sein, das Hintergrundgespräch über meine künstlerische Freiheit. Eigentlich gut, dass ich damals nichts davon wusste.

In meiner Szene mit Frau Sulz machte ich nämlich ausführlich Gebrauch von meinem felliniartigen Privileg, und zwar so unbekümmert, wie es nur ein freier Mensch vermag.

„Manfred, ich liebe dich wie einen eigenen Sohn", deklamierte meine böse Schwiegermutter das Script ihres Mannes ohne die italienische Freiheit. „Gerade wegen dieser ehrlich empfundenen Liebe erachte ich es als meine Pflicht, Manfred, dich auf etwas hinzuweisen, das dir sicherlich keine Freude bereiten wird. Du sollst wissen, oh mein Manfred, dass meine liederliche Tochter Gloria bereits seit eineinhalb Jahren den Operationstisch im Krankenhaus mit dem Oberarzt teilt."

„Warum erzählen Sie mir das, Frau Sulz", antwortete ich frei von der Leber weg. „Sie treibt es mit Ramasury auf Ihrer weichen Couch im Operationssaal."

„Was?"

Die Hexe verstummte. Sie warf ihrem Mann Hilfe suchende Blicke zu, dieser deutete ihr jedoch, ganz ruhig weiterzumachen.

„Ich bin mir bewusst, dass du mir grollst, weil ich dir die Augen geöffnet habe, Manfred", fuhr Schwiegermama fort. „Glaube mir, Manfred, die Wahrheit spricht aus meinem Herzen."

„Soll das ein Witz sein?", fragte ich freiheitstrunken. „Alle Männer in diesem Studio sind hinter Carla Weinstock her."

„Meinen Sie, auch mein Mann?"

„Kamera aus!", brüllte Sulz hochrot angelaufen. Meine Frau in der Ecke verbarg ihr Gesicht in den Händen. Das gesamte Team schien von einer vorübergehenden Lähmung befallen. Sulz aber hielt sich mit lobenswerter Treue an die Lehren Fellinis und gab mir ein Zeichen, das besagte: *Sehen Sie, genau das hab ich gemeint.*

Nach einer kurzen Pause hatte ich eine Liebesszene mit Carla, ausgerechnet im Badezimmer der Wohnung. Sie saß mit ihren beiden Schenkeln im Badewasser und ich war wieder einmal schwach wie ein Waschlappen. Sie war einfach traumhaft.

„Du bist schön, Gloria …", stammelte ich völlig frei, während ich mich am Rand der Badewanne festhielt, „du hast wirklich keine Ähnlichkeit mit deiner Mutter …"

„Ich bin dein, mit Körper und Seele", versuchte Gloria die Situation zu retten. „Zweifle nicht an meiner Treue. Bitte, sage mir, wie ich mein Verlangen nach dir, und nur nach dir, beweisen kann. Was erwartest du von mir?"

Ich weiß nicht, was mit mir geschah. Wahrscheinlich war ich schon ziemlich müde, oder die große Freiheit war mir zu Kopf gestiegen. Ich hüpfte ins Wasser und mein Schrei hallte von den trostlosen Wänden des Badezimmers wider:

„Ich will dich küssen, Schönste … Was sagst du dazu … Nur das erwarte ich."

Carla sprang aus der Wanne und flüchtete in die Arme des Producers.

„Er hat mich angefasst!", kreischte sie. „So wahr mir Gott helfe, Sulz, er hat mich angefasst."

Mit ausnehmender Höflichkeit zog Sulz seinen Hausmantel aus und drapierte ihn mit onkelhaftem Flüstern um die schlanke Gestalt des Badewannenflüchtlings. Hilde bat um Erlaubnis, mich unverzüglich nach Hause zu bringen. Sulz stimmte zu.

„Macht nichts, Gnädigste", stöhnte er, „nur noch ein paar Tage."

Zu Hause behauptete Hilde, sie hätte mich bisher nicht von dieser Seite gekannt. „Ich mich auch nicht", gestand ich. „Anscheinend muss ich zu meinem Psychomann."

Ich machte mich auf den Weg in den vierten Stock, Psycho war jedoch nicht da. Also suchte ich Hilfe bei Dr. Spock. Ich schlug Seite 84 auf und fand die fett gedruckte Überschrift: „Ehemann über einhundertacht Monate verheiratet, sein ungewöhnliches Verhalten zwischen dem fünften und sechsten Monat seines vierundfünfzigsten Jahres". Danach folgte in kleineren Buchstaben die Erklärung: „In dieser Zeit tritt der Mann in eine Übergangsphase ein, die hormonelle Veränderungen in ihm auslöst und ihn zu Gedanken und Taten veranlasst, die sein Umfeld befremden könnten. Besonders störend wirkt sich dieser Prozess in der zweiten Woche des fünften Monats auf seine Gattin aus, die den Konflikt erfolglos beizulegen sucht. Der Mann ist über die veränderte Einstellung zu seiner Frau verzweifelt, aber in sein Bewusstsein schleicht sich gleichzeitig auch ein komisches Gefühl der Genugtuung ein, von der Art: ‚Ein Mann, der keine Angst vor seiner Frau hat, ist kein Mann.'"

Hilde zeigte jedoch keinerlei Verständnis für hormonelle Schübe.

„Diese Weinstock turnt dich wohl an", stichelte sie. „Hast du noch nie eine nackte Frau gesehen?"

„Nicht so eine."

„Man hat dich systematisch in einen Pornofilm hineingezogen, mein Schatz."

„Wer, Fellini?"

In den nächsten Tagen war ich alles andere als pflegeleicht. Dr. Spock hatte es ja prophezeit, obwohl seine Ausführungen immer komplizierter wurden. Trotzdem war ich zufrieden, dass der Gelehrte diesmal auf Seite 84 nicht darauf hingewiesen hatte, dass Hilde ständig zunahm.

Der zweite Tag der Dreharbeiten begann mit Sulzens großmütiger Erklärung, mein Ausbruch in der Badewanne sei so großartig gewesen, dass er in seiner Eigenschaft als Regisseur beschlossen habe, das Drehbuch zu ändern. Er werde mir meinen Herzenswunsch erfüllen, Carla trotz ihrer starken Aversion küssen zu dürfen. Für die sofortige Umsetzung dieser konstruktiven Veränderung habe er sogar bereits einen Statisten engagiert, der mir von hinten täuschend ähnlich sähe und ebenso klein gewachsen sei wie ich.

Ich war ein wenig enttäuscht. Mir war bewusst, dass Carla wegen ihrer Komplexe jeden physischen Kontakt zu mir scheute, aber ich hatte dies für eine dieser Kapricen gehalten, an denen alle Frauen leiden, die zu schön geraten sind.

„Entschuldigen Sie bitte, lieber Herr Sulz", fragte ich, „warum küsse ich Carla nicht selbst?"

„Müller, Müller", seufzte Sulz, „wir hatten doch vereinbart, dass Sie schwul sind."

„Auch Schwule können küssen."

„Nicht bei mir."

Als man begann, diese delikate Szene zu drehen, verließen Hilde und ich demonstrativ den Raum. Der Statist, der mir ähnlich sah, war lediglich mit einer knappen Badehose und einem pechschwarzen Unterhemd bekleidet, während sich Carla in ein schneeweißes Nachthemd gehüllt hatte. Das war nicht mehr Fellini, sondern Sulz pur. Nur meinem Agenten Sascha zuliebe, der ja für mich unterschrieben hatte, stieg ich aus diesem ganzen Geschäft noch immer nicht aus. Durch die geschlossene Tür konnten wir die aufreizenden Geräusche eines Handgemenges zwischen meinem Double und meiner Ehefrau Gloria hören. Kaum waren diese verstummt, stürmte ich wutentbrannt ins Zimmer und forderte von Sulz, die eben aufgezeichnete Sex-Szene anzuschauen.

Sulz lehnte klipp und klar ab.

„Sie werden, Müller, alles rechtzeitig sehen."

Bei dieser Gelegenheit teilte er mir nebenbei mit, er habe heute Morgen beschlossen, fürs Erste nur den Piloten zu drehen, um die Publikumsreaktionen zu testen.

„Und es ist ein altes Prinzip von mir", erklärte er, „niemals eine Szene vor dem Piloten zu zeigen."

Seine Offenheit milderte mein Misstrauen. Es freute mich sogar, bald ein paar Tage Ruhe zu haben. Zunächst jedoch stand mir nach der skandalösen Kuss-Szene noch ein feuriger Liebesauftritt mit meinen eigenen Worten bevor.

Inzwischen brachte Carla ihre zerzauste Frisur in Ordnung, sie zog das durchsichtige Negligé aus und ihre Schwesternuniform an. Offensichtlich machte sie sich für die nächste Klinik-Szene zurecht, um dort ihren verantwortungsvollen Tätigkeiten nachzugehen. Einen Moment verweilte sie noch vor dem Spiegel auf ihrem kleinen Schminktisch und murmelte ihren Pflichttext aus dem Script:

„Ich hoffe, du bist jetzt befriedigt, Manfred. Ich muss sagen, deine Küsse waren äußerst feurig. Was hast du empfunden, als du meinen zitternden Körper in deinen Armen hieltest?"

Ich saß auf einem Tisch, auf Anweisung des Regisseurs in einiger Entfernung von Carla. Ihr zugepudertes, indifferentes Gesicht erweckte meine Abneigung. Meine diplomierte pädagogische Ehefrau erkannte meine Stimmung und gab mir heftige Zeichen, ich möge den Frieden bewahren. Doch mein angestauter Frust brach mit derartiger Wucht heraus, dass ich sogar vergaß zu stottern:

„Was ich empfunden habe, fragst du mich, schöne Frau, wo du doch ebenso gut weißt, dass nicht ich deinen herrlichen Körper an meine Brust drücken durfte, sondern ein ganz anderer, irgendein Glücksvogel, den ich nicht einmal kenne und den auch du zum ersten Mal gesehen hast, hoffe ich jedenfalls. Ich glaube, du bist nicht einmal fähig, die Welt eines armen Schluckers zu begreifen, schöne Frau, die Sehnsucht, mein Double sein zu dürfen. Ist mir egal, wenn der große Regisseur und meine Frau es hören, ja, auch ich sehne mich nach einer Umarmung mit dir, die mir anscheinend niemals vergönnt sein wird …"

Carla ließ von ihren Puderdosen ab und blickte mich für einen Moment verblüfft an, fasste sich jedoch schnell und deklamierte ihren Text weiter:

„Warum sagst du so etwas, geliebter Mann? Nagt die Eifersucht schon wieder an deinem Herzen, trotz der Zärtlichkeiten, die wir erst vor wenigen Minuten ausgetauscht haben?"

Meine Geduld war am Ende. Diese Schlampe im Schwesternkleid machte sich ganz einfach lustig über mich. Und was mich besonders ärgerte, sie lachte zu Recht. Ich bin kein Italiener, aber ich begann, diesen Fellini zu mögen. Wenn mich mein Gedächtnis nicht täuscht, setzte ich meinen Monolog nicht eben der Situation entsprechend fort. Ich schrie aus vollem Halse:

„Was soll dieses Grinsen, Carla? Was soll dieser ganze Zirkus, wenn du mir verbietest, dich auch nur mit dem kleinen Finger zu berühren? Schön, man hat hier einen Schwulen aus mir gemacht, aber vielleicht darf ich mich trotzdem darüber aufregen, wenn irgendein Dahergelaufener deine Lippen küsst. Was ist daran so komisch, verdammt noch mal?"

„Cut!", brüllte der Regisseur, und Schwester Gloria wäre sofort in die Klinik geflüchtet, wäre da nicht die Tür aus dem Rahmen geflogen und der Herr Oberarzt im grünen Chirurgenkittel hereingestürmt. In seiner Pranke hielt er die Überreste eines zertrümmerten Sofas.

„Solche Möbel stellt ihr mir zur Verfügung, zum Teufel mit euch", tobte der Gigant und riss sich die Operationsmaske vom Gesicht. Er stürzte sich direkt auf Sulz. „Die mieseste Rolle hast du mir gegeben, du elender Bluffer. Schon seit Tagen tue ich nichts anderes, als Puppen aufzuschneiden, ohne auch nur ein Wort zu sagen außer deinem verdammten ‚Skalpell bitte' …"

Sulz zog sich an die Wand zurück:

„Nicht hier und nicht jetzt, Giorgio. Sie haben mich doch selbst gebeten, anstelle des Pimpfs den vergötterten Oberarzt zu spielen."

„Na und? Seit wann hörst du auf mich?"

Es herrschte keine gute Stimmung am Drehort. Carla wirkte zwischen den beiden Männern ihres bunten Lebens völlig verloren. Mir selbst war es höchst unangenehm, meinen ersten Piloten ausgerechnet in einer derart peinlichen Atmosphäre beenden zu müssen.

„Komm, Hildchen", sagte ich zu meiner verstummten Frau. „Diese Serie wird sowieso niemals gesendet."

Ein wenig Geld von meiner Gage hatte ich trotz allem in der Tasche. Eigentlich ganz gut, dass Sascha unterschrieben hat.

Die Wende

Er wurde gesendet. Der Pilot wurde gesendet. Ja, manchmal hält das Schicksal haarsträubende Überraschungen für uns bereit und der liebe Gott kann auch nicht alle unsere Fragen beantworten, wahrscheinlich weil Er mit seinem geliebten Universum überfordert ist.

An den Abenden nach dem erlösenden Ende des Albtraums versank ich in meinen lautlosen Hohlraum, hing in herrlicher Einsamkeit in meiner Wohnung herum und suchte heimlich nach Amandas Schenkeln auf dem Bildschirm. Einmal tauchte stattdessen Carla auf, in einem Werbespot für viereckige Tampons oder so etwas, aber da schaltete ich den Apparat sofort aus, denn alles, was mich auch nur im Entferntesten an den Irrsinn der Dreharbeiten erinnerte, bereitete mir Schlaflosigkeit. Der bevorstehende Tod der Serie war mein einziger Trost.

Die Stille rund um mich wurde nach ungefähr einer Woche unterbrochen. Ein hektischer Anruf des äußerst nervösen Sascha riss mich aus meiner „psychischen Blockade", wie Dr. Spock meine Lage seinerzeit auf Seite 70 so treffend definiert hatte.

„Ich hab von der Katastrophe gehört", teilte mir mein Agent mit. „Ich will nur klarstellen, diese Pleite war nicht meine Initiative. Ich habe zwischen dir und Sulz nur vermittelt, weil du mein Freund bist."

„Klar", stimmte ich zu, „ich bin an allem schuld. Lass uns die Sache vergessen."

„Das wird nicht gehen, Karlo. Heute Morgen rief mich Frau Sulz an. Ihr Mann kocht vor Wut und fordert mit Nachdruck, dass du ihm innerhalb von fünf Tagen deine Gage samt Zinsen zurückzahlst, plus einer angemessenen Abfindung für den Schaden, den du angerichtet hast. Sie behauptet, du hättest dich nicht an den Text des Scripts gehalten, sondern einen solchen Quatsch gefaselt, dass ihr ganz übel wurde."

„Sulz wollte, dass ich frei von der Leber weg rede. Frag meine Frau."

„Da muss ich überhaupt niemanden fragen, Karlo. Sulz will dich verklagen."

„Soll er ruhig. Ist mir wurscht."

Ich stand kurz vor einem Schwächeanfall und hatte das Gefühl, das ganze Blut laufe aus meinem Hirn. Verklagen, um Gottes willen. Erst am Abend konnte mich Hilde wieder auf den Boden zurückholen. Ihrer Meinung nach hatte Sulz aus juristischer Sicht absolut keine Chance.

„In dem Vertrag, den dein idiotischer Sascha unterschrieben hat, wird nicht erwähnt, dass du den Text wie ein Roboter herunterrasseln musst", urteilte meine liebe Frau. „Wie auch immer, wir werden sofort einen Anwalt aufsuchen. Ich kenne sogar einen, Dr. Thomas Friedländer. Er ist keine Koryphäe, aber er hat mir sehr bei meiner Scheidung geholfen."

Ich hatte bis dahin keine Ahnung gehabt, dass ich mit einer geschiedenen Frau verheiratet war. Wir hatten nie darüber gesprochen. Nicht, dass das irgendetwas geändert hätte, aber trotzdem. In meiner jämmerlichen Verfassung blieb mir jedoch nichts anderes übrig, als die Neuigkeit zu ignorieren und zur Tagesordnung überzugehen. Nur eine einzige Frage erforderte noch eine Antwort:

„Sag, Hildchen", fragte ich, „von wem um Gottes willen bist du geschieden?"

„Von meinem zweiten Exmann."

Da hörte ich auf, in der Vergangenheit herumzuwühlen. Und was Dr. Friedländers Comeback in unserer Familie betraf, waren unsere

Verhandlungen mit ihm kurz und bündig, sowohl wegen des Zeitdrucks als auch wegen der Dunkelheit in seinem winzigen Büro.

„Die Situation ist problematisch", urteilte der Jurist, nachdem ihn Hilde über Sulzens Forderung informiert hatte. „Wenn sich dieser Produzent einen teuren Anwalt nimmt, dann haben wir vor Gericht keine Chance. Es sei denn, wir erklären, Herr Müller sei nicht im Besitz seiner vollen geistigen Kräfte."

Wir meinten, das ginge nicht. Ich sei zwar recht schweigsam, aber doch ziemlich in Ordnung.

„Na ja, dann legen wir eben Berufung in der nächsten Instanz ein. Der Prozess muss auf jeden Fall um einige Jahre hinausgezögert werden. Hilde, mein Schätzchen, kümmere dich bitte um das entsprechende psychiatrische Gutachten für deinen Mann."

Ich teilte ihm mit, ich hätte so einen Psychomenschen im vierten Stock. Dann gingen wir. Das heißt, Hilde zahlte und wir gingen. Zu Hause wartete Benedictina auf uns. Unsere besorgte Tochter wollte wissen, wie es ihren Eltern ginge, was los sei, was es Neues gebe …

„Wir sind ziemlich müde, Kind", wurde sie von ihrer Mutter unterbrochen. „Komm lieber gleich zu ‚Übrigens'."

„Übrigens", sagte Benedictina, „ich bin ziemlich in den Miesen …"

Meinen Blitzbesuch in der kinematografischen Welt erwähnte sie mit keiner Silbe, jedenfalls nicht, solange ich dabei war. Ich zog mich in das stille Eckchen meines hoffnungslosen, zukunftsarmen und fernsehfreien Zimmers zurück. Die Frustration griff mit spitzen Krallen nach mir. Am Abend hatte meine Depression ein Ausmaß erreicht, das es rechtfertigte, meinen Vater auf seinem Handy anzurufen.

„Wie schön", erklang Papas jugendliche Stimme, der wahrscheinlich wieder einmal dabei war, die Gegenwart zu vergessen. „Seit Jahren denke ich schon daran, dass mein Sohn mich vielleicht einmal anruft. Nun, mein Sohn, was fehlt dir denn?"

„Alles in Ordnung, Papa. Ich rufe einfach nur an."

„Geld?"

„Unwichtig. Du weißt, ich bin ein geborener Proletarier."

„Na gut. Deine Frau nimmt also zu."

Wahrscheinlich hatte auch Papa früher einmal Dr. Spock überflogen. Es war allerdings eigenartig, je mehr sich Hilde in den letzten Tagen um mich sorgte, desto stärker wurde meine proletarische
Wachsamkeit auf ihr Gewicht.

„Ja, Papa", gestand ich, „Hilde hat zugenommen."

„Wie viel Kilo?"

„Mindestens zwanzig."

„Dann musst du jetzt anfangen, auf dich aufzupassen, mein
Sohn. Normalerweise fangen die Ehemänner nach fünfzehn Kilo
an zu trinken. Ich empfehle dir eine Flasche Bier, gemischt mit
einem Gläschen polnischen Wodka. Das macht deine Frau sofort
schlanker."

Nach einigen Tagen erhielt ich von ihm einen Umschlag mit
einem Fünfziger. Mir brach das Herz. Es war ein beachtlicher Teil
von Papas spärlicher Rente. Aber der Geldschein und meine Scham
waren nicht die Lösung für das, was mich wirklich quälte.

Seit urlanger Zeit waren Hilde und ich nämlich nicht mehr intim gewesen. Vermutlich wegen ihres Gewichts. Oder es verhielt
sich umgekehrt und sie nahm zu, eben weil wir nicht intim waren.
Die Frage wird niemals geklärt werden, denn wir haben stets vermieden, das heikle Thema zu berühren.

Trotzdem beunruhigte mich dieses schwelende Tabu, denn in mir
begann sich eine Zuneigung für meine pummelige Leidenspartnerin
zu regen. Allerdings nur in meinem Herzen. Dr. Spock teilte mein
Dilemma in den fett gedruckten Buchstaben auf Seite 103: „Die
Schwierigkeiten des Mannes, nach über hundertacht Monaten Partnerschaft die eheliche Beischlaffrequenz beizubehalten". Die klein
gedruckte Erklärung war diesmal länger:

Der sechste Monat im vierundfünfzigsten Lebensjahr des Mannes
gilt als kritisch. Die Betroffenen stellen in dieser Phase fest, dass
man nur im Rahmen einer langjährigen Ehe lernen kann, ohne Frau
auszukommen. Am Anfang der zweiten Woche dieses kritischen
Monats begreift der verheiratete Mann erstmals, dass die Institution
Ehe einen Sieg der Hoffnung über die statistischen Erfahrungen
darstellt. Gegen Ende der zweiten Woche geht er also von der Praxis

zur Theorie über und betreibt in seinen vier Wänden Oralsex, das heißt, er spricht bloß über den Sex. In der dritten, der entscheidenden Woche, ruft sich der Mann seine Jahrzehnte zurückliegende Hochzeit in Erinnerung, als er vor den Behörden das Versprechen gab, nur der Tod werde ihn und seine Auserwählte scheiden. Er muss feststellen, dass es sich dabei um ein leeres Versprechen ohne jeden praktischen Inhalt handelte. Zu Beginn der vierten Woche des kritischen Monats spielt jeder Repräsentant des männlichen Geschlechts im vierundfünfzigsten Lebensjahr mit dem Gedanken an eine Trennung von seiner Partnerin. Mit Ausnahme von Schiffskapitänen und Piloten, die sich aus nur ihnen bekannten Gründen nie scheiden lassen. Die bodenfesten Männer, die bis zur ersten Woche des siebten Monats durchhalten, werden damit belohnt, zu ihrer aufrichtigen Freude feststellen zu können, dass das Liebeselixier, das im Sexleben wirklich funktioniert, eine Berufskarriere ist. (Siehe auch Seite 212, „Wenn der Ehemann jeden Abend aus einer anderen Richtung heimkommt".)

MEINE HILDE kam auch im kritischen sechsten Monat jeden Abend aus derselben Richtung nach Hause, direkt aus dem Privatgymnasium Lüstenauer, und brachte mir die Tageszeitungen mit, die sie im Lehrerzimmer klaute. Immer panischer schlug ich die Blätter auf, denn es hätte ja etwas über die verdammte Serie drinstehen können, auch wenn sie sowieso nie gesendet würde. Zu meiner Erleichterung erschien kein einziger Satz über diesen Jahrhundertflop, mit Ausnahme eines kurzen Interviews mit Martin Sulz, der sich weigerte, zu seiner Produktion Stellung zu nehmen.

„Ein ernsthafter Künstler spricht niemals über sein Projekt, bevor es vollendet ist", verkündete der große Producer aus verständlichen Gründen. Ich selbst war ihm nicht gram, aber der junge Journalist, dem es nicht gelungen war, Sulz zum Reden zu bewegen, fügte in dem verpatzten Interview aus Rachsucht hinzu, „der geizige Filmzar pflege in seinen Studios das Klopapier zu nummerieren", was übrigens nicht stimmte, da Sulz in seiner Wohnung den Mitarbeitern den Zugang zu den Toiletten streng untersagte.

Ich war noch immer mit meinem anstehenden Prozess beschäftigt. Der heimliche Berufsethiker in mir gab nämlich zu, dass ich mit meinem felliniartigen Auftritt die Serie begraben hatte. Dann aber, wie ein Blitz aus düsterem Himmel, erschien in einer Klatschspalte Ramasurys geschwätziges Interview, und die Serie schien von den Toten aufzuerstehen.

Der führende Schauspieler nahm kein Blatt vor den Mund:

„Ich bin froh und stolz, mit Filmgrößen wie Martin Sulz und Carla Weinstock zusammenarbeiten zu dürfen", so Ramasury. „Schon bei den Aufnahmen zum Piloten spürte ich mit jeder Faser, dass ich an einem Meisterwerk mitwirke, das in die Filmgeschichte eingehen wird …"

„Schon gut", unterbrach ihn der Kolumnist, „mich würde eher interessieren, wieso das Sofa in ihrer Klinik zusammengebrochen ist."

„Welches Sofa? Da war kein Sofa."

„Das können Sie Ihrer Großmutter erzählen, Ramasury", so das Klatschmaul. „Wir haben ein Foto, Sie mit den Trümmern des Sofas."

„Ach so, das meinen Sie. Warum, ist das wichtig?"

„Sehr wichtig sogar. Mir ist zu Ohren gekommen, dass Sie die Weinstock bis zum Zusammenbrechen des Sofas gebumst haben."

„Ich pflege mich nicht mit schmutzigen Tratschereien abzugeben, mein Herr."

„Man hat Sie beide dabei fotografiert."

„Wer?"

„Der Produktionsleiter. Sie waren nicht allein, Ramasury. Sie haben die Carla ganz schön vergewaltigt, nicht wahr?"

„Ich habe es nicht nötig, Frauen zu vergewaltigen."

„So reden alle. Im Stadtpark von Los Angeles wird in jeder Stunde eine Frau vergewaltigt."

„Arme Frau."

„O. k., alter Kumpel, erzählen Sie mir von Ihren Zukunftsplänen."

„Was gibt es da schon groß zu erzählen? Ich warte auf den Piloten …"

Ich wurde unruhig. Der Kretin wartete auf den Piloten. Und dann klingelte es auch noch an der Tür. Vor mir stand eine blonde Fotografin der großen Tageszeitung, eigentlich eine recht hübsche, junge Dame.

„Wir machen Fotos von allen, die bei Sulz im Piloten drin sind", teilte die Blonde mit. „Darf ich rein? Dauert nur ein paar Minuten."

„Moment mal, liebes Fräulein", stotterte ich. „Wer hat Sie geschickt?"

„Mein Redakteur."

„Wie, welcher Pilot wird gesendet?"

„Keine Ahnung. Sie stehen auf meiner Liste, also bin ich hier. Dauert nur ein paar Minuten. Haben Sie dunklen Hintergrund?"

Sie knipste schnell ein paar Bilder von mir. Sie hatte große, braune Rehaugen.

„Keine Angst", beruhigte sie mich. „Wir schreiben nichts über Sie. Dauert nur ein paar Minuten."

Bevor sie ging, zeigte sie mir noch die Fotos meiner Kollegen. Ramasury täuschte einen in Gedanken versunkenen Intellektuellen vor, dessen Blick in die Ferne schweift, während Carla mit hochgerutschtem Mini auf einem weißen Barhocker saß.

Dann verschwand die Fotografin samt ihren Rehaugen so schnell, wie sie gekommen war. Aber meine Unruhe wegen des verdammten Piloten blieb.

„Beruhige dich doch!", rief mich Hilde zur Ordnung. „Wenn sie diesen Schund tatsächlich senden, was ich nicht glaube, dann wird ein Schauspieler an deiner Stelle sprechen."

„Ich bin auch Schauspieler."

In einer der mondlosen Nächte konnte auch Hildelein nicht schlafen und rüttelte mich wach:

„Schau, Karli, am Tag pennst du jede halbe Stunde ein, aber in der Nacht bist du putzmunter. Was hältst du davon, diese Gottesgabe zu nützen, um mit ein bisschen Kleingeld meine Haushaltskasse aufzubessern?"

„Soll ich vielleicht Nachtwächter werden?"

„Ja."

Hilde fand eine Anzeige in der Zeitung: „Solider Kommunalbetrieb sucht erfahrenen Nachtwächter auf Tagesbasis."

Ob ich wollte oder nicht, ich wurde engagiert, um eine Mie-

derwarenboutique zu bewachen, deren Schaufenster von Demonstranten eingeschlagen worden war, die gegen die hohen Benzin-
preise protestiert hatten.

Leider übte ich meine neue Betätigung nur eine einzige Nacht
aus, weil ich auf meinem Schemel vor der Boutique sofort einge-
nickt war. Bei Morgengrauen weckte mich die hysterische Boutiquebesitzerin mit ihren spitzen Ellbogen.

„Dreckiger Lump!", brüllte sie. „Hau bloß ab."

„Ich bin kein Lump", wies ich sie zurecht, „meine Vorfahren
kommen aus Bulgarien."

Nicht einen Pfennig hat mir die Spinne bezahlt.

Trotzdem bummelte ich recht gut gelaunt nach Hause. Immerhin hatte ich seit langer Zeit endlich wieder wie ein Mensch geschlafen. Hilde war schon im Lüstenauer, hatte mir jedoch das Bett
gemacht, damit ich mich nach meiner anstrengenden Nachtwache
ausruhen könne. Ich legte mich also ein wenig hin, vergaß allerdings, das Telefon abzuschalten, und meine rücksichtslose Tochter
weckte mich auf.

„Hör mal, Papa", piepste die Kleine. „Ich hab einen Freund beim
Fernsehen, und der hat mich heute früh angerufen, dass dein Pilot
in der Primetime kommt. Echt super."

Mit meiner Ruhe war es schlagartig vorbei.

„Wie Prime, welche Prime?", fragte ich schlotternd. „Was soll
das heißen?"

„Die beste Sendezeit, Papa, mit ganz vielen Zuschauern."

Ich legte den Hörer auf und beschloss, mir das Leben zu nehmen. Im Hinblick darauf, dass ich in allen Bereichen versagt hatte,
als Ehemann, als Schauspieler und zuletzt sogar als Nachtwächter, erschien mir meine Entschlossenheit logisch. Meine verlorene
Seele war am Ende. Mit letzter Kraft steckte ich Papas Fünfziger in
einen Umschlag und hinterließ Hilde einen Zettel, sie möge ihn an
meinen Alten zurückschicken.

„Liebe Hildi", schrieb ich mit zitternder Hand, „verzeih mir."

Danach ließ ich ein Bad ein, wie im Film, und zu allem bereit
tauchte ich bis zum Kinn ins warme Wasser. Ich wartete auf das
Ende, und meine plötzliche innere Ruhe überraschte mich ange-

nehm. Die Entscheidung, meine Schande in dieser Primedings nicht erleben zu müssen, ja, diese selbstständige Initiative zur Wahrung meiner menschlichen Ehre verlieh mir die Kraft, meinen Qualen ein würdiges Ende zu setzen …

Hilde riss mich zu früh aus meinem traumlosen Tiefschlaf. So aufgeregt hatte ich sie noch nie gesehen:

„Bist du verrückt?", brüllte sie mit vor Wut geröteten Wangen. „Was soll denn das für eine Überraschung sein?"

„Entschuldigung", sagte ich, „ich will sterben."

Sie zerrte mich aus dem Wasser und trocknete mich mit einem Stapel Handtücher ab.

„Karli, du bist krank", stellte sie bekümmert fest. „Vielleicht solltest du endlich zu deinem Psychiater gehen, wie Thomas Friedländer vorgeschlagen hat."

Mir war alles egal. Der Pilot stand vor der Tür. Ich zog meinen weißen Kittel an, der meine ursprüngliche Rolle als Chirurg unzerknittert überstanden hatte, und stieg die Treppen zum Psychotempel von Leonard Böhm hinauf.

Zu meiner Überraschung traf ich ihn schon im dritten Stock. Psycho hockte auf der Treppe und atmete schwer. Eine Welle von Sympathie erfasste mich im Hinblick auf diese Schicksalsgemeinschaft. Letzten Endes ist doch jeder Mensch nur ein Mensch, dachte ich mir, jeder trägt sein Kreuz, egal ob er ein angesehener Wissenschaftler oder ein vom Glück verlassener Idiot ist.

Ich setzte mich zu ihm und legte meine Hand tröstend auf seine: „Was ist passiert, Leonard?"

„Der Aufzug ist kaputt", schnaufte der Psycho, „vier Stockwerke sind zu viel für mich."

Das herzliche Mitgefühl schlug in Empörung um.

„Wegen eines beschissenen Aufzugs schnaufen Sie wie eine Trompete?", fauchte ich den trägen Kerl an. „Glauben Sie mir, es gibt schlimmere Probleme im Leben."

„Was ist denn Ihr Problem, Herr Müller?"

„Ich, zum Beispiel, will sterben."

„Sehr gut, ich dachte schon, es wäre etwas Ernstes", atmete der Psycho auf. „Sie sollten wissen, lieber Müller, psychosymptomalen

Forschungsarbeiten zufolge will jeder Mensch mindestens ein- bis zweimal in seinem Leben sterben, aber nicht jedem gelingt es. Was bedrückt Sie denn, mein Freund?"

„Bei mir häufen sich die Probleme."

„Das glauben Sie nur."

Psycho musterte mich prüfend, und ich schrumpfte unter seinem scharfen, vieldioptrischen Blick zusammen. Wir versanken für eine Weile in tiefes Schweigen. Mir war klar, dass er in den Abgründen meiner Seele las wie in einem offenen Buch. Leonard Böhm nahm langsam seine Brille ab und ließ sie in der Luft baumeln:

„Ja", erklärte er, „die Mutter."

Noch bevor ich reagieren konnte, setzte er seine Analyse fort:

„Schon bei unserem ersten Treffen, als wir uns über den Fernsehcharakter einer gewissen Amanda unterhielten, schon damals zeichnete sich vor meinen Augen eine klare Diagnose ab. Die zahlreichen Probleme, mit deren Existenz Sie sich herumplagen, sind inhaltsleere Illusionen, mein Herr, sub-perversuelle Alternativen, um es in den Begriffen der modernen Psychometrie auszudrücken." Böhm verstummte für einen Moment, setzte seine Brille wieder auf und fügte hinzu: „Müller, Sie wollen in den Leib Ihrer Mutter zurückkehren. Kämpfen Sie nicht dagegen an. Zur Erfüllung dieser heimlichen Sehnsucht sind Sie ja sogar bereit, Ihrem Leben ein Ende zu setzen, um eine Wiedergeburt zu erleben. Wirklich bedauerlich, dass ich Sie nicht sofort nach unserer ersten Sitzung behandeln konnte. Wie auch immer, ich benötige noch einige Fakten, um meine Diagnose zu vervollständigen. Versuchen wir uns zu erinnern, wann und warum Sie zum letzten Mal mit Ihrer Mutter gestritten haben."

„Ich hab nicht gestritten."

„Trotzdem. Unser besonderes Verhältnis zur Muttergestalt erfordert Mut. Erinnern Sie sich."

„Ich kann nicht, Herr Böhm."

„Erinnern Sie sich, mein Freund. Dieses Mosaik verdrängter Eindrücke ist der Schlüssel zu Ihrer Wahrheit."

„Wie?"

„Wie? Ich sage Ihnen wie, sogar ohne Honorar, Müller. Alle Ereignisse Ihres Lebens wurden in Milliarden von grauen Zellen in Ihrem Nervensystem gespeichert. Sie stellen das geheime Versteck Ihres wahren Seins dar, auch wenn jeden Tag zehn Millionen graue Zellen auf natürlichem Wege sterben. Öffnen Sie die Tore zu diesem Archiv weit, Müller. Vielleicht sind Sie noch immer in Ihre Mutter verliebt, ohne sich dessen bewusst zu sein."

„Ich bin nicht verliebt."

„Wirklich nicht?"

„Ich war ein drei Wochen altes Baby, als ich sie zum letzten Mal gesehen habe, Herr Böhm."

„Aha", schloss der Psycho seine Diagnose nachdenklich ab. „Genau wie ich sagte, Müller, das ist der Hintergrund für Ihren traumatischen Zustand."

Ich stand vorsichtig auf und ging nach Hause, zurück zum Mutterleib meiner Frau.

„Und", fragte Hilde, „habt ihr etwas herausgefunden?"

„Ja. Man sollte Psycho unverzüglich zur Beobachtung schicken."

Ich zog mich schnell in mein Zimmer zurück, nahm meinen Taschenrechner und stellte eine beiläufige Rechnung über den Bestand meiner grauen Zellen auf. Ich war längst im Minus.

DANACH nahm der eintönige und sinnlose Alltag wieder seinen Lauf. Ich verschanzte mich in unserem Haus, weit entfernt vom Lärm der Welt, und blätterte in den vertrauten Modeprospekten, bis Hilde vom Lüstenauer mit den Zeitungen kam. Dabei bat ich sie jeden Tag, keine mehr mitzubringen, denn ich wollte nicht lesen, wann mein Untergang zur Primetime gesendet wird. In diesen Tagen fraß ich unkontrolliert und trank Papas Bier-Wodka-Cocktail. Mit Ausnahme meiner Frau sprach ich mit niemandem, hob nicht einmal den Hörer ab. Die Atmosphäre ähnelte der einer Hinrichtungszelle. Mein leicht besoffener Menschenverstand riet mir, noch rechtzeitig vor dem Piloten ins Ausland zu fliehen. In Hildes Büchersammlung fand ich sogar einige Landkarten, und ich konzentrierte mich auf Südamerika, vor allem auf Brasilien, wegen Amanda.

Ich rief im Lüstenauer an, um Hilde vorsichtig anzudeuten, sie solle sich nicht wundern, wenn ich für einige Zeit verschwunden wäre. Die Telefonistin der Schule konnte sie jedoch nicht finden. Ich zog mir noch ein Gläschen rein, schleppte einen großen Koffer in mein Zimmer und begann meine Sachen zu packen, vor allem gebügelte Hemden, aber nur wenige Unterhosen, denn die sieht man ja nicht. Ich steckte noch ein paar Flaschen ein, den Stadtplan von Buenos Aires und dann klingelte das Telefon.

Ich dachte, Hilde rufe zurück, und hob ab. Es war jedoch Sascha, und an seiner Stimme konnte man erkennen, dass ich nicht der Einzige war, der Spirituosen einpackte.

„Hör ... hör mal ...", stieß mein Agent krächzend hervor, „du bist der Größte ... du bist Ro ... Roman ... du ..."

Sascha schluchzte auf, und ich ließ ihn in Ruhe. Ich wusste nur zu gut, warum er trank. Weil er in meinem Namen unterschrieben hatte. Ich warf gerade Spock in den Koffer und überlegte, ob ich nicht auch Hilde mitnehmen sollte, als es an der Tür klopfte und ein minderjähriger Bote eintrat.

„Sind sie Romanowitz?", fragte er und stellte eine große Vase mit vielen weißen Rosen ab. Er drückte mir einen kleinen Umschlag in die Hand und wartete auf sein Trinkgeld. Ich erklärte ihm, dass ich soeben dabei sei, nach Südamerika zu verreisen, und öffnete den Umschlag.

Danke, stand auf einem Zettel in Großbuchstaben, Dein Martin. Kostbare Rosen?

Die Tür ging auf und Hilde trat wankend ein, eine Zeitung unter dem Arm. Sie war weiß wie die Wand und ließ sich in den erstbesten Sessel fallen. Mit Mühe brachte sie hervor:

„Die Sendung ... Brauche einen Arzt ..."

Sie deutete mit dem Finger auf die Zeitung. Ich warf einen Blick darauf und begann zu schwitzen. Science-Fiction, dachte ich, oder ich bin total besoffen ...

Es handelte sich um die wichtigste Tageszeitung im Lande und die Schlagzeile auf der ersten Seite lautete A STAR IS BORN, und unter den korpulenten Buchstaben ... in der Zeitung, die jeden Morgen vom ganzen Land gelesen wird ... ein Foto auf der ersten Seite ... Ja, mein Foto ... und unter meinem Porträt stand ...

CAMILLO L. ROMANOFF
DER UNBEKANNTE SCHAUSPIELER, DER ÜBER NACHT
DIE NATION EROBERTE

Ich sank zu Boden und kroch zu Hilde, die mit geschlossenen
Augen im Sessel lag. Ich bot ihr ein Glas Wodka an, konnte jedoch
ihre zusammengekniffenen Lippen nicht öffnen und kippte das
Glas selbst hinunter, denn ich brauchte es ebenso dringend wie sie.
Danach warf ich den Koffer in den Schrank und nahm Dr. Spock
zur Hand. Am Rande des physischen Zusammenbruchs fand ich
auf Seite 103, dass der bodenfeste Mann in der ersten Woche des
siebten Monats belohnt wird …

Es war der dritte Juli, im siebten Monat. An den Rest erinnere
ich mich nicht.

ICH MUSSTE WOHL einen komischen Eindruck gemacht haben. Jedenfalls rannte Hilde ins Nebenhaus, um einen Internisten zu alar-
mieren, aber als sie an einem Zeitungsstand vorbeikam, wurde ihr
von den Schlagzeilen schwindlig, sodass sie alle vorhandenen Zeitungen aufkaufte.

Bevor sie atemlos nach Hause kam, hatte ich bereits begonnen,
den langen Artikel unter meinem riesigen Konterfei in der wichtigen Tageszeitung zu lesen. Wort für Wort kann ich wiedergeben,
was der bekannte Kunstkritiker Gerschon Glasskopf in der Nacht
verfasst hatte, denn dieser Zeitungsausschnitt schmückt heute, in
Gold gerahmt, die Wand des Arbeitszimmers in meiner Villa.

Der bedeutende Kritiker, allgemein als „Kunstpapst" bekannt,
begann seinen Artikel mit einem umfassenden Rückblick auf die
Theater- und Kunstgeschichte seit ihrer Entstehung. Er machte
kein Geheimnis aus seiner Enttäuschung, dass seit dem griechischen Theater keine nennenswerte Entwicklung in der Bühnen-
konzeption stattgefunden habe. Seiner Meinung nach gebe es
keinerlei Hoffnung, dass der enorme Vorsprung, den sich die moderne Malerei und die zeitgenössische Musik in der Zwischenzeit
verschafft hätten, mit den versteinerten Prinzipien der Theaterwelt jemals wieder aufgeholt werden könne.

So schrieb G. Glasskopf, doch im nächsten Absatz kam er zum Kern:

Heute Nacht, in der Primetime, wurde eine tausendjährige Stagnation durchbrochen, als der Pilot der Serie „Im Wirbel der Leidenschaft", auf Zelluloid verewigt, ausgestrahlt wurde. Ein unbekannter Schauspieler und ein gewiefter Produzent von Filmen eines gewissen Genres erteilten uns eine unvergessliche Lektion in der Unbegrenztheit der Filmwelt und verursachten eine derart explosive Wende in der theatralischen Denkweise, wie sie in ihrer Bedeutung nur unzureichend in Worte gefasst werden kann.

Das hatte er tatsächlich geschrieben, Gerschon Glasskopf höchstpersönlich, Wort für Wort, und so hängt es wie gesagt an meiner Wand.

Zunächst wollte ich mir die Sendung nur wegen G. Ramasury anschauen (übrigens wunderbar in der Rolle des geilen Chirurgen), jedoch ungefähr in der Mitte des Piloten, als meine Frau und Tochter ergriffen in Tränen ausbrachen und auch ich bereits feuchte Augen hatte, beschloss ich, einige Freunde und Kollegen anzurufen, damit sie wenigstens nicht das Ende dieses einmaligen Erlebnisses versäumten. Doch alle, die ich erreichte, waren schon von anderen Zuschauern informiert worden. Die ganze Nation saß heute Nacht gefesselt vor dem Bildschirm.

Unter dem Einfluss dieser eindrucksvollen Kritik kippte ich schnell noch ein Gläschen, ich weiß nicht mehr, das wievielte.

„Was tat C. L. Romanoff?", fuhr der einflussreichste Kritiker in seiner Rezension fort.

Unter der Regie von Martin Sulz zerstampfte er die uralten Gesetze der Schauspielerei, machte Schluss mit der verlogenen These, Schauspieler wie Zuschauer seien sich nicht bewusst, dass das Spiel auf der Bühne keine Wirklichkeit, sondern nur ihre jämmerliche Imitation ist und der Schauspieler nicht der Charakter und der Charakter nicht der Schauspieler sei, dass beide eigentlich eins sind und trotz allem zwei. Camillo Lloyd Romanoff als ein vom Schicksal geschlagener Ehemann, hoffnungslos in seine wunderschöne Frau verliebt, stellte heute Nacht alle professionellen Normen in den Schatten, und er tat dies virtuos, sowohl mit seiner strahlenden metaformhaften Offenheit, wie auch als lebender Beweis für die Vorurteile, die unsere heuchlerische Gesellschaft noch immer gegen das homosexuelle Lager hegt.

Gegen die Rezension an sich hatte ich nichts einzuwenden. Leider enthielt sie jedoch einige faktische Fehler. Allein dass mir der Kritiker den rätselhaften Namen C. L. Romanoff gab, irritierte mich außerordentlich. Ich rief meinen Vater an und fragte ihn, ob in unserem Stammbaum zufällig ein Romanoff vorkäme.

„Quatsch", antwortete mein Alter. „Wir sind alle Müllers. Was ist denn mit dir los?"

Ich beruhigte ihn, es sei alles in Ordnung, und wandte mich wieder der hochinteressanten Kritik zu:

„Romanoff spielte nicht, er lebte seine Wahrheit, er kreierte ein Dasein aus dem Nichts, eine Art kleines, dokumentarisches Opus, von dessen Impulsen es kein Entkommen gibt. Wer ist dieser herrliche Mann, woher kommt er? Wir bewundern, nein, wir danken Martin Sulz für die aufregendste Entdeckung des Jahres."

Nun vergab der hohe Richter über die zeitgenössische Kunst noch einige Superlative an die andere aufregende Entdeckung, nämlich Carla Weinstock,

die nicht nur eine äußerst attraktive Frau ist und Gerüchten zufolge auch außerhalb des Studios mit Romanoff in engem intellektuellen Kontakt steht, sondern zudem eine begabte Schauspielerin, die in ihrer Rolle als Gloria ihre verhaltene Liebe zu ihrem Ehemann zum Ausdruck bringt, obwohl sie ihm die unsagbar schmerzliche Botschaft über den Grund der deutlichen Abkühlung ihrer Beziehungen übermitteln muss.

Die kurze Antwort Romanoffs ist einfach herzergreifend. „Ich wusste, dass es so kommen wird", stöhnt er auf, „da heule ich wie

ein Kind." An dieser Stelle bricht die revolutionäre Absicht erstmals durch. Die entscheidende Wende in der theatralischen Gedan-
kenwelt tritt ein, als er sich direkt an den Regisseur wendet: „Ich
hab Sie gewarnt, Herr Sulz, ich bin kein Schauspieler."

Wie wahr. Camillo Lloyd Romanoff ist kein Schauspieler. Er ist
mehr.

Den Höhepunkt seiner künstlerischen Leistung erreicht Romanoff in der Szene im dunklen Schlafzimmer, eine der herausragendsten kinematografischen Errungenschaften der letzten sechzehn Jahre.
Sie ist eine Erotikszene par excellence, wobei die Regieführung auf
billige Effekte, wie sie in unserer heutigen Zeit so häufig eingesetzt
werden, verzichtete. Die beiden Akteure sind zwar halb nackt, aber
von Romanoff ist auf dem Bildschirm nur sein erstaunlich muskulöser Rücken zu sehen, wobei seine Schultern im Sturm des robusten Kusses leicht erzittern.

Und dann, zu guter Letzt, das neurotische und ergreifende Fi-
nale Romanoffs, als er in tiefster Verzweiflung über seine männliche Impotenz ins Zimmer stürzt, seine unbefriedigte Frau mit dem
ambivalenten Kosenamen „Schöne Frau" anspricht und in tiefster
emotioneller Selbstverleugnung behauptet, der Mann, der sie im
Schlafzimmer geküsst habe, sei nicht er, sondern „ein anderer"
gewesen. Auch hier, in diesem mitreißenden Monolog, der in den
Herzen zahlreicher Zuschauer ein magisches Erzittern auslöste,
bleibt er seiner gedanklichen Rebellion bis zuletzt treu. Mit derselben überzeugenden Natürlichkeit, mit der er seine enttäuschte
Liebe erklärte, verkündet Romanoff nun: „Es ist mir egal, wenn
der große Regisseur (Martin Sulz oder vielleicht Gott, d. Red.) das
hört."

Eine derartige Wende hat es in der Kinowelt noch niemals gegeben. Romanoff beendet sein emotionelles Feuerwerk mit der philosophischen Frage: „Was soll dieser ganze Zirkus?" und fasst sein
schockierendes Geständnis mit Worten zusammen, die eigentlich
wieder auf die zweischneidige Verbindung zwischen dem Schauspieler und seiner Rolle hindeuten, indem er den Satz murmelt: „Man
hat hier (im Studio, d. Red.) einen Schwulen aus mir gemacht."

Wir warten ungeduldig auf die kommenden Folgen.

Eine epochale Kritik, zweifellos einigermaßen überraschend. Wie es dazu kam, dass der Pilot mit meinen originalen Ausbrüchen überhaupt gesendet wurde, erfuhr ich einige Wochen später von der Cutterin Margarete, die gemeinsam mit Sulz für den Schnitt verantwortlich war. Margarete ist eine der angesehensten Filmexpertinnen, darüber hinaus ausnahmsweise auch eine überaus anständige Erscheinung in der Branche. Sie betrachtete es als ihre Pflicht, mich über ihre Rolle in diesem ganzen Wunder aufzuklären.

Sie erzählte mir, dass Sulz von Anfang an niemals die Absicht gehegt habe, den Piloten fertigzustellen. Ja, er war sogar bereit gewesen, sein ersehntes Treffen mit Carla bis zum nächsten Projekt zu verschieben. Aber die Primetime-Sensation war bereits groß angekündigt worden, sodass Sulz, um ein juristisches Debakel zu vermeiden, schließlich nachgab und begann, den Piloten zusammenzuschneiden.

Wie immer saß er im Schneideraum neben Margarete vor dem kleinen Bildschirm, auf dem das Sechzehn-Millimeter-Filmchen ablief. Er mischte sich nicht ein und ließ den Piloten fast bis zum Ende abschnarren, aber nach meinem letzten Ausbruch mit der „Schönen Frau" stoppte der ungeduldige Producer und schaltete das Licht im Raum an.

„Wir brauchen keine Angst zu haben", brummte er, „das Geschwafel dieses Kerls werfen wir raus und schieben einen normalen Text eines normalen Schauspielers unter …"

Sulz schaute Margarete grinsend an und verstummte. In ihren Augen seien Tränen gestanden.

„Es stimmt schon, es ist völlig verrückt, völlig durcheinander und völlig unmöglich", habe sie Sulz gesagt, „aber das ist die ergreifendste menschliche Darbietung, die ich in meinem Leben als Cutterin gesehen habe. Dieser Müller ist ein blutiger Laie, ohne Ahnung von Schauspielerei, aber vielleicht ist er deshalb so hervorragend. Ich glaube, wir sollten ihn so lassen wie er ist, trotz aller Ungereimtheiten."

„Aber das ist doch total absurd."

„Herr Sulz, das ist Ihr Film. Bringen Sie ihn selbst zu Ende …"

„Moment mal", rief Sulz, „wo brennt es? Ich wollte nur sagen, es wäre total absurd, Karl Müllers Originalton anzurühren. Aber Sie haben mich nicht ausreden lassen."

Da habe sich Margarete zurück an den Apparat gesetzt. Sulz versicherte sie nochmals seines uneingeschränkten Vertrauens und entfloh dem Schneideraum. Er hatte genug, wollte von dem ganzen verdammten Piloten nichts mehr hören. Noch am selben Abend machte er sich in Richtung Süden davon, um bis zur Sendung unterzutauchen.

ICH WAR und blieb ein vollkommen ratloser Romanoff. Dennoch trug Gerschon Glasskopfs schmeichelnde Kritik zu einer gewissen Steigerung meines Selbstbewusstseins bei. Allmählich bekam ich sogar das Gefühl, ganz unbewusst etwas Großes geleistet zu haben. Zumindest war ich kein Pimpf. Diese Überzeugung wuchs mit den Anrufen, mit denen ich plötzlich überschüttet wurde.

Als Erstes war die Boutiquespinne an der Strippe, die mich hinausgeschmissen hatte. Sie konnte vor Aufregung kaum sprechen:

„Das war … war ein … ein … dokumentarisches Opus", seufzte sie. „Ich bitte Sie um Verzeihung, Herr Romanoff, ich hatte ja keine Ahnung … Sie sind kein Schauspieler, Sie sind mehr … Und was für ein erstaunlich muskulöser Rücken … Bitte um Verzeihung …"

„Ist schon in Ordnung, gnädige Frau."

Das Gespräch mit dem ausgemergelten Produktionsleiter war wesentlich sachlicher:

„Ich habe schon immer an Sie geglaubt, Camillo. Sie haben alle Rekorde gebrochen, mein Freund. Wir fingen mit acht Prozent an und zum Schluss hatten wir dreiundsechzig, und das, obwohl im Eurosport ein Fußballspiel lief …"

Ich konnte nicht viel sagen, schließlich war für mich die Situation noch ganz neu. Als mir zum Beispiel Frau Sulzens heisere Stimme erzählte, wie ich in den Herzen zahlreicher Zuschauer magisches Erzittern ausgelöst hätte, sagte ich zur Hexe „falsch verbunden" und legte auf. Danach sagte einer, er sei total schwul, genau wie ich, und alle Achtung, ich sei heute Nacht ein Vorkämpfer gegen Vorurteile gewesen. Er dankte mir dafür von ganzem Herzen und würde sich gerne so bald wie möglich mit mir treffen.

Hildes Anwalt bemerkte, ich habe eine explosive Wende in der theatralischen Denkweise verursacht, und da es jetzt sicher keinen Prozess geben werde, schicke er eine Rechnung für die Aufbewahrung der Akte. Der interessanteste Anruf stammte jedoch von einem lispelnden Alten, der behauptete, er versuche schon seit zwei Stunden mich zu erreichen.

„Sie haben heute Nacht alle professionellen Normen in den Schatten gestellt", sagte der Mann. „Ich habe immer zu Hilde gesagt, dass das Theater an tausendjähriger Stagnation leidet, aber meine Ex war ja in Paul Newman verliebt …"

Geschiedene Männer sind irgendwie immer blöd, ohne Zweifel. Unsere Tochter Benedictina wollte mir wahrscheinlich gratulieren, aber ihre Kehle war wie zugeschnürt. Schließlich brüllte sie „Shit!" und hängte auf. Der Psycho hingegen brachte seine persönliche Meinung in professioneller Klarheit zum Ausdruck:

„Ich bin keineswegs überrascht. Meine Diagnose über Ihre gespaltene Persönlichkeit wurde in der Kritik von G. G. lediglich wiederholt. Wie ich gesagt habe, Sie sind sowohl Schauspieler als auch der Charakter, eigentlich eins und trotz allem zwei. Viel Erfolg, Karl, lassen Sie von sich hören."

Von Gespräch zu Gespräch wurde ich nüchterner. Der Alkohol verdunstete in meinem Kopf. Meine atemlose Hilde war inzwischen ohne Internist, aber mit allen Zeitungen des Tages eingetrudelt.

Die Schlagzeilen waren unterschiedlich. DIE NACHT ROMANOFFS glänzte eine Zeitung auf dem Titelblatt, während eine andere, und zwar die, der Sulz ein Interview verweigert hatte, ihre Kritik mit der Überschrift DER PRODUZENT WURDE ZERMALMT krönte. Die Spätausgaben standen fast alle unter dem Einfluss der G.G.-Rezension vom Morgen. Einige brachten jedoch gewisse Vorbehalte zum Ausdruck, wie zum Beispiel ein Journal, das fragte: ROMANOFF NOCH BEI SULZ? BRANCHENHAIE REISSEN SCHON DIE MÄULER AUF!

Producer Sulz selbst gab am nächsten Tag ein ausführliches Interview in der Frauenzeitschrift *Die allzeit bereite Frau*, die ihn kurz vor Redaktionsschluss in seinem südlichen Refugium aufgespürt hatte. Auf einer der vordersten Seiten prangte ein Foto von Sulz und mir in inniger Umarmung. Ich konnte mich nicht daran erinnern, wann wir fotografiert worden waren, doch auch dieses Interview hängt bei mir an der Wand. Auf die erste Frage der Redakteurin bezüglich des fulminanten Erfolgs antwortete Martin Sulz in jener überzeugenden Offenheit, die sich nur Menschen mit jahrelanger Medienerfahrung aneignen können:

Seit langer, vielleicht zu langer Zeit trage ich die Theorie über die theatralische Zweischneidigkeit mit mir herum, hielt mich jedoch mit ihrer Veröffentlichung zurück, da ich noch keinen Komödianten von der Größe eines Camillo Lloyd Romanoff gefunden hatte. Nur er konnte meine Botschaft an das künstlerische Establishment restlos weitergeben.

Wir lasen dieses fesselnde Interview zusammen, Hilde und ich, während ich sie auf unserem Sofa im Arm hielt. Seit Langem hatte ich das nicht getan, dennoch geriet Hilde über Sulzens Geschwafel in Rage. Sie sprang auf und trank ein ganzes Glas Wasser, bevor sie fähig war, mit mir gemeinsam weiterzulesen.

Zeitschrift: Herr Sulz, wie brachten Sie den Mut auf, die Hauptrolle mit einem unbekannten und unerfahrenen Schauspieler zu besetzen?

Martin Sulz: Intuition, meine Liebe, Intuition und Menschenkenntnis. Die geringe Bühnenerfahrung Romanoffs interessiert mich in keinster Weise, sein überwältigendes Charisma schlug mich sofort in Bann. Wie immer bei wichtigen Produktionen interessierte ich mich auch für den menschlichen Hintergrund. Camillo ist mit einer vielseitigen Persönlichkeit gesegnet, mit humanitären Neigungen, wie zum Beispiel seine Intelligenzforschung in der Tierwelt, mit Schwerpunkt auf der Klugheit des Esels.

Hilde begann zu kreischen, stampfte mit den Füßen und fuchtelte wild mit den Armen:

„Das ist kein Interview, das ist ein Skandal! Ich werde diesem nichtsnutzigen Wurm einen Prozess an den Hals hängen und ihn in aller Öffentlichkeit zum Narren machen. Was gibt es da zu lachen?"

Ich lachte grundlos. Wahrscheinlich fand ich das Geschwätz von Sulz irgendwie komisch, schwarzer Humor oder so etwas Ähnliches. Der Clou sollte jedoch noch kommen:

Zeitschrift: Herr Sulz, Sie scheinen in Ihren Romanoff regelrecht verliebt zu sein. Es stellt sich jedoch die Frage, warum Sie ihn überall als Karl Müller ankündigten?

Martin Sulz: Warum? Oh, meine Liebe, können Sie denn nicht erraten, warum ein Mann namens Romanoff seine Herkunft vor den neugierigen Augen der Öffentlichkeit verbergen wollte, zumindest solange ich ihm nicht die Gelegenheit gegeben hatte, seine begnadeten schauspielerischen Talente in einem geeigneten Rahmen zu offenbaren. Ich bin froh und stolz, bei allen Folgen der Serie mit ihm zusammenarbeiten zu dürfen.

Zeitschrift: Auf wie viele Folgen können wir uns freuen, Herr Sulz?

Martin Sulz: Der Redakteur der Primetime setzt mich unter Druck, aber ich musste ihm mitteilen, dass ich mich leider zu nicht mehr als vierundzwanzig weiteren Episoden verpflichten könne …

Da klingelte das Telefon. Hilde schnappte sich den Hörer:

„Ja, vielen Dank, sehr nett von Ihnen", hörte ich sie zwitschern. „Nein, ich war überhaupt nicht überrascht … Was Sie nicht sagen, ist das eine Einladung? … Ja, ich komme gern, ja, auch mein Mann … Ich weiß, ich weiß, Missverständnisse können bei Schauspielern schon mal vorkommen … Ich werde es ihm gleich ausrichten. Ciao."

„Hilde, wer war das?", fragte ich.

„Carla Weinstock."

Der Siegeszug

Carla telefonierte also mit ihrer neuen Freundin, Frau Romanoff, geborene Müller. Die Schönste von allen lud meine Hilde zu den Landesmeisterschaften im Synchronschwimmen ein. Bekanntlich ermöglicht diese Sportart den Schwimmerinnen, ihre Beine sehen zu lassen, und als Alibi führen sie in den Tiefen des Schwimmbeckens bis zur Atemnot rhythmische Verrenkungen vor.

Auch Carla. Das hatte mir gerade noch gefehlt.

„Dieses Frauenzimmer setzt dir nur Flausen in den Kopf", warnte ich meine naive Gattin. „Wen interessieren schon ihre Schenkel?"

„Nicht alle Männer lässt das so kalt wie dich, mein Schatz", spöttelte Hilde. „Was hast du eigentlich gegen diese schöne Frau?"

„Das weißt du ganz genau."

„Carla ist gekränkt. Sie sagt, du warst während der Dreharbeiten äußerst kühl zu ihr, und trotzdem hat sie sich zurückgehalten und nicht darauf reagiert."

„Du warst doch dabei, oder?"

„Berufliche Meinungsverschiedenheiten sind kein Grund, nachtragend zu sein, Karli. Sie war jetzt ausgesprochen nett am Telefon."

„Gut, ich gebe auf."

Wenn Hilde unbedingt hingehen wollte, dann sollte sie. Aber ohne mich. Ich war kein Waschlappen. Schließlich bekam ich soeben ein offizielles Telegramm nach dem anderen, ein schlagender Beweis für meinen neuen Status in der Gesellschaft.

Eines der Glückwunschtelegramme war besonders bemerkenswert. Der Tierschutzverein lud mich hochachtungsvoll ein, am Wochenende in seinem Klubhaus einen Vortrag zu halten. Das Thema: „Die neuesten Erkenntnisse zur Intelligenz des Esels, pro und contra."

Hilde war eindeutig contra:

„Wir werden unsere kostbare Zeit nicht mit Dingen verplempern, die der Vergangenheit angehören. Du wirst nie wieder kluge Esel spielen. Du bist jetzt eine Celebrity, wenn auch nicht unbedingt klug."

Ich warf einen Blick in den Spiegel, konnte aber keine besonderen Veränderungen feststellen. Derselbe Karl, mit einer Visage, die zu wünschen übrig lässt. Aber wo Hildchen recht hat, hat sie recht. Nach einigen Minuten erschien ein uniformierter Bote mit einem höchstpersönlichen Schreiben des Präsidenten der Schauspielergewerkschaft.

Sehr geehrter Camillo, erlauben Sie mir, Sie so zu nennen, lieber Herr Romanoff, begann der Brief, verfasst auf einem umweltfreundlichen Büttenpapier.

Der Verfasser dieser Zeilen zieht im Namen der Schauspielergemeinschaft den Hut vor Ihrem emotionellen Feuerwerk mit philosophischem Tiefgang, zweifellos eine der herausragendsten kinematografischen Errungenschaften der letzten sechzehn Jahre.

Es wäre eine große Ehre für uns, Sie im Rahmen einer feierlichen und der Bedeutung des Anlasses würdigen Zeremonie in unseren Bund aufnehmen zu dürfen. In freudiger Erwartung einer Zusage, liebster Camillo, verbleibe ich untertänigst. Nach Diktat verreist.

Hilde konnte ihre Rührung nicht verbergen:
„Netter Brief. Da gehen wir hin."
Die Telegramme häuften sich und die Telefonate rissen nicht ab, auch einige Blumensträuße trafen ein und eine Schachtel Pralinen von Betty. Hilde fragte mich, wer Betty sei. Ich hatte keine Ahnung. Am Abend dann der Anruf, der alles andere in den Schatten stellte:
„Weißt du, wer kommt?", schrie Hilde und puderte in Windeseile ihre erröteten Wangen. „Martin Sulz ist auf dem Weg zu uns."
„Na und", bemerkte ich, „wenn ich mich nicht irre, hast du ihn als nichtsnutzigen Wurm bezeichnet."
„Das war einmal."
„Und? Was hat sich geändert?"
„Die Infrastruktur."
„Du und dein Infrakäse", murmelte ich, doch glücklicherweise klingelte es eben jetzt an der Tür. Braun gebrannt und mit possierlichen Schritten trat Martin Sulz ein, im Arm eine kleine, gebrauchte Vase. Zuerst küsste er der völlig verdatterten Hilde die Hand, dann überreichte er ihr mit äußerster Vorsicht den Topf:
„*Darf ich Ihnen im Namen der Produktionsfirma M. Sulz dieses Tongefäß aus der Epoche der Ming-Dynastie überreichen, Madame*", las der Producer von einem kleinen Zettel ab. „*Möge diese bescheidene Gabe als Zeichen der Anerkennung für einen genialen*

Schauspieler gelten, der unter meiner Regie die uralten Gesetze der Schauspielerei zerstampfte."

„Das war aber doch wirklich nicht nötig, Herr Sulz, so eine schöne Vase, so eine Kostbarkeit …"

Hilde bat den hohen Gast, im Wohnzimmer Platz zu nehmen, und fragte, was sie ihm zu trinken anbieten dürfe.

„Eine Tasse Kaffee, Frau Romanoff, ohne Süßstoff."

„Wir haben leider keinen Süßstoff zu Hause", entschuldigte ich mich und stellte sogleich die brennende Frage: „Haben Sie die Klage zurückgezogen, Herr Sulz?"

„Welche Klage?"

Das Gespräch kam in Schwung, als der Producer seine Tasse zu einem Trinkspruch hob und sich in sanfter Nostalgie an die angenehme Zusammenarbeit mit Camillo erinnerte.

„Welchen Camillo?", protestierte ich. „Müssen Sie diesen Unsinn von der Kritik übernehmen?"

„Das ist von nun an Ihr Künstlername, lieber Karl."

„Wer sagt das?"

„Ich."

Die Erklärung lag auf der Hand. Ein besonders angesehener Theaterwissenschaftler hatte Sulz sofort nach dem Piloten erreicht, um mit ihm über die sensationellen Einschaltquoten und den Senkrechtstarter in der Rolle des Schwulen zu diskutieren, von dem bisher niemand gehört hatte.

„Ich hab sofort geschaltet, dass man mit dem Namen Müller niemals ein Star werden kann", erzählte Sulz. „Ich teilte der Theaterkoryphäe mit, der wirkliche Name Karls sei Camillo Lloyd Romanoff."

„Warum ausgerechnet Romanoff?"

„Am Abend zuvor hatte ich einen Fernsehfilm über die Zarentochter Anastasia Romanoff gesehen. Also war das der erste Name, der mir einfiel."

„Aber warum Lloyd?"

„Um dem Namen Bedeutung zu verleihen. Lloyd wird mit zwei Ls geschrieben, das haut immer hin."

„Brillant", stimmte meine Frau zu. „Sie sind großartig."

„Danke, Gnädigste. Ich unternehme alles Menschenmögliche, um die Karriere meiner Akteure zu fördern."

„Auch Glasskopf hat sehr schön geschrieben."

„Wer, bitte?"

„Gerschon Glasskopf, der Kritiker."

„Ich lese aus Prinzip keine Rezensionen, Frau Romanoff. Das interessiert mich nicht. Ich brauche keinen Kritiker, um zu erkennen, dass Ihr Gatte ein Virtuose von strahlender, metaformhafter Offenheit ist. Meiner Cutterin Margarete habe ich ausdrücklich verboten, die freien Worte Camillos anzurühren. Die kleine Närrin wollte seinen Text um jeden Preis ändern. Ich sagte zu ihr: Nur über meine Leiche, Margarete."

Mein Blutdruck stieg, aber Hildchen unterbrach uns noch rechtzeitig:

„Was hat Sie eigentlich zu uns geführt, Herr Sulz?"

„Sagen Sie Martin zu mir, liebe Hilde. Ich kam, um unsere Freundschaft zu besiegeln, bevor wir uns voller Lust in die nächsten Folgen vertiefen."

„Sie machen weiter, Martin?"

„Unbedingt, liebe Hilde. Ich verstehe natürlich, dass Camillo nicht mehr für fünfzehn Dollar am Tag bei mir arbeiten kann. Ich schlage fünfundvierzig Dollar vor."

Eine Welle elementarer Freude überwältigte mich. Tolles Image, tolle Kohle. Bevor ich Sulz jedoch um den Hals fallen konnte, erhob sich Hilde aus ihrem Lieblingsschaukelstuhl:

„Erlauben Sie mir, Martin, ein paar Worte mit meinem Mann zu wechseln?"

Damit zerrte sie mich ins Nebenzimmer.

„Jetzt hör mir genau zu, Karli", flüsterte sie mir ins Ohr, nachdem sie die Tür geschlossen hatte. „Sulz kann ohne dich keine einzige Folge drehen. Lass mich mit diesem Gangster verhandeln."

„Gangster? Als er kam, bist du vor Ehrfurcht fast in Ohnmacht gefallen."

„Ich hab mich wieder erholt."

Ich starrte meine Angetraute mit offenem Mund an. Jeder Tag brachte eine neue Überraschung. Gerade erst hatte ich erfahren, dass ich ihr dritter Ehemann war, und schon stand, und zwar mit ihrem ganzen Gewicht, eine patente Geschäftsfrau vor mir.

Sie schleppte mich zurück ins Wohnzimmer.

„Wir haben Ihr Angebot besprochen, Martin", lächelte die erfahrene Lehrerin für Sozialkunde. „Wir finden, dass diese Gage für einen Meteor namens Camillo Lloyd Romanoff nicht angemessen ist."

„Gut, ich bin bereit, auf sechzig Dollar zu erhöhen, aber das muss ich erst mit der Buchhaltung klären."

„Tun Sie das", sagte Hilde. „Aber klären Sie dreitausend Dollar pro Tag."

Sulz glotzte mich an. Ich aber war in Gedanken verloren.

„Soll das ein Witz sein, Frau Müller?", fragte Sulz entgeistert, und mein Hildchen strahlte ihn weiter unbeirrt an:

„Dreitausend am Tag, plus Taxispesen."

Sulz stand wortlos auf, ging direkt zur Türe, und knallte sie von außen zu. Ich wollte hinterher, aber Hilde hielt mich zurück. In gespannter Ruhe saßen wir da, bis die edle Gestalt von Produzent Sulz wieder im Türrahmen erschien.

„Ich möchte ausschließlich mit Herrn Müller verhandeln."

„Das ist Ihr gutes Recht", stimmte ich zu. „Hiermit ernenne ich meine Frau zu meiner Sprecherin."

Hildes Blick drückte gemischte Anerkennung aus. Und tatsächlich dauerte es nicht länger als zweieinhalb Stunden, bis wir eine Einigung erzielten: Dreitausend Dollar am Tag und sechzig Dollar für die Taxispesen. Allerdings verpflichtete mich meine Sprecherin nur für zwei weitere Folgen und die Gage sei im Voraus zu bezahlen, Drehbeginn in zwei Wochen. Stil Fellini.

„Und noch etwas", gab ich meinen Senf dazu, „ich bin bereit, Glorias Ehemann zu bleiben, aber ich will kein Schwuler mehr sein."

Der Producer lag uns zu Füßen. Wahrscheinlich war seine Infrastruktur soeben dabei, stufenweise zusammenzubrechen.

„In Ordnung", stammelte er, „Sie sind bisexuell. Sie haben nur vorgegeben, schwul zu sein …"

Ich begleitete ihn zur Tür. Dort, unter vier Augen, stellte ich die Frage, die während der ganzen Zeit in mir bohrte:

„Bei der Bettszene, brauchen wir da wieder ein Double?"
Die Antwort war negativ. Das heißt positiv.

ZWEI TAGE SPÄTER reichte mir Hilde den Telefonhörer. Sie hatte den Gesichtsausdruck, der für besonders blöde Anrufer reserviert war. Saschas Stimme klang nicht mehr weinerlich, sondern tief und männlich, wie es sich für einen erfahrenen Agenten gehört.

„Meine Firma ist bereit, deine Interessen auch weiterhin zu vertreten, Karlo", teilte mir Sascha mit. „Wir sind mit dem Büro Sulz in Sachen deines neuen Vertrags in Verbindung."

„Danke, mein Guter, Hilde regelt das schon."

In dieser frühen Phase meiner Laufbahn war ich auf die Ausmaße des Proteststurms, der am anderen Ende der Leitung losbrach, noch nicht vorbereitet:

„Hör zu, Romanoff", brüllte mein Agent, „ich bin nicht von gestern, mich hat noch kein Klient angeschmiert! Ich habe dich kreiert, ich habe deine Karriere gefördert, also versuch jetzt bloß nicht, mich loszuwerden. So einfach geht das nicht, mein Lieber."

„Hilde!", schrie ich und gab ihr den Hörer zurück. Kurz darauf schrie auch sie. In letzter Zeit verließ ich mich völlig auf meine Gattin, eigentlich seit vorgestern, seit der Wende. Sie hatte sogar drei Monate Urlaub genommen, drei ganze Monate von den zweiundzwanzig, die ihr im Lüstenauer noch zustanden, und beschäftigte sich mit bezaubernder Natürlichkeit mit den laufenden Angelegenheiten. Ich war einverstanden, um mich voll und ganz der Vorbereitung auf meine Rolle in der nächsten Folge zu widmen, unter uns gesagt ohne zu wissen, wie und was.

Eine Wende vollzog sich auch zwischen Hilde und mir, besonders seit unser ehrenwerter Anwalt Dr. Friedländer um mein Autogramm auf dem historischen G.G.-Artikel gebeten hatte. Hilde hatte begriffen, dass ihrem Mann inzwischen sein Name vorauseilte, aber je berühmter ich bei den Leuten, Pardon, in der Öffentlichkeit wurde, desto schlauer wurde auch sie. Nicht einmal Dr. Spock hat eine Antwort darauf, warum die Berühmtheit ihres Ehemannes eine Frau schlau werden lässt, jedenfalls entledigte sich meine graue Lehrerin aller alten Charakterzüge, mit Ausnahme ihres konstanten Gewichts.

Um alle Missverständnisse zu beseitigen: Ich analysiere Hilde nicht, weil sie meine Frau, sondern weil sie auch Frau Romanoff ist. Als solche stand sie zusammen mit mir im krassen Widerspruch zu Dr. Spocks These auf Seite 103, die besagte, dass das einzig wahre Liebeselixier für das Sexleben die Karriere des Ehemannes sei. Wir erlebten jedoch genau das Gegenteil. Ich machte inzwischen eine Schwindel erregende Karriere, und der Sex mit meiner Frau Hilde wurde für uns zu einer klassischen Nebensache.

Was uns familiär verband, war und blieb Benedictina, unser Übrigens-Kind, die voller Stolz erzählte, sie habe ein Angebot eines Privatsenders erhalten, ihr Glück als Moderatorin Benedictina Romanoff zu versuchen. Natürlich habe sie die Gelegenheit beim Schopf gepackt, und übrigens seien auch einige unerwartete Ausgaben angefallen, weil sie übrigens vorhabe, zu heiraten. Hilde fragte gespannt, wer der Glückliche sei, und unsere Tochter beruhigte uns, wir würden ihn bald nach der Hochzeit kennenlernen.

Mama Hilde war trotzdem glücklich, denn wäre sie jetzt nicht glücklich gewesen, hätte ihre Tochter trotzdem geheiratet. Was mich betrifft, so fiel mir schon wieder Dr. Spock ein, und zwar eine Bemerkung in seinem Nachwort: „Denjenigen, die bei Hochzeiten gerührt applaudieren und dabei himmlische Glückwünsche von sich geben, möchte ich die Frage stellen, ob sie in die Maschine einer Fluggesellschaft einsteigen würden, die bereits sechzig Prozent ihrer Flugzeuge durch Abstürze verloren hat?"

Dabei wusste ich damals noch nicht, dass sich mein Töchterchen ausgerechnet in den jungen, schwarzen Türsteher der amerikanischen Botschaft verliebt hatte. Natürlich darf man einen solchen Fall nicht mit Vorurteilen betrachten, aber irgendwie betrachten, bitte schön, muss man ihn doch.

Gott sei Dank hatten wir keine Zeit, allzu lang über die angekündigte Blitzheirat zu grübeln. Jeder, der unsere Telefonnummer herausfand, zögerte nicht, seinen persönlichen Frust in wortreiche Bewunderung für meine metaformhafte kinematografische Rebellion umzuwandeln.

Hilde nahm die ganze Schwärmerei entgegen, während ich im Nebel meines Startums verweilte. Nur einmal verließ ich den Schutz unseres Hauses, um mir heimlich Schnittlauch zu kaufen, den Hilde abgrundtief hasste. Doch kaum trat ich ins Freie, entdeckten mich ein paar Kinder.

„Romanoff", brüllten sie in Ekstase, „Romanoff ist da!"

Eine übergeschnappte Göre flehte mich mit Tränen in den Augen an, ich möge meinen Namen mit Kugelschreiber auf ihren nackten Bauch schreiben. Eigentlich hätte ich das gern getan, aber ich wusste noch nicht genau, wie man den Namen Romanoff schreibt, mit einem f oder mit zwei. Ohne stehen zu bleiben, eilte ich zum kleinen Gemüseladen des alten Tsishek, doch aus dem Schnittlauch wurde nichts. Ein Schwarm von Männern umringte mich mit offenen Mündern, während die Hausfrauen hofften, ein Autogramm auf ihrem Einkaufszettel zu ergattern. Als frisch gebackene Celebrity war ich der Huldigung nicht gewachsen. Ich kämpfte mich durch den Ring meiner Fans und floh pfeilgerade nach Hause.

Hilde verbot mir, das Haus jemals wieder zu verlassen, und teilte mir mit, sie sei von nun an meine Sekretärin. Ich war sofort einverstanden. Schließlich war auch mir bekannt, dass Ehefrauen im Allgemeinen sehr zufrieden sind, wenn ihre Männer mollige Sekretärinnen beschäftigen.

Im nächsten Augenblick hörte ich ihr Telefonat mit der Boutiquebesitzerin. Die Spinne wollte wissen, ob Herr Romanoff eine Frau oder nur eine Mätresse hätte.

„Sorry", antwortete Hilde, „das Sekretariat befasst sich nicht mit dem Privatleben von Herrn Romanoff. Sie sprachen übrigens mit seiner Frau."

Nur einmal kam es vor den bevorstehenden Drehtagen zu einem Zusammenstoß zwischen uns. Als der alte Tsishek erfuhr, dass der anonyme Schnittlauchliebhaber ein Fernsehstar war, schickte er uns gleich eine ganze Kiste voll mit der grünen Köstlichkeit, jedes Büschel mit einem goldenen Schleifchen verziert. Hilde schleuderte

den duftenden Schatz gnadenlos in den Mülleimer und drohte mir
an, noch ein Ausrutscher und ich müsste selbst an den Telefonhörer gehen. Ich schwor ihr, mich zu bessern, und Sekretärin Hilde
blieb im Amt. Ich war froh. Ohne Schnittlauch konnte ich leben,
ohne sie war es zu riskant.

Und siehe da, als der Redakteur der renommierten Morgenzeitung in unserem Türstock auftauchte, verweigerte Hilde ein persönliches Treffen mit mir:

„Camillo Lloyd Romanoff gibt zurzeit keine Interviews."

Am nächsten Tag erschien in der Zeitung die schreiende Schlagzeile: Romanoff schweigt!

Daraufhin hatte das Konkurrenzblatt, eine Abendzeitung, die
glorreiche Werbeidee, auf Seite zwei ihres Blattes in einem dicken
Rahmen und in Kursivbuchstaben folgende höfliche Aufforderung
zu drucken: Leser, die Kontakt zu C.L.R. aufnehmen wollen,
mögen sich bitte schriftlich an die Anzeigenabteilung unserer Zeitung wenden.

In den nächsten Tagen seien die Auflagenzahlen abrupt in die
Höhe geschossen und in der Redaktion angeblich über siebentausend dringende Anfragen eingegangen. Die Anzeigenabteilung,
bestehend aus einem jungen Sportjournalisten, war außerstande, die gewünschten Kontakte herzustellen. Die siebentausend
Anfragen, so die Gerüchte, wurden in Säcke verpackt und in einem kugelsicheren Wagen in die russische Botschaft gefahren,
mit der dringenden Bitte, sich baldmöglichst um das Projekt zu
kümmern.

Mir bescherte diese Aktion vorübergehend etwas mehr Ruhe.
Bis der Anruf von Betty kam, der mich zufällig selbst erreichte,
da meine Sekretärin losgezogen war, die bestellten Stempel für
ihre Kanzlei abzuholen. Die Stimme kam mir irgendwie bekannt
vor, deshalb legte ich nicht gleich wieder auf.

„Hör mal, Camillo, ich hoffe, du hattest deine Freude an den
Pralinen, so wie ich an deiner Pilotensendung", erklang die junge
Stimme. „Nach unserem Fototermin musste ich oft an dich den-
ken."

Betty war also die niedliche Fotografin mit den braunen Rehaugen. Ich bedankte mich für das Geschenk und auch für die gelungene Aufnahme von mir in Gerschon Glasskopfs Rezension.

„Ich habe jedes Wort von G. G. verschlungen", gestand Betty. „Ehrlich gesagt, ich wusste schon bei unserem ersten Treffen, dass du, Camillo, viel mehr bist, als du glaubst, und ich meine damit nicht nur dein blendendes Aussehen."

Schnell stellte sich heraus, dass die hübsche Betty vorhatte, unsere Bekanntschaft zu vertiefen.

„Ich habe Lust, dich noch einmal in meinem Studio zu fotografieren, Camillo", flötete sie. „Es wird nicht länger als zwei bis drei Stunden dauern. Vor allem bin ich an deinem Profil interessiert."

Eben in diesem Moment kam Hilde mit den Stempeln zurück, und ich beendete das Gespräch:

„Vielen Dank für den Anruf. Ich hoffe, wieder von Ihnen zu hören."

Auf der Stelle wurde ich von Sekretärin Hilde gerügt:

„Wir hatten doch ausgemacht, dass nur ich ans Telefon gehe. Übrigens, wer war das?"

„Die Fotografin von der Zeitung."

„Heißt sie Betty?"

„Ja."

Hilde betrachtete mich prüfend und ließ das Thema dann fallen. Doch in meinem tiefsten Inneren spürte ich, dass sie an die mysteriöse Pralinenschachtel dachte. Jetzt glaubt sie, ich hätte sie angelogen, ging es mir durch den Kopf. Und zum ersten Mal verstand ich die etwas gemeine Bemerkung Dr. Spocks irgendwo in seinem Buch: „Jene Artgenossen, die unbedingt immer die Wahrheit sagen, sollten sich vor der Ehe ausgiebig im Herumlügen üben."

HILDES AUFMERKSAMKEIT auf Bettys Pralinen wurde von einem rosa Umschlag abgelenkt. In dem Umschlag steckte die Einladung für zwei Personen zu den Landesmeisterschaften im Synchronschwimmen wie auch ein Farbfoto ihrer neuen Freundin, der Schwimmerin Carla Weinstock, angetan mit einem winzigen Bikini.

„Wirklich eine tolle Figur", lobte Hilde, „zum Verlieben."

„Warum sagst du so etwas?", zischte ich. „Du weißt doch, dass ich sie nicht ausstehen kann."

Meine Sekretärin hielt mir das Foto vor die Nase und fragte mit einem Kichern, das sie schon seit vielen Jahren nicht mehr benutzt hatte:

„Sie können diese Dame also nicht ausstehen, Herr Romanoff?"

Dieser Ton behagte mir nicht. Ich bin vielleicht nicht ganz so gescheit wie die Lehrer im Lüstenauer, aber ich bin ein ehrlicher und anständiger Mensch, der im Studio Theater spielt, nicht bei sich zu Hause.

„Liebe Hilde, du kannst ruhig zugeben, dass du auf diese Frau eifersüchtig bist."

Hilde antwortete mit ruhiger Stimme:

„Das ist richtig. Ich bin auf sie eifersüchtig. Aber nicht deinetwegen."

„Warum nicht meinetwegen?"

„Schau in den Spiegel."

Die Atmosphäre zwischen uns besserte sich erst wieder, als wir zusammen die sechstausendeinhundertzwanzig Dollar zählten, die meine Sekretärin von M. Sulz Productions als Vorschuss für die ersten zwei Tage unter dem Tisch abkassiert hatte. Darüber hinaus stand uns auch noch die große Feier der Schauspielergewerkschaft bevor. Hilde kaufte sich ein hübsches, weit geschnittenes Kleid und bügelte wieder einmal meinen einzigen schwarzen Anzug und das weiße Hemd. Bevor wir gingen, überraschte sie mich noch mit einer schwarzen Fliege.

Ich gestehe es gerne, wir waren sehr aufgeregt. Schließlich hatte ich immer darauf gehofft, eines Tages in die Schauspielergewerkschaft aufgenommen zu werden. Dass dies im Rahmen einer großen, feierlichen Zeremonie geschehen würde, hätte ich mir jedoch niemals träumen lassen. Die Frage war nun, wie wir das Haus verlassen konnten, ohne einen Ansturm der Schaulustigen zu riskieren. Wir beschlossen, ein Taxi zu bestellen und bei Einbruch der Dämmerung hineinzuspringen.

Alles lief nach Plan. Beim Verlassen des Hauses beachtete uns keiner, mit Ausnahme des alten Hausmeisters, der jedoch von meinem plötzlichen Erscheinen so paralysiert war, dass er nicht störte. Im Taxi sitzend erkannten wir schon von Weitem das Hochhaus der Gewerkschaft, in dem eine ganze Etage hell erleuchtet war. Beim Tor wartete eine junge Dame und half uns freundlich beim Aussteigen:

„Sind Sie vom Erziehungsministerium?", fragte sie. Nachdem wir verneint hatten, verharrte sie auf ihrem Posten am Eingang, während Hildchen und ich die Treppen hinaufstiegen. Zur rechten Zeit betraten wir die erleuchtete Festhalle, deren Wände mit modernen Werken vorläufig bekannter Maler geschmückt waren. Am Ende der langen Stuhlreihen befand sich ein kleines Podium mit eigenen Stühlen. Auf einem saß bereits der Präsident und erwartete uns.

Die Atmosphäre war ruhig und gepflegt. Was Hildchen und mich jedoch etwas beunruhigte, war die Tatsache, dass der Saal völlig menschenleer war. Eigentlich nicht völlig. In der ersten Reihe saß eine bebrillte Dame, die Gattin des Präsidenten, wie sich herausstellte, und in der Mitte des Saales unterhielt sich eine alte Lady mit Giorgio Ramasury. Zum Schluss gesellte sich auch die junge Dame dazu, die ihren Warteposten am Tor ohne die Vertreter des Erziehungs- und Kultusministeriums verlassen hatte.

Hilde zählte die anwesenden Gäste an vier Fingern ab und flüsterte mir zu, es müsse sich hier wohl um ein bedauerliches Missverständnis handeln. Doch es war kein Missverständnis, nur die zweihundertzwei geladenen Schauspieler waren nicht erschienen. Einige, weil sie Auftritte hatten, und andere, weil sie einfach nicht kamen. Wie auch immer, ich befreite meinen Hals vom Druck der schwarzen Fliege.

Der Präsident klingelte mit einer kleinen Glocke, legte seine Armbanduhr auf den Tisch und eröffnete die Zeremonie mit einer herzlichen Begrüßung der Anwesenden. Als Erstes begrüßte er mich und meine Gattin, dann seine Gemahlin, die ehemalige Sprecherin des Verkehrsministeriums war, sowie die alte Lady, die sich mit Ramasury unterhalten hatte. Danach verlas der Präsident einige ausgewählte Stellen aus G.G.'s historischer Kritik, und unter dem Jubel der Anwesenden erteilte er das Wort dem Bildschirmstar Giorgio Ramasury, der sich, wie der Präsident ausdrücklich betonte, persönlich im Saale aufhielt.

Festredner Ramasury sprang leichtfüßig auf das Podium und wandte sich über das Mikrofon direkt an mich:

„Camillo, mein Herzblatt, im Namen aller Mitglieder unserer Gewerkschaft sei mir erlaubt, festzuhalten, dass ich mindestens so viel Spaß an der gemeinsamen Gestaltung der besten Fernsehserie der letzten sechzehn Jahre hatte wie du. Die perfekte Harmonie zwischen uns war der sicherste Garant für die präzedenzlosen Einschaltquoten unseres Piloten, dem ich selbst meine bescheidenen Talente zur Verfügung stellen durfte …"

Ramasury sprach ungefähr eine Dreiviertelstunde, manchmal direkt an mich gerichtet, dann wieder an den rauchenden Präsidenten, oder laut schreiend an die alte Lady, die mit geschlossenen Augen dasaß und den Verdacht aufkommen ließ, frühzeitig verschieden zu sein. Nach einer ausführlichen Schilderung seiner zahllosen Starrollen stieg Ramasury vom Podium, nahm mich unter dem tosenden Beifall des Publikums in seine starken Arme und gratulierte mir zwischen zwei langen, freundschaftlichen Umarmungen.

„Gut gemacht, Camillo! Die Welt steht dir offen!"

Während ich ihm für seine freundlichen Worte dankte, beorderte mich der Präsident unverzüglich aufs Podium, um mir feierlich den Ausweis eines Gewerkschaftsmitglieds zu überreichen. Dann bat er eilig um Verzeihung, er werde vom Minister erwartet, und machte sich samt seiner Gattin aus dem Staub. Ramasury stürzte ihm hinterher und für die alte Lady wurde ein Krankenwagen bestellt.

Vollkommen erschöpft verzichteten wir auf dem Nachhauseweg auf alle elementaren Vorsichtsmaßnahmen, mit dem Ergebnis, dass wir vor unserem Haus wieder von einer Schar von Neugierigen empfangen wurden. Eine Viertelstunde lang unterschrieb ich mit einem f alles, was mir unter die Nase gehalten wurde. Eine Taschenlampe in der Hand des vor Glück strahlenden Gemüsehändlers Tsishek spendete das nötige Licht. Von mir aus hätte es noch lange so dahingehen können, aber plötzlich stieß mich meine hysterische Frau durch die Haustür und blockierte den Eingang mit ihrem Körper.

„Romanoff hat eine anstrengende Zeremonie hinter sich!", rief sie meinen Fans zu, die sich nicht von der Stelle rühren wollten. „Lasst ihn in Ruhe, er muss sich für die Fortsetzung der Serie schonen."

Ich war am Ende meiner Kräfte angelangt und ließ mich auf mein Bett fallen, doch noch immer waren von der Straße die Rufe zu hören:

„Romanoff, Romanoff, Romanoff …"

Ich träumte, ich sei ein Sänger.

Die Dreharbeiten rückten in bedrohliche Nähe, und die alte Angst, wieder vor der Kamera zu stehen, zehrte an meiner Seele. Da kam, völlig unerwartet, ein wenig Aufmunterung. Die Cutterin Margarete ließ sich von Hilde mit mir verbinden:

„Lieber Karl, ignorieren Sie den ganzen Trubel um Sie. Versuchen Sie nicht zu spielen, imitieren Sie nicht die Narzissten, die auf den Bühnen ihr Unwesen treiben. Sie haben das Herz der Zuschauer mit ihrer wundervollen Ursprünglichkeit erobert. Bleiben Sie der begnadete Dilettant, Karl, sagen Sie vor der Kamera, was Ihnen in den Sinn kommt, und die Experten werden wieder Romanoff, den Helden der Wende in der theatralischen Denkweise bejubeln, wie es dieser Depp in seiner Kritik geschrieben hat. Das sagt Ihnen eine einfache Filmcutterin, die Sie mag und sich um Sie sorgt. Leben Sie wohl."

In den Nachhall ihrer schönen Worte jammerte uns Benedictina die Ohren voll. Ihr Bräutigam war plötzlich nach Amerika zurückgeflogen, und sie müsse ihm unbedingt folgen, denn in ihrem ganzen Leben würde sie keinen so anständigen und aufrechten jungen Mann mehr finden. „Übrigens, was die Kosten betrifft …"

„Wäre es nicht billiger, Kind, wenn er zu dir fliegen würde", fragte Mutti. „Wo ist er überhaupt?"

„Keine Ahnung. Der Ärmste musste ohne Vorankündigung davon."

Am selben Nachmittag ging auch Hilde davon, wenn auch nur wie immer, um Zeitschriften zu kaufen. Also musste ich selbst die Haustür öffnen. Vor mir stand eine Frau mittleren Alters, die ihre Nase in ein blaues Taschentuch vergrub.

„Ich bin die Nachbarin von gegenüber", stellte sie sich vor. „Nur Sie können mir helfen, Herr Romanoff."

Sie schluchzte auf:

„Mein Schwager ist heute Nacht gestorben."

Ich war, wie gesagt, ganz alleine.

„Wie traurig", tröstete ich die Nachbarin, „aber so ist nun mal das Leben."

„Nein, Herr Romanoff, mein Schwager war Drogist."

„Interessant. Aber was wollen Sie von mir?"

„Ihr Beileid. Ich habe Sie im Fernsehen gesehen."

„Mein aufrichtiges Beileid, Gnädigste, aber ich bin sehr beschäftigt."

„Ich wusste es", bemerkte die Frau mit dem blauen Taschentuch. „Man hat mich vor Stars gewarnt."

In diesem kritischen Moment tauchte Hilde wieder auf. Sie drückte mir eine Frauenzeitung in die Hand und übernahm den dahingeschiedenen Schwager. Ich flüchtete in mein Zimmer, schloss mich ein und schlug das Magazin *Die allzeit bereite Frau* auf. Bereits die Schlagzeile verkündete Unheil: FRAGEN SIE MICH NICHT! CAMILLO LLOYD ROMANOFF ÜBER SEINE HERKUNFT – EXKLUSIV-INTERVIEW

Ich wurde nervös. Hilde kümmerte sich noch immer um den Schwager, also war ich gezwungen, das Exklusivinterview ganz alleine zu lesen.

Es begann mit jenem schicksalsträchtigen 16. Juni 1918, als Zar Nikolaus der Zweite und die ganze Familie Romanov von den Mördern des revolutionären Rats des Volkskommissars auf Befehl der bolschewistischen Partei unter Vorsitz von Vladimir Iljitsch Uljanow Lenin ausgelöscht wurden.

Das Blutbad an der königlichen Familie wurde mit erschreckender Gewalt ausgeführt, aber laut Informationen, die der Redaktion der *Allzeit bereiten Frau* vorlagen, hatte die Tochter des Zaren, Georgii Mikhailowich Romanov, überlebt. Über diese Tatsache, wie auch über das Schicksal ihrer Kinder und Kindeskinder sei jedoch aus Furcht vor potenziellen Attentätern völlige Geheimhaltung verhängt worden.

Nun wandte sich die Redaktion an Camillo L. Romanov mit der Frage, ob er sich als Superstar hinter dem profanen Namen „Karl Müller" zu verstecken pflege.

C.L. *Romanov:* Fragen Sie mich nicht, ich bitte Sie.
Zeitschrift: Führen die Spuren etwa zu dem Geistlichen Rasputin?
C.L. *Romanov:* Auf diese Frage antworte ich schon gar nicht.
Zeitschrift: Auch das ist eine Antwort, Hochwürden.

Hilde rief sofort unseren Anwalt an. Ich hatte dieses Exklusivinterview nie gegeben. Doch Dr. Friedländers Antwort war ebenso kurz wie zweideutig:

„Man sollte die Sache lieber nicht anrühren, liebe Hilde. Warum schlafende Hunde wecken?"

Ich meinerseits hielt mit meiner Meinung nicht hinter dem Berg:

„Nicht einmal meinen Namen können sie richtig schreiben."

„Vielleicht irrst du dich", meinte die ehemalige Lehrerin vom Lüstenauer.

„Bei mir steht am Ende ein f oder zwei", beharrte ich, und da ich schon dabei war, machte ich sie gleich noch auf ihre üppigen Rundungen aufmerksam. Hilde antwortete mir auf der Stelle, sie könnte vielleicht ein paar Kilo abspecken, mir aber gingen in letzter Zeit die Haare aus, und gegen die Glatze auf meinem Schädel könne rein gar nichts unternommen werden. Wutentbrannt stürmte ich vor den Badezimmerspiegel und musste feststellen, dass Hilde wieder einmal recht hatte. Auf meinem Hinterkopf breitete sich ein mittelgroßer Kreis weißer und unbepflanzter Haut aus. Vor Hildes boshafter Bemerkung war mir das Malheur gar nicht aufgefallen, denn ich hatte nie in den Spiegel geschaut. Bisher gab es nämlich nichts anzuschauen. Jetzt aber blickte mir ein besorgter Superstar entgegen, nicht sehr sympathisch.

Wie immer, wenn ich ins Wanken geriet, rief ich Papas Handy an:

„Die Haare, mir fallen plötzlich die Haare aus …"

„Das ist eine Sache des Alters und des Glücks", erklärte mein weiser Vater. „Es gibt dafür keine Lösung, außer eine Perücke oder du konvertierst zum Judentum. Die Juden können ihre Glatze mit einem kleinen, gehäkelten Käppchen bedecken."

„Wie, jeder Jude mit Käppchen hat eine Glatze?"

„Es gibt natürlich einige Ausnahmen, mein Junge. Die wenden sich dann vom Glauben ab."

„Papa, das ist ja furchtbar. Glaubst du, dass ich völlig kahl werde?"

„Weiß ich nicht, Karli. Vergangene Jahre und ausgefallene Haare sind unwiederbringlich. Du bist zwar im Moment ein Star, aber Gott beschäftigt sich mit anderen Sternen."

Die Stimme meines Vaters klang diesmal etwas müde. Es fehlte der fröhliche Klang.

„Ich weiß nicht einmal, Papa, ob du fromm bist oder nicht."

„Das weiß ich auch nicht. In meiner Kindheit glaubte ich noch an alles, was man mir beigebracht hat. Danach, als ich alleine blieb, wollte der Priester mir einreden, auf deine Mutter nicht böse zu sein. Er predigte mir ‚Liebe deinen Nächsten wie dich selbst', und ich fragte ihn, was ich machen sollte, wenn ich mich selbst nicht ausstehen kann. Ich habe keine zufriedenstellende Antwort von ihm erhalten."

„Glaubst du nicht, dass es einen Gott gibt?"

„Wenn es ihn gibt, dann ist das sein Problem."

Wirklich traurig, wie er klang, mein Papa. Wahrscheinlich hatte er mit dem Trinken aufgehört. Ich war an lange Gespräche mit ihm nicht gewöhnt. Kannte ihn ja kaum.

„Sag ehrlich, kannst du Mama nicht verzeihen, dass sie dich verlassen hat?"

„Ich liebe sie noch immer."

Die Stimme meines Vaters wurde sehr schwach. Ich fragte ihn, ob er gesund sei.

„Nein, mein Junge, meine Leber rächt sich an mir. Ich müsste dringend ins Krankenhaus."

„Warum um Gottes willen gehst du dann nicht?"

„Wovon soll ich das bezahlen, Karli. Von meiner Rente? Ich könnte am Flohmarkt höchstens meine alten Lumpen verkaufen, aber leider habe ich sie an …"

Am Abend sagte ich zu Hilde, ich würde meinem kranken Vater gerne ein wenig Geld schicken. Ich hätte entdeckt, dass ich ihn lieb habe. Mein Hildchen blickte mir direkt in die Augen und sagte:

„Warum ein wenig? Wir schicken ihm alles, was wir haben."

An diesem Abend hatte ich sie sehr lieb.

„Ich danke dir, Hildelein."

DIE AUFREGENDE VERÖFFENTLICHUNG über meine mysteriöse Herkunft in *Die allzeit bereite Frau* hatte mich in eine Art Identitätskrise gestürzt. Hilde fand, dies sei das übliche Schicksal eines Künstlers, der im Scheinwerferlicht stehe, sozusagen der Preis für den ganzen Saus und Braus. Als dann jedoch der Hausmeister begann, Hilde mit „Frau Baronin" anzusprechen, verlor sie die Beherrschung und schnauzte den Alten an:

„Vielen Dank, Majestät."

Der Hausmeister war österreichischer Herkunft, deshalb fand er an diesem Titel nichts Besonderes. Er musste sich ja auch nicht auf die Pressekonferenz vorbereiten, die mir die Produktionsleitung für meinen ersten Drehtag aufgebrummt hatte. „Herr Romanoff ist gebeten, dieses Ereignis mit höchstem Publicitybewusstsein im Auge zu behalten."

„Ich geh einfach nicht hin", beschloss ich und erinnerte Hilde an die südamerikanische Flucht-Alternative. Sie war anderer Meinung:

„Du wirst schweigen wie ein Fisch, sogar wie ein Goldfisch. Wer schweigt, hat immer recht."

„Aber irgendetwas muss ich doch sagen, oder?"

„Sag ‚*No comment*'. Das kommt immer gut an, vor allem in Englisch."

Doch als Betty wieder anrief, verlor Hilde ihre Souveränität. Mit dem Hörer in der Hand fragte sie mich, ob ich Betty tatsächlich gebeten hätte, neue Aufnahmen von mir zu machen. Mit einer Handbewegung deutete ich ihr mein Desinteresse an, woraufhin sie mir den Hörer reichte:

„Bitte sehr, wenn du unbedingt darauf bestehst, mit ihr zu sprechen …"

Das Gespräch war kurz und überflüssig:

„Mein Camillo", wisperte die Fotografin, „ich weiß, dass du von einer ganzen Schar toller Frauen umgeben bist, die vor nichts zurückschrecken, um dich zu vernaschen. Aber ich bin einfach völlig verrückt nach dir. Wo können wir uns treffen, Liebling?"

De facto gab es keine Spur irgendeiner tollen Frau in greifbarer Nähe, mit Ausnahme von Amanda auf dem Bildschirm. Aber auch Betty war nicht übel, man kann sogar sagen ziemlich attraktiv, und das machte es mir schwer, standhaft zu bleiben.

„Wir können etwas nach den Dreharbeiten arrangieren, Betty", hörte ich mich sagen. „Rufen Sie mich in zwei Wochen wieder an, aber nicht mittags."

Die Fotografin in Betty war über den Aufschub empört:

„Was machst du mit mir, Camillo? Die gesamte Staatsführung steht bei mir Schlange, um fotografiert zu werden. Du bist nicht bei Trost."

„In Postkartengröße, drei Abzüge, bitte."

Was hätte ich sonst sagen sollen, da Hilde gerade das Zimmer betrat. Mit der Bemerkung, ich solle mich vor dem Erwerb zweifelhafter Fotos hüten, ging sie wieder hinaus, und schon bereute ich aufrichtig, dass ich dieses Flittchen nicht abblitzen ließ. Stattdessen hinterging ich meine Frau, ohne die ich keinen Platz unter der Sonne und schon gar nicht im Licht der Scheinwerfer hätte. Keine Frage, das knipsende Rehauge musste spurlos gestrichen werden.

Was Frauen betraf, steckte ich noch immer in Kinderschuhen. Als ich mich einmal in der Dämmerung aus dem Haus schlich, um ein wenig frischen Smog zu atmen, gesellte sich noch vor der ersten Straßenecke eine verlegene junge Dame zu mir:

„Ich bin fremd in der Stadt", flötete sie. „Können Sie mich vielleicht zu Ihrem Haus begleiten?"

Ich dachte, ich höre nicht recht. Es stellte sich jedoch heraus, dass die Sache zwischen hundertfünfzig und zweihundert kostete, je nach Dauer und Vorlieben. Ihr Angebot war das allererste dieser Art, das mir in meinem Leben je gemacht wurde. Und was mich besonders peinlich berührte, die junge Dame wusste nicht einmal, dass ich Romanoff war. Es scheint, nein, heute bin ich sogar davon überzeugt, dass mein Auftreten mit meinem neuen Image einfach männlicher geworden war, genau wie es Dr. Spock beschrieben hatte. Wie auch immer, die junge Fremde in der Stadt hatte ein sehr freundliches Lächeln, und ich wollte sie nicht beleidigen:

„Ich bitte vielmals um Verzeihung, Fräulein, aber ich gehe nur spazieren."

„O. K. Hundertzwanzig."

Wirklich passierten mir in jenen Tagen die seltsamsten Dinge. Einmal stand ein Typ eine Viertelstunde lang vor unserer geschlossenen Wohnungstür und schrie sich die Seele aus dem Leib:

„Popcorn, Romanoff. Popcorn, Romanoff ...!"

Ein anderes Mal erhielt ich mit der Post ein großes Päckchen mit der Aufschrift: „Vorsicht, zerbrechlich!" In dem Päckchen befand sich ein in Zeitungspapier eingewickelter großer Hut aus Glas. Der Erfinder wollte mir sein merkwürdiges Patent verkaufen: „Wenn dieser Hut vom Kopf gefegt wird", erklärte er in der beigefügten Gebrauchsanweisung, „wird man ihm auch bei stürmischem Wetter nicht hinterherrennen, geschweige denn sich bücken, um die Scherben aufzuheben." Mein gutes Sekretariat schrieb dem genialen Designer, dass Herr Romanoff keine Hüte trage, es sei denn unter minus fünfzehn Grad.

Hin und wieder meldete sich auch Benedictina. Hilde strahlte vor Glück. Der Bräutigam hatte sich endlich aus New Orleans mit unserem Töchterchen in Verbindung gesetzt und gebeten, schleunigst Geld zu schicken. Ich hörte dem Dauergespräch mit halbem Ohr zu und begann, vielleicht etwas voreilig, zu verstehen, dass nur zwei Frauen, die einen gemeinsamen Gegner haben, so gut miteinander auskommen können.

Plötzlich aber kam es zur Krise zwischen Hilde und mir. Sie wollte partout nicht alleine zum Synchronschwimmen gehen, während ich hartnäckig darauf bestand, um keinen Preis mitzukommen.

„Carla ist bezaubernd", erklärte Hilde. „Wir dürfen sie keinesfalls kränken."

„Ich gehe nicht und wenn ich einmal Nein gesagt habe, dann bleibt's dabei."

Am nächsten Tag machte sich Hilde in aller Frühe auf den Weg zum Friseur und kam mit einem Stoppelschnitt zurück, der laut Fachzeitschriften jede Frau jünger macht. Und wirklich sah meine Frau genauso aus wie vor zwanzig Jahren. Leider. Sie zog einen langen und sehr weiten Rock an, um den Anschein zu erwecken, sie habe kein Übergewicht, sondern nur einen schlechten Geschmack. Mir verpasste sie eine schwarze Tarnbrille, die jedoch gar nichts half. Kaum hatten wir unseren Ehrenplatz auf der Tribüne eingenommen, stürmten die Synchronfreunde auf mich zu und verlangten ein Autogramm auf ihre Eintrittskarten oder auf die nackten Arme.

„Unglaublich", sprach es sich schnell herum, „Romanoff ist hier!"

Einer fragte mich, wie es der Zarin ginge, ein kleines Mädchen sang mir ein ukrainisches Volkslied vor. Die Fans ließen erst von mir ab, als die Lieblingsschwimmerin auftauchte, Carla Weinstock persönlich. Sie umarmte zuerst meine Frau, dann flüsterte sie mir ins Ohr:

„Geht nachher nicht weg."

Carla trug einen zu kurzen, roten Bademantel. Sie sah umwerfend aus. Hingegen waren die Meisterschaften selbst recht eintönig. Irgendein alter Knacker eröffnete die Veranstaltung, indem er zehn Seiten seines Redenschreibers vorlas, und als Zugabe erwähnte er, dass Camillo Lloyd Romanoff heute Abend unter uns weile. Hilde drängte mich aufzustehen und mich für den Applaus des Publikums zu bedanken, aber ich schämte mich und stand erst auf, als niemand mehr klatschte.

„Siehst du", zischte ich Hilde zu. „Du verlangst immer etwas von mir, was ich nicht mag."

„Ich verlange nicht. Ich erwarte nur."

Ich verstand den Unterschied nicht. In der Zwischenzeit waren bereits einige gut aussehende Damen in den Swimmingpool gehüpft und präsentierten eine reiche Auswahl an Beinen. Sie alle machten dasselbe und ich konnte keinen wesentlichen Unterschied zwischen ihnen feststellen, mit Ausnahme der Farbe der kleinen Klammer, mit der sie ihre Nasenlöcher hermetisch verschlossen. Die schönste Teilnehmerin war eindeutig Carla, angetan wie alle mit einem glitzernden Badeanzug, der hin und wieder zwischen den Hügeln ihres herrlichen Popos verschwand. Hilde applaudierte wie wild und grinste mir schelmisch zu.

„Und du, Karli, wolltest daheim bleiben …"

Ich war geschockt. Nicht von Carla. Auch nicht von Hilde. Von mir. Jedes Mal, wenn Carla in die Tiefen des Wassers eintauchte und ihre Beine bis zur Taille aus dem Wasser streckte, erfasste mich der Wunsch oder der Wahnsinn oder weiß der Teufel was, jedenfalls steigerte sich in mir ganz klar und eindeutig der Drang, dieses appetitliche Weib zu beißen. Gut, ich geb's zu, in den Popo. Es überraschte mich, denn bisher war ich ausschließlich an den Schenkeln der diversen Amandas interessiert gewesen. Doch ich hatte Gott behüte nie das Bedürfnis empfunden, sie zu beißen. Sie befriedigten lediglich meinen Sinn für Ästhetik. Aber dort, auf der Tribüne, verlor ich meine Unschuld. Noch während Carlas Auftritt nahm ich mir vor, zu Hause unverzüglich bei Spock nachzuschlagen, um sein Gutachten in dieser Angelegenheit einzuholen.

Carla erreichte nur den fünften Platz unter neun Teilnehmerinnen, und einige Zuschauer pfiffen deswegen die Schiedsrichter aus. Hilde forderte mich auf, aus Solidarität mit den Füßen auf die Bretter der Tribüne zu trampeln, was ich jedoch ablehnte:

„So gut war sie auch wieder nicht. Ihr Popo war die ganze Zeit draußen."

Nach den Meisterschaften rannte Carla zu uns hoch.

„Ihr müsst mich in meine Garderobe begleiten", schnaufte sie tropfend. „Ich freue mich so sehr, euch beide zu sehen."

Ich stimmte zu, aber Hilde blieb sitzen.

„Ich bin etwas müde, Schätzchen. Camillo geht mit dir. Ich warte hier auf euch."

„Schade. Wir kommen gleich wieder. Ciao."

Auf dem Weg zur Garderobe beobachtete ich die metronomischen Bewegungen von Carlas Hüften. Ich wollte sie ignorieren, sah mich jedoch gezwungen, dicht hinter ihr zu bleiben. Sie drehte sich nach mir um:

„Gott sei Dank, endlich allein. Deine Frau schämt sich wahrscheinlich wegen ihrer Figur …"

Sobald sich die Tür der kleinen Garderobe hinter uns schloss, umarmte mich Carla:

„Ich bin so stolz auf dich, Camillo. Ich erzähle allen, wie wir beim Piloten zusammengearbeitet haben."

Ich zwängte mich in die Ecke neben dem Waschbecken und brachte keinen Ton hervor. Carla sagte „Entschuldigung", zog ihren zu kurzen Bademantel aus und begann sich anzuziehen. Ich kämpfte mit Atemnot. Noch nie hatte ich so einen umgekehrten Striptease gesehen. Beim Anziehen schwelgte die Schönste in Erinnerungen:

„Schon beim ersten Treffen mit dir bekam ich eine Gänsehaut. Du auch?"

„Nein", antwortete ich. „Ich nicht."

„Du willst mir doch wohl nicht sagen, Camillo, dass du den Magnetismus zwischen uns nicht gespürt hast?"

„Ich hab nur gespürt, was Sie von Sulz verlangt haben, nämlich dass ich dich nicht einmal mit dem kleinen Finger anrühren darf."

„Oh Camillo, Camillo, wie blind du bist. Ich hatte doch nur Angst, dass schon die kleinste Berührung deiner Hand etwas in mir auslösen würde, das ich dann nicht mehr kontrollieren kann. Ich bin nicht aus Holz, Camillo."

Sie trat auf mich zu und stöhnte ganz nah an meinem Ohr:

„Stell dir vor, mein Liebling, Sulz will mich bei der Fortsetzung unserer berühmten Serie nicht mehr mitspielen lassen. Da hab ich ihm gesagt: Nein, mein Lieber, so einfach geht das nicht. Das Schwein will sich an mir rächen, weil ich ihn mit seinen amourösen Avancen abblitzen ließ."

„Warum eigentlich?"

„Das musst du noch fragen?"

Sie hauchte einen zarten Kuss irgendwo neben meine Lippen. Ich hatte Lust, aufzustehen und mich aus dem Staub zu machen, aber ausgerechnet jetzt trug Carla einen engen schwarzen Slip auf jenem Körperteil, der mich beschäftigte.

„Mein Camillo", flüsterte sie mir feucht ins Ohr, „du musst dem Sulz sagen, dass du ohne mich nicht weitermachst. Du bist heute ein Idol, ein Fünf-Sterne-Star. Sag dem Sulz, dass du die Serie ohne mich nicht machst. Sag's gleich."

„Gleich."

„Schwöre es, nur mit mir, nur mit mir."

„Gut."

Jetzt küsste sie mich. Sie hatte schon Lippenstift aufgelegt, und deshalb beseitigte sie mit einem verschwörerischen Lächeln die Spuren. Dann steckte sie mir einen kleinen Zettel in die Tasche und sagte:

„Bis bald. Vorsicht!"

Die Tür ging auf und auf der Schwelle stand Hilde. Carla eilte auf sie zu und umarmte sie innig.

„Ich bin schuld, dass es so lange gedauert hat", entschuldigte sie sich. „Aber es war so schön, Erinnerungen auszutauschen. Ich hoffe, dass wir beim nächsten Mal ein wenig ohne deinen Camillo plaudern können …"

AUF DEM ZETTEL, den sie mir in die Tasche gesteckt hatte, stand ihre Telefonnummer. Außerdem lud mich der Zettel zu einem Drink in das Café eines Hotels ein, in zwei Tagen um 18 Uhr. Auch diese Botschaft trug die roten Spuren des Kusses ihrer vollen Lippen.

Das Ganze ekelte mich an. Wie schon erwähnt, war meine geringe Erfahrung in der Frauenwelt für einen Mann meines Alters beispiellos. Jedes Mal, wenn ich über jene Frauen nachdachte, die in meinem Leben eine Rolle gespielt haben, landete ich während meiner Aufzählung bei der Frage: „Habe ich Hilde schon erwähnt?" Diese zutreffende Armutsbilanz hatte einen bitteren Beigeschmack, aber anscheinend war ich damit geboren worden.

Kein Wunder, dass ich damals Carlas Versuch, sich über mich in Sulzens Erfolgsserie zurückzuschmuggeln, nicht gewachsen war. Auch auf mich selbst war ich nicht gerade stolz, denn ich hatte mich in der Garderobe wie ein dummer Junge benommen. Aber was hätte ich tun sollen, wenn sich eine Traumfrau wenige Zentimeter vor meiner Nase betont langsam anzog?

Sofort nachdem ich mit Hilde unser trautes Heim erreicht hatte, zerriss ich Carlas Zettel und warf ihn in den Mülleimer. Unmittelbar darauf begann mich meine Fantasie zu quälen, was geschieht, wenn Hilde zufällig etwas im Mülleimer suchte? Stracks fischte ich die einzelnen Fetzchen wieder heraus, wusste jedoch nichts anderes damit anzufangen, als alles wieder zusammenzukleben. Schließlich durfte kein Fussel von Carla zurückbleiben, nicht wahr. Außerdem hatte sie eine schöne Handschrift mit fraulichen, geschmackvollen Buchstaben, die man nicht einfach so wegwirft.

Aber wohin damit? Dank meiner zunehmenden Erfahrung mit Spock fand ich auf Seite 41 das Kapitel „Gibt es ein sicheres Versteck im Rahmen einer glücklichen Ehe?". Der Gelehrte zeichnete den philosophischen Hintergrund dieser Frage auf, indem er feststellte: „Die humanitäre Geschichte beweist, dass man einem Menschen alles nehmen kann, seine Freiheit, sein Hab und Gut, sogar sein Leben. Eines kann man ihm jedoch nicht nehmen, nämlich das, was er gut versteckt hat." Dem mehr als hundertacht Monate verheirateten Mann schlug Spock vor, die geheimen Papiere, Liebesbriefe und andere Untergrunddokumente, einschließlich suspekter Fotos, an einem Ort oder in einem Gegenstand aufzubewahren, den die Frau niemals anrührt. Das sei, so der Gelehrte „das Buch, das der Ehemann geschrieben oder seiner Frau zum Geburtstag geschenkt hat".

Der weise Spock. In seinem Geist nahm ich aus Hildes Bücherregal den Ratgeber „Abnehmen um jeden Preis", den ich ihr vor einem Dutzend Jahren gekauft hatte, und steckte den Zettel zwischen die unberührten Seiten.

Am liebsten hätte ich auch die dumme Schlagzeile versteckt, die in der großen Morgenzeitung erschienen war: ROMANOFF KAM IN BEGLEITUNG SEINER MUTTER ZU DEN LANDESMEISTERSCHAFTEN IM SYNCHRONSCHWIMMEN. Furchtbar. Auch Dr. Spock war dieser Meinung: „In einer Partnerschaft existieren Probleme, für die es keine Lösung gibt", schrieb er. „Wenn eine reifende Ehefrau keine Komplimente bekommt, ist sie beleidigt. Wird sie hingegen mit Schmeicheleien überschüttet, gelangt sie zur Überzeugung, sie habe einen besseren Ehemann verdient."

Klein gedruckt erklärte er jedoch: „Meinungsverschiedenheiten in einer langjährigen Ehe sind aber unschädlich, solange die Frau nichts davon weiß."

HILDE BEWIES erstaunliches Durchhaltevermögen und kehrte von der Mutterschaft in der Morgenzeitung ins Sekretariat zurück. Beiläufig erwähnte sie, dass Betty die Fotografin schon wieder am Telefon gewesen sei, aber sie habe dem Flittchen mitgeteilt, ich befände mich Tag und Nacht bei den Proben.

„Du stehst vor einer kurzen, jedoch großen Karriere", erklärte sie mir. „Wir müssen uns von solchen Schlampen fernhalten. Außerdem, unter uns gesagt, Karli, dein Beruf ist eigentlich nichts für dich. Versuche, das Ganze einfach als Hobby zu betrachten. Als Hobby wird es schon klappen."

Hobby, leicht gesagt. Als Sulz anrief und sich erkundigte, was ich von dem hochklassigen Drehbuch hielte, das mir von Ursula-Mary-Lou zugeschickt worden war, stand ich vollkommen daneben. Ich hatte den Mist nur kurz durchgeschaut, denn sowieso hoffte ich besser zu spielen, wenn ich mich nicht mit diesem Gefasel belastete.

Ohne zu zögern versicherte ich Sulz:

„Die Rolle verschmilzt mit mir."

„Apropos Verschmelzen", verkündete Sulz, „die Weinstock hab ich rausgeschmissen."

Sulz unterschätzte den Künstler in mir:

„Hören Sie, mein Herr, Sie können die Besetzung nicht willkürlich ändern, ohne sich vorher mit mir abzusprechen."

„Kann Ihnen doch egal sein."

„Ist mir aber nicht. Die Weinstock bleibt."

Ich habe keine Ahnung, warum ich das gesagt habe. War ich doch felsenfest entschlossen, die Schönste nicht wiederzusehen, ja, ich hatte sogar vorgehabt, Sulz zu bitten, sie zu entlassen. Aber jetzt hatte der Producer mein künstlerisches Ego verletzt. Eigentlich großartig, dass ich so etwas habe.

„Bester Camillo", versuchte Sulz mich von meiner professionellen Haltung abzubringen, „Carla ist doch ohne jedes Talent, ohne Charme, ohne Geist und nicht einmal fotogen. Warum interessieren Sie sich für sie?"

„Ich werde Ihnen sagen, warum, Sulz, gleich werde ich Ihnen sagen, warum. Weil Gerschon Glasskopf für sie schwärmt."

„Na und?"

„Carla bleibt."

Am selben Abend erschien Sekretärin Hilde mit einem breiten Lächeln:

„Die Süße hat angerufen. Sie dankt dir von ganzem Herzen, dass du die Sache mit Sulz erledigt hast. Sie schickt dir hundert dicke Küsse."

Den Zettel mit dem Treffen im Café hatte sie bei dem Gespräch mit meiner Frau nicht erwähnt, die Süße. Trotzdem wurde mir heiß. Und in der Nacht träumte ich einen etwas verwirrten, aber durchaus beängstigenden Traum.

Ich war, wie mir schien, im puertoricanischen Viertel Budapests und verließ gerade das Parlamentsgebäude, weil die Kasse dort geschlossen war, und plötzlich, mitten auf dem Roten Platz, ich schäme mich richtig weiterzuerzählen, öffnete sich der Asphalt und zerbrach in tausend Stücke, und aus dem Loch in der grünen Wiese tauchte die splitternackte Fotografin Betty auf. Sie streckte sich den Sonnenstrahlen entgegen, mit dem Rücken zu mir, und ich machte einige Schritte auf sie zu, um sie in eine bestimmte Stelle zu beißen, nehme ich an, aber sie drehte sich zu mir um und sie war plötzlich Carla, die mich blinzelnd fragte: „Noch eine Runde?", und dann wachte ich auf, schweißgebadet und peinlich erregt.

Hilde beugte sich besorgt über mich.

„Du hast schrecklich geschrien", sagte sie. „Popo oder so ähnlich, was ist das?"

Die Geografiestunde längst vergangener Zeiten kam mir zur Rettung:

„Das ist ein rauchender Vulkan in Mexiko, der Popocatepetl."

Noch am selben Morgen stieg ich in den vierten Stock, um meinen Traum mit Psycho zu erörtern, aber er war wieder nicht zu Hause. Eine klapprige Greisin öffnete die Tür einen Spaltbreit und krächzte:

„Die Praxis ist geschlossen, mein Herr. Herr Böhm wurde vorgestern in die Irrenanstalt eingeliefert."

„Was ist passiert?"

„Zwei starke Pfleger haben ihn abgeholt. Einer hat den armen

Kerl geschlagen. Ich habe ihm gesagt, warum schlagen Sie den armen Kerl, aber sie haben ihn mitgenommen. Heute hat niemand mehr Respekt, auch meinen seligen Mann hat man einfach zur Polizei geschleppt, obwohl er doch gar nicht mit Brunos Auto gefahren ist, sondern sein Sohn aus erster Ehe mit dieser billigen Hure …"

Ich entschuldigte mich für meine Zeitnot und eilte mit großen Sprüngen die Treppe hinunter, direkt in die Arme Dr. Spocks. Verzweifelt suchte ich nach dem Eintrag „Po", wurde jedoch nicht fündig. Auf Seite 311 stieß ich zwar auf die vielversprechende Überschrift „Späte vampirische Begierden", und in dem Kapitel wurde die Neigung des über vierhundertzweiundneunzig Monate verheirateten Mannes beschrieben, Frauen zu beißen, aber es wurde nicht deutlich, in welche Körperteile. Ich hatte von Dr. Spock etwas Konkreteres erwartet.

In den fett gedruckten Buchstaben der Seiten 166/7 fand ich dann wenigstens etwas Lehrreiches am Rande: „Die hormonellen Wallungen des Mannes/verheirateten Mannes am Ende seines vierundfünfzigsten Lebensjahres". Das Kleingedruckte schilderte dann ein klares Bild des Komplexes, den Dr. Spock in der kategorischen Definition „Der Mann ist von Geburt aus Pluralist" zum Ausdruck brachte.

Der Gelehrte stellte zu Beginn dieses wichtigen Kapitels fest, er befasse sich diesmal mit einem biologischen Phänomen, das nicht von dem Familienstand des Betroffenen abhinge. Er betonte auch, er wende sich in diesem Kapitel nicht an die Männer, die eine Frau als „Alternative zum Onanieren" betrachten, sondern an diejenigen, die platonische Liebe als „Angelegenheit für Kriegsgefangene" werten. Laut Dr. Spock müssen auch ausgeglichene und vernünftige Vierundfünfzigjährige in der vierten Woche des Monats November ohne Vorwarnung „spürbare Verschiebungen in ihrem Organsystem feststellen".

Beim Lesen des Kapitels beschlich mich das Gefühl, dass die Seiten 166/7 an mich persönlich gerichtet waren, obwohl ich die vierte Novemberwoche noch nicht erreicht hatte.

„Sex als rein körperliche Betätigung gilt als die niedrigste Form der Liebe", schrieb Spock und fügte hinzu:

Aber als solche hat er dennoch Aufmerksamkeit verdient. Der Drang und die Erregung, die mit dieser Betätigung zusammenhängen, können nicht erklärt werden, so wie die Menschen auch das Rätsel nicht lösen können, warum eine Stradivari einen berauschenden Klang hat und andere Geigen nicht. Tatsache ist, dass diese antiken Geigen ein Vermögen kosten, aber auch Sex ist heutzutage nicht umsonst. Dies vor allem muss dem Mann/verheirateten Mann am Ende seines vierundfünfzigsten Lebensjahres klargemacht werden. Während seiner hormonellen Übergangsphase von fünf oder mehr Jahren befindet er sich in Gefahr, sich von seinen aufregenden erotischen Entdeckungen berauschen zu lassen.

Der Zustand des über hundertacht Monate verheirateten Mannes ist besonders problematisch, wenn nicht gar unmöglich. Einerseits binden ihn die Fesseln der Lebenspartnerschaft an seine Frau, andererseits ist er seiner Leidenschaft ausgesetzt, die ihn in die Arme einer anderen Frau treibt.

In dieser höchst gefährlichen Phase vergisst der durchschnittliche Ehemann häufig, dass er dem Lager der Verheirateten angehört und deshalb von den anspruchsvollen Mitgliedern des anderen Geschlechts mit einem Leprakranken gleichgesetzt wird. Seine Eskapaden werden von der westlichen Gesellschaft und den Spürhunden der freien Medien gierig aufgegriffen, um ihn an die kriminellen Kolumnen der freien Presse zu verkaufen.

Daher sollte man dem Verheirateten, der sich der Illusion wahrer Liebe hingibt, davor warnen, dass Frauen durchaus imstande sind, im Alltag echte Liebe vorzutäuschen, genauso gut wie in den einschlägigen Fernsehsendungen. Der berauschte Verheiratete muss also seinen Hormonhaushalt beherrschen. Zunächst sollte er sich vor Augen halten, dass es Geliebte gibt, die für ihre Dienste kein Geld anzunehmen bereit sind, und jene sind die gefährlichsten, da sie den Ehemann früher oder später mit Sicherheit in den finanziellen Bankrott treiben. Deshalb hat der diensthabende Ehemann prinzipiell keinen Grund, vor Frauen zurückzuschrecken, die von der frustrierten Gesellschaft als Prostituierte (stinkende, schmutzige, aidskranke) bezeichnet werden, denn sie befreien ihren Partner von der quälenden Ungewissheit bezüglich zukünftiger finanzieller

Entwicklungen. Mehr noch, manchmal erweisen sich die verach-
teten Liebesdienerinnen als anständige Frauen mit reichen Erfahrungen auf dem Gebiet der Psychologie. Der mittellose Ehemann
wende sich am besten einer ganz speziellen Kategorie von Frauen
zu, die zwar der sogenannten guten Gesellschaft angehören, jedoch an häufigen Anfällen von Nymphomanie leiden, denn diese
sind gratis. Besonders empfehlenswert in dieser Hinsicht sind die
Schweizer Nymphomaninnen, die nur jedes halbe Jahr einen Mann
brauchen.

Dieses Kapitel ging auf Seite 168 weiter, doch inzwischen war
Hilde nach Hause gekommen, begleitet vom Gemüsehändler um
die Ecke. Verlegen trat der Alte von einem Fuß auf den anderen, in
der Hand ein großes, noch in Zellophan eingepacktes, neues Buch.
„Herr Tsishek bittet um eine Unterschrift", vermittelte Sekretärin Hilde. „Er hat das Buch extra dafür gekauft."
Der Alte konnte vor Aufregung nicht sprechen, aber aus seinen Augen strahlte unbeschreibliches Glück. Das Buch hieß „Die
Helden der griechischen Mythologie". Ich fragte Tsishek, ob er
sich für griechische Geschichte interessiere, worauf dieser murmelte, ich, also Romanoff, sei ein unsterblicher Held. Ich unterschrieb mit zwei f und Hilde brachte den von dem erschütternden
Erlebnis gelähmten Mann zur Tür. Danach beschwerte sie sich,
wie schwer es ihr falle, sowohl als Sekretärin als auch als Hausfrau
zu fungieren.
„Kein Problem, meine Liebe", sagte ich, „nimm dir eine Putz-
frau."
„Das fehlt uns gerade noch", antwortete Hilde. „Ich habe keine
Lust, dass sie sich in zwei Monaten in irgendeiner Talkshow über
unser Privatleben auslässt."
„Haben wir ein Privatleben?"
„Nein, und genau das wird sie erzählen."
In der ersten Minute häuslicher Ruhe holte ich Carlas Zettel
aus Hildes Bücherregal. Ich war felsenfest entschlossen, Carla zu
sagen, dass sie das für morgen geplante Treffen vergessen soll.
Aber erst am nächsten Tag, als Hilde loszog, um die Zeitungen zu

kaufen, hatte ich Gelegenheit, ihre Nummer zu wählen, während sich in meinem Kopf noch immer Spocks männliche Ratschläge von den Seiten 166/7 überschlugen.

Carla war jedoch die Liebenswürdigkeit in Person:

„Wie gut, dass du anrufst, Camillo", begrüßte sie mich. „Ich wollte dich bitten, deinen Kaffee schon zu bestellen, falls ich mich verspäte."

Ich war vorbereitet, hatte mir meinen Text genau zurechtgelegt.

„Carla", sagte ich, „ich freue mich sehr, mit dir im Studio zusammenzuarbeiten, aber es gibt eine Grenze, die nicht überschritten werden darf. Ich hoffe, du wirst verstehen, dass ich deine wohl gemeinte Einladung nicht annehmen kann."

„Natürlich, mein Liebling", antwortete Carla, „ich verstehe und respektiere deinen Standpunkt. Obwohl man eine solche Botschaft eigentlich nicht per Telefon übermitteln sollte, sondern unter vier Augen, finde ich."

Damit hatte ich nicht gerechnet.

„Gut", stotterte ich, „also was?"

„Wir treffen uns, Schatz, und beenden die Sache kollegial und in gutem Einverständnis."

„Gut, dann also um sechs."

„Ciao."

Im selben Augenblick bereute ich meine Zusage, doch nun war es zu spät. Noch mehr als vor Carla fürchtete ich mich, in der Öffentlichkeit gesehen zu werden. Ich war kein Angsthase, aber als Hilde mit der großen Morgenzeitung zurückkam, schnürte es mir doch ein wenig den Hals zu. Auf der prominenten letzten Seite prangte diesmal die hinterlistige Schlagzeile WARUM HAT ROMANOFF EIN FERNGLAS GEKAUFT?.

Tatsächlich hatte ich beim Optiker nebenan ein kleines Fernglas erworben, weil meine Frau plötzlich mit mir in die Oper gehen wollte. Die Berichterstattung war also korrekt, aber die Redaktion hatte noch die hinterlistige Frage dazu gefügt: „In welche Schlafzimmer möchte unser schüchterner Star in den langen Nächten hineingucken?"

Hilde tröstete mich, Celebrities wie ich hätten die Wahl, entweder nicht zu reagieren oder zu schweigen. Das allerdings müsse ich selbst entscheiden.

Letzten Endes bewältigte ich das Treffen mit Carla ganz gut. Ich hatte mich nicht einmal schön angezogen, um dadurch zu zeigen, dass ich nur kurz in dem Café vorbeischaute, auch wenn die Dame meines Termins den kürzesten Mini über den längsten Beinen trug. Ich hatte sogar vorgeschlagen, Hilde möge mich zu diesem Rendezvous begleiten, sie aber schickte mich mit solchem Großmut weg, dass es fast beleidigend klang.

„Geh ruhig alleine, Karli. Es wird dir gut tun, dich einmal mit einer Frau sehen zu lassen, die nicht wie deine Mutter aussieht. Ihr werdet ja sowieso wieder nur über eure Serie reden, und das, sei mir nicht böse, langweilt mich. Gib der Süßen ein Bussi von mir, viel Spaß …"

Ihr Wunsch war mir Befehl. Wie lächerlich das auch klingen mag, ich war fast ein wenig neidisch auf sie, weil sie so gar kein Problem mit Frauen hatte. Zwar habe ich noch nie von einer Dame ihres Alters gehört, die sich in die schönen Beine eines Mannes verliebt hat, aber ein wenig Unruhe hätte ich von ihr im Hinblick auf den perfekten Körper der Süßen doch erwartet.

Carla traf nur drei Minuten zu spät ein, begleitet von einem kleinen, lebhaften Pudel. Sie trug einen bodenlangen Rock und eine bis zu ihrem Schwanenhals zugeknöpfte Bluse. Sie war schöner als je zuvor. Ihre langen Haare waren zu einem lustigen Pferdeschwanz zusammengebunden, und ihre grünen Augen glänzten, als sie mich mit einem Küsschen in die Luft begrüßte:

„Hallo, mein Traummann. Ich hoffe, Zucki stört dich nicht."

Zucki war der junge Pudel, der sich unter dem Tisch unverzüglich in meinen linken Fuß verliebte. Ich wusste nicht, wie ich ein Gespräch beginnen sollte, da uns die Kaffeehausgäste unentwegt anglotzten und miteinander flüsterten. Ich beschloss, die Sache kurz zu machen:

„So, liebe Carla, hier sind wir also. Was steht auf der Tagesordnung?"

„Willst du nicht erst etwas trinken?"

„Nein danke, ich trinke nicht bei der Arbeit."

Carla winkte den pakistanischen Kellner herbei und bestellte ein Glas Weißwein und einen Käsekuchen, sowie einen „Cocktail Romanoff on the Rocks".

Ich riss ihr die Speisekarte aus der Hand, und dort stand tatsächlich ein nach mir benannter Cocktail. Der Kellner brachte ihn in einem hohen Glas und servierte ihn Carla mit einer tiefen Verbeugung vor mir. Sie drehte den Strohhalm in meine Richtung:

„Möchtest du probieren?"

Das Getränk war gelb und spritzig, nichts Besonderes. Carla nippte daran mit kleinen, zierlichen Schlucken, während sie unter dem Tisch rhythmisch und gefühlvoll auf meinen Fuß trat:

„Auf unser Wohl, Camillo!"

Ich bestellte ihr den Gruß von meiner Frau, um jeden Zweifel bezüglich meiner ehemännlichen Position zu beseitigen. Unbeeindruckt ließ Carla für uns beide einen trockenen Wein kommen, ein Paar Würstchen und als Beilage alle Salate, die das Hotel zu bieten hatte. Ich fragte sie, ob es möglich sei, Zucki von meinem Bein zu trennen, solange mein Schuh noch nicht schwanger war.

„Ach was", lachten zwei Reihen strahlend weißer Zähne, „Zucki ist doch schon sechzehn Jahre alt."

Trotzdem entschied ich, ein für alle Mal mit ihr Schluss zu machen:

„Was willst du eigentlich von mir?"

Sie hob langsam die Lider über ihren zwei grünen Scheinwerfern und sagte zärtlich:

„Ich will gar nichts von dir, Camillo Lloyd. Ich hatte einfach Sehnsucht nach dir. Du bist ein Meteor im Showbusiness, ich träume davon, in deinem Schatten zu weilen. Ich bin dein, was dich jedoch zu nichts verpflichtet."

Ihr Handy klingelte und sie antwortete mit einem kühlen „Nicht jetzt". Dann setzte sie ihr Geständnis fort:

„Ich weiß, ihr Männer habt keine gute Meinung von uns Frauen. Ihr glaubt, uns interessiert nur die Karriere und das Erotische. Wir können jedoch auch lieben, Camillo."

Ich hörte mir den tiefsinnigen Monolog an, konnte aber an nichts anderes denken als daran, warum es das Wort Hintern nicht auch im Plural gibt. Zum Glück klingelte wieder ihr Handy, und diesmal führte sie ein längeres Gespräch:

„Guten Abend, Gerschon. Ich freue mich, Ihre Stimme zu hören … Nein, natürlich bin ich frei, für Sie doch immer … Morgen habe ich leider Aufnahmen, vielleicht am Wochenende … Ciao …"

„Verzeihung", entschuldigte sich Carla, „das war Glasskopf."

Der pakistanische Kellner kam mit einem vollen Tablett zurück. Carla erklärte, sie sei Vegetarierin und hasse jede Art von Gewalt. Sie warf die Würstchen für Zucki unter den Tisch.

Ich brach in Lachen aus. Carla stand auf, trat in ihrem metronomischen Gang auf mich zu, wobei ihr schlanker Körper unter dem engen Rock eine einzige, senkrechte Verführung darstellte. Sie drückte mir zwei Küsse auf die Wangen. Die Kaffeehausgäste klatschten Beifall. In meiner zunehmenden Verlegenheit kippte ich das große Glas Wein vor mir hinunter und stand auf.

„Carla, mein Schatz, ich glaube, wir haben morgen Aufnahmen …"

Sie schob ihren Stuhl ganz nah zu mir und bat mich, noch einen Moment zu bleiben.

Ich blieb.

„Gerade wegen der Aufnahmen wollte ich dich treffen, mein Liebling", flüsterte sie mir ins Ohr. „Du weißt doch, dass das Schwein deine Rolle geändert hat und du jetzt bisexuell bist." Carla senkte die Augen. „In der Szene, in der du mir beweist, dass du nicht mehr impotent bist, also diese Szene kann ich nicht spielen. Ich habe Angst vor der Nähe deines Körpers."

„Ja … und, was machen wir da …"

„Wir müssen diese Szene unbedingt noch vor morgen früh proben."

„Wo?"

„Hier, im Hotel."

„Jetzt?"

„Aua!"

Eine ihrer Kontaktlinsen war in der Aufregung auf den Boden gefallen. Carla schoppte ihren langen Rock mit einer schnellen Handbewegung nach oben, bückte sich und begann, die Linse unter dem Tisch zu suchen. Der Wein hatte meine Sinne vernebelt … ihre Absätze waren hoch … und Schenkel gibt es im Plural …

AN DEN REST erinnere ich mich nur verschwommen. Es fällt mir schwer, die Teile des Puzzles zusammenzufügen. Ich weiß nur noch, dass Carla mit einem Schlüssel in der Hand von der Rezeption zurückkehrte und wir mit dem Aufzug in ein Hotelzimmer hinauffuhren. Das heißt, zuerst bin ich hinaufgefahren, denn sie wollte Zucki noch schnell bei der Rezeption abgeben.

„Geh hinauf, Liebling", lächelte sie. „Falls ich mich verspäten sollte, kannst du ja schon anfangen."

Ich streckte mich auf dem großen Bett im Hotelzimmer aus und fiel sofort in tiefen Schlaf. Carla weckte mich auf, als sie sich neben mich legte. Sie trug ihren schwarzen Slip und sonst nichts. So etwas Schönes hatte ich noch nie gesehen.

„Ich", stotterte ich, „ich muss … daheim … anrufen."

Wahrscheinlich bin ich wieder eingeschlafen, vielleicht stand ich auch unter Hypnose, keine Ahnung. Wie auch immer, als ich meine Augen wieder öffnete, lag der schöne Kopf Carlas auf meiner Schulter, und ihr schwarzer Slip auf dem Boden.

„Was ist passiert?"

„Alles in Ordnung, mein Schatz", verkündete Carla. „Dusch dich, bevor du nach Hause gehst."

Oh, war mir das alles peinlich. In meiner Dummheit fragte ich Carla, ob es o. k. war.

„Weiß ich nicht, Camillo. Ich war unkonzentriert."

Immerhin beruhigte sie mich, sie sei jetzt ziemlich sicher, dass sie unsere Bettszene hinkriegen würde. Ich stand auf und schleppte mich ins Badezimmer. Es war halb zehn. Womit habe ich das verdient, was soll ich zu Hause erzählen, um Gottes willen? Die warmen Wasserstrahlen schenkten mir keine Antwort …

Verdattert und erschöpft hockte ich im Taxi. Die Scham griff mit spitzen Krallen nach mir, als bräche meine Welt über mir zusammen. Gleichzeitig breitete sich eine glühende Freude in mir aus, wie ich sie in meinem ganzen Leben niemals zuvor empfunden hatte.

Im Himmel

Kein Zweifel, ich war in eine Falle geraten, in ein Niemandsland von Fragen ohne Antworten, von deren Existenz ich nichts gewusst hatte. Eine zauberhafte, aber zynische Frau hatte meine Unschuld ausgenützt und mir mit der Effektivität eines vorprogrammierten Computers den Kopf verdreht.

Irgendwann hatte ich einmal ein Buch des französischen Schriftstellers Honoré Balzac aus Hildes Regal herausgezogen und aus reiner Neugierde durchgeblättert. Ein Satz von ihm fiel mir jetzt wieder ein, nämlich dass das Allerschönste in der Welt „eine schöne Frau" sei. Es steht mir natürlich nicht zu, meinen kurzlebigen Höhenflug mit der literarischen Größe eines Balzac zu vergleichen. Aber vielleicht erhellt seine Meinung ein wenig jene unheilbare Bewusstseinsspaltung, die mich befallen hatte. Die Schöne war neben mir gelegen, ich konnte sie berühren, ihre Haut streicheln, ihr Kopf ruhte auf meiner Schulter. Wie sollte ich mit diesem verlogenen und doch so herrlichen Zauber weiterleben?

Als ich von Carla nach Hause kam, stellte ich fest, dass das Leben das Fernsehen imitiert, denn ich benahm mich genau wie die herumstreunenden Männer in den billigen Komödien auf dem Bildschirm. Die Zeiger der Uhr standen auf 10.40. Ich zog die Tür mit größter Vorsicht hinter mir zu und betrat auf Zehenspitzen unser Schlafzimmer. Hilde schlief schon, wovon mir auch nicht leichter ums Herz wurde. Plötzlich hatte ich dieses schlafende Pummelchen wieder gerne. In ihren gleichmäßigen Atemzügen hörte und fühlte ich den Zufluchtsort in meinem Leben.

„Im Kühlschrank steht ein Omelette für dich", flüsterte sie und drehte sich um. „Gute Nacht, Karli."

In diesem Moment, ich erinnere mich ganz genau, schwor ich mir, der Geschichte mit Carla ein Ende zu setzen. Ich zog mich leise aus und legte mich sofort neben meine Frau. Nach einigen Minuten stand ich auf. Eine dumme Neugier hatte mich gepackt, in Sulzens Script die Bettszene zu suchen, die Carla unbedingt proben wollte. Bis Mitternacht hatte ich alle Seiten durchgeschaut, doch von der bewussten Szene nicht die geringste Spur entdeckt. Der heimtückische Sulz hatte die Szene offensichtlich in eine spätere Folge verlegt, um sich meine Teilnahme zu sichern, und das schöne Wunder hatte meine berufliche Naivität dementsprechend missbraucht. Von der Handlung der Folge verstand ich nur, dass sich meine Gattin Gloria plötzlich wieder zu mir hingezogen fühlt, während ich mich in Oberarzt Ramasury verliebe. Sulz versuchte also den mir versprochenen Status eines Bisexuellen zu annullieren und mich wieder zum Strichjungen des Piloten hinunterzustilisieren.

Erst am Morgen konnte ich das gemeine Schwein anrufen. Inzwischen begann ich frustriert in der Wohnung herumzutigern. Manchmal verweilte ich kurz neben Hildes leicht pfeifenden Atemzügen, wagte jedoch nicht, sie aufzuwecken. Vor lauter Nervosität öffnete ich ein paar Flaschen und versuchte, mich mit ihnen zu vergessen.

Es gelang mir nicht. Die letzten Stunden waren zu viel für mich gewesen.

Im Zustand völliger Erschöpfung schlief ich ein. Im ersten Morgengrauen wachte ich mit der Erleuchtung auf, dass ich im blöden Piloten außer ein paar Stammeleien nichts Besonderes vollbracht hatte, dass Gerschon Glasskopf ein Vollidiot war und ich ein Betrüger wie alle anderen.

Ich rief Papas Handy an, weckte ihn auf und entschuldigte mich mit der Ausrede, ich müsse mich unbedingt noch vor Beginn der Dreharbeiten um 8.30 Uhr nach seinem Gesundheitszustand erkundigen.

„Ich bin in Behandlung, dank des Geldes, das du mir geschickt hast, mein Junge", sagte mein Alter mit müder Stimme. „Ich danke euch. Die Narren in ihren weißen Kitteln sagen, ich könne wieder gesund werden, wenn ich mit dem Trinken aufhöre. Aber wozu soll ich dann überhaupt gesund werden?"

„Ich verstehe dich besser, als du glaubst."

„Das habe ich schon an deiner heiseren Stimme gemerkt, Karl. Was ist denn los?"

„Ich gehe jetzt als großer Star zu den Dreharbeiten, und ich bin doch gar kein Schauspieler, sondern ein aufgeblasenes Nichts mit einem lächerlichen Künstlernamen."

„Ich weiß. Wie viel hast du getrunken?"

„Drei Flaschen Bier."

„Ein guter Anfang. Schütte ins vierte zwei Gläschen Wodka, so wie ich es dir verschrieben hab, und dann wirst du wieder ein großer Star sein."

„Meinst du?"

„Vierzigjährige Erfahrung, mein Sohn."

Ich schleppte mich mit der Bierflasche in der Hand zu Hilde und ließ mich lautlos neben sie auf die Matratze fallen. Ich hörte noch, wie meine Frau aufstand und telefonierte. Sie teilte Ursula-Mary-Lou mit, dass sich ihr Mann wegen technischer Probleme um einige Stunden verspäten werde.

Zu Mittag öffnete ich die Augen. Ich war wieder Camillo Lloyd Romanoff.

AUF DEM WEG ins Studio, also in Sulzens Wohnung, fiel mir etwas im Geiste meines Gurus Dr. Spock ein, nämlich, dass es sehr viel einfacher ist, anderen etwas vorzulügen, wenn der Lügner sich selbst die Wahrheit sagt. In diesem Sinne wurde mein Grinsen immer breiter, als ich die Jugendlichen erblickte, die seit dem frühen Morgen auf der Straße auf mich warteten. Einige fingen zu jubeln an, hochaufgeregt bemerkten sie, Romanoff sei im Anmarsch.

„Ich schäme mich richtig, Hilde. Dieser Rummel wird mir noch zu Kopf steigen."

„Du brauchst dich nicht zu schämen, Karli. Wozu soll man denn Erfolg haben, wenn er einem nicht zu Kopf steigen darf?"

„Erfolg? Ich mach doch nur mit."

„Das heißt, dass du ein guter Schauspieler bist."

„Nein, ich bin besoffen."

Die vier Gläser Bier plus zweimal Wodka hielten mich auf Trab. Wir bahnten uns den Weg durch das Jungvolk. Hilde versprach den aufgebrachten Autogrammjägern, gleich nach den Aufnahmen würde der Superstar zur Verfügung stehen. Eigentlich kann ich bis heute nicht verstehen, warum normale Menschen sich stundenlang anstellen, nur um einige hingekritzelte Buchstaben zu ergattern.

Vor Sulzens Wohnung erwarteten uns die Vertreter der Medien. Es waren keine Jugendlichen, sondern einige klein gewachsene Lausbuben, die im Auftrag des staatlichen Rundfunksenders ein Mikrofon bis zu meiner Nase hochhielten und fragten, warum ich gerade jetzt aus Russland geflohen sei. Kaum hatten wir das Studio betreten, empfing mich der wohlwollende Applaus einiger erwachsener Teilnehmer der Pressekonferenz. In der ersten Reihe drängten sich Dutzende Fotografen, unter ihnen auch die hübsche Betty, die mir mit hoch erhobener Hand zuwinkte.

Hilde warnte mich:

„Reagiere nicht auf die Verrückte."

Ich reagierte auf gar nichts, sondern ließ mich von der Meute umringen und schwieg im Stil von „No comment", während sich Hilde von hinten an mich drängte und mir Anweisungen ins Ohr flüsterte. Aus den anhaltenden Ovationen zog ich zwei lebenswichtige Schlüsse: erstens, dass ein echter Star immer zu spät kommen soll, und zweitens, dass anscheinend hinter jedem erfolgreichen Mann eine flüsternde Frau stehen muss.

In der Zwischenzeit kam Frau Sulz mit einem Kuchenblech aus der Küche, und Ramasury half der Hexe dabei, mich und meine Frau zu verköstigen. Ursula-Mary-Lou hielt sich eng an Sulz. Die beiden lächelten so siegreich wie möglich, um die Aufmerksamkeit auf den Producer zu lenken. Carla konnte ich nirgendwo erspähen. Gut so, dachte ich, da ich felsenfest entschlossen war, die gefährliche Schönheit mit souveräner Kühle zu behandeln.

Martin Sulz bat mithilfe einer kleinen Glocke um Ruhe und verlas mit überschwänglicher Begeisterung seine Eröffnungsrede über die Fortsetzung der Serie, die Geschichte machte. Er begrüßte mich mit einigen improvisierten Worten als den „Kronprinzen der zeitgenössischen Kinowelt".

„Lächle nicht", stupste mich Hilde von hinten, was mir auch gar nicht schwerfiel, weil die taktlose Betty mir jedes Mal, wenn sie den Film wechselte, ein unerwünschtes Kusshändchen zuwarf.

Plötzlich kam der ausgemergelte Produktionsleiter angerannt und drückte seinem Boss ein Blatt Papier in die Hand.

Sulz verstummte für einige Sekunden und hob dann mit bebender Stimme an:

„Verehrte Repräsentanten der Öffentlichkeit, in meinen Händen halte ich eine hochpersönliche Botschaft von Gerschon Glasskopf."

Andächtige Stille senkte sich über das Wohnzimmer. Hilde flüsterte mir zu: „Ich hab genug, schaue kurz in die Schule. Weißwurst im Kühlschrank", und sie hinterließ ein gähnendes Loch.

Die Botschaft von G.G. war so bedeutend wie schicksalshaft:

„Ich übermittle den Baumeistern der Serie, dieses Grundsteins der ambivalenten Evolution der Filmkunst, meine aufrichtigen Glückwünsche. Besonderer Dank gebührt dem neuen Magier des Bildschirms, Camillo Lloyd Romanoff. Mit vorzüglicher Hochachtung", der Producer verlas den Namen mit bedeutungsvoller Betonung, „Dr. h.c. Gerschon Glasskopf."

Der Beifall erreichte seinen Höhepunkt. Auch ich applaudierte kurz.

„Danke, danke, danke", dankte Sulz den Anwesenden. „Mit Ihrer Erlaubnis präsentiere ich Ihnen nun die bezaubernde Partnerin von Kronprinz Romanoff."

Der Produzent eilte hinaus und kam Hand in Hand mit Carla zurück, die wieder in ihren viel zu kurzen Bademantel gewickelt war.

„Fräulein Weinstock kommt direkt von ihrem Synchronschwimmtraining, nachdem sie sich einen Spitzenplatz in dieser anspruchsvollen Sportart erkämpft hat." Sulz wandte sich mit viel Charme direkt an Carla. „Ich freue mich, Ihnen mitteilen zu dürfen, meine Liebe, dass wir Sie morgen für die nächste Folge im Schwimmbad filmen werden."

Mir war klar, dass alle Männer hofften, Carla werde jetzt ihren Bademantel ausziehen. Sie enttäuschte jedoch mit einer knappen Antwort.

„Tut mir leid, Martin", sagte sie und zwinkerte mir dabei zu, „morgen geht's nicht."

„Gut, gut, dann eben übermorgen", antwortete der Producer

geistesgegenwärtig. Aber Carla war bereits mit Mona Lisas bezauberndem Lächeln zu mir unterwegs. Sie umarmte mich, und unter ihrem Mantel spürte ich die Konturen ihres verführerischen Körpers.

„Hat Spaß gemacht", wisperte sie und hauchte einen Kuss auf meine Lippen. Ich küsste als Antwort ihr Ohr:

„Es war einfach traumhaft, Carla."

Sie blieb neben mir stehen, und Betty hörte mit finsterem Gesicht auf zu knipsen. Der Producer beendete seine Rede:

„Die beiden kommenden Folgen werden innerhalb von drei Wochen gesendet. Und jetzt muss ich die Anwesenden bitten, das Studio zu verlassen. Romanoff braucht Ruhe."

Ich beruhigte mich. Wenn die künftigen Meisterwerke erst in drei Wochen gesendet werden, hatte ich noch genug Zeit für Südamerika oder andere Notlösungen. Die Teilnehmer der Pressekonferenz verließen das Wohnzimmer, und Carla verschwand mit tänzelnden Schritten, um ihren viel zu kurzen Bademantel auszuziehen.

Betty raunte mir zu:

„Ich will nach den Aufnahmen bei dir bleiben."

Ich konnte es ihr im Moment nicht versprechen. Sie maß mich mit feindseligem Blick.

„Nicht einmal das kannst du mir versprechen, nach allem, was zwischen uns war?", fragte sie etwas zu laut. „Ich rate dir, Camillo, treib kein Spiel mit mir."

Als die Dreharbeiten begannen, ließ sie von mir ab, versteckte sich jedoch hinter der Tür. Carla kam zurück und bezauberte uns alle mit ihrem Schwesternkostüm. Es machte klick und der Film lief.

Leider kann ich nicht viel vom Ablauf berichten. Einerseits, weil ich noch leicht beschwipst war, andererseits, weil ich mich nicht genau erinnern kann, was wir da eigentlich gemacht haben. Ich glaube, Carla, das heißt Gloria, deklamierte ihren Text, nämlich, dass sie erst vor einigen Minuten vom Synchron zurückgekommen sei, um sich dann vorwurfsvoll zu erkundigen, warum ich ihrem Triumph fern geblieben war.

„Was soll das?", antwortete ich dank Fellini wahrheitsgemäß. „Ich saß mit Hilde auf der Tribüne."

Carlas überraschende Antwort bewies, dass sie schlauer war, als ihre attraktive Erscheinung vermuten ließ:

„Spreche ich nun mit dem Star Romanoff oder mit meinem Mann?"

„Ist doch völlig egal. Du bist zu schön für uns beide, Carla."

„Ich heiße Gloria, wenn es dir nichts ausmacht. Und das ist nicht dein Text, Manfred."

Irgendwie überstand ich auch den Rest der langen Szene. Als Gloria laut Drehbuch damit anfing, dass ich eigentlich auf Männer, besser gesagt auf Oberarzt Ramasury stehe, wandte ich mich an Sulz und erklärte ihm, ich hätte diese Nacht nur sehr wenig geschlafen und möchte für heute Schluss machen. Der Producer faselte etwas von einem knappen Budget, aber gegen eine Autorität wie mich war er hilflos.

„Vielleicht bin ich bereit, schwul zu sein, Sulz", fuhr ich ungerührt fort, „aber nicht mit Ramasury."

„Warum nicht?"

„Er ist nicht mein Typ."

„Ich verstehe, Romanoff. Ich dachte sowieso nur an kleine Gesten, Blicke, nichts Konkretes …"

Auf einmal tauchte Betty auf:

„Entschuldige, Martin, ich muss ein paar Worte mit Camillo wechseln."

Sulz ließ uns mit einem verständnisvollen Schmunzeln allein. Betty presste sich an mich:

„Wie wäre es mit einer unvergesslichen Nacht?"

Ihre Rehaugen leuchteten. Meine Gedanken aber weilten bereits in einer bestimmten Garderobe:

„Geht nicht, Betty, tut mir wirklich leid."

Mir fehlte damals noch jegliche Kenntnis von Strategie. Ohne Weiteres hätte ich darauf zurückgreifen können, glücklich verheiratet zu sein, anstatt mich dilettantisch zu verweigern. Betty erblasste und zischte nach meiner brutalen Abweisung nur einen kurzen Satz hervor:

„Das wirst du noch bereuen, du Schuft."

Sie drehte sich um und rauschte wütend von dannen. Ich eilte zur Garderobe meiner Sehnsüchte und riss die Tür auf, die zufällig nicht zugesperrt war. Carla hatte bereits ihr Schwesternkostüm im Licht einer kleinen Leselampe ausgezogen. Sie trat wortlos auf mich zu und küsste mich. Nicht wie ich es mir vorgestellt hatte, aber doch war es ein langer und weicher und dann nicht mehr so weicher, eigentlich ein echter Kuss …

Ich empfand einen Zauber, der nicht von dieser Welt war. Eine nicht einmal durchschnittliche Kreatur wie ich, der uninteressanteste Mann der Erde, küsste die Frau, von der Balzac in Paris geträumt hatte.

Carla ließ von mir ab und ohne etwas hinzuzufügen schaltete sie das Licht an. Ich setzte mich in einen Sessel und betrachtete sie, ebenfalls ohne ein Wort zu sagen. Sie war wie eine Statue, eine prächtige Marmorstatue, vor allem als sie mir den Rücken zudrehte und begann, sich anzuziehen.

Mein Herz setzte aus …

Auf Carlas schönem Körper entdeckte ich unten auf dem linken Hügel ein halbrundes Beißmal, einen deutlichen Abdruck von Zähnen. Der Geist Dr. Spocks traf mich wie ein Blitz. Ich versank ganz tief im Sessel, und vor meinen geschlossenen Augen erschienen die fett gedruckten Buchstaben über die „vampirischen Begierden" auf Seite 311.

DARUM ALSO hatte Carla mir zugezwinkert, als sie Sulzens Bitte mit ihrem Mona-Lisa-Lächeln abschlug, am nächsten Tag zu schwimmen. Sie trug die Spuren meiner Zähne, mein Kainszeichen, auf ihrem Popo. Wäre das Ganze nicht so furchtbar gewesen, hätte ich über diese Entdeckung lachen können, aber dunkle Vorahnungen trieben mich vor den unbarmherzigen Spiegel im Badezimmer. Seit Béla Lugosi* weiß jeder Kinogänger, dass das Markenzeichen eines Vampirs seine spitzen Eckzähne sind. Ich unterzog mich einer gründlichen Untersuchung und war erleichtert. Meine

---

* Anm. d. Red.: Béla Lugosi (1882–1956) erreichte als Schauspieler weltweite Anerkennung durch die Darstellung des Grafen Dracula.

Zähne waren zwar ziemlich unregelmäßig, konnten den strengen Maßstäben Spocks von Seite 311 jedoch nicht standhalten. Und nicht nur das, im Vergleich zu den anderen Kauwerkzeugen in meinem Mund erschienen die beiden Eckzähne sogar ziemlich zurückgeblieben.

Warum also hatte ich zugebissen?

Meine Gedanken wanderten unablässig zurück an den Tatort. Vor meinem geistigen Auge tauchte mit ärgerlicher Hartnäckigkeit das Bild der splitternackten Verführerin auf, wie sie im Hotelbett lag. Ich schloss die Augen, um diesem herrlichen Anblick zu entfliehen, aber im Dunkeln war Carla sogar noch schöner. Ich griff zu Papas alkoholischem Allheilmittel, und schon schämte ich mich weniger und weniger. Ich schaffte es sogar, mit der Vision von Carla mehrere Stunden vergnüglich zu leben.

Nicht einmal die Klatschspalten konnten meine Laune trüben. Die Abendzeitung *Populär* zum Beispiel brachte auf der Titelseite die schicksalhafte Schlagzeile: WARUM WOLLTE CARLA WEINSTOCK AM MITTWOCH NICHT SCHWIMMEN?

Laut Redaktion bestünde der Verdacht, bei der Traumfrau habe sich Nachwuchs angemeldet. Nun stelle sich natürlich die Frage: Wer ist der Vater?

In derselben Ausgabe erschien auch die Meldung aus wohl informierter Quelle, die Tagesgage des Prinzen Romanoff betrüge sage und schreibe sechzigtausend Dollar. Fairerweise wurde noch erwähnt, Producer Sulz sei nicht bereit, die Meldung zu bestätigen oder zu dementieren.

Ich musste lachen, aber meine diversen Verwandten nahmen es ernst. Unmittelbar nach diesem journalistischen Meisterstück war ihre Besorgtheit um mich nicht zu stoppen. Einer rief sogar mein Büro an, um sich zu erkundigen, von wie vielen Drehtagen denn die Rede sei, und ob eine Million dabei herausspringen würde oder nicht.

Sekretärin Hilde weigerte sich, die Höhe meiner Gage zu bestätigen.

„Die in der Presse veröffentlichte Summe ist nicht exakt."

Meine Verwandten vermehrten sich jedoch wie die Gift-

schwämme. Zwei arme Neffen schickten mir ein brüderliches Telegramm aus Dänemark, in dem sie sich auf ihre tschetschenische
Herkunft beriefen. Eine Frau mittleren Alters behauptete, sie sei
meine Tochter. Ihre verstorbene Mutter habe dies dem provo-
slawischen Priester der Stadt Novomoskovski angeblich auf dem
Sterbebett gebeichtet.

Versteht sich von selbst, dass ich eine Lösung für den unerwarteten Familienzuwachs suchte. Ich blätterte also wieder im
Dr. Spock, und etwa in der Mitte stieß ich auf die bereits vertrauten fetten Buchstaben: „Baron Rothschild oder wie man sich
Verwandte erwirbt". Der weise Gelehrte stellte fest: „In der Periode der finanziellen Erfolge wird der vierundfünfzigjährige Ehemann mit einem Ansturm neuer Familienmitglieder konfrontiert,
deren Weltanschauung einzig und allein darauf beruht, engste
verwandtschaftliche Beziehungen zu pflegen." Dr. Spock erklärte
weiter: „Die wohl fanatischsten Verfechter dieser Sippenlehre
sind die Angehörigen des Barons Rothschild, die kompromisslos
für die Stärkung familiärer Bande eintreten, im Sinne alles für
einen und einer für alles. Man erzählt sich, der alte Baron selbst
demonstriere zu diesem Thema eine weniger dogmatische Haltung."

DER REDLICHE KÜNSTLER in mir wollte den ersten beschwipsten
Drehtag vergessen, aber eine nüchterne Überlegung machte ihn
doch irgendwie besorgt. Glücklicherweise rief, ehe ich mich neben
Sekretärin Hilde schlafen legte, die gute Cutterin Margarete an.

„Karl, ich habe mir die ersten Aufnahmen angesehen, und Ihre
strahlende Gleichgültigkeit hat mir sehr gefallen", beruhigte sie
mich. „Bitte hüten Sie sich auch in Zukunft vor theatralischem
Schauspiel. Das ist passé. Sie sollten eben versuchen, Ihre brillante
Unbefangenheit auch auf die anderen Mitwirkenden der Serie zu
übertragen. Solange Gerschon Glasskopf frei herumläuft, können
sie davon nur profitieren. Alles Gute, mein Bester."

Margarete muss einmal ein Engel gewesen sein, vielleicht
stand sie noch immer im Dienste des Himmels. Wie dem auch sei,
ihr verdankte ich, dass ich in dieser Nacht gut schlief. Sogar ein

frühes Aufstehen blieb mir erspart, denn am Morgen wurden die Turnübungen meiner Frau Gloria in der Praxis von Dr. Ramasury gefilmt. Beim Frühstück, das ich, während Hilde die Zeitungen holte, allein einnahm, senkte sich bei Sonnenaufgang eine relative Ruhe über mich.

„Schau, Camillo", sagte ich beim weich gekochten Ei zu mir. „So wie es auf der ganzen Welt berühmte abstrakte Maler gibt, die niemals versucht haben zu malen, spricht doch absolut nichts dagegen, dass es auch angesehene moderne Schauspieler geben könnte, die keine Ahnung von theatralischem Schauspiel haben. Es gibt also überhaupt keinen Grund, an deiner kinematografischen Integrität zu zweifeln. Letzten Endes bist du ein anständiger Laie, deine Fans sind die Betrüger."

Mit Hildes Rückkehr war die Ruhe dahin. Sie schmiss die Morgenzeitung, in der seinerzeit der historische Essay G. G.'s veröffentlicht worden war, auf die Überreste des weich gekochten Eis. Diesmal sprang mir von der ersten Seite eine Aufnahme von Betty in die Augen, deren schlanker Körper in bauchfreien Hotpants steckte. Neben dem Foto stand: DIE JUNGE FOTOGRAFIN BETTY KASABIAHE ENTHÜLLT IHRE WILDE AFFÄRE MIT C. L. ROMANOFF. SEITE 5/6.

Hildes Blick drang wie ein scharfer Dolch in mein Herz.

„Was soll das, bitte?"

Ich wusste nicht, was das sollte. Mit schwacher Stimme bat ich um Erlaubnis, die Enthüllung zu lesen. Hilde hatte sie bereits auf dem Heimweg verschlungen, jetzt setzte sie sich mir vis-à-vis und schaukelte in schweigender Anklage in ihrem Stuhl.

Was auf den Seiten fünf und sechs stand, kann ich in dem dicken Poesiealbum namens „Klotz am Bein" nachlesen, in dem Hilde all diese aus der Luft gegriffenen Enthüllungen gesammelt hat.

Der Titel sagte diesmal alles: BETTY: „JETZT REDE ICH!"

Unter dieser Erklärung erschien das wohl schlechteste Bild, das jemals von meiner Visage aufgenommen worden ist. Es verewigt, wie ich gerade zwischen meinen Zähnen nach Essensresten stochere. Unter dem schrecklichen Foto stand: ER ZERSTÖRTE MEIN

LEBEN. Aber im Gegensatz zu den sensationslüsternen Schlagzeilen, die üblicherweise von unhöflichen Redakteuren formuliert werden, war das persönliche Geständnis der hübschen Betty meiner Meinung nach fast ausgewogen.

„Ich habe Lloyd geliebt", eröffnete sie ihr Geständnis. „Ich liebte ihn über alles, aber es scheint, damit war ich nicht allein."

Sie erzählte von dem Auftrag, mich in meinem Haus zu fotografieren, und schilderte, wie ich mit fast krankhafter Gier forderte, die Fotos meiner Kollegen zu sehen. Danach habe mir die Redaktion eine Schachtel Pralinen geschickt, und ich hätte Betty mit überschwänglichem Dank und Komplimenten überhäuft, die hin und wieder die Grenze des guten Geschmacks überschritten. Dann hätte ich ihr lächerliche Schmeicheleien über „mein blendendes Aussehen" abgepresst.

„Er wollte unbedingt neue Aufnahmen von seinem berühmten Profil", fuhr die junge Frau traurig fort. „Damals vertraute ich Lloyd noch, hoffte von ganzem Herzen, dass er meine aufrichtige Liebe erkennt und mich nicht nur als eine seiner zahlreichen Konkubinen abhakt. Er wollte sich auch gleich zu einem Rendezvous unter vier Augen verabreden, beschwor mich jedoch, ihn nicht anzurufen, wenn seine Frau zu Hause ist."

Ich warf einen kurzen Blick auf Hildchen. Ihre blutlosen Lippen waren zu einer schmalen Linie zusammengekniffen.

Um mich über seine heimtückischen Absichten hinwegzutäuschen, bestellte Lloyd bei mir noch drei Aufnahmen in Postkartengröße. Was danach zwischen uns geschah, kann und will ich nicht erzählen. Es waren die schönsten Tage meines Lebens, und ich flehe die Leser meines traurigen Geständnisses an, brechen Sie mir nicht das Herz mit den banalen Fragen, wie er sich als Privatperson benimmt, welche Kleidung er zu Hause trägt und wie er im Bett ist, denn ich schwöre im Namen des barmherzigen Gottes, dass ich diese taktlosen Fragen nicht beantworten werde.

Ich liebe diesen Mann noch immer, sein Lächeln, seine Leidenschaft, obwohl er mich kaltherzig aus seinem Leben verbannt hat, ohne mit der Wimper zu zucken, ohne Erklärung, ohne ein gutes Wort. Von dem russischen Adeligen mit der wunderbar perversen Zurückhaltung, die ich kennenlernen durfte, bleiben mir nur qualvolle Erinnerungen. Meine Romanze mit Camillo Lloyd Romanoff endete, noch bevor sie richtig begonnen hatte. Mein Leben ist zerstört, und ich bin noch so jung und unerfahren.

Da saß ich nun also im Morgenlicht, in der Hand den vom ganzen Land gelesenen Skandal, und wusste nicht, was ich zu meiner vor mir schaukelnden Frau sagen sollte. Ich legte die Zeitung beiseite und schenkte Betty in ihren Hotpants auf der ersten Seite noch einen letzten Blick. Eigentlich hatte sie recht positiv von mir gesprochen und schließlich und endlich sogar gestanden, mich nach wie vor zu lieben. Man sollte nicht immer nur das Negative sehen. Die sachlichen Fehler in ihrem Geständnis waren doch nur das Produkt einer enttäuschten Liebe, und auch der labile seelische Zustand der kleinen Lügnerin musste mit bedacht werden.

Hilde war nicht ganz meiner Meinung.

„Diese dreckige Hure macht auf deine Kosten Karriere in der Öffentlichkeit. Man muss ja blind sein, wenn man das nicht sieht. Was war zwischen euch?"

„Gar nichts."

„Es gibt keinen Rauch ohne Feuer, Camillo."

Zum ersten Mal nannte sie mich Camillo und ich begriff, diesmal war es ernst. Gegen einen gedruckten Text in der Presse hatte ich keine Chancen.

„Vielleicht kannst du mir erklären, wie du in eine derart peinliche Situation geraten bist?", insistierte Hilde und hörte auf zu schaukeln. „Warum bist du ihr überhaupt nachgestiegen, du Blödmann? Als ich dieses Klappergestell in der Zeitung sah, fragte ich mich, wie kann mein lieber Mann auf einen solchen Frosch aus Haut und Knochen abfahren und gleichzeitig die hundertmal attraktivere Carla verabscheuen? Ich will die Wahrheit hören, hast du mit dem Frosch geflirtet?"

„Nein ... eigentlich im Gegenteil ..."

„Hör auf zu stottern. Ich weiß nicht, wie man im Gegenteil flirtet. Warum hat deine Betty eure Beziehung überhaupt publik gemacht?"

„Weiß nicht ... Rache, wahrscheinlich ..."

„Rache für was?"

„Dafür, dass es keine Beziehung gab."

„Hast du dieser Nutte gesagt, sie soll dich nicht anrufen, wenn ich daheim bin, oder hast du das nicht gesagt?"

„Ich hab gesagt ... sie soll mittags nicht anrufen ..."

„Camillo!"

Ich fing an zu weinen, wie immer, wenn ich in eine Sackgasse geriet. Und diesmal flimmerte an ihrem Ende kein Licht. Glücklicherweise konnte Hilde es nie ertragen, mich weinen zu sehen. Sie trat auf mich zu und legte ihre Hand auf meine Schulter.

„Na gut, mein Junge", brummte sie, „ich hab schon kapiert. Nicht mal lügen kann sie, deine Betty. Sie redet von deinem Lächeln und deiner Leidenschaft, dass ich nicht lache. Was mir aber wirklich Sorgen macht, ist deine Zukunft, Karl. Es würde mich nicht überraschen, wenn Sulz die Aufnahmen mit dir einstellt, und wundere dich auch nicht, wenn sie dich aus der Schauspielergewerkschaft rauswerfen."

„Aber warum?"

„Du bist ein moralisches Aas, mein Liebling."

Hilde reichte mir ein Glas Bier und begann mich über die Herrschaft der freien Medien zu belehren. Jeder könne heutzutage unter die Räder der Druckmaschinen geraten oder vor den Fernsehkameras zermalmt werden, „mit Ausnahme der Mafiosi-Chefs. Über ihr Privatleben wird interessanterweise nichts veröffentlicht."

„Dann will ich Mafia-Chef werden."

„Erst einmal musst du Betty überleben."

Das Telefon klingelte. Augenblicklich verwandelte sich Hilde wieder in die Sekretärin und hob mutig ab. Dann atmete sie auf:

„Irgendeine Werbeagentur bittet dringend um ein Treffen mit dir. Der Typ hat schon gestern Nacht angerufen."

Es war derselbe Agent, der mich seinerzeit mit seinem blöden

Bier zwanghaft rülpsen ließ. Der nächste Anruf offenbarte dann den erbärmlichen familiären Sumpf, in den ich mit meinem ehebrecherischen Charakter gesunken war.

„Pfui, Papi, pfui", schluchzte Benedictina am Telefon. „Vor einer Stunde hat mich der Radiosender deinetwegen entlassen. Du hast wohl vergessen, dass du eine Familie hast, pfui!"

Die katastrophale Zukunft warf ihren Schatten voraus. Auch meine Frau wirkte ziemlich verstört. Nervös zog sie Akten und Dokumente aus den Schubladen ihres Schreibtischs. Ich fragte sie, wie viel Geld uns noch zum Leben geblieben war. Ihre Antwort war niederschmetternd:

„Kein müder Groschen. Ich war bei deinem Vater im Krankenhaus und gab ihm alles, was wir von deinem Vorschuss übrig hatten."

„Wann?"

„Vorgestern Abend. Als du mit Carla im Hotel warst."

Die Scham, die sich zu meiner Depression gesellte, gab mir den Rest. Dass sie, mein herzensgutes Hildelein, am Krankenbett meines alten Vaters saß, während ich im Hotel mit 9,5 Promille in Carlas Popo biss, oh ja, ich hatte alles verdient, was das Schicksal für mich bereithielt.

„Wie geht es meinem Alten?"

„Es scheint, er hat keine Lust mehr zu leben. Die Schwestern entdeckten unter seiner Matratze eine Wodkaflasche. Er bat uns, ihm Getränke in die Klinik zu schmuggeln, in Blumenvasen, wenn es nicht anders geht."

Unser Blick wanderte zu Sulzens chinesischer Vase. Wir umarmten uns, Hilde und ich, wie zwei Tauben nach einer Bauchlandung. Ich hauchte ihr meine felsenfeste Entschlossenheit zu, Sulz unverzüglich meine Kündigung vorzulegen. Hildchen hauchte mir einen Kuss auf die Stirn und lächelte traurig:

„Ein Glück, dass ich im Lüstenauer noch nicht gekündigt habe …"

Mit Tränen in den Augen trat sie ans Fenster, zog vorsichtig die Gardinen zur Seite und blickte hinunter. Eine gespannte Ruhe senkte sich über uns. Von der Straße hingegen klang ein entfernter Gesang herauf …

„Karli", winkte Hilde, „komm her."

Ich schlurfte zum Fenster.

„Mein Gott", stammelte meine Frau, „die sind verrückt ..."

Die Straße war bevölkert, natürlich wieder mit Jugendlichen, die, offensichtlich auf dem Weg zur Schule, vor unserem Haus halt-machten. Einige hockten auf dem Gehsteig, andere stiegen über sie drüber und alle sangen mit Begeisterung *„All you need is love"*. Ein langhaariger Schüler dirigierte das Grüppchen mit der Mor-genzeitung und schwenkte Bettys Konterfei rhythmisch hin und her. Einige Nachbarn schlossen sich an, sangen sogar mit. Als das Ehepaar Romanoff im Fenster erschien, schwoll der Chor an. Der Gemüsehändler Tsishek rief aus voller Kehle:

„Romanoff bleibt Romanoff!"

Eine nicht mehr ganz taufrische Dame riss die Morgenzeitung unter allgemeinem Beifall in tausend Stücke. Zwei Polizisten sahen dem Treiben schmunzelnd zu. Einer von ihnen, der ältere, starrte das Titelblatt an und zeigte mir mit hochgerichteten Daumen, dass die fesche Betty ein Zehner sei.

„Sieh mal einer an", sagte ich zu Hilde. „Gar nicht so übel für ein moralisches Aas."

Selten hatte ich eine Lehrerin für Sozialkunde so verwirrt ge-sehen. Mit sanfter Gewalt zwang ich Hilde, gemeinsam mit mir den Huldigern auf der Straße zuzuwinken.

„Die Wege des Herrn sind unergründlich", flüsterte ich in ihre erröteten Ohren. „Ich glaube, du kannst dein Sekretariat wieder öffnen."

DIESMAL musste ich mich durch die Garage ins Studio schlei-chen. Vor dem Haupteingang hatten sich die Vertreter der Me-dien samt Familien versammelt, sowie eine ansehnliche Zahl von Knirpsen, die aus den umliegenden Kindergärten mit ihren Kin-derfräuleins und deren Freundinnen gekommen waren. Die Poli-zisten versuchten, den Straßenverkehr wieder in Gang zu bringen, und bahnten den zahlreichen Fernsehteams einen Weg durch den Auflauf.

Man geleitete mich direkt in die Klinik, wo der Streit zwischen dem Oberarzt und Schwester Carla noch einmal gefilmt wurde. Als ich an der Tür erschien, wurden die Aufnahmen sofort unterbrochen und das Team stürzte sich auf mich. Alle umarmten mich, klopften mir auf die Schulter und gratulierten mir: „Diese Göre soll dich mal! Du bist ein Kerl, Romanoff, ein toller Kerl!"

Ich konnte sie verstehen. Mein erstaunlicher Aufstieg vom stotternden Pimpf aus dem Piloten zum coolen Macho, dessen Name noch am Morgen mit einer unbezahlbaren Publicity befleckt worden war, diese Metamorphose war wirklich eine Gratulation wert.

Ramasury in seinem weißen Kittel stolperte als Erster auf mich zu und verbeugte sich tief:

„Camillo, du bist der Größte!"

Sogar Sulz murmelte etwas von eindrucksvoller Männlichkeit und seine Frau, die Hexe, küsste von hinten meinen Nacken. Der Kameramann drängelte sich zu mir vor und fragte leise, wie denn Frau Romanoff auf Bettys zweifelhaftes Geständnis reagiert habe. Ich antwortete ihm selbstbewusst:

„Sie kennt die Wahrheit, mein Freund."

An diesem Morgen schien meine Popularität ihren Höhepunkt erreicht zu haben. Der Bier-Agent wartete schon seit Morgengrauen im Korridor auf mich, und Ursula-Mary-Lou zeigte mir die Kurzbotschaft von Gerschon Glasskopf: „Ich bitte Sie, Romanoff, ignorieren Sie die Impertinenz der Zeitungen, und verfolgen Sie Ihren bemerkenswerten Pionierkampf gegen die veraltete theatralische Denkweise unbeirrt weiter."

Ich war umgeben von rührendem Verständnis, eingehüllt in überschwängliche Sympathiebekundungen. Nur Carla saß auf der neuen Couch in der Ecke der Klinik und strafte mich mit eisigem Blick. Ich setzte mich neben sie, aber sie rückte sofort von mir ab. In ihrer Wut war sie noch schöner.

„Aber meine Carla", murmelte ich, „das in der Zeitung ist doch erstunken und erlogen."

„Ich weiß. Aber erschienen."

Ich versuchte, ihre Hand zu berühren, doch da stand sie auf und rief dem Producer zu:

„Sulz, ich möchte die Handlung ändern. Ich habe keine Lust,

erst in der nächsten Folge die Bettszene mit Romanoff zu spielen. Ich möchte, dass sie schon morgen gedreht wird."

Der Produzent lief vor Wut rot an.

„Wie stellen Sie sich das vor? Die bisexuelle Szene muss sorgfältig vorbereitet werden. Die Dialoge kann man nicht einfach improvisieren."

„Man kann. Sogar sofort."

Sulz blickte mich an. Ich antwortete mit dem internationalen Zeichen zweier ausgestreckter Hände. Der aufgebrachte Producer erklärte sich einverstanden, aber nur mit einer Probe, und wir marschierten hinter ihm ins Schlafzimmer des Studios. Carla riss sich die Schwesternuniform vom Leib und streckte sich im Unterrock in ihrer ganzen Länge auf dem Bett aus. Sie selbst rief:

„Action!"

Nach allem, was mir in den letzten Tagen widerfahren war, konnte mich nichts mehr überraschen. Die Klappe machte ein „Probe-Klick" und ich löste meine Krawatte.

„Wenn ich mich nicht irre, meine Schönste, du wolltest mit mir reden."

„Das stimmt, Manfred, ich habe die Nase voll von dem Gerede über deine sexuellen Neigungen, die du anscheinend für alle empfindest, bloß nicht für mich."

„Meinst du die Fotografin?"

„Nein, Manfred, ich spreche von meinem Oberarzt."

„Carla, du bist nicht normal. Das ist doch meine Rolle. Ich begehre nur dich."

„Plötzlich tust du so furchtbar männlich, Manfred. Morgen will ich den Beweis vor der Kamera."

„Habe ich noch nichts bewiesen?"

„Nur eine Spur. Hier, in diesem Bett, werde ich morgen auf dich warten, Camillo."

„Abgemacht, Gloria."

Sulz brüllte „Cut!" und verließ eiligen Schrittes den Raum. Wir dachten, er würde wieder in den Süden fliehen, aber nach einer kurzen Pause kam er zurück, um mich zu erinnern, dass ich noch eine emotionelle Szene mit Ramasury zu drehen hätte.

Inzwischen, genauer gesagt zwischendurch widmete ich einige Minuten dem Bier-Agenten. Mir fiel sogar ein, dass er Rudi hieß, aber davon wurde er auch nicht sympathischer.

„Ich habe ein Angebot für Sie, Romanoff", sagte Rudi. „Der Hersteller eines russischen Wodkas möchte Sie und Betty für einen Halbe-Minuten-Spot im zweiten Programm."

„Sagten Sie Betty, die Fotografin?"

„Ja, klar, das Ganze war ja ihre Idee. Sie trinken zusammen ein Gläschen Wodka und versöhnen sich. Achtzigtausend Cash."

„Mein lieber Rudi, ich hätte von Ihnen ein seriöseres Angebot erwartet."

„Sicher, jeder will seriöse Publicity. Aber danach ist niemand dafür verantwortlich, was dabei rauskommt. Ja oder nein, Romanoff. Der Mann könnte auf hunderttausend gehen."

„Betty kommt für mich nicht infrage."

„Allein kriegen Sie weniger."

„Sprechen Sie mit meiner Frau."

Ich rief mit meinem neuen Handy daheim an. Hilde hatte den kleinen Apparat gekauft, nachdem ich sie unter dem Eindruck meines beunruhigenden Vampirismus darum gebeten hatte. Die Notwendigkeit eines Handys hatte mir natürlich Dr. Spock nahe gelegt. Auf Seite 108 stellte er die Frage, wie der über hundertacht Monate verheiratete Mann die Probleme löst, für die es keine Lösung gibt. Es war der erste Satz, den ich von ihm gelesen hatte, aber damals im Treppenhaus nahm ich ihn und sein altes Büchlein noch nicht ernst. Mittlerweile hatte ich unerschütterliches Vertrauen in seine prophetischen Weisheiten entwickelt.

„Die zentralen Probleme der Langzeitpartnerschaft werden wahrscheinlich in naher Zukunft gelöst", prophezeite der weise Gelehrte. „Vermutlich wird ein Bonbon auf den Markt kommen, das den Mann von seiner Impotenz befreit, und für die Sicherheit wird gewiss ein winzig kleines Telefon erfunden werden, das sich in Hosentaschen verstecken lässt."

Mit diesem kleinen Wunder aus meiner Hosentasche informierte ich mein Sekretariat über die wesentlichen Punkte in Rudis Angebot. Hilde war in glänzender Stimmung, denn der Privatsender hatte Benedictina wieder eingestellt. Und das war noch nicht alles. Im Hinblick auf die neue Popularität ihres Vaters, des Frauenidols, hatte man sogar ihr Gehalt erhöht, was meiner Tochter die finanzielle Unterstützung ihres schwarzen Bräutigams in New Orleans ermöglichte. Hilde erwähnte noch einen Konkurrenten von Sulz, der verzweifelt nach mir suche, aber ich bat sie, zuerst die Sache mit Rudi zu klären, und übergab ihm mein Handy. Seiner angespannten Miene entnahm ich, dass Hilde wieder einmal in Hochform war.

Ich mischte mich nicht ein, zumal ich bereits die emotionelle Szene mit Ramasury in der Klinik zu drehen hatte. Sulz stellte den medizinischen Riesen hinter seinen Operationstisch, und er bat uns, die besonderen Beziehungen, die sich zwischen uns anbahnten, exakt nach dem Drehbuch darzustellen.

„Sie, Camillo, sind in Ramasury verliebt, klar?"

„Nicht klar", entgegnete ich dem Producer. „Warum ist nicht er in mich verliebt?"

„Weil er größer ist als Sie. Noch Fragen?"

„Ja, wo ist Carla?"

„Heimgegangen. Action!"

Es machte „klick" und Ramasury begann, mit den Hüften zu schwingen, was mir ganz schön auf den Geist ging.

„Guten Morgen, mein Lieber, wie geht es dir?", begann Ramasury mit seinem Text, und ich antwortete ihm ganz im Sinne meiner Rolle:

„Ich kann nicht klagen, Herr Oberarzt."

„Oh Manfred, findest du nicht, dass du mich endlich Viktor nennen solltest?"

Ich wusste gar nicht, dass er Viktor hieß, aber ich wollte mich auf keine Diskussion einlassen. Sulz gab Ramasury ein Zeichen, sich mir zu nähern, und dann begann auch er mit den Hüften zu schwingen, um mir anzudeuten, was ich gemäß der Handlung zu tun hätte. Ich habe Transvestitenshows noch nie ausstehen können, vor allem dann nicht, wenn so fette Säcke wie Sulz mitwirkten. Aber um des Friedens willen improvisierte ich eine recht gelungene Antwort:

„Ja, Viktor, einen schönen Gruß von Gloria."

„Vergessen wir doch für einen Moment deine schöne Frau", so Ramasury. „Sprechen wir von uns beiden, Manfred."

Er breitete die Arme aus. Es bestand die Gefahr, dass er vorhatte, mich zu umarmen.

„Fassen Sie mich nicht an, Sie ekeln mich", brachte ich meinen Widerwillen zum Ausdruck, „Hören Sie, Sulz", wandte ich mich an den Producer, der wie gelähmt neben der laufenden Kamera stand, „wir hatten uns nur auf Blicke geeinigt, wenn ich mich nicht irre."

Sulz deutete Ramasury an, weiterzumachen, der aber schien völlig vergessen zu haben, dass er ein Oberarzt war, und ließ seine ganze Wut am Producer aus:

„Was fuchteln Sie da herum, Sie Idiot? Sie lassen es zu, dass dieser Pimpf mir ins Gesicht sagt, ich ekle ihn?"

Aus dem Augenwinkel sah ich, dass die Kamera auf mich gerichtet war.

„Lassen Sie Sulz doch in Ruhe", wies ich Ramasury zurecht. „Sie ekeln mich an, nicht ihn."

Jetzt fiel mein gigantischer Kollege total aus seiner Rolle. Ramasury stürmte auf mich zu, in der klaren Absicht, mich zu schlagen oder zumindest zu erwürgen.

„Ich bring dich um, du widerlicher Zwerg!", brüllte er unkontrolliert, wobei er völlig außer Acht ließ, dass das Ganze auf einem Videotape verewigt wurde. „Ich brech dir alle Knochen, dann kannst du die Carla nicht mehr besteigen!"

Er jagte mich um den Operationstisch. Ich konnte Sulz gerade noch zurufen:

„Und in einen solchen Kerl soll man sich verlieben?"

Das war sogar für Fellini zu viel. Sulz trommelte mit den Fäusten gegen die Wand:

„Genug! Ihr macht mich wahnsinnig! H-ö-r-t a-u-f!"

Er keuchte hinaus, ich hinter ihm her, da Ramasury sein scharfes Skalpell gezückt hatte und sein gerötetes Gesicht nichts Gutes verhieß.

Der Kameramann fragte, ob er jetzt die Aufnahmen stoppen solle, aber ich hatte mir bereits ein Taxi geschnappt und fuhr nach Hause.

Hilde fragte, wie mein Tag war.

„Nicht schlecht", antwortete ich. „Langsam gewöhnt man sich daran."

NATÜRLICH waren es nicht die Dreharbeiten, sondern meine wilde Affäre mit Betty, die die Menschheit aus dem Häuschen brachte. Das Sekretariat brach unter der Flut des Volksinteresses an meiner bestialisch-magischen Ausstrahlung fast zusammen. Hilde musste sogar die Türen hinter sich verschließen, um den Presse- und Fernsehfotografen zu entkommen, die ihr vor unserem Haus auflauerten. In den Augen der Öffentlichkeit, die den Anspruch hat, die volle Wahrheit zu erfahren, wurde sie plötzlich wichtiger als ich. Selbst Betty erhielt weniger Aufmerksamkeit. Nur die Abendzeitung *Populär* meldete, Betty habe einen Vertrag von *Penthouse* erhalten, sich für eine sechsstellige Summe nackt fotografieren zu lassen.

Auch Hilde schloss einen Vertrag, und zwar mit Rudi, obwohl nur in der Höhe von vierzigtausend Dollar.

„Zuerst hab ich abgelehnt", berichtete sie. „Der Gauner bot lumpige zwanzigtausend für eine halbe Minute ohne Text, dann aber verdoppelte er die Summe, unter der Bedingung, dass du ein paar Worte sagst und dabei lächelst. Ich dachte mir, du könntest ein Glas Wodka heben und sagen: ‚Zum Wohl, Papa.' Dein Alter würde sich sicherlich freuen."

Es gefiel mir. Hilde deutete an, dass uns der TV-Spot unter anderem ein Auto bescheren würde, das sie mir zu meinem nächsten Geburtstag heimlich kaufen wolle.

Doch jeder Gipfel hat auch einen Hang, wie die alten Griechen sagten, oder Spock, oder ich, ich weiß es nicht mehr.

In einem offiziellen Schreiben klärte uns der Anwalt der Theateragentur „Sascha und Söhne GmbH" darüber auf, sein Klient behalte sich das Recht vor, das volle Vermittlungshonorar auch für jede künftige Einnahme einzufordern, die sich aus den theatralischen Aktivitäten des Herrn Romanoff ergebe, andernfalls sähe sich sein Klient gezwungen, juristische Maßnahmen gemäß Gesetz 308207, Paragraf 2 in Bezug auf betrügerische Machenschaften bei Hinterziehung umgeleiteter Einnahmen zu ergreifen.

„Geschieht dir recht", urteilte Hilde. „Du hast diesen Gauner unterschreiben lassen."

Sie wollte sich unverzüglich an ihren Dr. Friedländer wenden, ich aber war dagegen, denn ein geldgieriger Anwalt könnte uns noch mehr kosten. Also beschäftigten wir uns lieber wieder mit dem Betty-Skandal. In der breiten Öffentlichkeit gab es nämlich auch Elemente, die ihre Solidarität mit dem Opfer meiner herzlosen Perversität mit proletarischer Wachsamkeit zum Ausdruck brachten. Es waren einfache, normale Bürger, genauer gesagt normale Bürgerinnen, verheiratet und in fortgeschrittenem Alter. Diesen hochmoralischen Pilgerinnen hatten sich auch drei junge Damen angeschlossen. Zwei von ihnen wollten mich heiraten oder wenigstens ein Kind von mir, und die dritte, eine begabte Musikerin, forderte hunderttausend in Cash, ansonsten würde sie der Presse verraten, dass ich auch sie serienvergewaltigt hätte. Seltsamerweise meldeten sich auch einige Männer zu Wort, meist in Zusammenhang mit soliden Investitionen, wie zum Beispiel jener Student, der laut eigener Aussage über hundert Kilo wog und von mir forderte, sein Studium zu finanzieren.

Hilde glaubte, meine zynische Gleichgültigkeit gegenüber der öffentlichen Stimmung rühre daher, dass sich meine Gedanken ausschließlich um den mageren Frosch drehten. Dabei waren meine heimlichen Gefühle gar nicht auf Betty konzentriert, sondern eher auf Carla, die ich morgen im Studio treffen sollte, ein Leichtsinn, der mir Angst einjagte. Um meine mollige Ehefrau davon abzulenken, kam ich auf Saschas Erpressung zurück und schnell rief ich Papa in der Klinik an.

Auf meine Frage, was eine unschuldige Celebrity im Falle einer Erpressung tun könne, antwortete mir der Alte:

„Zahlen."

Ich bat ihn, dies näher zu erklären:

„Ein erpresster Erpresser sollte sich nicht beklagen", brummte mein Papa. „Auch du, mein Sohn, bist doch in deiner Eigenschaft als Star ein Erpresser, oder?"

Ich verstand ihn nicht. Aber Hilde winkte und raschelte mit dem Spot-Vertrag von Rudi. Und abends, als es an der Tür klingelte, bestätigte sich Papas Meinung abermals. Meine Sekretärin ließ einen dickbäuchigen Mann eintreten, der Sulz bis auf die Glatze ähnelte. Der Fettwanst stellte sich als Axelfilm Cooperation vor, Sulzens bedeutendster Konkurrent, und kam sofort zur Sache:

„Ich bewundere Sie seit meiner Jugend, Romanoff. Dank der letzten Veröffentlichungen ist es Ihnen heute gelungen, in den Brennpunkt des gesellschaftlichen Interesses zu rücken. Axelfilm Cooperation beabsichtigt, einen großen und neuartigen Film mit dem Titel ,Leidenschaft im Wirbel' zu drehen, mit Camillo Lloyd Romanoff in der Hauptrolle."

Klang nicht schlecht. Hilde ergriff das Wort:

„Mein Mann würde sich freuen, Axel, wenn Sie ihm ein wenig von der Rolle in Ihrem Film erzählen."

Der Producer zündete eine Zigarre an und blickte zur Decke:

„Ich sehe vor meinem geistigen Auge einen Mann, der seine wunderschöne Frau liebt, sie jedoch nicht befriedigen kann …"

„Moment mal, Axel", unterbrach ihn meine Sekretärin. „Sie glauben doch nicht etwa, dass mein Mann nach seinen stürmischen Affären mit Fotografinnen einen Schwulen spielen wird."

Axel wirkte ein wenig verlegen, erholte sich jedoch schnell:

„Mit allem Respekt, Frau Romanoff, das Publikum würde es uns niemals verzeihen, wenn sich Camillo keinen sexuellen Begierden hingibt, die die Grenzen des Erlaubten auch nur leicht überschreiten."

„In Ordnung", räumte ich ein. „Aber ich möchte kein Schwuler mehr sein."

„Ich habe begriffen", fand Axel sich ab. „Was halten Sie davon, Frau Romanoff, wenn Ihr Mann in dem Film einen erfolgreichen Gynäkologen spielt?"

Ein Schauer überfiel mich. Ich hatte es nie leiden können, wenn im Fernsehen gezeigt wurde, wie ein Frauenarzt sich dort unten zu schaffen macht. Immer, wenn die Kamera ganz nahe auf eine arme Frau, festgeschnallt auf diesem abscheulichen Stuhl, schwenkte, musste ich sofort wegschauen. In diesem Sinne teilte ich Axel mit:

„Ich will kein Gynäkologe sein."

„Was wollen Sie denn sein, Herr Romanoff?"

„Ein Mafia-Chef."

„Kein Problem", antwortete Axel. „Da ist überhaupt kein Widerspruch. Am Tag Gynäkologe, in der Nacht König der Unterwelt."

„Tee oder Kaffee?", schaltete sich Hilde rasch ein. „Ich glaube, wir sollten meinen Mann jetzt entschuldigen, er hat morgen einen schweren Tag."

Meine liebe Frau hatte ja keine Ahnung, wie recht sie hatte. Ich zog mich in mein Zimmer zurück, streckte mich auf dem Bett aus und versuchte mit letzter Kraft, mir Carla vor Augen zu rufen, wie sie sich gerade auszieht. Was um Gottes willen sollte ich morgen im Bett mit ihr anstellen? Ich hatte doch keine Erfahrung in diesen Dingen, wirklich nicht. Warum hatte ich mich überhaupt auf so etwas eingelassen? Wie hatte mich diese zauberhafte Nixe so schnell und vollkommen in ihren Bann schlagen können, und warum war ich nicht rechtzeitig nach Brasilien geflüchtet?

Der Strom dieser quälenden Fragen wurde von Hildes Ruf unterbrochen. Sie wollte, dass ich mich von Axel verabschiede.

„Alles geregelt", versicherte sie mir, „sechstausend pro Tag plus Mehrwertsteuer."

Ich hätte mir nie träumen lassen, jemals Bekanntschaft mit dem mysteriösen Begriff „Mehrwertsteuer" zu machen. Stolz drückte ich meinem neuen, dickbäuchigen Producer die Hand.

„Wir haben über deine Rolle gesprochen", berichtete meine Sekretärin. „Wahrscheinlich wirst du einen ehemaligen Gynäkologen spielen, der heute als stiller Partner im Aufsichtsrat des Organisierten Verbrechens fungiert."

„Fein. Gute Nacht."

Hilde schickte mich ins Bett und fragte ganz nebenbei, ob ich vielleicht Interesse hätte, dass sie morgen zu den Dreharbeiten komme. Ich antwortete ihr, Carla Weinstock und ich würden uns beide sicher sehr freuen, aber ausgerechnet morgen gäbe es dort gar nichts zu sehen.

Im klaren Bewusstsein, dass ich drauf und dran war, mich zu Hause als klassischer Ehebrecher und Lügner zu profilieren, schloss ich meine Augen. Ich schlief ganz gut.

Auf der Erde

Mit weichen Knien machte ich mich am nächsten Tag auf den Weg ins Studio Sulz. Mir graute vor dem organisierten Durcheinander beim Drehen, und vor der Bettszene mit Carla hatte ich eine ganz besondere Furcht. Die Erinnerungen an die Probe im Hotel waren noch zu frisch, vor allem im Hinblick darauf, dass Dr. Spock in seinem Buch über alles in der Welt spricht, außer über meine eigenartige Neigung für eine ganz bestimmte Zone. Ich suchte bei Spock im Index nach dem Eintrag „Hintern", aber der Gelehrte hatte auch dazu nichts zu sagen.

Sicherheitshalber hatte ich mir noch am Abend das Getränk nach dem Rezept meines Vaters vorbereitet, aber am Morgen schämte ich mich, es zu trinken, ein fundamentaler Fehler, den ich sofort nach Verlassen des Hauses bereute. Hilde packte mir zwei Sandwiches ein, da der Producer seinen Künstlern nur einige Kekse zur Verfügung stellte, die aus besseren Tagen stammten. Leitungswasser gab es fast unbegrenzt.

„Gib Carla ein Bussi von mir", verabschiedete sich Hilde. „Sag der Süßen, ich werde mich mit ihr treffen, sobald ich deine Korrespondenz erledigt habe."

Sekretärin Hilde hatte tatsächlich viel zu tun. Nach den jüngsten Enthüllungen in der freien Presse musste sie eine Flut brieflicher Proteste beantworten. Die meisten bezogen sich auf die auflagenstarke *Populär*, die sich als Erste mit dem wahren Hintergrund meines brutalen Verhaltens gegenüber der jungen Fotografin befasste: „Betty traf die Ehefrau Romanoffs zufällig im Fitness-Center, und sofort entwickelte sich zwischen den beiden Damen ein heftiges Handgemenge."

Ich selbst schenkte dieser journalistischen Bravour keine besondere Aufmerksamkeit, wusste ich doch, dass mein Dickerchen niemals irgendein Center aufsuchte. Eigentlich schade. Hilde steckte die wachsame Abendzeitung ins Poesiealbum „Klotz am Bein" und mit vorwurfsvollem Unterton stellte sie die Frage:

„Sag mir, was machen Zeitungsleser, die alles ernst nehmen?"

Beim Verlassen unserer Wohnung bekam ich die Antwort. Vor der Tür lümmelten wie üblich einige Volksgenossen herum, die mir entweder applaudierten oder mich verabscheuten. Ein Paar, der Mann klein gewachsen, die Frau groß und verwelkt, traten auf mich zu und die Frau spuckte mir ins Gesicht. Der kleine Mann streckte sich zu meiner Nasenhöhe empor und krächzte:

„Ich wünsch dir den Tod, du Saukerl."

Die große Frau rief „Bravo, Albert!", aber in diesem Moment tauchten neben ihnen zwei unrasierte Halbstarke auf:

„Hey, Junge", pfiffen sie Albert an, „sollen wir dir den alten Besen vom Hals schaffen?"

Der kleine Mann rief die Polizei, wobei er sich gleichzeitig mit wüsten Beschimpfungen über die heutige Jugend ausließ. Laut lachend machten sich die zwei Halbstarken aus dem Staub, und auch ich eilte flinken Schrittes in Richtung Studio. Als ich mich wie gewohnt durch die Garage in die Sulz'sche Wohnung schlich, führte meine dortige Schwiegermutter alias Frau Sulz in der Klinik bereits ein eifriges Gespräch mit Oberarzt Ramasury über dessen krankhaftes Verlangen nach mir. Der Producer stand neben der Videokamera und strotzte vor Vergnügen, weil endlich einmal jemand seinen Text sprach.

„Haben Sie denn überhaupt kein Gewissen, Herr Oberarzt?", fragte meine Schwiegermutter. „Sie haben die Ehe meiner Tochter Gloria zerstört, und Sie hören nicht auf, unserem Manfred nachzustellen."

„Liebe Mama", antwortete der Oberarzt zärtlich. „Manfred ist der liebste, anständigste und attraktivste Mensch, der mir in meiner gesamten medizinischen Praxis jemals begegnet ist. Wie kannst du von mir verlangen, einen so wunderbaren Mann nicht zu lieben. Hören Sie, Sulz, wenn dieser Pimpf nicht sofort aufhört, mich anzustarren, werde ich das der Gewerkschaft melden. Ich kann nicht arbeiten, wenn dieser Schurke in der Tür herumsteht."

Mit anderen Worten, er hatte meine Ankunft bemerkt.

„Giorgio, Giorgio, mein Größter", beruhigte der Producer den

Riesen. „Bei meiner Ehre, ich schwöre Ihnen, Romanoff zählt zu Ihren begeistertsten Fans. Stimmt's, Camillo?"

Ich grinste höflich.

„Bitte sehr, er hat es bestätigt", jubelte Sulz. „Kommen Sie, schütteln Sie sich die Hand, wie es unter Freunden üblich ist."

Ramasury trat mit säuerlicher Miene auf mich zu und versuchte, das Eis zu brechen und zugleich meine Hand.

„Stars wie wir beide sollten nicht streiten, Romanoff. Als Sie eintraten, war ich gerade dabei, Sie als wundervollen Mann zu loben. Nicht wahr, Frau Sulz?"

„Nein", antwortete die Hexe. „Sie sagten wunderbarer Mann."

Freundlicher Beifall. Übrigens schien mir, als hätte sich das Team verdoppelt. Neue und unbekannte Gesichter liefen auf dem Set herum. Sulzens feierliche Ankündigung erklärte alles:

„Mein Kronprinz, Carla Weinstock wartet im Bett auf Sie."

DIE GANZE BANDE drängte ins Schlafzimmer, auf den Gesichtern ein Macholächeln, das normalerweise die Zuschauer von Pornofilmen kennzeichnet. Unser Kameramann hatte plötzlich drei junge Assistentinnen mit erwartungsvoll glänzenden Augen zur Seite. Meine schlimmsten Befürchtungen drohten sich zu verwirklichen. Während die Schminke auf mein Gesicht geschmiert wurde, quälte mich der Selbstvorwurf, warum ich zum Teufel vor Verlassen der Wohnung auf den rettenden Alkohol verzichtet hatte.

Carla lag regungslos im Bett. Sie überließ es der Fantasie, ob sie unter der rosa Decke bereits nackt war oder nicht. Sulz kehrte den Producer heraus. Er gab lautstarke Anweisungen, stellte die Scheinwerfer in den richtigen Winkel zum Bett und schaute sogar durch die Linse der Videokamera, als verstünde er etwas davon.

Ich stand mit meinen zwei Sandwiches in der Tasche daneben und vergaß völlig, dass ich Romanoff hieß. Ich war wieder Karl Müller. Ich wagte es nicht, auf Carla auch nur einen Blick zu werfen, denn ich fürchtete mich vor ihrer höhnischen Miene. Irgendwie hatte ich das Gefühl, als mache sie sich über mich lustig, als wisse sie genau, wie mir zumute war.

Im kleinen Schlafzimmer wurde es eng und enger, da sich jetzt auch zwei alte Freundinnen von Frau Sulz dem Publikum anschlossen. Und ich, das Greenhorn, hatte immer geglaubt, die heißen Szenen in Filmen würden ganz intim, ohne Zuschauer gedreht.

„Manfred!", rief Sulz, und seine Stimme wurde plötzlich tiefer. „Bereiten Sie sich bitte auf die Szene vor."

„Wie, wie vorbereiten …"

„Wir haben das doch in allen Einzelheiten besprochen, Camillo. Sie wollen Ihrer wunderschönen Frau Gloria beweisen, dass Sie im Gegensatz zu dem, was im Piloten behauptet wurde, durchaus potent sind. Bitte, ziehen Sie sich aus."

Ich näherte mich langsam dem Bett und warf einen verzweifelten Blick auf Carla. Sie lächelte zu meiner großen Erleichterung eher freundlich als spöttisch.

Ich begann, langsam meine Kleider auszuziehen, und versuchte mich vergeblich daran zu erinnern, wie das Ganze vor sich gegangen war, als ich seinerzeit Benedictina gezeugt hatte. In der Ecke kicherten die Freundinnen von Frau Sulz, als ob sie meine Gedanken läsen.

Ich war nicht bereit, die Socken auszuziehen. Ließ auch meine karierten Unterhosen an. Stand neben dem Bett, starrte zur Decke und wartete auf höhere Gewalt. Für einen Moment waren die Zuschauer völlig still, dann aber brachen sie in schallendes Gelächter aus, das in dem kleinen Raum mit der Wucht einer bösen Welle über mir zusammenschlug.

„Romanoff", prustete auch der Producer. „Wie sehen Sie denn aus?"

Plötzlich erinnerte ich mich daran, dass ich ein Kronprinz war. Ich drehte mich um und begann zu brüllen, wie in diesem Studio wohl noch nie zuvor gebrüllt worden war.

„Raus! Sofort alle raus! Wir brauchen kein Publikum! Raus! …"

Niemand rührte sich von seinem Aussichtspunkt weg. Ramasury schlug in die Hände und brüllte aus vollem Halse:

„Wir sind doch hier nicht im Kindergarten, verdammt noch mal!"

Sulz versuchte, die Krise mit stiller Diplomatie unter Kontrolle zu bringen:

„Lieber Camillo, auch erotische Szenen werden in Anwesenheit eines technischen Stabs gefilmt."

„Das ist kein Stab", brummte ich. „Das ist ein schlechtes Publikum."

Ein Großteil der Zuschauer fühlte sich von meiner Bemerkung verletzt. Mit empörten Zwischenrufen stellten sie sich auf die Seite der Produktion. Am lautesten muckte Frau Sulz auf:

„Martin, tu etwas!", kreischte sie aus ihrer Ecke. „Wegen eines Flittchens sollen wir Profis uns verstecken?"

Dann geschah etwas, das ich niemals vergessen werde. Carla sprang völlig nackt im Bett auf, und ihre grünen Augen sprühten Feuer und Schwefel:

„Halt's Maul, du alte Ziege!", schrie sie die Producergattin an. „Wenn Camillo Lloyd Romanoff Intimität fordert, dann verschwinden gefälligst alle, und zwar schnell!"

Der berauschende Anblick der nackten Göttin lähmte jeden Widerstand und die enttäuschten Zuschauer bewegten sich Richtung Tür. Nur einige beriefen sich weiterhin auf ihre Berufsdisziplin:

„Auch wir, Frau Weinstock, die Filmtechniker?"

„Auch ihr. Alle Voyeure sofort raus."

Sulz zuckte mit den Schultern und gab resigniert seinen Mitarbeitern ein Zeichen, sich zu verziehen. Für sich selbst versuchte er noch, Einspruch zu erheben:

„Ich hoffe, Sie meinten nicht auch den Producer, Carla?"

„Vor allem Sie meinte ich."

„Und was ist mit dem Kameramann? Wie soll ein Film ohne Kameramann gedreht werden?"

„Kein Problem. Man richtet die Videokamera auf dem Stativ in Richtung Bett und verzieht sich."

Sulz zog beleidigt ab. Von draußen war sofort das schrille Gekeife von Frau Sulz zu hören. Der Kameramann wollte noch schnell die Kamera in Gang setzen, aber Carla schmiss ihn hinaus:

„Hau ab, Junge. Wir rufen dich, wenn's was zu filmen gibt."

Wir blieben allein. Carla warf mir ein kleines Lächeln zu und schlüpfte dann wieder unter die rosa Decke. Ich stand, noch immer völlig gelähmt, in meinen karierten Unterhosen herum. Ich wusste nicht, was ich jetzt tun sollte. Zögernd zog ich aus meiner beiseitegelegten Hose die Sandwiches und bot sie Carla mit gesenktem

Blick an. Sie packte sie aus und begann, das Käsebrot mit großem Appetit zu verzehren. Das mit Salami gab sie mir zurück.

„Lecker", sagte sie mit vollem Mund. „Schließ die Türen ab."

Ich verschloss eine der Türen mit dem Schlüssel, an die andere lehnte ich einen schweren Sessel, wie ich es in Krimis gesehen hatte. Nachdem diese Mission erfüllt war, kehrte ich zur kauenden Carla zurück und setzte mich mit dem Rücken zu ihr auf die Bettkante. Wir beendeten in Ruhe unsere gemeinsame Brotzeit. Zumindest hatte ich jetzt etwas zu tun. Während des Essens drehte ich mich um und wagte zum ersten Mal einen Blick in ihre schönen Augen:

„Du hast mich gerettet. Warum?"

„Weiß nicht", antwortete Carla und leckte sich einen Rest Käse von den Lippen. „Es hat sich einfach so ergeben."

Sie legte ihre Hand auf mein Knie.

„Sag mir die Wahrheit, bin ich die erste Frau in deinem Leben?"

„Was heißt das? Ich bin doch mit Hilde verheiratet."

„Ich sagte Frau."

Ich erinnerte mich daran, dass ich zu Hause anrufen musste.

„Ich habe auch eine Tochter", erklärte ich meine Vergangenheit. „Sie kam vor 23 Jahren zur Welt."

„Und seither?"

„Nichts."

„Betty?"

„Weniger als nichts."

„Was sollen wir tun, Camillo?"

„Keine Ahnung."

„Willst du mich küssen?"

„Ja."

„Sehr?"

„Sehr. Aber nicht nur deine Lippen wie vorgestern in der Garderobe. Ich träume davon, verzeih mir bitte, ich träume jede Nacht davon, dich überall zu küssen, meinen Mund über alle Teile deines herrlichen Körpers gleiten zu lassen. Ich bitte tausendmal um Entschuldigung …"

„Nicht nötig", flüsterte die Schöne. „Aber zieh erst mal den Vorhang dort am Fenster zu. Es will uns jemand fotografieren."

Und tatsächlich, in einem der Fenster spiegelte sich die dunkle Silhouette eines Mannes, der auf einer Strickleiter balancierte. Er richtete irgendetwas, vermutlich eine Kamera, auf mich, als ich den Vorhang zuzog. Carla bat mich, zu ihr zurückzukommen. Sie drehte sich auf den Bauch und streifte die Decke bis zur Hüfte hinunter.

„Hallo", rief sie nach draußen. „Kamera!"

Der Kameramann betrat das Zimmer, stolperte über den schweren Sessel und fiel zu Boden. Mit einem lässigen Sprung stand er wieder auf, signalisierte mir mit erhobenem Daumen „Klasse", schaltete die Kamera ein und humpelte hinaus.

Carla lächelte mich von der Seite an:

„Ich bin bereit."

Was dann geschah, ist schwer zu beschreiben. Das war nicht mehr ich. Ich beugte mich über Carla und verteilte kleine, zärtliche Küsse auf ihrem Nacken, ihren vollen Schultern, und langsam wanderte ich, wie in einem unmöglichen Traum, ihren Rücken hinunter, der wie Seide glänzte und die herrliche Farbe von Oliven hatte. Ich dachte nicht daran, was ich tat. Ich weiß nicht, wie viel Zeit verging. Wir wechselten kein einziges Wort, nur das Videogerät summte in der Stille, die uns einhüllte.

Als ich auf meinem vergnüglichen Spaziergang die Hüften Carlas erreichte und vorsichtig die Decke abstreifen wollte, lief sie blitzschnell hinter die Kamera und schaltete sie aus. Danach kam sie tänzelnd zum Bett zurück und zog die Decke bis unter ihren süßen Popo, auf dem noch deutlich die Spuren meiner Zähne zu erkennen waren. Sie lächelte mir schelmisch zu:

„*Bon Appetit.*"

Stumm begab ich mich auf ihre andere Seite, und mit viel Gefühl grub ich meine Zähne in die Stelle genau gegenüber meines ersten Bisses. Carla kam ihrer Pflicht nach und ließ ein „Aua" hören. Danach drehte sie sich um und zog mich auf sich. Dabei lachte sie so herzlich, dass sie auch mich damit ansteckte. Und so tummelten wir uns voll übermütiger Freude auf der verknitterten rosa Decke. Wir umarmten uns noch minutenlang, oder stundenlang, oder ewig. Ich landete auf einem anderen Planeten, jenseits des Irdischen.

DRAUSSEN scharten sich noch immer die Vertriebenen, die gehofft hatten, wenigstens die Videoaufnahme zu sehen, wenn sie schon die Lifeshow verpasst hatten. Die unzähligen Journalisten, die auf uns warteten, ärgerten sich, dass wir nicht gemeinsam herauskamen. Carla hatte mich an der Tür gewarnt:

„Ich gehe zuerst. Wir treffen uns in der Garderobe."

Die Fotografen waren besonders enttäuscht. Wahrscheinlich hatten sie den Auftrag erhalten, die zwei Akteure der Privatorgie so groggy wie möglich zu erwischen. Carla schritt in ihrem metronomischen Gang durch die Schaulustigen und erntete viele Pfiffe von betriebslustigen Männern.

Sulz hielt sie auf und umarmte sie für ein Pressefoto:

„Es gibt nur eine Carla Weinstock", verkündete er. „Niemals zuvor haben meine Ohren einen derart wilden Taumel der Leidenschaften mithören dürfen."

Ramasury küsste ihr die Hand:

„Ich kann mir gut vorstellen, Darling, was da drinnen abgelaufen ist."

Die zwei alten Freundinnen der Frau Sulz drängten sich zu Carla vor und schleuderten ihr im Duett „Nutte" entgegen. Als kurz darauf ich in der Tür erschien, flammte die Begeisterung aufs Neue auf. Ramasury drückte mir die Hand für die Fernsehkamera:

„Wer zuletzt lacht, Camillo, lacht am besten!"

Die drei jungen Kameraassistentinnen fielen mir um den Hals:

„Was für ein Mann", stöhnten sie. „Können wir ein Date machen?"

Danach liefen alle ins Büro von Sulz, um sich die Videoaufnahme anzuschauen. Der ausgemergelte Produktionsleiter teilte mir im Laufschritt mit, meine Frau habe mich telefonisch gesucht. Ich wurde unruhig und fragte:

„Was wollte sie?"

„Hat sie nicht gesagt."

In Carlas Garderobe ließ ich mich auf den erstbesten Stuhl fallen und betrachtete das zauberhafte Geschöpf, das mir plötzlich so nah und doch so fern war. Carla schminkte sich ab. Ich betrachtete mich im Wandspiegel, ich war weiß wie die Wand. In solchen Momenten bedauerte ich aufrichtig, nicht zu rauchen. So quälend wurde meine innere Unruhe, die ich mir allerdings gut erklären konnte.

Bisher war meine Beziehung zu Carla ziemlich einfach gewesen. Sie hatte sich in meinem Bewusstsein als begehrtes Weibsbild eingenistet, aber jetzt, in der stickigen Garderobe, sah ich eine liebenswerte Frau vor mir, verwirrend liebenswert. Ich nahm das Handy und wählte mit zitternden Fingern Hildes Nummer. Warum musste sie mich gerade jetzt suchen, warum?

Die Stimme meiner Frau klang müde. Den ganzen Tag lang hatte sie die endlosen Anfragen in Sachen Betty beantwortet.

„Ich wollte dir nur sagen, Karli, dass im Kühlschrank Obstsalat für dich steht. Du brauchst Vitamine."

„Danke, mein Schatz."

„Ist die Süße in der Nähe?"

„Nein", antwortete ich und hielt die Hand vor den Mund, um Carla zum Schweigen zu bringen. Eigentlich wusste ich gar nicht, warum ich abstritt, dass sie in der Nähe war.

„Wie waren die Aufnahmen heute?"

„Langweilig, wie immer. Dieser Blödsinn zwischen Manfred und Gloria hängt mir allmählich zum Hals heraus."

„Das kann ich mir vorstellen. Wann kommst du nach Hause?"

„Möglich, dass ich mich ein wenig verspäte. Wir müssen noch die Fortsetzung der Produktion besprechen."

„Pass auf dich auf."

Ich atmete schwer und stellte wieder einmal fest, dass ich ein unerfahrener Lügner war. Während des Gesprächs mit meiner Frau hatte meine Stimme irgendwie fremd und anders geklungen. Ich musste mich zusammenreißen, solange ich noch zu etwas Vernünftigem fähig war.

„Auf Wiedersehen, meine Schöne."

„Begleitest du mich nach Hause?"

„Schau, Carla, du weißt doch, dass ich nicht kann …"

„Ich dachte, wir könnten kurz mit Zucki Gassi gehen. Das ist alles."

„Ich komme."

Ich wartete vor ihrer Wohnung auf sie. Danach gingen wir drei in den nahe gelegenen Stadtpark. Zucki entdeckte mein Bein, war jedoch zu beschäftigt, um sich näher damit zu befassen. Es war ein schöner Abend, mit etwas Mondschein, genau wie in einem Groschenroman.

Carla nahm dem Pudel die Leine ab und schlug vor, auf einer Bank zu warten, bis Zucki fertig war. Da saßen wir und schwiegen im Halbdunkel ungelöster Fragen.

„Hasst du mich, mein Freund?"

„Nicht mehr."

Sie nahm meine Hand und hielt sie fest. Ich fragte mich, warum ihre Berührung so angenehm war. Schließlich war es dunkel und es hätte auch eine andere Hand sein können. Ich sehnte mich nach Dr. Spock. Carla lehnte sich zurück und blickte zu den Sternen hoch.

„Ich muss dir etwas sagen, Karl."

„Karl?"

„Ja, Camillo. Ich bin wie du, mein Liebster, nämlich ich bin nicht ich."

Sie sprach leise, ohne mich anzusehen.

„Ich bin ich, Carla. Ein ganz ehrlicher Luftballon, den die Bande bis zum Platzen aufgeblasen hat."

„Ich bin auch ein Ballon, Karl, aber ein Ballon voller Lügen. Ich spiele jeden Tag Theater, und nachts noch mehr. Und wir sind uns doch ähnlich. Dein falscher Name öffnet dir alle Türen, und ich setze meinen Körper als Wunderwaffe ein. Du hast ja keine Ahnung, wie schwach Männer sind. Sie sind völlig verloren, wenn sie einer so tollen Schlampe wie mir gegenüberstehen."

„Aber seit wann zählt ein Popobeißer zur Gesellschaft der Männer?"

„Die Beißer sind die schweigende Minderheit. Die meisten wollen sich dabei erregen, aber du beißt lieb. Obwohl ich manchmal schon dachte, du seist bereit, auf deine Prinzipien zu verzichten, wie zum Beispiel im Restaurant, als du mich unter dem Tisch herumkriechen sahst."

„Stimmt, ich erinnere mich ganz genau. Du suchtest deine Kontaktlinse."

„Ich habe keine Kontaktlinsen. Ich wollte dich einfach verführen,

für die Rolle in der erfolgreichen Serie. Und da hilft nur eines, runter auf alle viere. Klappt immer. Übrigens, ich bin auch keine Vegetarierin. Das klingt nur unheimlich kultiviert und macht mich bei
Männern interessant. Ich liefere sowieso nur Illusionen. Manchmal für Publicity, manchmal für sehr viel Geld. Nach den Syn-
chronmeisterschaften steigt die Nachfrage immer. Ein netter alter
Mann, der auf Milliarden hockt, hat mir vor Kurzem angeboten,
mit ihm in einem Sarg zu schlafen."

„Hast du?"

„Nein, er war mir zu alt. Wir einigten uns auf einen Kompromiss in einem stecken gebliebenen Aufzug. Ich bitte dich, Karl,
verzieh jetzt nicht das Gesicht. Ich kenne dich, wie du wirklich bist,
und ich will, dass auch du die echte Carla kennenlernst."

„Wozu?"

„Weil du der erste Mann bist, der mich nicht zwingt, meine
Rolle zu spielen. Du bist der erste Lügner, der nicht belogen werden muss. Du bist noch unverdorben, mein Liebling. Ich hab dich
plötzlich sehr gerne."

Der warme Wind des anderen Planeten wehte mich wieder an.

„Sehr schön, was du da sagst, Carla. Aber vielleicht spielst du
auch jetzt?"

„Nein, dafür hab ich keine Zeit. Ehrlich gesagt, ich hab dich
zwar ein paar Mal mit der vordergründigen Leidenschaft geküsst,
die die Männerwelt von mir erwartet, aber jetzt küsse ich einen
unerfahrenen Mann …"

Sie nahm meinen Kopf in ihre Hände und hauchte kleine und
zärtliche Küsse auf meine Lippen. Es dauerte ziemlich lange. Ich
wusste wieder einmal nicht, wie ich reagieren sollte, außer mit
übertriebenem Herzklopfen. Vor allem nachdem Zucki seine Mission erfolgreich beendet hatte und sich wieder mit der alten Leidenschaft meinem linken Bein zuwandte. Ich zog meine Knie bis
zum Kinn hoch:

„Sag bitte deinem Pudel, dass ich verheiratet bin."

„Das weiß er schon. Ich habe ihm von deiner molligen Frau erzählt, und davon, wie falsch ich zu ihr bin."

„Und was meint Zucki dazu?"

„Er kennt die Spielregeln."

„Stimmt, du hast ja gesagt, dass er schon sechzehn ist."

„Er ist erst sieben."

Ich musste lachen. Aber genau in jenem Augenblick, in dem ich meine charmante Lügnerin umarmte, wurden wir von einem grellen Licht geblendet.

„Verdammte Journalisten!"

Wüst schimpfend sprang Carla auf die Füße und zerrte mich blitzschnell aus dem Park. Zucki blieb zurück, um den anonymen Fotografen aus der Ferne anzubellen. Im Eilschritt floh ich die dunkle Straße hinunter, ohne mich von dem rätselhaften Geschöpf zu verabschieden, in das ich mich verliebt hatte.

ICH NAHM MIR ein Taxi nach Hause. Mit jeder Kurve wurde meine Stimmung düsterer, sodass ich den Fahrer bat anzuhalten und zu Fuß weiterging. Ich musste an die Filme denken, in denen immer ein deprimierter Mann durch dunkle Straßen wandert, um seine drückenden Gedanken vom frischen Wind vertreiben zu lassen.

Es störte mich, dass für mich kein Wind wehte. Was mich aber noch mehr beunruhigte: Ich war überhaupt nicht deprimiert. Ich fühlte mich als glücklicher Mann mit ein paar Sorgen, oder besorgt, aber sehr glücklich. Ich hatte Carla von Anfang an als leichtfertige Frau mit durchschaubaren Absichten entlarvt, aber jetzt, nachdem sie sich mir als eine Art von Kurtisane zu erkennen gegeben hatte, war sie für mich zu einer perfekten Lady geworden. Natürlich erinnerte ich mich an Dr. Spock auf den Seiten 166/7, nämlich dass die schönen Verführerinnen durchaus in der Lage sind, die Liebesgepflogenheiten auf dem Bildschirm im Leben exakt nachzuahmen und die Männer damit zu berauschen.

Aber, sagte ich mir, unsere Fernsehaufnahmen waren alles andere als gepflogen gewesen. Und letzten Endes ist es ja auch keine Berauschung, zweimal in einen einmaligen Popo zu beißen, sondern eine vielleicht etwas verrückte, jedoch durchaus ästhetische Angelegenheit. Jedenfalls etwas Positives. Wenn Dr. Spock meine Carla gesehen hätte, wie sie auf dem Bett herumlag, hätte er sicherlich keinen solchen Blödsinn über schöne Verführerinnen verzapft. Der weise Gelehrte konnte sich auch einmal verrechnen. Also musste ich aus eigener Kraft meiner Zwickmühle entkommen, allein mit der Hilfe meines gesunden Menschenverstands. Ich war ein Felsen, entschlossen, die Beziehung zu meiner Traumfrau wesentlich einzuschränken, um das Gleichgewicht zwischen ihr und Hilde mit größerer Sorgfalt zu sichern.

Jedoch, es gibt eben immer ein Jedoch, wenige Schritte vor meiner Wohnung verflogen diese nüchternen Gedanken. Wenigstens noch einmal wollte ich Carla wiedersehen, sogar jetzt gleich, um Mitternacht. Ich sehnte mich nach ihrer Stimme, ihren Hüften und allem drum herum. Es konnte doch nach den Dreharbeiten zwischen uns nicht aus sein, es musste noch ganz lange dauern, wenn möglich ewig. Ich zog in aller Eile mein Handy hervor und rief sie an, trotz der späten Stunde. Ich musste einfach. Zum Glück wählte ich die falsche Nummer. Die richtige war in Hildes Sekretariat.

Schnell lief ich nach Hause und schlich mich auf Zehenspitzen, wie es sich gehört, in die Wohnung. Hilde schlief schon, aber sie murmelte mit geschlossenen Augen:

„Sulz hat angerufen … Die letzte Szene muss neu gedreht werden … Er hat den Kameramann entlassen …"

Dann schlief sie wieder ein. Und ich war völlig wach. Richtig, erinnerte ich mich, die schlaue Carla hatte ja im Studio die Videokamera von hinten ausgeschaltet, und jetzt sah das Ganze aus wie ein technisches Versagen. Natürlich war ich für eine Wiederholung der Szene mehr als bereit. Aber nicht im Studio. Ich betrachtete meine Frau mit ihren leicht pfeifenden Atemzügen und hob einige der Akten auf, die auf unserem Bett verstreut waren. Wie schwer hatte diese gute Seele doch geschuftet, wie wenig hatte sie meine Sehnsucht nach einer anderen Frau, die ihre Tochter sein könnte, verdient. Eigentlich, fiel mir gerade ein, hatte ich keine Ahnung, wie alt diese andere Frau eigentlich war. Ich hatte überhaupt keine Ahnung, wer sie war, diese Carla, und vielleicht war das auch gut so.

Ich rückte meiner Frau die Decke zurecht und fand, dass sie so, also zugedeckt, gar nicht so schlecht aussah. Ich schlich ins Büro und wühlte dort in den Papieren, bis ich die gesuchte Telefonnummer fand. Hilde hatte geschrieben: *Die Nummer der Süßen*. Ich schämte mich für mich.

Ich nahm den Hörer und wählte, wobei ich keinen Blick von der Schlafzimmertür ließ. Hörte es klingeln und mein Pulsschlag stieg an, obwohl sie nicht antwortete. Wahrscheinlich schlief auch Carla schon. Es war 0.50 Uhr. Ich ging zum Kühlschrank und holte mir den Obstsalat, den mir mein Pummelchen vorbereitet hatte. Sicher war ich nicht nur wach, sondern auch sehr hungrig.

Während ich den Obstsalat verschlang, stellte ich mir die dumme Frage, warum ich nach meiner Heimkehr zuerst zu meiner Frau und erst dann zum Kühlschrank gegangen war, wenn sie es doch genau umgekehrt machte. Ich wählte noch einmal Carlas Nummer, jedoch ohne Erfolg. Irgendwie ärgerte es mich, dass sie nach allem, was zwischen uns an diesem Abend vorgefallen war, einfach schlief.

Um mich zu beruhigen, trank ich ein Glas polnischen Wodka. Dann schlich ich ins Bett. Doch ich konnte nicht einschlafen und lag noch eine ganze Weile mit offenen Augen da. Hildes ruhiger Schlaf brachte alle quälenden Fragen zurück, die in den letzten Wochen auf mich eingestürmt waren. Nach etwa einer halben Stunde erkannte ich plötzlich, was ich zu tun hatte. Ich rutschte ganz leise aus dem Bett, lief in die Küche und versuchte noch einmal, Carla anzurufen. Unverändert erfolglos. Dafür klingelte Dr. Spock in meinem Kopf, ich erinnerte mich an seine Überschrift auf Seite 259: „Wie kann der Ehemann sein Doppelleben überleben, ohne dabei zum Krüppel zu werden".

Angespornt von diesem Titel, begann ich im Licht meiner neuen Taschenlampe das besagte Kapitel zu lesen. Zunächst kam das fett Gedruckte: „Ein vierundfünfzigjähriger Ehemann mit über einhundertsechzehn Monaten Partnerschaft, sein sprunghafter, jedoch unvermeidlicher Wechsel vom theoretischen Sex in die angewandte Praxis". Dr. Spock widmete sich diesem Thema, dem seiner Meinung nach im Leben der kultivierten Menschheit höchste Bedeutung zukommt, mit seiner typischen Gründlichkeit:

Sollte der Spruch der Weisen „Geteiltes Leid ist halbes Leid" zutreffen, dann hat der Durchschnittsehemann jeden Grund, sein Leid zu

teilen. Das neuzeitliche Doppelleben kann auf Jahrtausende zurück-
blicken, angefangen mit der Höhle des Steinzeitmenschen bis hin
zum Fenster der Nachbarin gegenüber.

Bis zum Sieg des Christentums herrschte in unserer Welt zwar die
Polygamie, jedoch nur der Form nach. Unter diesem Regime wurde
jede freizügige Frau, die nicht von Jesus Christus gerettet werden
konnte, gesteinigt. Heute wird die aufgeklärte Welt von Monogamie
beherrscht, wiederum nur der Form nach. Die westliche Gesellschaft
ist nicht weniger polygam, aber im Gegensatz zum rückständigen Ori-
ent musste sie sich in dieser Beziehung in den Untergrund begeben.

Das Doppelleben ist somit zu jeder Zeit und in jedem Regime ein
Zwang der Umstände.

Moses wollte seinerzeit das Problem lösen, indem er auf dem
würdigen sechsten Platz seiner Tafel Du SOLLST KEINEN EHEBRUCH
BEGEHEN einritzte. Der Diener Gottes erklärte, er habe dies auf Befehl von oben getan, noch bevor er sein Glück bei einem Dutzend gut
aussehender Götzendienerinnen versuchen konnte.

In Wahrheit ist für die Popularität der Sünden des Doppellebens
der Allmächtige höchstpersönlich verantwortlich. Er und kein anderer machte den Mann zu einem krankhaften Schürzenjäger, als er es
ihm ermöglichte, dreihundert Kinder im Jahr zu zeugen, während sich
die Frau aus technischen Gründen mit einem Spross oder maximal
Fünflingen pro Jahr zufriedengeben muss. So betrachtet sollte nicht
unerwähnt bleiben, dass auch das Alter einen entscheidenden Einfluss
auf die männlichen Gelüste ausübt. Das Alter der Frau natürlich.

Das Gebot der Genesis verpflichtet den über einhundertsechzehn
Monate verheirateten westlichen Mann zumindest dazu, den Gesetzen der Natur zu folgen und trotz der damit verbundenen Gefahren ein Doppelleben zu riskieren. Er kann sich damit trösten, dass er
sich einem globalen Strom anschließt. Der einzig wahre Unterschied
zwischen der Milliarde Bigamisten des Islams und der westlichen
Welt besteht darin, dass in der polygamen östlichen Gesellschaft keine Klatschspalten existieren. Würde der Westen die polygame Ehe
übernehmen, begäbe er sich in Gefahr der Massenarbeitslosigkeit in
den freien Medien.

Inzwischen sollte man dem individualistischen Aspekt des Doppellebens ein wenig Aufmerksamkeit widmen. Es ist ein Paradoxon, denn jedes Individuum steht bei seinen Untergrundaktivitäten vor exakt demselben Dilemma. Man könnte dieses Phänomen als Verwirklichung des Gleichheitsprinzips definieren, eines der Ziele der Französischen Revolution.

Hier blickte ich auf meine neue Uhr: Es war 3.10 Uhr. In der Hoffnung, sie würde vielleicht gerade aufstehen, um etwas Kaltes oder etwas Warmes zu trinken, rief ich Carla an. Sie war unerreichbar, also kehrte ich zu Dr. Spock zurück.

Mein Buch ist, wie gesagt, dem Mann/verheirateten Mann gewidmet, und ich erlaube mir, mich bei der Gemeinschaft der Frauen für diese Diskriminierung zu entschuldigen. Dieses Kapitel richtet sich ausschließlich an den Vierundfünfzigjährigen mit einer hundertsechzehnmonatigen Partnerschaft auf dem Buckel. In Anbetracht dieser Umstände werden voraussichtlich zu Beginn des zweiten Monats nach seinem Geburtstag erste Anzeichen des Alters auftreten. Natürlicherweise wird der Mann einen „Kontrapunkt" für den relativen Abbau seiner physischen Kräfte suchen, und zwar durch intime Kontakte mit einer jungen Frau, die möglichst sportlich gebaut sein sollte. Mit anderen Worten, die Schönheit des Kontrapunkts und dessen erotische Ausstrahlung sind fast immer der entscheidende Faktor. Wenn der Mann zunehmenden Alters zu der Annahme gelangen sollte, er mache sich zum Sklaven des hohen Intelligenzquotienten seiner Geliebten, so betrachte ich es als meine Pflicht, ihn daran zu erinnern, dass Tennischampions niemals mit Verfassungsrichterinnen liiert sind, sondern ausschließlich mit Supermodels.

Geheime intime Kontakte sind durchaus dazu geeignet, dem Ehemann über hundertsechzehn Monaten den Glauben an seine wiedererwachte Männlichkeit zurückzugeben. Diese glücklichste Phase seines Lebens kann er sogar genießen, solange sie, die Phase, andauert.

Das Ende dieser gesegneten Kontakte ist nicht vorhersehbar, da zu viele Faktoren im Spiel sind, aber vor allem wegen der Absichten der Geliebten. Hin und wieder kann es jedoch vorkommen, dass

die Beziehungen über drei Jahre und vier Monate problemfrei andauern. Es ist klar, dass auch der Ehefrau des Mannes bei der Be-
stimmung des Endes eine entscheidende Rolle zukommt. Jüngste
Forschungsarbeiten der Fakultät für hyperaktives Sozialverhalten
der Universität Minneapolis haben ergeben, dass die verheiratete
Frau normalerweise am Ende der hunderttägigen Gnadenfrist beginnt, den Aktivitäten ihres Mannes mit Misstrauen zu begegnen,
und am Ende des ersten Jahres kocht sie über. Mit Erlaubnis des
Lesers vermeide ich hier, spezifisch auf den Siedepunkt der Ehefrau einzugehen, ebenso wenig wie auf den Racherausch der Geliebten, zwei Faktoren, die den Prozess natürlich beschleunigen
könnten. Der Verfasser dieser Zeilen möchte nämlich nicht zu Na-
turkatastrophen Stellung nehmen, sondern seine Ausführungen
ausschließlich mit erprobten statistischen Tatsachen untermauern.

Es war vier Uhr morgens. Ich wählte noch einmal, legte aber
gleich wieder auf. Dr. Spock ging inzwischen zu einer sachliche-
ren Analyse über, und nachdem ich einen kurzen Blick in unser
Schlafzimmer geworfen hatte, vertiefte ich mich wieder in die
faszinierende Lektüre.

„Das Doppelleben ist kurzfristig", schrieb der Gelehrte.

Seine Dauer wird meist von der Situation bestimmt, die in Fach-
kreisen „Das Schweigen des Lammes" genannt wird, das heißt, der
relativen Ruhe zu Hause. Der Vierundfünfzigjährige muss seine
Frau verstehen, die unermüdlich versucht, dem weiblichen Stören-
fried auf die Spur zu kommen. Dazu spezialisiert sie sich auf eine
systematische Spionagetätigkeit, indem sie verzweifelt in den Taschen ihres Mannes und im Papierkorb nach Beweismaterial sucht,
häufig Kreuzverhöre durchführt und heimlich die Gesprächsab-
rechnungen der verschiedenen Telefonfirmen sammelt. Erfahrene
Hausfrauen machen auch von der Möglichkeit Gebrauch, durch
Betätigung der Wiederholungstaste des Telefonapparats in Erfahrung zu bringen, mit wem das letzte Gespräch geführt wurde.
Durch die Erfindung des Hosentaschentelefons werden diese Möglichkeiten multipliziert werden, folglich wird der Vierundfünfzig-

jährige in Zukunft unbedingt zwei Taschentelefone anschaffen müssen, wovon eines zur ehelichen Inspizierung vorgelegt werden kann, das andere als Instrument zur Organisation geheimer Treffen dient.

Diese letzten Zeilen deutete ich als Wink, mein Schicksal in die Hand zu nehmen und Carla anzurufen. Diesmal nahm sie ab und brüllte in den Hörer:

„Bist du der Kretin, der die ganze Nacht anruft? Der Teufel soll dich holen!"

Mir blieb die Luft weg. Wie kann jemand so fluchen und gleichzeitig so schön sein. Doch die Morgendämmerung ließ mir jetzt keine Zeit zum Rätseln, sondern jagte mich zurück zu Dr. Spocks letzter Passage, die sich mit den Vorsichtsmaßnahmen des aktiven Vierundfünfzigjährigen befasst.

Der vorsichtige Ehemann leugnet alles, gibt nur zu, was nicht mehr geleugnet werden kann. Wenn er mit dem Rücken zur Wand steht, macht er aus seiner langjährigen Affäre einen lächerlichen Seitensprung von einer oder maximal zwei Nächten, an die er sich kaum noch erinnern kann. Für den vorsichtigen Ehemann gelten einige eiserne Gesetze: zu Hause nicht zu glücklich aussehen, nicht zu nett zu seiner Frau sein, ihr keine Blumen bringen oder sie plötzlich in die Oper einladen. In diese Rubrik fällt auch das sicherheitspolitische Gebot, immer bar zu bezahlen und keine Quittungen mitzunehmen. Darüber hinaus dürfen keine Diäten begonnen und auf gar keinen Fall ein Fitnesstraining aufgenommen werden. Stattdessen sollte er das Haus stets in schlampiger Kleidung verlassen und sich erst im Auto rasieren. Der vorsichtige Ehemann beklagt sich auch über mysteriöse Leiden, die seine physische Stärke beeinträchtigen, und er schluckt regelmäßig giftgrüne Pillen. Ärzte empfehlen dem vorsichtigen Ehemann Prostatabeschwerden, obwohl das bedeutet, dass er mindestens dreimal pro Nacht aufs Klo rennen muss.

Sollte all dies nichts genützt haben und alle Stricke reißen, dann bleibt dem Ehemann noch eine praktische Lösung, nämlich sich der großen Schar der „Na-ja-Menschen" anzuschließen und auf jede skandalöse Polaroidaufnahme, die seine Frau ihm vor die Nase hält, mit einem Räuspern zu reagieren:

„Na ja … na ja …"

Krisen in Ehen über hundertsechzehn Monaten sind unvermeidlich,

beendete Dr. Spock seine detaillierten Ausführungen. „Ehen ohne Krisen sind jedoch todlangweilig. Viele progressive Eheberater vertreten die Überzeugung, das Doppelleben sei letzten Endes die einzige Chance für den Durchschnittsehemann, ein glückliches und erfülltes Familienleben zu führen."

AM NÄCHSTEN MORGEN war ich ziemlich erschlagen und schleppte mich zu dem weichen Ei, das die gute Hilde mir gekocht hatte, bevor sie wie immer losgezogen war, die Morgenzeitungen zu kaufen. Ich nützte die Gelegenheit und rief sofort Carla an. Auch ihre Stimme ließ nicht gerade auf übermäßige Frische schließen.

„Guten Morgen, Camillo. Ich habe fast die ganze Nacht nicht geschlafen. Irgendein Idiot hat mich die ganze Zeit angerufen."

„Carla, Carla", antwortete ich. „Warum hast du den Stecker nicht rausgezogen?"

„Dafür hätte ich aufstehen müssen. Bist du allein?"

„Ja."

„Es war schön gestern."

„Du bist wundervoll. Aber hör gut zu: Sulz teilte meiner Frau mit, dass unsere Szene noch einmal gedreht werden muss. Ich habe absolut keine Lust, das in seinem Studio zu tun."

„Ich auch nicht. Was wirst du Sulz sagen?"

„Entschuldige, sie ist wieder da."

„Das versteh ich nicht."

Ich legte auf und kehrte eiligst zu meinem weichen Ei zurück. Eigentlich hätte meine Frau ruhig mit Carla sprechen können, aber ich handelte dumm und überstürzt wie immer. Hilde setzte sich schweigend in ihren Schaukelstuhl, und das verhieß wieder einmal nichts Gutes. Sie reichte mir die große Morgenzeitung.

„Lies!"

Also, auf der ersten Seite, ja, der ersten Seite erschien ein großes und dunkles Bild von Carla und meiner Wenigkeit, wie wir im Stadtpark fotografiert worden waren. Völlig entsetzt starrten wir in die Kamera und machten den Eindruck eines Pärchens, das unangenehm überrascht wurde. Der Text unter dem Bild war furchtbarer denn je:

DER SEXRITTER REITET WIEDER

Der auf junge Fotografinnen scharfe Kronprinz Camillo Romanoff verbringt seine Nächte allem Anschein nach in Gesellschaft seiner Serienpartnerin, der Sexbombe Carla Weinstock. Die beiden wurden vom Cheffotografen der Redaktion auf einer Parkbank aufgenommen, um Mitternacht, vertieft in ein äußerst intimes Gespräch, wahrscheinlich über ihre ungehemmte Liebesszene, die sie einige Stunden zuvor vor dem Produzenten Sulz und seinen schockierten Mitarbeitern hingelegt hatten.

Ich ließ mein Frühstück stehen. Aus den Augen meiner Frau sprach tiefste Verachtung.

„Na ja …", murmelte ich. „Ich hab dir doch gesagt, dass wir die Fortsetzung der Produktion besprechen mussten."

Sie nahm die Zeitung in die Hand und sah sich unser Foto noch einmal an.

„Interessant", bemerkte sie. „Sogar ein Hund hat an der Besprechung teilgenommen."

Das schwarze Loch

An jenem Morgen hing der Haussegen am seidenen Faden. Das Bild in der Zeitung war zwar dunkel, aber nicht verschwommen genug, um Carlas Pudel verleugnen zu können. Ich hatte die ganze Nacht hauptsächlich deswegen mit Dr. Spock in der Küche verbracht, weil er mir unter anderem auf Seite 206 versprach, dass meine Durchschnittsehefrau erst am Ende einer hunderttägigen Gnadenfrist anfange, misstrauisch zu werden. Kürzere Gnadenfristen hatte der Gelehrte offenbar nicht gekannt.

„Na ja …", versuchte ich jetzt Zucki zu verteidigen. „Frau Weinstock musste ihren Hund Gassi führen, gleichzeitig mit den Beratungen über die Produktion …"

Ich hatte das Gefühl, genau das Richtige zu sagen. Spock wäre gewiss stolz auf mich gewesen. Doch der Argwohn meiner Frau verunsicherte mich.

„Karl", sagte sie. „Du lügst mich an."

In diesem Moment klingelte das Telefon. Hilde stürzte hin und hob ab:

„Ja, Carla, ich bin's …"

Ich vertiefte mich in mein weich gekochtes Ei und lauschte dem lebhaften Gespräch, das sich zwischen den beiden Frauen entwickelte. Ich konnte zwar nur Hildes Antworten hören, aber die Todesangst, die sich meiner in diesen kritischen Augenblicken bemächtigte, verlieh mir die geistigen Kräfte, eine positive Entwicklung herauszuhören.

„Auch ich hatte einmal einen, Linda hieß er", hörte ich Hildchen sagen. „Ich weiß, wie das mit Hunden ist … Euer Bild in der Zeitung ist aber wirklich schrecklich, meine Liebe … Was sich die Zeitungen heutzutage alles erlauben. Gerade erst sagte ich zum armen Camillo, er sollte diesen Unsinn gar nicht erst lesen … Aber wir stehen ihm schon bei, nicht wahr, meine Süße?"

Hildes Stimme schwankte zwischen einem vorwurfsvollen Alt und einem lustigen Kichern. Dann reichte sie mir strahlend den Hörer:

„Sie will mit dir sprechen, Karli."

Carla fasste ihre Botschaft in einen kompakten Satz:

„Ruf mich sofort an."

„Ja, Gnädigste", antwortete ich. „Meine Frau und ich wünschen Ihnen einen schönen Tag."

„Sehr witzig!"

Manchmal muss man einfach Glück haben. Auch Hilde beruhigte mich:

„Die Süße hat völlig recht. War wirklich dumm von mir, dich und deine Potenz zu verdächtigen, wenn ich das so sagen darf."

Frischen Mutes machte sie sich auf den Weg, den Rest der Zeitungen zu besorgen. Sobald sich die Tür hinter ihr geschlossen hatte, rief ich Carla an, um ihre hohe Intelligenz zu loben.

„Carla, du bist die klügste aller Frauen", huldigte ich ihr. „Pardon, Hilde kommt zurück."

Mein Dummerchen hatte den Aufzugschlüssel vergessen. Nachdem sie wieder draußen war und ich schnell zum Hörer griff, klingelte es. Es war die liebe Cutterin Margarete.

„Wie Sie wissen, Camillo, will Sulz eure zärtliche Liebesszene noch einmal drehen. Das müssen Sie unbedingt ablehnen. Diese ergreifenden Minuten retten die ganze erste Folge."

„Wird es denn eine zweite Folge geben?"

„Das hängt allein von Gerschon Glasskopf ab."

Rasch beendete ich das Gespräch, um Carla anzurufen, aber das blöde Telefon klingelte schon wieder.

„Erlauben Sie, dass ich mich vorstelle, Herr Romanoff. Mein Name ist Olaf Zubrowitz-Schlizer, Redaktionsmitglied der Abendzeitung *Populär*. Wie Sie wissen, wir sind an Wochentagen zwei Millionen Mal verkauft. Ich habe den Unsinn in der heutigen Morgenzeitung gelesen, und ich muss mich für mein Gewerbe schämen. Es war mir gleich klar, dass ich, Olaf Zubrowitz-Schlizer, dem bedeutendsten Schauspieler unserer Generation unverzüglich zu Hilfe eilen muss. Ich hoffe, Sie gewähren mir ein persönliches Interview, Herr Romanoff, um dieses beispiellose Unrecht wieder gutzumachen."

„Gut, wann?"

„Sofort. Ich möchte, dass unsere Leser schon heute Abend die volle Wahrheit erfahren. In zwei Minuten bin ich bei Ihnen."

„Bitte schön."

Endlich konnte ich Carla anrufen:

„Bevor du ein Wort sagst, mein Engel, sie ist wieder da."

Hilde brachte einen Packen Zeitungen mit.

„Man hat mich den ganzen Weg fotografiert", berichtete sie. „Verlass das Haus nicht, Karli. Lies in aller Ruhe die Presse durch, du hast Zeit."

Ich saß natürlich wie auf Kohlen, versuchte jedoch, den Eindruck eines konzentrierten Lesers zu erwecken. Eine Zeitung brachte zum Beispiel ein Blitzinterview mit unserem greisen Hausmeister, das sich mit dem verdächtigen nächtlichen Treffen im Stadtpark befasste.

„Ich sehe Herrn Romanoff fast jeden Tag", verriet der Greis.

Er macht den Eindruck eines sehr berühmten Mannes. Deshalb kann ich Ihnen jetzt nicht alles erzählen, sonst werde ich gefeuert, und wer nimmt schon einen Hausmeister in meinem Alter? Herr Romanoff ist auch als Star ein sehr wichtiger Mann. Er hat viele Bewunderinnen und er gibt ihnen Autogramme. Auch ich habe schon drei, aber keine Ganzen. Mit vollem Namen signiert er nur für junge Mädchen …

Ein Boulevardblatt übernahm das Interview mit dem Sicherheitsoffizier in der Romanoff-Residenz unter dem Titel ER LIEBT FRISCHFLEISCH. Die Redaktion betrachtete es als ihre journalistische Pflicht, die Eltern unter ihren Lesern zu warnen, ihre minderjährigen Töchter dem Hause Romanoffs fernzuhalten. Danach erschien noch ein kurzes Interview mit dem Serienstar Giorgio Ramasury, der Camillo und Carla vor ihrem Ausflug in den Stadtpark als Letzter gesehen hatte.

„Erst hatten sie hemmungslosen Sex im Studio", erzählte der Star. „Aber das hat ihnen anscheinend nicht gereicht." Frau Weinstock habe sich geweigert, der Presse gegenüber Stellung zu beziehen.

Während ich all das las, überlegte ich die ganze Zeit, wie ich Carla unbemerkt anrufen könnte. Dr. Spock hatte mich in der Küche gewarnt, nicht zu häufig von zu Hause zu telefonieren, da meine Partnerin anhand der Gesprächslisten den Untergrund kontrollieren kann. Und ich hatte schließlich nur ein Hosentaschen-Handy, nicht die von Spock empfohlenen zwei. Für mich als Celebrity war es jedoch zu gefährlich, ein zweites zu kaufen, ohne mich dabei wieder den öffentlichen Tratschereien auszusetzen.

Leider saß Hilde in meinem Zimmer. Ich verzog mich ins Treppenhaus, um von dort die ungeduldig wartende Carla anzurufen. Doch das saublöde Handy hatte im Treppenhaus keinen Empfang, und dann musste ich auch noch an der eigenen Tür klingeln, weil der Schlüssel drinnen steckte.

„Du bist in der letzten Zeit völlig daneben", bemerkte Hilde, als sie mich einließ. „Auch im Schlaf. Heute Nacht hast du wieder von diesem Berg Popocateetwas gemurmelt, oder wie er heißt ..."

Vielleicht, dachte ich, sollte ich es vom Klo aus probieren, aber da tauchte er bereits auf, der gut gesinnte Journalist:

„Herr und Frau Romanoff, es ist mir eine große Ehre, Sie kennenzulernen."

Zubrowitz-Schlizer war ein junger, sehr nett aussehender Mann, und sein sympathisches Gesicht strahlte vor echter Freude.

„Ich wagte nicht zu hoffen, dass Camillo Lloyd Romanoff bereit ist, mich sofort zu empfangen, Gnädigste", gestand der junge Mann meiner Frau. „Die ganze Redaktion ist in heller Aufregung."

Wir setzten uns ins Wohnzimmer. Zubrowitz-Schlizer wollte nur ein Glas Leitungswasser, da ihm sein Chefredakteur aufgetragen habe, die Wiedergutmachung des journalistischen Unrechts innerhalb einer halben Stunde abzuliefern.

„Die beiden Männer wollen sicherlich unter vier Augen sprechen", lächelte Hilde charmant und zog sich in ihr Büro zurück.

„Ihre Frau ist sehr eindrucksvoll", bemerkte Zubrowitz-Schlizer und verriet mir gleich darauf, auch er sei verheiratet und Vater von zwei Kindern, ohne sich jedoch übermäßig anzustrengen, seiner Frau treu zu sein. Ich fühlte sofort, dass die Chemie zwischen uns stimmte. Der nette junge Journalist zögerte nicht, mir die intimsten Affären seines Lebens zu beichten, wobei ein übermütiges Grinsen seine Lippen umspielte:

„Ich bin kein Heiliger, Herr Romanoff. Auch ich renne jeder Schürze hinterher und bumse sogar die Frauen meiner Kollegen."

Olaf zündete sich eine Zigarette an, rückte näher an mich heran und senkte seine Stimme:

„Die Frau unseres Grafikers, ein tolles Weib, will jedes Mal mit Handschellen an die Wasserleitung gekettet werden, und ihre sechzehnjährige Tochter fängt immer an zu singen, wenn ich mich von ihr massieren lasse."

Eigentlich mag ich solche Berichte nicht besonders. Aber Olaf strahlte trotz allem eine Art kindlicher Naivität aus. Ich fragte ihn nach seinem Alter. Er gab zu, er gehe schon auf die fünfzig zu, bewahre sich sein jugendliches Aussehen jedoch durch die außergewöhnliche Menge an Sex, die er Tag für Tag konsumiere.

„Vielleicht bin ich zu offen, Herr Romanoff, aber durch Ihre metaformhafte Persönlichkeit haben Sie mein grenzenloses Vertrauen gewonnen", gestand Olaf und blickte auf die Uhr. „Wenn Sie erlauben, möchte ich Ihnen jetzt meine erste Frage stellen, denn die Zeit drängt. Prinz Romanoff, sind Sie mit der journalistischen Berichterstattung über Ihr Privatleben zufrieden?"

Er bat mich, mit derselben Offenheit zu antworten, wie er sie mir gegenüber an den Tag gelegt hatte, und fügte fairerweise hinzu, falls das eine oder andere nicht gedruckt werden solle, genüge es zu sagen *„Off the record"*.

Ich schätzte seine Seriosität.

„Ich werde Ihre Offenheit belohnen", sagte ich. „Sie selbst sind ja wegen der Verleumdungen zu mir gekommen, die heute in den Medien über mich stehen: Prinz Romanoff ist ein Waschlappen, verrückt nach hemmungslosem Sex, missbraucht seinen Status als ‚Megastar', um mit jungen Fotografinnen und minderjährigen Mädchen von der Straße ins Bett zu steigen. Glauben Sie mir, ich kann darüber nur lachen, mein Freund."

Olaf hörte anteilnehmend zu und erklärte spontan, die heutige Presse, einschließlich seiner respektablen Abendzeitung, verstoße gegen die elementarsten Gesetze journalistischer Integrität.

„Was dieser Tage über Sie und Fräulein Weinstock veröffentlicht wird, ganz zu schweigen von dem skandalösen offenen Brief der übergeschnappten Fotografin, das lässt doch jedem anständigen Menschen die Haare zu Berge stehen", meinte mein Interviewer und fragte, was ich von Carla hielte.

„Schauen Sie, Olaf, Carla löst mit ihrer traumhaften Schönheit bei jedem Mann so etwas wie Begierde aus. Aber sie ist gar nicht so. Niemand kennt sie richtig."

„Entschuldigen Sie, Camillo, wenn ich mir die Frechheit herausnehme, meiner Pflicht als Journalist nachzukommen, und wage, Sie zu fragen, ob Sie mit Fräulein Weinstock intimen Verkehr hatten."

„Wir sind nur gute Freunde."

Ich fragte ihn, warum er unser Interview nicht aufzeichne, aber Olaf beruhigte mich, er erinnere sich an jedes Wort, schließlich sei das ja sein Beruf.

„Nur noch eine letzte Frage", versprach er mir. „In welchem Alter hat Ihr Interesse am schwachen Geschlecht begonnen, und welchen Impakt hatte dies auf Ihre Nächte im Stadtpark, wenn ich fragen darf."

Bevor ich diese Frage beantworten konnte, betrat Hilde das Wohnzimmer.

„Entschuldigen Sie die Störung, Herr Zubrowitz-Schlizer. Die alberne Theateragentur meines Mannes hat soeben eine Klage gegen ihn eingereicht."

Hilde nützte die Gelegenheit, mich zu unterstützen:

„Ich hoffe, Camillo hat Ihnen diesen ganzen Skandal geschildert. Sagen Sie ehrlich, Herr Zubrowitz-Schlizer, sieht so ein Ehebrecher aus, ein hemmungsloses Monster? Das ist nicht nur lächerlich, sondern auch sehr, sehr traurig."

Ich war inzwischen zu allem bereit, um endlich Carla anrufen zu können.

„Ich muss jetzt leider Schluss machen, Olaf", sagte ich. „Schade um jede Minute. Und was Ihre letzte Frage betrifft, zu meinem Bedauern hab ich einfach zu spät begonnen, mich für Frauen zu interessieren. Aber was die angeblichen nächtlichen Treffen mit Carla Weinstock angeht, völlig bedeutungslos. Hauptsache, meine Frau weiß alles und glaubt mir."

Olaf verabschiedete sich mit einer tiefen Verbeugung vor Hilde und dankte mir von ganzem Herzen. Er war wirklich sehr höflich, uns beiden sehr sympathisch.

Kaum war er weg, schrillte das Telefon. Hilde wechselte einige fröhliche Worte mit Carla, danach gab sie mir den Hörer und setzte sich auf ihren Schaukelstuhl in meine Nähe.

„Unsere Süße ist dran."

„Bist du wahnsinnig geworden?", kreischte Carla am anderen Ende der Leitung. „Ich sitze hier seit zwei Stunden wie eine Idiotin und warte, dass du anrufst. Hab ich das verdient?"

„Wir wollen gerade Mittag essen", antwortete ich. „Gefüllten Blumenkohl."

„Hör mir gut zu, du Ehemann, Sulz hat wegen unserer Bettszene angerufen. Er will, dass wir richtig zusammen schlafen. Ich sagte dem Schwein, er soll mit dir reden. Was meinst du dazu?"

„Hauptsache, wir sind gesund."

„Du kannst mich mal …"

Damit legte sie auf. Ich fragte meine Frau, ob sie sich nicht zu einem kleinen Nickerchen in ihr Zimmer zurückziehen wolle, aber da klingelte es an der Tür und ein ganzes Team von Kameraleuten, angeführt von Bier-Agent Rudi, stürmte herein.

„Ich bitte tausendmal um Verzeihung, Romanoff", entschuldigte sich Rudi. „Ihr Foto mit der Weinstock in der Morgenzeitung hat unserem geplanten Wodka-Spot einen unheimlichen Push gegeben."

„Moment, mein Herr", schaltete sich meine Sekretärin ein. „Was ist mit der Gage?"

„Hier ist der Bankbeleg", Rudi zog das Dokument aus seiner hinteren Hosentasche hervor. „Die Summe wurde in aller Herrgottsfrüh auf das Konto von Herrn Romanoff überwiesen. Können wir anfangen?"

Sie rückten die Möbel weg, nahmen die Vasen von den Tischen und die Bilder von der Wand. Rudi bat mich, ausgerechnet in Hildes Schaukelstuhl Platz zu nehmen.

„Romanoff. Take one. Action!"

Ich hob ein Glas Wodka und sagte „Zum Wohl, Papa!". Diesmal beherrschte ich den Text, aber Rudi ließ mich den Werbespot trotzdem ein Dutzend Mal wiederholen, während Carla auf meinen Anruf wartete. Zum Schluss weigerte ich mich weiterzumachen. Das Team warf die Vasen auf ihre Plätze zurück und verzog sich ohne ein weiteres Wort.

Ich hatte das Gefühl, augenblicklich zusammenzubrechen, wenn ich nicht bald telefonieren konnte. In der Mitte seines Buches, ich weiß nicht mehr genau, wo, schrieb Dr. Spock, die Bibel, das heißt Gott, habe seinerzeit ausdrücklich erklärt, „Es ist nicht gut, wenn der Mensch alleine ist". Der Gelehrte stellte weder die Glaubwürdigkeit der Quelle noch die Richtigkeit der Aussage infrage, fügte jedoch hinzu, manchmal könne der Fall eintreten, dass sich ein über hundertacht Monate verheirateter Mann nichts sehnlicher wünsche, als allein zu sein. Wenigstens ein paar Minuten bitte, dachte ich und ein erlösender Gedanke nahm in mir zunehmend Gestalt an.

„Hildchen", wandte ich mich an meine Frau. „Rudi hat einen Haufen Geld überwiesen. Kauf ein Auto."

„Gut, zum Geburtstag."

„Nein, jetzt. Ich bitte dich, jetzt, in diesem Moment, bevor wir's uns anders überlegen. Kauf einen Kleinwagen mit Dieselmotor."

„Ich?"

„Ja. Du hast einen erlesenen Geschmack. Ich vertraue dir hundertprozentig."

„Nett von dir", errötete Hilde. Ich bat sie, sich zu beeilen, da die Autohändler neuerdings früher schließen. Meine Frau hauchte einen Kuss auf meine Stirn und machte sich guter Dinge auf den Weg in die Stadt. Ich drückte fieberhaft die Tasten des Telefonapparats im Büro, in der Annahme, dort gingen so viele Gespräche ein, dass es auf eines mehr oder weniger nicht mehr ankomme.

Carlas Nummer war besetzt. Zum Platzen gespannt wartete ich neben dem Apparat. Als ich wieder wählen wollte, klingelte es. Benedictina, ausgerechnet jetzt. Ich bat sie, gleich zu Übrigens zu kommen, da ich keine Zeit hätte.

„Für jeden hast du Zeit, nur nicht für mich", beklagte sich meine Tochter. „Was bist du bloß für ein Vater? Übrigens, ich wollte dich bitten, das Geld direkt nach New Orleans zu überweisen. Es ist doch unlogisch, dass ich zwischen dir und deinem zukünftigen Schwiegersohn vermittle, o. k.?"

„O. k."

Bei Carla war noch immer besetzt. Wie kann man nur so lange quatschen? Ich wartete noch einige Minuten, dann klingelte das verdammte Telefon wieder. Diesmal war es der wutentbrannte Sulz.

„Hören Sie, Müller!", grölte der Producer. „Ich kann eine Liebesszene nicht nur mit einer läppischen Fummelei senden."

Ich war auf hundertachtzig.

„Drohen Sie mir nicht, Sulz!", brüllte ich zurück. „Bin ich für die Fehler Ihrer Kameraleute verantwortlich? Ich bin ein durch und durch emotioneller Akteur, ich kann keine Szene wiederholen."

„Das kommt überhaupt nicht infrage. Wenn Sie nicht bereit sind, die Szene zu wiederholen, Müller, dann sehen Sie keinen müden Groschen mehr von mir. Ich möchte mit Ihrer Frau sprechen."

„Ist nicht zu Hause. Sie kauft ein Auto."

„Also nein?"

„Nein."

Sulz verlor die Beherrschung.

„Hören Sie zu, Müller", schrie er. „So einfach geht das nicht! Ich werde Ihre Scheinkarriere in der ganzen Branche ruinieren, verlassen Sie sich darauf. Sie werden noch auf allen vieren angekrochen kommen, um irgendeine kleine Rolle in einem Pornofilm zu erbetteln. Ich verfluche den Tag, an dem ich Sie entdeckt habe."

„Sie sollten mit meiner Agentur sprechen, Sulz."

„Ich werde mit niemandem sprechen. Ich werde noch heute abhauen. Ich bin von lauter Debilen umgeben."

Ich legte auf und es klingelte wieder.

„Also wegen dieser Hure hast du mich verlassen", überfiel mich die Fotografin Betty. „Ich war dir wohl nicht gut genug, Romanoff."

„Ach Betty, wirklich …"

„Weißt du überhaupt, Camillo, dass ich zu all deinen perversen Kapricen bereit war? Nächsten Monat kannst du mich splitternackt im *Penthouse* bewundern. Dann wirst du sehen, was du versäumt hast, du Schuft."

„Aber …"

„Nichts aber! Du hast mich kaputtgemacht und ich … ich …" Betty brach in hemmungsloses Schluchzen aus. „Ich liebe dich noch immer, ich dumme Kuh …"

Dann war die Leitung endlich frei. Schweißgebadet drückte ich die Tasten:

„Carla, meine Liebste, bitte … bitte … Oh Gott!"

Hilde stolperte herein und ließ die Tür hinter sich offen.

„Na", fragte ich heiser. „Haben wir ein Auto?"

Hilde hielt eine dicke Zeitung unterm Arm, und anstatt mir zu antworten, wankte sie wieder hinaus. Sie setzte sich auf die Treppe im Stiegenhaus und begann bitterlich zu weinen. Noch nie hatte ich sie so verzweifelt gesehen. Ich setzte mich neben sie und umarmte sie. Dabei warf ich einen Blick auf die dicke Zeitung. Es war die auflagenstarke *Populär*, und zwar die achte Auflage der Sonderausgabe an diesem Tag. Wahrscheinlich wegen der Schlagzeile:

ROMANOFF: ICH BIN EIN WASCHLAPPEN

In einem Exklusivinterview übt der Star erstaunlich offene Selbstkritik an seinem krankhaften Sextrieb. – Carla Weinstock ist die Göttin seiner Träume. – Frau Romanoff ist über ihren perversen Gatten entsetzt.

Ich wollte zurück in die Wohnung. Schaffte es jedoch nur bis zur Schwelle, hielt mich am Türrahmen fest und sank langsam zu Boden. Hilde sprang erschrocken auf und zog mich hinein. Der alarmierte Notarzt stellte nur eine „leichte Kreislaufstörung" fest und fächelte mir mit der Abendzeitung ein wenig Wind ins Gesicht.

Und das Leben ging rücksichtslos weiter. Das Interview, das mich ermorden sollte, liegt jetzt im Album „Klotz am Bein", geziert von Olafs Namen und seinem Status in der Redaktion: „Von O. Zubrowitz-Schlizer, Korrespondent für Sitte und Anstand."

„Camillo Lloyd Romanoff muss unseren Lesern nicht vorgestellt werden. Unsere Redaktion wird von Fanpost an ihn überflutet", eröffnete Olaf das Interview. „Seit dem rauschenden Erfolg des Piloten von ‚Im Wirbel der Leidenschaft' macht der Star Schlagzeilen. Heute jedoch bietet sich die erste Gelegenheit, der Öffentlichkeit Romanoff den Mann zu präsentieren."

Olaf schilderte in einigen Sätzen den herzlichen Empfang durch meine Gattin, danach ging er zu einer tiefsinnigen Charakteranalyse meiner komplexen Persönlichkeit über.

Zunächst soll erwähnt werden, dass der Schauspieler im Leben eine weitaus nettere und solidere Erscheinung abgibt als auf dem Bildschirm. Er redet ruhig und höflich über jedes geläufige Thema. Kommt man jedoch auf seine berühmten sexuellen Affären zu sprechen, wird Romanoff ein völlig anderer Mensch, seine Miene versteinert sich, seine Stimme wird hart und brutal, seine aggressive Offenheit sogar erschreckend. Über seine professionelle Arroganz müssen hier keine Worte verloren werden. Er nennt sich zwar „Prinz Romanoff!", es kann jedoch sein, dass er nur die billigen Komplimente wiederholt, mit welchen er von seinem betörten Frauen-Harem überschüttet wird.

Zunächst sprachen wir unter vier Augen. Hier zeigte er sich noch zurückhaltend und kehrte die „prekären" Fragen bezüglich seiner amourösen Abenteuer elegant unter den Teppich, wie zum Beispiel seine herzlose Affäre mit der blutjungen Betty oder das mysteriöse nächtliche Treffen im Stadtpark. Er und Frau Weinstock seien nur gute Freunde, erklärte er und gab gleichzeitig zu, Carla sei die Frau seiner Träume, und nur er kenne ihre weibliche Fähigkeit, glühende Begierde auszulösen. Zu ihrer stürmischen Beischlafszene in der ersten Folge der Serie weigerte sich Romanoff, Stellung zu nehmen. Unsere Leser können sie jedoch in einigen Tagen auf dem Bildschirm sehen.

Den ersten Schock löste das Erscheinen von Frau Romanoff aus, einer stillen, gequälten Frau, die für unsere Leser ihrer seit Jahren angestauten Frustration und Bitterkeit freien Lauf ließ. Sie wies anklagend auf Romanoff und rief, den Tränen nahe:

„Bitte, Herr Zubrowitz-Schlizer, so sieht ein Ehebrecher aus, ein hemmungsloses Monster? Das ist sehr traurig …"

Romanoffs kalte und herzlose Miene blieb unbewegt. In selbstgefälligem Ton wollte der Star sein brutales Verhalten gegenüber seiner Gattin vor mir damit rechtfertigen, dass er zu seinem großen Bedauern erst viel zu spät begonnen habe, sich für Frauen zu interessieren („Schade um jede Minute"). Jetzt jedoch sei er bereit, der Redaktion von *Populär* die Wahrheit über sich zu verraten. Dabei zeigte er nicht die geringste Scham, genau wie ein anderer Adeliger vor dreihundert Jahren, der Marquis Donatien-Alphonse-François de Sade.

„Ich bin ein Waschlappen", gestand Romanoff mit klarer Stimme. „Ich bin einfach wild auf hemmungslosen Sex. Ich missbrauche meinen Status als Megastar, um mit jungen Fotografinnen und minderjährigen Mädchen ins Bett zu steigen. Glauben Sie mir, ich kann darüber nur lachen."

Als er das Entsetzen erkannte, das sich auf meinem Gesicht ausbreitete, beendete Romanoff das Interview kaltblütig:

„Die Hauptsache ist, dass meine Frau alles weiß und mir glaubt."

Als er dies sagte, wurde das Gesicht von Camillo Lloyd Romanoff wieder menschlicher, so wie wir diesen Filmgiganten seit jeher kennen und lieben.

Es war nicht leicht, Hildes Geschrei über das Unrecht anzuhören, das ich und dieser dreckige Interviewer von der Zeitung ihr angetan hatten.

„Ich weiß alles, ich glaube dir? Was soll dieser Unsinn, Karl. Was soll ich wissen, was soll ich glauben, verdammt noch mal."

„Na ja, na ja."

Ich wunderte mich, wie eine diplomierte Lehrerin für Sozialkunde dermaßen die Fassung verlieren kann, vor allem, da diese Lehrerin seit Wochen nichts anderes tat, als vor lauter Nervosität ununterbrochen in sich hineinzufressen.

„Hildelein", erklärte ich ihr. „Du stehst im Rampenlicht".

Ich stand unter Druck. Das Telefon klingelte und es war nicht Carla. Hilde reichte mir den Hörer.

„Hier, sprich mit dem Dreck."

Olaf konnte vor Aufregung kaum reden.

„Herr Romanoff, es ist ganz furchtbar, was da geschehen ist", jammerte er. „Mein gemeiner Redakteur hat alle Argumente, mit denen ich Ihre Makellosigkeit unter Beweis stellen wollte, aus dem Zusammenhang gerissen. Herr Redakteur, sagte ich zu ihm vor einigen Minuten, Sie haben einen niederträchtigen Schreiberling aus mir gemacht, aber das war das letzte Mal, dass Sie mich so behandelt haben. Prinz Romanoff, ich habe meine Kündigung eingereicht. Es ist mir egal, dass die Zeitung heute Abend vierzehn Auflagen erlebt, meine Entscheidung ist endgültig, ich bin nicht mehr Mitglied der *Populär*-Redaktion."

Seine aufrichtige Verzweiflung ließ mich nicht unberührt. Letzten Endes hatte er auch bei unserem Interview keinen schlechten Eindruck hinterlassen.

„Bitte, seien Sie doch nicht so kindisch, Olaf", appellierte ich an seinen gesunden Menschenverstand. „Sie müssen wegen eines charakterlosen Redakteurs doch nicht gleich Ihren Job hinwerfen. Sie haben die echte Begabung zu einem echt talentierten Journalisten, lassen Sie sich in Ihrer Wut nicht zur Flucht verleiten. Ich und meine Frau glauben an Sie."

Ich streckte den Hörer meiner Frau hin:

„Es ist der Redakteur. Sag Olaf ein gutes Wort."

„Du lieber Himmel!", zischte Hilde. „Ich bin mit einem Degenerierten verheiratet."

„Warum?"

Sie rollte schweigend in ihr Büro.

„Hören Sie, Olaf", wandte ich mich wieder an Olaf. „Meine Frau ist gerade beschäftigt, sie lässt Sie aber ganz herzlich grüßen."

„Freut mich zu hören, Camillo. Die gnädige Frau weiß sicher zu schätzen, dass ich Sie am Ende des Interviews bewunderte. Gott sei Dank, dass der Redakteur wenigstens das drin gelassen hat."

„Ja, sie war vom Ende sehr beeindruckt."

„Tausend Dank, Prinz Romanoff. Auch für Ihren freundlichen Rat bezüglich meiner Abdankung. Sollten Sie jemals Hilfe brauchen, dann können Sie sich darauf verlassen, in der Presse einen wahren Freund zu haben, der Ihnen immer und jederzeit zur Verfügung steht."

Es begann schon zu dunkeln, und noch immer hatte ich Carla nicht zurückgerufen. In meinem Kopf reifte ein wagemutiger Plan, nämlich mich aus dem Fenster zu lehnen und zu versuchen, irgendwie in der freien Luft einen Empfang für mein vertrotteltes Handy zu ergattern. Als ich gerade das zweite Fenster öffnete, kam Hilde herein und fragte, was ich da mache.

„Ich brauche Luft."

Eigentlich wollte mich Hilde nur ans Telefon in ihrem Büro holen. Rudi suchte mich:

„Hören Sie, Romanoff, Ihr Werbespot ist bei den Säufern sehr gut angekommen. Es gefällt ihnen, wie Sie auf das Wohl Ihres Vaters trinken. Aber jetzt geht es um ein wirklich ernstes Geschäft. Kann Ihre kugelrunde Sekretärin uns hören?"

„Sie ist meine Frau."

„Mahlzeit. Also, hören Sie gut zu, Romanoff. Sie wissen bestimmt, in ein paar Tagen sind Wahlen für unsere neue Regierung. Die Liberalen sind bereit, so viel zu zahlen, wie Sie wollen, wenn Sie vor laufender Kamera Ihren Beitritt zur Partei bekannt geben."

„Ich werd mir's überlegen. Über Politik müssen Sie sowieso mit meiner Frau sprechen."

Hilde übernahm den Hörer. Vielleicht war sie ja liberal, wer weiß? Wie auch immer, ich zog mir schnell einen Pulli über und deutete ihr an, ich müsse gehen. Sie bedeckte die Hörmuschel und fragte, wohin.

„Gewissenssache, Hildelein. Ich geh den armen Psychologen vom vierten Stock besuchen."

„Der ist doch im Irrenhaus, oder?"

„Na und? Man lässt einen Freund nicht im Stich."

Auf dem Weg zur Anstalt bat ich den bärtigen Taxifahrer, kurz bei einer Telefonzelle anzuhalten. Auf einmal war bei Carla nicht besetzt, was mich so verwirrte, dass ich sofort auflegte und zurück ins Taxi sprang. Als ich sie dann mit meinem Handy anrief, war ihre Nummer natürlich wieder belegt. Aber die Klinik für Geisteskranke lag so weit entfernt, dass ich es doch noch schaffte, Carla nach einem Dutzend Versuchen zu erreichen.

„Nichts", meldete sich meine Schöne. „Und das war alles für Ihr Mistblatt."

Und legte auf. Eigentlich war es mir ganz recht, denn ich wusste nicht, wie ich ihr meinen unverzeihlich späten Rückruf erklären sollte. Gleichzeitig sehnte ich mich dermaßen, ihre Stimme zu hören, dass ich überglücklich war, als ich dann, auf dem halben Weg zu Psycho, endlich wieder mit ihr verknüpft war.

„Ich schäme mich ganz fürchterlich, Carla", versuchte ich ihr den Wutanfall zu ersparen. „Es hat einfach nicht geklappt."

„Hab ich mir gedacht. Auch ich wurde nach deinem bescheuerten Interview von allen Klatschfüchsen überfallen."

„Tut mir wirklich leid. Ich konnte nicht anrufen, solange Hilde zu Hause saß."

„Das Motiv kenne ich. Wirst du diesem Gefängnis jemals entkommen?"

„Wie?"

„Mit schlechtem Benehmen. Das ist die einzige Möglichkeit, auf freien Fuß gesetzt zu werden."

„Ich sehne mich danach, dich zu sehen, Carla."

„Ich auch. Ich vermisse deine süße Scham. Aber wir sollten vielleicht eine kurze Pause einlegen, mindestens bis zur Sendung der neuen Folge. Wir dürfen uns nicht jeden Tag zusammen erwischen lassen."

Plötzlich, auf dem Hintersitz im Taxi, rückte das Bild, wie sie auf dem Bauch liegt, wieder zum Beißen nah.

„Wir könnten uns bei dir treffen, Carla."

„Das fehlt mir noch, mein Schatz, dass dich die Nachbarn sehen. Vergiss nicht, dass du ein Star bist."

„Ich komme jetzt, im Dunkeln."

„Geht nicht. Ich bin nicht allein."

Ich verstummte. Diese Möglichkeit hatte ich nicht in Betracht gezogen.

„Hallo", rief Carla. „Bist du noch dran?"

„Ja, trotzdem."

Dann wusste ich nichts mehr zu sagen. Ich steckte mein Handy weg und bezahlte den Fahrer. Wir hielten schon seit einigen Minuten vor der dunklen Anstalt. Ich wusste nicht, wo mir der Kopf stand. Letzten Endes war dieser ganze Besuch bei Psycho nur eine Ausrede gewesen, um aus dem Haus zu kommen, und jetzt war das Tor der Klinik verschlossen. Ich klingelte. Ein weiß gekleideter Pfleger erschien.

„Was ist los?"

„Ich möchte bitte Herrn Leonard Böhm besuchen."

„Jetzt? Mitten in der Nacht?"

„Ich bin Camillo Lloyd Romanoff."

„Moment."

Nach einer Minute ging das Licht am Eingang an, und ein ge-
pflegter Herr von aristokratischer Erscheinung stellte sich vor:

„Dr. Leonid Bühl, Direktor der Klinik. Es ist uns eine große Ehre,
Sie empfangen zu dürfen, Herr Romanoff."

Der Direktor führte mich in sein Büro und beschrieb in einigen
kurzen Sätzen den Besorgnis erregenden Zustand des Patienten
Böhm.

„Er ist einer unserer schwersten Fälle. Er kam mit der fixen Idee
zu uns, er sei zum Generaldirektor der Klinik ernannt worden. Hin
und wieder muss er ruhiggestellt werden, wirklich sehr bedauerlich. Kommen Sie, Herr Romanoff, wir bringen Sie zu ihm."

Psycho saß in seiner kleinen Zelle und blickte durch die Gitter
am Fenster zum Himmel hinauf.

„Böhm, Sie haben Besuch."

Psycho trat auf mich zu und umarmte mich:

„Danke, dass Sie gekommen sind, danke, dass Sie gekommen
sind …"

Irgendwie freute auch ich mich, obwohl ich noch immer keinen
triftigen Grund für meinen Besuch finden konnte. Zum Glück hatte
ich daheim noch schnell das Büchlein von Dr. Spock in meine Manteltasche gesteckt, als eindeutigen Beweis für Hilde, dass ich nichts
anderes vorhatte, als meiner menschlichen Verpflichtung gegenüber dem unglückseligen Psycho nachzukommen.

„Ich habe ein Problem, Herr Böhm", improvisierte ich mit beachtlichem Talent. „Ich kann bei Dr. Spock keinen Hinweis auf
meinen persönlichen Komplex finden. Stellen Sie sich vor, ich liebe
es, in den Popo von Frauen zu beißen."

„Darauf haben Sie kein Monopol, Herr Müller. Laut einer For-
schungsarbeit des bekannten Sexologen Dr. Kingsley empfindet fast
ein Drittel der heterosexuellen Männer das starke Verlangen, in ein
schönes Hinterteil zu beißen."

„Warum wird dieses Phänomen dann von Spock ignoriert? Ich konnte unter dem Stichwort ‚Popo‘ oder ‚Po‘ nichts finden."

„Lieber Herr Müller, Sie müssen unter ‚Allerwertester‘ nachschlagen."

Mit verständlicher Aufregung machte ich mich sofort ans Blättern und wurde auf Seite 309 unten fündig. „Der wohlgeformte weibliche Allerwerteste dient dem vampirischen Drang als Delikatesse", stand da in den fett gedruckten Buchstaben. Ich drückte Psycho dankbar die Hand, und voller Neugier, auch die kleinen Buchstaben zu lesen, beeilte ich mich, aus seiner Zelle zu kommen.

„Auf Wiedersehen, lieber Nachbar."

„Bitte, gehen Sie nicht", hielt der Psycho mich auf und nahm ein Stück Papier von seinem Tisch. Er notierte in krakeliger Schrift: „Ich wurde zum Direktor der Klinik berufen, aber man verwechselte mich mit einem Geisteskranken, der glaubt, ein König zu sein. Leonid Bühl wurde zum Direktor der Klinik ernannt und ich als Irrer eingesperrt. Ich flehe Sie an, retten Sie mich."

„Ja, ja, klar", beruhigte ich den Psycho und bewegte mich vorsichtig rückwärts in Richtung Tür. „Ich werde mich darum kümmern."

„Ein Wahnsinniger leitet die Klinik an meiner Stelle!", rief mir der arme Böhm hinterher, als ich schon draußen war. „Wenigstens einen Fernseher könnten sie mir geben …"

Vor dem Tor wartete der Direktor der Klinik auf mich. Ich erzählte ihm, wie sehr ich meinen ehemaligen Nachbarn bedauerte. Dr. Leonid Bühl unterrichtete mich über die vollkommene Aussichtslosigkeit, Leonard Böhms manische Depression jemals unter Kontrolle zu bekommen. Ich sagte dem zuvorkommenden Direktor, ich müsse nun gehen, würde mich aber freuen, mit ihm auch in naher Zukunft wieder zu diskutieren. Dr. Bühl antwortete mit distanzierter Höflichkeit:

„Wir könnten uns zu unserem großen Bedauern nur noch für einige Tage freimachen."

„Schade", sagte ich. „Vielleicht später?"

„Geht nicht. Mit Gottes Gnaden findet in zwei Tagen in der Sixtinischen Kapelle unsere Krönung statt."

DER KURZE BESUCH im Irrenhaus hing mir nach. Einerseits fand ich, dass Psycho unter unwürdigen Bedingungen in seiner kleinen Zelle festgehalten wurde, andererseits aber hatte Direktor Bühl den Eindruck eines ernsthaften Mannes hinterlassen, der, abgesehen von seinem Anspruch auf den Thron, durchaus fähig schien, ein medizinisches Institut zu leiten. Ich selbst hatte ja auch nichts dagegen, für einen russischen Kronprinzen gehalten zu werden, nicht wahr?

Während ich nach Hause fuhr, wurde mir klar, dass ich das Unrecht, das Böhm widerfuhr, nicht so einfach ignorieren könne, und beschloss noch im Taxi, ihm ein nagelneues Zweiunddreißig-Inch-Fernsehgerät zu schicken. Im Augenblick aber brannte ich nur darauf, den Eintrag „Allerwertester" auf Seite 309 weiterzulesen, und bat den Fahrer, kurz auf einem Parkplatz anzuhalten.

Dr. Spock hatte das zentrale Thema in meinem Leben doch nicht vernachlässigt. Im Gegenteil, eine gewisse Begeisterung zwischen seinen Zeilen wies sogar darauf hin, dass auch er selbst zu den heimlichen Bewunderern des Allerwertesten gehörte, gemeinsam mit einem Drittel der Männer auf unserer Erde.

„Es handelt sich hier um ein uraltes Problem aus der hellenistischen Epoche, in welcher weibliche Schönheit der Intelligenz von Philosophen fortgeschrittenen Alters vorgezogen wurde." So Spocks kleine Buchstaben. „Bis zum heutigen Tag finden im männlichen Lager stürmische Diskussionen über die Präferenz der weiblichen Attribute statt: Po oder Busen."

Dr. Spock schilderte nun seine Weltanschauung:

Der Po ist die Nummer eins, da die beiden Komponenten des Busens im Verlauf der Jahre Unterstützungsmaßnahmen erfordern, während der Allerwerteste längere Zeit ohne jede äußere Hilfe rund und aktiv bleibt. Die Einstellung der Männer zu diesem magnetischen Anziehungspunkt des weiblichen Körpers wird häufig geheim gehalten, sodass es nicht leicht ist, glaubhafte statistische Angaben zu erhalten.

Ich blätterte zu Seite 310:
„Es kann also nur mit hoher Wahrscheinlichkeit behauptet wer-

den, dass der Durchschnittsitaliener einen schönen Po zu schätzen
weiß", fuhr Spock fort.

Zweifellos aber wurde es dem Italiener zu einem volkstümlichen
Brauch, in aller Öffentlichkeit den zwei prallen Hügeln unter dem
Rock einen schwungvollen Klaps mit der flachen Hand zu verab-
reichen. Die Männer Indiens hingegen richten ihre Aufmerksamkeit verstärkt auf die Region der Taille und abwärts, während von
den europäischen Intellektuellen zusammenfassend gesagt werden
kann, dass sie ihre erotische Erfüllung nicht selten durch häufige
Bisse in den Ursprung ihres Verlangens erreichen, wobei sie sich
ohne nennenswerte gesundheitliche Risiken eines überirdischen
Genusses erfreuen können.

Ehrlich gesagt, die Tatsache, dem intellektuellen Stand anzu-
gehören, stärkte mein Selbstbewusstsein hinsichtlich der beiden
Frauen in meinem Leben. Was jedoch meine gesetzlich Angetraute
betraf, war die Einschätzung von mir als Beißer nicht ganz zutref-
fend. Verständlicherweise hatte meine Sehnsucht nach der schönen
Statue namens Carla absoluten Vorrang. Trotzdem war ich felsenfest entschlossen, sie nicht noch einmal anzurufen, um mir die Enttäuschung zu ersparen, falls sie wieder nicht allein zu Hause war.

Vielleicht aber war ich doch kein makelloser europäischer Intellektueller, da ich ja nicht nur in einen Teil von Carla, sondern in
die ganze Carla verliebt war. Suchte ich nach Alternativen, landete
ich wieder bei ihr. In meinem einstigen Traum im puertoricanischen Viertel von Budapest hatte zwar auch Betty einen durchaus
respektablen Allerwertesten vorgeführt, aber inzwischen wurde er
für mich ebenso ungültig wie der von Frau Sulz, nur um einen
anderen zu erwähnen.

Meine tief schürfenden Überlegungen wurden von der Ungeduld des bärtigen Taxifahrers unterbrochen, der die Fahrt endlich
fortsetzen wollte und mich hämisch fragte:

„Sagen Sie, sind Sie nicht zufällig der Waschlappen aus der Zeitung?"

Er war mit seiner kritischen Einstellung nicht allein. Zu Hause wartete eine aufgewühlte Hilde auf mich. Das Interview Olafs war mittlerweile in zweiundzwanzig Auflagen erschienen und ein Konkurrenzblatt warb sogar im Radio mit der Ankündigung, es werde morgen weitere Enthüllungen über den „Sexskandal des Kontinents" veröffentlichen. Im Fernsehen, Schreck lass nach, erzählte die Boutiqueinhaberin, Romanoff habe bei ihr gearbeitet, wurde von ihr jedoch rechtzeitig entlassen, aus Furcht vor seinen seltsamen Neigungen.

Da es den Fernsehsendern nicht gelungen war, Producer Sulz aufzutreiben, hatte der Intendant des ersten Programms die Idee, Frau Romanoff höchstpersönlich für eine Porträt-Sendung einzuladen.

„Ich habe sofort zugestimmt", berichtete Hilde stolz. „Man muss diesen ganzen Blödsinn, den unsere Feinde über dich verbreiten, ein für alle Mal dementieren. Vor allem, da mich Gerschon Glasskopf vorhin angerufen hat. Er beschwor mich, der Öffentlichkeit die Augen zu öffnen, solange es noch geht."

Hilde erzählte mir, der große Kritiker sei über mein Interview mit dem dreckigen Olaf sehr verärgert gewesen.

„Jeder Mensch hat das Recht auf persönliche Geheimnisse", habe er ihr wörtlich anvertraut. „Aber die schamlosen sexuellen Prahlereien Ihres Mannes, Gnädigste, berauben den schauspielerischen Reformator Romanoff seiner ruhmreichen Verdienste."

Hilde habe Glasskopf versprochen, mich auf die rechte Bahn zurückzulenken. Leicht war es für sie nicht. Denn zu allem anderen bedrückte sie auch noch die Hausmeisterkrise. Fast alle Medienvertreter im Lande hatten den armen Teufel gesucht, ihn aber nicht gefunden. Seine kleine Parterrewohnung war abgeschlossen, an die Tür hatte er einen Zettel mit folgenden Abschiedsworten geklebt: „Ich kann die Verfolgungen nicht mehr aushalten. Der Schlüssel für den Aufzug liegt unter dem Fußabstreifer. Ich bitte die Familie Romanoff um Verzeihung."

Der einzige Zuspruch kam ausgerechnet von der Theateragentur „Sascha und Sohn GmbH". Sascha hatte meine Frau angerufen und ihr die Resolution vorgelesen, die er an die Presse schicken wollte:

„Der Klient unserer Agentur, der Magier des Bildschirms, C.L. Romanoff, Star der Erfolgsserie ‚Im Wirbel der Leidenschaft', ist auch im Bereich seines Privatlebens eine einzigartige und unantastbare Persönlichkeit."

Was soll ich sagen, mit oder ohne Sascha, die immer näher rückende Sendung bereitete mir gehörige Kopfschmerzen. Mein alter Wunsch, vor der Primetime nach Brasilien abzuhauen, meldete sich jetzt verstärkt wieder, obwohl ich wusste, dass Hilde nie im Leben mitkommen würde. Aber vielleicht Carla oder das Biest namens Betty?

Lauter sinnlose Fantasien eines erschöpften und gestörten Gehirns. Kurz vor Mitternacht rief jemand an, und ich hob im Dämmerzustand den Hörer ab.

„Hallo", sagte der Mann. „Mit wem spreche ich?"

„Mit Müller, Karl Müller."

„Mit wem?"

„Pardon, ich habe mich mit jemandem verwechselt. Hier spricht Camillo Lloyd Romanoff. Was wünschen Sie, mein Herr?"

„Ich wünsche mir, dass Sie sich samt Ihrer Huren aufhängen."

Es war mir völlig egal. Außer der Sehnsucht nach Carla interessierte mich überhaupt nichts mehr. Ich wollte sie anrufen, trotz felsenfest.

Am Morgen erteilte mir Hilde beim weich gekochten Ei die strenge Anweisung, das Haus auf keinen Fall zu verlassen.

„Das hat, Karli, auch Carla gesagt."

„Wann?"

„Gestern, als du im Irrenhaus warst. Ich bin nicht dazu gekommen, es dir auszurichten. Die Süße macht sich Sorgen um dich. Ruf sie doch mal an."

„Nicht so dringend."

Es war das Dringendste auf der ganzen Welt. Sie, Carla, machte sich Sorgen um mich! Ich bat Hilde, sich gleich auf den Weg zu machen, um die neuesten Zeitungen zu holen.

„Gern", stimmte sie lächelnd zu. „Und danach begehen wir gemeinsam Harakiri."

Fiebernd telefonierte ich vom Apparat im Büro, der der ungefährlichste war. Nicht besetzt. Ich flüsterte mit schwacher Stimme:

„Bitte, meine Herzallerliebste, ich muss dich sehen, bitte."

„Noffi, es geht nicht. Sie werden uns alle beide begraben."

Sie nannte mich Noffi, ja Noffi, wahrscheinlich wegen des Endes von Romanoff. Ich war zu Tränen gerührt.

„Wenn ich dich nicht sehe, Carla, sterbe ich. Bitte, hab Erbarmen mit mir, nur für ein paar Minuten. Wir können uns doch an einem stillen Ort außerhalb der Stadt treffen."

„Dort kennt man dich auch."

„Ich verkleide mich, ich komme mit einer Maske."

„Wie willst du das denn machen?"

„Ich bin doch Schauspieler, oder? Es ist alles arrangiert. Bitte."

Carla antwortete mit einem süßen Kichern.

„Noffi, Noffi, übermorgen Abend wird unsere neue Folge gesendet …"

„Sehr gut, dann können wir uns in aller Ruhe und ohne Publikum treffen. Alle werden zu Hause vor der Glotze sitzen."

„Na gut. Bleibt es uns wenigstens erspart, uns selbst im Bett zu sehen. Wo treffen wir uns?"

„Ich geb dir übermorgen früh Bescheid, mein Engel. Ich danke dir von ganzem Herzen. Sie ist zurück."

Hilde kam mit einem ganzen Packen von Morgenzeitungen herein, und schon wieder verhieß ihr Gesicht nichts Gutes. Aber Noffi lachte nur darüber. Noffi war glücklich. Obwohl Noffi nicht die leiseste Ahnung hatte, wie man ein geheimes Treffen in aller Öffentlichkeit organisiert. Meine Erfahrung auf diesem Bereich war äußerst gering, um nicht zu sagen, unter null.

„Sag mal, Karli, du siehst so nachdenklich aus. Woran denkst du gerade?"

Ich dachte an Olaf.

Es schien mir selbstverständlich. Wenn sich jemand mit der Organisation geheimer Treffen der dritten Art auskannte, dann sicher kein anderer als der erfahrene Experte Olaf Zubrowitz-Schlizer. Mit den Gewissensbissen, die ihn anlässlich des Verrats seines charakterlosen Redakteurs quälten, hatte er nicht nur mein Herz, sondern auch mein Vertrauen gewonnen. Außerdem schien mir, in meinem dürftigen Bekanntenkreis sei er der Einzige, der es verdient hatte, von meiner geheimen Liebe zu Carla Weinstock zu erfahren. In dieser Hinsicht war ich also ruhig. Was mir jedoch Sorgen machte, war wieder einmal die Frage, wie ich mit Olaf Kontakt aufnehmen könnte, wenn sich meine Frau permanent in derselben Wohnung aufhielt, die ich selbst nicht verlassen durfte.

Das Glück meinte es jedoch gut mit mir. Hilde war gerade damit fertig, die Zeitungen durchzublättern, als sie für die geplante Porträt-Sendung ins Fernsehstudio gebeten wurde. Um die Dringlichkeit der Angelegenheit zu betonen, schickte man ihr sogar ein bereits bezahltes Taxi. Schnell zog Hilde ihr weitestes Kleid an und machte sich auf den Weg, ihre Mission zu erfüllen.

„Karli", verabschiedete sie sich von mir. „Nach dieser Sendung wirst du dich wieder in der Öffentlichkeit blicken lassen können."

Ich drückte ihr die Daumen, dann rief ich in der Redaktion der *Populär* an. Auch diesmal hatte ich Glück, Zubrowitz-Schlizer kam sofort ans Telefon.

„Olaf, hier spricht R.", flüsterte ich. „Ich brauche Ihre Hilfe."

„Ist es dringend?"

„Mehr als dringend, schicksalhaft. Meine Frau ist im Studio. Können Sie sofort kommen?"

„Bin schon unterwegs."

Hab ich's doch gewusst, dass Verlass auf ihn war. Schon eine Viertelstunde später konnten wir uns im Wohnzimmer beraten. Olaf war jung, nett und sympathisch wie immer. Ich erklärte ihm, ich würde ihm nun „off the record" etwas erzählen, worauf er seine Schreibutensilie demonstrativ zurück in seine Manteltasche steckte.

„Ich bin ganz Ohr, Camillo."

In unserer bereits altbewährten Offenheit erzählte ich ihm von meiner Liebesgeschichte mit Carla. Da ich nicht wusste, wie lange man Hilde im Studio behalten würde, beeilte ich mich, zu der alles entscheidenden Frage zu kommen: Wie und wo werde ich mich mit meiner Schönen am nächsten Abend treffen können, während die neue Folge gesendet wird.

Olaf kapierte sofort.

„Es gibt ein kleines rumänisches Lokal am anderen Ende der Stadt ‚Gora Humora'. Es ist fast immer leer, und erst recht, wenn eure Fummelei im Fernsehen läuft. Die Frage ist nur, wie Sie, Camillo, Ihr Aussehen verändern können."

Nach kurzem Stirnrunzeln fand Olaf die Antwort:

„Dunkle Brille und andere Kleidung helfen nichts. Sie müssen eine Perücke aufsetzen."

„Ich habe keine."

„Ich leihe Ihnen eine. Meine zweite Frau hat ihre blonde Perücke bei mir gelassen, man kann sie für einen Mann zurechtkämmen. Ich hab sie selbst auch schon benützt."

Ich wusste nicht, wie ich ihm danken sollte. Wir vereinbarten, dass ich Olaf am Nachmittag, wenn meine Frau auf Abendzeitungsrunde war, von meinem Handy anrufe. Und dann wird er die Perücke in einer Tüte vorbeibringen. Ich umarmte ihn an der Tür:

„Olaf, ich danke Ihnen von ganzem Herzen."

„Keine Ursache. Unter Freunden eine Selbstverständlichkeit."

Wir hatten uns umsonst beeilt, denn Hilde kam erst zu Mittag nach Hause, erschöpft und verwirrt von dem Gespräch im Studio, das drei Stunden und zwanzig Minuten gedauert hatte.

„Ich hab mit allen Schurken abgerechnet", sagte sie mit einem müden Lächeln. „In einigen Tagen wird es gesendet. Die Interviewerin, eine kultivierte Dame, sagte mir zum Schluss, ich sei brillant und überzeugend gewesen, die faszinierendste Sendung seit achtzehn Jahren."

Eigentlich habe es ihr Spaß gemacht, gab Hilde zu. Es sei nicht gut, die ganze Zeit zu Hause zu hocken, erklärte sie und forderte mich auf, auch einmal über dieses Problem nachzudenken.

Fortwährend dachte ich darüber nach.

„Du hast völlig recht", sagte ich. „Ich werde anfangen zu joggen. Der Fernseharzt hat mir das längst empfohlen."

„Freut mich zu hören. Aber man wird dich keinen einzigen Schritt in Ruhe laufen lassen."

„Richtig, Hildchen. Ich werde abends joggen, im Dunkeln. Schon ab morgen."

Anscheinend hatte ich eine echte Begabung für spontane strategische Planung. Es sah so aus, als hätte ich alles im Griff, bis dann das verdammte Telefon klingelte. Dem scharfen Ton meiner Frau entnahm ich, es konnte nur Betty sein.

„Lassen Sie meinen Mann in Ruhe, Sie blödes Luder!", schrie

Hilde mit neuen Kräften. „Das Zeitungsinterview mit Camillo war genauso erlogen wie Ihr falsches Geständnis. Es interessiert mich nicht, ob Sie ihn lieben oder nicht, er pfeift auf Sie, basta!"

Hilde knallte den Hörer hin, und dann war ich an der Reihe.

„Wann schickst du endlich diesen mageren Frosch zum Teufel? Sie hat ganz bestimmt Aids. Ich rede mir die Lunge aus dem Leib, um dich im Fernsehen zu verteidigen, und du grapschst immer noch nach diesem Flittchen?"

Ich schwieg und flüchtete in die Seiten der feindlichen Presse. Ich entdeckte nur eine einzige wohlwollende Reaktion, und zwar die des pakistanischen Kellners im Hotel-Café:

„Ich fand den Herrn Gast ganz in Ordnung. Ich servierte ihm einen ‚Cocktail Romanoff' und er probierte ihn. Die schöne Frau, die bei ihm war, gab die Wurst ihrem Hund."

Dann kam der nächste Hieb. Producer Axel-Sowieso kündigte mir den Filmvertrag für „Leidenschaft im Wirbel", mit der Begründung, er arbeite nicht mit Waschlappen. Hilde antwortete ihm, sie sei sehr erleichtert, da ihr Mann mit attraktiven Angeboten von den bedeutendsten Producern überhäuft werde. Ich war nicht überhäuft. Offen gesagt hatten wir unser ganzes Geld in den kleinen Dieselwagen investiert, den Hildchen unter meinem Druck vor meinem Geburtstag leichtsinnig angeschafft hatte. Und auch Rudi hatte das Angebot der Liberalen im Nu zurückgezogen. Unsere einzige Chance auf eine zusätzliche Einnahme hing von einer weiteren Folge der Serie ab, aber Sulz meldete sich nicht mehr.

Die Perücken-Aktion blieb also der einzige Lichtblick in meinem Leben.

Kurz gesagt, alles lief mit der Präzision eines Bankraubs auf der Kinoleinwand. Hilde ging die Abendzeitungen besorgen, und ich alarmierte Olaf über das Bürotelefon. Er musste noch schnell ein Interview mit dem Finanzminister beenden, dann aber eilte er sofort zu mir. Ich öffnete die Tüte und war von der Fülle des hellblonden Haares schockiert, auch ein wenig enttäuscht.

„Ich werde wie eine Frau aussehen."

„Umso besser", lächelte Olaf. „Dann werden Sie ganz sicher unerkannt bleiben."

Wir eilten ins Badezimmer. Vor dem Spiegel stülpte ich mir das Haarteil über und augenblicklich brachen wir in schallendes Gelächter aus. Ich war in eine männliche Frau verwandelt. Als der Spitzbub Olaf die Perücke auf seinen Kopf setzte, umarmten wir uns. Erst jetzt fiel mir ein, dass ich verheiratet war und Hilde längst wieder zurück sein musste.

Ich stürzte ans Fenster, schaute hinaus und rief in heller Panik: „Olaf, sie ist unterwegs. Sie müssen sofort verschwinden. Los!"
Olaf schoss wie ein Pfeil davon. Hilde kam ebenso schnell herein.

„Ich hab ihn gesehen", schäumte sie und warf die Zeitungen und ein paar Einkaufstüten auf den Boden. „Ich habe deinen Olaf gesehen, wie er die Treppen hinunterrennt. Du triffst dich hinter meinem Rücken mit diesem Dreck? Bist du in alle Schurken dieser Welt verliebt? Eines sollst du wissen, Camillo Romanoff, lange werde ich das nicht mehr dulden."

Ich auch nicht. Das Weib schrie und nervte ohne Ende, wobei sie Tag für Tag zunahm, während die zauberhafteste Frau der Welt irgendwo außerhalb auf mich wartete.

Bis in die späten Abendstunden wechselten wir kein Wort mehr. Sie war beschäftigt, ihre Einkäufe auszupacken, und ich überlegte, wo ich die riesige Perücke verstecken sollte. Zum Schluss brachte ich sie in mein Zimmer und wickelte sie in mein altes Kostüm, in dem ich in der letzten glücklichen Phase meines Lebens den klugen Esel gespielt hatte.

Als ich schlafen ging, lag Hilde bereits in unserem Bett. Ich starrte in die Dunkelheit des Zimmers und zählte ihre pfeifenden Atemzüge. Ganz langsam begann ich, sie wieder gern zu haben, dieses schmollende Dickerchen, das mich nicht mehr kannte, aber irgendwie doch zu mir gehörte, durch die weich gekochten Eier und den kleinen Dieselwagen …

Als ich versuchte, unter die gemeinsame Decke zu schlüpfen, stieß ich auf ein Päckchen, das auf meiner Seite versteckt war. Ich öffnete es und mein Herz zog sich zusammen. Sie hatte eine komplette Joggingausrüstung für mich gekauft, kurze Hosen, bunte Socken, Turnschuhe, alles.

Ich kniff mit den Fingern meine Nase zusammen, um das aufkommende Schluchzen zu unterdrücken. Ich rannte in die Küche, ließ mich auf einen Hocker fallen und weinte wie nie zuvor in meinem ganzen verworrenen Leben.

Happy End

Erschöpft und beschämt kauerte ich auf der Küchenbank. Mein Kopf konnte keinen klaren Gedanken mehr fassen, mein Herz keine Gefühle mehr empfinden. Ich wollte nicht einmal mit Carla telefonieren, auch nicht, wenn sie gerade auf dem Bauch liegen sollte. Noch weniger mochte ich zurück ins Bett, wo auf der einen Seite meine Joggingausrüstung ruhte, auf der anderen der mollige Schutzengel meines Lebens schnarchte.

Was bleibt einem völlig ratlosen Ehemann vor dem Weltuntergang? Zuflucht bei Dr. Spock. In der Küche, diesmal ohne Obstsalat. In einer Schublade meines Kopfes war die Erinnerung an eine überlange Fußnote des Gelehrten gespeichert, auf Seite 260 unten, wenn ich mich nicht irrte. Ja, klein und abgesetzt stand es da: „Das Doppelleben als zweischneidiges Schwert".

Für diese Lektion rief Dr. Spock Dichter und Könige zu Hilfe, deren Intelligenz er mit seiner messen konnte:

Das Leben ist ein Zirkus, und wir sind seine Clowns. Ungefähr diese Worte legte William Shakespeare seinem dänischen Prinzen Hamlet in den Mund, aber eigentlich drückte er damit seine eigene Meinung zu den Wirren seines Privatlebens aus. Dieser universale Denker, der alle Fragen und Zweifel kannte, mit welchen sich gewöhnliche Sterbliche abquälen, auch er hat bei allem, was sein Familienleben anging, völlig versagt. Auch er wusste nicht, wie er die Gebote der Natur mit den Gesetzen der Kirche auf einen Nenner bringen könne. Letzten Endes floh er aus seinem Haus in Stratford und ließ die offenen Fragen und seine fünf Kinder zurück.

Sogar der „Weiseste unter den Menschen", kein anderer als König Salomon mit seinen tausend Frauen, auch er musste am Ende seines Lebens zugeben, dass er hinsichtlich des Sinns der Liebe keine Antwort kannte, außer der Bedeutungslosigkeit der Frage.

Das totale Versagen der großen Geister in ihrem Privatleben stellt jedoch nur für diejenigen eine Überraschung dar, die das uralte geometrische Gesetz nicht kennen, dass ein Kreis nicht zum Quadrat gemacht werden kann, und erst recht nicht zu einem Dreieck.

Mich interessierten keine Dichter und Könige. Ich wollte über Dr. Spocks zweischneidiges Schwert lesen, das seiner Meinung nach über dem Kopf von Männern im gefährlichen Alter von vierundfünfzig Jahren und sechs Wochen schwebt. Ungeduldig sprang ich zur zweiten Seite der Fußnote:

„Der schurkische Bigamist hat eine Frau zu viel, aber manchmal hat auch ein anständiger Ehemann dieses Gefühl", schrieb Spock.

Selbst das Objekt des blanken Neids der Ehemänner, nämlich der ungebundene Ledige, ja, selbst dieser ist ein Mann, der sich während seines ganzen Lebens immer wieder an Frauen bindet. Zwar ohne Trauschein, dafür aber auch ohne Unterbrechung. Wie zum Beispiel der olympische Champion Casanova, der in den zwölf dicken Bänden seiner Autobiografie sein bitteres Los beklagt, den dornigen Weg des Junggesellen bis zur völligen Erschöpfung beschreiten zu müssen, sodass er nur in der Dunkelheit einer Gefängniszelle ein wenig ausruhen kann.

Es gibt keine endgültige Lösung. In der ganzen menschlichen Geschichte hat es noch nie eine gegeben.

Selbst das mittelalterliche oligarchische Regime konnte seinen Rittern, die ihr kurzes Leben mit überflüssigen Kreuzzügen verschwendeten, keine Lösungen anbieten. Noch weniger Gnade fanden die Adeligen, die über das *Jus primae noctis* verfügten und mit jeder Jungfrau schlafen mussten, die auf ihrem herrschaftlichen Gut geboren wurde. Richtig ist, dass das klassische kapitalistische Regime einiges zur Reinhaltung des Familienlebens beitragen konnte, da nach einem sechzehnstündigen Arbeitstag keine Zeit für Seitensprünge bleibt. Die marxistische Lehre hingegen führte die Arbeitszeitverkürzung ein, wenn auch nicht für jeden Tag, so doch wenigstens am Ersten Mai. Dadurch wurden dem Proletariat die Tore zum Sex geöffnet, vor allem führenden Persönlichkeiten wie dem unsterblichen Chinesen Mao, der auf seinem Weg zur Verwirklichung des Sozialismus stets von einem Waggon voll mit erstklassigen Konkubinen begleitet wurde.

Es versteht sich von selbst, dass der Sieg der diversen sexuellen Freiheiten sowie die Anerkennung der Menschenrechte als eine der größten Errungenschaften unserer Epoche den verheirateten Mann von den Fesseln der Moral und den Dogmen der Kirche befreit haben. Das Doppelleben konnte sich dadurch im Verlauf der Jahre von einer verächtlichen Ursünde zu einer geläufigen gesellschaftlichen Norm entwickeln, die nicht mehr auf allzu scharfe öffentliche Ablehnung stößt. Allerdings mit Ausnahme der empörten Frauen, die immerhin eine Hälfte der Menschheit darstellen, gleichgültig ob sie dem Lager der Ehefrauen oder der Geliebten angehören.

An dieser Stelle dachte ich mir, das Schwert mag vielleicht zweischneidig sein, aber Dr. Spock war, mit aller Ehre, ausgesprochen einseitig. Ich erwartete Ratschläge und bekam einen Geschichtsunterricht über die allgemeine Unlösbarkeit.

Ziemlich enttäuscht schlurfte ich ins Schlafzimmer, um einen Blick auf meine Hälfte der Menschheit zu werfen. Meine schläfrigen Augen wanderten von der in friedlichen Schlaf versunkenen Hilde zu der farbenprächtigen Joggingausrüstung. Die einzige Konsequenz, die ich aus dem Anblick dieses nächtlichen Bildes zog, war, dass ich diese blöde Sportart eigentlich nicht ausstehen konnte. Schon immer hatte ich es höchst lächerlich gefunden, dass erwachsene Leute in kurzen Hosen auf der Straße herumrennen und sich einbilden, sie würden dadurch gesünder.

Zurück in der Küche wollte ich nur das Licht löschen, aber ein allerletzter Blick, den ich auf Spocks Buch warf, zog mich wieder in seinen Bann.

„Eigentlich hätte ich meinen Klienten doch eine Lösung anzubieten, sie ist jedoch etwas banal", schrieb der Gelehrte.

Der Vierundfünfzigjährige sollte dem Teufelskreis rechtzeitig entkommen, und zwar bevor er zu Hause den geläufigen Satz zu hören bekommt: „Schatz, ich muss mit dir reden."

Ich beabsichtige keineswegs, meine Meinung über den herrlichen Frühling zu revidieren, der über das graue Leben des Vierundfünfzigjährigen hereinbricht, auch wenn dieser Frühling nicht nur Liebesgefühle entfacht, sondern auch Sodbrennen verursachen kann.

Ich möchte auch nicht gegen die ehrwürdige katholische Kirche opponieren, aber ihre Forderungen sind undurchführbar. Vor allem in einer Zeit, in der sogar Hydraulikpressen mit Bildern halbnackter Mädchen vermarktet werden, kann man von einem jungen Mann nicht erwarten, seine Angetraute zeit seines Lebens zu begehren. Deshalb stellt sich die Frage, warum Ihre Heiligkeit im Vatikan nach wie vor auf der Unauflösbarkeit der Ehe besteht und die Möglichkeit einer kirchlichen Scheidung rigoros ausschließt?

Doch die weisen Päpste denken keineswegs dogmatisch. Sie ziehen lediglich in Betracht, dass die Ehefrauen dicker werden.

Gewöhnlich nehmen Frauen innerhalb von vierundachtzig Monaten nach der Eheschließung deutlich zu. Sie werden rundlich und verlieren ihre jugendlichen Reize. Ihre dicken Ehemänner würden sie mit Sicherheit verlassen, hätte ihnen der Repräsentant Gottes auf Erden nicht strengstens untersagt, diese gemeine Sünde zu begehen.

Es ist also kein Wunder, dass strenggläubige italienische Ehemänner oftmals den englischen König Henry VIII. nachahmen und versuchen, sich der Last der ewigen Zweisamkeit durch die physische Beseitigung ihrer Partnerin zu entledigen. Sie tun dies schweren Herzens, mit heftigen Gewissensbissen und nur, weil sie einfach keine andere Wahl haben. Man erzählt sich, ein fanatisch-religiöser Ehemann aus der schönen Stadt Bologna habe vor Hunderten von Jahren aus reinster Verzweiflung versucht, erst sich und dann seine Frau umzubringen. So berichtete jedenfalls seine Witwe.

Erfahrene Eheberater empfehlen den Männern, nicht zu heiraten, bevor sie das reife Alter von siebzig Jahren erreicht haben, um dadurch den Prozess des Dickwerdens zeitlich einzuschränken.

Der Verfasser hat diese Bemerkungen jedoch jenen Vierundfünfzigjährigen gewidmet, die bereits zu der unerträglich schmerzlichen

Entscheidung gelangt sind, das gefährliche Paradies des Doppellebens zugunsten der Ehefrau zu verlassen. Natürlich ist das nicht einfach. Sie, die andere Frau, ist viel schöner, viel verführerischer, und die Blicke haben sich ja erst vor einigen Wochen getroffen, während sich die Scheidungsanwälte frühestens in achtzehn Monaten treffen würden.

Selbst die besten Vorsätze, man werde die Sache unverzüglich zu Ende bringen, nützen rein gar nichts, denn der eiserne Wille des Mannes bricht innerhalb einer Woche zusammen. Sogar eine spontane Reise ins Ausland bringt keine Rettung, es sei denn, der Ehemann bindet sich wie Odysseus an den Mast eines Schiffes, um dem Telefonklingeln seiner Sirene widerstehen zu können.

Dr. Spock beendete seine lange Fußnote an den vierundfünfzig Jahre und sechs Wochen alten Ehemann mit einem klein gedruckten väterlichen Trost: „Eines Tages wird auch die Geliebte dick."

AM NÄCHSTEN MORGEN war Hilde wie immer auf ihrer täglichen Zeitungsrunde und ich mit meinem weich gekochten Ei wieder allein. Dr. Spock hinterließ in mir so viele Fragezeichen, dass ich fast vergaß, Carla unbemerkt zu informieren, wo unser heimliches Treffen am Abend stattfinden sollte.

Ohne große Begeisterung rief ich sie vom Apparat im Büro an. Carla hob sofort ab:

„Noffi?"

All die Zweifel, die ich Spock verdankte, lösten sich augenblicklich in Wohlgefallen auf. Eine Welle der Freude überschwemmte mich, als ich Carla die Adresse des kleinen, von Olaf empfohlenen rumänischen Restaurants „Gora Humora" mitteilte.

„Also um halb acht, Noffi", hauchte Carla. „Bist du sicher, dass man dich nicht entdecken wird?"

„Todsicher, meine Schönste. Und wenn, oh, sie ist zurück."

Hilde schaffte es kaum, die Tür zu schließen. Sie hatte alle Zeitungen aufgekauft und wirkte sehr nervös:

„Heute Abend um 19 Uhr, zwei Stunden vor deiner Sendung mit Carla, bringt das erste Programm das große Gespräch mit mir", schnaufte sie. „Seit heute Morgen kündigen sie es jede volle Stunde an."

„Schön", antwortete ich. „Nach deinem Porträt geh ich dann joggen."

„Moment mal, Karli, du hast doch nicht etwa vor, eure Serie zu verpassen?"

„Auf gar keinen Fall. Um neun bin ich wieder da."

„Du hast recht. Wenn man seine Fitnessübungen immer wieder mit einer lahmen Ausrede verschiebt, dann kommt man nie zum Joggen."

„Wie du meinst …"

Siehe da, sagte ich zu mir, ich gehe zu einem geheimen Rendezvous mit meiner Geliebten, auf Befehl meiner Frau. Das bedeutet, dass ich eigentlich völlig legal gehe. Ich musste nicht einmal Mitglied der bekannten Freimaurer-Organisation sein, die verbietet, jemals irgendjemandem zu verraten, mit welcher Art von Zeremonien sie sich die langen Nächte eigentlich vertreiben. Falls mich mein Gedächtnis nicht trügt, hatte Dr. Spock in der Mitte seines Buches sogar geschrieben, dass achtundneunzig Prozent der Freimaurer verheiratete Männer seien, und auch er, Dr. Spock, habe nicht die leiseste Ahnung, was genau sie dort mauern, doch sei er völlig sicher, dass sie sehr frei sind.

Ich fühlte mich wie ein Ehrenfreimaurer. Und für einen duseligen Augenblick schien es mir gar nicht so sicher, dass ich kein echter Nachkomme aus dem Hause Romanoff war. Vielleicht hatte man mich in der Säuglingsabteilung verwechselt oder so etwas …

Meine Tochter holte mich auf den Boden zurück. Sie rief, den Tränen nahe, aus dem Rundfunkstudio an:

„Du hast meinem Bräutigam kein Geld nach New Orleans überwiesen, und jetzt hat er unsere Verlobung gelöst. Es tut mir übrigens sehr leid, Papi, aber ich muss gleich in die Staaten fliegen. Einen Mann dieses Kalibers darf ich einfach nicht verlieren."

Als ich ihr eine gute Reise wünschte, stellte sich heraus, dass sie übrigens auch ein Flugticket brauchte. Ich übergab das Problem meiner Sekretärin und widmete mich der Morgenpresse. Fast alle Schlagzeilen kündigten die wilde Liebesszene zwischen Weinstock und Romanoff an. Hilde gesellte sich zu mir und las mit gerunzelter Stirn die Bemerkungen über die intimen Beziehungen, die sich hinter den Kulissen zwischen der Sexbombe und dem Weltmeister der Leidenschaft angebahnt hatten.

„Weißt du was?", fauchte Hilde. „Vielleicht lesen wir ab heute keine Zeitungen mehr."

Ich stimmte ihr zu. Die Presse sei etwas für Masochisten, meinte Hilde und warf die Beute ihrer Morgenrunde in zwei Papierkörbe. Kurz danach begann ihr Porträt im ersten Programm. Wir setzten uns gemütlich aufs Sofa und hielten Händchen. Ich hoffte, dass die Sendung, die über drei Stunden lang aufgenommen worden war, nicht zu lange dauern und mich am Joggen hindern würde.

Zu Anfang erschien ein schnurrbärtiger Moderator:

„In unserem Studio befindet sich die Gattin von Camillo Lloyd Romanoff, dessen erste Folge nach dem unvergessenen Piloten ‚Im Wirbel der Leidenschaft' heute Abend von unserem Sender ausgestrahlt wird. Wie bereits bekannt, wird in dieser Folge eine hemmungslose Beischlafszene zwischen Herrn Romanoff und seiner Partnerin, Frau Carla Weinstock, serviert. Erlauben Sie mir, Madame Romanoff, Sie zu fragen, was Sie als Gattin des Serienhelden angesichts dieser an einen Softporno grenzenden Szene empfinden?"

„Sehr geehrte gnädige Frau, ich bin diplomierte Lehrerin für Sozialkunde und als solche mit dem Thema, das Sie hier anschneiden, durchaus vertraut …"

„Es tut mir wirklich leid, Frau Romanoff", fuhr der schnurrbärtige Moderator fort, „aber wegen der bevorstehenden Wahlen ist unsere Zeit knapp, und wir müssen unser Gespräch auf die wilden Bettszenen in der Serie konzentrieren."

„Mein Mann ist eigentlich eher ein Stubenhocker, ein schüchterner Mensch …"

„Ich freue mich zu hören, Madame Romanoff, dass Sie trotz seiner sexuellen Eskapaden unerschütterliches Vertrauen in Herrn Romanoff setzen. Obwohl Sie den Charakter Ihres Mannes in der Wochenendausgabe der Abendzeitung *Populär* doch mit den Worten ‚hemmungsloses Monster' bezeichnet haben, wenn ich mich nicht irre. Wir bewundern Sie für Ihre Offenheit, Frau Romanoff, und ich wünsche Ihnen, wobei ich mich aufrichtig bedanke, dass Sie zu uns gekommen sind, um ungeschminkt Ihre Meinung zu sagen, Gesundheit und ein glückliches Eheleben. Die Wahlsendungen folgen gleich nach der Werbung."

Damit endete das Porträt. Hildchen saß völlig erstarrt auf dem Sofa. Mein Arm, den ich um sie legte, fühlte das Zittern ihrer Schultern. Ich wusste nicht, was ich machen sollte, und streichelte ihren Nacken. Plötzlich stieß Hilde einen verzweifelten Schrei aus, begann herzzerreißend zu schluchzen und barg ihr Gesicht an meiner Brust.

„Verzeih mir, Karli, verzeih mir", heulte sie. „Ich schäme mich so …"

Wenn sie weint, dann weine ich mit.

„Du warst völlig in Ordnung", murmelte ich. „Das hast du richtig schön erzählt, wie ich so gerne schüchtern in der Stube hocke. Ich bin sicher, die Zuschauer und sogar der Moderator waren sehr beeindruckt."

„Welcher Moderator? Ich kenne diesen Mann überhaupt nicht. Ich sprach stundenlang mit einer kultivierten Dame. Was geht hier bloß vor?"

Mir brach das Herz. Ich versuchte, meine Frau mit dem geringen Wissen zu beruhigen, das ich mir in der Welt des Fernsehens angeeignet hatte:

„Sie haben das Porträt wegen der Wahlen ein wenig gekürzt. Dafür mussten sie wahrscheinlich neue Fragen formulieren. Das macht man auch bei Filmen. Sulz nennt das ‚Cutting'. Ehrlich, es ist gar nichts passiert …"

Hilde weinte noch immer.

„Aber", schluchzte sie, „aber bei dem Gespräch mit der kultivierten Dame war von keinem einzigen dieser schrecklichen Dinge die Rede, von denen dieser lackierte Affe gesprochen hat. Ich habe dich nur verteidigt, Karli, genau wie ich's dir versprochen habe. Warum haben sie das getan, warum?"

„Ich weiß nicht. So sind sie eben. Aber es war trotzdem ein sehr wichtiges Porträt, und du bist sehr fotogen, richtig süß."

„Danke für die Lüge, Schatz."

„Für mich bist du immer süß, Hildchen."

Sie nickte traurig:

„Du bist lieb, Karli. Und letzten Endes ist ja nur wichtig, dass wir zusammen sind. Aber jetzt geh joggen, sonst bist du für deine Sendung nicht rechtzeitig zurück."

„Ich beeile mich …"

Ich zog alles an, um sie nicht zu kränken. Die roten Hosen, die mir bis zu den Knien reichten, die ekelhaften grünen Socken und das gelbe T-Shirt mit der Aufschrift RUN, CHAP, RUN. Ich schlüpfte in die weißen Turnschuhe, und Hilde reichte mir das traditionelle Sandwich, das ich in den kleinen Rucksack packte, in dem sich bereits die blonde Perücke verbarg.

Mein farbenprächtiger Anblick entlockte Hilde ein verkniffenes Lächeln.

„Gut, dass es draußen dunkel ist, Karli", bemerkte sie. „Aber es ist schon fast acht. Lohnt sich's überhaupt noch, dass du gehst?"

„Warum nicht? Nur eine kleine Runde …"

In gestrecktem Galopp lief ich die Straße entlang, um Hilde zu beeindrucken, falls sie mich zufällig vom Fenster aus mit jenem Fernglas beobachten sollte, das ich seinerzeit überflüssigerweise gekauft hatte. An der ersten Ecke blieb ich keuchend stehen. Wie gesagt, ich hasste Jogging. Und die Lügereien zu Hause noch mehr.

Der betagte Taxifahrer, der für den sportlichen Pfau anhielt, fragte mich mit einem breiten Grinsen:

„Sie wollen wohl im Taxi joggen, mein Freund?"

Als ich ihm erklärte, mein Ziel sei das rumänische Restaurant „Gora Humora", kratzte er sich am Kopf:

„Das ist am Arsch der Welt", bemerkte er. „Ich muss um neun Uhr zu Hause sein, mein Herr, da beginnt die Schaukelei vom Romanoff mit dieser Nutte, wie heißt sie noch mal …"

„Schon gut, fahren Sie endlich."

Wir rasten bis zu einer baufälligen Hütte am anderen Ende der Stadt. Während der ganzen Fahrt quälte mich die Frage, wie ich meiner Frau erklären sollte, dass ich zu spät nach Hause komme, und wie ich meine Schönste im Restaurant überzeugen konnte, dass ich keine Kraft mehr für unsere Affäre hätte. Wie auch immer, bevor wir ankamen, setzte ich schnell die blonde Perücke auf.

Der Fahrer drehte sich um, nannte mir einen gesalzenen Preis und begann zu schielen. Er war überzeugt, die Fahrt mit einem Mann begonnen zu haben. Ich bezahlte schnell, gab ihm sogar ein anständiges Trinkgeld, um sein Schweigen zu erkaufen, aber der schockierte Kerl drückte aufs Gas und machte sich aus dem Staub.

Ich betrat das kleine Restaurant. Carla war schon da. Sie saß mit dem Rücken zu mir auf der andern Seite des Lokals. Sie drehte sich um, schaute mich an, erkannte mich jedoch nicht, obwohl sie ihre Brille aufhatte. Erst als ich an ihren Tisch trat, brach sie in schallendes Gelächter aus, sodass ich fürchtete, sie würde vom Stuhl fallen. Rasch zog ich die Perücke vom Kopf, aber Carla deutete mir, sie wieder aufzusetzen.

„Noffi, pass auf", warnte sie. „Wir haben Publikum …"

Am anderen Ende des winzigen, dunklen Raums saß tatsächlich ein junges Pärchen. Carla sah mit der Brille wie eine Intellektuelle aus, einfach bezaubernd mit ihrem kleinen Pferdeschwanz. Mein Herz schmolz auf der Stelle.

„Es tut mir leid, Carla, aber das Joggen war die einzige Möglichkeit, von zu Hause fortzukommen …"

„Ich weiß, Noffi, setz dich."

Ich setzte mich ganz nah zu ihr. Unsere Knie berührten sich, und mein linkes Bein fühlte sofort seinen alten Verehrer, den schleckenden Pudel Zucki. Ich betrachtete die schöne Frau. Ihre Augen lachten noch immer, und im Herzen lachte ich mit.

„Warum", unterbrach ich das Schweigen, „warum trägst du deine Brille?"

Sie nahm die Brille ab, und ihre Hand fuhr durch meine blonde Mähne.

„Woran denkst du gerade, Noffi?"

„An uns."

„Woran genau, wenn ich fragen darf?"

Unaufhaltsam landete ich wieder auf dem anderen Planeten:

„Ich hab Gedanken eines Menschen, der nicht normal ist, meine Schönste. Ich dachte gerade daran, dir einen Heiratsantrag zu machen. Bitte, lach mich nicht aus."

„Ich lache nicht, Noffi. Das sind ganz normale Gedanken."

Ich wurde traurig.

„Meine Carla", murmelte ich mit gesenktem Blick. „Wie oft kann ein einziger Ehemann in deinen schönen Popo beißen?"

„Das hängt ganz allein von dir ab, mein Liebling. Heute Abend wird man jedenfalls nichts davon im Fernsehen sehen."

„Jawohl. Ich danke dir immer und ewig, dass du die Kamera rechtzeitig abgeschaltet hast. Danke für alles, meine Carla. Es war für mich das schönste Geschenk, dass ich deinen traumhaften Körper küssen durfte. Ich werde bis zum Ende meiner Tage davon leben."

„Es ist gleich neun, Noffi. Ruf zu Hause an."

Oh ja, ich hatte fast vergessen, dass ich beim Joggen war. Ich rief vom Handy an und log mühelos und schweren Herzens, dass ich, der Idiot, mich verlaufen hätte, jedoch versuche, so schnell wie möglich nach Hause zu kommen.

„Beeil dich", drängte Hilde. „Es fängt gleich an."

In einigen Minuten ging's also los mit der schlechtesten aller Serien. Carla meinte, der Kritiker Gerschon Glasskopf sei sicherlich mehr als sauer, da sie seine häufigen Telefonate nicht mehr beantwortet habe.

„Seit unserem Abend im Stadtpark, Karl, kommen mir die anderen Männer noch verlogener vor. Und solche wie Glasskopf am allermeisten."

Die ältliche Kellnerin kam an unseren Tisch gerannt.

„Wenn Sie bestellen wollen, dann bitte schnell. In einigen Minuten beginnt die Sendung mit Romanoff."

Carla bestellte uns Rotwein. Blitzschnell war die Kellnerin samt Wein und Gläsern wieder da.

„Pardon, es läuft schon …"

Wir lächelten uns zu. Ich legte meine Hand auf die von Carla und genoss wieder das Schweigen zwischen uns.

„Ich muss mich entschuldigen, meine Süße", sagte ich schließlich. „Ich habe keine Ahnung, was man bei einem solchen Treffen redet."

„Das ist ganz einfach, Noffi. Der Mann muss fragen, wie eine bezaubernde Lady wie ich so tief sinken konnte."

„Und was antwortest du?"

„Den geläufigen Text. Mein Onkel hat mich vergewaltigt, als ich vierzehn war."

„Stimmt das?"

„Ein wenig. Jetzt musst du fragen, wer mein erster Lover war."

„Wer war es?"

„Du. Dein Gesicht war mir schon bei unserem ersten Treffen vertraut …"

„Oh Gott, ich liebe dich!"

Zucki hatte die ganze Zeit mit meinem Bein geflirtet. Ich hob den Pudel hoch und schlug ihm vor, unsere Beziehung auf eine rein freundschaftliche Basis zu begrenzen. Zucki schnupperte misstrauisch an meiner Perücke.

Ich trank meinen Wein aus und schloss die Augen.

„Carla", flüsterte ich. „Wir müssen uns trennen."

Seltsamerweise war sie nicht überrascht.

„Du sagtest doch gerade, dass du mich heiraten willst."

„Ich liebe dich über alles. Ich denke nur noch an dich, unaufhörlich, ich verzehre mich vor Sehnsucht nach dir."

„Also?"

„Ich kann meine Frau nicht verlassen. Ich weiß nicht, warum, aber ich kann es einfach nicht. Und das Doppelleben bringt uns alle drei um."

Meine Augen wurden feucht. Zucki leckte mein Gesicht ab.

„Ist das endgültig?", fragte Carla. Ich nickte nur, da mir die Stimme versagte. Carla setzte ihre Brille wieder auf. „Schade, Noffi. Ich mag dich wirklich."

Sie rückte noch näher an mich heran, umarmte mich und den Pudel, der ganz stillhielt, als wollte er uns nicht stören.

„Karl", flüsterte plötzlich meine Schönste, „ich sehe im Spiegel gegenüber, dass jemand hereingekommen ist …"

Ich blickte zur Tür. Eine dunkle Gestalt lungerte dort herum und hob dann etwas vor die Nase.

„Fotograf!"

Wutentbrannt sprang ich auf und stürzte mich auf den Eindringling.

„Verschwinde", brüllte ich, „ich bring dich um!"

Der Blitz blendete zweimal auf, bevor ich den Schurken erreicht hatte. Der Mann rannte weg, ich hinter ihm her. Er blitzte noch einmal, sprang auf sein Motorrad, das er vor dem Restaurant geparkt hatte, und brauste in der Dunkelheit davon. Zucki bellte wie wild und Carla gesellte sich zu mir. Zu dritt blickten wir dem fliehenden Schurken nach.

„Geh heim, Karl", stöhnte Carla. „Dir steht jetzt ein Riesentheater bevor. Möge Gott dir helfen."

In meine Augen traten Tränen. Sie nahm mir die Perücke vom Kopf und streichelte mit den Fingern durch mein schweißnasses Haar.

„Noffi, was hast du von mir erwartet?"

„Ich habe erwartet, dass du wenigstens sagst, wie weh dir die Trennung tut. Dass du sagst, ‚So einfach geht das nicht'."

„Ja, Noffi, das ist der Text der Geliebten. Aber der Lump auf dem Motorrad hat uns das Reden erspart. Seine Zeitung wird schon dafür sorgen, dass wir uns trennen müssen."

„Um Gottes willen, Carla, du klingst ja so endgültig."

„Von mir werden die Haie der Redaktion jedenfalls nicht hören ‚Jetzt rede ich'. Ich werde dich immer lieb haben, du dummer Mann du."

„Werden wir uns nicht wiedersehen?"

„Nein, Noffi."

„Und wenn doch, Carla, was wirst du dann tun?"

„Mich ausziehen, Liebling."

ICH RANNTE durch die Stadt nach Hause, bis zur völligen Erschöpfung, so als wollte ich vor den Schrecken der Zukunft fliehen. Als ich die Treppe hochstürmte und über die Schwelle sprang, war mein Atem nur noch ein Keuchen und Pfeifen. Ich schaffte es gerade noch bis in mein Zimmer, um die fluchbeladene Perücke ins Eselskostüm zu stopfen, dann brach ich vor dem Schrank zusammen. Durch die offene Tür hörte ich, wie Hilde im Büro ein Telefongespräch beendete:

„Ja, Herr Zubrowitz-Schlizer, ich werde meinem Mann Ihre Glückwünsche ausrichten."

Gleich darauf erschien sie über mir und fächelte frische Luft in mein verschwitztes Gesicht.

„Du meine Güte. Joggen ist nur ein Sport, Karli. Du musst dich dabei nicht gleich umbringen."

„Ich wollte die Sendung nicht verpassen."

„Kann ich verstehen, Schatz. Es war wirklich wundervoll. Langsam wirst du ein richtiger Schauspieler. Ich hab mir nicht vorstellen können, dass du einen Liebhaber mit derart überzeugender Zärtlichkeit spielen kannst. Alle haben mir am Telefon gratuliert."

Hilde deutete auf einen Strauß weißer Rosen in der Ecke.

„Sulz hat ihn vor einigen Minuten geschickt, mit einer Karte DANKE, MARTIN. Nett von ihm. Wirklich erstaunlich, dass dieser Dilettant von Regisseur eine so rührende Szene zusammenbringt. Ich wollte auch der Süßen gratulieren, aber sie war nicht zu Hause. Was hast du denn, Karli?"

Ich schloss die Augen. Hilde wischte mir mütterlich die Tränen vom Gesicht, während das Wrack vor dem Schrank, das an mich erinnerte, ganz genau wusste, dass am nächsten Morgen seine Welt unwiderruflich zusammenbrechen wird.

„Mein Dummerchen, es war wirklich ganz toll", tröstete mich mein ahnungsloser Pummel. „Ich bin sicher, auch die Kritiken werden super sein."

„Bitte", krächzte ich. „Ich will keine Zeitungen mehr sehen. Das hatten wir doch abgemacht."

Telefon. Die Cutterin Margarete wollte mit mir sprechen.

„Mein Engel, wie haben Sie das geschafft?", fragte ich sie.

„Ich nahm ein paar Ausschnitte aus dem Piloten und Ihre Liebesszene ließ ich genau wie sie war, in ganzer Länge. Was es so großartig machte, war Carlas betörende Schönheit und Ihre Aufrichtigkeit, Ihre echten, unverfälschten Küsse. Die Zuschauerquote belief sich auf 63 Prozent. Ich beglückwünsche Sie von ganzem Herzen."

„Meine Teuerste", flüsterte ich in den Hörer. „Ich verabschiede mich von Ihnen mit größter Zuneigung. Vielen Dank für alles."

„Verabschieden? Camillo Romanoff steht doch erst am Anfang seines kometenhaften Aufstiegs."

„Möge Gott Sie segnen, Sie wunderbare Frau."

Hilde hörte unserem Gespräch erstaunt zu.

„Hör mal, Karli", half sie mir beim Aufstehen. „Wenn dich das Joggen derart deprimiert, dann solltest du es lieber lassen. Komm, geh'n wir schlafen."

Ich schluckte alle Schlaftabletten, die ich finden konnte, und stürzte ein großes Glas Wodka pur hinunter. Im Bett umarmte ich Hilde von hinten und nahm auch von ihr Abschied, bevor sich die Finsternis über uns senkte.

Ich wollte nicht mehr aufwachen, aber das Klingeln des Telefons frühmorgens warf mich schlagartig zurück in mein hoffnungsloses Leben. Hilde brachte mir den Apparat ans Bett:

„Dein Dreck ist dran."

„Camillo, um Himmels willen!", brüllte Olaf, der wahrscheinlich schon in der Redaktion war. „Sind Sie völlig verrückt geworden? Haben Sie Ihr Bild auf unserer Titelseite gesehen?"

„Noch nicht …"

„Unser Fotograf hat Sie im Restaurant erwischt, angezogen wie ein Clown und mit der Perücke auf dem Kopf. Hätte ich das vorher gewusst, hätte ich diese Katastrophe um jeden Preis verhindert. Unser boshafter Redakteur schrieb in seinem Leitartikel, Sie seien ganz eindeutig ein ‚Hermaphrodit'."

„Was ist das?"

„Ein Mann und eine Frau in einem."

„Moment mal, Olaf. Sie allein wussten über unser Rendezvous im Restaurant Bescheid."

„Seien Sie doch nicht kindisch, Camillo. Das Thema war für mich off the record, haben Sie das vergessen?"

Hilde war aufgestanden und hatte das Haus beängstigend still verlassen.

„Ich hoffe, Sie verdächtigen mich hier nicht irgendwelcher heimtückischer Machenschaften, Camillo", warnte Olaf entrüstet. „Sie haben auf der ganzen Welt keinen Freund wie mich."

„Wer hat dann den Fotografen informiert?"

„Was weiß ich? Wahrscheinlich hat er Sie in Ihrem lächerlichen Aufzug entdeckt und ist Ihnen gefolgt. Ich will mit der Sache überhaupt nichts zu tun haben, mein Freund. Ich habe alles getan, um Ihnen zu helfen, und was ist der Dank? Unsinnige Vorwürfe. Ich hoffe, Sie haben die Perücke versteckt."

Hilde kam zurück. Die Zeitungen landeten auf dem Tisch und sie schloss sich wortlos in ihrem Zimmer ein. Ich verabschiedete mich von Olaf und entschuldigte mich für das Missverständnis. Hilflos wankte ich vor die verschlossene Tür meiner Frau, klopfte mehrmals, erhielt jedoch keine Antwort. Ich lauschte und hörte dumpfe Geräusche, die mir das Blut in den Adern stocken ließen. Hilde war beim Packen.

Ich schüttete zwei Gläschen in mich hinein, dann machte ich mich über die Zeitungen her, die auf dem Tisch lagen. Gleich obenauf lag die morgendliche Sonderausgabe der Abendzeitung *Populär*, die ihre Titelseite ausschließlich meinem entsetzlichen Foto widmete. Man konnte wirklich Angst vor mir bekommen. Die ekelhafte Gestalt fuchtelte in Regenbogenfarben mit einer Hand in der Luft herum, mit der anderen hielt sie eine riesige Perücke, die beim Amoklauf zur Seite rutschte. Mein Gesicht war von hysterischer Wut völlig verzerrt und mein Mund schief zum Schrei geöffnet.

In überdimensionalen Buchstaben beschrieb die Schlagzeile die ganze grausige Erscheinung in vier vielsagenden Wörtern: ROMANOPHOBIE – EIN BI-SEXUELLES MONSTER.

Ich war felsenfest entschlossen, den Leitartikel unter dem Foto nicht zu lesen, aber ich las ihn doch. Der mir und Olaf feindselig gesinnte Redakteur riss dem TV-Megastar die Maske vom Gesicht: „Romanoff ist so tief im Morast des Sex-Sumpfes versunken, dass er sogar heimlich sein Geschlecht verändert hat."

Der wachsame Chef-Fotograf der Redaktion habe das hermaphroditische Geschöpf aufgespürt, wie es sich in Gesellschaft leichtsinniger Damen in einem düsteren Restaurant versteckt habe.

„Mein ganzes Mitleid diesem Mann", beendete der Redakteur seinen schadenfrohen Bericht. „Es schmerzt, den bahnbrechend begabten Künstler auf seinem degoutanten moralischen Tiefpunkt zu sehen, während er soeben auf dem Bildschirm ein mitreißendes Exempel seiner grandiosen schauspielerischen Begabung zeigte."

Die morgendliche Sensation der *Populär* stellte die gesamte Presse auf den Kopf. Die Zeitungen, die sich bereits auf die bevorstehenden Wahlen eingestellt hatten, sahen sich nun gezwungen, den öffentlichen Schwerpunkt wieder auf meine monströse Persönlichkeit zu legen. Das kleine Familienjournal zum Beispiel glänzte mit der herzergreifenden Schlagzeile: ROMANOFFS TOCHTER LAS DIE WETTERVORHERSAGE WEINEND. Olafs Konkurrenzblatt stellte in Anlehnung an das Gutachten eines namhaften Professorenteams fest, ich sei vermutlich lesbisch.

Erneut schleppte ich mich vor Hildes Tür. Die Hoffnung, dass Carla in der Nacht nicht fotografiert worden war, da sie dem Schurken den Rücken zugekehrt hatte, gab mir den Mut, aus vollem Halse zu brüllen:

„Mach die Tür auf, Hilde, du musst die Wahrheit erfahren. Du weißt doch, dass ich mich beim Joggen verlaufen hab, und so ging ich ins erstbeste Restaurant, um nach dem Weg zu fragen, und dann hat eine besoffene Kellnerin ihre Perücke scherzweise auf meinen Kopf gesetzt, das ist alles. Bitte, glaube mir …"

Keine Antwort. Die dumpfen Packgeräusche dauerten an. Ermattet kehrte ich zu meinem persönlichen Friedhof auf dem Tisch zurück. Die angesehene Morgenzeitung, die mit großer Verspätung erschienen war, versetzte mir den wohl schmerzhaftesten Schlag, indem sie auf der Titelseite die Kritik von Gerschon Glasskopf veröffentlichte: DIE SEIFENBLASE IST ZERPLATZT. Inmitten der Worte des Kritikers erschien eine Karikatur von mir, mit Zylinder und Bikini. Ihr Bildtext war ein deutlicher Hinweis: ECCE HOMO.

G.G. ließ seiner professionellen Ehrlichkeit freien Lauf und nannte meinen aufgeblähten Bluff beim Namen.

„Der berüchtigte Komödiant Romanoff", legte er los,

der sich als Revolutionär im Bereich der theatralischen Normen aufgespielt hatte, stellte sich gestern Abend in der jämmerlichen Folge einer Serie als armseliger Betrüger heraus, der von den esoterischen

Fundamenten der gehobenen Schauspielkunst Tausende von Licht-
jahren entfernt ist. Die narzisstische Koketterie Romanoffs hat auch
nicht für einen einzigen Moment eine kinematografische Transfi-
guration seines Charakters bewirkt. Ich frage mich, wie ein Meis-
terregisseur vom Range eines Martin Sulz es zulassen konnte, das
bemitleidenswerte Publikum mit einem derart haarsträubenden Di-
lettantismus zu belästigen.

Bedauerlicherweise ist der Komödiant nicht der alleinig Schul-
dige an dieser kolossalen Pleite. Seine Partnerin bei den absurden
Geschehnissen auf dem Bildschirm war die Synchronschwimmerin
Weinstock, die auch nicht viel mehr auf dem esoterischen Kasten
hat als ihr bisexueller Kavalier.

Für das Massenausschalten der Fernsehgeräte gestern Abend
sorgte vor allem die sub-pornografische Liebesszene dieser beiden
maroden Kreaturen. Die himmelschreiende Künstlichkeit ihres Vor-
spiels brachte nicht nur ihre schauspielerische Laienhaftigkeit in
brutalster Form zum Ausdruck, sondern sie warf auch ein scharfes Licht auf ihre verfaulten zwischenmenschlichen Beziehungen.
Während Romanoff zumindest versuchte, die Augen zu schließen,
und verkrampfte Küsse auf dem Stück Fleisch namens Gloria zu
verteilen, demonstrierte die Schwimmerin Weinstock eine ganz
deutliche Aversion vor jedem physischen Kontakt mit ihm, bis sie
sich am Ende des vulgären Akts nicht mehr zurückhalten konnte
und von der ramponierten Matratze sprang, wahrscheinlich, um
sich zu übergeben.

Der verehrten Schwimmerin soll hiermit nahe gelegt werden:
weibliche Rundungen sind keine Garantie dafür, dass ein fragwür-
diger menschlicher Charakter auf Zelluloid nicht erbarmungslos
wiedergegeben wird.

Der einzige Lichtblick in diesem traurigen Kasperltheater war
der schauspielerische Gigant par excellence Giorgio Ramasury, der
mein Vertrauen in die Würde der Filmkunst wieder herstellte, als er
im Schatten der Kulissen seiner Klinik in einer der metaformhaftes-
ten Szenen der letzten sechzehn Jahre Camillo Lloyd (?) Romanoff
als „widerlichen Zwerg" bezeichnete.

Ich hege nicht die Absicht, noch etwas hinzuzufügen. Ich hoffe inständig, mich nie wieder mit dieser beschämenden Serie befassen zu müssen. Ich erlaube mir, hiermit jeden Kontakt zu den Architekten dieser televisionären Katastrophe abzubrechen und die Mitwirkenden, vor allem die Schwimmerinnen unter ihnen, zu bitten, mich nie wieder anzurufen.

Ein Gerschon Glasskopf ist fraglos unantastbar.

Nach der öffentlichen Hinrichtung durch seine Giftspritze reifte in meinem Dämmerzustand die Einsicht, dass es anscheinend doch ein Leben nach dem Tode gibt. Die leeren Flaschen und die alarmierenden Packgeräusche im Zimmer meiner Frau trugen zu dieser Erleuchtung bei.

Der erste Versuch, meiner Pein zu entkommen, scheiterte kläglich. Mit meinem urblöden Handy rief ich unsere eigene Nummer an, in der Hoffnung, Hilde würde abheben und ich könnte ihr alles erklären. Sie hob nicht ab, packte nur noch geräuschvoller.

Ich begann, mich mit der biblischen Figur Hiobs zu identifizieren, denn auch er hat niemals kapiert, warum gerade er vom Schöpfer des Universums für den Test auserkoren worden war, wie viel Leid man den Bewohnern dieses Planeten aufbürden kann.

Die gelegentlichen Weinkrämpfe, die mich während meiner Überlegungen heimsuchten, führten zu gar nichts, auch nicht zu der erhofften Einstellung der Packgeräusche. Auf meinem persönlichen Kreuzgang gelangte ich zu der felsenfesten Überzeugung, in meinem ganzen Leben keinen Finger mehr zu rühren, sondern mich in der beispielhaften Demut meines biblischen Kollegen mit meinem Schicksal abzufinden.

Ich rief nur noch schnell Carla über das Handy an, wobei ich mich aus dem offenen Fenster hinter dem Sofa lehnte. Das Gespräch war kurz. Ich sagte nur „Hallo" und Carla unterbrach mich: „Kein Wort. Wir werden abgehört."

Der Kreis hatte sich geschlossen. Ein Anruf von Margarete unterbrach die Stille:

„Ich wollte Ihnen mitteilen, mein Lieber, dass Sulz mich entlassen hat."

„Warum denn? Wir haben doch erst gestern große Publikumserfolge gefeiert."

„Richtig, aber Sulz behauptet, ich sei schuld an der mörderischen Kritik von Glasskopf, da ich nicht esoterisch genug geschnitten habe."

„Was soll das heißen?"

„Eine nicht esoterische Film-Cutterin ist eine Cutterin, die öffentlich erklärt hat, dass Glasskopf ein Idiot ist."

„Jetzt begreif ich allmählich, warum auch die undankbare Schwimmerin Carla in Glasskopfs Kritik zerfetzt wurde."

„Wie auch immer, Sulz hat die Serie gekillt."

Ich verabschiedete mich von der wunderbaren Frau mit dem Versprechen, sie bis zu meinem allerletzten Tag nicht zu vergessen, aber die unmittelbare Nähe dieses Termins hatte einen erneuten Weinkrampf zur Folge. Ich fühlte mich fremd und unerwünscht auf dieser Welt. Taumelnd trat ich ans Fenster und blickte auf die Straße hinunter. Einige Fußgänger schauten ab und zu herauf und warteten, ob etwas passiert, vielleicht dass ich mich hinunterstürze oder irgendein anderes Happening dieser Art. Ein Junge rannte zwischen den Autos entlang und pries lautstark die Abendzeitung zum Kauf an:

„Sonderausgabe! Der Taxifahrer bricht sein Schweigen! Wer war die Blondine im Restaurant!"

Anscheinend war mit der Blondine nicht meine Carla gemeint. In meiner Verzweiflung rief ich im Gemüseladen an und bat Herrn Tsishek, ob er mir die Sonderausgaben kaufen könnte.

„Bitte sehr, Herr Romanoff", antwortete der Alte. „Die haben ja wirklich mehr über Ihr Kasperltheater geschrieben als über die bevorstehenden Wahlen …"

Natürlich, die Wahlen. Ich schaltete den Fernseher an, aber es kam nichts Politisches. Auf dem Bildschirm tanzte soeben der Superstar Ramasury vor einem Studiopublikum herum. Er trug eine blonde Perücke und hielt eine nackte Schaufensterpuppe in seinem muskulösen Arm. Unter nicht enden wollendem Gelächter seiner Zuschauer zwitscherte er mit hoher, femininer Piepsstimme:

„Ich bin Prinzessin Romanoff, ich nasch am liebsten junge Mädchen …"

Ich fand das gar nicht lustig. Und dann auch noch das Telefon.

„Camillo", flüsterte Betty mit rauer Stimme. „Ich bin schwanger."

Ehe ich sie fragen konnte, was ich damit zu tun hätte, öffnete sich die verschlossene Tür und Hilde schleppte drei schwere Koffer ins Wohnzimmer. Ich blockierte mit meinem Körper den Wohnungsausgang und flehte meine Frau an, mich nicht im Stich zu lassen, nicht jetzt. Sie blieb jedoch ruhig und entschlossen:

„Tut mir leid, Karli, ich bin nicht dumm, nur dick. Such dir eine andere Sekretärin, die gratis arbeitet."

Ich wollte schon sagen, so einfach geht es nicht, aber irgendwie schämte ich mich.

„Freue dich doch", fügte Hilde noch hinzu. „Jetzt bist du frei für deine Betty."

„Sie existiert für mich nicht."

„Nein? Vor einer Minute hat sie dich angerufen. Komm, hilf mir, die Koffer zum Taxi zu bringen."

„Ich bitte dich, Hildelein, verlass mich nicht. Ich brauche dich mehr denn je. Denk doch an unsere Tochter. Sie hat im Radio geweint."

„Das stimmt. Sie ist völlig frustriert. Ihr Bräutigam in Amerika fordert Schadenersatz."

„Ich verkaufe unser Auto."

„Das hat man schon längst abgeschleppt. Du musst deinen mageren Frosch ohne Auto erobern."

Längst vergessene Ängste überfielen mich. Mit einem bitteren Aufschrei rannte ich in mein Zimmer, setzte die verdammte Perücke auf und stürmte zu den Koffern zurück.

„Ich, ein Eroberer", schluchzte ich. „Was kann ich denn erobern. Sieht so ein Eroberer aus?"

Hilde musterte mich mitleidig. Diesmal ließ sie sich von meinen Tränen nicht erweichen.

„Leb wohl, Karli", sagte sie bereits in der Tür. „Pass auf dich auf."

Für das, was ich nun tat, habe ich keinerlei Erklärung. Wahrscheinlich wusste ich, dass ich etwas Wahnsinniges tun, etwas Schreckliches sagen musste, um meine Frau aufzuhalten.

„Warte!", schrie ich. „Ich bin in Carla verliebt. Mit ihr war ich gestern im Restaurant."

Hilde drehte sich mit einem Lächeln auf den Lippen um und trat auf mich zu.

„Karli, du kannst einfach nicht lügen", sagte sie ganz ruhig. „Ich kenne dich durch und durch. Es ist Betty, Punkt."

Ich fiel auf die Knie und umschlang ihre Beine.

„Bitte, bleib bei mir, wir gehören zusammen."

„Du hast mich aus Versehen geheiratet."

„Hilde, was sagst du da? Wenn du nicht verheiratet wärst, würde ich auf der Stelle um deine Hand bitten."

„Mach keine Witze."

Ich stand auf, blickte in ihre feuchten Augen und sagte etwas, was ich ihr noch nie in aller Ehrlichkeit gesagt hatte:

„Ich liebe dich."

Ich wusste nicht, hatte es nicht einmal geahnt, dass diese drei abgedroschenen Worte auch einer Ehefrau mehr sagen können als tausend Sätze. Hilde verstummte, blickte mir lange in die Augen und fiel mir schließlich schweigend um den Hals, während ihre Tränen meinen Rücken hinunterflossen. Wir hielten einander fest, mein Pummelchen und ich. Dann brachen wir plötzlich in lautes Lachen und befreiendes Weinen aus.

„Gut", sagte Hilde schließlich. „Du kannst deine Perücke jetzt abnehmen."

Es war wohl an der Zeit. Tsishek vom Gemüseladen stand in der offenen Tür, um mir die neuesten Sonderausgaben zu übergeben.

„Meiner Frau hat die Sendung von Herrn Romanoff gefallen", nuschelte der Alte. „Mir persönlich gefiel es nicht, dass die Schwimmerin nach dem Akt von der ramponierten Matratze sprang und kotzte."

Wir bezahlten ihn großzügig, das heißt mit unseren letzten Groschen. Freudig schleppte ich die drei Koffer ins Schlafzimmer zurück und umarmte meine Frau wieder und wieder. Dabei stellte ich mir vor, wie Dr. Spock mich beglückwünscht: „Gut gemacht, Vierundfünfzigjähriger." Weniger sicher war ich, ob ich von dem Gelehrten auch einen Rat erwarten durfte, wie ich den Kontakt zu Carla wieder herstellen könne. Der Abschied von ihr nagte ununterbrochen an mir, es gelang mir einfach nicht, und vielleicht wollte ich es auch nicht, sie aus meinem Kopf zu verbannen.

Wir ließen uns aufs Sofa fallen, ich und meine zurückeroberte Sekretärin, und mit heiterem Ärger legte sich jeder von uns einen Packen frisch bedruckten Zeitungspapiers auf den Schoß. Ja, morgen fanden sie statt, die landesweiten Parlamentswahlen. Alle Zeitungen beteten ihre politischen Einstellungen herunter, doch die ersten Seiten handelten noch immer von mir, beziehungsweise von meinen sexuellen Perversionen als klassischer Hermaphrodit, geschmückt mit alten Bildern und neuen Enthüllungen.

„Hör zu, Karli", spöttelte Hilde, „wie ist es möglich, dass dir keine Partei einen Parlamentssitz vorgeschlagen hat?"

„Aber meine Liebste, ich bin doch ein gestrauchelter Held."

„Dummkopf, du bist der Mittelpunkt des Wahlkampfes. Schau her, da, dieser aktuelle Leitartikel im Organ der Grünen oder der Roten, ist ja egal, hör zu, was ihre Einstellung ist: ,Romanoff gehört zu den ambivalenten männlichen Wählern, die sich betont weiblich geben, um ein Gleichgewicht zu ihrem transfigurativen Drang nach schwulem Beischlaf herzustellen.' Ein Wahlprogramm, mein Lieber, die können ohne dich gar nicht leben. Hallo, Karli, du hörst nicht zu."

„Entschuldige, ich fliege eben aus der Schauspielergewerkschaft, da, auf der zweiten Seite. ,Der Präsident bedauert zutiefst, dass er seinerzeit Romanoffs penetrantem Drängen für seine Aufnahme nachgegeben hatte.'"

„Nach dem pompösen Festakt, also wirklich. Aber ich hab hier den Knüller, Karli."

Sie reichte mir die Wahlbeilage der linksliberalen Illustrierten, auf deren Titelblatt neben den drei Konterfeis der leitenden Parteivorsitzenden auch ein Ausschnitt eines Fotos von einem weiblichen Popo mit einem eindeutigen Beißmal leuchtete. Darunter die Schlagzeile: Gebissen oder nicht gebissen?

Ich fühlte, wie mir die Röte ins Gesicht schoss. In meinem Kopf schrillte ein Alarm. Irgendein langohriger Pfleger einer städtischen Irrenanstalt, las ich in der Wahlbeilage, habe diese delikate Problematik in Umlauf gebracht.

„Hallo", rief Hilde, „hast du auch damit was zu tun?"

Meine Antwort kam zögernd.

„Na ja", sagte ich, „einmal dürfen sie doch die Wahrheit schreiben."

„Witzbold", grinste mein Pummelchen, entriss mir das linksliberale Magazin und schaute das Popo-Foto genauer an. Danach fuhr sie mit dem Finger über die informativen Zeilen: *Das gebissene Hinterteil der jungen Pressefotografin Betty K. Abdruck mit freundlicher Genehmigung des* Penthouse-*Magazins.*

Mir fiel ein Mühlstein vom Herzen. Aber dass ich so viele Nachahmer hatte?

Hilde feierte ihren Sieg:

„Betty, Betty, wohin ich schaue, Betty. Deine Traumfrau, dieses zerfressene Klappergestell. Mein Gott, wie vielmal hab ich dich gewarnt vor ihr."

„Schau, Hilde", murmelte ich, „na ja."

Mit ätzender Triumphstimme las sie mir den dazugehörigen Artikel vor, dem wir später in „Klotz am Bein" einen Ehrenplatz gaben:

„Der Dekan der Universität und Leiter der Fakultät für Zahnmedizin lieferte unserer Redaktion eine kurze Expertise, der zufolge sich anhand der Beißmale am Hintern der jungen Fotografin nicht eindeutig feststellen lasse, von wem sie verursacht wurden, solange dem Dekan nicht ein Original der Röntgenaufnahmen der Zähne des Beißers vorlägen. Mitarbeiter der Redaktion kontaktierten noch in derselben Nacht eine Reihe von Zahnärzten, unter anderem den von C. L. Romanoff, dem Helden des sub-pornografischen Serienflops ‚Im Wirbel der Leidenschaft'. Der Dentist berief sich jedoch auf seine ärztliche Schweigepflicht und weigerte sich, den Beweis zu liefern. Wegen der Brisanz der bevorstehenden Parlamentswahlen und der gegebenen Umstände gesteht unsere Redaktion dem Skandalhelden Romanoff bis zur Klärung der Identität des Beißers den Status ‚Im Zweifel für den Angeklagten' zu."

Hilde pfefferte das Magazin auf den Boden und schlug vor, lieber fernzusehen, anstatt uns mit diesen abgefuckten Presseblödheiten abzuquälen. Wir gerieten in den Anfang der Talk-Show „Weltspiegel". Komischerweise befürchtete ich, sie könnte sich vielleicht nicht mit mir befassen. Doch schon schwenkte die Kamera auf Sascha, auf das junge Pärchen aus „Gora Humora", sowie auf die Boutiquespinne, die meinen perversen Neigungen bekanntlich nur im letzten Moment entkommen war.

Bedauerlicherweise konnten wir die hochinteressante Sendung nicht ansehen. Mein Vater rief an. Er lag noch immer in der Klinik, sollte aber in zwei Tagen entlassen werden. Wir beglückwünschten ihn zu seiner Genesung.

„Nein, mein Lieber, ich bin sehr krank", antwortete mein Alter. „Man schmeißt mich raus. Meine Rente reicht nicht aus, um die Behandlungen zu bezahlen. Und ihr, meine Lieben, habt anscheinend euer ganzes Geld verprasst."

„Kommt nicht infrage!", rief ich in den Hörer. „Du bleibst in der Klinik. Morgen werde ich das irgendwie in den Griff kriegen."

„Wie denn, mein Sohn? Mir scheint, man hat eher dich ganz schön im Griff."

„Du hast also die Zeitungen gelesen …"

„Nur kurz überflogen. Ich befasse mich lieber mit meiner schrumpfenden Zukunft. Die Juden glauben, nach dem Tod gibt es nichts mehr, und das gefällt mir. Ich hab absolut keine Lust, ewig zwischen dem Paradies und der Hölle zu pendeln."

Mein Vater beendete das Gespräch im Ton eines stillen Abschiednehmens.

„Mein lieber Sohn", sagte er. „Hör endlich auf, Erfolg zu haben."

Längst hatte ich aufgehört. Mein Vater schien der Einzige zu sein, der über meinen steilen Abstieg zum Tiefpunkt noch nicht informiert war. Und was unsere finanzielle Situation betraf, so wurde sie von meiner Sekretärin unmissverständlich erfasst:

„Ich glaube, Karli, ich gehe ins Lüstenauer zurück. Inzwischen verkaufe schnell das Auto."

AUCH WENN ich gewusst hätte, wohin mein Auto von den Behörden verschleppt worden war, ich hätte es nicht abholen können. Allein mein Erscheinen auf der Straße wäre in jenen Tagen einer öffentlichen Provokation gleichgekommen. Aber Hilde hatte keine Zeit und keine Lust. Ihre Rückkehr ins Lüstenauer war ihr jetzt wichtiger, als sich um die Freilassung entführter Verkehrsmittel zu kümmern.

Aus Sorge um meinen Vater wandte ich mich an den einzigen Menschen, auf den ich mich in kritischen Situationen verlassen konnte, an Olaf. Wegen der gespannten Atmosphäre, die zwischen ihm und meiner Gattin herrschte, verabredeten wir uns zu einer Zeit, da Hilde auf Zeitungsjagd unterwegs sein würde.

Und wieder einmal erwies sich mein Olaf als wahrer Freund in schweren Zeiten. Er erschien mit der Präzision einer japanischen Funkuhr. Ich beschrieb ihm meine problematische finanzielle Lage und bat ihn, mir beim Verkauf des abgeschleppten Autos zu helfen.

Mein Freund war bereit, zeigte sich aber ein wenig skeptisch.

„Ich würde ein nagelneues Auto nicht so schnell verkaufen, Camillo."

„Ich brauche das Geld, mein Lieber."

„Vielleicht gibt es andere Wege ..."

Olaf versank in tiefes Nachdenken und deutete mir mit einer flüchtigen Handbewegung an, dass sich in seinem Kopf ein revolutionärer Gedanke zu regen begann. Ich störte ihn nicht, wusste ich doch, dass er über erstaunliche Talente verfügte, unorthodoxe Ideen zu entwickeln.

Olaf zündete sich ein Zigarettchen an und betrachtete nachdenklich die aufsteigenden Rauchringe:

„Camillo, wir werden uns an meinem böswilligen Redakteur rächen, der uns schon zweimal reingelegt hat. Wir werden seine Zeitung um einige Hunderttausend ärmer machen. Bist du dabei?"

„Was heißt das?"

„Mein Plan ist nicht ganz astrein, aber durchaus umsetzbar. Er beschäftigt meine Fantasie schon seit einiger Zeit. Pass gut auf: Du lädst Benedictina zu einer nächtlichen Autofahrt ein, und ich werde dafür sorgen, dass ein Fotograf meiner Redaktion euch knipst, wenn du deine Tochter gerade umarmst und küsst. Ja. Am nächsten Tag wird mein gemeiner Redakteur mit der Schlagzeile herauskommen: ‚Romanoff beim Liebesakt im Auto erwischt‘, und wir werden in einem juristischen Verfahren beweisen, dass es sich um einen Vater und seine Tochter gehandelt hat. Bei Gericht klagen wir dann Schadenersatz von mindestens einer halben Million ein, wegen übler Nachrede und Rufmord. Zweihunderttausend für mich, und dreihunderttausend für dich. Was hältst du davon?“

„Klingt nicht übel. Aber du verlangst fast die Hälfte.“

„Hör mal, ich verzichte auf meine journalistische Karriere, ich setze alles aufs Spiel. Aber mir genügen auch hunderttausend.“

„In Ordnung. Obwohl ich Benedictina eigentlich kaum sehe, und erst recht nicht heimlich und im Auto.“

„Dann sag ihr eben, du möchtest ihren Flug nach Amerika finanzieren, ohne dass es deine Frau erfährt. Das kann man regeln, mein lieber Camillo, wo ein Wille ist, ist auch ein Weg.“

Olaf kam auf mich zu:

„Aber du musst sehr klug vorgehen, mein Freund. Sei unerreichbar für deine Frau, nimm dein Handy nicht mit, parke dein Auto an einem einsamen Ort und warte still auf deine Tochter. Wenn der Fotograf kommt, dann küsse sie so, dass man dein Gesicht ganz deutlich erkennen kann. Danach fahr nach Hause.“

„Ich kann nicht fahren.“

„Macht nichts. Ich bringe dich zum Blauen See, dann flitz ich in die Redaktion, um keinen Verdacht zu erwecken, und wenn der Fotograf dich geknipst hat, hol ich dich wieder ab. Wie gefällt dir das, Camillo?“

„Ich weiß nicht. Dein Plan ist so perfekt, dass er mir Angst macht.“

„Schau, wir sitzen beide im selben Boot. Ich riskiere mindestens so viel wie du, aber ich hasse meinen Redakteur, ich hasse die ganze Zeitung. Heute Abend um 19.30 Uhr werde ich vor dem Haus parken. Du kannst im Schutze der Dunkelheit in dein rückgeholtes Auto springen.“

„Warum so eilig?"

„Wir müssen aktiv werden, solange du noch in den Medien bist."

An der Türe umarmte mich Olaf mit gewohnter Herzlichkeit:

„Ab morgen sind wir keine armen Schlucker mehr, Camillo …"

Kaum war Olaf gegangen, rief ich Benedictina an. Zu meiner großen Überraschung hatte sie keinerlei Einwände, sondern lobte den perfekt durchdachten Plan zur Finanzierung ihrer Amerikareise.

„Ich wusste ja gar nicht, dass du so schlau bist, Papi."

„Ich auch nicht."

Es klappte wie geschmiert.

Hilde war mit ihrem Kopf dermaßen in ihrer Privatschule, dass sie mir keinerlei Probleme machte, als ich ihr mit männlicher Entschlossenheit mitteilte, ich würde heute Abend alleine ausgehen, um das Geld für meinen armen Vater zu besorgen. Sie fragte nur:

„Planst du einen Bankraub, Karli?"

„Nein, ich starte einen lukrativen Rachefeldzug."

Der wunderbare Olaf war pünktlich. Auch meine Tochter hatte versprochen, exakt um acht Uhr am Strand des Blauen Sees zu erscheinen. Hoffnungsvoll und ängstlich hockte ich in meinem Auto. Um Viertel vor acht stieg Olaf aus dem Wagen und verschwand in der Dunkelheit, nicht bevor er mir von ganzem Herzen Erfolg gewünscht hatte. Fünf vor acht wurde ich nervös, denn ich hatte Angst, meine Übrigens-Tochter könnte sich verspäten. Punkt acht atmete ich auf. Eine weibliche Gestalt kam im Laufschritt den dunklen Strand entlang. Ich öffnete die Autotür und sie kletterte schnell herein.

Es war meine Frau. Es war Hilde.

„Benedictina hat angerufen", stieß sie außer Atem hervor. „Das kleine Dummerchen hat ganz vergessen, dass sie um acht Uhr eine Sendung hat. Ich wollte dich anrufen, aber du hast dein Handy zu Hause vergessen, also bin ich schnell hergelaufen. Was hat es eigentlich mit eurem nächtlichen Rendezvous auf sich? Und seit wann kannst du Auto fahren?"

„Morgen wirst du alles verstehen."

In diesem Moment vernahm ich das knatternde Geräusch eines sich nähernden Motorrads. Ich schaltete blitzschnell: Auch eine rechtmäßig angetraute Ehefrau würde eine Entschädigungsklage rechtfertigen. Ich machte das Licht im Auto an und umarmte mein Dickerchen mit ungewöhnlicher Leidenschaft.

„Karli", kicherte sie. „Was ist denn mit dir los?"

Vor dem Fenster begannen die bekannten Lichter des Lumpen aus dem Restaurant aufzublitzen. Ich drehte Hildes Kopf zur Scheibe und küsste, ich tat dies ja für meinen Vater, küsste also meine Frau mehrmals auf die Lippen. Nach jedem Blitz ein Kuss, der sich wie von Olaf vorgeschrieben sehen lassen konnte.

Der Schurke machte sich aus dem Staub, und ich hielt meine halb ohnmächtige Frau in den Armen. Sie stöhnte vor Wonne, und ich vor Sorge, dass Olaf jeden Moment zurückkommen könnte. Ich war sicher, dass meine Frau nach dem erfolgreichen Abschluss unserer brillanten Aktion ihre beleidigende Meinung über Olafs Charakter revidieren würde, aber inzwischen rann mir der Schweiß herunter.

Zum Glück verspätete sich Olaf. Ich stupste Hilde auf den Fahrersitz, klopfte ihr drängend auf die Schulter und wir rasten nach Hause.

Erschöpft fielen wir in unser Bett. Während sich in meinem Kopf noch alles drehte, schlief Hilde mit einem bedeutungsvollen Lächeln auf den Lippen ein. Um Mitternacht schien es mir an der Zeit, Carla anzurufen. Nur noch einmal wollte ich ihr „Noffi" hören, wusste jedoch nicht, wie ich es anstellen sollte. Um fünf Uhr schreckte mich ein Klingeln aus meinem unruhigen Schlaf. Tsishek vom Gemüseladen stand vor der Tür.

Der Alte folgte mir direkt ins Schlafzimmer und entschuldigte sich bei meiner belämmerten Frau für die Störung. Danach drückte er mir die letzte Spätausgabe der Abendzeitung *Populär* in die Hand.

„Wenn Herr Romanoff sich bei mir verstecken will", zischte er durch seine spärlichen Zähne, „muss er sofort mit mir in den Laden kommen."

Ich warf einen Blick auf die Schlagzeile über den beiden riesigen Fotos auf der ersten Seite der Zeitung, die in meiner Hand wie ein Blatt im Wind zitterte. Ich war fassungslos. Konnte meinen Augen nicht trauen: ERDBEBEN — ROMANOFF TREIBT ES MIT SEINER TOCHTER!

Mein erster Gedanke war, einen Notkoffer zu packen, aber Tsishek bestand darauf, dass ich auf der Stelle mit ihm käme, so wie ich war, noch bevor sich eine Unmenge Entrüsteter vor dem Haus versammeln würde. Mein neuer Status als entlarvter Inzestler rechtfertigte eine gewisse Eile, und so schnappte ich nur schnell mein Handy und Dr. Spock und ließ mich von dem Alten durch die dunkle Straße ziehen. Hilde folgte uns im Regenmantel über ihrem Nachthemd in den Gemüseladen. Sie war völlig durcheinander.

„Hab ich's nicht gesagt?", stieß sie immer wieder keuchend hervor. „Ich hab's gesagt. Hab ich's nicht gesagt? …"

Es war nicht eben angenehm, dies in Anwesenheit unseres Retters hören zu müssen, aber der Alte zeigte keinerlei Reaktion, sondern zog nur blitzschnell die eisernen Rollläden hoch und schob uns mit verschwörerischem Eifer hinein.

„Ich habe schon während Herrn Romanoffs Skandal mit der blonden Perücke alles vorbereitet", gestand Tsishek und ließ die Rollläden wieder hinunter. „Folgen Sie mir bitte."

Er führte uns über eine Wendeltreppe in den Keller seines Ladens und schaltete eine kleine Tischlampe ein, die auf dem Deckel eines Gurkenfasses stand. An die Wand war ein Klappstuhl gelehnt und auf dem Boden, zwischen Kisten mit frischem Gemüse, wartete sogar eine nicht mehr ganz frische Matratze auf mich.

Wir dankten Herrn Tsishek für seine Gastfreundlichkeit und gierten, mehr über das Erdbeben zu erfahren, das uns zu dieser frühen Morgenstunde zur Flucht gezwungen hatte. Auf einem der beiden riesigen Fotos lächelten ich und meine Frau einander verliebt an, auf dem anderen küsste ich Hilde gerade auf den Mund. Darüber prangte die besagte Schlagzeile.

Was jetzt kommt, hängt bis heute im Klo unserer Villa. Der Artikel stammte von O. Zubrowitz-Schlizer selbst, Korrespondent für Sitte und Anstand:

Mir, der ich dem großen, in Ungnade gefallenen Schauspieler vielleicht näher stand als seine Abertausende Fans, fällt es ungemein schwer, zu diesen beiden authentischen Fotos Stellung zu nehmen. Mit blutendem Herzen muss der Verfasser dieser Zeilen seiner journalistischen Pflicht nachkommen und die reine Wahrheit über dieses einzigartige Filmtalent enthüllen.

Angesichts seiner beispiellosen Popularität hätte Romanoff sich erlauben können, auf die esoterische Schauspielkunst zu pfeifen und seine Entlarvung als jämmerlicher, gemeiner Betrüger gleichmütig hinzunehmen. Die breite Schar seiner Fans hätte ihm dies alles verziehen, wäre da nicht die dämonische Besessenheit dieses großen Künstlers gewesen, seine überwältigende, körperliche Gier nach bestialischen Perversionen auf allen möglichen und unmöglichen Wegen zu sättigen. Ein Mann, der seine kleine Tochter, versteckt in der Dunkelheit seines Autos, am menschenleeren Ufer des Blauen Sees leidenschaftlich küsst, ist auf einen Tiefpunkt gesunken, der nicht einmal von Säugetieren in der Brunst erreicht werden kann.

Hilde gab bei diesen Zeilen einen unartikulierten Schrei von sich. Sie verfluchte den „Dreck", vor dem sie mich schon immer gewarnt hatte. Ich winkte ab und staunend las ich die Diagnose eines namhaften Experten für psychosomatische Anomalitäten, an den sich der umsichtige Olaf gewandt hatte:

„Ich kann bei der bestialischen Verhaltensweise Romanoffs keine dominante sexuelle Motivation erkennen", erklärte der Experte. „Ich denke, es handelt sich hier eher um eine unterschwellige Obsession, ausgelöst von einem übertriebenen Drang zu Selbstbestätigung."

Dann wieder Olaf, jetzt mit ganz persönlichen Worten an meine Tochter:

„Arme, kleine Benedictina, wir teilen den Schmerz, der dir widerfahren ist. Versuche, dich mit der Verachtung und dem Abscheu zu trösten, den die zivilisierte menschliche Gesellschaft für das Monster empfindet, das sich dein Vater nennt."

Mit gemischten Gefühlen legte ich die Zeitung beiseite. Olaf war zwar ein fataler Fehler bezüglich der Identität meiner Partnerin im Auto unterlaufen, aber zwischen den Zeilen ließ sich doch

auch eine gewisse Anerkennung für meine künstlerischen Bega-
bungen herauslesen oder so. Ich gab Hilde zu verstehen, dass ich
zwischen freundschaftlichen Gefühlen und schmerzlicher Enttäuschung schwanke. Sie aber schnauzte nur den alten Tsishek an, er
solle sie sofort aus dem Versteck herauslassen. Nachdem die Rollläden hochgezogen waren, stieg sie die Treppen hoch und zischte
zu mir herunter:

„Karli, ich habe immer gedacht, ich sei mit einem Idioten verheiratet. Seit heute weiß ich es."

Ich rief ihr nach, sie solle mir die Zeitungen mitbringen, aber
der Alte hatte den Laden schon wieder dichtgemacht. Ich legte
mich auf die Matratze zwischen den Gemüsekisten und schlief
ein.

AM NACHMITTAG kehrte Hilde verkleidet als Tsisheks Kundin in
Begleitung ihres Rechtsanwalts Thomas Friedländer zurück.

„Herr Romanoff", kündigte der Jurist an, „wir fordern von der
Abendzeitung *Populär* Schadenersatz in Höhe von achthundertzehntausend Dollar."

„Wieso?"

„Es handelt sich hier um einen öffentlichen Rufmord ersten Ranges."

„Ist mir gar nicht aufgefallen."

„Karli, um Gottes willen", schaltete sich meine Gattin ein. „Halt
doch endlich den Mund."

Ich war beleidigt. Camillo Lloyd Romanoff bleibt auch im Versteck Camillo Lloyd Romanoff. Ich ließ meine Frau wissen, dass ich
dieses Spiel nicht mitmachen werde.

„Ist auch gar nicht nötig, Herr Müller", meinte Friedländer. „Ich
habe das mit Hildi schon besprochen. Es geht hier gar nicht um Sie.
Sie können keine Verleumdungsklage gewinnen, da das Gesetz für
journalistische Freiheit seinerzeit von Journalisten verfasst wurde
und besagt, dass eine Verleumdung nur dann als solche gilt, wenn
es dem öffentlichen Ansehen des Klägers schadet. Und, bei aller
Ehre, Ihrem Ansehen kann schon nichts mehr schaden."

„Stimmt", gab ich zu. „Was machen wir also?"

„Nicht Sie reichen die Klage ein, sondern Ihre Tochter Benedictina."

„Gut. Wann kann ich hier raus?"

„Bald, Müller. Um richtig abkassieren zu können, müssen wir
abwarten, bis alle wichtigen Medien den Inzest veröffentlichen,
den Sie begangen haben."

„Ich habe gar nichts begangen."

„Tommy weiß das doch", beruhigte mich Hilde. „Er wird auch
mit Benedictina sprechen. Nach dem Prozess wird sie in die Staaten fliegen können, um sich ihren Bräutigam zurückzukaufen."

Es wurde noch vereinbart, dass Friedländer fünfzehn Prozent erhält, dann zog Hilde mit ihrem Anwalt von dannen. Ich hatte nicht
einmal gewusst, dass er Tommy hieß. Und überhaupt schien mir,
als hätte Hilde in den letzten Stunden ein bisschen abgenommen.

EIN KELLER voll mit Gemüse kann ziemlich langweilig sein.

Auch die Zeitungen, die Hilde schön brav zu mir herunterwarf,
interessierten mich nicht mehr, außer vielleicht der Quatsch über
Bettys „hartnäckiges Schweigen" über meinen Aufenthaltsort. Was
das Beißmal mit den Zahnreihen von Romanoff betraf, schwieg sie
nicht.

„Heutzutage", soll sie schelmisch gelächelt haben, „ist alles möglich."

Auch die Wahlergebnisse interessierten wohl nur die Gewählten. Die Sozialisten hatten gewonnen, was mich nicht überraschte,
da sich Presseorgane am detailliertesten mit meinem Sexskandal
beschäftigt hatten. Tsishek hortete die Zeitungen in seinem Laden, um das Gemüse in all die Sensationen einzuwickeln. Übrigens
ging er mir ganz schön auf die Nerven. Jedes Mal, wenn er zu mir
herabstieg, um oben seine Vorräte aufzustocken, wollte der alte
Lüstling eine Geschichte über meine sexuellen Schandtaten hören.

Die geistige Öde inmitten der Zwiebel- und Kohlrabisteigen
machte mich immer nachdenklicher. Wenn man versucht, in dieser verrückten Welt irgendwie normal zu bleiben, grübelte ich,
wird man offensichtlich verrückt. Auch schwer zu begreifen, wie
ich in kürzester Zeit zum Symbol wahnsinniger Sexualtriebe ge-

worden bin, wo ich doch in derselben Zeit absolut keinen Kontakt zu irgendeinem Frauenkörper gehabt hatte, abgesehen natürlich von Carlas Popo.

Am dritten Tag meiner Gefangenschaft flehte ich Tsishek an, sein Telefon benützen zu dürfen, da mein blödes Handy im bescheuerten Keller keinen Empfang hatte. Tsishek genehmigte mir zwei Anrufe nach Ladenschluss, aber nur wenn ich ihm zuvor meine brutalen Vergewaltigungen der Boutiquebesitzerin erzähle. Ich strapazierte meine Fantasie umsonst, die Schönste war beide Male nicht zu Hause, oder sie ging nicht ans Telefon.

Dann aber traf ich sie doch, auf völlig unerwartete Weise.

Mit äußerster Raffinesse gelang es meiner lieben Frau, die selbst vierundzwanzig Stunden am Tag beobachtet wurde, einen Fernsehapparat in meinen Kerker zu schmuggeln. Der Apparat war so gut wie neu, aber weil es im Keller keine Antenne gab, sendete er nur zittrige Streifen und undefinierbare Geräusche. Kein Wunder, dass ich jetzt erst recht in tiefste Depression versank.

Hilde wurde inzwischen ganz deutlich schlanker, vielleicht sogar auch hübscher, trotzdem erregte der arme Teufel in Tsisheks Gemüsekeller ihr Mitleid, und in einer mondlosen Nacht überraschte sie mich mit einem Videogerät.

„Ich hab dir die Kassette mit eurer Liebesszene eingelegt, die du damals beim Joggen verpasst hast", sagte Hildchen und fügte etwas spitz hinzu: „Ich möchte, dass du dir ganz genau die prachtvolle Figur der Süßen anschaust, und dann endlich deinen mageren Frosch vergisst."

Sie klang beschwingt, wahrscheinlich weil ich von Betty abgeschnitten war oder wer weiß warum. Ich war auch froh. Nirgendwo sonst hätte ich mir die Szene mit den Küssen, die ich auf dem traumhaften Körper Carlas verteilte, öfter ansehen können als in meiner gemütlichen Höhle. Neuneinhalb Minuten und zwanzig Sekunden, immer und immer wieder, sodass ich richtig enttäuscht war, als plötzlich Herr Tommy mit folgender Botschaft auftauchte:

„Heute Morgen erschien der erwartete Artikel in der *New York Post*. Übermorgen geht's los. *Populär* ist so gut wie erledigt."

Mit bedeutungsvoller Miene reichte er mir die amerikanische

Zeitung, die ein Porträt des jungen schwarzen Bräutigams meiner Tochter in New Orleans veröffentlicht hatte: EIN SEXSKANDAL, DER MONICA VERBLASSEN LÄSST. In dem ausführlichen Interview brach mein zukünftiger Schwiegersohn sein Schweigen und beschrieb Romanoffs brutale Behandlung seiner leidgeprüften Tochter und seinen krankhaften Geiz. Zum Schluss erklärte der junge Mann, trotz der schockierenden Ereignisse, die er ja schon immer vorausgeahnt habe, überlege er, Schadenersatz für das seelische Leid zu fordern, das ihm zugefügt worden war. Er schloss nicht aus, die vom Schicksal heimgesuchte, arme Benedictina vielleicht wieder bei sich aufzunehmen.

DR. FRIEDLÄNDERS meisterhafter Plan machte auf mich keinen besonderen Eindruck, aber wie sollte ein Zuchthäusler Vertrauen haben, und noch dazu in den Advokaten seiner Frau. Außerdem hatte ich mich bereits damit abgefunden, mein Dasein auf unbestimmte Zeit als welkendes Gemüse zu fristen.

Dann aber, am Nachmittag, polterte meine altbewährte Retterin die Treppen herunter und begrüßte mich mit „Karli, wach auf". Sie knipste die Gurkenlampe an und rief:

„Die Freiheit winkt!"

Ich schreckte auf und machte ihr Platz bei mir auf der Matratze.

„Unsere Tochter ist großartig", strahlte Hilde. „Sie war die Heldin auf der heutigen Pressekonferenz. Tommy hat es geschafft, das ganze Opernhaus mit Journalistenvolk zu füllen. Und jetzt stell dir vor, auf der Bühne vor der Dekoration für Wagners Götterdämmerung hing eine riesige Leinwand mit den zwei Fotos von uns, wie du mich im Auto heiß und schlau küsst. Tommy hat mich sogar auf die Bühne gerufen und ich bekam meine ersten Standing Ovations."

„Und ich?"

„Du warst Siegfried, ich meine der Sieger."

Sie zog ein Blatt aus ihrer Handtasche und las mir die herzzerreißende Rede vor, die Friedländer für unsere Tochter mit professionellem Schliff formuliert und die Benedictina von Weinkrämpfen geschüttelt deklamiert hatte:

„Die Fotos und Verleumdungen in *Populär* machten mein Leben auf Erden zur Hölle. Nachdem der Schmutz wie ein Lauffeuer in den Medien der Welt verbreitet war, wurde ich beim Rundfunk fristlos entlassen, mein Bräutigam, der sich auf Geschäftsreise in den USA befindet, löste unsere Verlobung und unsere Freunde und Bekannten wollten von mir nichts mehr wissen. Was jedoch ein irreparables seelisches Trauma in mir auslöste, waren nicht diese höllischen Erniedrigungen, sondern vielmehr die schmerzliche Erkenntnis, dass meine eigenen Landsleute dem Mann, der mein Vater ist und den ich mehr als jeden anderen Menschen auf dieser Erde liebe, eine derart entsetzliche Tat unterstellen …"

Hilde küsste das Blatt und schmunzelte.

„Hier brach Benedictina perfekt zusammen und ich frage dich, Karli, von wem zum Teufel hat dieses Mädel ihre theatralische Begabung geerbt?"

Tommy, erzählte sie mir, beendete die eindrucksvolle Veranstaltung mit der kurzen Erklärung, unsere Tochter habe gegen die Abendzeitung eine Klage eingereicht und sie fordere einen Schadenersatz in der Höhe von achthundertzehntausend Dollar. Damit werde ihr seelisches Gleichgewicht zwar nicht wieder hergestellt, ihr jedoch zumindest ermöglicht, die Selbstmordpläne aufzugeben, die die gequälte Seele des armen Mädchens seither überschatteten …

DAS WAR die Wende.

Tsishek knöpfte mir für das Asyl fünfundfünfzig Dollar pro Tag unter der Hand ab, aber was war das schon in Anbetracht des Risikos, das er auf sich genommen hatte. Zu Hause erwartete mich eine Flut von Glückwünschen und ein Strauß mit hundert weißen Rosen aus dem Büro von Martin Sulz.

Der Prozess war dank der unerschütterlichen Argumente kurz und bündig. Tommy lud mich sogar ein, in den Gerichtssaal zu kommen, wenn das Gutachten des Untersuchungsausschusses verlesen werden würde. Im vollen Gerichtssaal bekam nun auch ich meine ersten Standing Ovations, genauer gesagt vereinzeltes Klatschen da und dort, immerhin etwas.

Auf der Anklagebank saßen der Chefredakteur der *Populär* und
Olaf Zubrowitz-Schlizer, denen schwere journalistische Verfehlun-
gen zur Last gelegt wurden. Sie vermieden jeglichen Blickkontakt
untereinander und besonders zu uns. Ich kann mir nicht helfen,
aber irgendwie war mir Olaf noch immer sympathisch. Ein sympathischer Betrüger. So etwas gibt es, ehrliche Leute sind ja auch nicht
unbedingt ehrlich …

Die Richterin verurteilte die gemeine Tat der Angeklagten,
die das Leben eines unschuldigen Mädchens zerstört hätten, mit
schärfsten Worten. Im Vorfeld des angekündigten Urteils bezog
sie sich auf einen Auszug aus dem polizeilichen Protokoll über das
Geständnis des Chefredakteurs. An ein paar Bruchstücke kann ich
mich noch erinnern:

„Zubrowitz-Schlizer ist meine große Enttäuschung, er war von
Anfang an mein Liebling … Er hatte immer freie Hand, der Einzige, bei dem ich nie eingriff … Mit den Romanoff-Sensationen
wollte er wohl meinen Stuhl ergattern … Ich bitte unsere Leser um
Verzeihung, vor allem die Familie Müller …"

Als wir mit den debattierenden Zuschauern aus dem Gerichtssaal drängten, fragte mich Hilde, was ich jetzt von meinem dreckigen Freund halte.

„Na ja", antwortete ich, „eigentlich tut er mir leid."

„Sonst nichts?"

„Nichts."

„Bist du nicht wütend?"

„Nein. Die Wut ist seine Sache."

„Gut, mein Waschlappen, warte hier …"

Hilde eilte zurück zu Olaf, der wie ein Häufchen Elend auf der
Anklagebank hockte. „Lebenslang, ohne Bewährung", schmetterte
sie ihm entgegen. Sie wandte sich ab, drehte sich jedoch noch einmal zu ihm um:

„Übrigens, lieber Zubrowitz, das war off the record."

DER REST ist äußerst interessant.

Die Anwälte der *Populär* legten Berufung ein, und das oberste
Gericht erhöhte den Schadenersatz für meine Tochter auf eine Mil-

lion zweihundertdreißigtausend Dollar. Der Chefredakteur erhielt
sechs Monate bedingt, Olaf sechsundzwanzig Monate unbedingt
und zusätzlich das Verbot, jemals wieder als Journalist tätig zu sein.

Sobald Dr. Tommy Friedländer das Geld für uns kassiert hatte,
flog meine Tochter, ohne sich von uns zu verabschieden, nach Amerika. Erst aus New Orleans rief sie an, diesmal ohne Übrigens: Mein
Schwiegersohn hatte ihr großmütig verziehen.

Uns blieb fast eine Million Dollar. Zuerst regelte ich die beste
Pflege für meinen Vater, dann schickte ich Margarete eine brand-
neue Cutter-Ausrüstung und ließ Gerschon Glasskopf wissen, dass
ich eine teure Villa erworben habe. Für die schwere Eingangstür
unserer neuen Residenz bestellte ich das Messingschild: KARL UND
HILDE MÜLLER.

Seit einigen Monaten sitze ich nun hier oben in meinem Arbeitszimmer und schreibe diese Geschichte. Nichts stört mich. Keine Ter-
mine, kein Journalist, kein Sulz. Nur einmal unterbrach ein kurzer
Vorfall meine himmlische Ruhe. Die Theateragentur „Sascha und
Söhne GmbH" forderte ihren Anteil an dem Schadenersatz für
Benedictina. Das Gericht wies die Klage mit der Begründung ab,
meine Tochter habe gewiss kein Theater gemacht.

Das war alles. Gesegnete Windstille.

Dieser Tage nahm ich wieder einmal Dr. Spocks Büchlein zur
Hand und suchte darin das Kapitel über das Schicksal des über
ganz viele Monate lang verheirateten Vierundfünfzigjährigen aus.
Ich fand es mit der fett gedruckten Überschrift: BEILEID DEM ER-
FOLGREICHEN.

„In dieser Phase der anhaltenden Ereignislosigkeit beginnt der
verheiratete Mann im Alter zwischen vierundfünfzig/fünfund-
fünfzig Jahren zu verstehen, dass zu großer Erfolg genauso zer-
störerisch sein kann wie zu großer Misserfolg." So schrieb der
Gelehrte und fügte hinzu: „Der gesunde Menschenverstand verpflichtet also dazu, uns in beiden Fällen mit unserem Schicksal abzufinden. Bei all den unsinnigen Gedanken über die ernüchternde
Bedeutungslosigkeit des einzelnen Lebens sollten wir aber niemals
vergessen, dass die Friedhöfe bis zum letzten Platz mit Unsterblichen gefüllt sind."

Spock hat recht, wie immer. Inzwischen hab ich jedoch auch meine eigenen Gedanken. Gut, der Mensch tut alles für Macht und Geld, wie ein Dichter sagte, das Allerbeste aber ist ein drittes Ziel, nämlich die Unabhängigkeit. Ich weiß, wie Dr. Spock mir widersprechen würde: „Mein guter Freund, für diese Unabhängigkeit braucht man jedoch viel Geld und auch die Macht, und dafür muss man etwas tun."

Jawohl, Herr Professor, jawohl. Aber ich hab nichts getan, ich hab nur Glück gehabt. Hab einfach einen Trostpreis in der Lotterie des Lebens gewonnen. Freilich sehr angenehm, stolz kann man allerdings nicht darauf sein. Stolz bin ich, lieber Dr. Spock, dass ich inzwischen fähig bin, meine innere Wahrheit zu erkennen …

VOR LAUTER NACHDENKEN hab ich heute fast vergessen, Carla anzurufen. Sie ist noch immer die Schönste, aber in den letzten Wochen war ich felsenfest entschlossen, unsere samstäglichen Treffen ein wenig seltener zu genießen.

„Noffi", flüsterte sie in den Hörer. „Ich muss die Geschichte lesen, die du geschrieben hast."

„Lieber nicht. Es stehen zu viele Wahrheiten drin und außerdem kommt sie."

Ich hörte Hildes beschwingten Schritt unten im Flur.

„Komm jetzt essen!", rief sie. „Wann bist du endlich fertig mit deiner Schreiberei?"

„Gleich."

„Kann ich's jetzt lesen?"

„Lieber nicht, Hildchen. Es stehen zu viele Lügen drin."

Auf dem Weg hinunter ins grüne Speisezimmer blieb ich in der Rundung der Treppe vor dem großen venezianischen Spiegel stehen. Ein müder Damenfriseur aus einer Kleinstadt schaute mich an. Ein Damenfriseur, der kein Star werden will …

„Karli", hörte ich von unten, „die Suppe wird eiskalt."

Der Spiegel sagte mir, jedes Kilo, das Hilde abgespeckt hat, ist zu mir gewandert. Mein weiser Gelehrter würde diesen Prozess gewiss als „Gleichgewicht der langen Ehe" bezeichnen. Die restlichen Stufen hinuntersteigend, begann in mir wieder die Frage

zu kreisen, die mich schon die ganze Zeit beschäftigte: Wieso hat
Dr. Spock die Ereignisse in meinem Leben so exakt vorausgesehen?
Auf dem letzten Absatz dämmerte mir, dass der Gelehrte keines-
wegs ein Hellseher war, sondern einfach nur die grundlegenden
Eigenschaften eines ganz gewöhnlichen Menschen beschrieb, eines
Mannes, wie ich ihn gerade im Spiegel gesehen hatte. Und so ließ
er mich wissen, dass meine wahnwitzige Geschichte eigentlich eine
ganz alltägliche Geschichte ist.

Der Autor

Ephraim Kishon wurde am 23. August 1924 in Budapest als Hoffmann Ferenc geboren. 1944 wurde er in das polnische Vernichtungslager Sobibor transportiert, konnte fliehen, überlebte getarnt als Nichtjude und absolvierte anschließend die Kunstakademie in Budapest als diplomierter Bildhauer. Ab 1945 erste schriftstellerische Erfolge mit Theaterstücken und Satiren. 1947 gewann er den 1. Preis des landesweiten ungarischen Romanwettbewerbs mit „Mein Kamm". 1949 floh er von Ungarn nach Israel und wurde dort zu dem weltbekannten Satiriker Ephraim Kishon. Er war über 40 Jahre bis zu ihrem Tod mit Sara verheiratet und hat fünf Enkel von den drei Kindern Raphael, Amir und Renana. Anfang 2003 heiratete er die österreichische Schriftstellerin Lisa Witasek. Ephraim Kishon starb am 29. Januar 2005 in der Schweiz, wo er seit den 1980er-Jahren seinen Zweitwohnsitz hatte. Die Weltauflage der Kishon-Bücher beträgt 43 Millionen, davon 32 Millionen in deutscher Sprache. Sie wurden in 37 Sprachen übersetzt.

4. -